多面折射的光影

——葉嘉莹自选集

葉嘉莹　著

南開大學出版社

图书在版编目(CIP)数据

多面折射的光影 ：叶嘉莹自选集 / 叶嘉莹著. —天津：南开大学出版社，2013.4

(南开跨文化交流研究丛书)

ISBN 978-7-310-04127-5

Ⅰ.①多… Ⅱ.①叶… Ⅲ.①中国文学—当代文学—作品综合集 Ⅳ.①I217.2

中国版本图书馆 CIP 数据核字(2013)第 051110 号

南开大学出版社出版发行

出版人:孙克强

地址:天津市南开区卫津路 94 号 邮政编码:300071

营销部电话:(022)23508339 23500755

营销部传真:(022)23508542 邮购部电话:(022)23502200

*

天津泰宇印务有限公司印刷

全国各地新华书店经销

*

2013 年 4 月第 1 版 2013 年 4 月第 1 次印刷

230×170 毫米 16 开本 25 印张 2 插页 360 千字

定价:52.00 元

如遇图书印装质量问题,请与本社营销部联系调换,电话:(022)23507125

目　录

第一部分　论诗文稿三篇

谈古典诗歌中兴发感动之特质与吟诵之传统

关于中国古典诗歌之以兴发感动为其主要之特质，我在以前所写的一些文稿中，已曾多次论及。早在1975年所发表的《钟嵘〈诗品〉评诗之理论标准及其实践》一文中，我就曾根据《诗品·序》开端所提出的“气之动物，物之感人，故摇荡性情，形诸舞咏”一段话，来说明过钟嵘所认识的诗歌“其本质原来乃是心物相感应之下的，发自性情的产物”。并根据其所提出的“春风春鸟，秋月秋蝉……斯四候之感诸诗者也”一段话，以及其“嘉会寄诗以亲，离群托诗以怨……凡斯种种，感荡心灵”一段话，来归结出钟氏所体会到的，使内心与外物相感应之因素“实在乃是兼有外界之时节景物与人世之生活遭际二者而言的”[①]。至于谈到诗歌之表达的方式，则我在该文中也曾根据钟氏之序文归纳出他的意旨，以为乃是“主张比、兴，与赋体兼用；而且除了‘丹采’的润饰以外，还需要具一种‘风力’，也就是由心灵中感发而出的力量，以支持振起诗歌之表达效果”[②]。其后，我于1976年又发表了《论〈人间词话〉境界说与中国传统诗说之关系》一篇文稿，透过严羽的“兴趣”说，王士祯的“神韵”说，以及王国维的“境界”说，对中国古典诗歌之重视兴发感动之作用的评诗传统，也曾做过一次整体的追溯。以为“兴趣”说所重视者是“感发作用本身之活动”；“神韵”说所重视者是“由感发作用所引起的言外之情

① 《迦陵论诗丛稿》第310及311页，中华书局1984年版。

② 《迦陵论诗丛稿》第311及313页，中华书局1984年版。

趣”;而“境界”说所重视者则是“感受作用在作品中具体之呈现”。而且做出结论说:“在中国诗论中,除了重视声律、格调、用字、用典等偏重形式之艺术美一派的各家主张外,其他凡是从内容本质着眼的,盖无不曾对此种兴发感动之力量有所体会和重视。只是因为不同之时代各有不同之思想背景,因此各家诗论当然也就不免各有其偏重之点”。[①] 于是在该文中,我乃又曾对周秦两汉之际儒家思想笼罩下的诗说,魏晋之际文学有了自觉性以后的诗说,以及唐宋以后受了佛教禅宗思想影响以后之诗说,以迄于晚清之际受了西学影响以后的王国维之诗说,都做了简单之综述,以证明历代论诗之说表面虽有不同,但就其主旨言,却莫不对诗歌中之兴发感动的作用有所体会和重视。其后于1981年我又写了《中国古典诗歌中形象与情意之关系例说》一篇文稿,对诗歌中兴发感动之作用的问题,做了更进一步的探讨。继续着前二篇文稿对中国古典诗歌以兴发感动为主要之本质的探讨,以及对历代诗说之重视此种兴发感动之作用的探讨,更从形象与情意之关系方面,对于形象在诗歌之孕育与形成以及其传达之效果中的作用,做了透过实例的探讨。在该文中,我曾举引中国最早的一部诗歌总集《诗经》中的一些诗例,分别说明了在中国古典诗歌之表达中,最基本的以“赋”、“比”、“兴”为主的三种表达方式。以为这三种表达方式,其“所表示的实在并不仅是表达情意的一种普通的技巧,而更是对于情意之感发的由来和性质的一种基本的区分”。“赋”的作品是“以直接对情事的陈述来引起读者之感发的”,“比”的作品是“借用物象来引起读者之感发的”,“兴”的作品则是“作者之感发既由物象所引起,便也同时以此种感发来唤起读者之感发的”。[②] 这三种表达方式,除去“赋”的一类乃是以直接对事象之叙述以引起读者之感发以外,其他“比”和“兴”两类则都是重在借用物象以引起读者之感发的。而如果以“比”和“兴”相比较,则我在该文中也曾提出了二者的两点主要差别:“首先就‘心’与‘物’之间相互作用之孰先孰后的差别而言,一般说来,‘兴’的作用大多是‘物’的触引在先,而‘心’的情意之感发在后;而‘比’的作用则大多是已

① 《迦陵论词丛稿》第305及309页,上海古籍出版社1980年版。

② 《迦陵论诗丛稿》第348页,中华书局1984年版。

有'心'的情意在先，而借比为'物'来表达则在后，这是'比'与'兴'的第一点不同之处。""其次就其相互间感发作用之性质而言，则'兴'的感发大多由于感性的直觉的触引，而不必有理性的思索安排，而'比'的感发则大多含有理性的思索安排。前者的感发多是自然的、无意的，后者的感发则多是人为的、有意的。这是'比'和'兴'的第二点不同之处。"[①]而如果就中国古典诗歌之以兴发感动为其主要之特质的一点而言，则私意以为"兴"字所代表的直接感发作用，较之"比"的经过思索的感发作用，实更能体现中国诗歌之特质。而为了要突显出中国诗歌中的此种特质，所以在该文的结尾之处，我遂又加了一节《余论》，把西方诗论中对形象之使用的几种基本模式，用中国诗论中的"赋、比、兴"之说做了一番比较。在此一节《余论》中，我曾列举了西方诗论中有关"形象"之作用的八种重要模式，如"明喻"(simile)、"隐喻"(metaphor)、"转喻"(metonymy)、"象征"(symbol)、"拟人"(personification)、"举隅"(synecdoche)、"寓托"(allegory)、"外应物象"(objective correlative)等，各以中国古典诗为例证做了依次的说明[②]。以为如果就中国传统诗论中的"赋、比、兴"三种表达方式而言，则以上所举引的西方诗论中的这些模式，"可以说都仅是属于'比'的范畴"。而就"心"与"物"的关系而言，"则所有这些术语所代表的，实在都仅只是由'心'及'物'的经过思索安排的关系而已"，"至于'兴'之一词，则在英文的批评术语中根本就找不到一个相当的字可以翻译"。这种情形实在也就正显示了"西方所重视的是对于意象之模式如何安排制作的技巧，因此他们才会为这种安排制作的模式，定立了这么多不同的名目"。而他们却没有一个相当于中国的"兴"字的术语，这也就说明了他们对于诗歌中这种以直接感发为主的特质，和以直接感发为主的写作方式并未予以足够的重视[③]。

以上是我对自己十年前所写的几篇文稿中，有关中国古典诗歌中兴发感动之特质的一些看法的简单追述。而自 1982 年以后，我因与四川大学缪

---

① 《迦陵论诗丛稿》第 335 页，中华书局 1984 年版。

② 《迦陵论诗丛稿》第 354 页，中华书局 1984 年版。

③ 《迦陵论诗丛稿》第 357 页，中华书局 1984 年版。

钺教授开始了对《灵谿词说》的合作撰写计划，遂致近年之所写者多属论词之文稿，而久久未再撰写论诗之作。去岁应邀赴台教书，有几位三十年前听过我“诗选”课的友人，屡次提出要我再写一些论诗之文稿的要求。适巧我最近才完成了一篇《论词学中之困惑与〈花间〉词之女性叙写及其影响》的文稿，对词之特质曾做了较系统和较深入的探讨[①]。缪钺教授也以为《灵谿词说》及其续编的撰写，至此已可宣布告一段落。因此我遂决定将论词之文笔暂时搁置，而又重新提起了论诗之文笔。而我首先要提出来一加讨论的，就是最值得关注的目前已日益消亡了的中国古典诗歌的吟诵之传统。我以为中国古典诗歌之生命，原是伴随着吟诵之传统而成长起来的。古典诗歌中的兴发感动之特质，也是与吟诵之传统密切结合在一起的。而且重视吟诵的这种古老的传统，并非如一般人观念中所认为的保守和落伍，而是即使就今日西方最新的文学理论来看，也仍是有其重要性的。下面我们就将对中国古典诗歌的吟诵之传统，及其与兴发感动之作用的关系和在理论方面的重要性，分别略加讨论。

先谈中国古典诗歌的吟诵传统。如众所周知，中国诗歌的吟诵传统原是与中国最古老的一部诗歌总集《诗经》一同开始的。当然，《诗经》本来也是可以合乐而歌的。司马迁在《史记·孔子世家》中，就曾有“三百五篇，孔子皆弦歌之，以求合韶、武、雅、颂之音”的记述[②]。而且当时《诗经》中的诗歌还可以伴舞，《墨子·公孟》就也曾有“弦诗三百，歌诗三百，舞诗三百”的记述[③]。不过，合乐而歌或甚至合乐而舞，至少需要有乐师、乐器，甚至舞者等种种配备的条件，这当然不是任何场合中都能具备的。所以一般而言，在诗歌的教学方面所重视的，实在乃是背读和吟诵的基本训练，这在古书中也早有记述。《周礼·春官·宗伯》下篇，就曾有“大司乐……以乐语教国子，兴、道、讽、诵、言、语”的记述。郑玄《注》云：“兴者，以善物喻善事；道读曰

---

① 《中外文学》第28卷8期，第4—31页，及第29卷9期，第4—30页，台北《中外文学》月刊社1992年1月及2月号。

② 《史记·孔子世家》册四，卷四七，第1936页，中华书局1973年版。

③ 《墨子间诂》见《新编诸子集成》第一辑，册下，第418页，中华书局1986年版。

导，导者言古以剀今也；倍文曰讽；以声节之曰诵；发端曰言；答述曰语。"[①]关于这六种"乐语"的内容，朱自清以为"现在还不能详知"[②]，但私意以为我们或可以就此种教学训练之目的来略做探求。原来在当时的诸侯国间每逢宴飨聘问等外交之聚会，常有一种"赋诗言志"的传统，关于这种"赋诗言志"的传统，《左传》中曾有不少记述。雷海宗在其《古代中国的外交》一文中，就曾举出《左传》文公三年所载郑伯要向鲁侯求得外交方面的援助，因而互相"赋诗言志"的故事，来证明"赋诗"在当日外交中具有"重大的具体作用"[③]。所以孔子在《论语》中就曾说过"不学诗，无以言"的话，又曾说过"诵诗三百，授之以政，不达；使于四方，不能专对，虽多亦奚以为"的话[④]，足可见学诗的重要目的之一，乃是为了外交场合中的言语应对之用的。而这种外交场合的"赋诗"有时是出之以合乐而歌的形式，这应该也就正是何以在《周礼·春官》中有着"以乐语教国子"的教学训练的缘故。不过，在外交场合中"赋诗言志"时，也不一定都要合乐而歌，有时也可以用朗读和吟诵的方式。即如《左传》襄公十四年就曾记载有一段故事，说卫国的孙文子因为不满意卫献公的无礼，而回到了自己的采地戚，却又叫他的儿子孙蒯去探看卫献公的态度如何。《左传》记载卫献公与孙蒯的会见，说"孙蒯入使，公饮之酒，使大师歌《巧言》之卒章。大师辞，师曹请为之。初，公有嬖妾，使师曹诲之琴。师曹鞭之。公怒，鞭师曹三百。故师曹欲歌以怒孙子，以报公。公使歌之，遂诵之。"[⑤]这是一段非常有趣的记载，明显地表现了"歌"与"诵"的不同。原来《巧言》乃是一篇嫉谗致乱之诗，其卒章四句为"彼何人斯，居河之麋。无拳无勇，职为乱阶"。卫献公令乐师歌之，意思是说孙文子算个什么人，跑回到黄河边的戚这个地方，既没有足够的武力，难道还想发动叛乱吗？大师恐

---

① 《周礼注疏》第 336 页，上海古籍出版社 1990 年版。

② 朱自清《诗言志辨》，见《朱自清古典文学论文集》上，第 198 页，上海古籍出版社 1981 年版。

③ 雷海宗《古代中国的外交》，见清华大学《社会科学》第三卷第一期，第 2—3 页，1941 年 4 月清华大学三十周年纪念专号。

④ 《论语·季氏》及《论语·子路》，见朱熹《四书集注》第 768 页及 576 页，台北中华丛书 1958 年版。

⑤ 《左传会笺》册下，卷一五，第 50—51 页，台北广文书局 1961 年版。

怕歌唱了这一章诗，激怒了孙子，会真的造成卫国发生叛乱，所以推辞不肯歌唱。可是师曹却因以前教卫献公的爱妾学琴时，以鞭子责罚过这一位爱妾，为此而被卫献公打了三百鞭，心中怀怨，所以乃想正好藉此激怒孙子使之叛乱，来报复卫献公。因此卫献公本是教乐师歌唱这章诗，师曹却还恐怕用歌唱的方式不能使孙蒯完全明白诗意，所以就用诵读的方式诵了这一章诗。由此自可见出“赋诗言志”之时，除了“歌”的方式，原来也还可以有“诵”的方式。而无论是“歌”也好，“诵”也好，都必须先要使学子们对于所学的诗能够理解和能够背诵才行。所以《周礼·春官》才有所谓“兴、道、讽、诵、言、语”的教学训练。

以上我们既然对于以“兴、道、讽、诵、言、语”来“教国子”的教学目的，做了简单的探讨，现在我们就可以对此种教学的内容也略加探索和说明了。关于这种教学训练，虽然已因年代久远而难以确知其真相究竟如何，不过当我们对其教学目的有了理解以后，则根据前人之注疏，我们也不难推知一些大概的情况。先从《周礼·春官》所提出的“兴”字说起，郑注以为“兴”是“以善物喻善事”，其后贾公彦为之作疏，则更增广其义以为“兴”同时也有“以恶物喻恶事”之意，并且以为郑注之说乃是“举一边可知”①，也就是举其一边可以推知其另一边的意思。贾氏之说我认为是可取的。因为同样在《周礼·春官》谈及“大师”“教六诗”的时候，郑注对于“兴”和“比”就曾经有过“见今之美”与“见今之失”的喻劝美刺的说法②。不过此处教学训练第一项目既只是“兴”，所以郑注就只提到了“善物喻善事”，而其兼含有“恶物喻恶事”之意，则是极有可能的。而且事实上无论“比”或“兴”，其本质上原来都是指的一种心物交感的作用，也就是说都是属于发自内心的一种兴发感动的联想作用。虽然诗之“六义”中的“比”和“兴”主要乃是就作者方面而言的，不过我在前面引用我自己多年前所写的《形象与情意之关系》一文时，就也已经说明过“赋、比、兴”所指的“并不仅是”作者方面的“表达情意的一种

① 《周礼注疏》第336页，上海古籍出版社1990年版。

② 《周礼注疏》第335页，上海古籍出版社1990年版。

技巧”而已，同时也是兼指如何“引起读者之感发”的一种方式[①]。如今既是在诗歌的教学训练中首先就提出了“兴”的作用，则其不仅指作者而言，同时更指教读的方面而言，应该乃是可以肯定的。何况我们从《论语》中所记述的孔子教诗的态度，也可以得到有力的证明。即如在《泰伯》篇中，孔子就曾说过“兴于诗”的话；在《阳货》篇中，又曾说过“诗可以兴”[②]的话。则其所谓“兴”乃是指学诗读诗时所可能引起的一种兴发感动之作用自然可知。所以诗的教学第一当然应该先培养出一种善于感发的能力，我想这很可能是何以《周礼·春官》记载“以乐语教国子”时，要把“兴”列在第一位的缘故，而这种训练对于国子们将来一旦“使于四方”要随时随地“赋诗言志”时，当然会有莫大的帮助。至于所谓“道”的训练，郑注以为“道”字应读为“导”，又加以解释说：“导者，言古以剀今也。”贾疏以为“导”有“导引”之义，又解释“言古以剀今”的意思说：“谓若诗陈古以刺幽王、厉王之辈，皆是。”[③]关于这种读诗的训练，与前面所提出的“兴”字也有着莫大的关系。“兴”字指读诗时应具有一种感发的能力，而“道”字的意思则是指对于感发之指向的一种导引，其重点则是要从古人之诗义能够为今人所用，而且贵在能藉之以反映出对时代政教之善恶的一种美刺的作用。这种以政教为主的联想，在“赋诗言志”的场合中，当然也有莫大的帮助。而为了要达到这种对于诗歌可以有随时随地的感发，并且可以灵活自如的运用之目的，因此在对于“国子”的训练中，遂又提出了“讽”与“诵”的要求。郑注以为“倍文曰讽，以声节之曰诵”。贾疏以为“‘倍文曰讽’者，谓不开读之”。至于“以声节之曰诵”则是“亦皆背文”。不过“讽”之背读“无吟咏”，“诵则非直背文，又为吟咏，以声节之为异[④]。”可见“讽”与“诵”的训练乃是既要国子们把诗歌背读下来，而且要学会诗歌的吟诵之声调。当国子们有了这种背读吟诵的训练以后，于是就可以有所谓“言”和“语”的练习了。郑注以为：“发端曰言，答述曰语。”贾疏引

---

① 《迦陵论诗丛稿》第 348 页，中华书局 1984 年版。

② 《论语·阳货》，见朱熹《四书集注》第 787 页，台北中华丛书 1958 年版。

③ 《周礼注疏》第 336 页，上海古籍出版社 1990 年版。

④ 《周礼注疏》第 336 页，上海古籍出版社 1990 年版。

《毛诗·公刘》传云:“直言曰言,答述曰语[①]。”总之“言”和“语”应该乃是引用诗句以为酬应对答的一种练习。透过以上的论述,我们已可清楚地见到,在中国古典诗歌的教学训练中吟诵所占有的重要位置,以及其源流之久远悠长。虽然周代的诗歌教学之重视吟诵之训练,原有其为了以后可以“赋诗言志”的实用之目的,但这种对吟诵的重视,事实上却是在其脱离了“赋诗言志”之实用目的以后,才更显示出它对中国古典诗歌在形式方面所形成的重视顿挫韵律之特色,以及在本质方面所形成的重视兴发感动之作用的特色,所造成的极为重大的影响。而且在形式之特色与本质之特色两者间,更有着互相牵连互相作用的极密切之关系。下面我就将对中国古典诗歌由于吟诵之传统所造成的形式与本质两方面的特色及其相互间的关系,略做简单之论述。

先谈吟诵在诗歌形式方面所造成的特色。要想讨论此一问题,我们首先就要对中国语文的特色先有一些基本的认识。中国语文是独体单音的,不像西方的拼音语言,可以因字母的拼合而有音节多少和轻音与重音的许多变化。在这种情况下,以一种独体单音的语文而要寻求一种诗歌之语言的节奏感,因此中国的诗歌遂自然就形成了一种对于诗句吟诵时之顿挫的重视。而中国古典诗歌之节奏感的形成,也就主要依赖于诗句中词字的组合在吟诵时所造成的一种顿挫的律动。关于这方面,早在三十年前我所写的《中国诗体之演进》一文中,也已曾有所讨论。约而言之,则四言诗之节奏以二、二的顿挫为主;五言诗之节奏以二、三之顿挫为主;七言诗之节奏以四、三之顿挫为主。中国最早的一部诗歌总集之所以会形成以四言句为主的体式,主要就因为以单音独体为特色的中国语文要想形成一种节奏感,其最简短的、最原始的一种可能的句式,必然是四言的体式。所以挚虞在其《文章流别论》中就曾经说:“雅音之韵,四言为正”,以为其可以“成声为节”[②]。这主要就指的是四言之句在吟诵的声调中可以形成一种节奏感。至于五言诗句之二、三的顿挫,则应是诗歌与散文在句式上分途划境的开

① 《周礼注疏》第336页,上海古籍出版社1990年版。

② 《挚太常集》,见《汉魏六朝百三家集》第六函,第三二册,第38页,光绪乙卯信述堂重刻本。

始。因为一般而言散文的五字句往往是三、二的顿挫，而诗歌中的五言句则决不允许有三、二的顿挫。说到这里，我还想补充一点说明，那就是在词和曲的五字句中，也可以有三、二或甚至是一、四的顿挫，而惟有诗之五字句却必须是二、三的顿挫。这种现象就恰好帮助我们说明了诗歌之体式，其既不同于朗读为主的散文，也不同于歌唱为主的词曲，而是以吟诵为主的一种特殊的性质。至于七言诗句之以四、三之顿挫为主，则基本上乃是五言诗句的二、三之顿挫的延伸，所以七言诗句之四、三的顿挫，有时也可以再细分为二、二、三之顿挫，却决然不可以有三、四之顿挫。并且即使当文法上之结构与此种顿挫之结构发生了矛盾时，讲解时虽可依文法之结构，但在吟诵时却仍必须依顿挫之结构。

除去在顿挫方面诗歌体式之形成及演变与吟诵之习惯有着密切的关系以外，在押韵的方面，诗歌之体式的形成也同样曾受有吟诵之习惯的影响。最明显的一点值得注意之处，就是词曲中往往有可以平仄通押的现象，《诗经》中亦有此现象，但《诗经》之时代，尚无所谓四声之分别，自可置而不论。可是在五、七言诗中的押韵的韵脚，却必须是同一个声调的韵字，即使可以换韵，却决不可平仄通押。清朝的著名声韵学家江永，在其《古韵标准例言》中，就曾对此提出讨论说："如后人诗余歌曲，正以杂用四声为节奏，诗歌何独不然？"①郭绍虞先生在其《永明声病说》一文中，就曾据江永之讨论提出解释说："四声之应用于文词韵脚的方面，实在另有其特殊的需要。这特殊的需要，即是由于吟诵的关系。"又说："吟诵则与歌的音节显有不同。……自诗不歌而诵之后，即逐渐离开了歌的音节，而偏向到诵的音节。"又说："歌的韵可随曲谐适，故无方易转。"而"吟的韵须分析得严，故一定难移"②。这当然也就证明了中国诗歌在押韵方面之所以不同于词曲之四声可以通押，实在也是因为受了吟诵习惯之影响的缘故。

以上我们所讨论的有关中国古典诗歌在顿挫和押韵之形式方面所受到

① 江永《古韵标准例言》，见《百部丛书集成》所收《贷园丛书》第二函，第一册，第5页。

② 郭绍虞《永明声病说》，见《照隅室古典文学论集》上编，第224页，上海古籍出版社1983年版。

的吟诵习惯之影响，可以说乃是全出于吟诵时口吻声气的自然需要而造成的结果。但除此之外，中国古典诗歌在形式方面却还有一项特色，则是由于把吟诵时声吻的自然需求加以人工化了的结果，那就是近体诗之平仄的声律方面的特色。本来，以中国语文之独体单音的性质，要想在形式方面造成一种抑扬高低的美感效果，则声调之讲求必然是一项重要的要求。虽然古代的作者还并没有对四声的认知，但这却并未妨害他们对于声调之抑扬长短的体会。即如汉代的司马相如，在其《答盛览问作赋》一文中，便曾提出过“一经一纬，一宫一商”之说①。其后陆机在《文赋》一篇作品中，也曾提出过“暨音声之迭代，若五色之相宣”的说法②。可见早在四声之说出现以前，前代的作者也早曾注意到了声调的问题。而更值得注意的，则是司马相如与陆机两个人都是长于写赋的作者，而且司马相如更是在答人问作赋时，提出来的“一宫一商”之说，可见这种对声调之觉醒，实在与“赋”这种文体之写作有着密切的关系。而赋这种文体之特色则在其具有一种“不歌而诵”的特色，也就是说赋与诗之最大的区别，乃在于古代的诗是可以合乐而歌的，而赋则是只供朗诵的。而当诗不再合乐歌唱而也只用诵读的方式来吟诵时，当然便与赋之不歌而诵的读诵有了相似之处。虽然诗之吟诵因为韵律节奏的关系，较之赋之朗诵更多抑扬宛转之致，但二者在不依傍音乐的乐谱而要寻求一种纯然出之口吻声气间的声调之美的一点则是相同的。而这种寻求的结果，遂使得如司马相如和陆机等赋家，发现到了“一宫一商”和“音声迭代”的妙用。等到齐梁以后的诗人对于平仄四声有了明白的反应和认知以后，于是遂不仅在诗体方面有了律体的诗，在赋诗方面便也有了律体的赋。这种格律的完成，虽然与以前出于口吻声气之自然的声调之美，已有了很大的不同，但格律之完成之并非为了配乐歌唱的需要，而是为了吟咏诵读的需要，这种关系乃是明白可见的。

以上我们既然从顿挫、押韵与声律各方面说明了吟诵对诗歌之形式方

---

① 司马相如《答盛览问作赋》，引自《西京杂记》，见《历代小史》第59页，广陵古籍据明刊本影印。

② 陆机《文赋》，见《文选》第226页，上海世界书局1935年版。

面所造成的影响，现在我们就将再从诗歌之兴发感动作用之本质方面，也谈一谈吟诵的影响。首先我们该注意到的就是当一个人内心有了某种激动之感情时，常不免会有一种想要用声音来加以宣泄的生理上之本能的需要。而当人类的文明进化到有了诗歌以后，于是这种内心之情志的兴发感动，遂不仅只表现为单纯的发声，还有了与声音相配合的文字，然后才逐渐更进一步地有了配诗之乐与合乐之舞，《毛诗·大序》中所说的“诗者，志之所之也，在心为志，发言为诗。情动于中而形于言，言之不足故嗟叹之，嗟叹之不足故永歌之，永歌之不足，不知手之舞之，足之蹈之也。”①这当然乃是在诗歌可以合乐而歌舞的《诗经》时代的现象。而当诗歌脱离了合乐而歌之时代，而进入到吟诵之时代的时候，中国的诗文论著中对于诗文与吟诵之音声的关系，遂有了更进一步的认识。即如我们在前文所曾提到的文论家陆机，在其《文赋》中就曾注意到在创作的感发中声音的重要性说：“若夫应感之会……思风发于胸臆，言泉流于唇齿。……文徽徽以溢目，音泠泠而盈耳。”②另外齐梁之间的一位著名的文论家刘勰，也曾在其《文心雕龙》的《神思》篇中论及创作的感发与联想时，注意到吟咏之声调的重要性说：“文之思也，其神远矣。故寂然凝虑，思接千载；悄焉动容，视通万里；吟咏之间，吐纳珠玉之声；眉睫之前，卷舒风云之色。”又说：“然后使玄解之宰，寻声律而定墨；独照之匠，窥意象而运斤；此盖驭文之首术，谋篇之大端。”③可见无论是陆机或刘勰，这两位对文学深有体会的文论家，都同样注意到了“唇齿”之“言泉”和“吟咏”之“声”调，乃是伴随着“应感”和“神思”一同流溢和运行的一种创作活动。以上所引陆氏与刘氏之说，还不过只是对于诗文创作与声吻吟诵之关系的泛论而已；此外刘氏更曾在其《声律》篇中论及诗歌之声律与人之自然声吻的密切关系，谓：“故言语者文章，神明枢机，吐纳律吕，唇吻而已。”又论及音声在创作中与辞字之关系，说：“声转于吻，玲玲如振玉；辞靡于耳，累累如贯珠矣。”更论及吟咏之重要性，云：“是以声画妍蚩，寄在吟咏，吟咏

① 《毛诗·大序》，见《十三经注疏》，册二，第13页，台湾艺文1965年版。

② 《文赋》，见《文选》第226页，上海世界书局1935年版。

③ 刘勰《文心雕龙·神思》第493页，台北明伦书局1970年版。

滋味,流于字句。”[①]所以中国古代诗人作诗总说“吟诗”或“咏诗”,这并不是随便泛言之辞,而是古人作诗时是确实常伴随着吟咏出之的。而且古代的诗人不仅伴随着吟咏来作诗,还更伴随着吟咏来改诗。所以唐诗中有两句为后人所熟知的描写苦吟的诗,说是“吟安一个字,撚断数茎鬚。”[②]杜甫在《解闷十二首》的诗中也曾提到他的一种“解闷”之法,说“陶冶性灵存底物,新诗改罢自长吟”[③]。此外杜甫与友人相聚时,也经常以吟诗为乐,他在《题郑十八著作丈故居》一诗中,怀念天宝乱后被远贬到台州的好友郑虔时,就曾经写有“酒酣懒舞谁相拽,诗罢能吟不复听”[④]的句子。而且当时不仅是成年的诗人们可以相聚吟诗为乐,就是稚年的童子也一样会吟诗,杜甫在《陪郑广文游何将军山林》一组诗中,就曾写到在何将军家里听小孩子们吟诗的事,说“将军不好武,稚子总能文。醒酒微风入,听诗静夜分。”[⑤]诗而可“听”,则其吟诵时之富于声调之美,自可想见。所以后来宋朝赵蕃所写的一首《学诗》诗,就曾有“学诗浑似学参禅,要保心传与耳传”[⑥]之句。因此口头的吟诵,实在应该是学习写作诗歌和欣赏诗歌的一项重要训练。杜甫的诗之所以特别富于感发力量,就应该是与他的长于吟诵分不开的。至于唐代的另一位与杜甫并称的大诗人李白,虽然不像杜甫之以工于诗律见称,但李白却实在也是一位长于吟咏而且以此自负的诗人。李白应该也是从童少年时代就学会了吟诗的,有两首相传是李白少作的诗,一首题为《初月》,另一首题为《雨后望月》,前一诗中曾有“临风一咏诗”之句,后一诗中则曾有“长吟到五更”[⑦]之句,则其从童少年时代便已养成吟诗之习惯,从而可想。所以后来李白在其《夜泊牛渚怀古》一首名诗中,才会写出了“余亦能高咏,斯人不可闻”[⑧]的句子,表现了他自己对“能高咏”的自负。把自己和晋朝的因

① 刘勰《文心雕龙·声律》,第542—543页,台北明伦书局1970年版。

② 卢延让《苦吟》,见《全唐诗》卷七一五,第8212页,中华书局1979年版。

③ 《杜诗镜诠》卷一七,第613页,台北新兴书局1970年版。

④ 《杜诗镜诠》卷四,第204页,台北新兴书局1970年版。

⑤ 《杜诗镜诠》卷二,第122页,台北新兴书局1970年版。

⑥ 赵蕃(号章泉先生)《学诗》诗见《诗人玉屑》卷一,第8页,中华书局1961年版。

⑦ 《李白全集编年注释》第1及2页,巴蜀书社1990年版。

⑧ 《新评唐诗三百首》第159页,广东人民出版社1982年版。

吟诗而得到谢尚之赏拔的袁宏相比，而慨叹自己之无人知赏。所以李白虽不是一个喜欢拘守声律的诗人，但却决不是一个不熟于声律的人，唯其能够熟于声律却又不拘于声律，所以才能写出像《蜀道难》、《梦游天姥吟留别》和《鸣皋歌送岑征君》等，如沈德潜所赞美的“大江无风，涛浪自涌，白云卷舒，从风变灭”[①]的伟大的诗篇，突破了死板的声律而却在格律以外之抑扬长短和顿挫押韵的变化无方之中，自然形成了一种声情相生的“笔落惊风雨，诗成泣鬼神”[②]的感发的力量，而他的“能高咏”，就正与这种感发的效果有着密切的关系。所谓“声情相生”，使作者内心的情意伴随着声音一起涌出，然后才落纸成为文字，这正是中国古典诗歌何以特别富于直接的兴发感动之力量的一个主要的原因。清代的曾国藩在写给他儿子曾纪泽的家信中，就曾提出过作诗要伴随着吟咏才能富于感发之力的说法，谓“凡作诗最宜讲究声调”，因此要学作诗，乃必须“先之以高声朗诵以昌其气，继之以密咏恬吟以玩其味，二者并追，使古人之声调拂拂然若与我之喉舌相习”。如此作出诗来才会“自觉琅琅可诵，引出一种兴会来”。曾氏之说确实乃是学诗之人的最佳入门途径。而且曾氏对于辞字与声调的配合，还曾提出过一段绝妙的理论说：“盖有字句之诗，人籁也。无字句之诗，天籁也。解此者，能使天籁人籁凑泊而成，则于诗之道思过半矣[③]。”私意以为曾氏所说的“天籁”，其实就是刘勰在《文心雕龙·声律》篇中所提出的“神明枢机，吐纳律吕”的一种声吻间所自然形成的节奏感；而所谓“天籁人籁凑泊而成”则正是本文在前面所提到的“声情”相生，使文字伴随着声音和情意一起涌出的一种作诗的方法，而这正是一定要熟读方能达到的作诗的最高境界。

六十年代中，美国的高友工和梅祖麟两位教授，曾经合写过一篇论文，题为《杜甫〈秋兴〉析论——一个语言学之文学批评的尝试》(“Tu Fu′s ‘Autumn Meditation’: An Exercise in Linguistic Criticism”)，发表于1968年的《哈佛大学亚洲研究学报》(*Harvard Journal of Asiatic Studies*)第28

① 沈德潜《说诗晬语》，见《清诗话》第484页，台北西南书局1979年版。

② 杜甫《赠李十二白》，见《杜诗镜诠》卷六，第262页，台北新兴书局1970年版。

③ 《曾文正公全集》，见《近代中国史料丛刊续辑》第九种第三册，第20368—20369页，台湾文海1974年版。

期中，引用了西方批评理论中的李查兹(I. A. Richards)、恩普逊(William Empson)、傅莱(Northrope Frye)及卡姆斯基(Chomsky)诸家的理论与方法，从语音之模式(phonic patterns)、节奏之变化(Variation in rhythm)、语法之类似(Syntactic mimesis)、文法之模棱(Gramatical ambiguity)、形象之繁复(Complex imagery)及语汇之不谐调(Dissonance in diction)各方面，对杜甫《秋兴》八诗做了细致的分析。而归结出一个结论，以为中国传统批评之赞美杜甫者往往都是从他的忠爱缠绵等内容之情意方面来加以称述，但这种称述实在乃是属于诗歌以外的评论，而诗歌本身则是一种精美的语言的加工品①。所以高、梅二位教授的这篇论文就是对杜诗之精美的语言艺术所作的论析。梅、高二位的论述自然极为有见，不过杜诗之语言的精美如其《秋兴》八首之语音、节奏、语法、文法、形象和语汇各方面的变化运用之妙，却实在并非出于头脑的理性的思索安排，而是出于杜甫内心之感发与其吟诵中的声调之感发相结合，形成的一种出自直感的选择之能力。这正是吟诵在古典诗歌之创作中的一种妙用。

以上我们既讨论了吟诵在诗歌的创作方面可能形成的一种直接感发之妙用。现在我们就将再谈一谈吟诵在读者或听者方面所可能形成的感发之妙用。关于这方面的妙用，中国前代的读书人当然也早曾注意及之。俗语说“熟读唐诗三百首，不会吟诗也会吟”，又说“书读百遍，其义自见”，则吟诵对于读者学习古代诗文之妙用已可概知。清代的曾国藩也曾经把这种妙用传授给他的儿子，在《家训·字谕纪泽》中谈到朗诵和吟咏对于学习诗文的重要性时说：“如四书、《诗》、《书》、《易经》、《左传》、《昭明文选》，李、杜、韩、苏之诗，韩、欧、曾、王之文，非高声朗诵则不能得其雄伟之概，非密咏恬吟则不能探其深远之趣”。② 曾氏所提出的“高声朗诵”和“密咏恬吟”两种读诵法实在非常重要，大抵一般而言，高声朗诵之时声音占主要之地位，因此读者所得的主要是声音方面所呈现的气势气概，而在密咏恬吟之时则声音之

---

① *Harvard Journal of Asiatic Studies Vol*. 28, 1968, *pp*. 44—73.

② 《曾文正公全集》，见《近代中国史料丛刊续辑》第九种第三册，第 20363 页，台湾文海 1974 年版。

比重较轻，因此读者遂得伴随着声音更用沉思来体会作品中深远之意味。可见吟诵乃是引发读者对作品有直觉之感受和深入之了解的一种重要方式。历史上也曾记载有不少关于吟诵带给人强烈之感动的记载，即如《晋书·王敦传》就曾记载说："敦欲专制朝廷，有问鼎之心。每酒后，辄咏魏武帝乐府歌曰：'老骥伏枥，志在千里。烈士暮年，壮心不已'。以如意打唾壶为节，壶边尽缺。"[①]则王敦在吟诵此四句诗时，其内心之感动可知。所以后世形容对诗文之欣赏还常说"唾壶击缺"，此一成语就足以说明吟诵在诗文之欣赏中所形成的感发力量之强大了。而且吟诵还不只是能使吟诵者自己感发而已，有时还可以对聆听吟诵的人也同样造成一种感发。李商隐的《柳枝诗·序》就曾记载了一段因听人吟诗而对诗之作者产生了爱情的动人故事。原来柳枝是一个不同于一般的女子，喜欢"吹叶嚼蕊，调丝擫管"，能够"作天海风涛之曲，幽忆怨断之音"。有一天李商隐的从兄弟让山在柳枝家的附近吟诵李商隐的《燕台》诗，柳枝听到后，立即"惊问'谁人有此？谁人为是？'"而且"手断长带"，请让山代邀李商隐相见，表现得极为动情[②]。可惜后来柳枝被"东诸侯取去"，而李商隐则只留下了一些缠绵悱恻的诗篇。透过李商隐的诗和序文中对柳枝的描述来看，这可以说是中国诗史中极为美丽动人的一则爱情故事，那主要就因为柳枝与李商隐的互相赏爱，乃是透过诗歌的吟诵而结识的，因此其间便自然有了一种属于心灵之相通而不仅只是色相之倾慕的深心的知赏。所以后来蒲松龄在《聊斋志异》中写人鬼异类相恋的故事如《连琐》、《白秋练》等，就甚至也都以诗歌之吟诵，作为了相感通之情节的媒介[③]，则吟诵之具含一种可以感发的妙用，也就从而可知了。

以上我们对于吟诵在诗歌本质方面所可能形成的兴发感动之作用，虽然已经从作者与读者及听者各方面，都做了相当的论述；但事实上在中国古典诗歌之传统中，却还有另外一项更为微妙的感发作用，甚至比前面所提的几种感发作用，更为值得注意。那就是孔子与弟子论诗时，以实例所显示出

---

① 《晋书·王敦传》卷九八，列传六八，第 497 页，上海大光书局 1936 年版。

② 李商隐《柳枝诗·序》，见《李商隐诗集疏注》第 565 页，人民文学出版社 1985 年版。

③ 蒲松龄《聊斋志异》上册，第 331 页及下册，第 1482 页，上海中华书局 1962 年版。

来的，一种可以由读诗人自由发挥联想的感发作用。即如《论语》的第一篇《学而》，就曾记述有一段孔子与子贡的谈话："子贡曰：'贫而无谄，富而无骄，何如'？子曰：'可也。未若贫而乐，富而好礼者也。'子贡曰：'《诗》云："如切如磋，如琢如磨"，其斯之谓与？'子曰'赐也，始可与言诗已矣，告诸往而知来者。'"[①]另外在第三篇《八佾》中又记载有一段孔子与子夏的谈话："子夏问曰：'巧笑倩兮，美目盼兮，素以为绚兮，何谓也？'子曰：'绘事后素。'曰：'礼后乎？'子曰：'起予者商也，始可与言诗已矣[②]'。"从这两段孔子赞美其弟子"可与言诗"的记叙来看，我们已可清楚地见到，孔子教弟子学诗时所重视的，原来乃是贵在从诗句中得到一种兴发感动的作用。虽然在这两段记叙中都未曾提到过"吟诵"的字样，但我们从他们师生间之问答如流、衷心相契的情况来看，则这些弟子们之曾受有"兴、道、讽、诵、言、语"一类的训练，乃是从而可想的。虽然《周礼·春官》所记载的这种训练，原有其为了以后"使于四方"在聘问交接中"赋诗言志"的实用之目的，但值得注意的则是孔子与弟子之问答中，所显示的兴发感动之重点，则主要乃在于进德修身方面的修养，而这也就形成了中国所谓"诗教"的一个重要的传统。谈到"诗教"，若依其广义者而言，私意以为本该是指由诗歌的兴发感动之本质，对读者所产生的一种兴发感动之作用。这种兴发感动之本质与作用，就作者而言，乃是产生于其对自然界及人事界之宇宙万物万事的一种"情动于中"的关怀之情；而就读者而言，则正是透过诗歌的感发，要使这种"情动于中"的关怀之情，得到一种生生不已的延续。所以马一浮在其《复性书院讲录》中，就曾认为这种兴发感动乃是一种"仁心"本质的苏醒，说"所谓感而遂通"，"须是如迷忽觉，如梦忽醒，如仆者之起，如病者之苏，方是兴也"。又说："兴便有仁的意思，是天理发动处，其机不容已，诗教从此流出，即仁心从此现。"[③]我认为这是对于广义之"诗教"而言的一种极能掌握其重点的体认和说法。因此在教学中，每当同学们问起"读诗有什么用"的问题时，我总常回

① 《论语·学而》，见朱熹《四书集注》第27—29页，台北中华丛书1958年版。

② 《论语·八佾》，见朱熹《四书集注》第93—95页，台北中华丛书1958年版。

③ 马一浮《复性书院讲录》卷二，第36页，台北广文书局1979年版。

答说:“诗之为用乃是要使读诗者有一种生生不已的富于感发的不死的心灵。”而且这种感发还不仅只是一对一的感动而已,而是一可以生二,二可以生三,以至于无穷之衍生的延续。我们在前文所举引的《论语》中孔子与弟子论诗的话,可以说就是孔门诗教注重感发之联想的一个很好的证明。而且从孔子与弟子论诗的例证来看,这种联想实极为自由,甚至不必受诗歌本义之拘限,可是又因为其感发之本质乃是出于一种“仁心”的苏醒,所以在自由之联想中,乃又能不失其可以进德修业的效果。如果以近人为例证,则王国维之以“成大事业、大学问之三种境界”来评说晏、欧之小词[1],无疑的应该乃是属于孔门诗教之同一类型的,注重感发与联想之作用的读诗与说诗之方式的一脉真传的延续。而更值得注意的则是,这种古老的孔门诗教之观念,乃正与西方近代的接受美学中的某些理论,有着不少暗合之处。其一是接受美学同样也承认读者在阅读时可以有一种背离作品原意的自由的联想;其二是接受美学也承认阅读的过程就是一个再创造的过程,也就是读者自身改变的过程。关于这些暗合之处,我以前在《迦陵随笔》和《唐宋词十七讲》及最近出版的《诗馨篇》序言中,曾分别引用过意大利的接受美学家弗兰哥·墨尔加利(Franco Meregalli)及德国接受美学家沃夫岗·伊塞尔(Wolfgang Iser)的论点做过说明[2]。总之中国传统诗论之认为诗歌可以有一种兴发感动的作用,甚至可以对读者产生一种变化气质的结果,并不是古老落伍的空言,而是在今日西方细密的文学理论中也可得到印证的一种在阅读之体验的过程中,所必然会获致的一种结果。只不过就诗歌而言,则熟读吟诵实在乃是使这种兴发感动之作用达到更好之发挥的一种必要之训练,这种重要性乃是学诗和教诗之人所决然不可不知的。只可惜所谓“诗教”者,既自汉儒之说诗便使之蒙受了美刺之说的拘限,而失去了其原有的自由感发之活泼的生命,而只成了一种迂腐的陈言,再加之自“五四”以来对于以背诵为主的古典教学方式之盲目的反对,遂使得我国古典诗歌中这一

---

① 王国维《人间词话》,见《词话丛编》册五,第4245页。

② 《迦陵随笔》,见《中国词学的现代观》第107页,及《唐宋词十七讲》第509—515页,及《诗馨篇·序》册上,第8—9页。

宝贵的兴发感动之传统，竟落到了今日之没落消亡的地步，这种现象实在是深可为之浩叹的。

关于熟读朗诵在诗歌教学中的重要性，这在西方也是对之极为重视的。即如在美国英诗课中所常用的一本教材，肯奈迪（X. J. kennedy）所编著的《诗歌概论》（*An Introduction to Poetry*）一书中，开端第一章首先提出的就是诗歌的读诵，以为读诗不能“只用眼睛去阅读”（Just let your eye light on it）[①]，虽然用眼睛阅读一首诗，也可体会出一些意味来，但却决不会有深入的全部的体会。读诗要反复多读细心吟味，不能像读散文一样，明白意思就算了，更不能像读报纸一样“匆匆阅过”（galloped over）。愈是好诗，愈要多读熟诵，“甚至数十百遍以后，仍能感到尚有不尽之余味”（after ten，twenty or a hundred readings——still go on yielding）[②]，肯氏还曾引一位名叫吉拉德·曼雷·霍浦金斯（Gerard Manley Hopkins）的诗人的话说：“聆听诗歌的诵读，其所得更胜过意义的了解”（even over and above its interest of meaning）。[③] 又说读诗最好是大声朗诵，或聆听别人的朗诵，如此一定能体会出只凭眼睛阅读所不能感受到的更多的意味。[④] 此外，在该书的第八章中，肯氏还曾提出诗歌中声音的重要性，以为大多数好诗都有富于意义的声音和音乐性的声音（*meaningful sound as Well as musical sound*）[⑤]。肯氏更曾提出说高声朗诵是增强对诗歌了解的一种方法，因此要“学习赋予诗歌以你自己的声音的这种艺术”（practice the art of lending poetry your voice）[⑥]。

以上肯氏之说主要乃是对诵读在诗歌之教学方面之重要性而言的。至于再就声音之感发在诗歌之创作方面的重要性而言，则私意以为当代法国一位才华横溢的女学者朱丽亚·克利斯特娃（Julia kristeva）在其《诗歌语

① X. J. Kennedy, *An Introduction to Poetry* (Harper Collins Publishers, 1990, 7th ed.) p. 1.

② X. J. Kennedy, *An Introduction to Poetry* (Harper Collins Publishers, 1990, 7th ed.) p. 1.

③ X. J. Kennedy, *An Introduction to Poetry* (Harper Collins Publishers, 1990, 7th ed.) p. 1-2.

④ X. J. Kennedy, *An Introduction to Poetry* (Harper Collins Publishers, 1990, 7th ed.) p. 2.

⑤ X. J. Kennedy, *An Introduction to Poetry* (Harper Collins Publishers, 1990, 7th ed.) p. 125.

⑥ X. J. Kennedy, *An Introduction to Poetry* (Harper Collins Publishers, 1990, 7th ed.) p. 141.

言的革命》(*Revolution in Poetic Language*)及其《语言之意欲》(*Desire in Language*)二书中所提出的一些说法,实在极可注意。克氏对于诗歌创作的原动力有她自己的一套理论,她曾借用希腊文中的'*Chora*'一词来指称这种原始的动力,她以为'Chora'是一种最基本的动能(*an essentially mobile*),是由瞬息变异的发音律动所组成的(*extremely provisional articulation constituted by movements and their ephemeral stases*)[①]。又以为"chora"乃是不成为符示而先于符示的一种作用,它是类似于发声或动态的一种律动(is analogous only to vocal or kinetic rhythm)[②]。克氏又曾举引苏联诗人马雅可夫斯基(Vldimir Mayakovsky)在其《诗是怎样作成的》(*How Are Verses Made*)一书中的一段话,说"当我一个人摆着双臂行走时,口中发出不成文字的喃喃之声(Waving my arms and mumbling almost wordlessly),于是而形成为一种韵律(rhythm is trimmed and takes shape),而韵律则是一切诗歌作品的基础(rhythm is the basis of any poetic work)。"[③]克氏所提出的"chora"一词,虽看似十分新异,但事实上她对声音之感发在诗歌创作中之重要性的体认,却实在与中国古典诗论中"兴"的观念,以及中国古典诗歌在吟诵与写作之实践中的体认,有着不少暗合之处。

关于"兴"之为义,如果就汉代经师的说法而言,自然有所谓美刺政教的许多意义。但这些说法却往往只是一种牵强比附之词,而事实上就"兴"之最基本、最原始的意思而言,则私意以为原该只是指一种兴发感动之作用。如我在前文所言,"兴"的作品一般本是指"由物象所引起"的一种感发,不过这种感发却实在还有一点值得注意之处,那就是这种引起感发的"物象",有时与后面所叙写的诗意却似乎并无意义上的关联。因此我在《中国古典诗歌中形象与情意之关系例说》一文中,乃又曾补充说:"这种感发关系,也许

---

① Julia Kristeva, *Revolution in Poetic Language*, (New York, Columbia University Press, 1984), p. 25.

② Julia Kristeva, *Revolution in Poetic Language*, (New York, Columbia University Press, 1984), p. 26.

③ Julia Kristeva, *Desire in Language*, (New York, Columbia University Press, 1980), p. 28.

并非理性可以解说,然而却必然有着某种感性的关联,既可能为情意之相通,也可能为音声之相应[①]。"而如果就"兴"之直接感发的特色而言,则"音声之相应"实在应该乃是较之"情意之相通"还更为基本的一种引起感发之动力。关于这种情况,前人也曾经注意及之。即如宋代的郑樵在《昆虫草木略》中,就曾经说过"夫诗之本在声,而声之本在兴;鸟兽草木乃发兴之本"[②]的话。郑樵又曾批评汉儒,说"汉儒之言诗者,既不论声,又不知兴,故鸟兽草木之学废矣"[③]。近人朱自清在其《关于兴诗的意见》一文中,对此种感觉作用曾有更明白的说法,谓"由近及远是一个重要的原则。所歌咏的情事往往非当前所见所闻,这在初民许是不容易骤然领受的;于是乎从当前习见习闻的事指指点点地说起,这便是'起兴'。又因为初民心理简单,不重思想的联系而重感觉的联系,所以'起兴'的句子与下文常是意义不相属,即是没有论理的联系,却在音韵上(韵脚上)相关连着。"[④]写到这里,我又联想到前文所曾引用过的肯奈迪之《诗歌概论》中的一则记述。肯氏在该书论及声音(sound)一章中,曾经举引伊萨克·丁尼森(Isak Dinesen)在其《走出非洲》(*Out of Africa*)一书中所记载的一段故事。丁氏自谓东非一些土著对于韵律有强烈的感受,有一天傍晚,在一片玉蜀黍田里,大家正忙着收获的工作,丁氏开始高声朗诵一些韵句(verses),这些土著虽不明白那些韵句的意义,但却很快就掌握了其中的韵律。他们热切地等待着韵字的出现,每当这些韵字出现时,他们就发出欢快的笑声。而且不断要求丁氏"再说一遍,说得像落雨一样"(speak again, speak like rain)。丁氏以为这应该是赞美的意思。因为在非洲,人们总是期盼着"雨","雨"是被欢迎的[⑤]。这一则故事,当然足以证明本文在前面所说的"音声之相应"乃是引起感发的一种最原始的动力,这应该是古今中外所同然的一种共同现象。克利斯特娃氏之所谓"chora",以及中国之所谓"兴",虽然义界并不相同,但就其对诗歌之创

---

① 《迦陵论诗丛稿》第 339 页,中华书局 1984 年版。

② 郑樵《通志略·昆虫草木略第一·序》第 785 页,上海世界书局 1935 年版。

③ 郑樵《通志略·昆虫草木略第一·序》第 785 页,上海世界书局 1935 年版。

④ 朱自清《关于兴诗的意见》,引自顾颉刚《古史辨》第 684 页,上海古籍出版社 1982 年版。

⑤ 《迦陵随笔》,见《中国词学的现代观》第 124 页。

作的一种原始动力之与音声密切相关这一方面之体认而言则是颇有可以相通之处的。因此对诗歌的高声诵读，实在应该是使得人们内心中可以引生出一种兴发感动之生命的最基本也最重要的培养训练之方式。

说到对诗歌之诵读的培养和训练，又使我联想到了流行在日本中小学之间的一种竞赛游戏。这种游戏的名称叫做“小仓百人一首”，简称“百人一首”。大约早在七百五十年前，日本藤原定家选了自天智天皇至顺德天皇之五百七十多年间的一百位著名歌人的作品。每人选一首，共计一百首和歌，将之书写在京都嵯峨小仓山别墅的屏风上，因称“小仓百人一首”。到了江户时代初期，这百首和歌遂被制成纸牌，供人们在新年期间做为一种室内的游戏。至元禄时代已极为盛行。直至现代，日本的中小学校仍训练学生们利用暑假期间将这百首和歌背诵熟记，到了新年期间就举行盛大的“百人一首”的竞赛游戏。这种纸牌共二百张，一百张写诗之上半首由吟诵者吟唱，另一百张为和牌，写诗之下半首，并绘有图画。游戏时分两组，每组各分五十张和牌，比赛时，各把五十张和牌摊放在面前，然后仔细聆听唱牌人的吟诵，听到所吟诵的上句后，要尽快将面前所摊放的写有下句的和牌找到取出。如果下句的和牌是摊放在对手面前的，则将对手和牌取出后，可将自己面前的一张和牌移放到对手面前，直到比赛之一方面前的和牌先取净者为胜。这种游戏到目前在日本仍很流行。我曾经询问过好几位日本友人，她们都说在学生时代曾参加过此种背诵和歌的游戏，而且那时背诵过的歌往往终生不忘。在与日本的对比之下，我实在为我们这个曾经以诗自豪的古老的中国感到惭愧。我们在过年的节日中所流行的室内游戏，乃是麻将、扑克、掷骰子，也许现在还该加上电子游戏，但却没有一项如日本之“百人一首”的寓文化教育于娱乐的，足以培养青少年对祖国诗歌传统之学习兴趣的游戏项目。其实如果与日本相比较，中国的诗歌不仅历史更悠久，数量更丰富，而且以内容言，中国诗歌“言志”之传统所引发出来的情意，也较之日本和歌之一般只吟咏景物山川与离别今昔之即兴式的短歌要深广得多。更何况中国诗歌具有明显之韵脚，也较之无韵脚的日本诗歌更易于背读和吟诵。况且中国诗歌透过韵律所传达出来的感发力量，也较之日本诗歌更为丰美；可是，我们乃竟然没有一种重视诗歌之宝贵传统的教学和普及的办法，这实在是极值得我们深思反省的一个重大的问题。

关于重振中国诗歌的吟诵之传统，就今日社会之情况而言，当然仍有着不少困难，首先是因为曾接受过此种训练的人已经不多，能真正体会吟诵之作用与效果的人日少，因此先不用说师资难觅，即使只就意识观念而言，很多人也会因自己对此一传统之无所体悟和了解，而在心理上先就对之存有了一种轻视和反对的心态。其次就教学方面而言，也先不说今日大学中文系的诗歌教学，已不重视背读吟诵的训练；即使有人要学生强记硬背，以考试默写来督促学生们背诵，也将因为方法不当及为时已晚而决不会收到良好的效果。我这样说，是从我数十年来从事诗歌之读诵写作与教学之经验中所体会出来的一点认识。先就我个人学诗的经历而言，我之学诗就是从童年时代的吟诵开始的。关于这一段经历，我在三十多年前所写的题为《从李义山〈嫦娥〉诗谈起》一文中，曾经有所叙述[①]。我当时对古诗中的深意妙解实在并无所知，只是像唱儿歌一样的吟诵而已。我想我那时大概也正像前引丁尼森氏在《走出非洲》一书中所写的土人一样，由于对诗歌的韵律有一种美感的直觉，因此在吟诵中乃自然感到一种欣喜。也就正是在这种并不经意的随口吟诵中，却自然熟悉了诗歌中平仄韵律的配合和变化。所以在我十一岁时，伯父要我写一首诗试试看，我也就随口诌出了一首七言绝句来。这使我又联想到了我的一个侄孙女的故事。当她不过只有一岁多的时候，我弟弟就常教她吟诵一些小诗，两年后有一次我回北京老家，我弟弟就要她背几首诗给我听。她背了好几首诗都背得音调铿锵，颇能掌握诗歌的韵律美，我正在夸奖她时，她却出了一个错误，那是李商隐的一首题为《乐游原》的五言绝句。诗的末两句本是“夕阳无限好，只是近黄昏”[②]，她在背诵时竟把这首诗的末一句与她所背诵的另一首贺知章的《还乡偶书》中的“乡音无改鬓毛衰”[③] 的诗句弄混了，因此把李商隐这诗的末两句，背成了“夕阳无限好，只是鬓毛衰”，我弟弟当然立刻

---

① 《从李义山〈嫦娥〉诗谈起》，见《迦陵论诗丛稿》，第 65 页，中华书局 1984 年版。

② 李商隐《乐游原》，见《李商隐诗集疏注》，第 31 页，人民文学出版社 1985 年版。

③ 贺知章《还乡偶书》，见《唐诗三百首》第 325 页，上海古籍出版社 1980 年版。

就警告她说“背错了”。而我却由她的错误中见到了一种可喜的现象，那还不只是“鬓毛衰”三个字与上一句“夕阳无限好”在情意上也可以相承而已，而是“鬓毛衰”三个字与原诗的“近黄昏”三个字的平仄四声竟然完全相合。我以为这种情形就恰好说明了她在背诵中已经自然养成了一种对声调之掌握的能力。而据前面我所引的克利斯特娃之说，则声音的律动正该是诗歌之创作的一种最原始的动力。事实证明，我的小侄孙女在熟于吟诵之后，果然在五岁多的时候自己就萌生了一种作诗的冲动。那是一个中秋的夜晚，她自己忽然说要作一首诗，她母亲就按照她所念的句子写了下来寄给我看，她的诗是“天边树玉月，菊花开满枝。人间过佳节，牛郎织女在天边”。这首诗当然不完美，句子既不整齐，也不押韵，而且在开端与结尾重复了“天边”两个字。但我以为其中也仍有一些可喜的现象，那就是无论五字或七字之句，句中的平仄声律都没有违拗之处，而且从“人间”到“天上”也表现了一种自然感发的意趣，确属“孺子可教”之才。那时她背诗的兴趣极高，每天要求他父亲“再教我背一首诗，再教我背一首诗”。后来去报考一所小学，要在报名表上填写特长，她就要求她母亲为她填写“背诗”。可是这次我再回到老家，却发现情形完全改变了，她再也不热心于背诗了。当学校又要求学生们填写特长时，她也不肯再填写背诗了，我问她为什么不再填背诗了，她说因为同学们没有人填背诗为特长，她恐怕老师不会承认这是一种特长。她父亲已经去了日本，没有再教她背诗了，而且也有人以为功课多了没时间再背诗了。于是她对诗歌方面的由吟诵而引生的感发和创作的才能，遂被荒废了下来。这种情形与日本之以竞赛游戏鼓励中小学生背诗的情形相对比，实在极可感慨。以上是关于我自己学诗以及我的侄孙女学诗的一些情况。再就我个人教诗的体验而言，自从我到海外教书以后，因为特殊的环境关系，对于外国的学生们当然难以强迫他们去背诵中国古典的旧诗，此种特殊情况，姑置不论。至于多年前我在台湾各大学任“诗选及习作”之课程时，则确实曾根据课程的要求，为了教学生们习作而强迫他们去背诵所教过的诗歌。因为诗歌乃是不同于口语和散文的另一种语言，如果只靠着所学的平仄韵脚等格律方面的知识去强拼硬凑，而不从吟诵下手去熟悉其声气口吻，那是很不容易作出像样子的好诗的。这种情况，就如同想要学英语的人，如果只学习死板的文法方面的知识，而不肯开口去练习，是决然不会讲出流利的英语一样。不过，我强迫学生们去背诗，却实在并没有收到我所预期的效果。这就正因为我自己乃恰如前文之所言在教学生们背诗的时候，误犯了方法不当的错误。我只是以考试默写的要求来勉强同学们背诵，然而却未曾用吟咏的方式带领同学们养成吟诵的兴趣和习惯。何况到了读大学或研究所的年龄再来学诗歌的吟诵，似嫌为时已晚，因为正如我在前文所言，学习诗歌的语言乃是如同学习另一门外语一样，实地的练习当然重要，而学习的年龄越早，则直感的能力越强，学出来的发音也就越加正确，说出来的话语也就越加流利自然，若等到年龄老大以后再学，则不免事倍功半，要显得困难多了。何况我又根本未曾带领学生们从事过实地的吟诵练习，则我勉强学生背诵之不能收预期之功效，自是可想而知的了。可是就另一方面而言，则我自己却是从自幼吟诵所培养出来的一个说诗人，因此我在讲课时乃特别重视如孔门诗教所说的“诗可以兴”的活泼丰富的感发和联想。以前我曾自我解嘲地说我这种讲课的方式是喜欢“跑野马”，而近来我却为我这种说诗的方式找到了一个西方文论中的批评术语，那就是由瑞士语言学家索绪尔（Ferdinandde Saussure）所提出的“内在文本”（intratextuality）及“外在文本”（extratextuality）发展出来，经过法国解析符号学的女学者克利斯特娃之引申而提出的互为文本（intertextuality）之说。现在此一批评术语已被西方文论所广泛使用，而且已达成了一种共识，那就是任何一种符示作用中，都隐含有多种不同符示系统的换置作用。关于这种换置（transposition），克氏以为其由前一符号系统移换到另一符号系统的作用，乃是透过两种符号系统所共通的一个本能的中介而完成的(the passage to a second via an instinctual intermediary common to the two systems)①，虽然这种所谓“本能的中介”实在极难加以理性的具体的说明。不过其并不允许加以谬说妄指，而必然含有某些可以相通的基本

---

① “Intertextuality”见 *The Kristev Reader* ed. by Toril Moi，(reprinted. 1987，Basil Blackwell Ltd. Oxford，UK.) P. 112.

质素，则是可以断言的。至于就中国的古典旧诗而言，如何养成这种微妙的感发和辨析的能力，我在二十年前所写的《关于评说中国旧诗的几个问题》一文中，也早已有所讨论。我认为要想在评说旧诗时，既有丰富之感发与联想的自由，而又不致流入于谬论妄说的错误，则“熟读吟诵实在是最直接有效的一种方法”。“因为任何一种语言在被使用时，都必然各有其不同的综合妙用，此种随时随地的变化，决非死板的法则之所能尽。而况诗人落笔为诗之际，其内心之情意与形式之音律交感相生，其间之错综变化，当然较之日常口语有着更多精微的妙用。凡此种种，都非仅凭一些死板的法则所能传授，而唯有熟读吟诵才是学习深入了解旧诗语言的唯一方法。”① 可是我在当年担任“诗选及习作”之课程时，却并未曾用吟诵的实践训练，来培养出同学们吟诵的兴趣和习惯。因此既未能在习作方面收到预期的效果，而且在诗歌之诠释和评说方面，也未能使学生们透过吟诵来养成如前所言的在感发和联想中的辨析精微的能力。当然我的学生们中也不乏才智之士，无论在创作方面，研究方面，或评说方面，都曾有人做出了很好的成绩。这是因为一则有些同学原曾在家庭中从小就养成了吟诵的习惯；再则也有些同学虽未曾养成吟诵的习惯，但却生而具有敏锐的感受之能力；更有些同学则精于思辨的理论之分析，因此在大学中虽不传授吟诵，而只要有足够的知识与理论的学习，一般都可培养出不错的学者型的人物。但我仍不得不承认，我当年在教学时未曾提出吟诵的重要性，是对于诗歌之生命的传承失落了一个重要的环节。这是及今思之也仍然使我深怀愧疚之感的。不过尽管如此，当我近年来返回大陆及台湾去讲授中国旧诗时，却也依然未曾对同学们做过任何吟诵实践的训练。其所以然者，主要盖由于目前无论在大陆或台湾，一般人对于吟诵的传统都已经非常陌生，而我回去教书的期限又为时甚短，如果把教学的重点放在吟诵方面，则一方面对于已不熟悉吟诵之效用与传统的同学们来说，他们必将难以蓦然接受这样一种陌生的训练，再则就另一方面来说，则在极短的时期内也必然不会收到什么良好的效果。何况目前在大学或研究所中的学生，他们

① 《迦陵谈诗二集》第 69 页，台北东大书局 1985 年版。

所主要考虑的，乃是如何以速成的效率学到一种研究的方法，写出一篇像样的论文的问题，而并不是如何去感受和掌握诗歌中之生命的问题。本文之所以提出吟诵的重要性，我的目的也并不在于训练研究生，而是想透过诗歌的吟诵，而使国民能自青少年时代就养成一种富于联想与直感的心灵的品质和能力。下面我就将简单谈一谈自己对这方面的一些粗浅的意见。

首先我想要提出来一谈的，乃是吟诵之训练应自童幼之年龄开始的问题。因为童幼年之时的记忆力好，而且直感力强，这两点优势当然是人所共知的常识，但一般教育者却似乎并未能对此两点优势善加掌握和利用，当然更未能了解到如何掌握此两点优势来训练儿童们养成吟诵之习惯和兴趣的重要性，现在我就将把自己个人对这方面的一点看法略加陈述。先从记忆力好的一点优势来说，当儿童们自己还没有养成正确的判断力以前，如何引导他们把自己可宝贵的记忆力用在一门可以终身受用的学习上，这实在应是父母师长们的一项重要责任。不过，记忆力与理解力的发展之间，却存在有一个先后的矛盾，也就是说记忆力好的童幼年时代，其理解力方面却往往有所不足，因此一般人遂经常有一个错误的观念，认为童年时代只能学一些浅近明白的口语化的课文，就如当年我的女儿在台湾初上小学时，她每天所背诵的乃是“来、来、来，来上学，去、去、去，去游戏”以及“见了老师问声早，见了同学问声好”之类的课文，我认为这对儿童们的优势的记忆力实在是一种浪费。一般人总主张应该使儿童先理解，然后才可以要求他们背诵，殊不知这种观念原来并不完全正确，儿童们有时是并不要求理解而就能够背诵的，这对于韵文的背诵更是如此。即如小朋友们在玩橡皮筋时所唱的“小皮球，香蕉梨，满地开花二十一，二五六，二五七，二八二九三十一”之类，他们并不要求理解其中的意义，而却都能琅琅上口地歌诵。如果在这时能教他们背诵一些他们虽不理解而却具含深远之意蕴且能琅琅上口的诗歌，这对他们实在并无困难，而这种背诵却是将使他们终身受用不尽的。最近我偶然读到一册华裔第一位诺贝尔奖得主著名物理学家杨振宁先生的《演讲集》，他在一篇标题为《谈谈我的读书经验》的访谈录中，就曾经提出了一种不必先求理解的所谓“渗透性”的学习法，他说：“渗透性学习方法就是在学习的时候对学习的内容还不太清楚，但就在这不太清楚的过程中，已经一点一滴地学到了许多东西。”并且说：“这种在还不完全懂的情况下，以体会的方法进行学习，是非常重要的学习方法。”[①] 我认为杨先生的话实在是极具智慧的对学习方面的深入有得之言。而这也就牵涉到了我在前面说的童幼年时代“直感力强”的问题。一般人对儿童的教学，往往总是偏重于智性的知识的教育，而忽视感性的直觉的教育，再加之现代的急功近利的观念，当然就更认为以感性的直觉来训练儿童们吟诵并不十分理解的旧诗，乃是全然无用的了。殊不知透过诗歌吟诵所可能训练出来的直感和联想的能力，不仅对于学文学的人是一种可贵的能力和资质，即使对于学科学的人而言，也同样是一种可贵的能力和资质。早在 1987 年，我在沈阳化工学院对一些科学家们的一次谈话中，就曾经谈起过第一流的具有创造性的科学家往往都是具有一种直感与联想之能力的人物，而自童幼年学习诗歌吟诵，无疑是养成此种直感与联想之能力的最好的方式。因为诗歌的感发所可能引生的乃是一种联想的能力，而诗歌的吟诵所可能引生的则是一种直感的能力，如果这种训练能自童幼年的时代开始，则这种联想和直感的能力就能随着学习者的年龄与他的生命之成长密切地结合在一起[②]，因而得到终生受用不尽的好处，这无论对以后从事于文学或科学之研究的人都是有益的。何况在童幼年时代训练他们像唱歌一样的吟诵诗歌，实在乃是并不困难费力的一件事，如果等到年龄已经长大，记忆力和直感力都已减退了以后才开始学习，则纵然付上几倍的努力也难以收到预期的效果了。

其次我想要提出来一谈的，则是不可以使诗歌之吟诵流为乐曲之歌唱的问题。关于这一点，西方论及诗歌读诵时也有类似的看法。即如我们在前面所曾引用过的肯奈迪之《诗歌概论》一书，在论及“诗歌之朗声诵读

---

① 杨振宁《谈谈我的读书经验》，见《杨振宁演讲集》第 1430 页，南开大学出版社 1992 年版。

② 今春访问兰州大学，牛龙菲先生以其《有关“音乐神童”和“儿童早期音乐教育”的初步理论探索》一文之手稿见示，其中曾论及音乐之教化作用，以为“在儿童各阶段的心理发育过程中，‘文而化之’或者‘乐而化之’的刺激信息，还将作用于儿童的生理教育（不仅作用于心理教育），并内化于儿童的生理结构之中。”私意以为“吟诵”当亦属于“文而化之”与“乐而化之”的范围之内。

与聆听”(Reading and Hearing Poems Aloud) 一节中，就也曾提出过诗歌之诵读“不可落入为歌唱”(don’ t lapse into singsong) 的话。肯氏以为诗歌可能有一种固定的音律节奏 (a definite swing)，但却决不可以因过分夸张这种节奏而忽略了读诵的感受 (but swing should never be exaggerated at the cost of sense)①。我认为肯氏的话极有道理，因为吟诵实在应该乃是读诵者以自己的感受用声音对诗歌所做出的一种诠释，每个人的感受不同，所做出的诠释自然也应该有所不同，如果将之制定为一个固定的曲调，则势必形成为对个人之感受的一种限制和扼杀，所以诗歌吟诵之决不可流为唱歌，可以说乃是诗歌吟诵中的一项极为重要的基本原则。而且我以为此一原则对中国古典诗歌之吟诵而言，似较之对西洋诗歌之吟诵尤为重要。因为一般说来西洋诗歌之读诵往往有一种表演之性质，即如李查波顿及劳伦斯奥立佛之朗诵莎翁的剧本，就是这种诵读方式的一个很好的例证。而中国古典诗歌之吟诵则不仅不可流为歌唱，并且也不应成为一种表演。西方诗歌的诵读似乎本来就含有一种读给听众聆听的目的(中国白话诗的朗诵会便应属于此种诵读的方式)，可是中国古典诗歌的吟诵则似乎只是为了传达一种自我的体味，和享受一种自我的愉悦。虽然如果有知己的友人在身旁也可以互相聆听和欣赏，但却决不可含有任何表演之性质，因此中国古典诗歌之吟诵实在应该乃是一种更重视个人直感的心灵活动的外观，其所重视的乃是人之体会。吟诵之目的不是为了吟给别人听，而是为了使自己的心灵与作品中诗人的心灵能借着吟诵的音声达到一种更为深微密切的交流和感应。《文心雕龙》的《声律》篇就曾经写有“声画妍蚩，寄在吟咏。吟咏滋味，流于字句”的话②，可见“吟咏”乃是传达诗中“滋味”的一个重要媒介。而且也正因为吟咏具含此种作用，所以在中国文化传统中乃衍生出了一系列包含有“吟”或“咏”之字样的语汇，用以指说对一切事物的欣赏和品味。即如《宣和画谱》就曾记载

① X. J. Kennedy, *An Introduction to Poetry* (Harper Collins Publishers, 1990, 7th ed.) p. 141.

② 刘勰《文心雕龙·声律》，第542—543页，台北明伦书局1970年版。

说，画师乐士宣晚年工于水墨画，“士大夫见之，莫不赏咏”[①]。姜夔的《清波引》词序也曾说“沧浪之烟雨，鹦鹉之草树……胜友二三，极意吟赏”[②]。乐士宣的画并非文字，当然不可能发为吟咏之声，姜夔所写的“烟雨”、“草树”更非文字，当然也不能供人吟咏，然而他们却用了“赏咏”和“吟赏”等字样来写他们对于图画和景物的玩味和欣赏，这种字汇的衍生，就足以说明“吟咏”的主要作用，原在于表达一种心灵中的体悟和感受。而这种体悟和感受则是极为个人化的一件事，不仅此人之体悟感受与彼人之体悟感受一定有所不同，即使是同一个人此一时之体悟感受与彼一时之体悟感受，也并不可能完全相同。在前文中我曾提出过吟诵乃是“以自己的感受用声音来对诗歌所做出的一种诠释”之说，而如果按照诠释学之理论来看，则不仅每个人的诠释都是出于自我仍复归于自我的一种诠释的循环（hermeneutic circle），而且每个人阅读诠释的水平（reading horizon）也时刻在变化之中。一个人此一时的吟诵与另一时的吟诵并不可能完全相同，纵然基本的平仄声律之音调不变，但每个字在吟诵时的高低缓急的掌握，却实在并不能也不必如唱歌时之遵守乐谱的一成不变。因此不应把诗歌的吟咏落入到固定的乐谱之中，这种道理也就从而可知了。

以上，我们对于吟诵教学的具体实践，既已提出了应自童幼年开始及不可流为歌唱的两点建议，那么我们究竟应该如何实践训练呢？关于此一问题，我的意思是最好从幼儿园的中班开始，就增入一个寓教学于游戏的诗歌唱诵的教学项目，在此一教学项目中教师可以选择一些篇幅短小文字易解的作品如李白的《静夜思》（床前明月光），孟浩然的《春晓》（春眠不觉晓）等众所习见的诗篇，教儿童们随意唱咏。这种唱咏不必像教学生们唱歌一样要求他们有正确的音阶和乐律，只不过在唱咏时应掌握住两个重点，那就是诗歌的节奏顿挫与平仄押韵所形成的一种律动感。下面我们就将对此种律动感之形成的因素与重点略加叙述。

先谈节奏的问题，如前文所言，四言之节奏以二、二之顿挫为主，五

① 《宣和画谱》卷一九，第243页，上海人民美术出版社1962年版。

② 姜夔《清波引·序》，见《姜白石词编年笺校》第11页，上海古籍出版社1981年版。

言之节奏以二、三之顿挫为主，七言之节奏以四、三之顿挫为主。以上所言，只是最简单的基本句式之分别。如果要按吟咏的节奏来划分，则中国古典诗之顿挫实当以每两个字为一个单位，也就是说五言诗之二、三的顿挫，又可细分为二、二、一之顿挫，而七言诗之四、三的顿挫，又可细分为二、二、二、一之顿挫。在吟咏时，凡是顿挫之处都不可与下一字连读，至于不连读的顿挫之表示，则又可分别为两种情况，一种是略作停顿，另一种则是加以拖长。即如五言诗之第二字，七言诗之第二字和第四字，便都是在吟咏时应该加以拖长或略作停顿的所在。至于五言诗之第四字及七言诗之第六字，则可视情况之不同或与后一字连读，或不连读而加以停顿或拖长。而与此种顿挫相对的则是五言诗之第一字及第三字，与七言诗第一字、第三字及第五字，即必须与下一字连读，而决不可任意停顿或拖长。以上是诗歌吟咏中在节奏顿挫方面所当掌握的几个重点。再谈平仄押韵方面的掌握，在这方面因为牵涉到古体与近体的区分，所以我们就不得不先对近体诗的声律略加叙述。近体诗虽然有五言律、绝与七言律、绝等各种不同的体式，但在平仄方面却可以归纳出一个基本的原则，那就是平仄两个声调的间隔与呼应。如果我们用“—”的符号代表平声，用“｜”的符号表示仄声，那么，我们就可以把近体诗的声律归纳为两个基本的形式。第一类形式我们可以写为：

— — — ｜ ｜
｜ ｜ ｜ — —　　　（A 式）

第二类形式我们可以写为：

｜ ｜ — — ｜
— — ｜ ｜ —　　　（B 式）

我们可以称第一类为 A 式，第二类为 B 式。如果按节奏顿挫之处来划分平仄，我们就可见到若以一句为单位，则在此单位中之第二字与第四字之平仄恰好相反。而若以两句一联为单位，则上句之第二字及第四字，又与下句之第二字及第四字之平仄也恰好相反，如此自然就形成了一种极具规律的间隔和呼应。

至于七言诗句的平仄格式，则只要在五言诗之格式上，每句各加两个字就可以了。至其增字之原则，则仍以保持此种间隔与呼应之基本声律为准，由此遂成了下面两种七言句的声律之基式。第一类形式我们可以写为：

｜｜———｜｜
· ·
——｜｜｜——　　（C 式）
· ·

这是以平起的五言句 A 式为基式，在首句开端的两个平声字之前增加了两个仄声字，而在次句开端的两个仄声字之前，增加了两个平声字。此一格式我们可以称为 C 式。还有第二类形式我们可以写为：

——｜｜——｜
· ·
｜｜——｜｜—　　（D 式）
· ·

这是以仄起的五言句 B 式为基式，在首句开端的两个仄声字之前增加了两个平声字，而在次句开端之前增加了两个仄声字，此一格式我们可以称为 D 式。

当我们对五言与七言的近体诗之声律有了以上的基本认识以后，我们就可以依类推知五言四句的绝句，其基本格式乃是 AB 的连接或 BA 的连接。AB 的连接格式如下：

———｜｜
｜｜｜——　}A 式

｜｜——｜
——｜｜—　}B 式

此一格式我们称为五言绝句的平起式，因为第一句之第一个节奏停顿之处（也就是第一句的第二个字）是平声字。至于 BA 的连接形式则是：

｜｜——｜
——｜｜—　}B 式

———｜｜
｜｜｜——　}A 式

同理我们就称此一格式为五言绝句的仄起式。至于七言绝句的基本格式，则是 CD 二式的连接或 DC 二式的连接。CD 的连接为七言绝句的仄起式，而 DC 的连接则为七言绝句的平起式。至于八句的律诗，则只须将绝句的形式再加一次重复就可以了。如ABAB就是五律的平起式，BABA 就是五律的仄起式。依此类推，CDCD 就是七律的仄起式，DCDC 就是七律的平起式。

以上我们简单地介绍了五、七言近体律绝的一些声律的基本格式。不过我的目的却并不在介绍诗歌之体式，我的目的只是想透过声律使大家能够认识中国近体诗中由于平仄之间隔连用以及前后相呼应所形成的一种声音的律动感，如此则当我们在吟咏时，自然就知道如何掌握和传达此种声律之美了。此外若再就押韵而言，近体诗一般都以押平声韵为主，平声字则一般都宜于拖长声调来吟诵，因此押平声韵的近体律绝，在吟咏时乃自然容易形成一种咏叹的意味。不过，若详细加以区分，则律诗与绝句的吟咏又不全同，绝句较短，吟诵时在抑扬起伏的唱叹中，仍有一种流畅贯注的神味。可是律诗则不仅句数增加了一倍，而且中间四句又是两两相对的两个对句，而对于骈偶的对句，则在吟诵间一般总要表现出与骈对之开合相应的声吻，如此遂在吟咏时较之绝句的流畅贯注更多了一种呼应顿挫之致。除此以外，还有一点也应提到的，就是近体诗虽以双数句押韵为主，首句不必然要押韵，不过首句也可以押韵，七言近体首句押韵者较之五言为多，如此则七言 C 式之首句，遂将成为｜｜——｜｜—的格式，而七言 D 式之首句则将成——｜｜｜——的格式（五言式只要减去首二字即可）。如果既是七言近体，而且首句又押韵，如此则较之五言近体既多了一个节奏顿挫，又多了一个韵字的呼应，当然吟诵起来也就更富于抑扬唱叹之感了。

最后我们还要一谈古体诗之吟诵。古体诗就字数而言，基本上可以有四言、五言、七言，以及虽以七言为主但却杂以五言的五七杂言，或杂以三言的三、五、七杂言，抑或更有杂以四、六、八言等变化多样的杂言之体式。而就声律言则古诗本无平仄固定之声律，不过自唐代近体诗流行以后，古诗亦有杂用律句者（王力所撰《汉语诗律学》一书对于古诗入律与不入律的各种平仄句式曾有详细之讨论可以参看）[①]。本文之主旨既不在讨论诗之格式，因此对这方面不拟详论。至于以吟诵言，则不论古体中杂

① 王力《汉语诗律学》第 380—417 页，上海教育出版社 1963 年版。

用律句与否，都不可以用吟诵近体诗之方式来吟诵。因为如本文在前面论近体声律时之所言，近体律绝在平仄声律方面有一种极具规律的间隔和呼应，因此在吟诵时自有其声律之连续性与一贯性。至于古体诗，则有时虽亦杂用律句，但却因其不能由始至终形成一贯的间隔呼应之律动，所以乃决然无法用吟诵近体诗之方式来吟诵。一般而言，近体诗之吟诵因为有声律故易于形成为一种咏唱的味道，也就是说虽是吟咏，但因其声调之抑扬乃颇近于唱。而古体诗之吟诵则因为没有抑扬的声律之原故，因此古体诗之吟诵乃颇近于咏读的味道，也就是说虽是吟诵但声调较为平直，是一种诵读的声吻，而不是唱叹的声吻。而且七言诗的吟诵与五言诗的吟诵方式也不尽同，因为七言诗每篇的字数句数既往往都较五言诗为长，而且在形式上还可以有杂言或杂用律句等许多变化，因此如以七言诗与五言诗相比较，则五言诗之吟诵以宜于用平直叙说之口吻诵读者为多，而七言诗之吟诵则可以因其有形式上之字数句数与声律及换韵或不换韵的多种变化，因此其吟诵的方式自然也就有了多种不同。或者可以用高扬激促之声调以传达一种气势之感，如李白写的一些七言古诗便适于用此种方式来吟诵。或者因其杂用律句而且经常换韵，因此在吟诵时便可以回环往复地传达出一种回荡之感，如白居易写的一些七言歌行便适于用此种方式来吟诵。

以上，我们虽然对各体诗之声律及形式方面的特色，以及配合着这些特色在吟诵时所当掌握的一些重点都做了简单说明，但这其实都不过只是纸上谈兵而已。至于真正在吟诵的实践中，则可能因作品之各有不同及吟者的各有不同而在实践中产生出无穷的变化。因为即使是同一格律的诗篇，同为平声字还可以有阴阳之不同，而仄声字更可以有上去入之不同。何况即使是同一声调的字，其发声还可以有开合宏细之不同。至于以诗篇之内容情意而言，则当然更是千差万别，古往今来决不会有任何两首全然相同的作品。任何吟诵者的阅读背景、修养水平、年龄长幼、性别男女、音色高低，也决不可能有任何两个相同的人物。如此，则由吟诵者透过声音对诗篇所做出的诠释，当然不可能制定为一种固定的如乐谱一样的死板的法则来提供给大家去遵守。因此本文所能提供的，遂只是诗歌在形式方面所应认知的一些最基本的格式，和在吟诵方面所当注意的一些最基本的常识而已。至于真正想要重振中国诗歌的吟诵之传统，则私意以为最好的方法就是付诸实践，也就是从童幼年开始就以吟唱的方式诱导孩子们养成吟诵的爱好和习惯。因为吟诵乃是一种实践的艺术，而不是可以从理性去学习的一种知识。即以我个人为例而言，我虽然在前文中举引了不少有关吟诵时所当掌握的韵律方面的重要法则，但事实上我在幼年学习吟诵的过程中，对于这些法则却原来并一无所知。我只是因为常听到我伯父和父亲的吟诵，因此在全然无意于学习的自然熏习中，学会了吟诵。而且事实上他们二人吟诵的声调并不相同，我自己吟诵的声调与他们二人也并不相同，不过我却确实从声音的直感中掌握了韵律的重点，毫不费力地学会了吟诗，而完全未曾假借于任何有关韵律的智性的知识。可见如果从童幼年开始吟诵的训练，乃是全然不会令孩子们感到任何困难的，而经由吟诵所培养出来的如我在前文所提到的联想与直感之能力，则将使他们无论以后学文或学理，为学与做人各方面都将受用不尽。（据今日“知识生态学”之研究，以为音乐性知识之学习，对儿童身心之成长有密切之关系，不过我对这方面所知不多，不敢妄加征引。）

最后还有一个重要的问题有待解决，那就是如何培养孩子们吟诵的师资之问题。如我在前文所言，吟诵既是要由口耳相传的一种艺术，因此最好的学习方式应该就是聆听别人的吟诵。这在今日录音与录像之科技设备已极为普及的现代社会中，应该也并非难事，因为吟诵之传统虽然已经日渐消亡，但是会吟诵的人则毕竟犹有存者，所以如何将他们的吟诵录为音像来加以推广，实在应是想要振兴吟诵之传统的一个十分可行的办法。而且据我所知，大陆及台湾近年来也都曾录制过一些吟诗的音带，不过这些吟诵的音带，却并未能对重振吟诵之传统一事产生任何重要的影响。那便因为广大的社会人士对于如我们前文所言的吟诵之价值与意义并没有丝毫的认知，因此即使有吟诗的音带出版，也不过是仅在少数对吟诵感兴趣的人之间流传而已，所以私意以为此事还有待于社会上有心人士加以推广。最近我在 8 月 11 日《世界日报》的“文化集锦”栏目中，看到一则消息，标题是“中华诗词吟诵会在闽南安举行”，报道说这次汇集了大陆各地吟诵的人士，将以流动的方式依次在南安、泉州和厦门三市县进行，并且说

“中华诗词是中国传统民族文化的瑰宝，而诗词的吟诵艺术又是表现诗词韵致的重要方式”。我衷心希望这一类活动能引起社会上普遍的关心和重视，尤其希望中小学的教师们，或者目前正在师范学校肄业以后将从事中小学教育的青年们，能够首先学会吟诵，如此则自然可以在教学中以口耳相传的吟唱方式，使吟诵的传统能在下一代学童中扎下根来。如果更能像日本的“百人一首”一样，为学童们举办吟诵的竞赛游戏，则吟诵一事便自然能在学童间引起普遍的兴趣。而这种兴趣的养成，我以为无论是对学文或学理的人而言，在以后的学习中都会有相当的助益。以上所言，在今日竞相追逐物欲享受的现代人看来，自不免有不合时宜之讥。不过眼见一种宝贵的文化传统之日渐消亡，作为一个深知其价值与意义的人，总不免有一种难言之痛。古人有言“知其不可为而为之”，我之所以不避不合时宜之讥，不辞辛苦地写了这一篇二万八千余字的长文，盖亦不过出于“知其不可为而为之”的不忍见其消亡之一念而已。

1992 年 5 月 1 日初稿于天津南开大学

1992 年 9 月 13 日定稿于哈佛燕京图书馆

论杜甫七律之演进及其承先启后之成就

一、集大成之时代与集大成之诗人

谈到我国旧诗演进发展的历史，无疑的，唐代是一个足可称为集大成的时代，只根据《全唐诗》一书来统计，所收的作者，就有二千二百余人之众，而所收的作品，则更有四万八千九百余首之多。在如此众多的作家与作品中，其名家之辈出、风格之多彩，自属一种时势所趋的必然之现象。面对如此缤纷绚烂的集大成之唐代诗苑，如果站在主观的观点来欣赏，则摩诘之高妙，太白之俊逸，昌黎之奇崛，义山之窈眇，固然各有其足以令人倾倒赏爱之处，即使降而求之，如郊之寒，如岛之瘦，如卢仝之怪诞，如李贺之诡奇，也都无害其为点缀于大成之诗苑中的一些奇花异草。然而如果站在客观的观点来评量，想要从这种种缤纷与歧异的风格中，推选出一位足以称为集大成的代表作者，则除杜甫而外，实无足以当之者。杜甫是这一座大成之诗苑中，根深干伟，枝叶纷披，耸拔荫蔽的一株大树，其所垂挂的繁花硕果，足可供人无穷之玩赏，无尽之采撷。

关于杜甫的集大成之成就，早自元微之的《杜甫墓志铭》，宋祁的《新唐书·杜甫传赞》，以及秦淮海的《进论》，便都已对之备至推崇。此外就杜甫之一体、一格、一章、一句而加以赞美评论的诗话，历代的种种记述，更是多到笔不胜书，至于加在杜甫身上的头衔，则早已有了“诗圣”与“诗史”的尊称，而近代的一些人，更为他加上了“社会派”与“写实主义”的种种名号。当然，每一种批评或称述，都可能有其可资采择的一得之见，只是，如果征引起来，一则陈陈相因，过于无味，再则繁而不备，反而徒乱人意。我现在只想简单分析一下杜甫之所以能有如此集大成之成就的主要因素，我以为可简单归纳为以下两点：其一，是因为他之生于可以集大成之足以有为的时代；其二，是因为他之禀有可以集大成之足以有为的容量。

先从集大成的时代来说，一个诗人与其所生之时代，其关系之密切，正如同植物之与季节与土壤，譬如二月放之夭桃，十月晚开之残菊，纵然也可以勉强开出几朵小花，而其瘦弱与零丁可想；又如种桑江边，艺橘淮北，纵使是相同的品种根株，却往往会只落得摧折浮海枳实成空的下场。明白了这个关系，我们就更会深切地感到，以杜甫之天才，而生于足可以集大成的唐代，这是何等可值得欣幸的一件事了。自纵的历史性的演进来看，唐代上承魏晋南北朝之后，那正是我国文学史上，一段萌发着反省与自觉的重要时期，在这一段时期中，纯文学之批评既已逐渐兴起，而对我国文字之特色的认识，与技巧的运用，也已逐渐觉醒，上自魏文帝之《典论·论文》，陆机之《文赋》，降而至于钟嵘之《诗品》、刘勰之《文心雕龙》，加之以周颙、沈约诸人对四声之讲求研析，这一连串的演进与觉醒，都预示着我国的诗歌，正在步向一个更完美更成熟的新时代。而另一方面，自横的地理性的综合来看，唐代又正是一个糅合南北汉胡各民族之精神与风格而汇为一炉的大时代，南朝的藻丽柔靡、北朝的激昂伉爽，二者的相摩荡，使唐代的诗歌，不仅是平顺地继承了传统而已，而且更融入了一股足以为开创与改革之动力的新鲜的生命。这种糅合与激荡，也预示着我国的诗歌将要步入一个更活泼更开阔的新境界。就在这纵横两方面的继承与影响下，唐代遂成了我国诗史上的一个集大成的时代。在体式上，它一方面继承了汉魏以来的古诗乐府，使之更得到扩展而有以革新；而另一方面，它又完成了南北朝以来一些新兴的体式，使之益臻精美而得以确立。在风格上，则更融合了刚柔清浊的南北汉胡诸民族的多方面的长处与特色，而呈现了一片多彩多姿的新气象。于是乎，王、孟之五言，高、岑之七古，太白之乐府，龙标之绝句，遂尔纷呈竞美，盛极一时了。然而可惜的是，这些位作者，亦如孟子之论夷、齐、伊尹与柳下惠，虽然都能各得圣之一体，却不免各有所偏，而缺乏兼容并包的一份集大成的容量。他们只是合起来可以表现一个集大成之时代，却不能单独地以个人而集一个时代之大成，以王、孟之高雅而短于七言，以高、岑之健爽而不擅近体，龙标虽长于七绝，而他体则未能称是，即是号称诗仙的大诗人李太白，其歌行长篇虽有“想落天外，局自变生”之妙，却因为心中先存有了一份“自从建安来，绮丽不足珍”的成见，贵古贱今，对于“铺陈终始，排比声韵”的作品，便尔非其所长了，所以虽然有着超尘绝世的仙才，然而终未能够成为一位集大成的圣者。看到这些人的互有短长，于是乎我们就越发感到杜甫兼长并美之集大成的容量之难能可贵了。

说到杜甫集大成的容量，其形式与内容之多方面的成就，固早已为众所周知，而其所以能有如此集大成之容量的因素，我以为最重要的，乃在于他生而禀有着一种极为难得的健全的才性——那就是他的博大、均衡与正常。杜甫是一位感性与知性兼长并美的诗人，他一方面具有极大且极强的感性，可以深入于他所接触到的任何事物之中，而把握住他所欲攫取的事物之精华，而另一方面，他又有着极清明周至的理性，足以脱出于一切事物的蒙蔽与拘限之外，做到博观兼采而无所偏失。这种优越的禀赋，表现于他的诗中，第一点最可注意的成就，便是其汲取之博与途径之正。就诗歌之体式风格方面而言，无论古今长短各种诗歌的体式风格，他都能深入撷取尽得其长，而且不为一体所限，更能融会运用，开创变化，千汇万状，而无所不工，我们看他《戏为六绝句》之论诗，以及与当时诸大诗人，如李白、高适、岑参、王维、孟浩然等，酬赠怀念的诗篇中的论诗的话，都可看到杜甫采择与欣赏的方面之广；而自其《饮中八仙歌》、《醉时歌》、《曲江三章》、《同谷七歌》、《桃竹杖引》等作中，则可见到他对各种诗体运用变化之神奇工妙；又如自其《赴奉先县咏怀》、《北征》及“三吏”、“三别”等五古之作中，则可看到杜甫自汉魏五言古诗变化而出的一种新面貌。自诗歌之内容方面而言，则杜甫更是无论妍媸巨细，悲欢忧喜，宇宙的一切人情物态，他都能随物赋形，淋漓尽致地收罗笔下而无所不包。如其写青莲居士之“飘然思不群”，写郑虔博士之“樗散鬓成丝”，写空谷佳人之“日暮倚修竹”，写李邓公骢马之“顾影骄嘶”，写东郊瘦马之“骨骼硉兀”，写丑拙则“袖露两肘”，写工丽则“燕子风斜”，写玉华宫之荒寂，则以上声马韵予人以一片沉悲哀响，写洗兵马之欢忭，则以沉雄之气运骈偶之句，写出一片欣奋祝愿之情，其涵蕴之博与变化之多，都足以为其禀赋之博大均衡与正常的证明。其次一点值得我们注意的，则是杜甫严肃中之幽默，与担荷中之欣赏。我尝以为每一位诗人，对于其所面临的悲哀与艰苦，都各有其不同之反应态度，如渊明之任化，太白之腾越，摩诘之禅解，子厚之抑敛，东坡之旷观，六一之遣玩，都各因其才气性情而有所不同，然大别之，要不过为对悲苦之消融与逃避。其不然者，则如灵均之怀沙自沉，乃完全为悲苦所击败而毁命丧生，然而杜甫却独能以其健全之才性，表现为面对悲苦的正视与担荷。所以天宝的乱离，在当时一般诗人中，惟杜甫反映者为独多，这正因杜甫独具一份担荷的力量，所以才能使大时代的血泪，都成为了他天才培育的浇灌，而使其有如此强大的担荷之力量的，则端赖他所有的一份幽默与欣赏的馀裕。他一方面有极主观的深入的感情，一方面又有极客观的从容的观赏，如其最著名的《北征》一诗，于饱写沿途之人烟萧瑟，所遇被伤，呻吟流血之馀，却忽然笔锋一转，竟而写起青云之高兴，幽事之可悦，山果之红如丹砂，黑如点漆，而于归家后，又复于囊空无帛，饥寒凛冽之中，大写其幼女晓妆之一片娇痴之态。又如其《空囊》一诗，于“不爨井晨冻，无衣床夜寒”的艰苦中，竟然还能保有其“囊空恐羞涩，留得一钱看”的诙谐幽默。此外杜甫虽终生过着艰苦的生活，而其诗题中，则往往可见有“戏为”、“戏赠”、“戏简”、“戏作”等字样，凡此种种都说明了杜甫的才性之健全，所以才能有严肃中之幽默与担荷中之欣赏，相反而相成的两方面的表现。这种复杂的综合，正足以为其禀赋之博大均衡与正常的又一证明。

此种优越之禀赋，不仅使杜甫的诗歌的体式内容与风格方面达到了集大成之多方面的融贯汇合之境界，另外在他的修养与人格方面，也凝成了一种集大成之境界，那就是诗人之感情与世人之道德的合一。在我国传统之文学批评中，往往将文艺之价值依附于道德价值之上，而纯诗人的境界反而往往为人所轻视鄙薄。即以唐代之诗人论，如李贺之锐感，而被人目为鬼才，以义山之深情，而被人指为艳体，以为这种作品“无一言经国，无纤意奖善”（李涪《释怪》），而另外一方面，那些以“经国”“奖善”相标榜的作品，则又往往虚浮空泛，只流为口头之说教，却缺乏一份诗人的锐感深情，即以唐代最著名的两位作者韩昌黎与白乐天而言，昌黎载道之文与乐天讽喻之诗，他们的作品中所有的道德，也往往仅只是出于一种理性的是非善恶之辨而已。而杜甫诗中所流露的道德感则不然，那不是出于理性的是非善恶之辨，而是出于感情的自然深厚之情。是非善恶之辨乃由于向外之寻求，故其所得者浅；深厚自然之情则由于天性之含蕴，故其所有者深。所以昌黎载道之文与乐天讽喻之诗，在千载而下之今日读之，于时移世变之馀，就不免会使人感到其中有一些极浅薄无谓的话，而杜甫诗中所表现的忠爱仁厚之情，则仍然是满纸血泪，千古常新，其震撼人心的力量，并未因时间相去之久远而稍为减退，那就因为杜甫诗中所表现的忠爱仁厚之情，自读者看来，固然有合于世人之道德，而在作者杜甫而言，则并非如韩、白之为道德而道德，而是出于诗人之感情的自然之流露。只是杜甫的一份诗人之情，并不像其他一些诗人的狭隘与病态，而乃是极为均衡正常，极为深厚博大的一种人性之至情。这种诗人之感情与世人之道德相合一的境界，在诗人中最为难得，而杜甫此种感情上的健全醇厚之集大成的表现，与他在诗歌上的博采开新的集大成的成就，以及他的严肃与幽默的两方面的相反相成的担荷力量，正同出于一个因素，那就是他所禀赋的一种博大均衡而正常的健全的才性。

以杜甫之集大成的天才之禀赋，而又生于可以集大成的唐朝的时代，这种不世的际遇，造成了杜甫多方面的伟大的成就。而其中最值得注意的，则是他的继承传统而又能突破传统的，一种正常与博大的创造精神，以及由此种精神所形成的承先启后继往开来的表现。

二、杜甫与杜甫以前之七言律诗

杜甫的继承传统与突破传统的精神，以及其深厚博大的涵蕴，表现于古近各体，都有其特殊独到的成就，而其中尤其值得注意的，我以为该是他在七言律诗一方面的成就。因为，其他各种体式，到杜甫的时候，可以说大致都已早臻于成熟之境地，而惟有七言律诗，则仍在尝试之阶段。对于其他各种体式，杜甫虽然亦能有所扩展与革新，然而毕竟前人之作已多，有着足够的可资观摩取法的材料，而惟独对于七言律诗一体，则杜甫之成就，乃全出于一己之开拓与建立。如果我们把各体诗歌的成就，比做庭园的建造，则其他各体，譬如早经建筑得规模具备完整精美的庭园。杜甫于进入园中周游遍览之馀，一方面既能尽得前人已有之胜，一方面更能以其过人之才性，见前人之所未见，于是乎据山植树，导水为池，更加以一番拓展与改建，这种拓展与改建，当然也弥足珍视，然而毕竟可资为凭藉者多，拓建较易，而意义与价值亦较小。至于七律一体，则在杜甫以前之作者，只不过为这座庭园，才开出一条入门的小径，标了一面“七律”的指路牌，而园门以内则可以说仍是旷而不整，一片荒芜。从辟地开径，到建为花木扶疏亭台错落的一座庭园，乃全出于杜甫一人之心力。如果说在中国诗史上，曾经有一位诗人，以独力开辟出一种诗体的意境，则有之，首当推杜甫所完成之七言律诗了。

谈到杜甫七律一体的演进与成就，我们就不得不对杜甫以前的七言诗之产生，与七言律诗之形成，先有一个概略的认识。七言之句，虽然早在古歌谣与《三百篇》中就已经出现了，然而真正完整的七言诗，则兴起颇晚，而且一直不甚发达。我总以为中国五言诗之兴起，是时势所趋，颇为大众化的一件事，而七言诗之兴起，则似乎与一些天才诗人的创造与尝试，一直有着较密切的关系。观乎七言之体式，当是骚体之简练凝缩，与五言诗之扩展引申所合成的一种中间产物。而在今日所见到的可信的作品中，第一个作这种结合尝试而得到成功的作者，首当推东汉时候，写《四愁诗》的一位伟大的天才张衡（柏梁联句之不可信，自顾炎武《日知录》以来，辨者已多，兹不具论）。现在我们就把他的《四愁诗》录在下面。

我所思兮在太山，欲往从之梁父艰。侧身东望涕沾翰。美人赠我金错刀，何以报之英琼瑶。路远莫致倚逍遥，何为怀忧心烦劳。

我所思兮在桂林，欲往从之湘水深。侧身南望涕沾襟。美人赠我金琅玕，何以报之双玉盘。路远莫致倚惆怅，何为怀忧心烦伤。

我所思兮在汉阳，欲往从之陇阪长。侧身西望涕沾裳。美人赠我貂襜褕，何以报之明月珠。路远莫致倚踟蹰，何为怀忧心烦纡。

我所思兮在雁门，欲往从之雪纷纷。侧身北望涕沾巾。美人赠我锦绣段，何以报之青玉案。路远莫致倚增叹，何为怀忧心烦惋。

我们从这四首诗中，可以清楚地看到骚体影响所遗留的痕迹，然而每句皆为七字，已较骚体为整齐，而“兮”字语词之运用亦已逐渐减少。这种尝试的成功，为七言诗之体式，植下了一粒极有生机与希望的种子。

自此而后，一直到了另一位天才魏文帝的出现，才对七言之诗体作了更进一步的创造与尝试。现在我们把魏文帝的两首《燕歌行》也录在后面：

秋风萧瑟天气凉，草木摇落露为霜，群燕辞归雁南翔。念君客游思断肠，慊慊思归恋故乡，何为淹留寄他方？贱妾茕茕守空房，忧来思君不敢忘，不觉泪下沾衣裳。援琴鸣弦发清商，短歌微吟不能长。明月皎皎照我床，星汉西流夜未央。牵牛织女遥相望，尔独何辜限河梁。

别日何易会日难，山川悠远路漫漫，郁陶思君未敢言。寄声浮云往不还，涕零雨面毁容颜，谁能怀忧独不叹？展诗清歌聊自宽，乐往哀来摧肺肝，耿耿伏枕不能眠。披衣出户步东西，仰看星月观云间。飞鸧晨鸣声可怜，留连顾怀不能存。

我们看这两首诗，较之前所举张衡之《四愁诗》，已经有了更进一步的演进，“兮”字与“之”字等骚体常用之语词，已经全部被弃去，而且在句法的组织与音节的顿挫上，其二、二、三之顿挫，亦与五言诗二、三之顿挫，已有着更为接近的倾向。虽然每句都押韵的格式，仍有颇近于骚体短歌之处，然而大体说来，魏文帝之作，较之张平子之作，已经更明显地可以看出其去骚日远、去诗日近的趋势了。

我以为张平子与魏文帝，在中国诗史上，都是颇可注意的天才，而其天才又正与杜甫有着某一点相似之处，那就是感性与知性的均衡与正常。张衡的多方面的成就，尤其足以为其天才的均衡与博大的说明。他一方面在科学上，有着浑天地动等仪器的伟大精密的制作与发明，而另一方面，在文学上，他也有着极可重视的创作成就。在辞赋方面，他的《思玄》、《两京》、《归田》诸赋，既能兼得楚骚汉赋之长，而且更开了魏晋抒情短赋的先声。在五言诗方面，他的《同声歌》，是东汉可信的五言之作中，仅后于班固《咏史诗》的最古老的作品，而其情意之婉转深密，则较之班固的“质木无文”的《咏史诗》，在诗的意境上，已有着极显明的进步。另外在七言诗方面，他的《四愁诗》的成就，则更为值得注意，其“水深”“雪纷”之托兴，字法句式之复沓，既兼有楚骚与国风之美，而形式上又全不承袭风骚，而成为了七言诗的滥觞。我们从张平子的文学创作与科学发明之并长兼擅，以及他的成就的方面之广大、方向之正确来看，都足以证明张平子是一位感性与知性兼美的天才。而最早的七言诗的雏形之作，就出于张平子之手，这实在不是一件偶然的事。至于魏文帝，则同样也是一位感性与知性兼美的诗人。他既有创作的才情，又有理性的思辨，所以，《文心雕龙》说“子桓虑详而力缓”，“虑详”“力缓”，就正是他有反省的思致的表现，所以他能有《典论·论文》之作，成为了我国文学批评中最早的一篇专著。而他的《燕歌行》二首，就正代表了七言诗演进的另一阶段，这也不是一件偶然的事。因为，在文学的创作中，一般寻常的作者，都只是追随风气，在风气所趋的情势下，群行并效，即使偶然有几个才情出众的人，也偶然可以写出几篇感人出众的作品，然而若想尝试一种新体式的制作，开出一种诗歌的新意境，则不是仅靠着一点过人的才情，就能做到的，而一定要是感性与知性兼长并美的人，然后才能知所取舍剪裁，知所安排运用，知所毁建废兴，我以为这是在讨论整个文学史的演进，与个人创作的成就时，两方面都值得注意的事。

所惜者是张平子与魏文帝两位作者，都只是由其一己天才之所至，自然而然在作品中现出了由其感性与知性所凝聚成之一种新体式，而却并未曾对之作有心有力之提倡，所以自张平子、魏文帝二位天才之后，七言诗一体，乃一直消沉了许久，都没有更进一步的演进，直等到南北朝的时候，五言之变既穷，一般作者才于穷极思变之际，而开始对七言诗作有限度的尝试。其中给唐代影响最多的一位作者是鲍照，他的乐府体的《拟行路难》十八首，曾给予唐代的李白、高适诸人的歌行以不少影响。不过鲍照的《行路难》，也仍是古乐府杂言之变，虽然七言之句较多，然而却并非完整之七言诗。到了齐梁以后，七言的作品，才由于时势之所趋而日渐增多。如梁武帝的《河中之水歌》，虽然在音节韵律上仍有乐府歌行之遗迹，然而已是完整之七言诗。又如梁简文帝之《夜望单飞雁》，梁元帝之《送西归内人》等诗，则由于南北朝五言小诗引申之七言化，成为唐代七绝的先声。而其中尤其可注意的，则是受齐梁声律对偶之风的影响，所形成的一种近于律诗的体式，现在举几首做为例证：

蝶黄花紫燕相追，杨低柳合路尘飞。已见垂钩挂绿树，诚知淇水沾罗衣。两童夹车问不已，五马城南犹未归。莺啼春欲驶，无为空掩扉。

——梁简文帝《春情》

文窗玳瑁影婵娟，香帷翡翠出神仙。促柱点唇莺欲语，调弦系爪雁相连。秦声本自杨家解，吴歈那知谢傅怜。只愁芳夜促，兰膏无那煎。

——陈后主《听筝》

促柱繁弦非《子夜》，歌声舞态异《前溪》。御史府中何处宿，洛阳城头那得栖。弹琴蜀郡卓家女，织锦秦川窦氏妻。讵不自惊长泪落，到头啼乌恒夜啼。

——庾信《乌夜啼》

扬州旧处可淹留，台榭高明复好游。风亭芳树迎早夏，长皋麦陇送馀秋。渌潭桂楫浮青雀，果下金鞍跃紫骝。绿觞素蚁流霞饮，长袖清歌乐戏洲。

——隋炀帝《江都宫乐歌》

从这四首诗来看，前面两首，中间四句已经是颇为工整的对句，只是末两句则仍然都是五言句，这正是五言之转为七言，古体之转为律体的阶段中，过渡时期的作品。至于后二首，则在字数、句数、对偶各方面，都已经完全合于七言律诗之体式，只是平仄尚未完全和谐，而七言律诗之形成，已有着指日可期的必然之势。所以到了唐初的时代，经过上官仪“当对律”之倡立，与沈佺期、宋之问诸人“回忌声病，约句准篇”之讲求，五言律诗之体式，既更臻于精美而完全确立，七言律诗之体式遂亦随五言律诗之后，而相继成立。惟是五言律诗之体，因为自六朝以来，已早有律化之酝酿与准备，故其所表现之意境与表现之技巧，乃极易达到扩展与成熟之境界。而七律一体，则虽然因受五律之影响而得以成立，然而其所成立者，实在仅是一个徒具平仄对偶之形式，这也就是我所说的仅是一条门径与指路牌，而其园门以内，则仍是空乏贫弱，一片荒芜。这一方面自然是因为七言之体式，自魏晋以来，原来就不发达，作品之可资观摩取法者既少，作者对七字为句的句法之组织运用亦未臻熟练，而况在平仄对偶之格律的限制下，七字之句自然较五字之句所受的束缚拘牵为更多，所以，初唐诗人的作品中，虽然也偶然可以发现有几首七言律诗，然而可资称述者则极少。我们现在就以沈、宋二家为例，看一看他们的七律之作。

沈佺期的作品，据《全唐诗》所收共一百五十七首，其中七言律诗计有十六首，这在初唐诗人的七律之作品中，可以说是所占的比例极大的了。我们现在先把沈氏这十六首七律的诗题录出来看一看：

①《奉和立春游苑迎春》。　②《人日重宴大明宫赐彩缕人胜应制》。　③《奉和春初幸太平公主南庄应制》。　④《奉和春日幸望春宫应制》。　⑤《侍宴安乐公主新宅应制》。　⑥《龙池篇》。　⑦《兴庆池侍宴应制》。　⑧《从幸香山寺应制》。　⑨《红楼院应制》。　⑩《再入道场纪事应制》。　⑪《嵩山石淙侍宴应制》。　⑫《古意呈补阙乔知之》(此诗《乐府》入《杂曲》，题《独不见》，又或但题《古意》)。　⑬《遥同杜员外审言过岭》。　⑭《和上巳连寒食有怀京洛》。　⑮《陪幸太平公主南庄诗》。　⑯《守岁应制》。

宋之问的作品，据《全唐诗》所收共一百九十三首，而其中七律之体，则仅有四首而已，现在我们也把宋之问这四首七律的诗题录出来看一看：

①《饯中书侍郎来济》。 ②《奉和春初幸太平公主南庄应制》。③《三阳宫侍宴应制》。 ④《和赵员外桂阳桥遇佳人》。

我们看沈佺期的十六首七律中，有十二首都是奉和陪幸应制一类的作品，至于宋之问的四首中，亦有两首题中便已标明是颂圣之作，这一类应制颂圣之作，即使其称颂之技巧有高下工拙之异，而其内容之为歌颂无聊，则一望可知。现在把这些作品暂时搁置不谈，我们且将沈、宋二家颂圣以外的作品各录两首来看一看：

卢家少妇郁金堂，海燕双栖玳瑁梁。九月寒砧催木叶，十年征戍忆辽阳。白狼河北音书断，丹凤城南秋夜长。谁谓含愁独不见，更教明月照流黄。

——沈佺期《古意》

天津御柳碧遥遥，轩骑相从半下朝。行乐光辉寒食借，太平歌舞晚春饶。红妆楼下东回辇，青草洲边南渡桥。坐见司空扫西第，看君侍从落花朝。

——沈佺期《和上巳连寒食有怀京洛》

暧暧去尘昏灞岸，飞飞轻盖指河梁。云峰衣结千重叶，雪岫花开几树妆。深悲黄鹤孤舟远，独对青山别路长。却将分手沾襟泪，还用持添离席觞。

——宋之问《饯中书侍郎来济》

江雨朝飞浥细尘，阳桥花柳不胜春。金鞍白马来从赵，玉面红妆本姓秦。妒女犹怜镜中发，侍儿堪感路傍人。荡舟为乐非吾事，自叹空闺梦寐频。

——宋之问《和赵员外桂阳桥遇佳人》

这四首诗中，以沈佺期的《古意》一首最为著名，沈德潜《说诗晬语》曾评之云："沈云卿'独不见'一章，骨高气高，色泽情韵俱高。"这首诗的好处，一在开端二句以华丽反衬悲哀，写得极有神采，二在中间两联，一句闺中，一句塞外，再一句塞外，再一句闺中，写得极为开阔。然而如以内容言，则征夫思妇之情，仍不过只是诗人常写的一种极熟的题材，沈佺期也不过只是很会找题材，很会作诗而已，并没有什么发自深衷的深厚之情。至于"九月"与"十年"，及"白狼河"与"丹凤城"之对句，虽然颇有开阖之致，然而句法则仍属工整平板。而结尾两句，尤其是满带着齐梁乐府诗的味道。《全唐诗话》曾云："末句是齐梁乐府诗话……如织宫锦间一尺绣，锦则锦矣，如全幅何。"所以这首诗只能算是自乐府演变为七律的一首奠定形式的代表作，此外在诗歌之意境与句法上，都并没有什么新的拓展和成就。

至于其他三首诗，沈佺期的"行乐光辉"与"太平歌舞"，及"红妆楼下"与"青草洲边"的对句，固然是庸俗平板；宋之问的"千重叶"与"几树妆"，及"金鞍白马"与"玉面红妆"的对句，也一样浅俚无足取。再看一看这三首诗的内容，则两首为唱和之作，一首为饯别之作，除了渲染一些眼前俗景之外，所写之情事，不过为"侍从花朝"，"分手沾襟"，桥上"遇佳人"而已，其空泛无聊，更复显然可见。七言律诗之一体，在一开始成立之时，就走上了这一条内容空泛，句法平俗的用于酬应赠答的路子。这一方面，当然是由于初唐的一些作者，天才本来就不甚高，他们只能作一些安排藻饰的小巧的功夫，而却普遍都缺乏一种开源拓地的创造精神，如王、杨、卢、骆四杰，根本无七律之作，崔日用、张九龄、杜审言、李峤诸人，偶有几篇七言律诗，亦多为奉和应制之作，其成就较之沈、宋尤为无足称述。而另一方面，则由于七言律诗本身的体式既极为端整，而格律复极为谨严，因此限制了这些天才较为平凡的诗人，使他们的情意思想，在这种体式与格律中，都受到了严格的束缚，而感到不能有自由发抒的馀地。而同时这种体式的严整，却又便于一些未能免俗的诗人利用来制造"伪诗"，因为七律之为体，只要把平仄对偶安排妥适，就很容易支撑起一个看来颇为堂皇的空架子，所以这种体式最适于作奉和应制赠答等酬应之用。甚而至于今日，一般酬应之作的颂喜祝寿等诗篇，也仍然多用七律之体，这种作俑之始，可以说由来已久了。

初唐以后，唐诗渐进于全盛之世，在此一阶段中，王维自然是其中一位重要的作者。据《四部备要》本赵殿成注《王右丞集》，共收古近体诗四百七十九首，其中有七律之作二十首，此二十首中，有奉和应制等颂圣之作七首，酬赠饯行之作六首，其他杂诗七首。摩诘居士的七律，其内容固然已较沈、宋二家为扩展，辞句亦更为流利通畅，然而平仄对偶之间，则仍不免时予人以沾滞之感，较之其五言律之天怀无滞妙造自然，相差乃极为悬殊。现在我们举王维的两首七律来看一看：

积雨空林烟火迟，蒸藜炊黍饷东菑。漠漠水田飞白鹭，阴阴夏木啭黄鹂。山中习静观朝槿，松下清斋折露葵，野老与人争席罢，海鸥何事更相疑。

——《积雨辋川庄作》

居延城外猎天骄，白草连天野火烧。暮云空碛时驱马，秋日平原好射雕。护羌校尉朝乘障，破虏将军夜度辽。玉靶角弓珠勒马，汉家将赐霍嫖姚。

——《出塞》

从这两首诗来看，第一首的清新澹远，第二首的沉雄矫健，都可证明摩诘对七言律诗的意境，较之沈、宋二家，已经有了显明的扩展。然而我以为这种扩展，该只属于摩诘一人之成就，而并不代表整个七律一体之演进。因为，这两首诗中所表现之意境，乃出于摩诘之生活环境与其才情修养之自然流露，而并没有一种带着反省与尝试意味的开创精神，所以其意境虽佳，却并不能表示摩诘曾促成七律一体之运用及表现技巧之任何进益。《辋川庄》一首，乃作于摩诘辋川隐居之时，据《旧唐书·王维传》云："晚年长斋，不衣文彩，得宋之问蓝田别墅在辋口，辋水周于舍下，别涨竹洲花坞，与道友裴迪浮舟往来，弹琴赋诗，啸咏终日。"有这样隐居闲逸的生活，所以，才有那样清新澹远的作品，这原是作者生活修养的自然流露，自无可疑。至于《出塞》一首，诗题下原有自注云："时为御史，监察塞上作。”姚鼐评此诗云：“右丞尝为御史，使塞上，正其中年才气极盛之时，此作声出金石，有麾斥八极之概矣。”可见《出塞》一诗之意境，也是作者当时生活才情的自然流露。此种由作者之生活、修养、才气、性情之所至的自然流露，都该仅属于作者个人之成就，而并不能代表一种诗体之历史的演进，正如陶渊明之五言古诗，虽然妙绝千古，然而却不能代表晋宋之际五言诗之演进的任何阶段，这正是我在前面论张平子与魏文帝时所说的，必须具备有知所安排运用，与知所毁建废兴的反省的理性，才能于诗体作有意之拓展与建立。而摩诘这两首诗，则仅是生活与修养所反映的自然之流露，所以，其意境虽较沈、宋二家有所扩展，而其章法与句法，则仍然是平铺直叙，并无更进一步之演进。如果将这两首诗中的“山中习静观朝槿，松下清斋折露葵”，及“护羌校尉朝乘障，破虏将军夜度辽”等对句，与摩诘五言律诗之“江流天地外，山色有无中”，及“行到水穷处，坐看云起时”等对句相较，其工拙高下岂不显然可见。所以我说摩诘七律仍不免予人以沾滞之感，而与摩诘五律之超妙自然乃迥乎不可同日而语。因此七言律诗之体，在摩诘个人而言，固已较沈、宋有所扩展，而就一种诗体之演进言，则并无显著之进步。至于摩诘此二诗平仄之失黏，所谓折腰体者，则尤为七律一体未尽臻于成熟之证。

其次，我们再看一看盛唐诗坛上，另外两位名家高适、岑参的七律之作。《全唐诗》共收高适诗二百四十一首，其中七律之作仅有七首；共收岑参诗三百九十七首，其中七律之作仅有十一首。高、岑二家七言古风之边塞诗，固杰然为一世之雄，然而两家之七言律诗，则平顺板滞，全为格律所拘，其内容亦多为酬应唱和之作，并无任何开拓扩展。现在我们将二家七律之作各举一首来看一看：

嗟君此别意何如，驻马衔杯问谪居。巫峡啼猿数行泪，衡阳归雁几封书。青枫江上秋天远，白帝城边古木疏。圣代即今多雨露，暂时分手莫踌躇。

——高适《送李少府贬峡中王少府贬长沙》

节使横行西出师，鸣弓擐甲羽林儿。台上霜风凌草木，军中杀气傍旌旗。预知汉将宣威日，正是胡尘欲灭时。为报使君多泛菊，更将弦管醉东篱。

——岑参《九日使君席奉饯卫中丞赴长水》

从这两首诗来看，高适的“巫峡啼猿”与“衡阳归雁”，及“青枫江上”与“白帝城边”的对句；岑参的“台上霜风”与“军中杀气”，及“汉将宣威”与“胡尘欲灭”的对句，虽颇为工整流丽，然而其句法之平板，对偶之拘执，用意之凡近，亦可以概见一斑，清叶燮即曾讥之谓：“高、岑七律，遂为后人应酬活套作俑。”而高氏一首，中二联平列四地名，则尤为人所讥议。盖人之天性，各有短长，观高、岑二家之风格，近于豪纵雄放一流，而不耐束缚，故长于古而短于律，譬如形骸脱略之人，一旦使之垂衣端坐，束带整冠，便觉百种拘牵，举手投足，皆为所制，遂自然有一种窘迫局促之态。所以高、岑二家，对七律一体之演进，乃并未能有较大之贡献。

再次，我们要提到另外一位伟大的诗人李白。李白确实是一位了不起的天才，其七言古风，如《远别离》、《蜀道难》、《天姥吟》、《鸣皋歌》诸作，真有所谓“大江无风，涛浪自涌，白云卷舒，从风变灭”之妙。若此者，原为太白之所独擅，固无论矣。至其五言古诗，如《古风五十九首》诸作，其包举之恢弘，寄意之深远，皆可见其胸中浩渺之气，亦迥然非常人之所可及。至其五言律诗，如《夜泊牛渚怀古》，《听蜀僧濬弹琴》诸作，意境之苍茫高远，属对之疏放自然，亦复正自有其不同于凡近之处。至于其五、七言绝句，一片神行，悠然意远，以敻绝一世之仙才，写为四句之小诗，其成就尤非着力者之所能及。而惟有七言律诗一体，则为太白诸体中最弱之一环。清缪曰芑本《李太白全集》，共收各体诗九百九十四首，其中七言八句，通篇押平韵之作共九首，而《送从弟绾从军安西》一首乃短歌之体，并非律诗，其较合于七言律诗之体者不过八首而已。这八首诗的题目是：

①《赠郭将军》。 ②《送贺监归四明应制》。 ③《别中都明府

兄》。 ④《寄崔侍御》。 ⑤《登金陵凤凰台》。 ⑥《鹦鹉洲》。 ⑦《题雍丘崔明府丹灶》。 ⑧《题东溪公幽居》。

从这几首诗来看，太白的七言律诗有两种现象，一种是表现太白不羁之才气，全然不顾七律之格律者，如其《鹦鹉洲》一首：

鹦鹉来过吴江水，江上洲传鹦鹉名。鹦鹉西飞陇山去，芳洲之树何青青。烟开兰叶香风暖，岸夹桃花锦浪生。迁客此时徒极目，长洲孤月向谁明。

又一种则是为格律所拘，使太白之才气全然不得施展者，如其《题雍丘崔明府丹灶》一首：

美人为政本忘机，服药求仙事不违。叶县已泥丹灶毕，瀛洲当伴赤松归。先师有诀神将助，大圣无心火自飞。九转但能生羽翼，双凫忽去定何依。

从这两首诗来看，第一首颇有豪纵自然之致，而第二首之诗格，则极为平俗卑下。以太白谪仙之才，而竟有如此卑俗之作，那正因为其天才愈为不羁，格律之束缚所加之压迫感亦愈甚，譬如把一只身长不过数寸的小鸟，养在三尺高的樊笼之内，则虽在拘限之中，也还可以有回旋起舞的馀地，而若囚雄鹰巨鹗于此樊笼之内，则其委顿低垂，乃真有不堪拘束者矣。所以太白有时不免竟尔不顾一切地破笼飞去，所举第一首《鹦鹉洲》的前四句，就表现了太白破笼竟去的一股天才的豪气。像这两类作品，无论其为委顿笼中，或者破笼竟去，对笼来说，都是不幸的，因为委顿于笼中者，固然是弥彰此樊笼之狭隘，而破笼飞去者，则竟破毁此樊笼而置之不顾。如果只就太白的七言律诗来看，则七律一种体式，乃真无丝毫可以成立之价值矣。这只因为太白之天才，与此种拘执狭隘之七律之体式，全不相合，而太白复不能如杜甫之致力用心于扩建此狭隘之樊笼使成为博大之苑囿的尝试。这就太白之天才与七律之体式来说，双方都是可遗憾的，所以太白在七律一体之成就，并没有什么值得称述之处，即使以其守格律的最负盛名的一首作品《登金陵凤凰台》来说，王世贞的《艺苑卮言》及《全唐诗话》，也都曾讥之云“并非作手”，而胡仔的《苕溪渔隐丛话》，杨慎的《升庵诗话》，则皆谓其为拟崔颢《黄鹤楼》之作。现在我们就把李白的《凤凰台》及崔颢的《黄鹤楼》，都抄录在后面看一看：

凤凰台上凤凰游，凤去台空江自流。吴宫花草埋幽径，晋代衣冠成古丘。三山半落青天外，二水中分白鹭洲。总为浮云能蔽日，长安不见使人愁。

——李白《登金陵凤凰台》

昔人已乘黄鹤去，此地空馀黄鹤楼。黄鹤一去不复返，白云千载空悠悠。晴川历历汉阳树，芳草萋萋鹦鹉洲。日暮乡关何处是，烟波江上使人愁。

——崔颢《黄鹤楼》

从《凤凰台》诗开端之两用凤凰，及前录《鹦鹉洲》诗之两用鹦鹉来看，则太白确有模仿崔颢《黄鹤楼》诗两用黄鹤之嫌，而且《鹦鹉洲》诗次联之“芳洲之树何青青”，亦大似崔颢《黄鹤楼》诗次联之“白云千载空悠悠”，二者都是不顾平仄格律，末三字连用三平声，且有二叠字，与上一句迥然不相偶。凡此种种相似之处，都使人觉得，姑不论《苕溪渔隐丛话》及《升庵诗话》所载之故事是否可信，而太白此诗之曾受崔颢《黄鹤楼》之影响，则殆为无可置疑之事。以太白之天才超轶，而竟受崔氏一诗之影响如此之深，我想这正因崔氏以古风之句法入于律诗之作风，与太白之长于古风不耐格律束缚之天性有暗合之处，因之乃不免深受其影响。然而，即使以崔颢之《黄鹤楼》而言，虽然其兴象颇为高远，而就七律之诗体而言，则仍属未臻于完整成熟之介于乐府与律诗之间的过渡时期之作。此种作品，在天才偶一为之则可，然而究非正途常法，不能为后世树立规模，垂为典范。明胡应麟评此诗即曾云：“崔颢《黄鹤》，歌行短章耳。”清纪晓岚亦曾云：“偶尔得之，自成绝调，然不可无一，不可有二，再一临摹，便成窠臼。”所以，即使是崔氏原作，也已经不能列为七律之正格，而且并未能为后世开源辟径。则纵然崔氏之作可以称为绝调，于七律一体之演进，也并不能有所裨益，而况太白此诗，有模拟之心，此以创作之精神论，便已落于第二乘之境界。至于《凤凰台》一诗中二联之对句，虽较《鹦鹉洲》一作为合律，金圣叹且曾赞美“吴宫”“晋代”一联云：“立地一哭一笑”，以为“我欲寻觅吴宫，乃惟有花草埋径，此岂不欲失声一哭，然吾闻代吴者晋也，因而寻觅晋代，则亦既衣冠成丘，此岂不欲破涕一笑。”又云：“此是其胸中实实看破得失成败，是非赞骂，一总只如电拂。”金氏之言，就诗之意境开阖而言，颇能得太白神情气势之妙。然而《艺苑卮言》及《全唐诗话》，乃讥此二句云“并非作手”者，则以就句法格律而言，此二句仍不过承初唐之旧，平顺工整，并无可以称胜之处，尤其如果在读过杜甫的一些在句法中足以腾掷变化的七律之后，就更可以体会出此“并非作手”四个字的意味了。所以太白虽为绝世仙才，然而对七律一体之演进，也并无丝毫功绩可以资为称述之处。

最后我们再看一看此一时期的其他名家之作。此诸家在诗的内容方面，既没有摩诘与太白之广，而在诗的数量方面，也没有摩诘与太白之多，所以他们对于七律一体，也都没有留下什么可观之成绩。如孟浩然仅有七律四首，王昌龄仅有七律二首，崔曙、祖咏和储光羲都仅有七律一首，而这些作品，都没有什么特殊成就，姑且略而不谈。此外，较为可观者，应推李颀及前面所谈到的崔颢二家，李颀留有七律六首，崔颢留有七律三首，崔颢除以前所引过的《黄鹤楼》一首以外，还有《行经华阴》一首，及《雁门胡人歌》一首。《行经华阴》一首，气象颇为阔大，此盖崔氏一般之风格如此，而以体式与句法言，却并无特殊之演进。至于其《雁门胡人歌》一首，则与《黄鹤楼》一诗，同样有以乐府语调用于七律之情形。现在将这一首诗录出来看一看：

高山代郡东接燕，雁门胡人家近边。解放胡鹰逐塞鸟，能将代马猎秋田。山头野火寒多烧，雨里孤峰湿作烟。闻道辽西无斗战，时时醉向酒家眠。

此诗后六句全为七律之格式，而首二句则为乐府古风之声调，而且标题以“歌”为名，我们从此可以看出，崔颢实在是有意地以乐府声调用于七律，与前所举之《黄鹤楼》一诗，同样不能视为七律之正格，尤其不能代表七律一体正统之演进。

至于李颀的七律之作，虽然也不过只有七首，然而值得注意的是他对于七律一体运用之纯熟。现在我们也举他的两首诗作为例证来看一看：

> 朝闻游子唱离歌，昨夜微霜初渡河。鸿雁不堪愁里听，云山况是客中过。关城树色催寒近，御苑砧声向晚多。莫见长安行乐处，空令岁月易蹉跎。
>
> ——《送魏万之京》
>
> 花宫仙梵远微微，月隐高城钟漏稀。夜动霜林惊落叶，晓闻天籁发清机。萧条已入寒空静，飒沓仍随秋雨飞。始觉浮生无住著，顿令心地欲皈依。
>
> ——《宿莹公禅房闻梵》

从这两首诗来看，李颀的七言律诗，其对偶之工整，声律之谐畅，转折之自然，都表现了对七律一体运用之成熟，唯一可惜的是并没有什么开拓独到的境界，所以许学夷就曾批评他说：“李颀七言律声调虽纯，后人实能为之。”那也就是说他声律虽熟，而失之平整，内容也缺少开拓和变化，并没有什么极为过人的成就。

从以上所举的名家七律之作看来，可见唐诗七律一体，虽然在初唐沈、宋的时候就已经成立了，然而在杜甫的七律没有出现之前，以内容来说，一般作品大都不过是酬应赠答之作，以技巧来说，一般作品也大都不过是直写平叙之句，所以严守矩矱者，就不免落入于卑琐庸俗，而意境略能超越者，则又往往破毁格律而不顾。因此七言律诗这一种新体式的长处，在杜甫以前，可以说一直没有得到尽量发展的机会，也一直没有得到应该得到的重视。我们看到自晚唐以来，两宋以迄明清诸家诗集中，七律一体所占的分量之重，所得的成就之大，就可以知道杜甫对于七律一体的境界之扩展，价值之提高，以及他所提供于我们的表现之技巧，句法之变化，这一切对于后世的影响，是如何深远而值得注意了。

三、杜甫七律之演进的几个阶段

中国文字之特色，是单形体单音节，无论赞成或反对，这个特色原来就适宜于讲求平仄及对偶，乃是一个必然的趋势所形成的事实。所以自魏晋南北朝以来中国的诗歌，一直都向着这一方面在发展，迄于唐代，五言律诗既已先获得优异的成绩于先，则按照理论来说，七言律诗较之五言律诗每句多了两个字，其缺点固然是增加了两个字的麻烦，而随之而来的优点，则是也增加了两个字的艺术之精美性的表现的机会。所以七言律诗之可以形成为中国诗歌中最凝练精美的一种体式，原该是一种可以预期的事实，只是在杜甫以前的一些诗人，都因他们的天才功力以及识见修养的限制，而未能予这种体式以应得的重视，也未尝付出应尽的努力，直到杜甫出来，才由于他所禀赋的感性与知性并美的资质，而认识了这种体式的优点与价值，于是杜甫乃以其过人的感受力与思辨力，及其创作的精神与热诚，扩展了七律一体的境界，提高了七律一体的价值，而将他的高才健笔深情博学都纳入了这一向被人鄙视的、束缚极严的诗体之中，而得到了足以笼罩千古的成就，当然这种成就，也并不是一蹴而成的。我现在就想试把杜甫的七言律诗，按其年代的先后，划分为几个阶段，藉以窥见杜甫在这种诗体的内容与技巧上的一些演进的痕迹。当然这种划分都只是为立说方便而作的大略的区划，不然，以杜甫之博大变化，每首诗皆各有其不同之风格与境界，则又岂是此简单的几个阶段所能尽。

杜甫的诗，据清浦起龙分体编辑的《读杜心解》来计算，计共收诗一千四百五十八首，其中的七言律诗计有一百五十一首之多，这比起李白的九百九十四首诗中只有八首七律的情形来，真是相差悬殊了。而如果自杜甫入蜀以后的作品来计算，则七律所占之比率数尤为大，即以此比数之大，与比数之增加来看，已经可以见到杜甫对七律一体之重视，及其逐渐成熟演进之痕迹了。如果把这一百五十一首七言律诗详加分析，其变化之多，方面之广，自然是难以穷尽的。我现在只依其时代之先后，约略将之分为四个演进的阶段。

第一个阶段是天宝之乱以前的作品。这是杜甫七言律诗作得最少，成绩也最差的一个阶段。在这一阶段杜甫仍然停留在模拟之中，其所作如：《题张氏隐居》、《郑驸马宅宴洞中》、《城西陂泛舟》、《赠田九判官梁丘》、《赠献纳使起居田舍人澄》等，其内容与一般作者一样，也仍然都是以酬赠及写作为主，技巧方面也只是对偶工丽，句法平顺，丝毫没有什么开创与改进之处。现在我们举杜甫这一阶段的两首七律来看一看：

> 春山无伴独相求，伐木丁丁山更幽。涧道馀寒历冰雪，石门斜日到林丘。不贪夜识金银气，远害朝看麋鹿游。乘兴杳然迷出处，对君疑是泛虚舟。
>
> ——《题张氏隐居》
>
> 青蛾皓齿在楼船，横笛短箫悲远天。春风自信牙樯动，迟日徐看锦缆牵。鱼吹细浪摇歌扇，燕蹴飞花落舞筵。不有小舟能荡桨，百壶那送酒如泉。
>
> ——《城西陂泛舟》

第一首《题张氏隐居》，此题原有诗二首，另一首是五言律诗，所写乃相留款曲之情。此首七律，则写张氏隐居之幽寂，题中所云张氏，历代注者或以为乃隐居徂徕之张叔明，或以为乃张叔卿，或以为乃张山人彪，钱注已曾云“不必求其人以实之”，总之为一隐者而已。此诗开端先从入山求访说起，次句写山之幽，三句写沿途所历之涧道冰雪，四句写到后所见之斜日林丘，五句写夜宿所见烟岚霞气之美，藉以映衬张氏之高洁清廉，六句写朝游所见山中麋鹿之嬉，藉以映衬张氏之闲逸恬适，七句写乘兴而游，云山杳然，出处都迷，八句写对此高隐之士，此心荡然，全无所系，有宾主俱化之感（或以为七句喻隐仕之出处不决，八句慨己身之飘摇无着，似过于深求）。观此诗所写，由“求”而“历”而“到”，又由“斜日”而“夜”而“朝”，层次清晰，章法分明。中二联之对偶，亦复句法平顺，对偶工整。像这种平顺工整之作，仍未脱早期七律的平俗空泛之风，其内容与句法，都大有似于李颀之《宿莹公禅房闻梵》一首，并未能超越前人而别有建树。

第二首开端写所见之楼船与船上青娥皓齿之佳人，次句写遥闻箫笛之音，远传空际（悲字但写音声之感人，不必拘定悲哀为解）。三、四句一联，“春风”、“迟日”、“锦缆”、“牙樯”，极写春光之美与楼船之丽，而句中着以“自信”与“徐看”二字，可以想见一片容与中流之乐。五、六句一联，水中则鱼吹细浪，枝上则燕蹴飞花，而承以歌扇舞筵，则鱼吹细浪兼以映衬歌声之美，有沉鱼出听之意，燕蹴飞花兼以映衬舞姿之美，有燕舞花飞之致，复着以“摇”字“落”字，则扇影摇于水中，飞花落于筵上，遂尔将鱼儿、燕子、细浪、飞花，与歌扇舞筵并相结合为一片美景良辰赏心乐事。至于末二句，有荡桨之小舟，送百壶如泉之酒，正极写饮宴之乐且盛也，仇注引顾宸曰“天宝间景物盛丽，士女游观，极尽饮宴歌舞之乐，此咏泛舟实事”是也。（或以为此诗如《丽人行》之类，当有所指，似不必如此拘凿）观此诗所写之种种景物情事，可谓极铺陈工丽之盛，而其风格则仍在初唐绮丽馀风的笼罩之下，可见杜甫此一时期的作品，仍未能完全摆脱时尚，其风格仍不过是平顺工丽，不但未能度越前人，即较之摩诘、太白的一些佳作之远韵高致，亦复尚有未及。而且此一诗之“春风”“迟日”一联，上下承接之际，都有平仄失黏之病。前一首之“涧道”一联与“伐木”句相承，亦有平仄失黏之病，此与宋之问《饯中书侍郎来济》一首，及王维《辋川庄作》一首与《出塞》一首，诸诗失黏之情形所谓折腰体者正复相同。这原是七律尚未完全成熟时的一种现象，杜甫尚完全在当时风气笼罩之下，所以连这种失黏的现象，也一并承袭下来。这与杜甫晚年所作的一些摆脱声律故为拗体的极为老成疏放的作品，实在不可相提并论。这种作品是尚未入网的群鱼，而后来的拗体则是透网而出的金鲤。不过，杜甫在这一阶段的模仿与尝试，也已经为后来的种种演变与蜕化作了很好的准备的工夫，这一点也仍是不可忽视的。

第二个阶段，该是收京以后重返长安一个时期的作品。这一阶段，杜甫所作的七言律诗，可以分作两部分来看：一部分是至德二载冬晚及乾元元年春初，杜甫重回长安，身任拾遗，满怀欣喜之情所作的一些颂美之作，如《腊日》、《奉和贾至早朝大明宫》、《宣政殿退朝晚出左掖》等诗属之；又一部分则是乾元元年春晚，杜甫自伤衮职无补，寸心多违，满怀失意之心所作的一些伤感之作，如《曲江二首》、《曲江对酒》、《曲江陪郑八丈南史饮》等诗属之。前一种颂美之诗篇，虽然也有一些颇为人所赞赏推重的高华伟丽博大从容的作品，然而此种颂美之诗，自初唐以来，作者已多，并非杜甫之所独擅，现在姑置不论。我所认为可以代表杜甫七律第二阶段的作品，乃是属于后一种的伤感之作。从这一部分作品，我们可以很明显地看到，杜甫一方面对于七律一体的运用，已经达到运转随心，极为自如的地步，而另一方面，杜甫于天宝之乱以来，所经历的陷长安，奔行在，喜授拾遗，放还鄜州，重返朝廷，再遭失意等种种忧患挫折的变化，也更为扩大而且加深了杜甫诗歌中的感情的意境。这种技巧与意境的同时演进与配合，使杜甫的七言律诗进入了第二个阶段。现在我们也举两首诗，作为例证来看一看：

一片花飞减却春，风飘万点正愁人。且看欲尽花经眼，莫厌伤多酒入唇。江上小堂巢翡翠，苑边高冢卧麒麟。细推物理须行乐，何用浮荣绊此身。

——《曲江二首》之一

朝回日日典春衣，每向江头尽醉归。酒债寻常行处有，人生七十古来稀。穿花蛱蝶深深见，点水蜻蜓款款飞。传语风光共流转，暂时相赏莫相违。

——《曲江二首》之二

关于这两首诗，很多对杜甫此一时期心情之转变未曾详加研析体会的人，往往会觉得，以杜甫从前“致君尧舜”“窃比稷契”的志意抱负，何以会在长安收复天子还京，杜甫身为近侍官授拾遗的时候，竟然写出如此及时行乐之作，王嗣奭《杜臆》就曾经说过："余初不满此诗，国方多事，身为谏官，岂行乐之时。"然而，我们如果仔细从杜甫的诗中研求一下，就会发现他是如何地从满怀的希望振奋，而转变到哀感颓伤，这种表面看来似是及时行乐之诗，其实正是杜甫一片悲哀失意之心情的流露。杜甫在初还朝时，不仅曾写了很多首欣喜颂美之作，而且更曾在诗歌中显露出他身为谏官的一份忠爱之情，我们看他的《春宿左省》一诗："花隐掖垣暮，啾啾栖鸟过，星临万户动，月傍九霄多，不寝听金钥，因风想玉珂，明朝有封事，数问夜如何。"此诗由花隐垣暮写起，而夜，而朝，在其瞻望星月，听金钥，想玉珂的种种情事之中，写出了多少忠勤为国之意，而所有的期待盼望，都只在于明朝之"有封事"，其殷勤恳挚，岂不正是一份"致君尧舜""窃比稷契"的用心。可是我们再看一看他在《题省中壁》一诗中所写的"腐儒衰晚谬通籍，退食迟回违寸心，衮职曾无一字补，许身愧比双南金"的话，就可以知道杜甫当时必然有许多难于进言，或进言而无补的苦衷，从其"违寸心"上面的"迟回"二字，就可以看出他的无限低徊怅恨之悲了。而况就在这年春天，曾与杜甫以《早朝大明宫》诗相唱和的贾至，便已经出官汝州，杜甫《送贾阁老出汝州》的诗中，就已经有"艰难归故里，去住损春心"的叹息，其后于是年五、六两月，房琯、严武与杜甫便也都相继出贬，由此可以想见当杜甫写《曲江二首》之时，不仅是抱着空怀忠悃久违寸心之悲，而且更可能有着无限忧谗畏讥之心，于是才写出《曲江》这两首如此哀感颓伤的作品。明白了杜甫当时的一份心情，我们再看这两首诗，才不会误以为是"行乐"之诗，而对杜甫妄加责怪，也才不会漫以一般诗人伤春之作而等闲视之。

第一首只开端"一片花飞减却春"一句，便已写出杜甫之满怀怅惘哀伤。仅此一句，便已是杜甫历遍人生种种悲苦深加尝味后之所得，因为若不是曾经深感到人世间花落春归的悲哀的人，决不会因一片之花飞，便体会到春光之残破，而杜甫却将如此深沉的悲哀的体味，仅从一片花飞写出，我们看他"一片"两字写得如何之委婉，而"减却"二字又说得如此之哀伤，其意境之深，表现之妙，便已非以前任何一家之所能比。而复继之以第二句云"风飘万点正愁人"，自花飞一片之哀伤，当下承接到风飘万点之无望。我每读此二句，总觉得第一句便已以其深沉的悲哀，直破人之心扉，长驱而入，而就在此心扉乍开的不备之际，忽然又被第二句加以重重的一击，真使人有欲为之放声一恸之感。然后复接以“且看欲尽花经眼，莫厌伤多酒入唇”二句，把一片无可奈何的心情，无可挽回的悲哀，全用几个虚字的转折呼应表达出来，已是欲尽之花，然且复经眼看之，已伤过多之酒，而莫厌入唇饮之。夫花之欲尽，既已难留，则我之饮酒，何辞更醉，而且不更饮伤多之酒，又何能忍而对此欲尽之花，既对此欲尽之花，又何能忍而不更饮伤多之酒，这两句真是写得往复低徊哀伤无限。我们试将此种对句，与高适之“巫峡啼猿”“衡阳归雁”，及李颀之“关城树色”“御苑砧声”等对句相较，就可以看出杜甫已经使这种平板的律诗对句，得到了多少生命，得到了多少抒发。以后接入五六两句“江上小堂巢翡翠，苑边高冢卧麒麟”，从飞花而写到人事，彼人事之无常，亦何异乎此飞花之易尽，张性《杜律演义》云：“曲江，旧时风景佳丽，禄山乱后，无复向时之盛，是以堂巢翡翠，冢卧麒麟，盛衰不常如此。”仇注亦云：“堂空无主，任飞鸟之栖巢。冢废不修，致石麟之偃卧。”所谓翡翠者，固当是翡翠鸟。江上小堂者，则昔日歌舞繁华之地也。而今歌舞繁华，都成一梦，而空堂之上，但为飞鸟营巢之地而已。麒麟者，石麒麟也，秦汉间公卿墓往往以石麒麟镇之，而今苑边高冢之前，石麟早已倾卧欹斜，则其断裂与斑驳可想。此无生之物尚且如此，则冢中昔日之人，富贵之早为云烟，尸骸之早为尘土，更复何所存留乎。有此二句，则知前四句，杜甫所以对风飘万点之欲尽飞花之如此哀伤者，其感慨之深意，正自有无穷之痛。而以句法论，此“江上小堂”二句，又写得如此之整炼，一方面既足以使前四句为之振起，一方面更于此为一凝重之顿挫。然后接以尾联：“细推物理须行乐，何用浮荣绊此身。”“细推”二字写得极有深度，极有情致。细推者何，自此一片惊飞，乃至风飘万点的欲尽之花，到堂巢翡翠冢卧麒麟的世事云烟贤愚黄土，于是知一切有情无情之物，其幻灭虚空短暂无常尽皆如是，更何必羁绊于此“浮荣”，而徒然自若，于是而有“须行乐”之言。然而以杜甫对国家对人类的情爱之深厚执着，又岂是真能看破虚空但求一己行乐之人，读此二句诗，当细味其“须行乐”之“须”

字，及“何用浮荣”之“何用”二字，其中有多少含蓄，有多少悲慨。这种要将一切都放下而无所顾恋的，但求行乐的声吻，正由于杜甫一切都无法放下，而又无可奈何的一份沉哀深痛。后世浅识之人，乃竟真以“行乐”目之，《仇注》引申涵光之言，甚至以为此句“似村学究声口”，这对当时退食迟徊寸心多违的杜甫真是一种可悲的误解。

再看第二首诗，第二首诗乃承接第一首而来。第二首写伤春自慨而归之于无可奈何之行乐，第二首则由伤春无奈而转为留春之辞，然而春去难留，则留春之辞乃弥复可伤矣。首联：“朝回日日典春衣，每向江头尽醉归。”一开端便写得如此无聊赖，典春衣而云“日日”，向江头而云“每向”，醉归而云“尽醉归”，其“日日”字，“每”字，“尽”字，都用得极好，足以写出其满腔无可奈何的抑郁哀怨之情。而尤其妙在“日日典春衣”之上，偏偏着以“朝回”二字，夫上朝是何等事，典衣尽醉又是何等事，如今杜甫乃于朝回之时，而日日典衣以求尽醉，则其在朝中之违寸心的种种情事，可以想见。次联“酒债寻常行处有，人生七十古来稀”二句，先不论其以“寻常”对“七十”之数字借对之妙，即以其“酒债”与“人生”，及“行处有”与“古来稀”之对偶的承接自然而言，便已非杜甫以前诸作者之一循格律便落平板的句法所可比。而此一联之尤可贵者，则更在其所含蕴之感慨之深。寻常行处的酒债之多，正因七十古稀的人生之短，而况“人生”一句之所慨者，实不仅七十古来稀之短促而已，其中更有杜甫对人生之多少失意哀伤。无可奈何之余，惟欲尽付之一醉而已，此所以寻常行处不辞酒债之多也。而杜甫此二句，却但只落落写来，一句酒债，一句人生，其间之关合感慨，乃尽在于言外，此种技巧与意境，也不是杜甫以前的七律所曾见。至于颈联：“穿花蛱蝶深深见，点水蜻蜓款款飞”二句，一般人只知欣赏其“深深”与“款款”二叠字之自然，“穿花”与“点水”二对句之工丽，若但知以此为工，则真将堕入“鱼跃练川抛玉尺，莺穿丝柳织金梭”之恶道矣（见《曲江》二首《仇注》），故叶梦得《石林诗话》乃赞美之云：“读之浑然”，“气格超胜”。叶氏之言固然不错，而其实杜甫此一联的好处，还不仅在其句法工丽之中不见琢削之迹的一种浑然超胜之致而已，而更在其中所蕴含的一份极深曲的情意。王国维《人间词话》曾分诗歌为有我之境与无我之境，而举元好问之“寒波澹澹起，白鸟悠悠下”为无我之境。若元氏之“澹澹”与“悠悠”，亦为叠字，而其所表现者乃但为悠闲淡远，并不见悲喜之情，与前所举王维《辋川庄作》的“漠漠水田飞白鹭，阴阴夏木啭黄鹂”一联之“漠漠”“阴阴”颇为相似，而与杜甫此联之“深深”“款款”则迥不相同。盖王氏与元氏皆能泯然悲喜而为超，而杜甫此二句则乃是深揉悲喜而为入。虽然此二句中亦未尝着以悲喜字样，然而其所写之“深深”、“款款”，却使人读起来，自然会感到杜甫对此深深见之穿花蛱蝶，款款飞之点水蜻蜓，正自有无限爱惜之意。像这种不正面抒写感情，而感情却能由其所写之事物中自然透出的境界，正是胸怀博大感情深挚的杜甫之所独擅。而此二句，尤为使人感动者，则更由于自其爱惜之情中，所流露出的无限哀伤。何以知其哀伤，则自上一句之“人生七十古来稀”，及后二句之“传语风光”、“暂时相赏”诸语所显然可见者也。盖此穿花之蛱蝶与点水之蜻蜓，亦终必有随流转之风光以俱逝之一日，因此眼前所见之一种“深深”、“款款”之致，乃弥复可恋惜，亦弥复可哀伤矣。像这种情意如此转折深至，而对偶又如此工丽天然的七言律句，岂非我前面所说的意境与技巧的同时演进和配合的证明。至于尾联“传语风光共流转，暂时相赏莫相违”二句，“传语”二字已写出无限叮咛深意，而且其所欲传语者，乃是向无知之风光传语，其感情之深与痴可以相见。“共流转”之“共”字当是兼此二句之花与蝶与蜻蜓与诗人而言者，此三字写得极为亲切缠绵，而复承接于叮咛深至的“传语风光”四字以后，其感人已多，而又继之以“暂时相赏莫相违”七字，“相赏”而云“暂时”，已说得如此可哀，而“莫相违”之“莫”字，则更为说得委婉深痛，全是一片叮咛祈望之深意，明知其不可留，而留之，而如此多情以留之，杜甫伤春无奈之悲，至此而极矣。

从这两首诗看来，杜甫对七言律体之运用，可说是已经达到了纯熟完美，应手得心的地步了，所以，才能一从所欲地表达出如此曲折深厚的一份情意，而且，写得如此之淋漓尽致，无一意不达，无一语不适。这岂不是杜甫之七言律诗的一大进步，而这种进步，也就正代表着整个七言律体的一大进步。杜甫的成就，已经使七言律诗脱离了早期的酬应写景的浮泛的内容，与束缚于格律的平板的句法，而使人认识了七言律体的曲折达意，婉转抒情的新境界与新价值。仅此一阶段之成就，杜甫已经为后世写七言律诗的人，开启了无数境界与法门，然而这在杜甫而言，却仍然只是他七言律诗的第二阶段而已。

杜甫在收京以后的一个阶段所作的七律中，还有一首极好的佳作，而本文却并未选录出来做为此一阶段的代表作。这首诗就是杜甫为郑虔遭贬所作的，《送郑十八虔贬台州司户伤其临老陷贼之故阙为面别情见于诗》的一首，卢德水曾赞美此诗说："万转千回，清空一气，纯是泪点，都无墨痕。"这确是一首极好的诗，而我并未选取此诗为此阶段之代表作的原故，则是因为这首诗，乃是一首可遇而不可求的，在多种机缘凑泊之下所形成的特殊作品，而并不能代表此一阶段之常度的成就。试想郑虔这一位"有道出羲皇"、"有才过屈宋"的"老画师"，是何等人物；而其与杜甫之间的"但觉高歌有鬼神，焉知饿死填沟壑"的"忘形到尔汝"的友情，又是何等交谊；而"垂老陷贼"、"万里严谴"的遭遇，更是何等惨事。以如此之人物，如此之交谊，而遇如此之惨事，乃杜甫竟尔邂逅无端阙为一面之别，则更该是如何可憾恨之情意。像这种尽人间之极的作品，又何可以常度来衡量，这就是我未选取此诗为此一阶段之代表作的原故。

第三个阶段，该是杜甫在成都定居草堂的一个时期的作品。如果我们说第二个阶段，是杜甫从尝试模仿，进步到纯熟完美的一个阶段，那么，这第三个阶段，则该是从纯熟完美转变到老健疏放的一个阶段。写到这里，我想到一件值得一提的事，那就是杜甫所作七律较多的时期，都是在他生活上较为安定的时期。而在离乱奔忙中则很少写七言律诗，像禄山乱起以后，杜甫陷长安奔行在的一个时期，虽然也曾留下许多首不朽的诗篇，如《哀江头》、《哀王孙》、《喜达行在所》、《述怀》、《北征》等，然而却没有一首是七言律诗。其后杜甫由华州弃官，而秦州，而同谷，而间关入蜀的一个时期，杜甫在辗转旅途饥寒交迫之中，虽然也曾写了许多首好诗，如前后二十四首《纪行诗》，以及《同谷七歌》等，然而也没有一首是七言律诗。我以为这是颇可注意的一件事，这说明了七律一体在各种诗体中，是更富于艺术性的一种诗体，而写作七言律诗，也需要更多的艺术上的馀裕。这所谓馀裕乃包括现实与精神两方面的从容与安定而言，即使所写的内容是沉痛哀伤，但在创作的阶段中，七律一体却始终需要更多的安排反省的馀裕，那就因为七律是所有各种诗体中最精美的一种诗体，因此所需要的艺术技巧也更多。它不像五七言古诗之不受拘执，可以随物赋形，作自由的抒写。至于以七律与五律相较，则五律虽也有平仄对偶的限制，但五律毕竟少了两个字，对于工整与精美的要求，便也相对地减少了许多，所以五言律诗的写作，可以不需要较多的馀裕。而况五律之体，前人之作品已多，蹊径已熟，对一位才情兼胜，而更复以功力见长的像杜甫这样的诗人而言，写五言律诗该是费力最少而最易成功的一种诗体了。所以在杜甫所留下的一千四百多首诗中，五律一体竟然有六百三十首之多，几乎将近所有各种诗体总和的半数，这在杜甫正是极自然的一件事。至于七言律诗，一则因此种体式在杜甫以前尚未成熟，二则因此种体式需要更多艺术上的馀裕，既有此二条件，所以杜甫在天宝乱前第一阶段中，生活虽多馀裕，而却因为对运用此种体式之技巧，尚未臻于圆熟自然之境，因此，此一阶段中，杜甫七律之作的数量并不多。到了收京之后的第二阶段，则生活一安定下来，杜甫的七律之作的数量与技巧，便已同时都有了显著的增加和进步。既然有了第二个阶段的成功，所以到了第三个阶段，杜甫在成都草堂定居以后，生活与心情一有了馀裕，七律的作品，立时就增加了更多的数量，而其表现的技巧与境界，也同时有了另一度的转变。这正是一个伟大的天才之可贵的地方。因为一个真正的天才，其创作精神必然是生生不已的，杜甫既然在第二阶段已经达到了对七律之体式运用纯熟之境地，所以在进入第三阶段中，杜甫就开始步上了另一新境地，这种新境地，乃是变工丽为脱略，虽然仍旧遵守格律，然而却解除了格律所形成的一种束缚压迫之感，而表现出一种疏放脱略之致，可是，又并非拗折之变体，这是杜甫的七律之又一转变。当然，这一切转变，实在都只是一个天才演进发展的自然现象，并非如我所说的这样有心着迹。杜甫之自纯熟转入于脱略，也正是一种极自然的现象。而且另一方面，杜甫这时年已渐老，所经历过的生活，更可以说是历尽艰险，辛苦备尝，当年的豪气志意，既已逐渐消磨沮丧，心情也自然转入疏放颓唐，这种疏放的心情与脱略的表现，形成了杜甫第三阶段的七律的风格。现在我们也举两首作品为例来看一看：

为人性僻耽佳句，语不惊人死不休。老去诗篇浑漫与，春来花鸟莫深愁。新添水槛供垂钓，故著浮槎替入舟。焉得思如陶谢手，令渠述作与同游。

——《江上值水如海势聊短述》

幽栖地僻经过少，老病人扶再拜难。岂有文章惊海内，漫劳车马驻江干。竟日淹留佳客坐，百年粗粝腐儒餐。不嫌野外无供给，乘兴还来看药栏。

——《宾至》

第一首《江上值水如海势聊短述》一篇，在杜甫的七律之作中，并不能算是很好的作品，只是我以为这一首诗颇有特色，足以代表杜甫此一阶段的心情与风格，所以选录了这一首诗。此诗从诗题开始，就已表现了杜甫的一种脱略疏放的意致，试想江上值水如海势，乃是何等可观之事，像这种可观之事，如果在当年杜甫意气方盛之时，该如何用长篇伟制以渲染描绘之，而杜甫此题却于“江上值水如海势”之下，轻轻只用了“聊短述”三字，便尔遽然截住，这真是绝妙的一个诗题。吴见思《杜诗论文》评此诗云：“江上值水势如海，公见此奇景，偶无奇句，故不能长吟，聊为短述耳。”《仇注》更云：“此一时拙于诗思而作。”这些话，我以为实在是浅之乎视杜甫，“拙于诗思”、“偶无奇句”等语，都说得过于浅狭落实，不能深得此一首诗的疏放脱略的情致之妙。以杜甫之高才健笔，岂真不能描述此一如海势之江水乎，不过杜甫当时已非复当年之豪气，一时不欲更逞才刻意于诗篇，故而乃有此作耳，观其题与诗之妙，此种情致实堪玩味。开端二句“为人性僻耽佳句，语不惊人死不休”，乃写前时平生之为人，正为次联之反衬。当年性耽佳句，必求出语之惊人，此正一种少年盛气光景，而今则年已老去，意兴萧疏，乃觉平生种种争奇好胜之心俱属无谓，故继之乃有次句之“老去诗篇浑漫与，春来花鸟莫深愁”之言也。

“浑漫与”一作“浑漫兴”，“漫兴”二字似较为习见易解，然而实不若作“漫与”之佳。“与”者给与交出之意，“浑漫与”者，谓随意写出全不用心着力之意也，故继云“春来花鸟莫深愁”，对作诗既已非复当年之性耽佳句语必惊人，对花鸟亦已非复当年之伤心溅泪，而致慨于其一片花飞风飘万点，因之乃一任今日江上水势之如海，我亦复何所动心，更亦复何劳笔墨，因乃聊为短述而已。此一联将杜甫老来一片疏放之情完全写出，而遥遥与诗题之“聊短述”三字相映照，极为有致。至于颈联“新添水槛供垂钓，故著浮槎替入舟”两句，则是呼应诗题之“江上水如海势”，却全不用正写，而仅只用侧笔作淡淡之点染，故意于其如海势之种种壮观奇景，皆略去不写，而只写一水槛，写一浮槎，而此水槛与浮槎，亦不过仅只聊以供垂钓、替入舟而已。看此二句，杜甫将一片如海势之水只写入如此之微物微事，真是闲淡之极，疏放之极，此正为此一诗情致佳妙之处，所以有心深求的人，反而会不能领略这一首诗的好处了。至于尾联“焉得思如陶谢手，令渠述作与同游”二句，杜甫之设想，真乃如此诙谐入妙，其意盖云，我今既已老去，而又疏放如此，不复雕琢佳句以求惊人，则安得有一思如陶、谢而有如此手段之诗人，则令渠述为惊人佳句，而我但得与之同游，便可不用思索雕琢之苦，而得有欣赏惊人佳句之乐，此种妙想，千载以下之今日读之，仍然可以使人对杜甫当日一份疏狂幽默的风趣发会心之微笑。而同时此一诗在格律句法方面，也同样表现了一种脱略之致。首联，一起便不入韵，而且两句之句法，复极为疏散质拙，乍观之，几乎全然不似律诗之起句，然细味之，则平仄又全然无所不合，是脱略，而却并非拗体（杜甫亦有拗律佳作，俟下节论之），此正为杜甫此一阶段独到之境界。次联“浑漫与”、“莫深愁”之对句，亦极脱略，而平仄及词性又能不失其平衡对称，正唯熟于律者，方能有如此妙用。至于颈联“水槛”、“浮槎”之对颇为工整，而却又出之以闲淡，此乃脱略之又一种表现，结尾一联之句法，与首联同其疏散。这一首诗，可以说充分表现了杜甫此一阶段的内容与格律两方面的疏放脱略的境界。

第二首，起二句“幽栖地僻经过少，老病人扶再拜难”，与前一首相同，也是起首不入韵，而与前一首相异的，则是，此二句乃是对起，而且不仅字面相对，内容方面亦是宾主相对。首句“经过少”是就宾而言，次句“再拜难”则是就主而言，而且自此以下通篇皆以宾主互相对叙。三句“文章惊海内”是主，四句“车马驻江干”是宾，五句“佳客坐”是宾，六句“腐儒餐”是主，七句“无供给”是主，八句“看药栏”是宾。高步瀛先生《唐宋诗举要》评此诗云：“开合变化，极变化之能事。”通观全篇，谨严之中有脱略，疏放之中有整齐，这正是熟于格律而又能脱去束缚压迫之感的代表作品。至于就内容而言，则首句“幽栖地僻”既本无意于宾之访，次句“老病人扶”自亦无怪其礼之疏，而于此疏懒之致中，却偏偏用了“经过”、“再拜”等谨严的客套字样，写得狂而不率，情致极佳。次联“岂有文章惊海内，漫劳车马驻江干”二句，“文章”与“车马”及“海内”与“江干”之对句，用字颇端谨，而“岂有”与“漫劳”二字之口吻，则又极为疏放自然。“文章”一句，似谦退之语，而隐然亦可见文章之有声价。“车马”一句似推敬之言，而隐然亦见车马之无足羡。至于颈联“竟日淹留佳客坐，百年粗粝腐儒餐”，以“淹留”对“粗粝”，字面便极脱略，佳客自无妨为竟日之留，而腐儒则唯有粗粝之供，一片疏放真率之情，写得极自然可喜。至尾联之“不嫌野外无供给，乘兴还来看药栏”二句，“不嫌”一本作“莫嫌”，我以为“不嫌”之口气是就客说，客自不嫌耳，若作“莫嫌”，则似有主人愿客莫嫌之意，以杜甫此诗所表现之疏放之情来看，似以作“不嫌”为佳。“药栏”则花药之栏也，野外原无供给之物，亦不欲故求供给之物，惟“药栏”或者尚可一看，至于客之是否“不嫌”，是否“还来”，则一任之耳，不嫌固佳，嫌亦何妨，来固佳，不来亦何伤。此二句原不必深求，但写杜甫当时一份疏放之情而已，必如金圣叹所云“因不能款他，要他速去”，则未免失之浅狭矣。

综观此二诗，以内容情意而言，既然都表现了杜甫久经艰苦幸得安居后的一份疏放的情致，以格律技巧言，则又都表现了臻于纯熟以后的，或散或整或工或率的一种脱略的境界，这是杜甫七言律诗的第三个阶段。在此一阶段的作品如《卜居》、《狂夫》、《客至》、《江村》、《野老》、《南邻》等，都表现了相近似的境界，这是对人生的体验与对格律的运用，都已经过长久的历练，而逐渐摆脱出其压迫与束缚的一种境界。这是杜甫七律的又一进展，也是七言律诗一体，在格律之束缚中，自拘谨化为脱略的又一进境。

第四个阶段，我以为该是杜甫去蜀入夔以后一个时期的作品。这一时期，杜甫的七律可以分作正变两方面来看，像《诸将五首》、《秋兴八首》、《咏怀古迹五首》等，这当然是属于正格方面的代表作，而像《白帝城最高楼》、《黄草》、《愁》、《暮春》等诗，则是属于变体的拗律。初看起来，正格与变体，似乎是迥然相异的两种风格，而其实这却正是一种成就之两面表现。杜甫此一阶段之七律，对格律之运用，已经达到完全从心所欲的化境的地步，不过，一种从心所欲是表现于格律之内的腾掷跳跃，另一种从心所欲则是表现于格律之外的横放杰出而已。

现在我们先举一首，横放杰出于格律之外的变体的拗律来看一看：

> 城尖径仄旌旆愁，独立缥缈之飞楼。峡坼云霾龙虎卧，江清日抱鼋鼍游，扶桑西枝对断石，弱水东影随长流。杖藜叹世者谁子，泣血迸空回白头。
>
> ——《白帝城最高楼》

杜甫的拗体七律，早在其第一阶段与第二阶段，就已经出现过，如《郑驸马宅宴洞中》、《题省中壁》、《早秋苦热堆案相仍》等，其平仄音律便都有拗折之处。此种作品，但为杜甫多方面继承接纳之一种尝试，盖在七律一体尚未完全奠立之先，如庾信《乌夜啼》等作，其音律多往往有拗折之处，此原为一种不成熟之现象。杜甫早期拗律，亦仅为一种尝试而已。而到了去蜀入夔以后，杜甫的拗律，却由尝试而真正达到了一种成熟的境地，以拗折之笔，写拗涩之情，夐然有独往之致，造成了杜甫在七律一体的另一成就，而《白帝城最高楼》一首，就正可为杜甫成熟之拗律的作品。此诗开端“城尖径仄旌旆愁”一句，“仄”字“旆”字都是仄声，从一开始就是拗起，写出一片险仄苦愁情景。次句“独立缥缈之飞楼”，“立”字与“缈”字又是两仄声字，声律既已拗折，而复于句中用一“之”字，变律诗之句法而为歌行之句法，且连用三平声，奇险中又别有潇洒飞扬之致，而独立苍茫之悲慨亦在言外。三、四两句“峡坼云霾龙虎卧，江清日抱鼋鼍游”，对偶声律都颇为工整。以格律言，此二句固正是律诗之重点所在。此一联之工整，正是此诗虽为拗体，而仍不失为律诗的重要关节。然而“鼋鼍游”却又运用了三个平声字，工整中仍有拗涩之致。至于以内容言，则此二句乃写高楼所见之景，《仇注》引韩廷延云：“云霾坼峡，山水盘拏，有似龙虎之卧；日抱清江，滩石波荡，恍如鼋鼍之游。”这两句所形容刻画之景物实极为真切，而却偏偏出之以险怪之辞、疑似之笔，于工整中力避平俗，这正是杜甫变中有正、正中有变的一种妙用。至于颈联“扶桑西枝对断石，弱水东影随长流”，则写峡石之高与水流之远。扶桑为日出之地，在碧海中，有树长数千丈，见《山海经》及《十洲记》，弱水则《禹贡》、《山海经》、《淮南子》、《史记·大宛传》、《汉书·地理志》及《后汉书·东夷传》皆有所载，要之弱水之为水发源极远，而自西东流。此二句盖言峡之断石极高，遥遥与东方扶桑之西枝相对，江之水流极远，遥遥与西方弱水之水影相接，其意不过写峡高水远，而用字遣辞乃有横绝一世之概。至于此一联之声律，则上句“桑”字与“枝”字两字皆平，下句“水”字与“影”字两字皆仄，上句“对断石”连用三仄，下句“随长流”连用三平，拗折中亦有法度，且声律虽拗，对偶则工，此仍是杜甫正变相参之妙用。第七句“杖藜叹世者谁子”，句中用一“者”字，大似散文之句法，较之次句效歌行体用“之”字，尤为奇崛。后之韩愈有意学杜之奇险，亦往往以文句入诗，如其《荐士》一诗“有穷者孟郊”一句，岂非与杜甫此句之句法颇为相近。然而韩愈之奇险，乃在惟以字句争奇，而不能于感情意境上取胜，其奇险乃落空而无足取。至如杜甫此句，则不仅句法之奇崛而已，而其尤可贵者，乃在以此拗涩之句，写出其一种中心多忤的叹世之情。“杖藜”写人之形貌，则既衰病而艰于行矣。“叹世”写人之心境，则满怀悲慨徒托之叹息矣。然后用“者”字作一收束，顿挫极为有力，再以“谁子”二字接转，则此杖藜而叹世者，果何人哉，乃竟形貌如此之衰，心情如此之痛乎。此句悲慨极深，乃全在用“者”字之音节拗涩停顿中表现出来，这又岂是仅知于字面学杜甫之奇险的人之所能企及。至于末一句“泣血迸空回白头”，乃承上句而来，写其叹世之悲，有至于如此者。杜甫往往以“泣血”写其深沉之悲苦，如其《得舍弟消息》一诗之“啼垂旧血痕”，《遣兴》一诗之“拭泪沾襟血”，读之皆使人深为其悲苦所感动，以为杜甫所泣者，固当真是血痕而非泪点也，唯是前所举二句之泣血，尚复有垂痕可见，有衣襟可沾，今日在此高楼之上，满怀叹世之情，乃竟至泣血迸空，更无可供沾洒之地，既写出楼之高，更写出情之苦。而“回白头”三字，则使人读之尤觉可哀，何则？满头白发而望空回首，此中固有多少抑郁无奈之情在也，读者当于此深加体味，则知其一片违拗艰苦之情，皆在此一回首之中矣。通观此诗，以拗折艰涩之语，写抑郁艰苦之情，既得声情相合之妙，而复能于拗折中把握一份法度。首联，以拗句起，以拗句救。颔联把握律诗之重点，而却于工整中见奇险之致。颈联复以下句之拗救上句之拗，而又于声律之拗折中，把握了对偶之工整。尾联于第七句用一“者”字，以散文之句法入诗，复接以“谁子”二字，作疑问之口气唤起末句，极得顿挫振起之妙。像这样的诗，其所把握的，乃是形式与内容相结合的一种原理与原则，虽然不遵守格律的拘板的形式，却掌握了格律的精神与重点。毛奇龄曾评杜甫拗律云：“杜甫拗体，较他人独合声律，即诸诗皆然，始知通人必知音也。”（见《暮归》诗《仇注》）所以，杜甫此种变体之拗律，虽是横放杰出于声律之外，然而却实在是深入于声律的三昧之中了。因此，我以为此种变体之拗律，与另一种谨守格律，而于格律之拘限中作腾掷跳跃的正格律诗，实在乃是同一种成就的两种表现。这两种表现，都说明了杜甫已经深得律诗之三昧，达到了出入变化运用自如的地步。如果单纯以欣赏而言，则无论为正格为变体，杜甫此一阶段的七言律诗，都自有其值得赏爱之处。但如果以七言律诗之演进而言，则自然仍当以正格之作为主，至于拗律虽然易见飞跃腾拏之势，而如果以诗体演进之理论言，则拗律毕竟只是侧生旁枝。即如宋代之黄山谷，有心专致力于拗体之尝试，后人甚至为之定立了单拗、双拗、吴体种种名目，其于拗律之写作，可以说颇有成就了，而观其所作，实在只是求奇取胜。因为正格的谨守格律的七律，如果没有高才深情，便容易流于庸弱，山谷盖深明此理，所以乃以拗折为古峻，这在形貌与音律方面确实有化腐朽为神奇之用，但此与杜甫之以拗折之笔写拗折之情，把一片沉哀深痛都自然而然地表现于拗律之中的作品，当然不可同日而语。不过杜甫的拗律，确曾为后人开了一条门径，使后人得了一个避免流于平弱庸俗的写七律的法门。这一点就杜甫之七律对后世之影响而言，已是极可注意的一件事。不过，以拗折避平弱，毕竟只是别径，谨守格律而能不流于平弱的作品，才是正格的更可注意的成就。

说到杜甫此一阶段的正格的七言律诗，自然当推其《诸将》、《秋兴》、《咏怀古迹》等诗为代表作，而其中尤以《秋兴八首》之成就为最可注意。现在我们就把这八首诗抄出来看一看：

其一

玉露凋伤枫树林，巫山巫峡气萧森。江间波浪兼天涌，塞上风云接地阴。丛菊两开他日泪，孤舟一系故园心。寒衣处处催刀尺，白帝城高急暮砧。

其二

夔府孤城落日斜，每依北斗望京华。听猿实下三声泪，奉使虚随八月槎。画省香炉违伏枕，山楼粉堞隐悲笳。请看石上藤萝月，已映洲前芦荻花。

其三

千家山郭静朝晖，日日江楼坐翠微。信宿渔人还泛泛，清秋燕子故飞飞。匡衡抗疏功名薄，刘向传经心事违。同学少年多不贱，五陵衣马自轻肥。

其四

闻道长安似弈棋，百年世事不胜悲。王侯第宅皆新主，文武衣冠异昔时。直北关山金鼓震，征西车马羽书迟。鱼龙寂寞秋江冷，故国平居有所思。

其五

蓬莱宫阙对南山，承露金茎霄汉间。西望瑶池降王母，东来紫气满函关。云移雉尾开宫扇，日绕龙鳞识圣颜。一卧沧江惊岁晚，几回青琐点朝班。

其六

瞿唐峡口曲江头，万里烽烟接素秋。花萼夹城通御气，芙蓉小苑入边愁。珠帘绣柱围黄鹄，锦缆牙樯起白鸥。回首可怜歌舞地，秦中自古帝王州。

其七

昆明池水汉时功，武帝旌旗在眼中。织女机丝虚夜月，石鲸鳞甲动秋风。波漂菰米沉云黑，露冷莲房坠粉红。关塞极天唯鸟道，江湖满地一渔翁。

其八

昆吾御宿自逶迤，紫阁峰阴入渼陂。香稻啄馀鹦鹉粒，碧梧栖老凤凰枝。佳人拾翠春相问，仙侣同舟晚更移。彩笔昔曾干气象，白头今望苦低垂。

在这八首诗中，无论以内容言，以技巧言，都显示出来，杜甫的七律，已经进入了一种更为精醇的艺术境界。先就内容来看，杜甫在这些诗中所表现的情意，已经不是一种单纯的现实之情意，而是一种经过艺术化了的情意。譬如蜂之采百花，而酿成为蜜，这中间曾经过了多少飞翔采食，含茹酝酿之苦，其原料虽得之于百花，而当其酿成之后，却已经不属于任何一种花朵了。杜甫在这些诗中所表现的情意，亦复如此。杜甫入夔，在大历元年，那是杜甫死前的四年。当时杜甫已经有五十五岁，既已阅尽世间一切盛衰之变，也已历尽人生一切艰苦之情，而且其所经历的种种世变与人情，又都已在内心中，经过了长时期的涵容酝酿，在这些诗中，杜甫所表现的，已不再是像从前的“穷年忧黎元，叹息肠内热”的质拙真率的呼号，也不再是“朱门酒肉臭，路有冻死骨”的毫无假借的暴露，乃是把一切事物都加以综合酝酿后的一种艺术化了的情意。这种情意，已经不再被现实的一事一物所拘限，正如同蜂之酿蜜，虽然确实自百花采得，却已经并不受百花中任何一种花朵的拘限了。如果我可以妄拟两个名称加以区分的话，我以为拘于一事一物的感情，可以称之为“现实的感情”；而经过综合酝酿之后的一种感情之境界，则可以称之为“意象化之感情”。杜甫在这些诗中所表现的，就已经不再是“现实的感情”，而是一种经过酝酿的“意象化之感情”了。

再就技巧来看，杜甫在这些诗中所表现的成就，有两点可注意之处：其一是句法的突破传统；其二是意象的超越现实。有了这两种技巧的运用，才真正挣脱了格律的压束，使格律完全成为被驱使的工具，而无须以破坏格律的形式，来求得变化与解脱了。因此七言律诗的发展才得真正臻于极致，此种诗体才真正在诗坛上奠定了其地位。杜甫所尝试的这两种表现的方法，对中国旧诗的传统而言，原是一种开拓与革新，然而杜甫在这种开拓革新的尝试中，却完全得到了成功，那就因为杜甫所辟的途径，乃是完全适合于七律一体的正确可行的途径。看到这种成就，我们不得不震惊于杜甫的天才，其所禀赋的感性与知性是如此的均衡并美，因此，乃能对于诗体的特色，辞句的组织，前人已有之成就，未来必然之途径，都自然而然有一种综合的修养与认识，而复能加以正确的开拓和运用。

就七言律诗之体式而言，其长处乃在于形式之精美，而其缺点则在于束缚之严格。杜甫以前的一些作者，如沈、宋、高、岑、摩诘、太白诸人，都未能善于把握其特色来用长舍短，所以谨守格律者，则不免流于气格卑弱，而气格高远者，则又往往破坏格律而不顾。盖七律之平仄对偶，乃是一种极为拘狭，极为现实之束缚，如果完全受此格律之束缚，而且作拘狭现实之叙写，如宋之问的“金鞍白马”与“玉面红妆”，高达夫的“青枫江上”与“白帝城边”，甚至如王摩诘之“山中习静”与“松下清斋”，都不免有拘狭平弱之感。这是在此严格之束缚中的一种必然的现象。杜甫在其第一阶段的七律之作，便亦正复如此；到了第二阶段，则杜甫对于此拘狭现实之格律，已经达到了运转自如之地步，所以，已能将较深微曲折之情意纳入其中，而就格式言，则杜甫却仍然停留在工整平顺的一般性之束缚中，到了第三阶段，杜甫便表示了对格律之压迫感的一种挣脱之尝试，只是这种挣脱之尝试，仅表现于消极地以脱略代工整而已，而并未曾作积极的破坏或建树；到了第四阶段，杜甫才真正地完全脱出于此种拘狭于现实的束缚之外，而于破坏与建树两方面，都做到了淋漓酣畅，尽致极工的地步。属于破坏性的拗律，我在前面已曾详细论及。杜甫之破坏，并非盲目的破坏，他所破坏的，只是外表的现实拘狭的形式，而却把握了更重要的一种声律与情意结合的重点，这正是深入于声律之中，又能摆脱于声律之外的一种可贵的成就。不过这种成就，虽然避免了七律之缺点，做到了完全脱出于严格的束缚之外的地步，但另一面却也失去了七律之长处，而未能保持其形式之精美。因此，杜甫在拗律一方面之成就，终不及其在正格的七律一方面之成就的更可重视，而使杜甫在正格之七律中，能做到既保持形式之精美，又脱出严格之束缚的，两点最可注意的成就，那便是前面所提到过的——句法的突破传统与意象的超越现实。

先就句法的突破传统来看。中国古诗的句法，一向是以承转通顺近于散文的句法为主，如“行行重行行，与君生别离”《古诗十九首》，“步登北芒坂，遥望洛阳山”（曹植《送应氏诗》），“西京乱无象，豺虎方遘患”（王粲《七哀诗》）诸语，皆属平顺直叙之句法。其后随声律之说的兴起，诗的句法也因拘牵于声律而又力求精美之故，而渐趋于浓缩与错综，如“鱼戏新荷动，鸟散馀花落”（谢朓《游东田》），“网虫随户织，夕鸟傍檐飞”（沈约《直学省愁卧》）诸语，便已迥异于前所举诸诗句之舒展自然。迄于初唐以后，随律诗体式之奠定，诗句亦更趋于紧缩凝练，如“露重飞难进，风多响易沉”（骆宾王《在狱咏蝉》），“云霞出海曙，梅柳渡江春”（杜审言《早春游望》）诸语，或省略主词，如“露重”二句，或以短语做形容词之用，如“云霞”二句。然而要之，其因果层次则仍极为通顺明白，如前二句“露重”是因，“飞难进”是果，“风多”是因，“响易沉”是果，后二句“云霞出海”是写“曙”之美，“梅柳渡江”是写“春”之来。若此等诗句，虽已化传统之平散为浓炼，然而一则其变化乃全出于诗体音律所形成的自然之趋势，而并非出于作者有意之改革或开创，再则其变化仅为自平缓舒散之化为紧炼浓缩，而并非因果与文法之颠倒或破坏，所以，此种句法与传统之句法，并不甚相远。而七言律诗之体，初起之时，实在连此种五言律精炼浓缩的阶段亦尚未做到，而仅能以散缓的句法，写平顺的对句。但我们从五律的演进，就可以推知，七律的对句之必将自散缓平顺，转为精炼浓缩，乃是一种极为自然的趋势，在这种趋势下，杜甫不但自然地做到了精炼浓缩，而且以其过人之感性与知性，带领着七言律诗的句法进入了另一完全突破传统的新境界，那就是因果与文法之颠倒与破坏。这种颠倒与破坏对杜甫而言，是含有着一种反省与自觉的意味的，而并非全出于无意之偶然。这种含有反省与自觉意味的革新，不但在当时是一种前无古人的开创，即使在五四新文学革命以后的近代，也还有些人对之不能完全承认或接受，如陆侃如与冯沅君合编之《中国诗史》，便曾讥诋《秋兴》及《咏怀古迹》的一些诗句为“直堕魔道”，“简直不通”，胡适之的《白话文学史》，在评述杜甫的七言律诗时，也曾说：“《秋兴八首》，传诵后世，其实都是一些难懂的诗谜，这种诗全无文学的价值，只是一些失败的诗玩意儿而已。”对于这种评语，我却不敢苟同，我们试举《秋兴八首》中，最为人所讥议的“香稻啄馀鹦鹉粒，碧梧栖老凤凰枝”两句来看，就逻辑与文法而论，此二句实有邻于不通之嫌，盖如将首二字视为主词，将第三字视为动词，则香稻固无喙，如何能啄，碧梧亦无足，如何能栖，此所以很多人讥评此二句为不通，或者又以为此二句乃是倒句。但假如竟把此二句倒转过来，成为“鹦鹉啄馀香稻粒，凤凰栖老碧梧枝”，则此二句乃成为正写鹦鹉啄稻与凤凰栖梧之两件极现实之情事。姑不论“凤鸟”之久矣不至，在现实中本不可能为实有之物，即使果有凤凰栖梧之事，如此平铺直叙地写下来，也成为极浅薄现实的一件情事了。所以杜甫此二句，其主旨原不在于写鹦鹉啄稻与凤凰栖梧二事，乃在写回忆中的渼陂风物之美，“香稻”、“碧梧”都只是回忆中一份烘托的影像，而更以“啄馀鹦鹉粒”与“栖老凤凰枝”，来当作形容短语，以状香稻之丰，有鹦鹉啄馀之粒，碧梧之美，有凤凰栖老之枝，以渲染出香稻、碧梧一份丰美安适的意象，如此，则不仅有一片怀乡忆恋之情，激荡于此二句之中，而昔日时世之安乐治平亦复隐然可想。这是一种极为高妙的表现手法。故读此二句时，不当以香稻、碧梧二词，与下一“啄”字及“栖”字连读，而当稍做一停顿，如此便能将下五字分别为形容短语，而不致有文法不通之言矣。所以，《而庵诗话》即曾云：“论诗者以为杜诗不成句者多，乃知子美之法失久矣，子美诗有句有读，一句中有二三读者，其不成句处，正是其极得意处也。”我以为正是这种新颖的句法，才使这二句超脱于一般以平铺直叙来写拘狭现实之情事的范畴，而进入于一种引人联想触发的感情的境界。这种句法，其安排组织全以感受之重点为主，而并不以文法之通顺为主，因此，其所予人者乃全属意象之感受，而并非理性之说明。所以，杜甫的句法，虽然对传统而言，乃是一种破坏，而其实却是一种新的创建。这种创建可把握感受之重点，写为精炼之对偶，而全然无须受文法之拘执，一方面既合于律诗之变平散为精炼之自然的趋势，一方面又为律诗开拓了一种超乎于写实的新境界。如此，七言律诗才真做到既保持了形式之精美，又脱出了严格之束缚的地步，才真的完全发挥了七律的长处与特色，而避免了七律的缺点。这是杜甫第一点可注意之成就。

其次，就意象之超越现实来看。在传统的观点中，杜甫原被人目为写实派的诗人，如其《赴奉先县咏怀》、《北征》、《羌村》、“三吏”、“三别”等一些名作，当然都是属于写实的作品，其成就之坚实卓伟，固早已为众所周知，而我以为杜甫在晚年的七律之作品中，所表现的写现实而超越现实的作品，才是更可注意的成就。因为，中国的诗歌，自《三百篇》以来，可以说大多数是偏于写实之作，如《关雎》、《桃夭》与夫《苕之华》、《何草不黄》诸诗，无论其所写者之为欢乐，为愁苦，要之皆不外以现实之事物，写现实之情意，即使有比兴之喻托，而其所借喻与被喻者，仍然皆属于现实之范畴。这种比兴喻托之作，一直到了唐代的初期，仍然被现实的圈子拘限着，如骆宾王之《咏蝉》的“露重飞难进，风多响易沉”，陈子昂之《感遇》的“微月生西海，幽阳始代升”，或者以“露重、风多喻世道之艰险”，“难进、易沉慨己冤之不伸”（唐汝询说），或者以“阴月喻黄裳之坤仪”，“阳光喻九五之乾位”（陈沆说），这种作品，其所喻托之拘牵限制，自属显然可见。而杜甫《秋兴八首》，所表现的一些意境，则既非平叙之写实，又非拘牵之托喻，而乃是以一些事物的意象表现一种感情的境界，完全不可拘执字面为落实的解说。这在中国诗的意境中，尤其在七言律诗的意境中，是一种极为可贵的开创。杜甫之所以能达致此种成就，其因素约有下列数端：其一，杜甫此八诗所表现之内容，如前所言，乃是一种“意象化之感情”，而非“写实之感情”，故其所写之情意，乃不复为一事一物所拘限，这是其所以能超越现实之一因；其二，杜甫所用以表现之句法，如前所言，乃全以感受之重点为主，而并不以文法之通顺为主，因此其表现之方式，不为说明而为触发，这是其不为现实所拘之又一因；其三，如果以杜甫与李贺、义山辈的幽微渺茫之意境相较，杜甫诗中所表现的情意，仍是属于近乎现实之情意，然而其竟能突破现实之拘限的原由，则在其感情本身之质量的深厚与博大。《庄子·逍遥游》说："水之积也不厚，则其负大舟也无力。"韩愈《答李翊书》说："水大则物之浮者大小毕浮。"感情之质量亦复如此。所以，以孟郊、贾岛气局之狭隘，则纵使极力雕琢也依然无补于其枯窘寒瘦，令人有置杯则胶之感。若杜甫之襟怀感情，如果以水为喻，则其度量固属汪洋浩瀚，难以际其端涯，以浮物言亦复大小毕浮，难以一一遍举，故陈继儒评《秋兴八首》，乃有"云霞满空，回翔万状"之言。所以，其意境既难于作具体之说明，亦难于为现实之界划，大有背负青天而莫之夭阏之势。这是杜甫之所以虽写现实，而却超越于现实之外的又一因。

杜甫的这种成就与表现，在前面论句法一节，举"香稻""碧梧"二句为例时，我已曾言及此二句原只是回忆中一份影像的烘托，而藉以表现怀乡恋阙之种种情怀与夫盛衰今昔之种种悲慨。今再举一例，如七章"昆明池水"一首，"织女机丝虚夜月，石鲸鳞甲动秋风"二句，也是以一些事物来渲染出一种意象，藉以表现一种感情之境界，而并非拘狭之写实。虽然织女与石鲸之石刻，也确为长安昆明池所实有之物（详见七章《集解》），然而杜甫此二句，则不仅写其对昆明池畔之织女像，以及水中之石鲸鱼的一份怀念而已，其所要写的，乃是藉织女、石鲸所表现出的一种"机丝虚夜月"，与夫"鳞甲动秋风"的空幻苍茫飘摇动荡的意象。此种意象，原难于作现实之说明与勾画，而读者却又极容易自其中引起触发与联想，所以，前之注杜诗者，对于此种诗句，乃往往有极纷纭歧异的多种解说与猜测。即以此二句而言，"织女"句，有以为喻言"防微杜渐之思不可不密"者，有以为写"杼柚之已空"者，有以为"比相臣失其经纶"者；至于"石鲸"句，则多以为乃写"强梁之蠢蠢欲动"，或者更以为有"万一东南江湖之间变起不测"之意（以上诸说皆详七章《集解》）。凡此诸说，皆受中国传统的比兴喻托之说的拘执，所言皆不免过于拘狭落实，而不能纯自其意象去体会其中的一份怀恋之情。今昔之感，空幻之悲，与夫动乱之慨，譬如酌蠡于海，又安能穷其端涯，尽其浮物也哉。故读杜甫《秋兴》诸诗，必须先有一份深刻而通达的感受能力，而不可拘执字义与句法，作过于现实之解说与评论。《一瓢诗话》即曾云："杜少陵诗止可读不可解，何也，公诗如溟渤无流不纳，如日月无幽不烛，如大圆镜无物不现，如何可解。"若欲勉强拘牵现实以立说，则真不免贻摸象揣籥之讥了。所以我说杜甫第二点可注意之成就，乃是意象之超越现实，那就因为杜甫所写的，虽也是现实的景物情意，如织女石鲸之确为现实之物，忧时念乱之本为现实之情，可是杜甫却完全能不为现实所拘，而只是以意象渲染出一种境界，于是织女、石鲸乃不复为实物，而化成为一种感情之意象了。这在中国旧诗的传统中，乃是一种极可贵的开拓。

四、尾言

从以上所举的四个阶段来看，杜甫的七言律诗一体，其因袭成长，以及蜕变与革新建构的种种过程已可概见。由此可以推知杜甫在《秋兴》八章中所表现的——句法之突破传统与意象之超越现实——两点成就，并不是无意的偶然，而是透过其深厚的体验及功力，与其均衡的感性及知性以后的产物，在这种演进的过程中，带有浓重的反省的意味。他所指示给我们的，乃是中国旧诗欲求新发展的一条极可开拓的新途径。因为，就文学艺术的发展而言，自平直地摹写现实，到错综地表现意象，由诉诸理性的知解，到唤起感性的触发，原该是一种演进的必然之趋势，这在文学艺术界都弥漫着超现实与反传统的现代风的今日，就越发可看出此种演进趋势之必然与不可遏止的力量了。而杜甫《秋兴》八诗所表现的突破传统与超越现实的两点成就，也就越发值得我们重新加以研判和注意了。然而可贵亦复可惜的，则是杜甫的成就，乃全出于天才自然之发展，虽然其间也有着一种属于感性与知性均衡之天才所特有的反省之意味，但却并未曾形诸显意识的，有意之标举或倡导。所以，虽早在一千二百多年前的唐代，杜甫就曾以其天才及功力之凝聚，在他的作品中显示了现代风的反传统与意象化的端倪，然而真正能继承此一方向，而步上向未知延展的意象之境界的作者，却并不多见。其所以未能就此一方向立即发展下去的原故，我以为乃由于以下的几点因素：其一，就文学艺术一般之发展而言，意象化的表现，虽有其必然之趋势，然而却一定要等到写实之途径既穷，然后方能为一般人所尝试和接受，正如前所论七言诗之形成，虽有其必然之势，然而却一定要等到五言之变既穷，然后方才能普遍盛行一样，在时机尚未成熟时，一般人并无奔越及于未然的能力。所以，杜甫虽然以其博大杰出的天才与功力，成为了一个意象化的先知先觉的信息的透露者，然而继起的足迹，却是寂寥而荒漠的。其二，就中国韵文之发展而言，中国的诗歌，一向都与音乐歌唱结有不解之缘。诉之于耳的作品，自然以直接现实之情事，更易于为一般人所了解和接受。因此，由诗而词而曲，中国韵文中所表现的感情意境，也就始终都是偏于现实具体的叙写，而迟迟地未能步向于触引深思默想的意象化的途径上去。其三，则因为旧社会儒家思想影响之深远，一般中国诗人所写的志意怀抱，乃往往都仅拘限于出处仕隐穷通家国等种种现实之情意，而鲜能脱出此种士大夫观念之约束。然而，如我在前一节所言，杜甫的情意虽然也依然属于此传统现实之情意，而杜甫却独能以其感情之深厚无涯际，而溢出了现实事物的拘限之外。他人的忠爱之心与用世之念，乃出于理性之有意，而杜甫之忠爱，则出于天性之自然。所以，一浅一深，一则可以为理性之区划，一则不可为理性之区划。譬如方池与大海，即使自一般人看来同样是水，而一者之轮廓浅狭可见，一者之广漠邈远无边，其质量之悬殊，实迥然相异。杜甫情感之深厚博大，既迥非常人所可及，所以，杜甫写现实而溢出于现实事物之外的成就，也就不是常人所可轻易学步的了。因了以上的三种原因，所以，杜甫七律的影响虽大，沾溉虽广，得其一体的作者虽多，然而真正能自其意象化的境界悟入，而能深造有得的作者，却并不多见。有之，则唯一值得称述的，便该推晚唐时的李义山了。《一瓢诗话》即曾云："有唐一代诗人，唯李玉谿直入浣花之室。"《诗镜总论》亦云："李商隐七言律，气韵香甘，唐季得此，所谓枇杷晚翠。"《岘佣说诗》亦云："义山七律，得于少陵者深，故浓丽之中时带沉郁，如《重有感》、《筹笔驿》等篇，气足神完，直登其堂入其室矣。”诸家之说，自属有见之言，只是我国旧日诗话之评说，往往过于含混，但能以直觉感受其然，而未能以理性分析其所以然。自今日观之，则义山七律之所以能独入浣花之室者，其最重要的一点，实即在于其深有得于杜甫的意象化之境界。所以，胡适之在他的《白话文学史》中，即曾经把杜甫的《秋兴八首》，指为“难懂的诗谜”，而玉谿诗谜之难懂，则尤有过之，元遗山《论诗绝句》，就曾经有过“只恨无人作郑笺”的叹息，王渔洋《论诗绝句》也曾经说过“一篇锦瑟解人难”的话。而杜之《秋兴》，李之《锦瑟》，却并不曾以其难懂而贬损其价值，因为，一般所谓难懂，实在并非不可懂，只是难于以言语作拘限之说明，而就读者之感受而言，则此种意象化之表现，实在较之现实的叙写更容易引起人的联想，更能予人以丰富的触发。杜甫与义山之所以能进入此一境界，我以为他们两人有一个共同的特点，那就是感情的过人。虽然两人的感情之性质并不尽同，杜甫是以其博大溢出于事物之外，义山则是以其深锐透入于事物之中，杜甫之情得之于生活体验者多，义山之情则得之于心灵之锐感者多；而其以过人的感情的浸没，泯灭了事物外表之拘限的一点，则两人却是相同的。这是义山之所以能步入杜甫的意象化之境界的一个主要原因。其次，另一个共同的特点，就是他们两人皆长于以律句之精工富丽，来标举名物，为意象之综合。然而两人所用以表现意象之名物，则又微有不同，杜甫所藉以表现其意象者，多属现实本有之事物，如渼陂附近之香稻、碧梧，昆明池畔之织女、石鲸，皆为实有之景物，而义山所藉以表现其意象者，则多属现实本无之事物，如庄生之晓梦，望帝之春心，明珠之有泪，暖玉之生烟，乃皆为假想之事物。自文学之演进来看，二者虽同为意象化之表现，而义山之以假想之事物，表现心灵之锐感的境界，较之杜甫之以现实之事物，表现生活中现实之情意的境界，实当为更精微、更进步之表现。关于这一点，我以为义山除得之于杜甫的一部分承袭，似乎另外还有得之于李贺的一部分承袭。无疑的，李贺在中国诗史上，乃是一个极可注意的特殊天才，因为，在中国传统的诗歌中，一般的内容都着重于现实情意的叙写，而李贺独能以其天才之锐感，而有探触及于宇宙之渺茫神奇的一种深幽窈眇之感受。这一点特色，是极为难得而可贵的。只是就李贺而言，其成就乃全出于天生过人之锐感，且兼有些许之病态，而欠缺知与情的反省及酝酿，虽然苦吟，而功力也仍嫌不够深厚，故其所成就者，乃仅能刺激人之感觉，而并不能餍足人之心灵。至于义山，其感觉之窈眇，用字之瑰奇，自是颇受李贺之影响，然其感情与功力之深厚，则实在更近于杜甫。尤其义山之成就，特别以七律一体见长，而七律一体，则舍杜甫而外，可说是无一可资为宗法之人。如果无盛唐杜甫之七律，则必无晚唐义山之七律，这是我所可断言的。

如果中国的旧诗，能从杜甫与义山的七律所开拓出的途径，就此发展下去的话，那么中国的诗歌，必当早已有了另一种近于现代意象化的成就，而无待于今日台湾斤斤以“反传统”、“意象化”相标榜了。然而自宋以来，中国的旧诗，却并未曾于此一途径上更有所拓进，其主要的原因，即在于杜甫与义山之成就，乃同在于以感性之触发取胜，而宋人所致力者，则偏重于理性之思致，即此一端，着眼立足之点，便已迥然相异，而况杜甫与义山之获得此一意象化之境界，又全出于其天赋之自然，而未曾加以有心有力之提倡。所以，宋人之得于杜甫者虽多，而却独未能于其意象化之一点上致力。即如北宋之半山、山谷、后山、简斋诸人，以及南宋之放翁、诚斋一辈，甚而至于金、元之际的北国诗人元好问，可以说都是学杜有得的作者，尤其他们的七言律诗，更可以从其中看出自杜甫深相汲取的痕迹，或者取其正体之精严，或者取其拗体之艰涩，或者得其疏放，或者得其圆熟，然后复参以各家所特具之才气性情，无论写景、言情、指事、发论，可以说都能有戛戛独造的境界；只是其中却没有一个作者，曾继承杜甫与义山所发展下来的意象化之途径更有开拓。所以，在中国诗史中，杜甫晚年《秋兴》诸作，与义山《锦瑟》诸篇，乃独令人有诗谜之目，那就因为中国传统的旧诗，对此如谜之意象化的境界，并未能普遍承认与发展的原故。至于明代的诗歌，如前后七子，惟知以拟古为事，其七言律诗，虽一意学盛唐的杜甫，但只能袭其形貌，一如宋初西昆体之学义山，貌人衣冠，根本没有自我境界之创造，更遑论意象化的拓展。晚明公安、竟陵两派的作者，则一反拟古之风，颇有革旧开新之意，然其所重者，乃在浪漫自然之叙写，虽然公安之清真与竟陵之幽峭微有不同，而其未曾措意于意象化之表现则一。且其成就多在散文，而不在诗歌。以散文而论，竟陵一派之用字造句，颇有脱弃传统之意，然而于诗歌意象化之表现则亦复无可称述。至于清代的诗歌，则大别之可分为尊唐与宗宋二派之拓展。尊唐者倡神韵，尚宗法，言格调，主肌理；宗宋者主新奇，反流俗，去浮滥，用僻险。宗派虽多，作者虽众，其成就亦复斐然可观，但一般说来，则也都未曾于境界之意象化一方面致力。晚清以来，海运大开，与西洋之接触日繁，新思想、新名辞之输入日众，时势所迫，旧诗已有必须开拓革新之趋势，于是新思想与新名辞，乃亦纷纷为一些旧诗人所采用，其间如黄公度与王静安便都曾做过此种尝试与努力。黄氏所致力者为新名词之运用，如其《今别离》诗之“所愿君归时，快乘轻气球”；《伦敦大雾行》之“吾闻地球绕日日绕球，今之英属遍五洲”；《海行杂感》诗之“倘亦乘槎中有客，回头望我地球圆”诸句，皆可见其用新名词于古近各体诗中之能力。惟是如以意境而论，则黄氏所写之情意，实在仍不脱中国旧传统现实之情意。至于王氏则颇能以西方哲学之思想，纳入于中国旧诗之中，如其《杂感》、《书古书中故纸》、《端居》、《宿峡石》、《偶成》、《蚕》、《平生》、《来日》，从这些诗中，皆可见其所受德国叔本华悲观哲学之影响，而深慨于人生沉溺于大欲之痛苦。然其内容虽得之于西方之哲理，而其所用之辞字，则仍为旧诗传统习用之辞字，如“穷途”、“歧路”、“乐土”、“尘寰”、“寂寥”、“萧瑟”诸辞，皆为旧诗所习见，而经王氏之运用，其意境乃幡然一新，脱去现实之情意，而别有一种哲理之境界（此在其词作中表现尤为明显）。如果以前人论诗之以瓶与酒为喻，则黄氏乃是以新瓶入旧酒，王氏则是以旧瓶入新酒。而另一方面，陈弢庵的《秋草》、《落花》诸诗，于抚时感事，寄托深至之馀，也颇有着意象化的表现。此外如陈散原，于出入六朝、唐、宋，表现为精莹奥衍之馀，竟然也颇用一些新思想与新辞汇，如其《读侯官严氏所译社会通诠》，及其《读侯官严氏所译群已权界论》等诗。自诗题便已可见其对新学接受之一斑。由这种种迹象看来，中国旧诗自晚清以来，实在已有了穷极则变的一种开新的自然的要求，如果中国旧诗就此发展下去的话，也许颇有形成为一种新局面的可能。而五四的白话文运动，却给这相沿了二千年左右的诗体，带来了一种前所未有的剧变。当然，这对中国旧诗的发展而言，似未免稍觉可憾，而就中国整个文学的发展演进而言，则白话的兴起，确实为中国文学开拓了一个更为博大的新领域，因为白话自有其委曲达意融贯变化的种种长处，较之文言似更便于接纳西方现代之种种形式与内容，也更适于现代人表情达意的需要。因之，白话诗的成就，原该是可以预期的，但自白话诗被倡立以来，却先后产生了两点相反的阻力，始则失之于过于求白，再则失之于过于求晦。其实，文学作品之美恶，价值之高低，原不在于其浅白或深晦，而在于其所欲表达之内容，与其所用以表达之文字，是否能配合得完美而适当。即以杜甫而言，有被胡适先生讥为“难懂的诗谜”的《秋兴》诸诗，也有被胡先生誉为“走上白话文学大路”的《遭田父泥饮》诸作（见《白话文学史》），而陶渊明之真淳自然，亦复与谢灵运之繁重深晦，千古并称。可见作者既不该以白与晦为自我之拘限，评者亦不当以白与晦为标准之高低。然而不幸的是，我国的白话诗，始则既自陷于不成熟的白，继则又自囿于不健全的晦，如此，白与晦乃真成为白话诗发展的两大争端与两大阻力了。早期的白话诗正当五四文学激变之后，当时虽有对白话的提倡，但是对白话的运用，则实在仍在极浮浅的幼稚阶段，而并未能发挥其融贯变化之妙，所以一般作者乃仅知一味以求白为事，而一味求白的结果，作为散文而言，虽尚颇有浅明达意之效果，而作为诗歌而言，有时就不免意尽于言，略无馀味了。这与渊明之“豪华落尽见真淳”的妙造自得之境界，以及杜甫从“语不惊人死不休”所转入的“老去诗篇浑漫与”的质拙真率的境界，当然不可同日而语了。而文字运用能力的幼稚，也就妨碍了意境的开新，因之有些早期的白话诗，乃不免使人读之有新瓶旧酒之感，而文字之浅白单调，有时且使人觉得滋味还不及旧瓶旧酒之芳醇。这是早期白话诗的一大缺憾。而物极则反，于是台湾之现代诗，乃转而走向了求晦的一条路。求晦，原是白话诗一条可行的路，因为白话之为物，其缺点原在过于浅白，而对诗歌言，则此种缺点尤为明显（此正为早期白话诗失败之主因）。如果今日之现代诗，能善为运用白话的融贯变化之长，在句法及辞汇上，以适当的中西古今之杂糅，来求取变化，甚至于以颠倒和拗涩来增加其含蕴曲折之美，这原都是大为可行的，何况在今日之现代，空间与时间之激变日甚，矛盾与零乱之感觉日增，理念约束之惯力日减，而西方的反传统反具象的现代风，乃如狂飚之吹起，使全世界都落入于其卷扫之中，则台湾的现代诗之走上求晦的途径，正亦自有其时代之背景在。如此说来，则现代诗之求晦，乃不但大可谅解，更且大有可为了。然而不幸的是，台湾的现代诗，却陷入了一个拘狭偏差的迷途，形成了极不健全的现象，其原因大别之约有以下两端：第一是对传统妄加鄙薄的幼稚无知；第二是以晦涩病态为唯一的形式与内容的褊狭差误。对传统之妄加鄙薄，是因为早期的白话诗，既未能获致理想的成功，而一些保守的旧诗人之作，则又与现代之思想日益脱节，其内容乃陈陈相因，了无进益，于是一些急于求新求进的年轻人，乃愤然将旧日所用之瓶与酒一并一脚踢开，而热衷于向异乡去采撷果实，另谋酿造之方了。于是在目迷乎异乡之奇文异彩之馀，乃欲于匆促间割取其一片截面而加以移植，殊不知任何酒的酿造，都非可一蹴而就，而各需有其不可少的原料之储备与时间之酝酿，即以被现代诗人所崇仰的西方之现代大师艾略特（T. S. Eliot）而言，亦自有其极深远的传统方面的修养和继承。这一点实不容忽视，因为，唯有自传统得到养料的植物，其根基才是深厚的。如果要自西方撷取，我们该先了解西方流变的传统，这才是连根的移植，而非片面的截割，如果我们要在自己的土地上栽植，用自己的语文来写作，就该先从传统中，认取自己文字的特色，养成组织运用的能力，进而与西方相融合，然后此种新的栽植，才能深入土中，新的根株才能与旧的土壤深相结合，而从地下深处去吸取其培育的养料，如此方能望其有硕茂成荫之一日。如果只是片面截割，信手插植，则自将不免于有“零落同草莽”的悲哀了。至于误以晦涩病态为唯一的形式与内容，则由于观念之褊狭差误。我在前面论浅白与深晦时，已曾谈到，作品之美恶，原不在于其为浅白或深晦，而在于内容与形式之配合得当，而今日台湾之现代诗人，乃有一部分人对晦涩有过分之执迷，不复顾及形式与内容之配合，及句法之组织变化之是否完美适当，而不惜以浅薄之生硬荒谬制造晦涩，甚至以荒谬之晦涩来自我掩饰其内容之浅陋与空乏；而另一方面，则又由于此激变之时代，形成了一部分人心理上的虚无病态，时代既有如此之现象，则文学自可作如此之反映，正如西子既有心病之疾，自无妨作捧心之态，而今日台湾一般现代诗人所犯之错误，则是以健康为可耻，而欲使天下之人，无论其是否有西子之美与西子之病，都要竞作西子捧心之态，而往往欲作此效颦之态的，偏偏又常是丑而无病的东施。由此种种观念之偏差，于是现代诗乃自囿于不健全的晦涩之中，而造成了自白话诗倡立以来，继早期之不成熟的浅白以后之又一阻力。这是极可遗憾的一件事。因此，我愿举出杜甫七律一体之继承、演进、突破与革建的种种经过，为现代诗人作一参考之借镜。而尤其是《秋兴八首》所表现的，反传统与意象化的成就，我以为更值得现代诗之反对者与倡导者的双方面的注意。保守的反对者，可藉此窥知现代之“反传统”与“意象化”的作风，原来也并非全然荒谬无本，而是早在一千二百多年前，我国的集大成之诗坛的圣者，就已经在其作品中昭示了这种趋向的端倪；而激进的倡导者，也可藉此窥知，要想违反传统，破坏传统，却要先从传统中去汲取创作的原理与原则，正如任何新异的建筑物，无论其形式如何标新立异，然而却都必须合乎建筑学与美学的原理一样，如此才不致自暴其丑拙生硬而飘摇于风雨之中，而意象化之境界，亦并非仅以晦涩荒谬自炫神奇，而也同样可以表现博大、正常、健全之一份情意。因此，我乃不惜小题大做、劳而少功地搜集了四十九种杜诗不同的本子（今已增至六十九种），为《秋兴八首》详细校订文字之异同，并依年代之先后，列举各家不同之注释评说，分别加以按断，写了二十馀万字的《秋兴八首集说》（今已增至三十八万字左右）。其初，我亦未曾料及，区区八首律诗，竟能生出如许多之议论，引发如许多之联想，而如能藉此纷纭歧异之诸说，看到杜甫的继承之深，功力之厚，含蕴之广，变化之多，开拓之正，及其意象之可确感而不可确解，以及欲以理念拘限此意象为之立说的偏颇狭隘，使保守者能自此窥见现代之曙光，使激进者能自此窥知传统之深奥，则亦或者尚非全属无益之徒劳。昔禅家有偈云：“到处寻春不见春，芒鞋踏遍岭头云。归来笑拈梅花嗅，春在枝头已十分。”读者或亦将自杜甫之《秋兴八首》中，窥见冰雪中之一丝春意乎？是为《秋兴八首集说》序。

旧诗新演——说李商隐《燕台》四首

前　言

庄子的“得鱼忘筌，得意忘言”，渊明的“好读书不求甚解，每有会意，便欣然忘食”，这二位古人对言语文字所取的态度，乃是我这天性疏懒而又颇耽于自得其乐的人所最为欣赏的。虽然有时为了求得鱼，也不得不用到筌。但结网制筌毕竟只是一种手段而已，得鱼才是最大的欣喜和最终的目的。何况有些时候，我们所觅取的材料又确实不够结成一面完整的网或制出一具完整的筌来，而山辉川媚之闪耀的光彩中，则似乎又确可必信某一条溪流中之蕴有无数锦鲤珍鲂，于是乎当临川羡鱼而又结网无方之际，我这懒于结网而又急于得鱼之人，乃颇想把制不成的筌或网一手抛开，而亲自跃入水中去做一番摸索探寻的尝试了。虽然这种尝试可能颇为大雅君子所不取，而且这种探寻也并不见得有必然得鱼的把握，但即使不能捕得一条鱼，而只要我们确实能在水中抚触到活泼的鱼之生命自我们手指间滑过的一种感觉，也就应该是足可使人欣喜的了。

我国旧诗的遗产中，就一直存留着有一部分徒然令人对之兴临川之叹，而又苦于无结网之方的作品，于是在无可奈何之馀，似乎便只有亲自跃入水中去试作摸索探寻之一法了。可是我之为人一方面虽然颇有任性大胆的狂想，而另一方面却又颇有悖礼犯禁的顾忌，所以很想为自己这种不尽合法的尝试找到一个可援的先例，以资为辩护之依据。因之乃想到了在我国旧小说中既早有史话演义一类的作品，在新小说中也不乏古事新编一类的尝试。这两种写作的态度就不尽拘执于史实之考证，其发言叙事都有着由改写者可以自由操纵掌握的一种推演发挥的馀地，虽然旧日的史话演义，不免有着以听众或读者为对象之欲求其取悦于大众之目的，而近代之古事新编也有着以时代现象为背景之欲以之讽刺现实之作用。而我今日之要推演某些旧诗，而给予一些新的诠释和解说，则只是自己入水摸鱼的一点抚触的心得而已，取材和用意与前二者都迥然并不相类。但是对于不尽拘执于材料之整理和考证，而有着推演和发挥之自由的一点，则是颇为相同的。因之乃糅合了历史演义与古事新编之两种命名的办法，为这种新尝试起了一个新名字，名之曰“旧诗新演”。因略叙写作之动机及命名之源起如上。

春

风光冉冉东西陌，几日娇魂寻不得。蜜房羽客类芳心，冶叶倡条遍相识。暖蔼辉迟桃树西，高鬟立共桃鬟齐。雄龙雌凤杳何许？絮乱丝繁天亦迷。醉起微阳若初曙，映帘梦断闻残语。愁将铁网罥珊瑚，海阔天宽迷处所。衣带无情有宽窄，春烟自碧秋霜白。研丹擘石天不知，愿得天牢锁冤魄。夹罗委箧单绡起，香肌冷衬琤琤珮。今日东风自不胜，化作幽光入西海。

夏

前阁雨帘愁不卷，后堂芳树阴阴见。石城景物类黄泉，夜半行郎空柘弹。绫扇唤风阊阖天，轻帷翠幕波洄旋。蜀魂寂寞有伴未？几夜瘴花开木棉。桂宫流影光难取，嫣薰兰破轻轻语。直教银汉堕怀中，未遣星妃镇来去。浊水清波何异源，济河水清黄河浑。安得薄雾起缃裙，手接云軿呼太君。

秋

月浪衡天天宇湿，凉蟾落尽疏星入。云屏不动掩孤嚬，西楼一夜风筝急。欲织相思花寄远，终日相思却相怨。但闻北斗声回环，不见长河水清浅。金鱼锁断红桂春，古时尘满鸳鸯茵。堪悲小苑作长道，玉树未怜亡国人。瑶琴愔愔藏楚弄，越罗冷薄金泥重。帘钩鹦鹉夜惊霜，唤起南云绕云梦。双珰丁丁联尺素，内记湘川相识处。歌唇一世衔雨看，可惜馨香手中故。

冬

天东日出天西下，雌凤孤飞女龙寡。青溪白石不相望，堂中远甚苍梧野。冻壁霜华交隐起，芳根中断香心死。浪乘画舸忆蟾蜍，月娥未必婵娟子。楚管蛮弦愁一概，空城舞罢腰支在。当时欢向掌中销，桃叶桃根双姊妹。破鬟倭堕凌朝寒，白玉燕钗黄金蝉。风车雨马不持去，蜡烛啼红怨天曙。

这四首诗真是使人读后对之深感无可奈何的作品，其一是因为他所闪放的一种深幽而冶艳的光彩，使人对之有无穷的眩迷；其二是因为他所含育的一种无可把捉的意蕴，使人对之生无穷的想像。面对如此幽微窈眇的诗篇，我们所见的只是一片心灵之光影与彩色的闪烁，一切言筌在这种光彩中都早已成为糟粕。这种作品好像是一种在梦幻中的心灵之呓语，原来就不属于人类理性之解说分析的范畴之内。如今我却妄想要迈越过人类理性的拘限，而进入一位作者心魂深处的梦魇里去探寻，则其不免于没顶丧生而终然无获，正该是必然的结果。但我却仍然愿意跃入这一条绵渺幽深的水中去一作探寻的尝试，一则是因为我无法抵御其美与不可知的双重之诱惑；再则我在前面已经说过，我原不敢存必然得鱼之望，只是想亲自体验一番摸触追寻的欣喜而已。

关于这四首诗，前人也曾对之作过结网制筌的尝试。在我以一己之体验为演绎之前，我愿先把有关的一些材料略作简单的介绍。首先我们该提到的，乃是与这四首诗有关的一则悲哀的插曲，一个最早为这四首诗所眩惑了的女子柳枝的故事。据义山《柳枝诗序》云："柳枝，洛中里娘也。父饶好贾，风波死湖上。其母不念他儿子，独念柳枝。生十七年，涂妆绾髻未尝竟，已复起去。吹叶嚼蕊，调丝擪管，作天海风涛之曲，幽忆怨断之音。居其旁，与其家接故往来者，闻十年尚相与疑其醉眠梦物，断不娉。余从昆让山，比柳枝居为近。他日春，曾阴，让山下马柳枝南柳下，咏余《燕台》诗。柳枝惊问：'谁人有此？谁人为是？'让山谓曰：'此吾里中少年叔耳。'柳枝手断长带，结让山为赠叔乞诗。明日，余比马出其巷，柳枝丫鬟毕妆，抱立扇下，风鄣一袖，指曰：'若叔是？后三日，邻当去溅裙水上，以博山香待，与郎俱过。'余诺之。会所友有偕当诣京师者，戏盗余卧装以先，不果留。雪中，让山至，且曰：'东诸侯取去矣！'明年，让山复东，相背于戏上，因寓诗以墨其故处云。"有不少人把这一则故事与《燕台》诗比附立说，将二者混为一谈，且根据《燕台四首》所提及的一些地名，对柳枝为东诸侯取去以后的踪迹大加猜测。其实，关于柳枝的事，除了这一篇序文以外，我们所知道的并不多，一切猜度都只是假想。而且据义山《柳枝诗序》，是义山写《燕台》四诗在前，而与柳枝相遇在后，《燕台》诗中当然不该混有柳枝的事迹。我以为与其将《柳枝》与《燕台》四诗比附立说去猜测其悲欢离合的时与地之踪迹，倒不如透过义山笔下柳枝对《燕台》四诗之赏爱，去看义山自己对《燕台》诗所自许的某种境界，该更为真实可信。第一，我们先看一看义山对柳枝为人的一段描摹叙写。义山笔下的柳枝，所过的乃是"吹叶嚼蕊，调丝擪管"的生活，所爱的乃是"天风海涛之曲，幽忆怨断之音"的曲调，寥寥几笔，所勾画出的乃是何等幽美迴绝的心魂。我们再看柳枝初闻人咏义山《燕台》诗时，所发出的"谁人有此？谁人为是"的重复迫切的询问，其声气口吻中，所表现的乃是何等心弦被撼拨震动着的惊喜，以及未遇义山前的"涂妆绾髻未尝竟"的无以为容的寥落的情怀，与义山约见时的"手断长带"、"丫鬟毕妆"、"以博山香待"的一份倾迟奉献的心意，这是义山笔下所叙写的柳枝。然而语云："同声相应，同气相求。"我们往往可以从一个人所爱的对象中去认识一个人，这在大体上是不错的。虽然有时也不免有失误，如孔子之圣尚不免于有"以言取人失之宰我，以貌取人失之子羽"的可能，但有一点必然可信的，就是我们自己所塑造的爱之偶像，一定为我们自己心灵之所爱慕和向往则是必然的。辑本《李义山诗辨正》，张采田曾云："柳枝为义山第一知己，此文极力写之，有声有色，是最用意之作。"义山所最用意写的，正不仅是柳枝，而实在乃是义山自以为其知己相感的某种属于义山自我的心灵之境界。“天风海涛之曲，幽忆怨断之音”，这岂非正是义山所为诗的风格？不得知爱的寥落，与既得知爱的奉献，这岂非正是义山所用情的态度？所以我以为与其把这篇序文与《燕台》诗比附去猜测柳枝之事迹，倒不如从这篇诗序来体认义山所向往之某种境界，进而去了解《燕台》诗，或者反而更有助益。

除去这一则有关的故事外，关于《燕台》四诗之时、地与人，还有不少其他的猜测。以人而言，大别之约有以下数说：

一、燕台，唐人惯以言使府，必使府后房人也。（中华书局本《玉谿生诗笺注》卷五，页三七《燕台》诗注）

二、其为学仙玉阳东时，有所恋于女冠欤，其人先被达官取去……以篇中多引仙女事，故知女冠。（同前）

三、据序语是先作《燕台》诗后遇柳枝，是两事也。然艳情大致相同，艳词每多错互……终不能辨其是一是二矣。（同前卷五，页三九《柳枝》诗注）

四、燕台，用燕昭故实，唐人例指使幕……《燕台》诗四章，盖皆为杨嗣复而作。（中华书局本张采田《玉谿生年谱会笺》页七一，开成五年谱）

五、义山与燕台相见，在人家饮席，其人已先为人后房矣。（《玉谿生年谱会笺》附《李义山诗辨正》，页四六八。观此则是竟直以燕台为人之代名矣）

六、此四诗乃对宫嫔飞鸾、轻凤二人之哀悼，诗中桃叶、桃根等句，表明卢氏等乃系姊妹。（商务本苏雪林《玉溪诗谜》，页八七至九一，与宫嫔恋爱的关系，追悼章）

七、商隐诗之隐僻者，有些似为讽刺贵主，亦似为讽刺女冠，抑又似为讽刺宫妾，如……《燕台》诗四首。（新亚学报抽印本，孙甄陶《李商隐诗探微》）

以地而言，则有以下诸说：

一、其人先被达官取去京师，又流转湘中矣……玉阳在东，京师在西，故曰东风、西海也；玉阳在济源县，京师带以洪河，故曰浊水、清波也。曰石城，曰瘴花，曰南云，曰楚弄，曰湘川，曰苍梧，皆楚地之境，故知又流转湘中也。（《玉谿生诗笺注》卷五，页三七，《燕台》诗注）

二、统观诸诗（按：指《燕台》、《柳枝》、《谑柳》、《赠柳》、《河内》、《河阳》、《石城》、《莫愁》诸作），似其艳情有二，一为柳枝而发，一为学仙玉阳时所欢而发，《谑柳》、《赠柳》、《石城》、《莫愁》，皆咏柳枝之入郢中也，《燕台》、《河阳》、《河内》诸篇多言湘江，又多引仙事，似昔学仙时所恋者，今在湘潭之地，而后又不知何往矣。……但郢州亦楚境，或二美堕于一地，不可细索矣。（同前卷六，页二，《河阳》诗注）

三、开成五年杨嗣复出为湖南观察使，冬贬潮州刺史……“木棉”，点潮州；“瑶琴”四句“楚弄”“南云”云云，喻嗣复自湘贬潮；四章，义山赴湘，嗣复已去之事。（《玉谿生年谱会笺》页七六、七七，开成五年谱）

四、《燕台》诗次章第一段说现在到曲江离宫去走走……三章第三段，言宫禁虽严，但外人可以从小苑进去。（《玉溪诗谜》页八八、八九，与宫嫔恋爱的关系，追悼章）

五、石城……蜀魂……瘴花……木棉……南云……云梦……湘川……青溪……楚管蛮弦，这许多可指实的地方色彩，是不妨认为诗中女主人是在南方的。假如再检查诗中北方地方色彩如“济河水清黄河浑”，就知道北方地名偶亦采用一二。再诗题“燕台”更是标准的北方。所以诗中忽南忽北，正是原作者故弄狡狯，无意将谜底告人。（文学杂志社《诗与诗人》第一集劳干《李商隐燕台诗评述》，页五五）

再以四诗春夏秋冬之章法言，则有以下诸说：

一、首篇细状其春情怨思；次篇追叙旧时夜会；三篇彼又远去之叹；四篇我尚羁留之恨。（《玉谿生诗笺注》卷五，页三六《燕台》诗注）

二、首章，记义山与杨嗣复相见，及文宗忽崩嗣复渐危之事；次章专记杨贤妃安王溶事；三章嗣复至湘约义山赴幕之事；四章义山赴湘嗣复已去之事。（《玉谿生年谱会笺》，页七六、七七，开成五年谱）

三、盖其人春间与义山相见即为人取去，夏间流转金陵，至秋又赴湘川，曾约义山赴湘，及冬间赴约，而其人又不知转至何处矣。诗所以分四

时写之。(《玉谿生年谱会笺》附《李义山诗辨正》)

以上诸说不过就手边所有的几种书略举其大要而已，然其说法之纷纭杂乱已可概见一斑，甚至于同一家之说法亦不免于先后之矛盾歧出，则其所说之完全出于一己之臆度与假想可知，守着这些不可据信的材料，正如治丝益棼，不过徒增困惑而已，原来就无法编出一面完整的网来，则我们何如把它暂时抛在一边，亲自跃入水中去做一番摸索探寻的尝试呢！

第一点我们所当探寻的当然乃是《燕台》四诗中的人物究竟何指的问题。在中国旧诗中，人物之所指有几种可能，其一是其人确为实有且确可实指的，如乐天诗中之小蛮樊素，小山词中之莲鸿蘋云；其二是其人虽属实有，然而信据不足无法确指者，如端己词“四月十七”的“别君”，“那年花下”的“初识”，白石词“肥水东流”的“相思”，“淮南皓月”的“感梦”；其三是其人并非实有，不过诗人泛为香艳之辞者，如南朝之宫体，五代之令词；其四是其人虽亦并非实有，然而亦并非泛为香艳之辞，乃全属于托喻之作，如曹子建之“南国佳人”，阮嗣宗之“江滨二妃”；其五是其人亦非实有，然既非泛为香艳之辞，亦非有心托喻之作，而但为心中某种缠绵惆怅之情的一种自然之流露，如正中词之“花前失却游春侣”，六一词之“纵有远情难写寄”，以上五种乃是一时所想到的作品中人物之所指的几种可能性。至于读者对作品中人物所当取的态度，则当然最好乃是知之为知之，不知为不知。其果然有所确指者，则读者自当细加研读以求其究竟何指，至其本不可确指者，则读者如果强做解人横加附会，那就有时不免会陷于欺妄和误谬了。义山的《燕台》四首，观其恍惚错综的叙写，无一句落实之语，则其人物之属于不可确指，乃是不容置疑的一件事，只是此四诗中之人物又究竟属于不可确指中的哪一类呢？观其深悲切至之语，则此四诗必非泛泛之艳辞；然而若迳谓其虽不可确指而确为实有，则此四诗又不似端己与白石诸词之单纯显豁；若谓其但为托喻之作，则此四诗又不似子建、嗣宗二诗之喻言可想；若但谓其只为心中惆怅缠绵之情的自然流露，则此四诗之章法井然，自春徂秋，也决不同于正中、六一的流连光景惆怅自怜的一时抒情之作。要想解说这一类难于归属的作品，我以为有两点基本观念，乃是读者所应当具备的，其一是承认其难于归属的多种可能，从而欣赏其由多种可能所暗示的丰美幽微的含蕴，而根本不必妄图加以拘限的归属；其二是承认诗歌本身之价值与作品中所写之人物对象并无必然之关系。先就其意蕴之丰美来说，此四诗有极真实深切之感受，其使人心动神迷之处，恍如出于真实体验之情事，此其一；此四诗又有极复杂错综之象喻借比，完全不为任何真实情事所拘限，似全为象喻之作品，此其二；此四诗更充满了一种惆怅哀伤之致，似全为作者心灵中低徊悱恻之情的自然流露，此其三；然而如前所言，此四诗之周密精致，又不同于一时的抒情偶然之作，而似乎确实当有更深入的取义，此其四。我们欣赏这一类的作品，实在最好是同时承认这多种的可能，不受任何拘限地去体会作者内在最窈眇之心魂与外在最精美之艺术的一种最敏锐的结合。这种作品原来就不属于理念的有限的解说之内，它的不可指说正是它的好处所在，如果要对这一类作品加以指实的解说，那反而将是对其丰美幽微之含蕴的一种斫丧和损害了。再就诗歌本身之价值与所写之人物对象并无必然之关系而言，这种道理实在是极为浅显易明的，举个最通俗的例子来看，譬如酒之与水，其差别乃在于本身之品质是什么，而并不在于其所倾注的容器是什么，如果是酒则即使只盛起一杯来，也必然是酒，如果是水，则即使盛起一缸来也依然是水，如果撇开本身的品质，而单就其所倾注的对象来讨论酒与水的价值，这种误植重点的衡量，其错误乃是显然可见的。义山诗的好处，原来就在于其所具含的一种窈眇幽微的迥异于人的品质，如同《西溪》之潺湲无奈，如同《锦瑟》之哀怨无端，像这种无奈无端的情意，原是与诗人之生命深相结合着的一种品质，则我们又何必将那种与生命结合着的品质强加分割，而将之拘限于某一个并不确知的狭隘的对象之中呢。所以我以为这四首诗中所叙写的对象，如果确实有可以指明的足够的证据，可以使我们在理性上有更清楚的认知的满足，不仅品味了酒的滋味，还认知了酒的容器，那当然很好，否则，如果我们把酒的滋味丢开不尝，而只在隔靴搔痒地猜测容器的形状，那岂非是一种舍本逐末劳而少功的愚执之举。因此我以为对于义山这四首诗，我们与其妄加猜测义山诗外之“人”，倒毋宁细加品味去体认义山诗中之“我”了。

第二点我们所当探寻的，则当是《燕台》四诗中的地域问题。在这四首诗中，义山所提到的有着地域性的名物，大约有十馀处之多，而且南北杂举，既无系统，又不一致，因此劳干先生乃说："诗中忽南忽北，正是原作者故弄狡狯。"关于这一点，我以为当从几方面去看。因为地域或方位的指述，在中国诗中原可以有多种意义：第一种为写实性的，如杜甫《绝句四首》之"窗含西岭千秋雪，门泊东吴万里船"二句，其"西岭"与"东吴"便都是写实性的地域和方位；第二种是用典性的，如杜甫《奉送严公入朝》一诗之"南图回羽翮，北极捧星辰"二句，其"南图"与"北极"，便是用的庄子《逍遥游》大鹏之将图南，与《论语·为政》众星之拱北辰的典故；第三种是象喻性的，如张衡《四愁诗》之"泰山""东望"、"桂林""南望"、"汉阳""西望"、"雁门""北望"，其中之诸地名与诸方位便都是象喻性的，并不实指任何一地，不过列举四方艰险之地，以表现一种无所不至的追寻与终然不见的艰阻而已。有了这几点基本的认识，再来看义山《燕台》四诗，就会发现其中许多地名及方位，原来都只是用典或象喻，而并非实指，如其举"济河"与"黄河"之取其清浊之对比，举"南云"与"楚弄"之取其绵渺之哀思，举"石城"与"苍梧"之取用石城莫愁与舜死苍梧之故实，凡此种种，如果我们不肯仔细体味原诗的取义，而妄加指实，那当然会不免于误谬百出而迷乱自失了。

第三点我们所当探寻的乃是《燕台》四诗中时节的问题。这四首诗分明标举出春夏秋冬四时，当然应当有其所以如此标举的取义，只是如果按旧说之便据此实指为某些情事发生之时间与季节，则就又不免近于刻舟求剑的迂执了。在中国诗中的时间与季节也有写实与象喻两种可能，如《诗经·豳风·七月》一篇，其一年四季十二月之叙述，当然乃全属写实之纪事；至于如繁钦《定情诗》之自日旰、日中、直写到日夕、日暮，则就并非写实之笔，而完全乃是一种无尽之期待的时间性之象喻了，因为时间性的推移，原来就可以在诗中造成一种久远而循环不已的感觉，这不仅是在象喻性的诗歌中，可以感受其明显的效果，即使在写实性的诗歌中，如《豳风·七月》一篇，我们之所以能对它所叙写的生活民俗得到如此强烈的周遍的感受，也未始不是由于它对时间的循环不已的叙述所造成的效果。至于在象喻性的诗歌中，则自屈子楚骚之往往以"春""秋""朝"

“暮”的对举暗示时间性的永恒周遍之感，降而至于民歌俗曲之往往以四时十二月的重叠排比，来写无尽的爱恋相思，则更是一种常见的表现方法了。义山《燕台四首》之标举四时，我以为也不可过于拘执实指，而当从其所造成之整个的永恒周遍之感来做体认，从而领会这一位“荷叶生时春恨生，荷叶枯时秋恨成”的诗人，他所表现的一种“身在情长在”的经春历秋的整个一生的深情极怨，这似乎才是一种更有意义的探寻的角度。

最后还有一点也是我们所当探寻的，那便是这四首诗之标题“燕台”二字的取义何指的问题。在义山诗集中有不少无题之作，也有不少取诗歌中首句中二字为命题的虽有题而实近于无题之作。此四诗既标名“燕台”，自不同于一般无题之作，而燕台又非首句或全诗中任何一句中曾经出现过的字样，则此标题自又不同于一般取首句中二字为题的近于无题之作，然则如此说来，是此二字之标题之必当有所取义，乃是无疑的了，至于其取义为何，则冯浩注云：“燕台，唐人惯以言使府。”这话实在是不错的，义山在《梓州罢吟寄同舍》一诗中，就曾经有“长吟远下燕台去”之句，按义山于大中五年柳仲郢镇东蜀之时曾被辟为节度书记，迄大中十年柳仲郢内徵为吏部侍郎府罢之时，恰为五年，义山此诗前有“五年从事霍嫖姚”之句，可以为证，是“长吟远下燕台去”固正指梓州府罢之事也。所以“燕台”可以指“使府”该是无可疑的。只是如果因此就臆测为义山与使府后房有恋爱之事如冯浩注之所云云，那就未免想入非非了，张采田《会笺》即曾严驳冯氏之说以为不可信，可是张采田却又因燕台指使府之一念，而联想及于杨嗣复之自湖南观察使贬为潮州刺史之事，而谓义山此四诗乃专为杨嗣复而作，且牵附及于文宗之崩，武宗之立，以及杨贤妃欲立安王溶之种种情事，字比句附，较之冯注尤为牵强，岑仲勉《玉谿生年谱会笺平质》也早已辨其同样为不可信（见台湾中华书局《玉谿生年谱会笺》附岑仲勉《平质》页二三〇）。那么这四首诗究竟何指呢？我以为关于《燕台》二字之命题，可以分作两层来看：其一、燕台可指使府，义山终生不遇，托身幕府，历依天平、兖海、桂管、武宁、东川诸幕，这种寄人趋走的生活，必多抑郁辛酸之感。像杜甫在成都依故人严武之幕，两代世交，而杜甫在其《宿府》，《遣闷》，《简院内诸公》等作品中，尚不免有

“已忍伶俜十年事，强移栖息一枝安”，“胡为来幕下，只合在舟中”及“白头趋幕府，深觉负平生”等愤怨的话，则义山于其一生之历依诸幕之辗转漂泊的生活以及依违恩怨的感情之间必当更有许多悲苦难言之情事，这是可以想见的，而义山一生仕宦之生活，则舍此栖托幕府之一片辛酸以外，又更别无较幸运之机遇，然则义山《燕台四首》岂非很可能有着对其整个之一生的自叙自慨之意，此其一；惟是就其《柳枝》诗序观之，则《燕台》实为义山早期之作固未必有整个一生之慨。所以《燕台》乃可能更有一义，则燕台原来又指燕昭王之黄金台，欲以延天下之贤士者，后人为诗往往用之以慨其不得知遇之悲，如李白之《行路难》，即曾有“昭王白骨萦蔓草，谁人更扫黄金台，行路难，归去来”之句，然则义山之以燕台命题除自慨其幕府生活之酸辛以外，岂非更可能有其自伤不遇的失志莫偶的悲怨之情在。何况义山幼而孤寒，对仕宦之幸蹇，自会有比别人更为重视的心理，而义山与令狐父子及其岳父王茂元之间的一段恩怨，虽然见仁见智，有着许多不同的解说和看法，然而一则为世交之谊，一则为翁婿之情，其间的猜嫌误会必有许多难言之痛，也是可以想见的，而义山平生所遇到的不幸又不仅仕宦一途而已。义山早年丧父，中年丧偶，都是在最为需要的时候失去了最大的依傍，其心灵上当然也都曾受到极大的挫伤。此外从义山诗集中许多缠绵悱恻的写恋爱的诗篇来看，纵使其中有一部分作品可能为别有寄意的托喻之作，然而一位多情善感的诗人如义山，他在感情方面之曾经有过一些伤心蚀骨的苦恋的经验，更是大有可能的，凡此种种不幸的挫伤失意，都可归之于广义的命运之不偶，把平生命运之不偶结合于平生羁栖幕府的一世的酸辛，如果从这种角度对《燕台四首》作一种象喻性的深入的体认，而不必字比句附地强加穿凿，也许反而不失为一条可以探寻个中真意的新途径。

其一　春

这是《燕台四首》的第一首诗，以春为标题，从萌发着的生意，与醒觉着的追寻写起，正象喻着一个有情之生命的诞生之开始。开端“风光冉冉东西陌”，仅只七字便已写出春日之无限风光。而且义山笔下的春光并不像一般人所写的只是一片万紫千红的坚凝而浓重的颜色而已。义山所写的春光是流动的、娇柔的、飘飞在人的眼前身畔，而几乎可以随时抚触得到的。所以义山不曰“春光”而曰“风光”，“春光”二字较为呆滞，而“风光”二字则较为活泼轻灵。再继之以“冉冉”二字的形容，这两个叠字无论在声音或意义上，都予人以一种轻柔荡漾的感觉。“风光”而加之以“冉冉”，于是而叶底微风之轻拂，水面波光之闪烁，天边云影之流移，一切光与色皆于春风骀荡中，以其新鲜之生意向人飘飞舞动而来。更承以“东西陌”三个字，于是而东阡西陌之上，远近四方之间，无处而不有此冉冉之风光，无处而不有此飘飞之生意矣。如果以之与北宋词人欧阳永叔的“候馆梅残，溪桥柳细，草薰风暖摇征辔”，及秦少游的“柳下桃蹊，乱分春色到人家”诸句相较，虽然同样是写春光的无处不在，则永叔与少游二人的形容较为具体，色泽亦较为浓重，似乎全以官能视觉的感受为主。而义山之“风光冉冉东西陌”一句，则轻柔绵渺，别有恍惚迷离之致，其感受乃不全出于官能之视觉，而隐然更有着诗人心魂深处的一种幽微窈渺的跃动在。所以继之乃曰：“几日娇魂寻不得。”从上一句冉冉风光带给诗人的心灵的震触，到下一句对“娇魂”的惘惘地追寻，这正是极自然的感发和承应。因为一位多情锐感的诗人，面对此轻柔绵渺迷离恍惚之风光，其内心深处自会有一种难以言说而又无从填补的空虚怅惘之感。冯正中词说：“河畔青芜堤上柳，为问新愁，何事年年有。”晏同叔词说：“细草愁烟，幽花怯露，凭阑总是销魂处。”柳永词说：“草色烟光残照里，无人会得凭阑意。”这种面对春天的青芜、堤柳、细草、烟光，而使人惆怅魂销的感觉，是极难加以解说和分析的。所谓“物色之动，心亦摇焉”。而尤以春日之纤美温柔所显示着的生命之复苏的种种迹象，最足以唤起诗人内心中某种复苏着的若有所失的惘惘追寻的情意。然而“自古皆有死，莫不饮恨而吞声”，千古以来，竟然没有一个诗人在这种追寻中获得过满足。所以说“几日娇魂寻不得”，“娇魂”正不必确指，只是诗人某种追寻的象征，“魂”字可见其窈眇，“娇”字可见其纤柔，“几日”者，可见其追寻已非一日而终然竟无所得，这正是有感情有理想的诗人千古之所同悲。然而“余心所善，九死未悔”，纵使追寻无获，而无奈此情难已。所以接下去乃说：“蜜房羽客类芳心，冶叶倡条遍相识。”这两句正写其一片追寻的辛苦和情意。“蜜房羽客”自然是指蜜蜂而言。朱鹤龄注此句引郭璞《蜂赋》云“亦托名于羽族”，所以义山乃称蜂曰“蜜房羽客”，一方面固然有其出处来历，一方面又予读者以一种极新颖极鲜明的感受。从此句末三字“类芳心”来看，则义山原以之拟诗人之“芳心”。所以称之曰“羽客”者，“客”字既可收拟人之效果，而羽化登仙的凌虚御空之联想，则读之更可使人感到一份上下飞翔求索的深情，和一份悠扬飘举的褊褼的神致。而又于其上加以“蜜房”二字，不仅切合蜜蜂之取喻，而“蜜”字之甘美芳醇，“房”字之闭藏深隐，也都可使人想到诗人“芳心”之蜜爱深情。义山另一首《二月二日》诗有句云：“花须柳眼各无赖，紫蝶黄蜂俱有情。”人非太上，孰能忘情，情之所钟，正在我辈，像眼前的紫蝶黄蜂一样，随冉冉之风光而飘飞起舞，以全生命的本能追求寻索着的，正是诗人的一片多情缱绻的“芳心”。至于下一句“冶叶倡条遍相识”，这一句如果只从字面以传统的道德眼光来看，不免竟会觉得义山用字过于浮艳轻薄。因为从《易经·系辞》的“冶容诲淫”，以及“倡”字之多与“倡伎”“倡优”等字连用，一般人对“冶”字和“倡”字，早就先存了一个偏颇的成见，而“遍相识”三个字似乎也容易使人想到用情之浪漫不专。其实这七个字才正是义山极严肃极沉重地道出其追寻之殷勤辛苦的一句诗。“冶”字“倡”字如果摆脱掉陈腐的成见来看，是何等色泽鲜明精力饱满的字样。“冶”字之美，“倡”字之盛，万紫千红之缤纷多彩，长条密叶之披拂多姿，岂不皆可从这两个字中想像得之……至于“遍相识”三个字，则更是全心奉献和追寻的表现。“余既滋兰之九畹兮，又树蕙之百亩。畦留夷与揭车兮，杂杜衡与芳芷。”早自屈子就曾经对百卉群芳有过如此深情遍爱的愿望。其实屈原和义山所写的原来就都并不真指客观之实物，而只是他们自己内心中，一种对完整周遍而无终极的爱之向往。每一片在春风中舒展着的娇美的花叶，每一根在春风中款舞着的袅娜的枝条，都曾引起诗人深切的怜爱，都曾唤起诗人怅惘地追寻。然而“众里寻他千百度”，何处才是诗人所萦心系梦以寻求的那一缕“娇魂”呢？

于是在深情苦想之中，诗人也仿佛果真曾经若有所见，所以乃有“暖蔼辉迟桃树西，高鬟立共桃鬟齐”之句。“暖蔼”七个字，义山真是把春光的一片迷惘娇慵之感写得恰到好处，所以不曰“暖日”，不曰“和风”，不曰“淑气”，而曰“暖蔼”，前面三个辞语都过于现实，过于拘狭，而“暖蔼”一辞则不但兼有了前三者的意义，而且“蔼”字更别有烟蔼迷濛之致，这是最能表现春光之特色的。所以中国的诗人写到春天的景物，往往加一“烟”字，如“烟光”、“烟柳”、“烟花”，这真是极好的形容。“蔼”字有烟字之意，而更富于和柔温暖之感。“暖蔼”二字自可令人联想到和风淡宕暖日生烟之种种景象。至于“辉迟”二字则写日光之光影迟迟。昔杜审言《早春游望》诗有句云：“淑气催黄鸟，晴光转绿蘋。”杜甫《江畔独步寻花》亦有句云，“春光懒困倚微风”，又曰：“桃花一树开无主，可爱深红爱浅红。”今如将义山之“暖蔼辉迟”四字，与下面“桃树西”三字合看，则淑气微风之中，日影晴光乃正在深浅桃红之上慢转轻移。这真是何等令人痴迷的景色。在此痴迷之中，乃恍惚见有人焉立于桃树之下，而更不形容此人之容饰衣装，乃但著以“高鬟”二字，一则此人原在迷离恍惚之中，故不得详为叙写。再则“高鬟”虽仅二字，然发型之样式实在最足以代表一个女子的身份、地位和个性。如果以此句之“高鬟”与前所引《柳枝诗序》之“丫鬟毕妆”相较，则“丫鬟”之发式更富于青春活泼之感。而“高鬟”之发式则更富于端丽成熟之美，且别有高贵矜持之意态，至于以“高鬟”与“桃鬟”相比，则是诗人故弄恍惚之笔，夫彼桃树既无毛发何得有鬟？而曰“桃鬟”者，方其恍惚痴念之中，人既如花，花亦似人，于是而高枝之上之万朵繁花，乃竟真如美人头上之簪花高髻矣。中间著以“立共”二字，就文法言之，曰“共”，分明该是二物；而就感觉言之，则“立共”二字之密切亲近，乃竟使人有二者合一之感。义山此句运笔极妙，曰“高鬟立共桃鬟齐”，恍兮惚兮，如幻如真，方见是花而又疑为是人，于是在暖蔼辉迟之中，在桃树繁花之下，乃仿佛真如有一位高鬟拥髻的佳人，且颇可想见其含睇宜笑的风致矣。而紧接着这一份乍睹还疑的惊喜，义山却忽然笔锋一转，写下了“雄龙雌凤杳何许？絮乱丝繁天亦迷”，这真是使人心伤望绝极尽凄迷惨切的两句话。“雄龙雌凤”四字，“雄”与“雌”是一层对举，“龙”与“凤”是又一层对举。早自屈子《离骚》就曾经有过“两美其必合兮”的祝愿，太白《梁甫吟》也曾经有过“张公两龙剑，神物合有时”的信心。因为唯有当“雄龙”与“雌凤”能相遇相合的世界，才是圆满无憾的。然而义山在这二句诗中所发出的却是“杳何许”的茫无所见的苦觅悲呼。没有鸣高桐的彩凤，也没有翔九天的神龙，更遑论彩凤与神龙的结合相遇？人世间所有的只是黯淡绝望中的一片残缺的憾恨。而况冉冉之风光欲老，羽客之芳心虽在，而高鬟之花蕊将残，茫茫天地之间，到处是濛濛的飞絮，到处是惘惘的游丝，所以义山接下去便说了“絮乱丝繁天亦迷”的话。如此不得相遇的深悲，如此莫能补赎的长恨，天若有情，固亦早已为之意惘情迷。云谁不信，则此乱絮繁丝便可为天人之同证。

写情至此，原已更无馀地，然而义山最善于以其缠绵宛转之笔写缠绵宛转之情，于是遂又有“醉起微阳若初曙，映帘梦断闻残语”之言。像再世的宿缘，像前生的梦魇，永远无法忘怀，也永远无法解脱的。清醒时固然是絮乱丝繁的迷惘，而即使在醉里在梦里也一样在心魂之中盘旋萦绕着的，这是何等缠绵深切，何等凄迷哀怨的一份感情。首句“微阳”，朱鹤龄注云：“夕阳也。”此二字盖遥遥与后之“初曙”相对，“微阳”是真，“初曙”是幻；次句则以“梦断”与“残语”相对，“梦断”是真，“残语”是幻。已是微阳欲入，而犹疑为初曙方生；已是梦断难留，而恍闻其叮咛细语。这二句之中有多少对所追怀思念者的痴迷苦想，有多少对已残破消逝者的震悼哀伤。而其写醉起梦醒时的恍惚之感又复何等真切传神。至于“映帘”二字则为两句相结合之关键所在，映于帘上者，正为首句所写之微阳，而见此映帘之微阳者，则次句犹闻残语之梦断之人。昔杜甫《梦李白》诗有句云：“落月满屋梁，犹疑照颜色。”思之而至于入梦，入梦而至于梦醒之时于帘际微阳梁间落月之中，犹仿佛如闻其细语如见其颜色，则怀念之深自可想见。只是杜甫所写乃是实境实情，义山所写则似不必实指，而只是其内心中一直缠绵悱恻着的某种情意。深情如许，所以继之乃曰：“愁将铁网罥珊瑚，海阔天宽迷处所。”上一句接写其永无休止的寻觅与追求之辛苦，下一句又依然落于永难偿获的失望与落空的悲哀。姚培谦

《笺注》引本章云："珊瑚生海底盘石上，海人先作铁网沉水底，贯中而生，绞网出之。"曰"铁网"，曰"沉水"，曰"贯中"，曰"绞网"，其用心之深切，致力之勤劳，立意之坚毅，与夫珊瑚之珍贵与难得，皆可想见。然而珊瑚纵使难得，而海人终以其深切勤劳与坚毅毕竟得之。我今日虽有一如海人之殷切勤毅之心力，然而面对此茫茫大海渺渺长空，何处有我所欲觅求之鲜红似血之珊瑚？何处是我可以把自己千丝情缕所织成的铁网抛下的所在？"将"者，以手将持之意，空持此千丝之铁网，而四顾苍茫，除寂寥空漠之外，更无所有。昔孟浩然诗有句云："迷津欲有问，平海夕漫漫。"这种失望落空之后的怅惘迷失，其苦痛真是不可言喻的。所以于上一句开端着一"愁"字，诗人所愁的正就是下句"迷处所"的痛苦的迷失。而中间更加上了"持铁网"的辛勤，"罥珊瑚"的希望，"海阔天宽"的茫茫的追寻，如此一气贯下，才更使人觉得"迷处所"的堪为愁恨。（"天宽"之"宽"字一作"翻"，二者相较，作"宽"字可与海阔之"阔"字相呼应，似更可以加深其寂寥落空之感；而作"翻"字则可使人想见广海之上海天相接之处的一片汹涌翻腾，似亦大可加深其迷惘不安之苦。朱鹤龄注本作"翻"，冯浩注本作"宽"，二者难断其优劣，今兹所说暂从冯本）

以下接云"衣带无情有宽窄，春烟自碧秋霜白"，则全写伤心绝望之后的悲苦无奈。古诗云："相去日已远，衣带日已缓。"在暌隔失望之中，不知别愁之多少，但觉衣带之渐宽，生命有尽，而相思无尽，当带孔频移，其宽窄有如此明显之变化时，又安能不令人自觉心惊不已。以一个多情的生命，面对着如此无情地日日向人诉说着生命将终的渐宽之衣带，这是宇宙间何等无可挽赎的极恨深悲。然则此宇宙间更复何有乎？则春烟自碧，秋霜自白。无论其为三春之暖日生烟，无论其为九秋之冷露凝霜，春烟之碧自是迷濛无奈，而秋霜之白则更复冷漠无情。着一"碧"字，一"白"字，颜色何等分明，感受何等真切。又着一"自"字，有一任彼自碧自白之意，口吻亦何等无奈。由此而从春到秋，诗人之生命乃尽销蚀于烟之迷濛与霜之冷漠之中。这种销蚀，其痛苦乃一如遭遇到研磨擘裂一样，所以接下去乃说："研丹擘石天不知，愿得天牢锁冤魄。"冯浩注引

《吕氏春秋》曰，“石可破也，而不可夺坚；丹可磨也，而不可夺赤”，这是何等贞毅的一种情操。然而如果反过来看，则纵使有石之坚，而无奈已遭擘裂；纵使有丹之赤，也无奈已遭研损，这对石之坚与丹之赤来说，是何等深重的折辱和伤毁。然则谁实为之？孰令致之？倘所谓天道，是耶非耶？困惑哀怨之极，所以乃说“天不知”也。至于下句“天牢”云云，朱鹤龄注引《汉书》曰，“戴筐六星，六曰司灾，在魁中，贵人之牢”，又引孟康曰：“贵人牢曰天理，即天牢也。”冯浩注则引《晋书·志》云：“天牢六星，在北斗魁下，贵人之牢也。”又曰：“贯索九星，贱人之牢也，一曰天牢。”是天上星宿之间原有“天牢”之名称，而世传之天牢有二：一为戴筐六星在北斗魁下，为贵人之牢；一为贯索九星，为贱人之牢。（详见《史记·天官书》，《汉书》及《晋书》《天文志》）至于义山之用“天牢”一辞，则当但取其人间天上永远被羁锁的一种象喻，原不必有贵贱之区分。至于所羁锁者为何，则含情莫展，屈抑难伸之冤魄也。观义山之用字，真所谓情深意苦，所以冤而曰冤魄。则其悲憾冤恨之深，固已是至死难消，牢而曰天牢，则此恨不仅长留于人世，更将且长羁于天上矣，又复于此句开端加以“愿得”二字，义山之长留此恨乃竟直欲誓以永矢弗谖，深情苦恨，至此而极矣。

继之以“夹罗委箧单绡起”，则山穷水尽之时，忽作柳暗花明之笔。春光既老，朱夏将临，义山乃将此一份春去夏来之感，全从衣饰与肌肤之感觉写出，因为唯有身体之感受才是最真实最亲切的感受，所以人们说到对某一件事的认识与了解时，往往用“体”会、“体”验等字样。而季节寒暖之变，当然更以身体之感受最为敏锐。《论语》中记载，有一次孔子的弟子曾皙说到春天，第一句说的就是“暮春者，春服既成”。把厚重而黯淡的冬衣脱卸下来，换上夹罗的春袍，闪着使芳草都生妒的春天的颜色，这是何等轻快鲜明的一种感受。至于春去夏来之际，则把夹罗的春袍又脱卸下来而换上了单绡的夏服，衣袂飘然，微风轻拂，这又是另一种褊褼轻举的情调。以善于铺叙著称的北宋后期的大词人周邦彦在写到夏天来临的时候，就往往先从衣服之感受写起。如其《琐窗寒》的“单衣伫立”，《六丑》的“单衣试酒”，都可为证。而这种感受如果从女性写起，当然就会显得更纤细而柔美。所以义山接下去就说："香肌冷衬琤琤珮。""香肌"自当指女性而言，其下著一"冷"字，苏东坡《洞仙歌》词有句云："冰肌玉骨，自清凉无汗。"这是在炎夏中，一种专属于女性所特有的静美丰柔中的清凉的感觉。而义山更于其下加了"琤琤珮"三个字。辛稼轩《江神子》词写一个"宝钗飞凤鬓惊鸾"的女子，也曾更饰之以"珮声闲，玉垂环"的描写。因为如此才能使这个女子更有风姿和情致。义山所云"琤琤"者，正此闲闲之珮声也。如果我们向更远一步去推想，则姜白石《念奴娇》咏荷花词，曾有句云："三十六陂人未到，水珮风裳无数。"然则义山笔下的如花之人，于其琤琤之珮声间，岂不亦似更有无边之寂寞在。于此而再回顾前一"冷"字，则知此一字所写者，亦当不仅但为冰肌玉骨之清凉而已，更当有于琤琤之珮声间，所映衬之一份心魂寂寞的凄寒在。如果有人在此蓦然作拦截式的诘质，问我此女子为作者之自喻抑为作者所怀思向往之人？则我将应之曰观此处之口气似以近于自喻为是。若再诘之曰既自喻为女子，则前此高鬟立于桃树下之女子岂不曾释为所思之象喻乎？则我又将应之曰然，盖以诗人往往在一篇作品中既以某一象征为自喻，又以之为他喻。此亦不乏例证，洪兴祖《楚辞补注》于《离骚》"恐美人之迟暮"一句，即曾注曰："屈原有以美人喻君者，'恐美人之迟暮'是也；有喻善人者，'满堂兮美人'是也；有自喻者，'送美人兮南浦'是也。"《史记·屈原列传》说："其志洁，故其称物芳。"无论是以之喻称自己，或喻称所爱之对象，皆同此理。读者也大可不必对义山诗中所引喻之美人过事苟求确指。至于末二句"今日东风自不胜，化作幽光入西海"，则为全篇深悲极怨之总结。标题曰"春"，而春去难留，逝者如斯，到"东风无力百花残"的时候，一切誓愿，都成虚语；一切追寻，都归枉然。所以说"今日东风自不胜"，谓时至今日，东风自无力稍作留春之计，则唯有含恨从此长逝而已。昔李后主有词云："林花谢了春红，太匆匆，无奈朝来寒雨晚来风。胭脂泪，留人醉，几时重？自是人生长恨水长东。"义山之"化作幽光入西海"，亦是长恨东流到海之意，只是义山更工于窈渺幽微之想象，故其出语亦较之后主更为奇诡凄迷。自篇首之冉冉风光，经篇中无数深情苦恨之怅惘追寻，乃今日东风无力，风光将老，则此长逝之春，究竟何所归往乎？此一问，可分三点作答：一则其逝也既如光影之迅疾而丝毫不可挽留掌握，故曰“光”；再则其逝也又更含有如许难以言说之苦恨深情，使其果然而化为光影，则此满怀长恨而永逝之光，其必为“幽光”无疑；三则此绵绵长恨之所汇聚，唯海之辽阔深邃可以象之，此所以此幽光之必入于“海”也，而春日之风则东风也，随春光之永逝，为东风所吹送，而携长恨以俱往者，其非“西海”而何？故曰“化作幽光入西海”也。古今多少写春归的诗人词客，如后主的“流水落花春去也，天上人间”，山谷的“春归何处？寂寞无行路”，清真的“春归如过翼，一去无迹”，稼轩的“是他春带愁来，春归何处？却不解带将愁去”，虽然这些词句也各有各的佳处所在，然而唯义山此二语最为悱恻凄迷。朱鹤龄注本评此句云：“所谓幽忆怨断之音也”，读之唯令人徒唤奈何而已。

其二　夏

此章标题为《夏》。说到夏，一般人所想到的多半是炎夏、盛夏、盛暑、骄阳等一类字样。因为在人们的印象中，夏日一直是炎热的，强烈的，喧嚣的。而义山这一章诗所写的夏日，却与此迥然相反。义山所写的夏乃是阴暗的，凄清的，寂寞的。在前言中我曾经说过，一篇作品中最重要的并不在作者感情的对象是什么，而在于作者感情的本质是什么。现在我们更得一例证，就是一篇作品最重要的并不在其所写的主题是什么，而在于作者对此主题所得的感受是什么。杜甫写夏的诗，如其在华州所写的《夏日叹》、《夏夜叹》，在夔州所写的《火》、《热》、《毒热》诸作，他笔下的夏乃是“朱光彻厚地”，“峡中都似火”的极酷烈的夏日，这一方面固然因为杜甫所写的夏日乃是特别炎热的夏日，而另一方面也因为杜甫的天性原来就属于阳刚的明朗而强烈的一型，所以喜欢从强烈鲜明的一面着笔的原故。因此甚至当他自己写到自己的感情时也往往用“热”字来形容，如其《赴奉先县咏怀》的“叹息肠内热”，《铁堂峡》的“回首肝肺热”，皆可为证。而义山写到自己的感情时，他所用的则是“春蚕到死”“蜡炬成灰”等一类字样。因为义山的性格一直就属于纤柔而抑郁的一型，一直就缺乏着健康和明朗的色泽，而布满着残缺怅惘的憾恨。所以本章虽标题是《夏》，而义山却完全不从夏日之炎热繁盛的一面着笔。开端："前阁雨帘愁不卷，后堂芳树阴阴见"。一起便予人以一种阴沉晦暗的感觉。"帘"而"不卷"，已使人有"庭院深深深几许，云窗雾阁常扃"的一种深杳凄迷的感受。而"帘"字上更加一"雨"字，义山另一首《重过圣女祠》诗有句云："一春梦雨常飘瓦。"则在此垂帘之外，于檐前瓦际的雨丝飘飞雨声淅沥之中，帘内之人的梦魂之随淅沥之雨声以共其飘飞萦想，殆可想见。所以乃更于"不卷"二字之上加一"愁"字，长垂不卷的帘，与长存不解的愁，正复互为因果。帘因人之愁而不卷，人因帘之垂而益愁，在雨中闭锁的重帘，也就正象喻着在雨中闭锁的深愁。而此句首二字之"前阁"则更与下一句之"后堂"相映照，二句相呼应，有其相反的一面，也有其相成的一面。自其相成的一面来看，则后堂之"阴阴"更加深了前一句"雨帘""不卷"的阴沉晦暗的感觉。是其时虽为朱明的炎夏，而无论其为"前阁"，为"后堂"，乃并皆不能予人以一丝光明温暖之感，则此阁与堂中之人的寂寞忧伤可想。而若自其相反的一面来看，则树而曰"芳树"，如陶渊明诗所写的"孟夏草木长，绕屋树扶疏"，则亦自有其欣欣然之一片生机在。而"阴阴"二字，除阴暗之感外，亦自有其浓密繁茂的另一意义在。结尾著一"见"字，是堂中之人虽无光明与温暖可言，而隐约可见于堂外者，则芳树垂阴、叶繁枝茂，乃正当欣欣向荣之日。彼亦一生命，此亦一生命，堂内有情之生命寂寞如斯，而堂外无情之生命则清阴若此。当此二种不同之生命相面对时，一个锐感的诗人，往往会产生一种极悲哀寂寞而内心又充满跃动的难以述说的感情。义山这二句诗就全从生命之相反的两面下笔，来写这一种微妙而难以言说的感觉。写炎夏而全从阴暗着笔，这是第一层相反；写阁内之人着一"愁"字，写堂外之树却偏偏着一"芳"字，这是第二层相反。在这种对比中，生命黯惨不幸的一面因了与生命繁盛美好的一面相映照的原故，一方面对美好者既倍增怀思向往之情；一方面对自己的黯惨悲苦也更加深了憾恨不幸之感。所以下面义山就更加明切地举出了另外两个相反对比的象喻："石城景物类黄泉，夜半行郎空柘弹。"叫做"石城"的所在，在中国历史上最著名的两处：一指金陵之石头城而言，《文选》左思《吴都赋》云："戎车盈于石城。"李善注引刘渊林曰："建安十七年城石头。"五臣注云："石城，石头坞也，在建业西，临江。"吕延济曰："石头城中置府库军储，故云：'盈于石城。'"这一个石城，是因其为六朝的都城而出名；又一石城则指湖北竟陵之石城而言，为晋羊祜之所筑，北周置石头郡于此，王应麟《地理通释》云："三面墉基皆石造，正面绝壁，下临汉江，石城之名本此。"这一个石城则是因一个女子而出名。《旧唐书·音乐志》云："石城在竟陵。莫愁乐者出于石城乐。石城有女子名莫愁，善歌谣，因有此歌。"石城既有不同之二地，则义山这一章诗中的石城究竟何指呢？朱鹤龄、姚培谦二家注皆引《乐府·莫愁乐》及《唐书·音乐志》为言（见前），冯浩《笺注》云："石城……楚地之境。"张采田《会笺》亦云："石城，楚地。"是诸家之说皆以为义山此诗中之石城乃指女子莫愁所在之石城也。关于这一点，我以为是可信的。因为义山还有另二首标题《石城》和《莫愁》的诗，也同样用的是这一故实。只是义山屡屡用之又何所取义呢？冯浩以为乃指义山所恋之女子"流转湘中"而言。张采田则以为乃指杨嗣复之出为湖南观察使而言。关于冯氏之说，张氏曾讥其诬义山以"万里浪游，窥人后房"，其说为不足信；至于张氏自己的说法，则字比句附以为义山《燕台》四首全指杨嗣复之迁贬而言。其说实更为牵强拘执，也一样不足信。撇开这些徒乱人意的说法不谈，就诗论诗，我以为此二句诗所给读者的感受，似正与前二句相承而下。同样是从相反的两面着笔，以加深表现美好之生命与受挫伤的悲哀。而且从这种感受来看，不但可以使这首诗得到恰当完满的解说，同时更可与"石城"、"莫愁"诸作相互为证，看出义山经常用这一故实的取义。第一我们该注意的乃是石城的女子名字叫做"莫愁"，这正是与义山所要写的悲愁的一个明显的对比。义山往往用莫愁的故事为无愁而美好的一种生命的象喻。《古乐府·莫愁乐》云："莫愁在何处，莫愁石城西，艇子打两桨，催送莫愁来。"这首诗所表现的是何等轻捷愉快的欢欣之感。所以义山在《莫愁》一诗中就曾经说："若是石城无艇子，莫愁还自有愁时。"虽然是具有美好的生命如莫愁者，而当她如果受到挫伤，不能得到与她的美好的生命相配合的事物时，她的生命就将充满哀愁而不复欢愉了。至于《石城》一诗“石城夸窈窕，花县更风流”二句，则以石城窈窕之女子莫愁为女性美好之象喻；而以于河阳县遍树桃李花之诗人潘岳为男性美好生命之象喻，这也正是我相信此章诗中之“石城景物类黄泉”一句，是指莫愁所在之石城的原故。因为在这一句诗之后，次句的“夜半行郎空柘弹”义山就依然又用了潘岳的典故。《晋书》载：“潘岳美姿仪，少时尝挟弹出洛阳道，妇人遇之者皆连手萦绕，投之以果，满车而归。”至于义山之用“柘弹”二字，则极写其所挟之弓弹之美。冯注引《西京杂记》云：“长安五陵人以柘木为弹，真珠为丸，以弹鸟雀。”可以为证。现在如果将这二句诗合起来看，则上一句是说：石城之景物美好，乃有“艇子打两桨，催送莫愁来”之欣愉之生活，而今石城之景物竟然凄惨阴暗有类黄泉，则虽有美好之生命如莫愁者，又岂能乘艇子以嬉戏长度其欣愉之生活乎？其不可得，所可断言者也。次一句则言潘郎虽美姿仪，且挟有柘木之美好之弓弹，行于洛阳道，妇女往往掷果盈车，然而如果以夜半而出行，则如《史记·项羽本纪》所说的“衣锦夜行”，谁知赏爱者乎？故曰“空柘弹”也。“空”者徒然落空之意。有美莫赏，世无知爱之人，则丰容姿致之美，臂弓腰箭之能，并属徒然矣。“夜半”二字原只是托喻的虚写，冯注云“此四句皆夜景”已嫌过于拘实，至于三色批本《义山诗集》，朱彝尊氏竟评此句云：“不眠无聊，戏以自解”，则更是无聊的妄说了。此二句遥遥与首二句相承，皆从生命之美好与生命之受挫伤的不同的两面为相对之叙写。这正是诗人心灵深处求美满而不得，而又不甘心自弃的一种无可消融之悲苦的流露。前人之解说者，不肯从诗人感情之基本状况求解，而徒务于事迹之摭拾比附，遂往往自掘坑堑，陷于扞格不通之地。所以冯注就曾表示其不解，说：“石城二字，与石城、莫愁之作又相类，何欤？”其实如果从诗人感情之本质求解，则义山这几首诗原不必尽指一人一事，只是其内心深处所蕴蓄着的某种生命被挫伤的痛苦，以及对美好与完整之向往追求而终不可得的悲哀，则原来又正自有其基本上的一脉相通之处，这正是这几首诗颇为相类而又不能以相同之事迹为笺注解说的原故。

以下接言“绫扇唤风阊阖天，轻帷翠幕波洄旋”（朱注作“渊旋”，冯注作“洄旋”，后者较为习见易解，故从冯注作“洄旋”）。此章首四句由夏景转入痛苦之象喻，至此再荡开笔墨重写夏景。“绫扇唤风”，原为夏日常见之景；“绫”字写扇之精美，扇摇而风生，然而义山不用“摇”字而用“唤”字，一则摇扇之手，其姿态恍如有所召唤之貌；再则下面接言“阊阖天”，此处用一“唤”字，则天人之间仿佛一若有所呼唤感应之意；三则用“唤”字可收拟人之效，使读者对扇与风之关系生更亲切活泼之想象。至于“阊阖天”三字，“阊阖”者，天门也，朱鹤龄注及姚培谦注并同。此处义山用之，一则如前所言，乃取天人之间一份呼求感应之意，二则写有风之来高远自天，昔杜甫有诗云“天清风卷幔”，必是高风清远，悠然而至，然后才可以飘帷荡幕，使之波动洄旋。此所以下一句接之以“轻帷翠幕波洄旋”也。如果只是绫扇之风，则帷幕岂能为其所飘动乎？“帷”字上著一“轻”字，使人想见其质地之柔软单薄；“幕”字上著一“翠”字，使人想见其颜色之鲜朗明丽。而“轻”与“翠”二字，又正所以唤起下面之“波”字。“轻”字使人想见“波”之动态；“翠”字使人想见“波”之颜色。至此而帷幕动摇之际，乃直如波影之洄旋矣，故曰“波洄旋”也。这两句义山似只是写夏日生活之一种情景，虽然在“绫扇唤风”“帷幕洄旋”之精微细致的描写中，亦别有寂寞无聊之感在，然除此而外，则似并无深义可求。可是这二句却极富于轻灵活泼之诗感。语云：“无用之为用大矣”，这种荡开笔墨的点染，非有敏锐之诗感及欣赏之馀裕者不能为。这正是义山诗虽在极悲苦中仍能不失其可赏玩之美感与诗意的一大原因。这二句既纯从夏日之情景作悠然的点染，下二句义山遂又掉转笔锋，对残春作送别的回顾，重新写其一贯的无休止的深情苦觅的怅惘追寻。于是乃又有“蜀魂寂寞有伴未，几夜瘴花开木棉”之句。“蜀魂”自是指蜀望帝之魂魄化为子规的故事。此在义山诗中往往用之。如其《井泥》一首之“蜀主有遗魄”，《锦瑟》一首之“望帝春心托杜鹃”，就都是用的此一故事。朱鹤龄《锦瑟诗注》引《蜀王本纪》云：“望帝使鳖灵治水，与其妻通，惭愧，且以德薄不及鳖灵，乃委国授之。望帝去时，子规方鸣，故蜀人悲子规鸣而思望帝。”又引《成都记》云：“望帝死，其魂化为鸟，名曰杜鹃，亦曰子规。”然则，“蜀魂”者原来乃是一个失去了国也失去了家的，满怀着感情上的愧疚隐痛的寂寞的魂魄。而暮春之日，鸣声凄切动人归思的杜鹃鸟，则相传正为此一怨苦哀伤之魂魄所托化。于是在子规啼血送春之际，再加上此一悲剧故事的联想，因而每一声鹃鸟的哀啼，遂都成了这一永怀憾恨之魂魄的寂寞悲哀之呼唤。如果从其哀啼之悲苦来推想，则其欲寻得一侣伴之安慰的需求，当是何等激切。以如此挚切的需求之心，他应该获得他所欲寻求的才是；然而如果从其哀啼之终于不止来推想，则他之悲寻苦觅又似乎终于未曾得到报偿。所以义山乃用疑想不定的口吻，写下了“有伴未”三个字。这种不定的口吻，正表现了诗人冀其能得而又虑其终然未得的无限同情和关爱。至于“几夜瘴花开木棉”一句，则是上一句“蜀魂寂寞”的陪衬。“木棉”，据姚培谦注引《吴录》云：“交址有木棉树，高大，实如酒杯，中有棉如絮，可作布。”孙光宪《菩萨蛮》词云：“木棉花映丛祠小，越禽声里春光晓。”郑因百先生《词选》注此句云：“木棉产热带，吾国广东等处有之，高可十丈，其花红色，种子亦有纤维，可供纺织。知木棉树之高、花之红，乃知‘映’字‘小’字之妙。”我们现在也可引申这一注解来说明义山这两句诗。“知木棉树之高、花之红，乃知在其映衬下之‘蜀魂’之益增‘寂寞’。”杜甫《登楼》诗云：“花近高楼伤客心。”高处的花，原来予人的意象就更为鲜明，而且易于引人作高远的向往，再加之以红艳的颜色，如火之燃烧，如血之凝聚的，则其所象喻着的，应该是何等深挚浓烈的一份追寻向往的情意。更何况木棉的产地在热带，提起木棉，就自然会引人发生“热”的联想，又加以“瘴花”的“瘴”字，更加重了郁蒸炎热的感觉，而“木棉”的“棉”字也会引人想到一份绵密绵远的情意。如此说来，则上一句寂寞悲哀的蜀魂，纵使终然未能有伴，而在下一句所写的如同在高处燃烧着的血一般红的瘴花的映衬下，其泣血以追寻的深情苦恋乃更为可哀，也更加无法弃绝了。冯浩注云：“木棉花红，借比炎暑。”虽然木棉的开花乃在暮春并非炎暑，只是木棉之产地及颜色则确乎能予人以一种炎热之感，因之义山此句也就更有以之映衬此章“夏”之主题之另一作用在了。至于前云“蜀魂”，后曰“瘴花”，并不属于同一之地域，则正为我在前言中所说的，义山这四首诗中的地名，原来就多为借喻之辞，并不需要加以牵附或确指的又一证明。

以下接云，“桂宫流影光难取，嫣薰兰破轻轻语”，则于长期之追寻怀想之中，仿佛如有所见之意。义山在这四首诗中，有不少地方表现了这种“如见”的情境，然而却又都是“来如春梦”“去似秋云”一般的难于逼视或捕捉。那么这种情境究竟果然是属于生命中所实有？抑或只是出于诗人心灵中之某种假想呢？我的意思以为这两种情形都有可能。以人生实有之经历言之，如大晏《木兰花》词即曾有过“燕鸿过后莺归去，细算浮生千万绪，长于春梦几多时，散似秋云无觅处”的慨叹。人生多少美好的感情，一旦情随事迁之后，在回忆中所残存的便只是一缕如云烟似的逼取便逝的痕影了。这是义山之所以把这种情境写得分明如见而却又恍惚难得的一个原因；再则如以诗人假想中之境界言之，此种境界既出现于诗人之想象之中，则其必为诗人理想中所确信所深爱之一种境界，可以断言者也。此境界既原非实有，却又因了怀此信心与爱意者之向往，而时时萦回心上如在目前，虽则邈远难寻，而却又分明如见。如王国维在其一首《蝶恋花》词中就曾说“忆挂孤帆东海畔，咫尺神山，海上年年见，几度天风吹棹转，望中楼阁阴晴变”的话。海上神山，分明如见，而天风吹棹，幻变难寻，这是义山之所以把这一种情境写得如此恍惚而又如此分明的又一原因。从义山的诗来看，在现实生活中义山该确曾经历过一种苦恋的情感，这是不可讳言的事实。然而另一方面，义山天性中似乎也生来就抱有一种对理想中某一不确知之完美境界之向往。而其诗作中，也就往往交糅着这种现实与理想之双重的追寻和憾恨。这也是我一直以为欣赏义山诗该从其感情之本质着眼，而不必强加区分或牵附的又一原故。因为在义山诗中，我们经常可以见到这种交糅着理想与现实的如梦如真的追寻或憾恨之情的流露，而其情事则是并不必也不可确指的。这两句“桂宫流影光难取，嫣薰兰破轻轻语”，就写得极尽分明而又恍惚之能事。“桂宫”，朱鹤龄及姚培谦注皆云：“月宫也。”俗传月中有桂树，且为嫦娥所居之所，故曰“桂宫”。义山之所以不称之为“月宫”而称之为“桂宫”者，则因为如果直称为月，则明白拘限但指天上之明月而已，而如果称之为“桂宫”，则“庐家兰室桂为梁”，除指天上之明月外，更可使人发人间居室美好之想，而如此也就造成了义山诗中的既恍惚又真切莫辨其为真为幻的效果。“桂宫”而曰“流影”，则曹植有诗云，“明月照高楼，流光正徘徊”，“流影”二字固当指明月流泻之光影而言。而月之光影则虽可望见而不可把捉者也，故继之乃云“光难取”也。流光倾泻，映鬓投怀，而持拥无从，都归空幻，只此一句，已经表现了多少如我前面所说的“海上神山，分明可见，而天风吹棹，幻变难寻”的境界。如果必欲对这一句加以现实明白的诠释，则此句所写自当为深宵月夜之景色。而次一句之“嫣薰兰破轻轻语”，则此月色朦胧中之所闻见也。至于所闻见者为何？则从“轻轻语”三个字来看，大似其中有人呼之欲出矣。所以冯浩《笺注》就真以为实有其人云：“言月光流转，难见其貌，惟微笑私语，吹气如兰。”喜欢从外表形迹去对义山诗作狭隘的私情一面的比附探索的人，自然会有这种浅俗的说法。然而可注意的是义山自己并未尝作此径直浅俗的叙写。如果从字面来看，则此七字实极幻变之妙。一般说来，“嫣”字多用以状容颜之姣美，而“薰”字则多指气味之芳郁，“嫣”与“薰”二字连言，这是一种极巧妙的结合。至于其结合之方式，则如温飞卿一首《菩萨蛮》词中的“双鬓隔香红”一句的“香红”二字一样，乃是一种视觉与嗅觉的错综的结合。“嫣”字下用一“薰”字，则不仅香气醉人而已，其嫣然之容色乃亦大有使人薰然如醉之意矣。若欲追问义山此二字所写的嫣然姣美而又薰然醉人者究为何物？则此二字之下，岂不是明明说了“兰破”两个字吗？“兰破”当指初放之兰花而言。用一“破”字把兰花之展瓣伸蕊含苞乍破的情景，写得极生动而真切。至于下面的“轻轻语”三个字，如果从其对于前面四个字的承应而言，则此三字仍以指初破之兰花为是，实不必直指为“微笑私语”之真有其人也。若曰既是兰花如何能有言语？则古人岂不有“花如解语”之言乎？“轻轻语”者，在微风轻拂中，彼初破之兰花的嫣然而且薰然的醉人之色与香之动摇飘拂恍如有语也。此二句若谓为但指夏夜明月微风中之花影幽香固亦原无不可，然而如果从义山一向所惯写的某种属于心灵的杂有追寻与怅惘之情的境界来看，则亦大有可说：前一句“桂宫流影”是恍如有见的引人追寻的境界，“光难取”则是毕竟难寻的怅惘，既是难寻，便当断此追寻之一念，而“嫣薰”七字遂又另作一层转折，极写某一种使人情移心醉的欲罢不能谁能遣此的境界，既是深情难遣，因之乃有下二句“直教银汉堕怀中，未遣星妃镇来去”之言。相爱至深，相思至苦，此情所感，即使如天边云汉之远，亦直当使之堕我怀中，这是何等坚毅诚挚的一份情意。至于下一句之“星妃”，朱鹤龄及姚培谦注皆云：“星妃，谓织女也。”承上句“云汉”而言，则“星妃”指云汉边织女之说，当属可信。“镇来去”之“镇”字，则有终久长然或时而常常之意，如义山《无题》诗“益德冤魂终报主，阿童高义镇横秋”之“镇”字有长久之意，而其《独居有怀》一诗之“蜡花长递泪，筝柱镇移心”之“镇”字则为常常之意，此句“镇来去”之“镇”字，似以作“常”字解较胜。至于上面的“遣”字则为遣使之意，二句合看，意谓我之精诚所感，既直可使天边云汉堕我怀中，则云汉侧之星妃织女亦当长为我有，不可使之如传说中牛郎织女之故事，一年始得一度相逢，既来复去，使之常在离别相思之痛苦中也。这二句最使人感动的乃是“直教”与“未遣”两句所表现的执着坚定的口吻。纵使如云汉之遥，星妃之远，而以我之深情苦恋之一份心意，遂终信其必有长相归属聚首无分之一日，这是何等坚贞诚挚的信心和爱意。

以下陡接“浊水清波何异源，济河水清黄河浑”二句，则无情之现实，蓦然将所有一切美好的想象一击而全部归于破灭虚空。昔曹子建有诗云：“君若清路尘，妾若浊水泥，浮沉各异势，会合何时偕？”清浊异质，趋向难同，永无相偕之日，这是命定的悲剧，任谁也无法挽回的。冯浩注引《战国策》曰：“齐有清济浊河。”义山用之，盖但取其清浊之对比而已。至于此二水之在于何地，则似并不重要，而冯浩《笺注》则既以《燕台》四诗为义山学仙玉阳东有所恋于女冠之作。乃引此二句为证云：“玉阳在济源县，京师带以洪河，故曰浊水清波也。”其说似过于穿凿附会。屈复《意笺》就只说“水源之清浊既异，流亦不同，比其终不相合也”，所说极是。这二句诗紧接在前二句的一片期望和痴想之后，乃愈显得现实之隔绝的残酷无情。然而现实所能隔绝的只是物质的躯体而已，至于心灵上那一份深情苦恋的情意，却是永远没有任何事物可以将之加以隔绝的，因之义山接着就又写了“安得薄雾起缃裙，手接云軿呼太君”的两句呼求向往的话。无论经历了多少艰阻，无论遭遇到多少挫伤，一颗追寻期待的心，则终始不易。韩冬郎有诗云："此生终独宿，到死誓相寻。"相思若此，则安得而有一日真能亲接目睹其翩然之临莅乎？义山此二句就全从假想中之临莅著笔。"缃裙"之"缃"字，姚培谦注引《韵会》云："缃，浅黄色。""云軿"二字冯浩注引《真诰》云"驾风骋云軿"，又曰："辎軿，妇人车有障蔽者。""太君"二字，冯浩注云："指仙女。"此二句盖将所思之对象假想为一仙女，而想象其来临之情景。裙而曰"缃裙"，一则缃之为色可予人一种柔美之感觉；再则有此颜色之描写，乃使人有恍如目睹之真实。而又于其上著以"薄雾"二字，一则状裙之既轻且薄恍如云雾之轻飘；再则可使人想见神仙之飘渺，恍如云雾之朦胧。至于下句之"云軿"自当指仙女所乘之车，杜甫《送孔巢父》诗有句云："蓬莱织女回云车，指点虚无引归路。"彼仙女既然降自云霄，所乘者自当是云车，"霓为衣兮风为马"，"乘回风兮载云旗"，这在想象中当是何等飘逸的神致，而义山却在"云軿"二字上加了"手接"两个字，感觉何等亲切，情意何等殷勤，恍惚中乃别有真实之感。何况又在"云軿"二字下加了个"呼"字，于是在其以手亲接之际，乃更伴随有口中的低唤。此种情景该是何等可使人欣喜安慰的境界。然而我们却不要忘记在这二句开端，义山原来曾写了"安得"两个字。"安得"者，谓如何方能得致如此之境界乎？是终于未尝得也。王静安有词云："蜡泪窗前堆一寸，人间惟有相思分。"义山这二句所写的原不是果然得见的欢愉，而只是历经艰苦挫折而终于无法磨灭的一点刻骨的相思而已。

其三　秋

此章开端"月浪衡天天宇湿，凉蟾落尽疏星入"两句，全从秋宵静夜之景色写起，凄清真切，而又不仅为一静态之景物而已，更包括了动态的时间之移转，而隐寓诗人长夜之无眠与夫怀思之深切。首句"衡天"一作"冲天"，"冲"字似过于强劲，与诗中所写秋宵静谧之感觉不合。故私意以为作"衡"字较佳。按"衡"字通"横"，有横布之意。"月浪衡天"者，谓明月之流光似浪，横布于天也。"天宇"者，《说文》云："宇，屋边也。”引申有四方边宇之意。“天宇”自当指四方之天边而言。“天宇湿”者，谓如水之月光流布于天，于是而四方之天际皆恍如有被此流光沾湿之感也。“月浪衡天”四字仍只是平平叙写而已，益以“天宇湿”三字，则秋月之澄明朗澈，秋空之广远高寒，光波之流泻倾布，皆直如在人目前矣。而此句之佳处尚不仅在写景之真切生动而已，而更在此种景色所象喻之一种高远凄寒之境界。这是在义山诗中常可体验到的一种境界，如其《霜月》一诗之“初闻征雁已无蝉，百尺楼高水接天，青女素娥俱耐冷，月中霜里斗婵娟”。在此种境界中的诗人，该负荷着多少孤寂凄寒之感。而下一句之“凉蟾落尽疏星入”，则写在此孤寒之境界中所经历之时间之悠久漫长。“凉蟾”自然仍指天上之明月而言，盖月中传有蟾蜍，秋宵之凉月，故曰“凉蟾”。“落尽”两个字，写月之由落到尽的一段时间之感觉，写得极好。有此二字，天上之一丸凉月乃逐渐由中天而西斜而终至完全沉没了。而月光也由流波之四布而逐渐移转消褪，而终至完全隐去了。在这一段漫长的时间之感内，诗人所承受着的无可温慰的孤寒与无可挽回的消逝的双重之悲感是可以想见的。而义山笔下所写的却只是“月浪”、“天宇”、“凉蟾”而已，并未尝著叙写人事之一字。直至“疏星入”三字，才隐然有自天上转向人间之意。冯浩注云：“月既落，则星光入户。”星光在天上，诗人在户内，此“疏星入”三字，不仅写出了明月已经完全落尽以后之又一凄寒之景象，使读者益觉时间之久长，景物之寥寂，而且此凄寒之感更直自天上逼向人间，是诗人虽欲无愁，有不可得者矣。所以下面乃全从人事着笔，写出了“云屏不动掩孤嚬，西楼一夜风筝急”的一个长夜无眠的人物。“云屏”，义山诗中屡用之，其《为有》一首云：“为有云屏无限娇，凤城寒尽怕春宵。”冯浩注引《西京杂记》云：“昭仪上赵皇后物，有云母屏风。”义山《嫦娥》诗亦有句云：“云母屏风烛影深，长河渐落晓星沉。”知义山诗中往往以“云屏”或“云母屏风”写居室之精美与长夜之寂寥，以及屏内人哀怨之幽深，此句亦然。曰：“云屏不动掩孤嚬”。“嚬”者，颦眉之意，愁怨之貌。太白《怨情》有句云：“美人卷珠帘，深坐颦蛾眉，但见泪痕湿，不知心恨谁。”云屏深掩，独坐孤颦，不着一哀怨字样，而哀怨自深。“云屏”而曰“不动”者，言屏风之镇长深掩，不动不移，正以之写愁怨之幽深之终于不解也。至于下一句之“风筝”，冯浩注云：“吹之牵之，使远去也。”似以“风筝”为纸鸢之俗名，而姚培谦注引杜诗注云：“风筝，谓挂筝于风际，风至则鸣也。”则“风筝”盖檐间铁马之类。当从姚注为是。“西楼一夜风筝急”七字。当与上句合看，是在云屏深掩之中的独坐孤嚬之人，已听尽西楼一夜之风动筝鸣也。而其下又著一“急”字，则风声与筝声之凄紧哀切可知。此一句之七字，正为孤嚬之人长夜之所闻，而开端二句，自“月浪衡天”直至“凉蟾落尽”十四字，则孤嚬之人长夜之所见。上下合看，乃更觉“云屏不动掩孤嚬”一句哀怨之深切。而其不动与深掩之中，更蕴含了多少对此孤寂凄寒之境界一意承受负荷的坚贞的心力。

在这种承受与负荷中，相思与苦怨同样深切，所以诗人接下去就写了“欲织相思花寄远，终日相思却相怨”的两句话，相思之情假如果然可化为可见之具象，则其必为色香绝艳之花朵殆无可疑，于是当相思至极而无可寄托之时，乃直欲将所有的相思之情尽化为一丝一缕以编织出象喻着相思的美艳的花朵，而投寄于以全生命怀恋着的远人。然而音尘阻隔，纵有欲织之心而无投寄之所，清真词有句云：“怨怀无托，嗟情人断绝，信音辽邈”，在无情的隔绝之下，无尽的相思乃尽化为无边的怨怀，所以说“终日相思却相怨”也。由相思而转为相怨，其原因乃同出于一份无法泯灭的深沉的爱意，除非能做到无爱，才能做到无怨，然而这是抱此爱心之人永远无法做到的。所以用“相思”与“相怨”互为呼应，“相思”见爱之挚切，“相怨”见爱之悲苦，而其上又加以“终日”二字，于是诗人之感情乃始终辗转于挚切而痛苦的爱恋中，永无脱解之时矣。其下“但闻北斗声回环，不见长河水清浅”，则所写者乃是在此种感情之辗转中的光阴之流逝，以及人间天上永远无法迈越之一种隔绝的象喻。关于北斗之回环，原来就代表着光阴之流逝。或以之纪一岁之迁替，如孟浩然《田家元日》诗之“昨夜斗回北，今朝岁起东”，或以之纪长夜之渐深，如《古乐府·善哉行》之“月没参横，北斗阑干”。义山此诗自“月浪衡天”“凉蟾落尽”写起，原不过写一夜之间的不眠相思之苦而已，而北斗之回环，则不仅一夜之间，其方位每时而不同，一年之间其方位亦每日而不同，著此一句，于是诗人所写的相思之苦，遂更有自一夜如此而扩及到夜夜如此之意。义山另一首《嫦娥》诗有句云，“碧海青天夜夜心”，这是何等孤寂哀苦，何等恒久不灭的相思。而义山更在“北斗”与“回环”之上，分别加了一个“闻”字与一个“声”字，是北斗之回转乃竟可于耳中分明闻见其声，把光阴流逝之感觉写得如此真实，而相思之悲苦也就因之而更加深切了。而义山却更在此句之下紧接了一句“不见长河水清浅”，“长河”，自指天上之银汉而言，自古以来，这横亘中天的银汉，就一直是有情人被阻隔的象征。魏文帝《燕歌行》有句云：“星汉西流夜未央，牵牛织女遥相望，尔独何辜限河梁。”义山《西溪》一首亦有句云：“人间从到海，天上莫为河。”而今则不仅天上为河而已，此横亘中天之一水，更且永不见其有清浅之时。于是这种无法迈越的阻隔就成了永恒的定命了。而此句之“不见”二字又遥遥与上一句之“但闻”二字相呼应，“但”者，徒然仅只之意，谓徒仅闻北斗回环之声，一任相思之悲苦若此，一任光阴之流转如斯，而终于不见横亘之长河有清浅之日，则人之悲苦，时之转移，都于此永恒之暌隔无丝毫之补赎矣。这真是心断望绝极哀苦的两句话。

其下“金鱼锁断红桂春，古时尘满鸳鸯茵”，则写一切美好之事物的同归不幸之遭遇。姚培谦注云：“金鱼，鱼钥也。《芝田录》：‘门钥必以鱼，取其不瞑目，守夜之意。’”按，钥谓门户之键锁也，见《方言》。锁钥而取鱼之状，则长夜不瞑的看守，使被扃锁者将永无可以遁逃之隙；鱼而为金，则坚刚牢固，被扃锁者更永无可以将之破毁之时，于是被键锁者遂真将闭绝终生，无复得见天光之一日矣。至于“桂”而曰“红”，又曰“春”，一般多以为桂树秋日始花，其实不然，亦有春日作花者。王维《鸟鸣涧》诗云“人闲桂花落，夜静春山空”可以为证；又，一般多以为桂树之花多为黄、白二色，其实亦有红色者，李时珍《本草纲目》云：“花有白者，名银桂；黄者名金桂；红者，名丹桂。有秋花者，春花者，四季花者。”可见“桂”之可以为“红”，亦可以为“春”，而义山之用“红”与“春”则取此二字所象喻之颜色与时节之美好而已，初不必考其品种也。夫以如此美好之颜色，生当如此美好之时节，而金鱼之钥乃将其美好之生命一举而锁断终身，于是这一树红桂之春遂命定要在幽暗闭锁之中自开自落，永远不会有看到光明，永远不会有得到知爱的日子了，这是何等可憾恨的美好之生命的悲剧。次句“尘满鸳鸯茵”，则义山又标举出另一无生命的美好之事物的悲剧。朱鹤龄注：“茵，褥也。”又引《西京杂记》云：“飞燕为皇后，其女弟上遗鸳鸯茵。”鸳鸯原为美满幸福之象，而茵褥亦令人生温柔旖旎之想，如温飞卿词所写的“暖香惹梦鸳鸯锦”，这才是鸳鸯茵所当有的情境。而今义山竟于其上用了“古时尘满”四个字，“鸳鸯茵”而为尘土所沾蔽，已是对此美好之事物的毁废不珍，沾“尘”而至于竟“满”，则其毁废之甚可知，又加以“古时”二字，则其毁废直乃自古而然，曾未尝一得珍爱之日，这是何等可惋惜的不幸的遭遇。于此再回顾上一句，则有生的红桂之春，固已是终生锁断；无生的鸳鸯之褥乃竟亦自古沾尘，在如此充满悲剧性的宇宙之内，人类之难逃此相类似之命运，自然也是必然的了。所以义山在下面接着就写了两件人世间的悲剧：“堪悲小苑作长道，玉树未怜亡国人。”朱鹤龄注引《南史》云：“文惠太子求东田起小苑。”这句诗里的小苑，并不必指文惠太子所起的小苑，义山只是泛指一些精美的园林宫苑而已。而一切美丽的宫苑，似乎也都注定了必然有归于荒芜败落的下场。早自阮籍《咏怀》就曾经有过“繁华有憔悴，堂上生荆杞”的慨叹，此种盛衰兴亡之变，原是自古而然的。只是唐代自安史之乱以后，这种变化，更是尤其显然可见，因此引起诗人的悲慨也就更多。如杜甫《曲江》诗的“江上小堂巢翡翠，苑边高冢卧麒麟”，《哀江头》的“江头宫殿锁千门，细柳新蒲为谁绿”，盖皆慨旧时苑囿之败废荒凉者也。义山自己的一首《曲江》诗，也曾有“望断平时翠辇过，空闻子夜鬼悲歌”之句，则更是写得凄凉哀切无限深悲。盖义山此诗原在慨文宗之重修曲江亭馆而旋有甘露之变；世变惊心，原非泛泛的叙写可比。高步瀛先生《唐宋诗举要》注义山《曲江》诗曾引《旧唐书·文宗纪》云：“太和九年冬十月，内出曲江……上好为诗，每诵杜甫《曲江行》（按：当是《哀江头》）云：‘江头宫殿锁千门，细柳新蒲为谁绿。’乃知天宝以前曲江四岸皆有行宫、台殿、百司、廨署，思复升平故事，故为楼殿以壮之。……十一月……中尉仇士良率兵诛宰相王涯……等十馀家，皆族诛。”又引《通鉴·唐纪》曰：“十二月甲申敕罢修曲江亭馆。”又云：“安史乱后，曲江亦日就芜废，起二句（按：指“望断平时翠辇过”二句），言巡幸久旷，夜鬼悲歌，状当时曲江之荒凉也。”此外如白居易《勤政楼西柳》之“半朽临风树，多情立马人，开元一株柳，长庆二年春”及刘禹锡《杨柳枝》的“花萼楼前初种时，美人楼上斗腰支，而今抛掷长街里，露叶如啼欲恨谁”，虽然不明咏宫苑之荒废，但也同样是这一份盛衰的悲慨。义山此诗之“小苑作长道”当然不必拘指为安史乱后唐代之宫苑，既不必是通夹城的花萼楼，也不必是近曲江的芙蓉苑。然义山以宫苑之荒废取为诗中之象喻，则未必不有其身经目睹之一份时代之阴影在也。“小苑作长道”者，谓当年之离宫禁苑，乃一旦竟成为来往之长街矣。人世间原没有一件事物是可以恒久保持其完整美好而不变的，所以下面接下去又说“玉树未怜亡国人”。姚培谦注引《陈书》云：“后主制新曲，有《玉树后庭花》。”陈后主既为亡国之君主，后庭花更是一向被目为亡国之歌谶，玉树亡国之人，自当是指如同陈后主一样倾覆败亡的人。可注意的是，义山却于其间加了“未怜”二字，此二字须与上一句之“堪悲”二字合看，其意盖谓可悲者乃在此小苑之竟为长道，而不在彼玉树亡国之人也。何则？“小苑作长道”并不确指，乃是千古由盛而衰一切美好之事物皆不得保全的共同的象喻；“玉树亡国人”则仅为一个朝代的一个君主而已，何况陈后主之败亡，更有其由于自取的咎责在。《人间词话》曾经说：“政治家之眼域于一人一事，诗人之眼则通古今而观之。”“小苑作长道”是千古的兴亡悲慨，“玉树亡国人”则是一人的得失成败。曰“堪悲”，曰“未怜”者，意谓宇宙之可悲者，乃在凡一切美好之事物之终归于毁废，而非仅只某一人某一事之堪为怜惜而已。如此我们方能体会得出“未怜”二字原来并非真的不怜，而是有更超过于此种哀怜的更为永恒深切的悲痛在。于此再回看前二句之锁断的红桂之春，尘满的鸳鸯之茵，乃知义山所见之世界，原来乃是整体的绝望堪悲，并不仅限于一人一事而已。

下面“瑶琴愔愔藏楚弄，越罗冷薄金泥重”，则与第二章《夏》之“绫扇唤风阊阖天，轻帏翠幕波洄旋”二句，有异曲同工之妙。都别具一种富于美感与诗意的笔墨荡漾之致。只是此二句似乎更有较深之意味可求。“愔愔”，姚培谦注引《左传注》云：“愔愔，安和貌。”朱鹤龄及冯浩注引嵇康《琴赋》云："愔愔琴德，不可测兮。"《文选·李善注》引《韩诗》曰："愔愔，和悦貌。"又引《声类》曰："和静貌。"是"愔愔"本写琴音之安柔和美，而义山却于"愔愔"二字之下又写了"藏楚弄"三个字，朱鹤龄注及姚培谦注并引《琴历》云："琴曲有《蔡氏五弄》，又有九引，九曰楚引。"按：弄原为曲调之意，楚弄或楚引，盖谓楚曲楚调之意。而自屈子之《离骚》以来，楚音楚调似乎就一直代表着一种忧愁幽思的音调。其后如陶渊明之诗，有标题为"怨诗楚调"者，而其诗中又有"悲歌"之语，是楚调原为悲怨之音。义山所谓"瑶琴愔愔藏楚弄"者，盖谓听其琴音虽外若安柔和美，而实含有忧愁幽怨之思。这种糅杂反衬的句法，写出了多少人世间外若美好而中含苦痛的境界和心情。至于下面的"越罗"一句，则也同样是一种糅杂反衬的象喻。姚培谦注引《唐书》云："越州土贡，花文宝花等罗。"夫越地所产之罗，其质地原以轻软绵薄为美。质地既薄，自多寒冷之感，故曰"冷薄"。至于"金泥"，则当为薄罗上以金屑涂饰之花纹。朱鹤龄注引《锦裙记》云："惆怅金泥簇蝶裙。"金之色彩既予人以富丽秾艳之思，金之质地亦予人沉实凝重之感，而今轻罗之上乃著以金泥之涂饰，则金之富丽与罗之凄冷为一层对比，金之沉重与罗之轻软为又一层对比，以彼轻罗之软，对此金泥之沉重，有多少负荷之感；而以彼轻罗之冷，对此金泥之附著，又当有多少亲切之情。义山此二句所表达出的人心中之一种极错综复杂的情意，原不是可以言语说明的。我之解说只是勉力说明对此种不可解说之境界的一点个人感受而已。假如像冯浩的《笺注》，必指此二句为"想其人之夜起弹琴"，以及"弹琴时之服饰"，则未免死于句下，大为辜负了义山一片幽微深曲的情意。至于下二句："帘钩鹦鹉夜惊霜，唤起南云绕云梦。"则一方面既与上二句相承，使此种复杂反衬之情境更得荡漾之致，一方面则用此"霜"字回头重点本章标题之"秋"字。先说"鹦鹉"二字，夫鹦鹉之为鸟，一则毛色美丽，能供人愉悦爱赏之玩；二则灵性慧黠，能效人语言婉转之声；三则多豢养于闺阁园亭之中，能令人生旖旎繁华之想，如温飞卿《南歌子》词之"手里金鹦鹉，胸前绣凤凰，偷眼暗形相，不如从嫁与，作鸳鸯"，晏同叔《玉楼春》词之"朱帘半下香销印，二月东风催柳信，琵琶旁畔且寻思，鹦鹉前头休借问”，这种多情旖旎的风光，才是鹦鹉所当处的环境。然而义山却于“帘钩鹦鹉”四字之后用了“夜惊霜”三个字，于是前四字的旖旎温柔遂与后三字之孤寂凄寒造成了极强烈鲜明的对比，而隐隐与前面一串表示复杂反衬之情意的句子相呼应。至于“帘钩”二字亦不仅写鹦鹉栖息之处所而已，更且为由鸟而转至人，由帘外之凄寒转至帘内之绮梦的一个过渡的桥梁。有此二字，于是诗人之笔乃可以由鹦鹉之夜惊霜而转移至南云之绕云梦了。朱鹤龄注引《陆机赋》云“指南云以寄钦”，又引《高唐赋序》云：“昔者楚襄王与宋玉游于云梦之台，望高唐之观。”义山笔下的“南云”，我以为乃是一种热情怀思之梦的征象。云的绵柔缥渺，正如一片绵远的怀思，或一片渺茫的梦境。至于云而必曰“南云”者，则因为在中国诗人一般的意念中，“北”字所引起人的联想乃是寒冷孤绝，而“南”字所引起人的联想则是热烈多情。假如怀思的梦果然像一朵云的话，那么“南云”所象喻的梦，当然该是更为热情更为绮丽的一份梦境。何况下面又著以“绕云梦”三个字，从朱鹤龄注所引宋玉的《高唐赋》来看，则“云梦”二字原暗示有一段多情旖旎的高唐之梦的故实在。其实如果撇开这段故实不谈，只从义山所用的字面来看，自其梦魂所象喻的南云，到其梦魂所萦绕的云梦，这种字面的呼应，便已经足以引起人无限的怀思遐想了。至于这句开端的“唤起”二字，屈复《意笺》云“‘南云绕云梦’谓方在高唐梦中，乃鹦鹉惊霜而动帘钩遂惊醒也。”昔金昌绪《春怨》诗有句云：“打起黄莺儿，莫教枝上啼，啼时惊妾梦，不得到辽西。”苏东坡《水龙吟》词亦有句云：“梦随风万里，寻郎去处，又还被莺呼起。”义山此句之“唤起”二字，当然亦大有可能为梦境被惊醒呼起之意。只是我个人读这首诗却一直有着与这种解说并不相同的另一份感受。我以为“唤起”乃是“引起”之意，不仅不是把梦惊破，而且正是把梦引起。我更以为此处“南云”其象喻的梦境，并非真实睡梦中之境界，而只是诗人心魂所萦想的一种如痴如梦的境界。我之所以作此想者，一则这一首诗从开端的“月浪衡天”、“凉蟾落尽”以及“一夜风筝”、“北斗回环”诸句来看，则诗人所写者，终夜之久并无成眠入梦之事。既未尝入梦，则如何能有梦被惊醒之可能？再则如屈氏所说“方在高唐梦中”云云，其说既不免于拘狭落实，且颇近于平浅鄙俗，与义山《燕台》四诗全以象喻之笔法写诗人心魂间一种窈眇幽微之境界的作风并不相合；三则如果依我之所解说，“唤起南云”为引起一份如“南云”一般绵邈的怀思梦想，则与上一句之鹦鹉惊霜乃造成了另一鲜明之对比。我们试看义山这一首诗中所写的种种境界，无不暗含有对比之意味，如红桂春之竟遭锁断，鸳鸯茵之自古沾尘，与夫小苑之变为长道，瑶琴之暗藏楚弄，都是以缺憾或悲哀来反衬美满与幸福之不能长保。而现在这两句则是用另一种反衬的笔法以南云之绕云梦的温柔绵渺来反衬鹦鹉之夜惊霜的寂寞凄寒，以表现虽在悲凄孤寂的绝望中，却终于无法泯灭其对幸福与美满之追求和向往的一点未死的心魂。所以用“唤起”二字，其意若云正是因为眼前所有的只是凄寒，才更引起诗人对眼前所没有的温馨的追寻和怀想。千回万转，欲罢不能。这样体会这两句诗，岂不较之直释为睡梦之被鸟啼惊醒为更有深意。

下面的“双珰丁丁联尺素，内记湘川相识处”二句，就正是承继着前面的一份追寻怀想之情而接写下去的。按：“珰”为耳上之珠饰，见《风俗通》；“尺素”则为书简之意；见《文选·饮马长城窟行》。“双珰丁丁联尺素”，自当指尺素之书简内附有丁丁之一双耳珰之意。惟是此事果为实有乎？抑或仅为对多情相知之境界之一种向往乎？冯浩《笺》云：“尺素双珰，诗中屡见，盖实事也。钱氏（按：指钱木庵）谓女郎寄来；或谓义山寄与；未知孰是？有寄必有答，彼此同之矣。”朱鹤龄注云：“即前诗玉珰。”朱氏所云，盖指义山另一首《春雨》诗之“玉珰缄札何由达，万里云罗一雁飞”二句而言。如果从这二句来看，大似义山欲寄与而无从之意。然而如果从这一章的“双珰丁丁联尺素”二句来看，则又大似女郎寄来之意。此所以冯注虽指为“实事”，而又终不能确定其事实究竟如何之故。其实寄物投赠之事只是相爱之深相思之切的一种表示而已。从《诗经》的“投我以木桃，报之以琼瑶；投我以木李，报之以琼玖”，其投赠之物，就已经并不完全是实指了。其后张衡《四愁诗》的“美人赠我金错刀，何以报之英琼瑶”；“美人赠我金琅玕，何以报之双玉盘”；“美人赠我貂襜褕，何以报之明月珠”；“美人赠我锦绣缎，何以报之青玉案”，一连四章，更是全属托喻。此外如洛水赠珠，汉皋解佩的故事，则更衍为神话之传说。义山诗中屡见“尺素”“双珰”之字样，虽然可能为实有之情事，然而义山用来所表示的却已并非仅只外表的一件事实而已，而是象喻着某种全心交托付与的一种相思相爱的情意。所以“珰”而曰“双珰”，更以“丁丁”之音，状其灵巧精美，而更联以尺素之书，则其所显示之情意的深切可知。至于下一句之“内记湘川相识处”，承上句而言，当然该是尺素书中的言语。韦庄词有句云：“记得那年花下，深夜，初识谢娘时。”晏几道词亦有句云：“记得小蘋初见，两重心字罗衣。”可见当爱情发生之时，那初识的一段使我们全心被撼动的日子，是何等难以忘怀。所以无论暌隔多么久远，而当日湘川相识之情事则依然历历如新，而今日书中，亦仍以其深情苦想而琐琐忆及。至于“湘川”二字，冯浩及张采田皆以为实指，冯氏曰：“是其人先至湘川，及义山抵湘，得一相识，而其人又他往，故屡以此事追慨”；张氏曰：“‘双珰’二句，记其人私书约我湘川相见。”虽然这种说法并无充分的证据以证其必为实指，但我们也没有充分的反证以证其必非实指。只是我以为“湘川”二字，除了把它看成地名之实指外，在文学表现的艺术上，还可以更有其他的作用。其一，“湘川”之“湘”字，与相识之“相”字声音相同，如此就收到了一种音乐性的重沓呼应的效果，更增加了情意之绵密深切的一份感觉。如同李白《长相思》一诗之“长相思，在长安”二句，就也是接连用了两个“长”字以唤起一种相思之绵长悠远的感觉。其二，“湘川”之地名所使人联想到的乃是湘灵二妃娥皇、女英泣竹成斑的一段哀怨的故事，以及死后化为湘水之神的一段神话的传说，因此“湘川”二字遂同时给予了读者以一份相思哀怨的情调，和一份不尽属于人间的幻想的意味。如此则即使湘川二字为实有之地名，而在诗歌之表现艺术上，也早已带上了若干象喻的色彩了。晏同叔有词云：“闻琴解佩神仙侣，挽断罗衣留不住。”纵使有双珰尺素的解佩的情谊，纵使是湘川相识的神仙的侣伴，然而也终于有相离相失的一日。从义山的诗句来看，这二句就该正是写相离失后的怀思。既然是一切美好的都终将失落，于是乃有结尾二句“歌唇一世衔雨看，可惜馨香手中故”的叹息。姚培谦注云：“衔雨看，应是泪雨。”“歌唇”自当指所思者之歌唇，李后主词云“一曲清歌，暂引樱桃破”，此所谓“歌唇”也。能面对如此之歌唇，固真当可以忘忧者矣。然而乃满眼衔如雨之泪而对之者，就前二句双珰尺素的别后怀思来看，则此歌唇盖当为记忆中之歌唇，并非眼前所实有。“衔雨”者，则今日含泪之相忆也。然而义山乃于此着一“看”字，于是此歌唇在记忆中遂有如见之真实。惟其在记忆中之歌唇有如见之真实，是以不能忍泪之如雨也。再则义山于此又重用对比之法，以加强一切幸福美好之事物之终必归于憾恨不幸之结局的永恒性的悲剧之感，所以歌唇之美乃承之以雨泪之悲者也。而义山之苦恨深悲至此犹未能尽，遂又更承之以下一句之“可惜馨香手中故”。朱彝尊评曰：“末句即指尺素。”然则此“馨香”二字盖当指寄书者手泽之芳香也。陆放翁《菊枕诗》有句云：“人间万事消磨尽，只有清香似旧时。”到了人世的一切都已消磨净尽，而只剩下当年的一缕馀香的时候，固已足以使人肠断魂销。而义山乃更进一步地说出了“馨香手中故”五个字。是并此一缕残馀之香气又岂能常相保有乎？更无奈者，则是此馨香之渐故乃即在珍惜者的手上掌中。以如此不可尽的深情，面对如此不可返的消逝，这是人世间何等可哀痛憾惜的情事。夫然后知开端所下“可惜”二字之悲痛的深切沉重。而“馨香”二字所代表之一切美好幸福之象喻，与“手中故”三字所显示的纵使有多少深情也无从补赎的长恨深悲，则又岂是朱彝尊评语所云“当指寄书”的实指所可拘限得住的？义山有诗云：“姮娥捣药无时已，玉女投壶未肯休，何日桑田俱变了，不教伊水向东流。”这种无已的深情，这种东流的长恨，何日桑田能变而伊水能西，如可赎兮，人百其身。

其四　冬

这是《燕台四首》的最后一章，也是四首中写得最为绝望的一章诗。开端“天东日出天西下，雌凤孤飞女龙寡”，只两句，就写尽了万古以来人世间的无常与缺憾的深悲。首句“天东”“天西”是何等鲜明的对比，才曰“出”便曰“下”，是何等匆遽的无常。孟子曰：“见其生不忍见其死。”而这句诗所给予我们的感受，则是方见其生即见其死，如此强烈不稍假借地展示着俯攫向人间的无常的巨灵之掌，这是多么使人恐惧战怖的一种认知。李白《拟古》诗云："长绳难系日，自古共悲辛。"挥戈的鲁阳，追日的夸父，写下了千古以来在无常中作绝望之挣扎者的悲剧。义山这一句诗的"天东日出天西下"，就是把这一绝望无常的自古悲辛表现得极鲜明具体的七个字。我们看他从"天东"蓦然接到"天西"的口吻之斩截，以及其用上声马韵的"下"为韵字，所表现的声调之高亢，都在在表现出了对此一无常之断然无可挽赎的战怖和深悲。在中国诗中，写无常之哀感的作品很多，而写得如此简截具体使人震撼的，则并不多见。而义山这句诗的好处，还并不仅在其予人的一份震撼而已，更在其与标题之"冬"字的一种相关连的呼应。"天东"，"天西"，"日出"，"日下"，一日之迟暮如此，一岁之迟暮亦然，那是所有光明温暖和生机的终结的消逝，古诗云："浩浩阴阳移，年命如朝露。"义山这一句的七个字，强烈地使人感受到了生命无常的绝望的深悲。而次一句的"雌凤孤飞女龙寡"则强烈地使人感受到人生永无圆满之日的缺憾的极恨。"雌凤"与"女龙"，义山于此又用了另一种强调的对比手法。"雌"与"女"是性别之相同，"凤"与"龙"是种类之相异，凤之雌者既孤飞，龙之女者亦长寡，这种异类而同命的不幸，正显示着世间所有不同族类的共同的憾恨。于是这种缺憾乃不复为某一特殊之不幸，而成为了千古有生命者之共同的不幸，因而下面义山就更切近地写出了有生之物中的属于人类的悲剧："青溪白石不相望，堂中远甚苍梧野。"朱鹤龄注引《古今乐录》云："神弦歌十一曲，五曰白石郎，六曰青溪小姑，'青溪白石'正指此也。"按《青溪小姑曲》云："开门白水，侧近桥梁，小姑所居，独处无郎。"又《白石郎曲》云："积石如玉，列松如翠，郎艳独绝，世无其二。"我们看《青溪曲》中所写的水侧桥边表现的是何等风神；而《白石郎曲》中所写的"积石如玉，列松如翠"更是何等坚贞秀美的资质。世果有如此之独处的小姑与如此绝艳的郎君，固真当永结为同生并命之侣伴，然而义山却在"青溪白石"四字之下用了"不相望"三个字，遂使原当属于同生并命之侣伴终生暌隔永无相见之日，所以下面遂更承接了一句："堂中远甚苍梧野。"姚培谦注引《礼记·檀弓》云："舜葬于苍梧之野，盖二妃未之从也。"舜与娥皇、女英二妃死生离别之事，在中国文学中一向都被目为最具代表性的悲剧故事。其原因约有以下数端：一则人世间之离别恨事原可分为生离与死别二种，或则万里相思，或则终生抱恸，而舜与皇、英二女之离别，则是从生离转为死别的兼有双重性质的悲剧；再则舜葬九嶷之山，《山海经》云："南方苍梧之丘，苍梧之渊，其中有九嶷山，舜之所葬。"郭璞注云："山在今零陵营道县南，其山九溪皆相似，故云九疑。"李白《远别离》云："九疑联绵皆相似，重瞳孤坟竟何是。"按《史记·项羽本纪》云："舜目盖重瞳子。"此孤坟自当指帝舜之坟，是皇、英二女与帝舜之离别乃不仅由生离转为死别而已，更且孤坟野葬，并其埋葬之地亦复不可确知，人间憾恨，孰甚于此；三则《述异记》云："昔舜南巡而葬于苍梧之野，尧之二女娥皇、女英追之不及，相与恸哭，泪下沾竹，竹上文为之斑斑然。"李白《远别离》又有句云："苍梧山崩湘水绝，竹上之泪乃可灭。"然而山川不改，竹泪长存，则此死生离别的永恒的隔绝失落之恸乃真将亘古而不灭矣；是义山所用"苍梧野"三字，原来乃深含如许悲苦绝望之情在。然而义山又于其上著以"堂中远甚"四字。"远甚"者，谓其隔绝之远尤有过之也。于是帝舜与皇、英二女之隔绝的悲剧遂重见于人世之画堂中矣。李白《远别离》诗云："海水直下万里深，谁人不言此离苦?"而韦庄《浣溪沙》词乃云"咫尺画堂深似海"。是寻常人世之咫尺画堂，其隔绝之苦乃真有甚于苍梧之远，而其离恨亦真有过于海水之万里者矣。

在"青溪"与"白石"不相望的隔绝中，其足以冻彻心魂的孤寂凄寒不言可知，故其下乃云："冻壁霜华交隐起，芳根中断香心死。""壁"字自当是环堵四壁之意。所以张采田《玉豀生年谱会笺》乃云："冻壁句，点景。"其意盖以为"冻壁霜华"乃冬日居室中之实景。而私意以为义山《燕台四首》原非写实之作，此句亦当不仅指现实之屋壁而已，而当指精神感情上一种孤寒隔绝的境界：用一"壁"字者，正取其环阻而隔绝之意；用一"冻"字者，则取其凄清寒冷之感。曰"冻壁"，则诗人遂完全处于彻骨之凄寒的环锁之中矣。而又曰"霜华交隐起"，将此一闭锁之凄寒更写得如此悱恻迷离，而且真切如见。"交"者，写霜华之浓密交杂；"隐"者，写霜华之朦胧隐约；"起"字则写霜华结壁之渐积渐厚。这是一种在凝静幽美中逼人走向死亡之境界。在此境界中，乃更无有情之生命可以延续生存。所以下句乃曰："芳根中断香心死。""根"字之植根何等幽邃；"心"字之衷怀何等深切；"芳"字、"香"字，何等美好芳醇。然而以如此美好的生命之根株乃竟然中断；以如此芳醇之衷怀的心蕊，乃竟致死亡，若使美好之事物尽皆下场如此，则天下更有什么可以使人期待信赖的希望？故曰："浪乘画舸忆蟾蜍，月娥未必婵娟子。""浪乘"之"乘"字诸本皆同，唯冯浩注本作"秉"字，当系误字。"蟾蜍"盖指月而言，冯注引张衡《灵宪》曰："姮娥托身于月，是为蟾蜍。""画舸"者，画船之意，《方言》曰："南楚江湘凡船大者谓之舸。""乘画舸"而"忆蟾蜍"，诸家皆无解说。私意以为此盖为诗人之一种假想，原不必有什么出处故实。至于其引发此种假想之故，则约有二因：一则旧传有人曾乘槎至天河见牛女而后返，载《博物志》及《荆楚岁时记》。既有人可乘槎而至天河，则安见无人可乘舟而至月宫乎？此其联想产生之一因；再则月光如水，流波似浪，前于说第三章时，曾引义山霜月诗"百尺楼高水接天"之句，亦可作此句注脚。"水"字正指如波之月光，水既"接天"，则乘此流波岂不正可直抵月宫，此所以生此联想之又一因。如诚然有画舸可乘，则于明月之流波中，岂不真欲作直泛月宫之想，故曰"乘画舸""忆蟾蜍"也。至于其上著一"浪"字，则虚枉落空之意，如虚语曰浪语，空信曰浪信，徒作泛舟至月宫之想，而实不可得，故曰"浪乘画舸忆蟾蜍"也。且也，纵使直抵月宫得见月娥，又果能如我所想象期待之美好乎？则又殊未可断言者也。故曰"月娥未必婵娟子"也。从前我的一位老师曾写过两句词说："谁信今朝花下见，不如夙昔梦中来，空花今后为谁开。"是说所追求的梦想终于在现实中完全破灭之堪悲。至于义山此二句诗，则更有双重之悲感在。一则此梦想原来就并无实现之可能；再则于未曾实现此梦想之前，固早已知其必归于破灭之下场。人生而有此双重悲感的认知，于是此封锁于冻壁霜华中的心魂，遂更无温暖复苏之望矣。

继之以"楚管蛮弦愁一概，空城舞罢腰支在"，则写哀愁一例，妙舞终销的悲慨。此二句中，曰"管"，曰"弦"，曰"舞"，原该是何等歌舞欢乐的场面。然而无论其为"楚管"，为"蛮弦"，却总是一概的哀愁，其所以然者，一则听歌之人心中有愁，则无论其所闻者为管为弦乃全成为有愁之曲；再则，一弹三叹，慷慨馀哀，凡一切足以使人入耳动心的歌曲，原来就都含有可发人哀愁的因素在；三则，义山此句原来乃更象喻着有欢乐都虚惟哀愁永在的深悲，故有“愁一概”之言。至于次句的“空城舞罢”，舞而至于罢，固已是生命中一段美好活动的终结，其上又著以“空城”二字，昔鲍照《芜城赋》有句云：“边风急兮城上寒，井迳灭兮丘陇残，千龄兮万代，共尽兮何言。”则其可哀者乃不仅为一人之舞罢而已，乃更含有千龄万代同归空灭之深哀。何况就此句之“空城舞罢”四字之口吻言之，大似舞者纵然未罢之时，亦不过舞向空城而已，如此则舞罢是第一层可哀，城空是第二层可哀，未罢之前的舞向空城是第三层可哀。而义山却于此重重的幻灭之后偏偏写了“腰支在”三个字。昔陆放翁有《咏梅》词云：“零落成泥碾作尘，只有香如故。”纵使赏爱无人，纵使生机都尽，然而惟梅花的一缕香气，惟舞者的一段腰支，却是抵死难销的，虽然，纵有如此坚贞之资质，却又终于抵不过人间冷漠与无常的磨损，此梅花之所以终于成泥作尘，舞者之所以终于空城罢舞。义山这七个字真是万转千回道尽了所有有情者的极恨深悲。既然一切美好的生命都无法逃免被磨蚀毁损的不幸，于是乃有下二句之“当时欢向掌中销，桃叶桃根双姊妹”的叹息。欢乐之终销，已是可哀之事，而更为使人感到无可奈何的乃是义山所用的“掌中”二字，《西厢记》写张生对莺莺之痴恋，有句云：“我得时节手掌儿里奇擎，心坎儿上温存，眼皮儿上供养。”擎向“掌中”，是何等珍爱的情意，然而欢乐之终销却并未尝因此一份珍重爱惜的情意而能作稍久之延长。于此义山乃更著以一“向”字，于是欢乐乃竟向珍爱者之掌中眼见其销亡矣。这是何等可伤痛的事。至于所销亡之欢乐的象喻为何？则下一句之“桃叶桃根双姊妹”也。《古今乐录》云：“晋王献之妾名桃叶，其妹曰桃根，献之尝临渡歌以送之。”苏雪林女士以此句为实指，所以在其《玉溪诗谜》一书中说：“桃叶桃根表明卢氏等乃系姊妹。”以为乃指宫嫔飞鸾、轻凤二姊妹而言。而顾翊群之《李商隐评论》则驳苏氏之说以为绝不可信。（苏氏之说详见其所著商务出版之《玉溪诗谜》；顾氏之说则详见其所著中华诗苑印行之《李商隐评论》）盖以《燕台》四诗原来就不是可以事实求证的写实之作，如果真的以猜谜式的办法来说诗，一则既不能使读者心悦诚服；再则似乎也未免辜负了作者的用心，过于浅之乎视义山了。所以私意以为此二句仍当以象喻说之。在中国诗词之作品中，桃叶桃根之典，一般多用之以为离别之象喻。如辛弃疾《祝英台近》之“宝钗分、桃叶渡，烟柳暗南浦”，吴文英《莺啼序》之“记当时短楫桃根渡，青楼仿佛，临分败壁题诗，泪墨惨澹尘土。”无论其所用之字面为“桃叶”抑为“桃根”，而其为写离别之情则一也。义山继上句“欢向掌中销”而承以“桃叶桃根”云云者，盖亦取其与所欢离别之意也。至于义山之并列“桃叶桃根”，且标明白“双姊妹”，其意实并不必指现实中之果有此一双姊妹也。然而竟故作如此之说者，一则欲以之加强其美好可珍爱之感觉，著一“双”字，乃令人于直觉上弥觉价值之倍增；再则欲以之显示销亡之净尽，纵使有一双之多，而竟无一个可以存留，终不免于双双失落之痛，故曰“桃叶桃根双姊妹”也。义山之著此一“双”字，用笔既重，致慨亦深，而销亡失落之恨，乃真成无可挽赎者矣。

继之曰“破鬟倭堕凌朝寒，白玉燕钗黄金蝉”，如承接上面的“欢向掌中销”来看，此二句所写，自当为记忆中所欢者之容饰。朱鹤龄、姚培谦并引《古今注》云：“堕马髻，今无复作者，倭堕髻，一云堕马之馀形也。”（冯浩注本作“矮堕”，“矮”字当系误字）是“倭堕”乃妇女髻形之一种。温飞卿《南歌子》词有句云“倭堕低梳髻”，则其髻形当有低垂欲堕的娇慵之态，所可想见者也。而义山又于其上著以“破鬟”二字，“破”者，残破不整之意，如词人所谓“云鬟乱”或“鬟云残”者也。至于“凌朝寒”则当为清晓凌晨之意，而著以“朝寒”二字，一则可使凌晨的感受更为鲜明；再则言外亦似有一份“罗衾不奈五更寒”和“楼头残梦五更钟”的好梦难留欢会终销的凄寒之感在。至于下面的“白玉燕钗黄金蝉”，则全从女子之饰物着笔。“白玉燕钗”四字，朱鹤龄及姚培谦并引《洞冥记》曰：“元鼎元年，起招仙阁，神女留玉钗以赠帝，至元凤中发匣，有白燕升天，宫人学作此钗，因名玉燕钗。”“黄金蝉”三字，朱注引韩偓诗“醉后金蝉重”曰：“黄金蝉亦首饰。”此二句自表面看来，若谓为但写回忆中所欢者之容饰，自亦原无不可。而义山之佳处则在其恍惚之叙写中别能引人象喻之想。其中，上一句“破鬟”之“破”字，虽为鬓云残乱之意，而义山不用“残”“乱”字样，而用一“破”字，盖“破”字不仅予人之感觉更为强烈鲜锐，且言外亦似更蕴有无限残缺破灭之悲。更接以下面的“凌朝寒”三字，则以残缺破灭之悲，当此五更凄寒之候，其意境与义山另一首《端居》诗的“只有空床敌素秋”句颇为相似。当一切都归于残缺破灭之时，而欲以此空虚孤寂的哀痛之心，面对周围“朝寒”或“素秋”所象喻的侵袭的寒意，这是何等难以禁受的悲苦，故此句乃于“朝寒”二字上著一“凌”字，《端居》诗乃于“素秋”二字上著一“敌”字，则其心灵所感受到的寒意的酷烈，抵御的悲辛，不言可知。至于下一句之“白玉燕钗黄金蝉”，除其字面所标举的饰物之名以外，就感觉而言，“玉”字与“金”字所象喻的资质何等美好；“白”字与“黄”字所显示的色彩何等鲜明。如果以之与上一句合起来看，则髻鬟虽破，朝寒虽苦，而金蝉玉燕之美质难消，此亦为义山诗中常见之境界，如其《落花有感》之“落时犹自舞，扫后更闻香”，《咏灯》一首的“皎洁终无倦，煎熬亦自求”，凡其所写，盖皆以美好之资质面对折磨破损的深哀。如果从“白玉燕钗黄金蝉”的美好，来回看“破鬟倭堕凌朝寒”的残破与寒冷，我们当更可体会出义山此二句于表面字句所写的髻鬟容饰之外的更深一层的意境。然而凡此种种，无论其所写者为现实之情境，或者为非现实之情境，总之朝寒破梦，欢乐全销，所剩下的只有淋击在耳边心上的一片风雨，以及以全生命燃烧垂泪的一支红烛而已，而消逝的往昔，时空的艰阻，则是永远无法迈越的了。故曰“风车雨马不持去，蜡烛啼红怨天曙”也。如果以之做实解，则此二句盖写窗外之风雨凄寒，窗内之红烛啼泪的一种破晓前之情景。而义山用字之妙，乃于“风”字下著一“车”字，“雨”字下著一“马”字。夫风雨狂骤，其所象喻者原当为摧伤与阻隔，而义山却以其深情苦恋之心将原本象喻着摧伤阻隔的风雨，想像为突破阻隔的车马，这是何等使人感动的想象。而义山又于其下接以“不持去”三字，是诗人虽有如此多情之痴想，而凡一切消逝破灭者终不复返，则纵使风之疾速如车，雨之奔驰如马，然而终不能载此相思苦恋之人持之以赴其所思之地也。从如此风雨阻隔的现实，转入如彼车马奔驰的痴想，又从如彼情痴的狂想，再跌入如此终于无可冲破的现实阻隔之中。而长宵欲曙，烛泪啼红，于是诗人所有的遂只剩了一份长隔永逝的沉哀了。晏殊《撼庭秋》词有句云："念兰堂红烛，心长焰短，向人垂泪。"如果把一支燃烧的红烛作为生命的象喻，则其以自己心血所煎熬出的一点光明之闪烁，不过都化成了点点泣血的红泪，而步步走向死亡而已。而窗外的曙光，就正是蜡烛生命将终的讯号。陶渊明《闲情赋》就曾把蜡烛作为生命及感情之象喻，而慨叹说："悲扶桑之舒光，奄灭景而藏明。"无论是何等美好的生命，无论有何等闪烁的心焰，当扶桑舒光，晓风送曙的时候，面对着生命将终的死亡之讯号，一切都已无可挽留补赎，其中心之深悲极怨可知，然而逝者莫返，则所馀者亦惟有泣血的哀啼而已。故曰"蜡烛啼红怨天曙"也。义山以此一句为《燕台》四诗之总结，从首章的"风光冉冉东西陌"之生意的萌发，经过多少深情苦恋的向往追求，缠绵往复，最后却只落得一片啼红的临终的哀怨。义山这四首诗真是写尽了宇宙间所长存的某一种长怀憾恨的心灵之境界。这种境界该是只可以相类似的心灵去感触探寻，而并不可也不必以某一人或某一事加以拘限之解说的。

信有姮娥偏耐冷，休从宋玉觅微辞。
千年沧海遗珠泪，未许人笺锦瑟诗。

这是我从前所写的一首小诗，原意是为自己的某些旧诗作辩解，但标题却写的是《题义山诗》，现在就录在这里，借用为本文的结束，以说明义山的某些诗篇之原不可以作指实的解说。以前的各家笺注既然并不足以完全采信，而我个人的推演则更属愚妄的徒劳。想要得鱼的人，还是自己跃入水中亲自作一番探寻的尝试吧。

馀　论

原来当我开始说《燕台四首》之时，本打算把这四首诗解说完了就加以结束。但是就在我即将结束之际，却忽然收到了台北友人为我寄来的一册第三十一期《现代文学》，这一期本来是詹姆斯乔埃斯（James Joyce）

都柏林人（Dubliners）研究专辑，但在这一专辑之后，却更附有一组评介法兰兹卡夫卡（Franz Kafka）的译文。卡夫卡原是我所偏爱的一个近代的西方小说家，正如李义山一直是我所偏爱的一个古典的东方诗人。只是因了时空相距之遥远，以及生活与思想之背景的迥异，使我从来未曾把他们二人联想到一起加以比较过。但是这次却因了台北友人寄书来正值我写义山诗的时间的巧合，我蓦然发现到这二位作者之间，竟然有着某一些相似之处，现在就把我偶然想到的几点略述于后，虽标名《馀论》，实在只是一段曼衍的卮言而已。

其一，我以为一般出色的文学家，其成功之因素，重要者大约有以下数项："一则是以生活体验之过人的深广取胜；一则是以其写作技巧之过人的功力取胜；再一者，则是以其本然所禀赋的一种迥异于常人的心灵取胜的。义山与卡夫卡之成为出色的文学家，无疑的主要乃是由于最后一项因素。梁景峰译的一篇《卡夫卡简介》（原载于德国出版的《现代文学家》，著者为 Dr. Toni Meder）文中曾引用卡夫卡自己的日记，说他自己把创作视为"我梦幻般的内在生活之表现"，又说他的小说"并不能以理性去领悟，光是个内容概要是没有多大作用的，惟有竭尽心力去体会卡夫卡作品中之象征性和语言造型，才能启开其文学性而推究之"。义山的《燕台四首》，也正是属于这一类的作品，他所写的同样只是一种梦幻般的内在生活，读者并不能以理性去了解，而只当以心灵去追踪体悟其内在的象征性，以及其外在的语言之艺术性。卡夫卡简介一文中所提供的欣赏卡夫卡的途径，也正是欣赏义山诗所可取的途径，这一点他们二人是相同的。

其二，则是卡夫卡与李义山都极善于把真实生活之体验，揉入其自己充满梦魇的心灵之幻想中。所以他们的作品往往既非纯粹的写实，也非纯然的幻想，更不是出于理性的寓言或托喻。奥斯汀华伦（Austin Warran）在其《法兰兹卡夫卡》一文中就曾经说："卡夫卡的世界，既不属于一般以官能感受的人，也不属于狂妄的梦想者，更不像司维夫特的《格列佛游记》那样，用蹊径分明的方法把怪诞的事件安全地覆置于最初的假想事件之中，卡夫卡的世界，其真实与假想是被移放在更切近更易感的关系之中。”这一点义山与卡夫卡也极为相似，义山的某些诗篇也同样既不是但以官能的感受叙写现实，也不是但以狂妄的梦想制造幻境，更不像一般传统的作者之写寓言或托喻之作有心的安排，他的作品也正如卡夫卡一样，乃是真实生活在其梦魇之心灵中的反映。而就在这样经过反射的变态的映像中，读者从不同的角度可以得到许多不同的感受，而且可以赋予不同的意义。而他们的作品也就在这种多面的感受和解说中，显示了他们所独有的一份神秘之感，这一点他们两个人也是相同的。

其三，就读者对他们的态度来说，卡夫卡与李义山也有着某些相似之处。陆爱玲译的爱德文穆尔的《卡夫卡论》，文中说：“假如有人承认他的优点的话，他便毫无选择馀地地要把那些优点列于首席。另一方面也有许多人觉得他无甚优点，且认为竟有如许读者尊他为相当有天才的作家是不可思议的。”李义山在读者群中所得到的遭遇也大致相同。一般说来，赏爱义山诗的人，就都会对之有极大的偏爱，而不能赏爱他的人，则往往对之加以轻视或诋毁。我以为这种情形乃同由于一个原因，就是他们的作品乃大半属于心灵之感受，所以要想欣赏他们的作品，似乎就不得不先预备有一颗与他们相类似的心灵，然后才能进入到他们的属于心灵之梦幻的境界中，作较深入的体会和欣赏。而也就是这种心灵的契合之感，使某些读者对他们的作品，自然而然地产生了无可选择的偏爱。然而另一些读者对他们的作品却只想从理性上去认知，拿着一根固定的丈尺做刻板的衡量，不得其门而入，不见宗庙之美百官之富，当然不免会对他们加以轻视或诋毁了。这种评价的悬殊，他们二人也是大致相同的。

其四，西方与东方的批评界，似乎同样有着一个极易陷入的相类似的窠臼。西方人之喜爱从作品中发掘宗教的意义，正如东方人之喜爱从作品中寻找仕隐穷达的托意。这一点卡夫卡与李义山所遭致的情形也是相类似的。爱德文穆尔与维拉穆尔合译的卡夫卡的《城堡》(The Castle)，其序文中就曾建议把这本小说看作一种“现代的《天路历程》(Pilgrim's Progress)”，以为《城堡》和《天路历程》同样是一个宗教的寓言，有些人甚至把《城堡》视为天国的象喻。这正如有些笺注义山诗的人，喜欢把义山的许多诗都解作为令狐氏父子而作的一样。虽然卡夫卡的思想确有其宗教的背景，而义山的一生也确与令狐父子有很密切的关系，但是他们的作品都决不是这些狭隘的观念可以限制得住的。奥斯汀华伦的《法兰兹卡夫卡》一文，就曾经说："卡夫卡没有供给这些作品以概念上的略图，因为他的小说都不需要这些图表……我们不必按系统地想城堡就是天国。"又有一些人喜欢从作者的身世立论，如同卡夫卡的一些读者，他们往往以他与他父亲相对立的关系来当作解答他的《蜕变》（Metamorphosis）、《审判》（The Trial）等一些作品的锁钥；而笺注义山诗的人也喜欢把他的诗与生平事迹比附立说。然而作者的生平毕竟不是作品的本身，陈绮红译的爱利克海勒的《卡夫卡之世界》，文中就曾经批评这种说法的偏失，以为"那就如同说，如果有不同的父亲，卡夫卡就是不同的人一样……这种心理学对一件艺术品的解释之贡献，就如同鸟类解剖学对测量夜莺的歌声一样。"华伦与海勒的开明通达的见解，不仅可用以作为欣赏卡夫卡的南针，也同样可用以作为打破东方传统之笺注义山诗的某些偏执的借镜。

以上是略举我个人一时联想所及的卡夫卡与义山的某些相似之处。当然，真正说起来，他们二人的作品实在是迥然相异的，不仅他们所用以表达的形式和语文不同，他们所生的时代与环境也有着悬殊的差异。一个远生于唐代宪宗元和七年即公元八一二年的中国诗人李义山，如何能与一个晚到公元一八八三年才诞生于西方布拉格（Prugue）的犹太小说家卡夫卡放在一起相并而论？就思想背景而言，卡夫卡曾经受过德国哲学家尼采和丹麦存在主义神学家祁克果（Kierkegaarol）的很深的影响，这是义山梦也未曾梦到过的。因此卡夫卡的作品中，自然而然流露着一种宗教与哲学的意识，而义山则纯然只是一位诗人而已；卡夫卡的作品中，有着西方宗教原罪之感的沉重的负荷，而义山诗中所有的则只是一颗敏锐的心灵对人世间无常与缺憾的锐感深悲；卡夫卡作品中所表现的世界，往往是一个爱和同情和了解完全枯竭了的世界，而义山作品中则仍保留有对爱、同情和了解的期待和信赖；因此卡夫卡的意境往往使人陷入于绝望到濒临于疯狂的地步，而义山的作品则始终有一种滋润的诗意，即使面对悲苦，也仍能保有一份欣赏的馀裕。然而我们毕竟从远在卡夫卡千馀年前古东方的一位诗人的作品中，发现了两者之间的一些相似之处，则某一类型之心灵之可以超越时空而存在，而且可以其所独具之映现世界表现自我之方式，突破时空的束缚与隔阂，造成一线相通之感，这种心灵的力量是多么使人震惊和讶异。

最后，我要说明一点，我对卡夫卡偏爱虽深，但我对于西方的文学批评理论则所知并不多。现在竟把卡夫卡与李义山强拉在一起相提并论，完全只因为如前所言的一种机会的巧合。自知不免浮浅谬误，好在本文并非庄论，如今只是从本来为了得鱼而跃入的一条水中，一时见猎心喜，又游向一段短短的支流而已。

第二部分　论词文稿三篇

论词学中之困惑与《花间》词之女性叙写及其影响

一

“词”这种文学体式，自唐、五代开始盛行以来，以迄于今盖已有一千数百年之久。在此漫长之期间内，虽然“江山代有才人出”，曾在创作方面为我们留下了无数多姿多彩而且风格各异的作品，但在如何评定词之意义与价值的词学方面，则自北宋以迄今日却似乎一直未能为之建立起一个完整的理论体系。虽然在零篇断简的笔记和词话中，也不乏精微深入的体会和见解，然而却因为缺乏逻辑性的理论依据，因此遂在词学的发展中为后人留下了无数困惑和争议。至其困惑之由来，则主要乃是由于早期词作之内容既多以叙写美女与爱情为主，而此种伤春怨别的男女之情，则显然不合于传统诗文的言志与载道之标准，在此种情况下，自然使得一般习惯于言志与载道之批评标准的士大夫们，对于如何衡量这种艳科小词，以及是否应写作此类艳科小词，都产生了不少困惑。即如魏泰在其《东轩笔录》中，即曾载云：“王安国性亮直，嫉恶太甚。王荆公初为参知政事，间日因阅读元献公（晏殊）小词而笑曰：‘为宰相而作小词可乎？’平甫（王安国字）曰：‘彼亦偶然自喜而为耳，顾其事业岂止如是耶？’时吕惠卿为馆职，亦在座，遽曰：‘为政必先放郑声，况自为之乎？’平甫正色曰：'放郑声，不若远佞人也。'吕大以为议己，自是尤与平甫相失也。"[①]从这段记载来看，小词之被目为淫靡之"郑声"，且引起困惑与争议之情况，固已可概见一斑。于是在此种困惑中，遂又形成了为写作此种小词而辩护的几种不同的方式，如胡仔在其《苕溪渔隐丛话·前集》即曾载云："晏叔原（几道）见蒲传正云：'先公（晏殊）平日小词虽多，未尝作妇人语也。'传正云：'"绿杨芳草长亭路，年少抛人容易去"，岂非妇人语乎？'晏曰：'公谓"年少"为何语？'传正曰：'岂不谓其所欢乎？'晏曰：'因公之言，遂晓乐天诗两句云："欲留年少待富贵，富贵不来年少去"。'传正笑而悟。"[②] 这是将词中语句加以比附，而推衍为他义的一种辩护方式。又如张舜民在其《画墁录》中，曾载云："柳三变既以词忤仁庙，吏部不敢改官。三变不能堪，诣政府。晏公（殊）曰：'贤俊作曲子么？'三变曰：'只如相公亦作曲子。'公曰：'殊虽作曲子，不曾道"针线闲拈伴伊坐。"柳遂退。'[③] 这是将词句分别为雅正与淫靡二种不同之风格，而以雅正自许的一种辩护方式。再如释惠洪在其《冷斋夜话》中，曾载云："法云秀关西铁面严冷，能以理折人。鲁直（黄庭坚）名重天下，诗词一出，人争传之。师尝谓鲁直曰：'诗多作无害，艳歌小词可罢之。'鲁直笑曰：'空中语耳。非杀非偷，终不至坐此堕恶道。'"[④] 这是以词中语句为"空中语"而强为自解的一种辩护方式。这几段话，从表面看来原不过只是宋人笔记中所记叙的一些琐事见闻而已，而且其辩解既全无理论可言，除了显示出在困惑中的一种强辞夺理的辩说以外，根本不足以称之为什么"词学"，但毫无疑问的，中国的词学却也正是从这种困惑与争议中发展起来的。即以我们在前面所引用的这几则笔记而言，其中就也已然显露出了后世词学所可能发展之趋向的一些重要端倪。

---

① 魏泰《东轩笔录》卷五，第337页，见《笔记小说大观》第二十八编，册一，台北新兴书局1979年版。

② 胡仔《苕溪渔隐丛话·前集》卷二十六，第178页，人民文学出版社1962年版。

③ 张舜民《画墁录》，引自许士鸾《宋艳》卷五，见《笔记小说大观》册六，第6203页，台北新兴书局1979年版。

④ 释惠洪《冷斋夜话》卷十，见《笔记小说大观》，第二十二编，册一，第642页，台北新兴书局1979年版。

我们先从前面所举引的《苕溪渔隐丛话》中的一则记叙来看，蒲传正所提出的“绿杨芳草长亭路，年少抛人容易去”二句词中的“年少”两字，就其上下文来看，其所指自应是在“长亭路”送别之地，“抛人”而“去”的“年少”的情郎，这种意思本是明白可见的，可是晏几道却引用了白居易之“富贵不来年少去”二句诗中的“年少”，从文字表面上的相同，而把“年少”情郎之“年少”，比附为“年少”光阴之“年少”，其为牵强附会之说，自不待言。至于晏几道之所以要用这种比附的说法来为他父亲晏殊所写的小词做辩护，主要当然乃是由于如我们在前面举引《东轩笔录》时所提出的当时士大夫之观念，认为做宰相之晏殊不该写作这一类淫靡之“郑声”的缘故。而谁知这种强辩之言，却竟然为后世之词学家之欲以比兴寄托说词者，开启了一条极为方便的途径。清代常州词派的张惠言，可以说就是以此种方式说词的一个集大成的人物。而此种说词方式一方面虽不免有牵强比附之弊，可是另一方面却有时也果然可以探触到小词中一种幽微深隐的意蕴，因此如何判断此种说词方式之利弊，自然就成为了词学中之一项重大的问题。其次，我们再看前面所举引的《画墁录》中的一则记叙。关于晏殊与柳永词的“雅”“俗”之别，前人可以说是早有定论，即如王灼在其《碧鸡漫志》中，即曾称美晏词，谓其“风流蕴藉，一时莫及，而温润秀洁亦无其比。”又曾批评柳词，谓其“浅近卑俗，自成一体……予尝以比都下富儿，虽脱村野，而声态可憎。”[①] 可见词是确有雅俗之别的，于是南宋的词学家张炎遂倡言“清空骚雅”[②]，提出了重视“雅词”的说法。而一意以“雅”为标榜的词论，至清代浙派词人之末流，乃又不免往往流入于浮薄空疏，于是晚清之王国维乃又提出了“词之雅郑，在神不在貌”[③] 之说，因此如何判断和衡量词之雅郑优劣，自然也就成为了词学中之一项重大问题。最后，我们再看前面所举引的《冷斋夜话》中的一则记叙，黄山谷所提出的“空中语”之说，虽然只是为了替自

---

① 王灼《碧鸡漫志》卷二，第 1 及 2 页，见《词话丛编》册一，第 32 及 34 页，台北广文书局 1967 年版。

② 张炎《词源》卷下，见《词话丛编》册一，第 208 页，台北广文书局 1967 年版。

③ 徐调孚《校注人间词话》第 19 页，香港中华书局 1961 年版。

己写作小词所做的强辩之言，但这种说法却实在一方面既显示了早期的小词之所以不同于“言志”之诗的一种特殊性质，另一方面也显示了早期的士大夫们当其写作小词时，在摆脱了“言志”之用心以后的一种轻松解放的感情心态。不过，词在演进中并不能长久停留在早期的小词的阶段，因此我在1987年所写的《对传统词学与王国维词论在西方理论之观照中的反思》一篇长文中，遂曾尝试把词之演进分为了“歌辞之词”、“诗化之词”与“赋化之词”三个不同的阶段。[①] 早期的小词，原是文士们为当日所流行的乐曲而填写的供歌唱的歌辞，这一类“歌辞之词”，作者在写作时既本无“言志”之用心，因此黄山谷乃称之为“空中语”，这原是可以理解的。不过，如我在《传统词学》一文中所言，这类本无“言志”之用心的作品，有时却反而因作者的轻松解放的写作心态，而于无意中流露了作者潜意识中的某种深微幽隐的心灵之本质，而因此也就形成了小词中之佳作的一种要眇深微的特美。其后这类歌辞之词既逐渐“诗化”和“赋化”，作者遂不仅在作词时有了抒情言志的用心，而且还逐渐有了安排和勾勒的反思，那么在这种演进之中，后期的“诗化”与“赋化”之词，是否仍应保持早期“歌辞之词”的特美？以及对“空中语”所形成的词之特质与特美，究竟应该怎样加以理解和衡量？这些当然也都是词学中的一些重大问题。透过上面的叙述，我们已可清楚地看到一个有趣的现象，那就是中国早期的词学原是由于当日士大夫们对此种文体之困惑而在强辞辩解之说中发展起来的。这种现象之形成，私意以为主要盖皆由于早期之小词乃大多属于艳科之性质，而中国的士大夫们则因长久被拘束于伦理道德的限制之中，因此遂一直无人敢于正式面对小词中所叙写的美女与爱情之内容，对其意义与价值做出正面的肯定性的探讨，这实在应该是使得中国之词学，从一开始就在困惑与争议中被陷入了扭曲的强辩之说中的一个主要的原因。

而也就在早期的艳科小词使士大夫们都陷入了困惑与争议之中的时候，中国词坛上遂出现了一位以其天才及襟抱大力改变了小词之为艳科的

---

① 叶嘉莹《中国词学的现代观》第5—8页，岳麓书社1990年版。

作者，那就是“一洗绮罗芗泽之态”、“使人登高望远”、“指出向上一路，新天下耳目”[①] 的作者苏轼。但苏词的出现，却不仅未曾解开旧有的困惑和争议，而且反而更增添了另一种新的争议和困惑。即如陈师道在其《后山诗话》中，即曾云“退之以文为诗，子瞻以诗为词。如教坊雷大使之舞，虽极天下之工，要非本色。”[②] 胡仔在其《苕溪渔隐丛话·后集》中，也曾引有一段李清照词论中评苏词的话，说苏词乃是“句读不葺之诗耳”，而词则“别是一家”[③]，于是在苏词的向诗靠拢，与李清照之向诗宣告背离之间，遂使中国之词学更增加了另一重新的困惑和争议，而且事实上苏氏在创作方面所做出的开拓，与李氏在词论方面所做出的反思，对于早期之词在艳科时代为这种文体所树立的宗风，以及这种宗风所形成的特殊的美学品质，也都未能有明确的体会和认知。而也就正因其无论是在词之创作方面，或词之评说方面，都未能从理论方面来解答词之美学特质的根本问题，因此遂使得婉约与豪放的正变之争，以及婉约中的雅郑之争，与豪放中之沉雄与叫嚣之别等种种问题，遂一直成为了词学中长久难以论定的困惑和争议。于是在这种种困惑与争议之中，遂又有人想把合乐而歌的小词比附于古代的诗、骚和乐府。王灼在其《碧鸡漫志》中，即曾云：“古歌变为古乐府，古乐府变为今曲子，其本一也。”[④] 王炎在其《双溪诗馀·自序》中，也曾云：“古诗自《风》、《雅》以降，汉魏间乃有乐府，而曲居一，今之长短句盖乐府之苗裔也。”[⑤] 胡寅在其《题酒边词》一篇序中，也曾云：“词曲者，古乐府之末造也。古乐府者，诗之傍行也。诗出于《离骚》、《楚辞》，而《离骚》者，变风变雅之怨而迫，哀而伤者

---

① 见王灼《碧鸡漫志》第 35 页，台北广文书局 1967 年版。及胡寅《酒边词·序》，味闲轩藏版汲古阁校选《宋六十名家词》第二集，第五册，第 2 页。

② 陈师道《后山诗话》，见《笔记小说大观》第九编，册六，第 3671—3672 页，台北新兴书局 1979 年版。

③ 胡仔《苕溪渔隐丛话·后集》卷三十三，第 254 页，人民文学出版社 1962 年版。

④ 王灼《碧鸡漫志》第 1 页，台北广文书局 1967 年版。

⑤ 王炎《双溪诗馀·自序》，见《宋元三十一家词》，册三，第 1 页，光绪十九年王鹏运四印斋汇刻本。

也。”[①] 而《诗》之变风变雅及《离骚》、《楚辞》等作品，既都可以有比兴寄托之意，于是中国的词学遂又从溯源与尊体的观念中更发展出了一套比兴寄托之说。这种说法的形成，本来也同样是出于对词之被目为艳科而受到轻视的一种反弹，与本文前面所举引的宋人笔记中那些强辩之说，同不免于有牵强比附之处。不过，对美女与爱情的叙写，既在诗骚中原曾有比兴寄托之传统，而且词之发展到了南宋的时代，在一些咏物之作中也确实有了比与喻的用意，因此到了清代常州词派张惠言等人的出现，其所倡导的以比兴寄托来说词的风气，乃开始盛行一时。于是自此以后遂又引起了如何判断其所说之是否为牵强附会的另一场困惑和争议。到了晚清另一位词学家王国维的出现，乃直指张惠言之说为“深文罗织”[②]，于是王氏自己遂又提出了其著名的“境界”之说，但王氏对其所标举的“境界”一词之义界，却也仍然未能做出明确的理论说明，于是遂又引起了近人的更多的困惑和争议。对于一种已经流行了有一千数百年之久，而且其间曾经名家辈出的重要文类，我们却竟然至今日仍然陷入在困惑与争议中，而不能对如何衡定此种文类的意义与价值做出溯源推流的理论性的说明，这实在不能不说是一项亟待我们做出反思和检讨的重要问题。

关于中国的词学之所以从一开始就陷入了困惑与争议之中的主要原因，私意以为实在乃是由于在中国的文学批评传统中，过于强大的道德观念压倒了美学观念的反思，过于强大的诗学理论妨碍了词学评论之建立的缘故。如我在数年前所写的《传统词学》一篇论文之所言，“所谓‘词’者，原来本只是在隋唐间所兴起的一种伴随着当时流行之乐曲以供歌唱的歌辞。因此当士大夫们开始着手为这些流行的曲调填写歌辞时，在其意识中原来并没有要藉之以抒写自己之情志的用心，这对于诗学传统而言，当然已经是一种重大的突破，而且根据《花间集·序》的记载，这些所谓‘诗客曲子词’，原只是一些‘绮筵公子’在‘叶叶花笺’上写下来，交给那些‘绣幌佳人’们‘举纤纤之玉手拍按香檀’去演唱的歌辞而已。因此

① 胡寅《酒边词·序》，见味闲轩藏版汲古阁校选《宋六十名家词》。

② 《校注人间词话》第58页，香港中华书局1961年版。

其内容所写乃大多以美女与爱情为主，可以说是完全脱除了伦理政教之约束的一种作品，这对于诗学传统而言，当然更是另一种重大突破。”[①] 因此要想真正衡定词这种文类本身的意义与价值，我们自不能忽视《花间集》中对于美女与爱情之叙写，所形成的词在美学方面的一种特殊的品质，以及此种特殊的品质在以后词之演进和发展中，所造成的一种特殊的影响。关于《花间集》之重要性，早在陈振孙之《直斋书录解题》中，已曾称其为“近世倚声填词之祖”[②]。近人赵尊岳，在其《词籍提要》中也曾谓“盖论词学者，胥不得不朔其渊源，渊源实惟唐五代，当时词人别集莫可罗致，则论唐五代词者，舍兹莫属。”[③] 虽然早在《花间集》编订以前，自隋唐间宴乐之开始流行，社会上原已出现过两类配合这种乐曲而创作的歌辞：一类是市井间传唱的俗词，如后世敦煌石窟中所发现的曲子词可以为代表；另一类则是当时文士对这种新文体的尝试之作，如刘禹锡、白居易诸诗人所写作的《忆江南》、《长相思》等作品可以为代表。只不过前一类的曲子既未经编订流传，且又过于俚俗，因而遂未曾引起当时作者的重视；至于后一类刘、白等诗人之作，则又因其与诗之风格过于相近，并不足以为“词”这种新兴的文学体式，树立起什么特定的宗风。因此乃必待《花间集》之出现，这种新兴的文学体式，才开始形成了自己所特有的一种品质和风貌，而且在五代以迄宋初的词坛上，造成了风靡一世极大的影响，甚至当词之演进已经“诗化”和“赋化”以后，这种由早期《花间集》中的歌辞之词形成的一种美学方面的特质，在那些风格已经完全不同的作品中，也仍然有着潜隐的存在。因此要想厘清中国词学中的困惑和争议，我们所首先必须面对的，实在应该就是花间词究竟含有怎样一种美学特质的问题。如我们在前文之所言，这一册词集中所收的作品，原来只是“绮筵公子”为“绣幌佳人”所写作的香艳的歌辞，其内容既多以叙写美女与爱情为主，因此其所形成的美学特质，当然就必然与其所叙写之内

---

① 《中国词学的现代观》第4—5页，岳麓书社1990年版。

② 陈振孙《直斋书录解题》卷二十一，第581页，长沙商务印书馆1939年版。

③ 赵尊岳《词籍提要》，见《词学季刊》第三卷，第三号，第55页，台北学生书局1967年影印本。

容，有着密切的关系，而对美女与爱情的叙写，则无论是在道德传统或是在诗歌传统中，却一贯是被士大夫们所鄙薄和轻视的对象。所以也就正当这种特殊的美学特质形成期，这种美学特质却在意识观念上，立即就受到了士大夫们的否定的裁决，因此遂将这一类以叙写美女与爱情为主的小词，目之为“艳科”、“末技”，讥之为“淫靡”、“郑声”。然而有趣的则是，尽管这些士大夫们在意识观念上将这一类“艳科”的小词，予以了否定的裁决，可是他们却又敌不过这一类小词的“美”的吸引，而纷纷加入了写作的行列，直到南宋的陆游，在他写作小词时仍存有这种矛盾的心理，因此他在《渭南文集》的《长短句序》一文中，就曾经自叙说：“乃有倚声制词，起于唐之季世。……予少时，汩于世俗，颇有所为，晚而悔之。……今绝笔已数年，念旧作终不可掩，因书其旨，以识吾过。”① 这种矛盾的心理，在当时不仅存在于作者之中，就连宋代著名的词学家王灼，在其专门论词的《碧鸡漫志》一书的序文中，就也曾自叙说：“乙丑冬，予客寄成都之碧鸡坊妙胜院，自夏涉秋。与王和先、张齐望所居甚近，皆有声妓，日置酒相乐，予亦往来两家不厌也。”他所写的《碧鸡漫志》五卷，就都是当时饮宴听歌后所写的有关歌曲的见闻考证。而当他二十年后要将所写的这五卷《碧鸡漫志》付之刊印时，却忽然自我忏悔说：“顾将老矣，方悔少年之非，游心淡泊，成此亦安用？但一时醉墨，未忍焚弃耳。”② 这与陆游自序其词所表现的既曾经耽溺，又表现忏悔，而又终于付之刊印的矛盾心理，简直如出一辙。那么，又究竟是由于什么样的因素，才使得这些艳歌小词具有如此强大的吸引力，竟使得当日的士大夫们乃甘冒礼教之大不韪，虽在极强烈的矛盾和忏悔中，也终于投向了对这类小词之创作与评赏呢？关于此一问题，我们所可能想到的最简单且最明显的答案，大约可归纳为以下两点：其一可能是由于小词所配合来歌唱的音乐之美，如我在《论词的起源》一文之所考证，隋唐间新兴的此种所谓

---

① 陆游《渭南文集》卷 14，页 34，见《陆放翁全集》册 1，上海商务印书馆国学基本丛书本 1933 年版。

② 王灼《碧鸡漫志·序》第 17 页，台北广文书局 1967 年版。

"宴乐"，原是结合有中原之清乐、外来之胡乐，及宗教之法曲而形成的一种新的乐曲，而"词"则正是配合这种集合众长之新乐而演唱的歌辞，则其音声之美妙，自可想见。[①] 这当然很可能是使得当日的士大夫们纷纷愿意为这种新兴的乐曲来填写歌辞的一项重要的因素。其次则可能是由于当日的士大夫们，在为诗与为文方面，既曾长久的受到了"言志"与"载道"之说的压抑，而今乃竟有一种歌辞之文体，使其写作时可以完全脱除"言志"与"载道"之压抑和束缚，而纯以游戏笔墨做任性的写作，遂使其久蕴于内心的某种幽微的浪漫的感情，得到了一个宣泄的机会，这当然也可能是使得当日的士大夫们纷纷愿意为此种新兴的乐曲来填写歌辞之另一项重要的因素。而黄山谷之所以用"空中语"来为自己写作的小词做辩解，就正可以说明了当日士大夫们，在写作这一类小词时，所感到的被从"言志"与"载道"之束缚中解放出来的一种轻松的心理状态。以上所提出的两点因素，本应是对于士大夫们何以甘冒礼教之大不韪而投身于小词之写作的两个最明显且最简单的答案，而除去这两点表面的因素以外，私意以为小词之所以特具强大之吸引力者，实在更可能由于经过了写作和评赏的实践，这些士大夫们竟逐渐体会到了这一类艳歌小词，透过了其表面所写的美女与爱情的内容，竟居然尚具含有一种可以供人们去吟味和深求的幽微的意蕴和情致。只不过这种意蕴和情致，就作者而言既非出于显意识之有心的抒写，就读者而言也难于作具体的指陈和诠释，有些词学家如常州词派的张惠言，可以说就是对此种幽微之意蕴颇有体会的一个读者，但他却犯了一个最大的错误，就是想把这种幽微的意蕴，都一一加以具体的指述，于是遂不免陷入于牵强比附之中而无以自拔了。至于《人间词话》的作者王国维，当然也是对小词中这种幽微深隐之意颇有体会的一位读者，所以他一方面虽批评张惠言的比附之说为"深文罗织"，但另一方面却也曾经用"成大事业大学问"之"三种境界"来评说晏殊等人的一些小词。他之较胜于张惠言者，只不过是未曾将自己的说法指称为作者之用心而已。总之，小词之佳者之往往具含有一种引人生言外之想的幽微深远

① 叶嘉莹《论词的起源》，见《灵谿词说》第1—26页，上海古籍出版社1987年版。

之意致，乃是许多词学家的一种共同的体会。只不过他们却都未能对小词之所以形成此种特殊品质的基本原因，做出任何理论性的说明。我在1987年所写的《传统词学》一文，虽曾对词在演进中由歌辞之词转化为诗化之词再转化为赋化之词的经过历程，及各类词之风格特色都做了相当的探讨，并曾做出结论说："以上三类不同之词风，其得失利弊虽彼此迥然相异，然而若综合观之，则我们却不难发现它们原有一个共同的特点，那就是三类词之佳者莫不以具含一种深远曲折耐人寻绎之意蕴为美"[①] 我更曾在1986年所写的《迦陵随笔》中，举引过若干词例，用西方之符号学、诠释学和接受美学等理论，对张惠言与王国维二家之好以言外之想来说词的方式，做过相当理论性的研述。[②] 但对于词之何以形成了此种以富于深微幽隐的言外之意致为美之特质的基本原因，也未曾做出溯本穷源的探讨。近年来我偶然读了一些西方女性主义文学批评的论著，当我透过他们的某些观点来反思中国小词之特质时，遂发现中国最早的一册词集《花间集》中对于女性的叙写，与词之以富于幽微要眇的言外之想的意致为美的这种特质之形成，实在有着极为密切的关系。而中国词学之所以长久陷入于困惑之中，一直未能为之建立起一个理论体系，也正与中国士大夫一直不肯面对小词中对美女与爱情之叙写，做出正面的肯定和研析有着密切的关系。因此下面我遂想借用西方女性文论中的一些观点，来对中国小词之特质之所以形成了以幽微深隐富于言外之意致为美的基本原因，略做一次溯本穷源的探讨。

二

谈到西方女性主义的文学批评，那原是伴随着西方的女权运动而兴起的，带有妇女意识之觉醒的一种新的文学理论。一般人往往将之溯源于1949年西蒙·德·波瓦（Simone de Beauvoir）之《第二性》（The Sec-

① 《中国词学的现代观》第9页，岳麓书社1990年版。

② 《迦陵随笔》，见《中国词学的现代观》第70、79、94页，岳麓书社1990年版。

ond Sex）一书之刊行。在此书中，波瓦曾就其存在主义伦理学的观点，提出了两个重要的概念，那就是女性是男性眼中的“他者”（the other），是“被男性所观看的”（being looked at）。而在这种情况下，女性遂由“人”的地位被贬降到了“物”的地位。① 波瓦的这种观念，当然代表了一种强烈的女性自我意识之觉醒。于是到了六十年代后期与七十年代初期，遂有大量的有关女性意识之书刊相继出现，即如李丝丽·费德勒（Leslie Fieldler）在其《美国小说中的爱与死》（Love and Death in the American Novel）一书中，就曾指出了男性作者在其文学作品中所叙写的女性形象，对于女性有着歧视的扭曲。② 又如费雯·高尼克（Vivian Gornick）和芭芭拉·莫然（Barbara K. Moran）所合编的《在性别主义社会中的女人》（Woman in a Sexist Society）③，以及凯特·密勒特（Kate Millett）所写的《性别的政治》（Sexual politics）等书，④ 这些著作的重点主要就都在于要唤起和建立一种可以和男性相对抗的女性意识。到了七十年代后期，乃有艾琳·邵华特（Elaine Showalter）所写的《他们自己的文学》（A Literature of Their Own）⑤，以及桑德拉·吉伯特（Sandra Gilbert）和苏珊·葛巴（Susan GuBar）所合著的《阁楼中的疯妇》（The Mad Woman in the Attic）等书相继出现，⑥ 其后吉伯特与葛巴又于八十年代中期合力编成了一部厚达两千四百余页的《女性文学选集》（Norton Anthology of Literature by Women），于是紧随在女性意识之觉醒及对文学中女性形象之探讨之后，遂更开始了对于女性作者及女性文学的介绍和批评，而且蔚然成为了一时的风气。而与此相先后，则更有露斯文（K.

---

① Simon de Beauvoir, *The Second Sex*（tr. by H. M. Parshley, Harmondsworth Press, 1972）

② Leslie Fieldler, Love and Death in the American Novel（New York: Stein and Day, 1966）

③ Vivian Gornick & Barbara K. Moran, Women in a Sexist Society: Studies in power and Powerlessness（New York, Basic Books, 1971）

④ Kate Millett, Sexuel Politics（New York, Double Day, 1970）

⑤ Elaine Showalter, A Literature of Their Own: British Women Noverlists from Bronte to Lessing（Princeton, princeton University Press 1977）

⑥ Sandra Gilbert and Susan Gubar, The Mad woman in the Attic: The Woman Writer and the Nineteenth Century Literary Imagination（New Haven, Yale University press, 1979）

K. Ruthven）之《女性主义的文学研究概论》（Feminist Literary Studies：An Introduction）① 与特丽·莫艾（Toril Moi）的《性别的、文本的政治：女性主义文学理论》（Sexual/Textual Politics：Feminist Literary Theory）②，以及艾琳·邵华特的《女性主义诗学导论》（“Towards a Feminist poetics”，in Women Writing and Writing about Women）③ 和玛吉·洪姆（Maggie Humm）的《女性主义文学批评：作为当代文学批评家的妇女》（Feminist Criticism：Women as Contemporary Critics）④ 等书相继问世。于是女性主义文学批评，乃逐渐脱离了早期的女性与男性相互对立抗争的狭隘的观念，而发展成为了一种由女性意识觉醒所引生的新的文学批评理论的建立。本文由于篇幅及作者能力之限制，对于西方的这些女性主义的文学理论自无暇做详细之介绍，而且本文也并不完全套用西方的模式来评说中国的词与词学，但无可否认的则是任何一种新的理论出现，其所提出的新的观念，都可以对旧有的各种学术研究投射出一种新的光照，使之从而可以获致一种新的发现，并做出一种新的探讨。一般说来，无论中西的历史文化，在过去都曾长久地被控制在男性中心的意识之下，因此当女性意识觉醒以来，遂在短短的几十年间，就对世界上各种社会经验及文化传统都造成了强烈的震撼。我个人作为一个中国古典诗词的研究工作者，遂在西方女性主义文论的光照中，对于中国小词中之女性特质，以及此种特质在词学中所引起的许多困惑的问题，也有了一些新的体认和想法。下面我就将把个人的这一点新的体认和想法，略做简单的叙述。

首先我们所要提出来一谈的，乃是花间词中的女性形象之问题。中国

---

① K. K. Ruthven, Feminist Literary Studies: An Introduction (New York, Cambridge University Press, 1984)

② Toril Moi, Sexual/Textual politics: Feminist Literary Theory (Routledge, Chapman and Hall, Inc, London & New York, 1988)

③ Elaine Showalter, Towards a Feminist Poetics, in Women Writing and Writing About Women (ed. by Mary Jacobus, London, Croomlfolm, 1979)

④ Maggie Humm, Feminist Criticism: Women as Contemporary Critics (Brighton, Harvester, 1986)

旧传统之文评家，往往将诗词中所有关于女性的叙写都混为一谈，因此过去之说词人才会将小词中关于美女与爱情的叙写，或者任意比附于古代之风骚，或者推原于齐梁之宫体，或者等拟为南朝乐府中的西曲及吴歌。然而事实上则这些不同的文类中，虽同样有关于美女与爱情的叙写，但其所形成的美学之特质与作用，显然有着极大的区别。关于这方面，我觉得西方女性文论中对于文章中女性形象的论述和探讨，似乎颇有可以提供我们反思之处。早在六十年代，李丝丽·费德勒(Leslie Fiedler)在其《美国小说中的爱与死》一书中，就曾提出了男性作者所写之女性往往将之两极化了的问题。费氏以为男性作者所写之女性，总是或者将之写成为美梦中之女神，或者将之写成为噩梦中之女巫，[①]而这两类形象，当然都并不是现实中真正的女性。其后在七十年代又有苏珊·格伯曼·柯尼伦（Susan Koppelman Cornillon）编辑了一本论集，题名为《女性主义者所看到的小说中之女性形象》(Images of Women in fiction Feminist Perspectives)，其中收有二十一篇论文，都严格地批评了文学作品中女性形象之不真实性。[②] 后来在八十年代，玛丽·安·佛格森（Mary Anne Ferguson）在其《文学中之女性形象》(Images of Women in Literature）一书中，则更将文学中之女性形象详细地分成了三大部分：第一部分为“传统的妇女形象”（Traditional Images of Women)，在此一部分中，佛氏曾将女性分为五种类型：其一为妻子（The wife）之类型，其二为母亲（The mother）之类型，其三为偶像（Women on a Pedestel）之类型，其四为性对象（the Sex object）之类型，其五为没有男人的女性（Women without men）之类型。这五种类型之身份虽然各有不同，但事实上却都是作为男性之配属而出现的，即使在没有男人的女性之类型中，也是作为因没有男人而被怜悯被异视而出现的。这些传统的形象在早日的文学作品中，已早成为固定的类型(stereotype)，不仅在男性作品中存在，即使在女性作品中也难以脱去这

① Leslie Fieldler, Love and Death in the American Novel (New York: Stein and Day, 1966), p. 314

② Susan Koppelman Cornillon, Images of Women in Fiction: Feminist Perspectives (Ohio, Bowling Green University Popular Press, 1973)

种限制。不过自女性的意识开始觉醒以后，于是文学中遂有了另外的女性类型之出现，这就是佛氏书中的第二部分，所谓“转型中之女性”(Woman becoming)。这一类型的女性形象，主要在努力脱除旧有的定型的限制，试图表现出女性真正的自我，写出女性自我的真正生活体验，和自我真正的悲欢忧乐，成为自我的创造者（self creators)。另外，佛氏在书中的第三部分，还提出了所谓女性的“自我形象”(Self images)。这主要是由于近年来有不少女性的日记和书信曾经被发现和整理了出来，不过因为内容和性质的杂乱，还有待于进一步的研究和探讨。①

以上我们虽然对西方女性主义文论中有关女性形象之论著，做了简单的介绍，但本文却并不想把关于花间词中女性形象的讨论，套入到西方的模式之中。这一则因为东西方之文化背景原有着明显的不同，我们原难将西方之模式做死板之套用；再则也因为他们的探讨乃大多以小说中之女性形象为主，这与我们所要探讨的花间词中的女性形象，当然也有着极大的差别；三则更因为西方女性主义之文论，原与西方之女权运动有着密切的关系，而本文之主旨，则只是想透过花间词中的女性叙写，来对小词之美学特质一加探讨，而全然无意于女权之运动。但我却仍然对他们的论点做了相当的介绍，我的目的只是想透过他们对女性形象之身份性质之分析的方式，也对中国诗词中之女性形象之身份性质一加反思，并希望能藉此寻找出花间词中之女性叙写，与词之美学特质的形成究竟有着怎样的一种关系而已。

在中国诗歌中关于女性的叙写，当然并不自花间词为始，即如为《花间集》写序的欧阳炯，就曾把这一类写美女与爱情的作品，推溯到前代的乐府与南朝的宫体诗，而后世之以溯源与尊体为说的词学家，其不惜将小词比附于《诗》《骚》，则更已如前文之所述，他们的这些说法，从表面看来似乎也都有可以成立的理由，因为自《诗经》、《楚辞》以下，降而至于南朝乐府中之“吴歌”、“西曲”和齐、梁间的宫体诗，以至于唐人的宫怨

① Mary Anne Ferguson, Images of Women in Literature (4th ed. Honghton Mifflin Co. 1986)

和闺怨的诗篇，其中本来早就有了大量的对于美女与爱情的叙写，这原是不错的。盖以男女之情既为人性之所同具，爱美而恶丑也为人性之所同然，因此若只从其叙写美女与爱情的表面情事来看，则所有这些作品自然便都有着可以相通之处，但值得注意的则是，虽然同样是叙写美女与爱情的作品，为什么却只有“词”这种文类中的一些作品才特别富于一种引人生言外之想的要眇宜修之特质？我以为这才是最值得我们去探讨的一个重要问题。关于此一问题，私意以为西方女性文论中对作品中女性形象之身份性质的讨论，似乎颇可以给我们一些启发。在中国的文学史中，虽然早自《诗经》开始，就已经有了关于美女与爱情的叙写，但事实上各种不同时代、不同体式的文学作品中，其所叙写之女性形象之身份性质，以及其所用以叙写之口吻方式，却原有着极大的差别。以下我们就将对这些差别稍加论述。

《诗经》中所叙写的女性，大多是具有明确之伦理身份的现实生活中之女性，其叙写之方式，亦大多以写实之口吻出之，这是一类女性的形象。《楚辞》中所叙写之女性，则大多为非现实之女性，其叙写之方式，乃大多以喻托之口吻出之，这是又一类女性的形象。南朝乐府之吴歌及西曲中所叙写之女性，则大多为恋爱中之女性，其叙写之方式则大多是以素朴的民间女子自言之口吻出之，这是又一类女性的形象。至于宫体诗中所叙写之女性，则大多为男子目光中所见之女性，其叙写之方式乃大多是以刻画形貌的咏物之口吻出之，这是又一类女性之形象。到了唐人的宫怨和闺怨诗中所叙写的女性，则大多亦为在现实中具有明确之伦理身份的女性，其叙写之方式则大多是以男性诗人为女子代言之口吻出之，这是再一类女性之形象。如果以词中所叙写之女性形象与以上各文类中之不同的女性形象相比较，我们就会有一种奇妙的发现，那就是词中所写的女性乃似乎是一种介乎写实与非写实之间的美色与爱情的化身。我这样说，也许有一些读者不免会对此产生疑问，盖以如我们在前文所言，《花间集》中所选录的作品，既原是“绮筵公子”为“绣幌佳人”而写的“文抽丽锦”的歌词，因此其中所写之女性，自然应该乃是那些当筵侑酒的歌儿酒女之形象。如此说来，则此一类女性形象自当是现实中之女性。可是这一类女性却又并无家庭伦理中之任何身份可以归属，而不过仅只是供男子们寻欢取乐之对象而已。而《花间集》中的作品，就正是出于那些寻欢取乐的男性作家之手，因此其写作之重点乃自然集中于对女性之美色与爱情之叙写，而“美”与“爱”则恰好又是最富于普遍之象喻性的两种品质，因此《花间集》中所写的女性形象，遂以现实之女性而具含了使人可以产生非现实之想的一种潜藏的象喻性。如果以这一类女性形象与我们在前文所提到的其他文类中的女性相比较，则《诗经》中所写的现实生活中之女性，可以说基本上并不具什么象喻性，即使后世的说诗人可以据之为美刺讽喻之说，也只是后加的一种比附，而并非其所写之女性形象之本身所具含的特质。这是我们所当注意的第一点区别。至于《楚辞》中所写之女性，则大多本出于作者有心之托喻，而有心之托喻，则一般皆有较明白之喻旨可以推寻，这与花间词中之本无托喻之用心，而本身却极富象喻之潜能的女性形象，当然也有很大的不同。这是我们所当注意的第二点区别。再就吴歌及西曲中的女性而言，则此类乐府歌辞本出于民间，且观其口吻盖多为女子之自述；如果以之与花间词之出于男性文士之手的作品相比较，则前者之所叙写乃大多为现实的女性之情歌，并无象喻之色彩，而后者则由于乃是男性作者对其心目中之“美”与“爱”的叙写，因而遂具含了某种象喻之色彩。这是我们所当注意的第三点区别。更就宫体诗言之，则宫体诗中所写之女性乃大多是被物化了的女性，作者在叙写之时，很少有主观感情之投入，可是花间词中所写的女性则正是爱情所投注的主要的对象，因此宫体诗中的女性遂只为一些美丽的被物化了的形象而已，而花间词中的女性则因为有着爱之投注，而具含有一种象喻的潜能，这是我们所当注意到的第四点区别。再就唐代的宫怨与闺怨之诗言之，则私意以为此类怨诗似可分别为二种不同之情况：一种怨诗所写者乃属于现实生活中女性所实有的空虚寂寞之怨情，另一种怨诗所写者则是假托女性之怨情来喻写男性诗人自己不得知遇的悲慨。前者之所写，与《诗经》中的思妇弃妇之性质似乎颇有相近之处，后者之所写，则与《楚辞》中的托喻之性质似乎也颇有相近之处。而此二种情况则与我们前面所言及的花间词中所写的现实中之女性而却具含有引人生象喻之想的，介乎写实与非写实之间的女性形象都并不相同，这是我们所当注意的第五点区别。

以上是我们透过西方女性主义文论中对文学作品中女性形象之反思，所可能见到的在花间词中所叙写的女性形象，与其他文类中所叙写的女性形象的一些重要区别。而这当然是形成词之特别富于引人生言外之想的象喻之潜能的一项最主要的因素。

其次我们所要提出来一谈的乃是花间词中之语言的问题。关于词与诗之语言的不同，前代的词学家当然也早曾注意及之。所谓“诗庄词媚”之说，固久为论词者之共同认知。至于词与诗在语言形式上的明显差别，则主要当然乃在于诗之句式整齐，而词则富于长短参差之变化。即如清人笔记就曾载有一则故事，说清代的学者纪昀博学而好滑稽，一日偶然在扇面上题写了唐代诗人王之涣的一首七言绝句，原诗是“黄河远上白云间，一片孤城万仞山。羌笛何须怨杨柳？春风不度玉门关。”而纪氏却漏写了首句最后的“间”字。当有人指出其失误时，纪氏乃戏谓其所写者原非七言之绝句，而为长短句之词，于是乃对之重加点读为“黄河远上，白云一片。孤城万仞山。羌笛何须怨？杨柳春风，不度玉门关。”[①] 如果从内容所写的景物情事来看，则二者本来原可以说是完全相同，可是却因其句式之不同，后者遂显得比前者更多了一种要眇曲折的姿态。可见词之语言形式的参差错落，乃是造成其与诗之语言的性质不同的一个重要原因，但二者之区别，又不仅在形式之不同，即如《王直方诗话》曾载苏轼与晁补之及张耒论诗之言，晁、张云：“少游（秦观）诗似小词，先生（苏轼）小词似诗。”[②] 元好问《论诗绝句》也曾引秦观《春日》诗中的两句而评之云：“‘有情芍药含春泪，无力蔷薇卧晚枝’，拈出退之《山石》句，始知渠是女郎诗。”[③] 可见词之语言与诗之语言的分别，除了形式方面的差别以外，原来也还有着性质方面的差别。秦观诗之被评为“女郎诗”，又被

---

① 笔者幼时闻先伯父狷卿公讲述如此，经查，未见出处。

② 见郭绍虞校辑《宋诗话辑佚》卷上，第 97 页，哈佛燕京学社出版，《燕京学报》专号之十四，1937。

③ 元好问《论诗绝句》之二十四，《元遗山诗集笺注》册下，卷十一，第 8 页，台北广文书局影印道光蒋氏藏版。

评为“诗似小词”，都足以说明“词”较之于“诗”乃是一种更为女性化的语言。那么究竟怎样的语言才是女性化的语言呢？关于此点，西方的女性主义文论的一些观点，也有颇可以供我们反思参考之处。原来西方的女性主义文评之重点，开始原在对文学作品中女性形象之探讨，其后遂转向了对于女性之作品之探讨，于是他们遂注意到了女性作品中的女性语言之问题。关于女性语言（female language）的讨论，最初他们也是站在两性对立的观点来看待的。他们以为一般书写的语言，都带有男性的意识形态，这对于女性遂形成了一种压抑。所以法国的女性主义文评家安妮·李赖荷（Annie Leclerc）在其《女性的言说》（Parole de femme）一文中乃尝试专以写作实践写出一种自己的语言，而不欲被限制在男性意识的界限之中。[①] 此外卡洛琳·贝克（Carolyn Barke）在其《巴黎的报告》（Reports from Paris）一文中，也曾指出法国女性文学的一个重要论题，乃是如何去发掘和使用一种适当的女性的语言。[②] 至于所谓女性语言的特色，则在英国任教的一位女性主义文评家特丽·莫艾在其《性别的、文本的政治：女性主义文学理论》一书中，曾指出一般人的看法，总以为男性（masculine）所代表的乃是理性（reason）、秩序（order）和明晰（lucidity），而女性（feminity）所代表的则是非理性（irrationality）、混乱（chaos）和破碎（fragmentation）。[③] 不过莫氏自己却又提出说她本人反对这种男性与女性的对分法。她以为我们必须停止这种把逻辑性、观念性和理性认为是男性的分类法。这种争议之由来，私意以为主要都是由于西方女性主义文评之源起与女权主义运动有密切之关系的缘故。因此当他们讨论到女性语言时，遂往往将之牵涉到两性在社会中之权力地位等种种方面之问题。不过，我们现在却不想从生理的性别来讨论男性之语言是否较之

① Annie Leclere, “Parole femme” (in New Feminisms: An Anthology, ed. by Elaine Marks & Isabelle, The University of Massachusetts Press, 1980) pp79—86。

② Carolyn Burke, “Reports from Paris: Women's Writing and the Women's Movement” (in Signs 3, Summer 1978), p. 844

③ Toril Moi, Sexual/Textual Politics: Feminist Literary Theory (Routledge, Chapman and Hall, Inc, London & New York, 1988) p. 160

女性之语言，更为逻辑性与更为理念性之问题，也不想把女性语言与男性语言相对立而讨论其优劣的问题。我们现在只是想借用西方女性主义文论中的一些观念，来探讨花间词之语言所形成的某种美学特质之问题。

如果从西方女性文论中所提出的书写语言带有男性的意识形态的一点来看，则中国传统文学中的言志之诗与载道之文等作品，当然便该毫无疑问的都是属于所谓男性的语言。因为中国儒家的教育一向以治国平天下为其最高之理想，所以在中国的诗文中遂一向充满了这种想法的意识形态，朱自清先生在其《〈唐诗三百首〉指导大概》一文中，就曾指出了唐诗中的一种主要意识形态，说“在各种题材里，‘出处’是一重大的项目，从前读书人唯一的出路是仕，出仕为了行道，自然也为了衣食，出仕以前的隐居、干谒、应试（落第）等，出仕以后的恩遇、迁谪，乃至爱民、爱国、思林栖、思归田等，乃至真个归田，都是常见的诗的题目。”[①] 而在中国旧传统的社会之中，则女性既根本没有仕的机会，因此这种以“仕隐”与“行道”为主题的作品，当然乃是一种男性意识的语言。可是《花间集》小词的出现，却打破了过去的“载道”与“言志”的文学传统，而集中笔力大胆地写起了美色与爱情，而且往往以女子之感情心态来叙写其伤春之情与怨别之思，是则就其内容之意识而言，《花间》词之语言，固当是一种属于女性化之语言。何况在语言之形式方面，如我们在前文之所曾论述，词之语言与诗之语言的主要差别，固原在诗之语言较为整齐，而词之语言则更富于长短错落之致。而如果从西方女性主义所提出的两性语言之性质方面的差别来看，则毫无疑问，诗之语言乃是一种更为有秩序的明晰的，属于男性的语言，而词则是比较混乱和破碎的一种属于女性的语言。也许有些人会认为混乱而破碎的语言形式，相对于明晰而有秩序的语言形式，乃是一种较为低劣的语言形式，可是中国的小词却大力地证明了这种混乱而破碎的语言形式，不仅不是一种低劣的缺点，而且还正是形成了词之曲折幽隐，特别富于引人生言外之想之特美的一项重要的因素。即如为花间词树立宗风的一位弁冕全集的作者温庭筠，他的词之所以备受后

① 见《朱自清古典文学论文集》册下，第357页，台北源流出版公司1982年版。

人推崇，认为有屈骚之托意的主要原因，事实上就正在于他所使用的语言，无论就内容意识方面而言，或者就外表形式方面而言，都恰好是带有最强烈的女性语言之特色的缘故。温词既大力描述女子的衣饰之美与伤春怨别之情，又经常表现为混乱破碎不连贯的章法和句式。所以讥之者如李冰若之《栩庄漫记》乃谓其往往“以一句或二句描写一简单之妆饰，而其下突接别意，使词意不贯，浪费丽字，转成赘疣，为温词之通病”[①]。而赏之者如陈廷焯之《白雨斋词话》乃称其“意在笔先，神余言外……若隐若见，欲露不露，反覆缠绵，终不许一语道破。匪独体格之高，亦见性情之厚”[②]。可见温词之所以特别具含有引人生言外之想的潜能，固正由于其所使用之语言，无论就内容意识而言，或就外表形式而言，都是最富于女性化之特色的缘故，因此我们自然可以说词之女性化的语言，乃是形成了词之特别富于引人生言外之想的象喻之潜能的另一项重要的因素。（关于温词中所写的女性的姿容衣饰之美，以及其句法中之看似扞格不通之处，之所以易于引人生言外之想的缘故，我在《温庭筠词概说》及《温庭筠〈菩萨蛮〉词所传达的多种信息及其判断之准则》二文中，已曾就其“客观”与“纯美”，及符号学中之“语码”等理论，做过相当详细之析论，兹不再赘。[③] 只不过本文所提出的其所写的容饰之美在意识方面之属于女性化之语言，以及其句法之破碎在形式方面之属于女性化之语言，乃是更为触及到词之根本特质的一种看法而已）

以上我们既然从西方女性文评中所提出的“女性形象”与“女性语言”两方面，对词之所以形成其幽微要眇具含丰富之潜能的因素，做了相当的探讨；但事实上这其间却原来存在着一个重大的问题，那就是西方女性文评之所谓“女性语言”，本是指女性作者所使用之语言而言的，可是《花间集》中所收录的十八位词人，却清一色的都是男性的作者，于是《花间》词特质之形成，遂在除去我们已讨论过的两项因素以外，还应再

① 李冰若《栩庄漫记》，见《花间集评注》第 16 页，上海开明书店 1935 年版。

② 陈廷焯《白雨斋词话足本校注》册上，第 20 页，齐鲁书社 1983 年版。

③ 见《迦陵论词丛稿》第 1—37 页，上海古籍出版社 1980 年版，及《中国词学的现代观》第 78—83 页，岳麓书社 1990 年版。

增入一项更为重大的因素，那就是由男性作者使用女性形象与女性语言来创作所形成的一种特殊的品质。关于此种特殊之品质，私意以为西方女性文评近年来所提出的一些观念，似乎也有颇可以供我们参考之处。原来西方的女性文评，近年来已逐渐脱离了早期的女性与男性互相对立抗争的狭隘之观念，而发展成为了一种由女性意识之觉醒，从而引生出来的新的文学批评理论之建立，而其中最值得注意的一个理论观念，就是卡洛琳·郝贝兰（Carolyn G. Heilbrun）在其《朝向雌雄同体的认识》（Toward a Recognition of Androgyny）一书中，所提出的“雌雄同体”（androgyny）之观念。这个字原是古代的一个希腊语，其字原乃是结合了 andro（男性）与 gyn（女性）两个字而形成的一个词语，本意原指生理上雌雄同体的一种特殊现象，但郝氏之提出此一词语，则意指性别的特质与两性所表现的人类的性向，本不应做强制的划分，因此就郝氏之说而言，此“androgyny”一词，也可将之译为“双性人格”。郝氏之提出此一观念之目的，是想从一种约定俗成的性别观念中，把个人自己真正的性向解放出来。郝氏在书前序文中，曾经引用批评家汤玛斯·罗森梅尔（Thomas Rosenmeyer）在其《悲剧与宗教》（Tragedy and Religion）一书中的话，以为希腊神话中的酒神戴奥尼萨斯（Dionysus）既非女性，亦非男性。或者更好的说法应说戴奥尼萨斯所表现的自己，乃是男人中的女人，或女人中的男人。[①] 郝氏更曾引用心理学家诺曼·布朗（Norman C. Brown）在其《生对死：心理分析的历史意义》（Life Against Death：The Psychoanalytical Meaning of History）一书中的话，以为犹太神秘哲学的宗教家就曾提出说上帝具有双性人格的本质；东方道家哲学的老子，在《道德经》中也曾提出过“知其雄，守其雌”的说法；而诗人里尔克（Rilke）在其《给一个青年诗人的信》（Letters to a Young poet）中，也曾认为男女两性应密切携手，成为共同的人类（human beings）而非相对之异类（as

① Carolyn Heillbrun，Taward a Recognition of Androgyny，p. 11（New York，Norton & Co. 1982） opposites)。[①] 从以上所征引的种种说法来看，郝氏的主要之目的原不过是想要证明，无论是在神话、宗教、哲学和文学中，"双性人格"都该是一种最高的完美的理想，因此女性文评自然也应该摆脱其与男性相抗争的对立的局面，而开创出一种以"双性人格"为理想的新的理论观点。是则郝氏虽然反对社会上因约定俗成而产生的把男女两性视为相对立的观念，但其出发点却实在仍是以此一观念为基础的。至于本文之引用郝氏之说，则与现实社会中男女性别之区分与对立全无任何关系，而不过只是想借用其"双性人格"之观念，来说明《花间》词的一种极值得注意的美学特质而已。

所谓"双性人格"或"阴阳同体"之说，如果从医学和生理方面来理解，则我们之使用此一词语来讨论《花间》之小词，自不免会使人感到怪异而难以接受。但若就美学之观点言之，则《花间》之小词却确实具含了此种"双性人格"的一种特美。虽然《花间》词之作者并未曾有意追求此种特美，但却由于因缘之巧合，乃使得《花间》词的那些男性作者，竟然在征歌看舞的游戏之作中，无意间展示了他们在其他言志与载道的诗文中，所不曾也不敢展示的一种深隐于男性之心灵中的女性化的情思。关于男性在意识中之潜隐有女性之情思，本来在五十年代的心理学家荣格(C. G. Jung)就曾提出过此种说法。[②] 而近年有一位美国西北大学的教授劳伦斯·利普金(Lawrence Lipking)在其1988年出版的《弃妇与诗歌传统》(Abandoned Women and Poetic Tradition)一书中，则更曾从诗学之传统中，对男性之潜隐有女性化之情思，做了深细的探讨。不过利氏所谓"弃妇"，并非狭义的只指被弃的妻子，而是泛指一切孤独寂寞对爱情有所期待或有所失落的境况中的妇女。利氏自谓促使他撰写此书的动机之一，乃是因为他读了西蒙·德·波瓦的《第二性》一书中的"恋爱中之妇女"(Women in Love)一节，于是才引起了他对于此一主题的思考。

① Carolyn Heillbrun, Taward a Recognition of Androgyny, pp. 17—18 (New York, Norton & Co. 1982)

② The Collected Works of C. G. Jung, translated by R. F. C. Hull, Vol. 9, Part Ⅱ, Copyright Bollingen Foundation, Inc, 1959, pp. 1—42, "Aion: Phenomenology of the Self."

利氏以为诗歌中之有弃妇的叙写，可以说是与诗歌之有历史同样的悠久。他曾举古希腊的诗人欧威德（Ovid）所写的《一组女人的书信》（Epistulae Heroidum）为例证，此一组书信乃是欧氏假托古代有名的女人——从希腊神话中的奥特塞（Odyssey）的妻子潘尼洛普（Penelope）到希腊的女诗人莎孚（Sappho）之名而写作的一系列的爱情的书信，信中所表现的都是她们对所爱的远方之人的情思。利氏以为此种在诗歌中所表现的弃妇思妇之情，无论在任何文化中都是普遍存在着的，而“弃男”的形象则很少在文学作品中出现。因为社会上对男女两性有着不同的观念，诗歌中写到女性之被弃似乎是一件极自然的事，但男性之被弃则似乎是一件难以接受之事。而男人有时实在也有失志被弃之感，于是他们乃往往借女子口吻来叙写，所以男性诗人之需要此一“弃妇”之形象实较女性诗人为更甚。因此“弃妇”之诗所显示的遂不仅是两性之相异性，同时也是两性之相通性。[①] 利氏之所言，当然有其普遍之真实性，而此种观念验之于中国传统之诗歌，则尤其更有一种特别之意义。因为在中国传统社会中，除去如利氏所提出的，男女两性因地位与心态不同，故男子难于自言其挫辱被弃，乃使得男性诗人不得不假借女性之口以抒写其失意之情以外，在中国旧日的君主专制社会中，原来还更存在有一套所谓“三纲五常”的伦理观念。“五常”一般多以为指“仁、义、礼、智、信”五种常德，此与本文所讨论之主题无关，姑置不论；至于“三纲”则是指三种不平等的人际伦理关系，也就是“君为臣纲，父为子纲，夫为妻纲”。在这种关系中，为君、为父与为夫者，永远是高高在上的掌权发令的主人，而为臣、为子与为妻者，则永远是被控制支配的对象。不过此“三纲”中，“父子”乃是先天的伦理关系，所以“屏子”的情况，不仅发生得比较少，而且复合的机会也比较多；可是“君臣”与“夫妻”则是后天的伦理关系，其得幸与见弃乃全然操之于高高在上的为君与为夫者的手中，至于被逐之臣与被弃之妻，则不仅全然没有自我辩解与自我保护的权力，而且在不平等的伦理

① Lawrence Lipking, Abandoned Women and Poetic Tradition, pp. 15、27 (Chicago: University of Chicago Press, 1988)

关系中，还要在被逐与见弃之后，仍然要求他们要持守住片面的忠贞。在此种情况下，则被逐与见弃的一方，其内心所满怀的怨悱之情，自可想见。而也就正由于这种逐臣与弃妻之伦理地位与感情心态的相似，所以利普金氏所提出的男性诗人内心中所隐含的“弃妇”之心态，遂在中国旧社会的特殊伦理关系中，形成了诗歌中以弃妇或思妇为主题而却饱含象喻之潜能的一个重要的传统。曹植《七哀诗》中之自叹“当何依”的“贱妾”，以及《杂诗》中之自叹“为谁发皓齿”的“佳人”[①]，可以说就是此一传统中的明显的例证。

当我们有了以上的对于东西方诗歌中“弃妇”之传统的认识以后，再来反观这些在歌筵酒席间演唱的歌词，我们就会发现这些歌词所写的，原来大多乃是寻欢取乐的男子们对那些歌妓酒女们的容色与恋情的叙写。这种恋情盖正如利普金氏在其《弃妇》一书中所提到的，如同十一到十三世纪间法国南部、西班牙东部和意大利北部所流行的，一些抒情诗人们所写的恋歌（troubadour）一样，总是男子们在爱情的饥渴中寻求得一种满足后便扬长而去，而女子们则在一场恋情后留下了绵长的无尽的怀思。[②] 在中国小词中所写的恋情也正复如此，这在早期的敦煌曲中便已可得到证明。即如《敦煌曲子词》中的两首《望江南》（莫攀我）及（天上月）。这两首词中所写的“恩爱一时间”及“照见负心人”，所表现的就都是一些歌妓酒女们对那些一度欢爱后便抛人而去的情人们的怨意和怀思。[③] 只不过那些敦煌曲子所写的很可能就是那些被弃的歌妓酒女们的自言之辞，所以其词中所表现的就只是一份极质朴的女性的怨情；可是《花间集》的作者则是男性的诗人文士，因此当他们也尝试仿效女子的口吻来写那些相思怨别之情的时候，就产生了两种极值得注意的现象。其一是他们大多把那些恋情中的女子加上了一层理想化的色彩，一方面极写其姿容衣饰之美，一方面则极写其相思情意之深，而却把男子自己的自私和负心以及由此而

① 见《曹集诠评》卷五，第41页，及卷四，第28页，上海商务印书馆1933年版。

② Lawrence Lipking, Abandoned Women and Poetic Tradition, p18 (Chicago: University of Chicago Press, 1988)

③ 见《敦煌曲子词集》卷上，第44页，上海商务印书馆，1956年修订版。

引起的女子的责怨，都隐藏起来而略去不提。于是在他们的作品中之女子遂成为了一个忠贞而挚情的美与爱的化身，而不再是如敦煌曲中的充满不平和怨意的供人取乐和被人遗弃的现实中的风尘女子了。这是第一点值得注意之处。其二则如我在前文所言，由于“逐臣”与“弃妻”在中国旧社会中伦理地位之相似，以及“弃妇”之词在中国诗歌中所形成的悠久之传统，因此当那些男性的诗人文士们在化身为女子的角色（persona）而写作相思怨别的小词时，遂往往于无意间就竟然也流露出了他们自己内心中所蕴含的，一种如张惠言所说的“贤人君子幽约怨悱不能自言之情”。这种情况之产生，当然可以说是一种“双性人格”之表现。而由此“双性人格”所形成的一种特质，私意以为实在乃是使得《花间》小词之所以成就了其幽微要眇，具含有丰富之潜能的另一项重大的因素。

除去以上所提及的种种因素以外，最后还有一点我想要加以说明的，就是男子之假借女子之形象或女子之口吻来抒写其仕宦失志之情，原不自小词为始，但何以却只有小词才形成了其独特的要眇幽微之特质？关于此一问题，本来我在前文论及诗歌中女性之形象时，已曾将小词中女性之形象，与其他诗歌中女性之形象之性质的不同，以及由此而产生的美学效果的不同，都做过一番比较和讨论。我以为一般而言，大多数诗歌中所写之女性形象，约可分别为两大类：一类是具有明确之伦理身份的现实中之女性；另一类则是并无明确之伦理身份的托喻中之非现实的女性，而小词中所写的女性，则似乎乃是一种介于写实与非写实之间的、美色与爱情的化身。而这种介于写实与非写实之间的，并无明确的象喻之意义的女性形象，却似乎较之那些有心托喻具有明确之象喻意义的女性形象，具含了更丰富的象喻之潜能。关于此种现象之形成，私意以为当代法国的一位女学者朱丽亚·克利斯特娃（Julia Kristeva）所提出的一些理论，似乎也颇有可供我们参考之处。克氏是一位关心女性主义文评，然而却不被女性文评所拘限的、学识极为渊博的女性学者。她自称她自己所建立的学说为解析符号学（semanalyze），是针对传统符号学（semiotics）在诠释近代一些诗歌时所面临的不足，因而创立出来的一种新说。克氏主要的论点在于要把符号（sign）的作用分为两类：一类是符示的（semiotic），另一类是象征的（symbolic）。克氏以为在后者的情况中，其符表之符记单元（signifying unit）与其所指之符义对象（signified object）间的关系，乃是一种被限制的作用关系（restrictive function-relaion）。而在前者之情况中，其能指之符记单元与所指之对象中则并没有任何限制之关系。克氏以为一般语言做为表意的符记，其作用大抵是属于象征的层次，也就是说其符表与符义之间的关系，乃是固定而可以确指的；可是诗歌的语言，则可以另有一种属于克氏所谓的符示的作用，也就是说其符表与符义之间的关系，往往带有一种不断在运作中的生发（productivity）之特质，而诗歌之文本（Text）遂成为了一个可以供给这种生发之运作的空间。在这种情形下，文本遂脱离了其创作者的主体意识，而成为了一个作者、作品与读者彼此互相融变（transformer）的场所。① 克氏生于保加利亚，于1966年来到法国巴黎，当时她只有二十五岁。带着她东欧的学术思想背景，立即投入了西方学术思想菁英的活动之中，这种双重学术文化的融汇，使她所本来具有的卓越的才智得到了极大的发挥，她的学识之渊博与思辨之深锐都是过人的。本文因篇幅及笔者能力之限制，对于克氏之说自无法做详尽的介绍。我现在只不过是想断章取义地借用她所提出来的“符示”与“象征”两类不同的符号作用之区分，来说明花间小词中，由于“双性人格”之特质所形成的一种幽微要眇的言外之潜能，与传统诗歌中那些有心为言外之托喻的作品之间的一些差别而已。

就传统诗歌中有心托喻的作品而言，其用以托喻的符表，与所托之意的符义，可以说乃是完全出于作者显意识之有心的安排。即如屈原在《离骚》中所写的“美人”，与曹植在《七哀诗》中所写的“弃妇”，就该都是属于克氏所说的“象征的”作用之范畴。也就是说其符表之符记单元与其所指之符义对象之间，是有着一种明白的被限定之作用关系的。虽然洪兴

---

① Julia Kristeva, Revolution in Poetic Language, translated by Margaret, Waller, (New York, Columbia University Press, 1984), chapter, I, “The Semiotic and the Symbolic,” pp. 19—106，并请参看于治中先生《正文、性别、意识形态》一文，见《中外文学》十八卷一期，第151页，台北《中外文学》月刊社，1989. 1。关于 Transformer 一词，见于克利斯特娃所著 Semiotike: Recherches Pour une Semanalyse (Paris, Seuil, 1969, p. 10)

祖的《楚辞补注》曾经提出说“屈原有以美人喻君者……有喻善人者……有自喻者”[①]，指出了三种不同的喻意，但“美人”之为一种品德才志之美的象喻则是一致的，而且这种喻意可以说乃是明白可晓的所有读者的一种认知；至于曹植《七哀诗》中的“贱妾”，以及《杂诗》中的“佳人”，则是中国诗歌中女性之形象，已由单纯的“美”之象喻，融入了“君臣”与“夫妇”之不平等的社会伦理之观念以后的一种喻意，以不得男子之赏爱的女子喻托为仕宦失志的逐臣，这种喻意可以说也是明白可晓的所有读者的一种共同认知。像这种情况，其文本中的符记单元与其所喻指的符义对象之间的关系，自然是属于一种由作者之显意识所设定的被限制了的作用关系，也就是克氏所说的“象征的”作用之关系。可是《花间》小词中所写的女性之形象，就作者而言，则当其写作时原来很可能只是泛写一些现实中的美丽的歌女之形象，在显意识中根本没有任何托喻之用心，可是却由于我们在前文所曾述及的“女性形象”、“女性语言”及“双性人格”等因素，而使之具含了一种象喻之潜能。像这种情况，其文本中的符记单元，则如克氏所云只是保持在一种不断引人产生联想的生发的运作之中，而并不可对其所指的符义对象，做出任何限制性的实指，也就是说这种作用乃是属于克氏所说的一种“符示的”作用之关系。像这种充满了生发之运作的活动而却完全不被限制的符记与符义之间的微妙的关系，当然是使得《花间》小词虽然蕴含了丰富的象喻之潜能，而却迥然不同于有心之托喻的一个重要的原因。

三

以上我们既曾透过西方女性主义文学批评的一些论点，对《花间》小词之何以特别具含有一种要眇幽微的言外之潜能的种种因素，做了相当理论化的论述。现在我们就将以这些论述为基础，回过头来对本文开端所曾提出的中国词学中的一些困惑之问题，结合实例来做一番反思的探讨和说

---

① 洪兴祖《楚辞补注》第3页，台北广文书局1962年版。

明。首先我们将举引《花间集》中的几首小词来略加比较，以为评说立论之依据。下面就让我们先把这几首词抄录下来一看：

欧阳炯　南乡子

二八花钿，胸前如雪脸如莲。耳坠金环穿瑟瑟。霞衣窄，笑倚江头招远客。

温庭筠　南歌子

倭堕低梳髻，连娟细扫眉，终日两相思。为君憔悴尽，百花时。

张泌　浣溪沙

晚逐香车入凤城，东风斜揭绣帘轻。慢回娇眼笑盈盈。　　消息未通何计是，便须佯醉且随行。依稀闻道太狂生。

韦庄　思帝乡

春日游，杏花吹满头。陌上谁家年少，足风流。妾拟将身嫁与，一生休。纵被无情弃，不能羞。

以上我所抄录的四首词，可以看做是两相对比的两组作品。第一和第二两首是一组对比，主要都在写一个美丽的女性形象。不过，其叙写的口吻，却有着明显的不同。第一首乃是纯出于男子之口吻的对一个他眼中所见的容饰美丽的女子的描述；第二首则出于女子之口吻的对自己之容饰及情思的自叙。至于第三和第四两首则是另一组对比，主要都在写外出游春时对一段爱情遇合的向往和追寻。第三首是写一个男子在游春时对一个香车中的女子的追逐；第四首则是写一个女子在游春时对一个风流多情之男子的向往和期待。如果从表面所写的情事来看，则无论是前二首所写的美色，或者后二首所写的爱情，固应同属于被士大夫们所鄙薄的不合于传统道德观念的淫靡之作，但温、韦二家之词，在后世词学家中却一直受到特别的推重。至其受推重之原因，则是由于他们认为这两家的词特别富于深微的言外之意蕴，令人生喻托之想。[1] 我们现在就把这四首词略加比较和讨论，看一看究竟是什么因素，使得同样是叙写美女与爱情的小词竟有了优劣高下之分。先就前两首言，欧阳炯所写的“二八花钿，胸前如雪脸如莲”，与温庭筠所写的“倭堕低梳髻，连娟细扫眉”，虽在表层意义上同属于对女子的美色之描述，但在本质上却实在有着很大的差别。欧词所写的乃是男子之目光中（male gaze）所见到的一个已经化妆好了的美丽的女子，是男子眼中的一个既可以观赏也可以欲求的他者（the other）。像这种对美色的描述，除了显示出男子的一种充满了色情的心思意念之外，自然就更没有什么可供读者去寻思和探求的深远的意蕴了。可是温词所写的则是一个正在化妆中的女子的自述，如果结合着中国文化背景中之所谓“士为知己者死，女为悦己者容”的观念来看，则在此一女子之“梳髻”和“扫眉”的容饰中，自然便也蕴含了想要取悦于所爱之男子的一份爱意和深情。何况紧接在此二句之后的就是“终日两相思”的叙写，则其在“梳髻”与“扫眉”之中就已蕴含了此“相思”之情，更复从而可知。而且“低梳”与“细扫”，所叙写的是何等柔婉缠绵的动作，“倭堕”与“连娟”所描述的又是何等容态秀美的风姿。而结之以“为君憔悴尽，百花时”。“为君”一句，既写出了“衣带渐宽终不悔，为伊消得人憔悴”的用情之深挚，而“百花时”一句，则更呼应了开端的“梳髻”“扫眉”两句之“为悦己者容”的期盼，而表现了一份“欲共花争发”的“春心”。综观全词，即使仅就其表层意义所写的容饰与怀春的情事而言，我们也已经可以清楚地感受到了其用字的质地之精美，与其句构的承应之有力。这一份艺术效果，便已迥非欧阳炯一词之粗浅轻率之可及。何况若更就其深层的意蕴而言，则不仅其所写的“女为悦己者容”的情意，可以在文化传统上引起一份“士为知己者死”的才志之士之欲求知用的感情心态方面的共鸣，而且其所写的“梳髻”、“扫眉”之修容自饰的用心，也可以令人联想到《离骚》中屈原所写的“余独好修以为常”的一份才人志士的修洁自好

---

① 张惠言《词选》谓温词为“感士不遇”，有“离骚初服之意”，又谓韦词为“留蜀后寄意之作”，中华书局1957年版。

的情操，何况“扫眉”一句所暗示的蛾眉之美好，与画眉之爱美求好的心意，在中国文化中更有着悠久的喻托之传统。于是温庭筠的这一首小词，遂在其所写的美女之化妆与怀春的表层情意以外，更具含了一种可以引人生言外之想的深层意蕴之潜能。这一份深微的意境，当然就更非欧阳炯之只写出男子的色情之心态，而更无言外之余蕴的作品之所能企及的了。

我们再看后二首词。张泌的“晚逐香车入凤城”一首，乃是以一个男子口吻所写的，在外出游春之际偶然见到了一辆香车上的一个美女，于是遂对之紧追不舍的一段浪漫的遇合；韦庄的“春日游”一首，则是以一个女子口吻所写的，在外出游春之际因见到繁花盛开而希望有所遇合的一份浪漫的情思。二者之情事虽然并不全同，但其皆为由春日所撩动而引起的一份男女之恋情，则是相同的。也就是说就表层的意义而言，二词之所写者固皆为男女之春情，但若就其深层的本质而言，则二者间实在也有着很大的差别。张泌之词与前面所举引的欧阳炯之词相近，同是写一个男子之目光中所见到的一个美丽的女子，一个可观赏也可以欲求的他者。只不过欧词还停留在观看凝视的阶段，张词则已展开了追逐的行动。至于韦庄之词则与前所举引的温庭筠之词相近，同是以一个女子口吻所写的对于一个男子的期盼和向往。不过温氏那首词的风格表现得纤柔婉约，而韦氏这首词的风格则表现得劲直矫健，即以其开端而言韦词之“春日游”所表现的一种向外的游赏和追寻之主动的心态，就已经与温词所表现的在闺中“梳髻”、“扫眉”而坐待之被动的心态有了明显的不同。不过，尽管二者间有着如此的分别，但在具含有言外的较深之意蕴的一点，则是相同的。只是它们之所以具含有较深之意蕴的因素，则却又不尽相同。温词之佳处在于其文本中所使用的一些语言符号，随时可以唤起我们对文化传统中之一些符码的联想。而韦词之佳处则在于其文本自身中所蕴含的一种字质和句构中的潜力。不过，我这样说却并不是为之做出绝对的区分，因为温词除予人符码之联想外，同样也仍表现有字质和句构的潜力；而韦词除表现有字质和句构的潜力以外，同样也仍可予人符码之联想。我所说的只不过是一种相对的比较而已。关于温词由文本所可能引生的言外之意蕴，我们在前面既已做了相当的探讨，现在就来让我们对韦词也一加探讨。

韦词之第一句“春日游”，虽只短短三个字，但事实上却已掌握了全首词的生命脉搏。“游”字自然已显示了外出游赏和追寻的主动心态，而“春日”两个字则更已明白暗示了其外出追寻的诱因与目的。因为“春日”既是万物之生命萌发的季节，也是人类之感情萌动的季节，所以开端的“春日游”一句虽只三个字，却实在已传示了全词之由诱因到目的之整个脉动的方向。至于次句的“杏花吹满头”，则是进一步以更为真切有力的笔法来叙写由“春”之诱因所引发的追寻之情志的旺盛和强烈。先就“杏花”而言，一般说来，不同品类的花都各自有其不同之品质，也都可以引起人们的不同的感受和联想，所以周敦颐才会说“菊，花之隐逸者也；牡丹，花之富贵者也；莲，花之君子者也。”① 至于杏花之为花，则一般对之虽并无一定的评断，但证之于文士们在诗词中对杏花之描述，如“红杏枝头春意闹”，“一枝红杏出墙来”② 等句之所叙写，则杏花以其娇红之颜色与繁茂之花枝，所给予人的自应是一种充满生命力的春意盎然的撩动。何况韦词在“杏花”之下还接写了“吹满头”三个字，则此撩人春意之迎头扑面而来，乃真有不可当之势矣。而且这种“不可当”之势，还不仅是一种意义上的说明和认知而已，而是在其所使用的“吹”字与“满”字等字质之中，直接传达了一种极其充盈饱满的劲力。这种劲健直接的表现，就正是韦词的一种特色。于是紧接着这种劲健直接的春意撩人的不可当之势，此一被春意撩动的女子，乃以毫无假饰的极真挚的口吻，脱口说出了“陌上谁家年少足风流？妾拟将身嫁与一生休”的择人而欲许身的愿望。然后接下来还更以“纵被无情弃，不能羞”两句，表明了对这种许身之不计牺牲、不计代价的，全然奉献而终身不悔的一份决志。而且这种决志也不仅只是在意义上的一种说明而已，同时还有自“陌上”以下两个九字句一个八字句的长句之顿挫抑扬，以及“妾拟将身嫁与”一句中运用的几个舌齿的发音中，用韵律、节奏和声音，直接传达出了此一许身之决志的坚

① 周敦颐《爱莲说》，见《周濂溪集》卷八，第139页，上海商务印书局，国学基本丛书1937年版。

② 宋祁《玉楼春》，见《全宋词》册一，第716页，中华书局1965年版。叶适《游小园不值》，见《千家诗》第131页，香港广智，未著出版年月。

毅无悔的情意，给予了读者一种极为直接的感动。综观此词，即使仅就其表层意义所写的自春意的萌发，到许身的愿望，再到无悔的决志，其劲健深挚的感人之力，无论就感情之品质或艺术之效果而言，便已都决非张泌《浣溪沙》词以轻狂戏弄之笔墨所写的调情之作品之所能比。何况若更就其深层之意蕴而言，则韦词所表现的感情之品质，其坚贞无悔之心意，乃竟然与儒家之所谓“择善固执”的品德，及楚骚之所谓“九死未悔”的情操，在本质上有了某些暗合之处。这种富含潜能之意蕴，当然就更非张泌所写的“佯醉随行”之浅薄轻佻的调情之作所能企及的了（关于韦庄此词之详细论述，请参看江苏古籍出版社 1986 年出版的《唐宋词鉴赏辞典》所收拙撰之评说）。

透过以上四首词的两两相比较，我们已可清楚地见到，虽然同样是叙写美女与爱情的小词，但其间却果然是有着深浅高下之区分的。也就是说早期的艳歌小词为“词”这种新兴的文类所树立起的一种特殊的美学品质，乃是特别易于引起读者的言外之联想，且以富于此种言外之意蕴为美的。而此种特殊之品质，与评量之标准的形成，则与早期艳歌中之女性叙写，如温词中之“梳髻”、“扫眉”的形象和语码，以及韦词中之许身无悔的口吻和情思，结合有极为密切的关系。因为正是这些女性的叙写，造成了一种潜隐的双性之性质，也才造成了这类小词的双层意蕴之潜能。而这实在是我们要想探讨中国词学，所当具备的一点基本的认知。有了这一点认知以后，我们就可以对旧日词学中之一些使人困惑的问题，来依次一加探讨了。

首先我们要提出来一谈的乃是以“比兴”说词的问题。关于此一问题，我在多年前所写的《对常州词派比兴寄托之说的新检讨》一篇长文中，已曾有过详细的论说，在此并不想对之再加重述。[①] 我现在只不过是想就本文所提出的一些论点，对之再加一些补充的说明。首先我们应该认识到的，乃是早期《花间》的小词，本来大都是文士们为歌伎酒女所写之艳歌，本无寄托之可言。至其可以令人生寄托之想，则是由于这些艳歌中

① 见《迦陵论词丛稿》第 317 页，上海古籍出版社 1980 年版。

所叙写的女性之形象，所使用的女性之语言，以及男性之作者透过女性之形象与女性之语言所展露出来的一种“双性人格”之感情心态，因此遂形成了此类小词之易于引人生言外之想的双重或多重之意蕴的一种潜能。此种潜能之作用，则是如本文在前面所引述的克里斯特娃氏之所说，其作用乃是“符示的”，而并不是“象征的”。其符表与符义之间的关系乃是不断在生发的运作中，而并不可加以限制之指说的。清代常州词派张惠言氏所犯的最大的错误，就在于他想把自己由此种符表之生发运作中所引生的某种联想，竟然直指为作者之用心。所以常州派后起的一些说词人，为了想补救张氏之失，乃对读者之以联想说词的方式，做了一番更为深细的探讨。在这种探讨中，私意以为周济与陈廷焯二人所提出的两段话最为值得注意。周氏在其《宋四家词选目录序论》中，对于有关读词者之联想，曾提出过一段极妙的喻说，谓“读其篇者，临渊窥鱼，意为鲂鲤；中宵惊电，罔识东西；赤子随母笑啼，乡人缘剧喜怒。”[①] 周氏的这段话，如果透过我们前面所引的克里斯特娃的说法来看，则周氏所谓“随母”之“母”，与“缘剧”之“剧”，自当是指其富含有生发之运作的文本。至于随之而“笑啼”、“喜怒”的“赤子”和“乡人”，则是经由文本中符记之生发运作而因之乃引生出多种之感发与联想的读者。但此种感发与联想又不可以作限制的指实的说明，所以周氏乃将之喻比为“临渊窥鱼”和“中宵惊电”，虽然恍惚有见，然而却不能指说其品类之为鲂为鲤，其方向之为东为西。至于陈廷焯则将此种难以指说的深隐于文本之符示中的生发运作之潜能，名之以为“沉郁”，而且对之加以解说云：“所谓沉郁者，意在笔先，神余言外，写怨夫思妇之怀，寓孽子孤臣之感。凡交情之冷淡，身世之飘零，皆可于一草一木发之。而发之又必若隐若现，欲露不露，反复缠绵，终不许一语道破。”[②] 这段话之可贵，我以为乃正在于陈氏曾“一语道破”地点出了“怨夫思妇之怀”与“孽子孤臣之感”之相类似的感情心态。这种体会其实已经触及到了我们在前文所曾提出的“双性人格”之

① 周济《宋四家词选·目录序论》第1页，台北广文书局影印滂喜斋刊本，1962年版。

② 陈廷焯《白雨斋词话足本校注》册上，第20页，齐鲁书社1983年版。

说。只不过在陈廷焯之时代当然还没有所谓“双性人格”的说法和认知，因此陈氏乃将小词中此种由女性之叙写而引生的“符示的”生发运作之关系，与传统诗歌中之有心喻托的“象征的”被限制的符表与符义之关系，混为了一谈。不过陈氏却也曾感到了小词之引人联想的作用，与传统诗歌中可以指说的喻托之意，又显然有所不同，于是遂又对之加上了一段“若隐若现”、“欲露不露”的说法。综观周、陈二氏之说，当然都不失为对小词之富含感发作用与多层意蕴之特质的一种体会有得之言。至于他们所犯的错误，则就其明显之原因言之，乃是因为他们都受了张惠言的比兴寄托之说的影响，因此遂将读者所引发的偶然之联想，强指成了作者有心之托喻。而如果就其更根本的内在之原因言之，则实在乃由于他们对小词中之女性叙写所可能造成的双性人格之作用之未能有清楚的认知。按照他们的意思来看，则小词之所以有深浅优劣之分，原来乃是由于作者在创作意识中便有着根本的差别。一则有心写为喻托之作，一则但为淫靡香艳之辞。但事实上原来却并非如此。因为就《花间》之小词言之，其所写者本来大都是绮筵绣幌中交付给歌女去唱的艳词，本无所谓喻托之意。至于其中某些作品之竟使读者产生了言外之想，则我们在前文中虽已曾就其字质、语码、句法、结构等各方面，都做了分析和说明，但事实上其中却还有一个更为重大也更为基本的原因，我在当时所未曾提及的，那就是其叙写口吻与心态的不同。温庭筠与韦庄的两首词，其叙写之情思乃皆出于女性之口吻，代表了一种女性的心态。而欧阳炯与张泌的两首词，其叙写之情思乃皆出于男性之口吻，代表了一种男性的心态。如果将此两类词一加比较，我们就会发现前者之所以特别富含有一种言外之双重意蕴，实与男性之作者假借女性口吻来叙写女性之情感所形成的一种双性人格之作用，有着密切的关系。至于后者则直接以男性之作者，用男性之口吻来写男性对美色之含有欲念之观看与追求，则纵然此一类作品虽或者也可以写得生动真切，但却毕竟也只是单层的情意，而缺少了一种言外之双重意蕴的特美。

关于此种双重意蕴，我们在前面所举引的四首词例中已做了相当的探讨。透过温、韦二家的两首词，我们已经清楚地看到，这些词中之“低梳髻”、“细扫眉”，及“将身嫁与一生休”等，我们所称为字质、语码、句法、结构等各方面引人产生言外之联想的因素，实莫不与我们所提出的女性之叙写及双性之人格有着密切的关联。因此“女性”与“双性”实当为形成此小词之美学特质的两项重要因素。写到这里，有些读者也许会产生一个疑问，那就是以男性之作者直接用男性本身之口吻所写的艳歌小词，有时岂不是也可能同样富含有一种言外的意蕴深微之美？举例而言，即如韦庄的《菩萨蛮》五首、《女冠子》二首，以及《谒金门》（空相忆）一首等作品，就都是直接用男性口吻所写的作品。但这些作品却迥然不同于欧阳炯与张泌二词之浅率轻狂，而写得极为深婉沉挚。关于此种情况之产生，私意以为其间实有一点极可注意之处，那就是这些词虽然是用男子之口吻所写的作品，但其所表现的情意之深挚绵长，乃与前所举之欧阳炯及张泌二词之把女子视为可观看与可追求之“他者”的轻狂之态大异其趣，反而大有近于用女子口吻所写的女性的执著和无尽的怀思。此种现象之形成，遂使我想到了本文在前面所曾举引过的劳伦斯·利普金的一些说法，利氏不仅以为男性与女性对待爱情的态度有所不同，男性往往在满足其爱情之饥渴后便扬长而去，而女性在经历了爱情后，则往往便对之留下无尽的怀思；利氏更以为男子是要透过对女子的了解和观察，才能学习到被弃掷和失落以后的幽怨之情。[①] 因此我们可以说凡男性之作者用男性口吻所写的相思怨别之词，其所以有时也同样能具含一种言外的意蕴深微之美，固正由于其在表面上虽未使用女子之口吻，然而在本质上却实在已具含了女性之情思的缘故。如此，我们当然更可证明《花间集》中之艳歌小词，其美学特质乃是以具含一种双重的言外深微之意蕴者为美，而花间词之女性叙写及其所蕴含的双性之人格，则实为形成此种美学特质之两项最基本且最重要之因素。至于传统词学家之所以往往将本无比兴寄托之艳歌，强指为有心托喻之作，造成了牵强附会之弊，就正因为他们对此种由女性与双性形成的特质，未曾有明确之认知的缘故。不过从另一方面言，则后世之词也果然有一些有心为比兴喻托的作品，这类词之性质与花间一派词当

---

① Abandoned Women and Poetic Tradition P. 14（Chicago：University of Chicago Press，1988）

然已有了很大的不同，但却实在仍是花间词之特质的影响下之产物，关于此种情况，我们将留待后文论及花间词之特质对后世之影响时，再加探讨。

其次我们所要讨论的乃是词学中之所谓“雅”、“郑”的问题。如我们在前文所言，《花间集》中所收录的本都是歌筵酒席的艳歌，就其所写之美女与爱情言，固当同属于淫靡之“郑声”，然而就前所举之四首词例来看，则其间又果然有着优劣高下之不同，所以王国维在《人间词话》中乃提出了“词之雅郑，在神不在貌”之说。至于其“雅”、“郑”之分的标准，则王氏以为乃在其“品格”之高下，因此王氏遂又曾提出了“永叔、少游，虽作艳语，终有品格”之说。[①] 但既然同是“艳语”，则品格高下之依据又究竟何在？王氏对此虽并无理论之说明，可是我们却也不难从王氏另外的几则词话中窥见一些消息。第一点值得注意的，乃是王氏之论词也同样注重言外之感发，即如其曾将晏、欧等人的一些写爱情的小词，拟比为“成大事业大学问者”的“三种境界”，又以“诗人之忧生”及“诗人之忧世”来评说冯延巳和晏殊的相思怨别之句。[②] 而冯延巳及晏、欧诸家之令词，则正是自花间一派衍化出来的被北宋评词人视为艳歌小词的作品。可是这些作品又竟然可以使读者产生极高远的超乎艳歌以外的联想，这当然可能是使得王氏提出了“词之雅郑，在神不在貌”，以及“虽作艳语，终有品格”之说的一个重要原因。第二点值得注意的，则是王氏论词虽然也推重引人产生言外之联想的小词，可是却对于被常州词派所推重的也足以引人生言外之想的温庭筠的词，有着不同的歧见，以为温词虽然“精艳绝人”，但却并无“深美闳约”的言外之丰富的意蕴。[③] 这种歧见之产生，私意以为乃是由于常州派《词选》的作者张惠言，与《人间词话》的作者王国维，二人对于小词之所具含的可能引起言外之联想的因素，有着不同的体认之故。张氏好以比附为说，所以重在小词中可以用于比附的

---

① 《校注人间词话》第 19 页，香港中华书局 1961 年版。

② 《校注人间词话》第 15 及 16 页，香港中华书局 1961 年版。

③ 《校注人间词话》第 6 页，香港中华书局 1961 年版。

文化语码，如“画眉”之可以引人联想到《楚辞》中的“众女嫉余之蛾眉”，“深闺”之可以引人联想到《楚辞》中的“闺中既已邃远”之类。而王氏所重视的则是作品本身之感发的品质所可能引起的读者之联想，温词则一般说来较缺少直接之感发，且王氏又极不喜字面之比附，这很可能是王氏不认为温词有“深美闳约”之意蕴的一项重要原因。王氏所重视的是作品本身之感情品质所可能引起的感发之联想，即如他在词话中所举引的晏、欧等词中所写的某些感情之品质，与“成大事业大学问者”，或诗人之“忧生”、“忧世”者的感情之品质在基本上可以有相通之处之类。所以王氏在另一则词话中，乃又曾提出过“故艳词可作，唯万不可作儇薄语”的重视感情品质之说。[①] 值得注意的则是，所谓“儇薄语”的作品，大都乃是男性作者用男性口吻所写的，视女性为“他者”的作品。而另一方面则凡是用女性口吻所写的词，或者虽用男性口吻而却是具含有女性之情思的作品，一般说来则大多不会有“儇薄语”的出现。经过以上的讨论，我们就会有一个奇妙的发现，那就是凡是可以引人产生深微或高远的超乎艳歌以外之联想的好词，其引发联想之因素，无论就文化语码方面而言，或者就感发之本质方面而言，原来都与小词中之女性叙写，以及作者隐意识中的一种双性的朦胧心态，有着密切的关系。如“画眉”与“深闺”之类的语码，其有合于“美人”之喻托，固自应属于“女性”之叙写。至于就感发之本质而言，则王国维所提出的“不可作儇薄语”之说，也足可使我们想到王氏所赞美的“虽作艳语，终有品格”的好词，必然不会是男性作者直接用男性口吻所写的，视女性为“他者”的轻狂之作；而当是男作者用女性口吻所写的，或者虽用男性口吻但却具含有女性之情思的作品。这类作品则显然都含有一种“双性”之性质。这是我们对于花间一派之艳歌小词的所谓“雅”、“郑”之分，所当具备的一点最基本的认识。至于当小词演化为长调以后，则所谓词之“雅”、“郑”的分别，自然也就随之而另有了一种新的性质，也另有了一种新的评量标准。不过，其性质与标准虽然有了不同，但却也仍然受有花间词之特质的极大的影响。关于此种情

① 《校注人间词话》第67页，香港中华书局1961年版。

况，我们也将留待后文，论及花间词之特质对后世之影响时，再加探讨。

以上我们既然对花间一派小词之“比兴”与“雅郑”的问题，都做了相当的探讨，现在我们就将再对此类作品之被目为“空中语”，以及“空中语”之价值与意义，也一加探讨。如我们在前文所言，花间之词既大多为歌酒间之艳歌，因此在本质上遂与“言志”之诗，有了一种明显的区分，也就是说诗歌之写作对作者而言，乃是显意识的一种自我之表达，可是词之写作则往往只是交付给歌女去演唱的一时游戏之笔墨，与作者本身显意识中的情志和心意，本无任何必然之关系。因此黄山谷在为自己所写的艳歌小词做辩护时，乃将之推说为“空中语”这种说法，在黄氏本意不仅是对自己所写的美女与爱情之词的一种推托，而且对此类并非言志的游戏笔墨之艳词，也含有一种轻视之意。所以一般而言，北宋人在编选诗文集时，往往并不将小词编入正集之内，其不视之为严肃之作品的轻鄙之态度，自可想见。然而殊不知小词之妙处，乃正在其并不为严肃之作，而为游戏笔墨的“空中语”。下面我们便将此种“空中语”之价值与意义，结合我们在前面所提出的“女性”与“双性”之特质，略加论述。

关于“游戏笔墨”的“空中语”之所以能在小词中产生一种微妙的作用，我以为其主要的因素约可分为以下的几点来看。第一点微妙的作用，乃在于这些“空中语”恰好可以使作者脱除了其平日在写作言志与载道之诗文时的一种矜持，因而遂在游戏笔墨中，流露出了一份更为真实的自我之本质。所以王国维在《人间词话》中，乃曾提出说：“五代北宋之诗，佳者绝少。而词则为其极盛时代，即诗词兼擅如永叔、少游者，词胜于诗远甚。以其写之于诗者，不若写之于词者之真也。”[1] 这是可注意的第一点。第二点微妙的作用，乃在于小词之所以为“空中语”，还不同于其他戏弄的笔墨，小词之为“空中语”，乃是在自我从显意识隐退以后，更蒙上了一层女性之面目的作品。因此遂使其脱除了显意识之矜持以后的自我之真正本质，与作品中之女性叙写于无意中融成了一种双性之特质。这是可注意的第二点。至于第三点微妙的作用，则更在于以其为“空中语”之

---

① 《校注人间词话》第 45 页，香港中华书局 1961 年版。

故，遂使作者隐意识中之真正本质，与其小词中之女性叙写之融会，乃完全达成了一种全出于无心的自然运作之关系。而这也就正是何以小词中所写的美女，与传统诗歌中所写的有心托喻之美女，在符表与符义之运作关系上，遂产生了极大之不同的一个基本原因。我们在前文所举引的克里斯特娃之说，就曾将符表与符义之关系，分别为“符示的”与“象征的”两种不同之作用。有心托喻之作中的美女，其符表与符义之间的关系，乃是属于“象征的”作用关系，是一种可以确指的被限制了的作用关系。可是这种“空中语”的小词中所写的美女，则恰好因其本为并无托意的“空中语”，因此其符表中之女性叙写，乃脱离了所谓“象征的”关系中之固定的限制，而成为了一种自由运作的“符示的”关系。克氏以为在此种关系中，本文遂脱离了其创作者所原有的主体意识，而成为了作者、作品与读者彼此互相融变的一个场所。而就“空中语”的小词而言，则更因其创作者既本来就缺少明确和强烈的主体意识，而其对美女与爱情的叙写，又如此富含女性与双性所可能引生的微妙的作用，因此这类“空中语”的小词，遂于无意间具含了如克氏所说的融变的最大的潜能。这是可注意的第三点。而这种“空中语”之微妙的作用，当然是造成了小词之双重性与多义性之特质的一个重要的因素。不过，词之发展却很快地就超越了歌辞之词的“空中语”的阶段，而在文士们的写作中逐渐走向了“诗化”和“赋化”的演进。在此种演进中，词遂脱离了所谓“空中语”之性质，而成为了具有明显的主体意识之叙写和安排的作品。但值得注意的则是，虽然这些“诗化”和“赋化”之词的性质及写作方式已与早期《花间集》的歌辞之词有了很大的不同，可是花间词所形成的一种双重与多义为美的特质，却仍然对这些“诗化”与“赋化”之词的优劣之评量，具有极大的影响。下面我们就将从花间词之女性叙写所形成的双性特质，对后世词与词学之影响方面也略加探讨。

谈到词之演进，私意以为其间曾经过几次极可注意的转变：其一是柳永之长调慢词的叙写，对花间派之令词的语言，造成了一大改变；其二是苏轼之自抒襟抱的“诗化”之词的出现，对花间派之令词的内容，造成了一大改变；其三是周邦彦之有心勾勒安排的“赋化”之词的出现，对花间派令词的自然无意之写作方式，造成了一大改变。如果从表面来看，则这三大改变无疑的乃是对我们前文所曾论及的，花间词之女性语言、女性形象，以及由自然无意之写作方式所呈现的双性心态的层层的背离。因此下面我们所要探讨的，自然就该是当词之发展已脱离了花间词之女性与双性之特质以后的，这些不同的词派其美学物质之标准又究竟何在的问题了。关于此一问题，私意以为有一点极可注意之处，那就是当词之发展已脱离了花间词之女性叙写以后，虽然不再能完全保有花间词之女性与双性的特质，但无论柳词一派之佳者，苏词一派之佳者，或周词一派之佳者，却都各自发展出了一种虽不假借女性与双性，然而却仍具含了与花间词之深微幽隐富含言外意蕴之特质相近似的，另一种双重性质之特美，而这种美学特质之形成，无疑地曾受有花间词之特质的影响。王国维曾云“词之雅郑，在神不在貌”，这种脱离了女性与双性之后的多种方式的双重性质之美学特质的形成，可以说正是花间词之特质的一种“在神不在貌”的演化。下面我们就将对柳词苏词与周词所发展出来的这些各自不同的双重性质之特点，分别略加论述。

首先，我们将从柳永之长调慢词对花间派令词之语言所造成的转变说起。如我们在前文论及花间词之语言特色时所言，就其语言形式来看，花间令词所使用者乃是比较混乱和破碎的一种属于女性化之语言形式，也就是说是句子短而变化多的一种语言形式。即以《花间集》中温、韦二家所最喜用的《菩萨蛮》一调而言，全词一共不过只有八句，但却换了三次韵，每两句就换一个韵。而这种参差跳跃的变化，事实上却正是造成了如陈廷焯所称美的“发之又必若隐若现，欲露不露，反复缠绵，终不许一语道破”之富于言外之意蕴的一个重要的因素。可是柳永之长调慢词，则势不得不加以铺陈的叙述，因此柳永乃以其善用“领字”，长于铺叙，为世所共称。而如果从我们在前文所引用之西方女性主义对两性语言之差别的说法来看，则这种以领字来展开铺叙的语言，无疑地乃是一种属于明晰的、理性化的、有秩序的男性的语言。此一变化，遂使得柳词失去了短小之令词的“若隐若现”、“欲露不露”的富含言外之意蕴的女性语言之特点而变为了一种极为显露的、全无言外之意蕴的现实的陈述。所以温庭筠

《菩萨蛮》词所写的“鸾镜”、“花枝”、“罗襦”、“鹧鸪”等关于女性的描述，乃使读者可以生无限言外托喻之想；而柳永《定风波》词所写的“暖酥消，腻云亸，终日厌厌倦梳裹”和“针线闲拈伴伊坐”等关于女性的描述，乃不免为人所讥了。不过，柳永除去此一类被人讥为“俚俗”、“媟黩”的作品以外，却实在还更有一类被人称为“言近意远”、“神观飞越”、“一二笔便尔破壁飞去”的佳作。[①] 而所谓“破壁飞去”，事实上其所赞美的便应该仍是一种富于言外之意蕴的特点。那么柳永在以其领字铺叙变小词之错综含蓄为浅露之写实以后，又是怎样达成了另外一种“破壁飞去”之特点的呢？关于此点，我以为主要盖在于柳永在写相思怨别的作品中，竟然加入了一种秋士易感的成分，而对此种悲慨，柳氏又往往不做明白的叙说，却将之融入了对登山临水的景物叙写之中，于是相思怨别之情与秋士易感之悲既造成了一种双重之性质，景物的叙写与情思的融会又造成了另一种双重之性质，于是遂形成了其“破壁飞去”的一种特美。何况秋士易感之悲与美人迟暮之感，在基本心态上又有着极为相似之处，所以柳永的这一类词虽以男性口吻做直接之叙写，但在其极深隐的意识深处，却实在也仍隐含有一种双性之性质。这正是柳永的这一类词之所以有“言近意远”引人感发联想的一个重要缘故。从柳永的这两类词，我们自可看出虽然其长调慢词对花间令词之语言，曾造成了一大改变，但花间令词所形成的以富含言外之意蕴为美的美学之要求，则即使在柳词中也仍然是判断其优劣的一项重要的准则（关于柳词之详细论说，请参看《灵谿词说》中拙撰《论柳永词》一文）。

其次，我们将再看苏轼自抒襟抱的“诗化之词”对花间派令词之内容所造成的改变。如我们在前文所言，花间词内容所叙写者，乃大多以美女与爱情为主，而苏词则以“一洗绮罗香泽之态”著称，[②] 一变歌词之艳曲，而使之成为了可以抒写个人之襟抱与情志的另一种形式的诗篇。其后

① 见周济《介存斋论词杂著》第2页，在《宋四家词选》附录，台北广文书局影印滂喜斋刊本，1962年版。又见龙榆生《唐宋名家词》第89页引郑文焯与人论词遗札，上海古典文学出版社1956年版。

② 胡寅《酒边词·序》，味闲轩藏版汲古阁校选《宋六十名家词》。

更有南宋辛弃疾诸人之继起，于是词学中遂产生了婉约与豪放二派之分，且由此引发了无数之困惑与争议。要想解答这些困惑和争议，私意以为我们实应先对柳词与苏词之关系略加叙述。从苏轼平日往往以己词与柳词相比较的一些谈话来看，苏氏对柳词盖有两种不同之态度。一方面是对柳词之所谓“俗俚媟黩”之作的鄙薄，另一方面则是对柳词之所谓“神观飞越”之作的赞赏。关于此两方面之关系，早在《论苏轼词》一文中，我对之已曾有相当之论述，兹不再赘。[①] 至于本文所要做的，则是将柳、苏之关系放在本文所提出的花间词之女性叙写所形成的词之美学特质中，再加一番更为根本的观察和探讨。如前文之所述，柳词之被人讥为俗俚媟黩者，主要原因实并不在其所写之内容之为美女与爱情，而在于其所使用之语言形式，使之失去了花间词之语言在写美女与爱情时所蕴含的双重意蕴之潜能。至其被人称赏为“神观飞越”者，也不在其所写的单纯的秋士易感之悲，或景物之高远而已，而在其能将二者相融会，且在基本心态上隐含有一种双性的性质，因此遂产生一种富含双重意蕴之美。至于苏轼对柳词，则是只从表面见到了其淫媟之失，与其超越之美，但却对其所以形成此种缺失与特美之基本因素，也就是对其是否具含言外双重之意味的一种美学特质，未曾有真正的体会和认知，因此苏词所致力者主要乃在一反柳词的淫媟之作风，而以自抒襟抱“一洗绮罗香泽之态”者为美，而对其是否具含双重意蕴的一点，则未曾加以注意。因此苏轼对词之开拓与改革，乃造成了一种得失互见的结果。而在苏词之影响下，对后世之词与词学，遂形成了几种颇为复杂的情况，因此我们对之就也不得不略费笔墨来做一点较详的论述。

先从词之写作一方面而言，此一派“诗化”之词的得失，约可分为以下三种情况：一类是虽然改变了花间词之女性叙写的内容，然而却仍保有了花间词所形成的以双重意蕴为美的词之美学特质者；另一类则是既改变了花间词之内容，也失去了词之特美，然而却由于其“诗化”之结果，而形成了一种与诗相合之特美者；再一类则是既未能保有词之特美，也未能

---

① 见《灵谿词说》第198—203页，上海古籍出版社1987年版。

形成诗之特美，因之乃成为了此一类词中的失败之作品。关于第一类之作品，我们可以举苏轼与辛弃疾二家词之佳者为例证：如我在《论苏轼词》一文，所曾析论过的《水调歌头》（明月几时有）、《念奴娇》（大江东去）、《八声甘州》（有情风万里卷潮来）诸作，以及在《论辛弃疾词》一文中所曾析论过的《水龙吟》（举头西北浮云）与（楚天千里清秋），和《摸鱼儿》（更能消几番风雨）诸作，可以说就都是具含有词之多重意蕴之美学特质的“诗化”以后之词的佳作之代表（本文因篇幅及体例所限，对此不暇细述，请读者参看《灵谿词说》中所收拙撰论苏词及论辛词二文）。[①]至于第二类之作品，则如张元干《贺新郎》（梦绕神州路）、陆游《汉宫春》（羽箭雕弓）、张孝祥《六州歌头》（长淮望断）诸作，[②] 虽然缺少言外深层之意蕴的词之特美，但其激昂慷慨之气，则颇富于一种属于诗的直接感发之力量，故亦仍不失为佳作。至于第三类之作品，则如刘过《沁园春》（斗酒彘肩）（玉带猩袍）（古岂无人）诸作，[③] 则但知铺张叫嚣，既无词之意蕴深微之美，亦无诗之直接感人之力，是以陈廷焯在其《白雨斋词话》中，乃谓刘过之所学但为“稼轩皮毛”，并对其《沁园春》诸词，讥之为“叫嚣淫冶”，[④] 像这一类作品，其为失败之作，自不待言。透过以上的例证，我们已可看出词在“诗化”以后，固仍当以其能保有词之双重意蕴者为美。至其已脱离词之双重意蕴之特美者，则其上焉者虽或者仍不失为长短句中之诗，而其下焉者则不免流入于粗犷叫嚣，岂止不得目之为词，抑且不得目之为诗矣。由此可见是否能保有词之双重意蕴之特美，实当为评量“诗化”之词之优劣的一项重要条件。而如我们在前文所言，花间派令词之所以形成其双重意蕴之特美，主要盖由于其女性叙写所形成的一种双性人格之特质。至于“诗化”之词，则既已脱离了对美女与爱情之内容的叙写，那么其双重意蕴之特美的形成，其因素又究竟何在？关于此一问题，私意以为“诗化之词”之仍能保有双重意蕴之特美者，其主要

① 见《灵谿词说》，第 191—228 页、401—449 页，上海古籍出版社 1987 年版。

② 见《全宋词》册三，第 1073、1588 及 1688 页，中华书局 1965 年版。

③ 见《全宋词》册三，第 2142、2143 页，中华书局 1965 年版。

④ 陈廷焯《白雨斋词话足本校注》册上，第 110 页，齐鲁书社 1983 年版。

之因素，盖有二端。一则在于作者本身原具有一种双重之性质。在这方面，苏、辛二家可以为代表。就苏氏言，其双重性格之形成，主要乃在同时兼具儒家用世之志意与道家超旷之襟怀的双重的修养。就辛氏言，其双重性格之形成，则主要乃在其本身的英雄奋发之气与外在的挫折压抑所形成的一种双重的激荡。而更值得注意的，则是苏词的儒、道之结合，和辛词的奋发与压抑的激荡，主要盖皆由于在仕途中追求理想而不得的挫伤。如果按照我们在前文所引的利普金氏的"弃妇"心态而言，则苏、辛二家词之双重意蕴之形成，当然也与这种男性之欲求行道，与女性之委屈承受的双重心态有着密切的关系。因此苏、辛二家词乃能不假借女性之形象与口吻，而自然表现有一种双重意蕴之美，此其一。二则在于其叙写之语言，虽在"诗化"的男性意识之叙写中，但却仍表现出了一种曲折变化的女性语言的特质。在这方面，辛词较之苏词尤有更高之成就。所以苏词有时仍不免有流于率易之处，因而损及了词之特美。而辛词则虽在激昂悲慨的极为男性的情意叙写中，但却在语言方面反而表现了一种曲折幽隐的女性方式的美感。我以前在《论辛弃疾词》一文中，对辛词之艺术手段，曾有过颇为详细的讨论，以为其对古典之运用，"乃造成了一种与使用美人芳草为喻托的同样的效果"。而且在语法句构中又有极尽骈散顿挫的各种变化，更善于将自然之景象与古典之事象及内心之悲慨交相融会，[①] 因此遂能以豪放杰出之姿态，却达成了一种如陈廷焯所说的"发之又必若隐若现，欲露不露，反复缠绵，终不许一语道破"的女性语言之特美。因此遂使得这一类"诗化"之词，具含了一种双重意蕴之美，而这也正是诗化之词中的一种成就最高的好词。

以上我们既然从词之写作方面，对"诗化"之词的得失优劣做了简单的论述。现在我们就将从词学方面，对"诗化"之词所引起的困惑和争议，也一加论述。我们首先要讨论的，乃是所谓"本色"与"变格"的问题。如本文在前面所言，早期花间词之特色，既以对美女与爱情之叙写为其主要之内容，从而遂形成了一种以"婉约"方为正格的传统之观念。而

① 见《灵谿词说》第424—429页，上海古籍出版社1987年版。

苏轼对词之内容的开拓，自然是对花间传统的一大变革，如果从这方面来看，则此种目苏词为变格之观念，本来无可厚非。不过，如我们在前文之所论述，花间词中同样以叙写美女与爱情为主之作品，既已有优劣高下之分；“诗化”之词在“一洗绮罗香泽”之后的作品中，也同样有优劣高下之分。是则就苏词在内容方面之开拓改革而言，虽可以有“变格”之说，但在优劣之评量方面，则所谓“本色”与“变格”之别，实在并不应代表优劣高下之分。世之以“本色”与“变格”相争议者，便因其未能认清所谓“本色”的婉约之词，并非以其婉约方为佳作，而主要乃在于婉约词中对女性之叙写，往往可以形成一种双重意蕴的美学特质，而其下者则一样可以沦为浅率淫靡。至于所谓“变格”的豪放之词，则其下者固可以沦为粗犷叫嚣，而其佳者则同样也可以具含一种深微幽隐之双重意蕴的词之特美。这是我们在词学的本色与变格之争议中，所当具有的一点基本的认识。

接着我们所要讨论的，则是女词人李清照所提出的“词别是一家”之问题。李氏之说，就文学中之“文各有体”的基本观念而言，当然是不错的。只不过李氏对“词”之“别是一家”的认识，却似乎是只限于外表的区分，如“协律”、“故实”、“铺叙”等文字方面的问题，而对于词之最基本的以深微幽隐富于言外意蕴为美的一种美学之特质，则未能有深入之认知。缺少了此种认知，遂不仅影响了其词论之正确性与周密性，而且也影响了李氏自己之词作，使其未能将自己所本有的才能做出更大和更好的发挥。现在我们就将透过李氏自己的词作，来对其词论一加检讨。如我们在前文所言，早期的花间词原以女性之叙写为主，是中国各种文类中最为女性化的一种文类。不过值得注意的则是，这种使用女性的语言，叙写女性的形象，富有女性之风格的文体，最早却是在男性作者的手中发展和完成的。至于女性的作者，则不仅以其性别的拘限，不能在以仕隐出处为主题的，属于男性语言的诗歌创作中，与男性作者一争长短；而且在极为女性化的文体“词”之创作中，更因其所叙写者多为男女相思怨别之情词，遂因而在传统的礼教中受到了更大的禁忌。即以李清照言，就曾因其在自己的词中对于夫妻间之爱情有较为生动真切的叙写，尚不免遭到词学家王灼所说的“自古搢绅之家能文妇女，未见如此无顾忌”[①] 之讥评。私意以为李清照本有多方面之才华，如其诗、文各体之作，皆有可观，且无丝毫之妇人气，而独于其词作则纯以女性之语言写女性之情思，表现为“纤柔婉约”之风格，此种情况之出现，盖皆由于李氏心目中之存有“词别是一家”之观念，有以致之。而李氏在当时妇女中，无疑地乃是敢于使用此种“别是一家”之文体来直写自己之爱情的一位勇者。本来以女性之作者，使用女性之语言和女性化之文体，来叙写女性自己之情思，自然应该可以在其纯乎纯者之女性化方面，达到一种过人的成就。而且以李氏之喜好与人争胜之性格言，在这方面也必有相当之自觉。关于此点，我们在其极为女性化的尖新而生动的修辞方面，[②] 也可以得到证明。不过可惜的则是李氏乃只知其一，不知其二；只知词之以女性化为好的一面，而忽略了词之佳者更需具有双性化方为好的另一面。不过，李氏在显意识中虽并没有词之佳者以具含双性之意蕴为美的观念，但在隐意识中李氏却实在具含了双性之条件。那就因为李氏所出生的家庭，既是传统士大夫的仕宦之家，而且以李氏在诗、文等各方面之成就而言，也足可证明其幼年必曾接受过很好的传统的教育。而所谓“传统的教育”，所诵读者自是充满了男性思想意识之典籍，这我们从李氏所写的诗文中，也可以得到充分的证明。[③] 因此在李氏之词作中，乃出现了另一类超越了单纯的女性而表现出双性之潜质的作品。清末的沈曾植在其《菌阁琐谈》中论及李氏之词时，就曾将之分别为“芬馨”与“神骏”两类，云“堕情者醉其芬馨，飞想者赏其神骏，易安有灵，后者当许为知己。”[④] 其所称赏的“神骏”一类，私意以为就当是我在前文所提出的蕴含有双性之潜质的作品。如其《渔家傲》（天接云涛连晓雾）一首，可以为此类之代表作。只可惜这一类作品传下来的不多，这一则固可能是由于当日编选易安词者搜辑之未备，再则也很可能是由于李氏自己之限于“词别是一家”之观念，故其所写之词乃以偏

---

① 见《碧鸡漫志》卷二，第 4 页，台北广文书局 1967 年版。

② 见《碧鸡漫志》卷二，第 4 页，台北广文书局 1967 年版。

③ 见《李清照集校注》第 101—182 页，人民文学出版社 1979 年版。

④ 沈曾植《菌阁琐谈》，见《词话丛编》册十一，第 3698 页，台北广文书局 1967 年版。

于“芬馨”者为多，而偏于“神骏”者则少。是以沈氏之言就词之美学特质来看，固属甚为有见，但就易安言，则或者未必许为知己也。这也就是我在前文何以提出说，李氏只知其一，未知其二，遂使其“词别是一家”之论，乃但及于外表的音律文字之特色而未能触及词之美学本质，因而遂限制了李氏自己之词的成就，使其才能未能得到更大和更好的发挥的缘故。这是我们对李氏“词别是一家”之论，所当具的一点认识。

其三，我们将再看一看周邦彦的“赋化之词”对花间派令词之写作方式所造成的改变。从表现来看，这一次改变固仅在于写作方式之不同，但如果更深入一点去看，则我们就会发现这一次改变，实隐含有对词之双重与多重之意蕴的深微幽隐之特质的一种潜意识的追求。如我们在前文所言，当柳词以理路分明之铺叙的男性之语言，改变了花间一派小词之婉曲含蕴的女性之语言以后，遂使得柳词中对女性与爱情的叙写，失去了花间一派令词之幽隐深微的多重意蕴之美，而不免流入于俗俚淫靡。苏轼有见于此，遂致力于内容之开拓改革，想藉此以挽救柳词之失。不过苏词之“诗化”，基本上乃是以男性之作者来直接叙写男性之思想和情志，因此除非如苏、辛二家在男性思想和情志的本身质素方面，原就具有双重之性质，否则乃极易因缺乏双重意蕴之美，而不免流入于浅率叫嚣。一般词学家之往往将苏、辛一派词目为“变格”而非“本色”，其“一洗绮罗香泽”之内容方面的改变，固为一因；其缺少了双重意蕴的词之特美，实当为另一更重要之原因。只不过一般人对于更为重要的次一原因，却并没有明白的反省和认知，于是遂单纯地以“婉约”和“豪放”作为了“本色”与“变格”的区分。在此种情况下，一方面既要保持词之“婉约”的“本色”，一方面又要接受词之由小令转入长调的文体之演化，而且还要避免柳永之直接铺叙所造成的缺少余蕴的浅俗之失，因此遂有周邦彦一派“赋化”之词的兴起，想从写作方式方面来加强词之幽隐深微的特美，以避免柳词对花间词女性化之语言加以改变后，所造成的浅俗淫靡之失，以及苏词对花间词女性化之内容加以改变后，所造成的粗犷叫嚣之失。于是所谓“赋化”之词在写作方式方面的改变，乃大多以加强词之幽微曲折之性质者，为其改变之主要趋向。即以周邦彦而言，周济即曾称“美成思力，独绝千古。"又云"勾勒之妙，无如清真。"[①] 此外陈廷焯亦曾称周词之妙处乃在其"沉郁顿挫"，以为"顿挫则有姿态，沉郁则极深厚"。[②] 可见以"思力"来安排"勾勒"，以增加其"姿态"之变化，及意味之"深厚"，乃是所谓"赋化"之词在写作之方式上所致力的重点。至于就周邦彦之词而言，则我在《论周邦彦词》一文中已曾对周词做过不少的论述。约言之，则其以思力为安排勾勒的特色，大略可分为以下三点：其一是在声律方面好为拗句，及创用"三犯"、"四犯"甚至"六犯"之曲调以增加艰涩繁杂之感。其二是在叙写方面好用盘旋跳接之手法，以增加词之曲折幽隐之性质。其三则是往往以有心之用意写为蕴含托喻之作。关于以上三点，我在论周词一文中，曾分别举引其《兰陵王》（柳荫直）、《夜飞鹊》（河桥送人处）及《渡江云》（晴岚低楚甸）诸词为例证，分别做过详细的论说，[③] 兹不再赘。

而自周词之写作方式出现以后，南宋诸词人遂不免多受有周词之影响，因而乃造成了赋化之词在南宋之世盛极一时之风气。即以南宋著名之词家如姜夔、史达祖、吴文英、周密、王沂孙、张炎诸人而言，虽然成就不同，风格各异，但就其写作之方式而言，则实在可以说莫不在周词的影响笼罩之中。这种现象之出现，当然自有其外在的社会之因素，即如南宋之竞尚奢靡与结社吟词之风气，当然就都有助于此种以安排勾勒取胜的写作方式之流行，[④] 而除此以外，私意以为实在也有词在发展方面的本身内在之因素的存在。盖以如我在前文所言，自小令之衍为长调，此固为词之发展的必然之趋势，长调之需要铺陈，此亦为写作上必然之要求，而过于直率的铺陈则不免使婉约者易流于淫靡，豪放者易流于叫嚣，此亦为一种必然之结果。在此种情形下，"赋化"之词的出现，从表面看来虽只是一种写作方式的改变，但实质上却原带有一种想要纠正前二类词之缺失的一

① 周济《介存斋论词杂著》第 3 页，见《宋四家词选》附录，台北广文书局影印滂喜斋刊本，1962 年版。

② 《白雨斋词话足本校注》册上，第 74 页。

③ 见《灵谿词说》第 289—329 页，上海古籍出版社 1987 年版。

④ 见《灵谿词说》第 547—548 页，上海古籍出版社 1987 年版。

种作用。如此说来，自然就无怪乎周词之写作方式，会对南宋词人造成如此重大之影响了。而在词学方面，则与此种写作方式相应合者，乃有张炎之《词源》，与沈义父之《乐府指迷》两种论词专著之出现。综观二书之要旨，如其论句法、字面、用事、咏物，以及论起结、论过变、论虚字等，[①] 盖莫不属于如何安排的写作技巧方面之事，而其所以如此重视写作技巧之安排，主要目的又在避免柳词一派之淫靡与苏、辛一派之末流的叫嚣，所以张、沈二家之词论，于重视安排技巧之余，乃又提出了对于"雅"之要求。[②] 而南宋词论之所谓"雅"，乃是特别重在句法与字面之雅，这与本文前面所举引的王国维之所谓"词之雅郑，在神不在貌"之针对五代北宋词所提出的论点，实在已有了很大的不同。因此张、沈二家之词论，其想要挽救词之末流的淫靡与叫嚣之失的用心，虽然不错，但可惜的是他们只见到了外表的语言文字，而未能对其何以造成了词之末流的淫靡与叫嚣之失的根本原因，也就是缺少了词之以富于引人生言外之想的双重意蕴为美的一种美学的特质，未能有深刻之反省与认知，因此一意致力于安排之技巧与避俗求雅的结果，遂形成了另外一种得失互见的偏差。其佳者固可以藉写作技巧之安排，使其原有之情意更增加一种深微幽隐的富于言外意蕴之美，至其下者则因其本无真切之情意，因而遂但存安排雕饰之技巧，乃全无言外之意蕴可言。而且此一类词之深微幽隐之意致，既大多出于有心安排之写作技巧，因此如果用我们在前文所举引的克里斯特娃的解析符号学之说来加以反思，我们就会发现此类词中的符表与符义之间的关系，乃是属于克氏所谓被限制了的"象征的"作用之关系，与花间一派歌辞之词的深微幽隐的引人生双重意蕴之想的，属于"空中语"之全然不受限制的自然生发和融汇的所谓"符示的"作用关系，其间有了很大的不同。而如果以花间词所树立的美学特质而言，则词之美者自当以具含后者之作用关系者，较具含前者之作用关系者尤为可贵。在此种差别中，私

① 张炎《词源》，见《词话丛编》。沈义父《乐府指迷》，见蔡嵩云《乐府指迷笺释》，上海中华书局1948年版。

② 张炎《词源》。

意以为对此类赋化之词的衡量，遂有了另一层更为深细的标准。也就是说，能在有心安排之写作技巧中，表现有意蕴深微之美者，固是佳作；但如果其符表与符义之间的作用关系过于被拘限，则毕竟不能算是第一流的最好的作品。举例而言，周济在评周密之词时，就曾谓其词如“镂冰刻楮，精妙绝伦”，但虽“才情诣力，色色绝人，终不能超然遐举”①。又在评王沂孙之词时，谓其“思笔可谓双绝”，“惟圭角太分明，反复读之，有水清无鱼之恨”②。于是周济在其《介存斋论词杂著》中，乃又提出了从“有寄托”到“无寄托”之说。谓“初学词求有寄托，有寄托则表里相宣，斐然成章。既成格调，求无寄托，无寄托，则指事类情，仁者见仁，知者见知。”③ 也就是说学词之人虽可以从有心安排的写作技巧下手，以求其富含幽微深远的言外之意蕴，但却同时又要超出有心安排所形成的符表与符义之间的被限制了的作用关系，而使之达到一种可以脱除拘限的自由的作用关系，如此方为此一类赋化之词中的最高之成就。而如果以此种标准来衡量，则私意以为周邦彦与吴文英二家之词，实在极值得注意。周词之佳者以“浑厚”胜，虽是以有心安排之写作技巧为之，然而却能“愈勾勒愈浑厚”，不仅泯灭了安排的痕迹，而且具含了一种错综变化“令人不能邃窥其旨”的“沉郁顿挫”的意蕴。④ 这自然是在“赋化之词”中的一种可注意的成就。至于吴词之佳者，则能于艰涩沉郁中见飞动之致。所以周济之赞美吴词，乃称“其佳者，天光云影，摇荡绿波，抚玩无斁，追寻已远。”又云“梦窗每于空际转身，非具大神力不能。”⑤ 况周颐也曾赞美吴词，谓“其芬菲铿丽之作，中间隽句艳字，莫不有沉挚之思，灏瀚之气，

① 见《宋四家词选·目录序论》第2页及《介存斋论词杂著》第4页下，台北广文书局影印滂喜斋刊本，1962年版。

② 《宋四家词选·目录序论》第2页，台北广文书局影印滂喜斋刊本，1962年版。

③ 《介存斋论词杂著》第2页，台北广文书局影印滂喜斋刊本，1962年版。

④ 见《宋四家词选·目录序论》第1页，台北广文书局影印滂喜斋刊本，1962年版。及《白雨斋词话足本校注》第74及76页，齐鲁书社1983年版。

⑤ 《介存斋论词杂著》第3页，台北广文书局影印滂喜斋刊本，1962年版。

挟之以流转，令人玩索而不能尽。”[①] 这自然也是“赋化之词”中的一种可注意的成就。总之，“赋化之词”虽是以有心安排之写作技巧，改变了花间词之“空中语”的以自然无意为之的写作方式，但此类词之佳者，其仍以具含一种深微幽隐难以指说的双重或多重之意蕴为美的衡量标准，则是始终未变的。因此周济所曾提出的“临渊窥鱼，意为魴鲤。中宵惊电，罔识东西”的一种词所特具的微妙之感发的作用，遂不仅可以适用于“歌辞之词”的佳者，也同样可以适用于“赋化之词”的佳者了。于是词学中之“比兴寄托”之说，遂也从五代北宋之本无托意而可以引人生比附之想的情况，转入为一种纵有喻托之深意，而却以使人难于指说为美的情况了。

透过以上的论述，我们已可清楚地见到，词在不断的演进中，虽然曾经过了三次重大的改变。但无论是柳永的长调之叙写对花间令词之语言的改变；苏轼的诗化之词对花间令词之内容的改变；或周邦彦的赋化之词对花间令词之写作方式的改变，尽管他们的这些改变，已曾对花间词之女性叙写与双性心态做出了层层的背离，可是由花间词之女性叙写与双性心态所形成的，以富含引人联想的多层意蕴为美的一种美学特质，则始终是衡量词之优劣的一项重要的要求。过去的词学家们之所以会对于词之雅郑的问题，词之比兴寄托的问题，词之本色与变格的问题，词在诗化与赋化以后当如何加以评赏和衡量的问题，张惠言与王国维二家说词之以不同的方式重视言外之感发的问题，不断地产生种种困惑与争议，私意以为盖皆由于旧日的词学家，不敢正视花间词中之女性叙写，未尝对之做出正面的美学特质之探讨的缘故。希望本文透过西方女性主义文评，对于中国之“词”这种特别女性化之文类的美学特质之形成与演变，所做出的一番反思，对于解答旧日词学中的这些困惑与争议的问题，能够提供一点帮助。

关于中国文学批评之有待于西方理论的补充和拓展，早在六十年代，当我撰写《从比较现代的观点看几首中国旧诗》一文时，就早已有了此种

① 况周颐《蕙风词话》卷二，第 48 页，《蕙风词话》与《人间词话》合刊本，香港商务印书馆 1961 年版。

认知。[①] 其后在七十年代初，当我撰写《王国维及其文学批评》一书时，更曾在书中第二篇之第一章，对此一问题做过相当理论性的探讨。[②] 不过，不久以后我就注意到了有些青年学者在盲目引用西方理论来评析中国古典诗歌时，往往会因旧学根底之不足，而产生了许多误谬和偏差，因此我遂又撰写了《关于评说中国旧诗的几个问题》一篇文稿，想对此种偏差加以劝导和纠正。[③] 其后自八十年代初，我与四川大学缪钺教授合撰《灵谿词说》以来，遂久久不复引用西方之文论。然而时代之运转不已，就目前世界情势言，中国之古典文学批评确实已面临了一个不求拓展不足以更生自存的危机。因此近年来我遂又接连写了几篇在西方理论之光照中，对中国传统文学批评加以反思的文稿。[④] 这些文稿如果从传统的眼光来看，也许会不免被目为荒诞不经，而如果从现代的眼光来看，则似乎与西方理论也并不完全相合，而我的用意则本是取二者之可通者而融会之，而并非全部地袭用，所以我不久前在《论纳兰性德词》一篇文稿中，就曾写有“我文非古亦非今，言不求工但写心”两句诗[⑤]。而我现在则更想引用克利斯特娃的两句话来做自我辩解，那就是“我不跟随任何一种理论，无论那是什么理论”。[⑥]

1991 年 9 月 3 日完稿于哈佛燕京图书馆

附记

本文写作之动机盖始于 1990 年之春，当时我在温哥华曾举行过一次

---

① 见《迦陵论诗丛稿》第 240—275 页，中华书局 1984 年版。

② 见《王国维及其文学批评》第 123—145 页，香港中华书局 1980 年版。

③ 见《中国古典诗歌评论集》第 109—159 页，香港中华书局 1977 年版。

④ 见《中国词学的现代观》，台北大安书局 1988 年版。

⑤ 《论纳兰性德词》见《中外文学》第十九卷，第八期，第 30 页，台北中外文学月刊社。

⑥ 所引克氏之语见于《语言之意欲》（*Desire in Language*）一书。（ed. by Leon S. Roudiez. trans. by Thomas Gora Alice Jardine，& Leon Roudiez，New York，Columbia Univ，Press，1980）p. 1。

标题为“词中之女性与女性之词人”的系列讲演。其后于暑期中乃开始动笔写作，而未几即应台湾清华大学之聘，赴台讲学。又曾赴大陆参加辛弃疾词学术会议，琐事忙碌，遂将写作搁置。直至1991年春假，倏惊光阴之易逝，乃决定利用春假期间闭户不出，陆续以将近二周之时间，完成文稿之大半。乃不慎在来往旅行途中，先后将已写成之文稿，及补写成之文稿两度遗失，遂致一直拖延至1991年8月底始将全稿完成。借用一句《圣经》上的话来说，这一篇文章对我而言，可以说乃是“死而复活，失而又得”的，故谨为此记，以为个人两次遗失文稿的不慎之戒。

作者谨识

谈浙西词派创始人朱彝尊之词与词论及其影响

有清一代，号称为词之中兴的时代，这种情况之出现，自有各种不同的因素。而明清之际，其兴亡激荡的时代背景，实当为促成清词之中兴的一个主要的因素。其次则清代的词人之众与流派之多，则应当是造成了清词之盛的另一重要因素。再次则清代之词人往往兼为饱学深研的学者，因此遂不仅对词之编校整理，做出了不少贡献，而且也对于词之美学特质，做出了不少词学方面的反思的探讨。这自然是造成了清词之盛的又一重要因素。而在此号称为中兴的清词之盛大的场面中，由秀水朱彝尊所倡导而形成的所谓浙西词派，在有清一代之词与词学的发展和演化中，实在占有一个极值得重视的地位。因为朱氏之词与词学所代表的，原来可以说正是由明清之际的兴亡激荡，而转入到康熙盛世之成熟与反思的一个重要阶段。关于朱氏之词，早在一年多以前我已曾写过一篇题为《从艳词发展之历史看朱彝尊爱情词之美学特质》的文稿，对朱彝尊这一位作者做过简单的介绍。不过那篇文稿所探讨的，主要只限于朱氏之爱情词的美学特质。现在本文所要做的，则是想对朱氏所倡导的浙西词派，就其创作与理论两方面在清代之词风与词学之演化中所造成的影响及得失，做一番较具历史观的全面的探讨。

首先我们所要叙介的，乃是浙西词派之形成的过程。朱氏学习写词的年岁颇晚，他在《书东田词卷后》一文中，曾经自叙说“予少日不喜作词，中年始为之”。[①] 至于其学习写词的经过，则曾经受到过他的一位同乡先辈曹溶的影响。曹氏字秋岳，号倦圃，与朱氏同为浙西秀水（今浙江嘉兴）人，而曹氏较朱氏年长有十六岁之多。据杨谦所撰《朱竹垞先生年谱》，在顺治六年谱中，就曾有“曹侍郎溶见先生诗文，尤赏激不置”的记述。[②] 其后于顺治十三年夏，朱氏曾应广东高要县知县杨雍建之邀，赴岭南往课其子高中讷。时正值曹溶在广东任布政使之职，朱氏曾与曹氏一同辑录过《岭南诗选》。其后于康熙三年曹氏任山西按察副使备兵大同时，朱氏又曾赴山西往依曹幕。及至曹氏编印其《静惕堂词》，朱氏更曾为之撰写序文，且曾在文中叙及当年他们在一起饮酒填词的一段生活，说“彝尊忆壮日从先生南游岭表，西北至云中，酒阑灯灺，往往以小令慢词，更迭唱和。”[③] 我以前在《从艳词发展之历史看朱彝尊爱情词之美学特质》一文中，曾经提到过朱氏有一卷未曾收入《曝书亭集》的早期习作之手抄本词集，题名为《眉匠词》。在这册词集中，有《齐天乐》（阑干三面）一阕，小序注明为“丁酉暮春”所作。[④] 据上引《年谱》，丁酉为顺治十四年，当时朱氏正在岭南与曹溶一同辑录《岭南诗选》一书。是则朱氏之学习填词之曾受曹溶之影响，自属可信。而若从这一卷习作之词来看，则如我在论朱彝尊爱情词中所言，其中既有近于《花间》之作，也有近于小晏之作，既有近于北宋周、秦之作，也有近于南宋白石之作，更有近于苏、辛的豪放之作。可见朱氏着手学词的方面原来非常广泛，而并未尝受到任何一家之所拘限。这就朱氏为学之一向精勤务博的性格而言，原该是一种极为自然的现象。至于朱氏之大量为词，而且写出了自己独特的风格与成就，则当是在他追随曹溶军幕旅游云中大同的一个时期所完成的。此一时期的代表作，就是他先后于康熙六年所编订的《静志居琴趣》一卷，和康

① 见《曝书亭集》卷五三，台湾商务印书馆1968年，《国学基本丛书》版，页860。

② 《朱竹垞先生年谱》，见杨谦撰《曝书亭集诗注》之附录。清乾隆间杨氏木山阁刊本，页8下。

③ 《静惕堂词・序》，见《清词别集百三十四种》，台湾鼎文书局1976年版，册一，页75。

④ 《眉匠词》，台湾国立中央图书馆藏三馀读书斋手抄本，未标页数，词页间多有眉批及旁批，亦未标批者之名氏。

熙十一年所编订的《江湖载酒集》三卷。前一卷词所写的全是他与其妻妹冯女的一段苦恋和悲恋的爱情词，而《琴趣》编订之年，则正是冯女的逝世之年。朱氏在这一年编订了这一卷词，其间自然有一份极难以言喻的悼念之深情，而这卷词中所叙写的情事和意境，则曾被后来的词评家陈廷焯氏推誉为“尽扫陈言，独出机杼”，以为“真古今绝构也。”[①] 则此一卷词之并不能被归属于任何词派，亦复从而可知。关于此一卷词之成就，我在论朱彝尊爱情词中，已有详细论述，兹不再赘。

至于在其《载酒集》三卷词中，朱氏所表现的内容和风格，事实上也是极为多样的。如果我们要尝试对之一加归纳，则此三卷词集中所收录的，大约可分别为以下几类性质不同的作品。其一是一般词人作品中所常有的写美女与爱情之作。因为词这种文学体式，可以说自从早期的《花间集》以来，就久已经形成了一种以叙写美女与爱情为主的风气。即使是在《近三百年名家词选》中，被龙沐勋先生称誉为“开三百年来词学中兴之盛”的云间派词人之领袖，为抗清复明而殉节死义的陈子龙，他与他的追随者的词集中，就也留有不少叙写美女与爱情的作品。其他如朱氏曾从之学词的作者曹溶，以及曾与朱氏并称“朱陈”的阳羡派词人之领袖陈维崧，他们的词集中也都无一例外地留有此类作品。只不过朱氏对于他在此一时期中所留下的此一类作品，却另有一番解说。他在为陈维崧的弟弟陈维岳所写的《陈纬云红盐词序》一文中，就曾经自叙说“予糊口四方，多与筝人酒徒相狎，情见乎词。后之览者且以为快意之作，而孰知短衣尘垢栖栖北风雨雪之间，其羁愁潦倒未有甚于今日者耶。”[②] 关于朱氏的这一段自叙，如果我们结合他的生平经历一加考查，就可知道他所说的话，乃是真实可信的。朱氏之曾祖朱国祚在明代万历天启之间，虽然曾以进士第一人历任礼部侍郎兼翰林院侍读学士，仕至户部尚书兼武英殿大学士。但因其为官清廉，到朱氏出生时，家境早已没落。朱氏少年时代曾以家贫无

① 《白雨斋词话》卷三，见《词话丛编》，北京中华书局 1990 年第二版，册四，页 3835。
② 见《曝书亭集》卷四〇，台湾商务印书馆 1968 年《国学基本丛书》版，页 662。

力纳聘不能娶妻，而不得不入赘于外家冯氏。[①] 更加之在他十六岁时，即值甲申国变，所以一直未参加过科举考试，何况其父辈所往来者，多为“复社”中之人物。朱氏自己与当时一些抗清复明的志士，如朱士稚、钱缵曾、祁班孙、魏耕、陈三岛等，也曾有过颇为密切的交往。[②] 其后这些人既相继被诛捕或远放，朱氏遂也不得不因避祸而离家外出。何况他既无科第名位，在家乡只靠授徒为生，也难为长久之计，所以才不得不长年过着客居游幕的生活。他之把此一时期所写的三卷词作，题名为《江湖载酒集》，其取义于杜牧诗句的“落拓江湖载酒行”，以“江湖载酒”为名，来暗示其生涯“落拓”之悲，这种用心乃是显然可见的。因而在此三卷词集中，其第二类作品，可以说就正是与其第一类写美女爱情的歌酒之作相为表里的，表现其身世的飘零落拓之悲的作品。何况就中国旧社会之传统言之，则失志的才士之寄情于歌酒美人，两者本来就是并不互相矛盾的一体两面之表现。而除去此二类作品以外，在朱氏的《载酒》一集中，还更曾留有大量的登临怀古的慨往伤今之作。盖以如我们在前文所言，朱氏既曾经在十六岁时，身经国变，以后又曾与一些抗清复明之志士有过相当密切的交往，如此则当其“南走羊城，西穷雁塞，更东浮淄水”的游旅飘泊之际，其不免会写有一些登临吊古触目兴怀之作，这也原是一件极自然的情事。而除去此三类主要内容外，朱氏在《载酒集》中也还有不少酬赠与即兴之作，总之其所表现的风格，乃是姿采多方而并不为一家拘限的。而且无论就任何一种内容或风格而言，朱氏可以说也都不乏佳作。举例而言，即如其写爱情的小令《桂殿秋》（思往事）一首，就曾被谭献称美为“复振五代、北宋之绪”，[③] 更曾被况周颐举引为“国朝词人”之代表作的“佳构”。[④] 又如其写爱情的长调《高阳台》（桥影流虹）一首，也曾被谭

---

① 《亡妻冯孺人行述》，见《曝书亭集》卷八〇，台湾商务印书馆 1968 年《国学基本丛书》版，页 1233。

② 见朱氏所撰《贞毅先生墓表》，及朱氏与诸人酬赠之诗篇，在《曝书亭集》卷七二，及卷四与卷五之古今体诗。台湾商务印书馆 1968 年《国学基本丛书》版，页 1134 及页 59、61、66。

③ 见徐珂《清词选集评》，上海商务印书馆 1926 年版，页 39。

④ 《蕙风词话》，见《词话丛编》册五，北京中华书局 1990 年版，页 4522。

献赞美为“遗山、松雪所不能到”。[①] 再如其写羁旅落拓之感的小令《菩萨蛮》（夕阳一半樽前落）一词，其“小楼家万里，也有愁人倚。望断尺书传，雁飞秋满天”诸句，则不仅写出了动人的羁旅之愁，而且还表现了一种高渺悠扬的远韵。又如其长调之《百字令》（菰芦深处）一词，其“四十无闻，一丘欲卧，漂泊今如此。田园何在，白头乱发垂耳”诸句，也不仅写出了羁旅之愁，而且更表现了一种才人失志的凄清萧瑟的襟怀。再如其另一长调之《飞雪满群山》（椎髻鸿妻）一词，其“岂不念飞帆归浙水，叹旧游零落，无异天边。竹林长笛，鸰原宿草，又谁劝酒垆前”诸句，则更是不仅叙写了飘零久客的悲哀，而且还借用竹林七贤中向秀《思旧赋》的事典，以向秀闻笛音而思念“以事见法”的嵇康、吕安等旧友的故事，[②] 暗示了朱氏对其早年所交往的一些因抗清复明之活动，而不幸遇难的一些志士的怀思和悼念，其一种难解的悲怀，更是凄然言外。至于他的登临吊古之作，则如其《风蝶令》（青盖三杯酒），及《卖花声》（衰柳白门湾）等令词，其借用“石城”及“雨花台”等登临吊古的题目，来写明清易代之慨，像前一首的“夕阳留与蒋山衔，犹恋风香阁外旧松杉。”和后一首的“燕子斜阳来又去，如此江山。”等句，就都不仅写得感慨深挚，而且笔致高远。篇幅虽短，而意蕴则极为深曲悠长，这些固早是脍炙人口的佳作。再如他的《满江红》（玉座苔衣），和《水龙吟》（当年博浪金椎）等长调之作，前者是借“吴大帝庙”为题，以孙权之具有知人善用的谋略，而终能割据江东的霸业为反衬，来慨叹南明的瞬即败亡的立朝之短。后者则借“谒张子房祠”为题，以楚汉之际的张良一心想为韩复仇的志意为主题，既以之反讽当日变节降清的一些明朝的旧臣，也表现了志士仁人未能完成其原有之志意的一份悲慨。这两首词都曾被陈廷焯收入了他所编著的《词则》一书的《放歌集》中，与南宋辛、刘诸人的豪放之作，同在一编。陈氏且曾称美其《满江红》（玉座苔衣）一词为“气象雄杰”，

---

① 见《清词选集评》，上海商务印书馆 1926 年版。

② 《思旧赋》，见李善注《昭明文选》卷一六，上海世界书局 1926 年版，页 213—214。

又曾称美其《水龙吟》（当年博浪金椎）一词为“笔力”“高绝”。[①] 然则朱氏《载酒集》中之词作之并不被姜夔和张炎二家之所拘限，其风格与内容之多彩多样，固是显然可见的。可是朱氏所倡导的浙西一派之词论，则一意标举姜、张，以清空骚雅为依归。而且其后期的词风，也与早期之词风有了相当大的差别。这在一般人来看，其间自然不免有许多使人感到矛盾困惑之处。本文在前面既然对朱氏学词之经历，做了简单的介绍和说明，因此下面我们就将对朱氏词论之要点，及其形成之因素与过程，以及其词论对词风之影响，也略加简单的叙介。

要想介绍朱氏之词论，首先我们应当有所认知的，就是朱氏之性格的一点特色。朱氏乃是一位在学问方面极为精勤渊博，而且富于深研和反思之精神的学者。这我们只要一看他所留下来的著述，就可得到证明。朱氏留有《经义考》三百卷，《日下旧闻》四十二卷，《明诗综》一百卷，《词综》三十卷，在此之外尚有《瀛洲道古录》、《吉金贞石记》、《粉墨春秋》等，虽未全部成书，但他所研求的方面之广与用力之勤，也已可想见一斑了。以朱氏的此种性格，所以当他学习为词以后，便也对词之研读投入了大量的精力。我们在前文曾经引用朱氏的《书东田词卷后》，说明他学词之晚，自谓“少日不喜作词，中年始为之”，而接下来他就自叙说“为之不已，且好之，因而浏览宋元词集几二百家。[②] 这不仅证明了他学词时的用力之勤，而且恰好也因之而说明了，他何以能在词的创作方面，会表现出如我们在前文所言的，如此其风格多样的一个主要的缘故。而也就正是在这种精勤的研读与创作的实践中，朱氏遂更以其反思的性格，对词之美感的特质，有了逐步的体悟。因此，要想衡量朱氏之词学，我们自己就不得不首先也对“词”这种文学体式的美感特质，其形成与被人认知之经过，有一点反思的了解，如此对朱氏词学的判断和衡量，才不致失之于浮浅和片面。

关于“词”这种文学体式的美感特质，早在三年前，我曾写过一篇题

---

① 陈廷焯《词则》，上海古籍出版社 1984 年版，册上，页 14 下、16 上。

② 见《曝书亭集》卷五三，台湾商务印书馆 1968 年《国学基本丛书》版，页 860。

为《论词学中之困惑与〈花间〉词之女性叙写及其影响》[①] 的长文，对之做过一番溯源推流的讨论。[②] 而早在此之前，我更曾于一九八八年写过一篇题为《对传统词学与王国维词论在西方理论之光照中的反思》的长文。对于词这种文学体式之演进，曾依其体制作法之不同，与时代之先后，尝试将之划分为“歌辞之词”、“诗化之词”及“赋化之词”三类性质不同的作品。[③] 如果将这两篇文稿合看，我们就会发现中国词学之发展，实在与这三类性质不同的作品之演化和发展有着极为密切的关系。而对词之美感特质的体认，则正应是结合着这种演化和发展，而逐渐形成的。首先从“歌辞之词”谈起，这一类作品自当以早期《花间集》中的作品为代表。此一类词之性质既原是歌酒筵席间演唱的歌辞，其内容自然大多只是对于美女与爱情的叙写，而这种内容，在中国旧传统的“诗以言志”和“文以载道”的、以伦理道德为准的文学观念中，当然难于为之找到一个合理的价值与地位。所以中国早期的词学，可以说原是从困惑与争议中开始的。关于此一时期中的困惑与争议，我在《论词学中之困惑》一文中，已曾举引过多种宋人之笔记著作，对之做过相当的讨论，约言之，则从这些困惑中所发展出来的词学观念，大略可分为以下数点：其一乃是将令词中所写的美女与爱情，比附为其他含义。如晏几道之引用白居易的“欲留年少待富贵，富贵不来年少去”之写少年志意的诗句，来解说他父亲晏殊的“绿杨芳草长亭路，年少抛人容易去”两句写爱情的小词，就属于这一种情况。[④] 其二则是将歌词中对于美女与爱情的叙写，推说是“空中语”，来脱卸开作者在道德伦理方面所可能遭受到的指责，黄庭坚对法云秀的自辩之言，就属于这一种情况。[⑤] 其三则是将歌词中对美女与爱情的叙写，分别为“雅”与“郑”两种不同的品质，其中“雅”的作品，乃是可以被士

---

① 以下简称《论词学中之困惑》。

② 见本书《论词学中之困惑与〈花间〉词之女性叙写及其影响》一文。

③ 参看《传统词学》及《词学中之困惑》二文。在《词学古今谈》，长沙岳麓书社 1993 年版，页 26、325。

④ 见胡仔《苕溪渔隐丛话·前集》卷二六，北京人民出版社 1962 年版，页 178。

⑤ 释惠洪《冷斋夜话》卷十载有法云秀劝黄庭坚之语，谓“艳歌小词可罢之”，黄云“空中语耳”以自辩。《笔记小说大观》，台北新兴书局 1979 年版，第二二编，册一，页 642。

大夫们所允许和接受的，而“郑”的作品，则是被士大夫们所鄙薄而不肯接受的，晏殊与柳永的一段问答之言，就属于这种情况。[①] 以上这三种情况，其所表现的，事实上都是在中国文学批评的传统中，因为受到了诗与文之道德伦理之衡量准则的笼罩和影响，于是遂不得不替这种逸出于准则之外的写美女与爱情的作品，曲加解说的强辩之言。不过，就在这种曲解和强辩之中，却也于无意间探触到了这些写美女与爱情的早期的歌辞之词，于游戏笔墨中所无意形成的一种美学的特质。那就是这一类令词中之佳者，果然可以在其表面所写的美女与爱情之内容以外，更具含有一种足以引起读者许多丰富之感发与联想的言外之意蕴。而这种富含言外意蕴的曲折深蕴之美，实在可以说是“词”这种文学体式，所特具的一种最基本的美学之品质。

不过词的发展当然并没有停止于早期《花间》的艳词小令之作而已；不久以后，就出现了柳永的以长调来写的艳词。这些艳词也是交给歌女们去唱的歌辞之词，可是当这类作品变成了长调的慢词以后，那些刻露而铺陈的对于美女与爱情的叙写，遂使之失去了早期令词之曲折深蕴引人生言外之想的美感特质，而成为了浅薄与淫亵的作品了。于是在这种情形下，遂出现了一位想要一洗此种绮罗香泽之态，而有心要把词之意境提高和拓广的天才的诗人，那就是挟带着天风海雨而来的苏轼。本来，就文士之词的发展而言，其形式之不免要从小令演进为长调，这自然是一种必然的趋势；其内容之不免要从写美女与爱情的歌辞，演化为可以藉之抒怀写志的诗篇，这自然也是一种必然的趋势，不过值得注意的则是，那种由早期令词所形成的，以曲折深蕴为美而使人生言外之想的，属于词的一种美学特质，在这种形式与内容之必然性的演化之冲击中，这种特质曾受到了怎样的影响？是留存？或是转变？如果转变，该是一种怎样的转变？我们对这种转变，又该采取怎样的态度去反思和认知？这实在是研究词学的人，所必须面对的一项重要的课题。关于此一课题，我在《论词学中之困惑》一

① 许士鸾《宋艳》卷五，载有柳永谒晏殊之谈话，晏谓柳曰“殊虽作曲子，不曾道‘针线闲拈伴伊坐’”，以讽柳词之俗靡。《笔记小说大观》，台北新兴书局 1979 年版，册六，页 6203。

文中，也已曾有所讨论。一般说来，柳词用长调来写男女之情的艳词，其铺陈刻露之叙写，对于早期短小之令词的曲折深蕴之特美，所造成的冲击和破坏，其浅俗淫靡之失，可以说已经成为了一般词学家的一种共同认知。因此在这方面历来并未引起过什么严重的困惑和争议。至于苏氏的诗化之词对于早期令词的曲折含蕴之特美，所造成的冲击和破坏，则因其情况之复杂与得失之互见，于是遂在后来的词学中，引起了不少困惑和争议。要想对这些困惑和争议加以分辨和说明，私意以为我们首先应对诗与词之基本性质的差别，略有认知。一般而言，“诗”是以“言志”为主的作品，“情动于中”，而后“形于言”。所以对于诗的评赏，基本上应该乃是以其能传达出一种兴发感动，且能唤起读者之兴发感动者，方为佳作。因此孔门论诗，乃有“兴于诗”及“诗可以兴”之言，其所谓“兴”应该指的就是一种兴发感动的作用，所以“诗”乃是以直接感发为其美感特质的。至于“词”则不然，词乃是在歌酒筵席间演唱的，为流行乐曲而填写的歌辞，是并不一定代表作者自己之情志的“空中语”。可是，如我在《论词学中之困惑》一文中之所言，这些以叙写美女与爱情为主的，并无“言志”之用心的歌辞，却因其女性形象与女性语言之叙写，而于无意间竟然流露了那些男性作者之潜意识中的某些深微幽隐的感情心态，由于这种微妙的作用，遂使得“词”这种文学体式，形成了一种以深微幽隐富含言外之意蕴为美的美感特质。不过，一般说来，诗与词虽然各有其不同的美感特质，但二者却并非截然不能相容的。盖以一则就作者而言，很多写词的作者，同时也都是写诗的诗人。再则就早期令词之体式而言，其五言或七言之句式，与诗之五、七言的句式也并无明显之区分。三则就这些写词的诗人而言，当他已习惯于词体之写作，而又未能忘情于诗人的抒怀言志之感发时，于是偶然情动于中，遂不免也就用这些本来以写美女与爱情为主的歌辞之体式，写下了某些抒怀言志的诗篇，这当然也是一件极为自然的事。即如五代后蜀鹿虔扆在其《临江仙》（金锁重门荒苑静）一词中所写的亡国之慨，北宋初范仲淹在其《渔家傲》（塞下秋来风景异）一词中所写的边塞之情，可以说就都是早期令词中的诗化之作。至于被王国维称为“变伶工之词为士大夫之词”的南唐后主，其亡国后的作品，当然也都是带有极强烈的作者主体之情意的诗篇，而不再只是所谓的“空中语”的歌辞而已了。不过，值得注意的则是，这些早期的诗化之作，一向在词学中并未引起过很大的争议，而是一直等到苏轼的诗化之词出现以后，这种争议才兴起的。此种情况之形成，大约有两个原因，其一是因为早期词作中，这种诗化的作品数量既少，而且大都为作者情意自然感发之作，而并非有意要对词之内容和风格做出什么本质方面的改变。因此读者们遂不仅未对之产生什么争议，而且还因此类作品多为作者主观感情的感发之作，而对之颇为赏爱。其二则是因为早期的带有诗化之倾向的作品，大多为短小之令词，而如我们在前文所言，早期令词中五、七言之句式，与诗之五、七言之句式，并无根本之区分，而此种五、七言之句式，则最宜于传达一种直接之感发，因此，这类作品纵使缺少一种曲折幽隐富含言外意蕴的属于词之美感特质，但却大多都带有一种富于直接感发的属于诗之美感特质。而就一般读者而言，则他们原是更习惯于诗之以感发为主之美感特质的。这当然是使得此类早期诗化之作之不仅未引起读者们的争议，而且还颇为获得赞赏的又一原因。及至苏轼的诗化之词的出现，其情况则有了很大的不同。其一，苏轼对词之诗化，乃是有意为之的，关于此点，我以前在《论苏轼词》一文中，已曾加以论述，兹不再赘。[①] 这种对词之内容与风格的有心改变，对于那些一向习惯于叙写美女与爱情，以绮罗香泽之柔靡风格为美的人，当然造成了很大的冲击，这应该乃是苏氏的诗化之词之所以引人争议的一个重要原因。其二，苏轼之倡写诗化之词，已是在柳永的长调流行以后的事，因此苏氏自不免也写了许多诗化的长调的作品。而长调之句式，则与小令中五、七言之近于诗的句式，有了很大的不同。长调中不仅有了四字一句或六字一句的近于散文之句式，而且即使是五字或七字之句，也往往与诗之五、七言句的节奏停顿，有着很多的差别。诗中的五、七言句，大多为二、三及四、三之停顿，可是词中的五、七言句，则可以为一、四或三、二，以及三、四，或一、六之停顿。而也就正是这种句式与叙写口吻之改变，遂使得词中长调的美感特质，与词中

① 《论苏轼词》，见《灵谿词说》，上海古籍出版社 1987 年版，页 193。

小令的美感特质，有了相当大的差别。词中的小令在诗化以后，不仅不会破坏其词之美感特质，往往还会使之更增加了一种诗的美感特质。可是词中的长调在诗化以后，则可以产生得失优劣多种不同的情况。关于这种种不同的情况，我在《论词学中之困惑》一文中，也已曾有所论述。[①] 约言之，则我在该文中乃是就全部宋词之发展立论，因而曾将之分别为三种不同之情况；现在本文虽是仅就苏轼的诗化之词立论，但我想我们也仍可将之分别为三种不同之情况。第一类词是在诗化以后既具含了诗的直接感发之美，但同时也仍具有词的深隐曲折之美者，如苏词之《八声甘州》（有情风万里卷潮来）属之，这是苏氏长调的诗化之词中，最好的佳作之代表；第二类词则是在诗化以后，虽不复具含词的深隐曲折之美，但却尚能具含诗的直接感发之美者，如苏词之《水调歌头》（落日绣帘卷）属之；第三类词则是在诗化以后既失去了词的深隐曲折之美，但却也未能具有诗的直接感发之美者，如苏词之《沁园春》（孤馆灯青），及《满庭芳》（蜗角虚名）等词，就都属于此类作品。而也就正是此种第三类的作品，遂暴露出了长调之词在诗化以后的一个最易陷入的缺点，那就是平直浅露，了无余味。而如果误以此称作品为豪放，再加之以纵情使气，则自然就不免会流入于粗犷叫嚣了。

从以上的论述，长调之词在诗化以后，其得失利弊的情况之复杂，固已可概见一斑。后人对此种复杂之情况不加详察，于是遂产生了两种片面的见解。或者固执于词在早期作品中所形成的婉约之传统，于是遂对此类诗化之词，不论其优劣都一律加以排斥，以为其乃是“句读不葺之诗耳”[②]，而不肯将此类作品接受到词的疆域中来。又或者则以为此种诗化之词乃是对早期的香艳柔靡之作，所做出的一种品质方面的开拓和提升，于是遂又对此类作品，不论其优劣而一律加以赞美，以为其可以“使人登高望远”，“指出”了“向上一路”。[③] 以上两种观点之所以都不免流于片

① 见本书《论词学中之困惑与〈花间〉词之女性叙写及其影响》一文。

② 《苕溪渔隐丛话后集》卷三三，北京人民出版社 1962 年版，页 254。

③ 见胡寅《酒边词序》，在《宋六十名家词》，汲古阁本，一函，册五，页 2 下。又王灼《碧鸡漫志》卷二，在《词话丛编》，册一，页 85。

面之失，私意以为就正是由于他们都未能认知和掌握词的美感特质，来作为衡量之标准的缘故。如我们在前文所言，长调的诗化之词，其佳者乃是虽在诗化后直接言志的叙写中，仍能保有一种词的深隐曲折之美；至其失败之作，则是在其诗化后的直接言志的叙写中，不仅失去了词的深隐曲折之美，同时也未能具有诗的直接感发之美的缘故。如果我们更进一步去探讨，我们就会发现这其间既牵涉有作者本人情志之本质的问题，同时也牵涉有作品之句法及叙写方式等表现形式的问题。苏、辛等诗化之词之所以不乏佳作，主要乃是由于苏、辛二家，在作者情意的本身之内，原就具含了一种可以使其表现为深隐曲折的质地。关于此点，我在《论词学中之困惑》，以及《论苏轼词》和《论辛弃疾词》诸文中，也早曾有所论述。[①]约言之则苏氏直抒怀抱的诗化之词，其佳者之所以能在直接叙写中，仍含有一种曲折深蕴之美，乃是因为苏氏在其情意的本质中，既原就有着用世的儒家志意，与超旷的道家修养之双重品质的糅合，而且其政治上的理念，与现实中所遭际之磨难间，也有不少的难言之处。这种复杂的本质乃是使得苏氏的某些诗化之词的佳者，虽在直接抒发中却仍具含了词的深隐曲折之美的主要原因。至于辛氏之表现激昂慷慨之志意的诗化之词，其所以大多能在激昂慷慨中，仍具含一种曲折深蕴之美，则更是由于在辛氏本身之情意中，原就有着双重的矛盾和激荡，一方面是作者主观的冀望有所作为的奋发的冲力，另一方面则是外在环境所加之于他的谗毁摈斥的压力。而在这种双重的矛盾和激荡间，当然更有着许多难言之处。这种复杂的本质，也是使得辛氏的许多诗化之词，虽在激昂慷慨中，却偏偏同时也能具含有一种曲折深蕴之美的主要原因。所以豪放一派的诗化之词，要想能在作品中，一方面既有诗的抒情写志的直接感发之美，而另一方面还能保有词的曲折深蕴之美，则作者本人情意方面之质地，实在是一项最为基本的要求。但世之词人之能具有如苏氏之修养与辛氏之志意者毕竟不多，这正是何以这种兼具诗词之双美的作品也极为罕见的缘故。至于一般词人

---

① 见《词学古今谈》，长沙岳麓书社 1993 年版，页 191。又见《灵谿词说》，上海古籍出版社 1987 年版，页 401.

的诗化之作，其上焉者虽或者在失去词之深蕴曲折之美后，仍能保有一种诗的直接感发之美；至其下焉者，则就不免会流入于浅薄直率和粗犷叫嚣了。前者的例证，如张元干的《水调歌头》（万里冰轮满），及张孝祥的《六州歌头》（长淮望断）等词，可以说就都是虽然失去了词的曲折深蕴之美，但却仍不失为能保有一种诗的直接感发的作品。[①] 至于后者的例证，则如刘过的《沁园春》之"斗酒彘肩"及"古岂无人"等词，则可以说已是流入于浮率叫嚣的作品了。[②] 这种弊病之所以易于出现在诗化之词的长调之中，私意以为这实在与我们在前文所曾言及的长调之词的句法及叙写方式，有着密切的关系。小令的五、七言句式，与诗之句式相近，容易表现为一种直接的感发；而长调的慢词则有许多近于散文的句式，何况长调又需要有铺陈的叙写，如此则在散文的句式与铺陈的叙写手法之结合中，其易于流为浮率叫嚣，自然就是一种难以避免的弊病了。这与长调慢词之写美女与爱情者之易流为俗浅淫靡，其道理原是相通的。于是长调的慢词遂发展出了另外的一种写作方式，那就是以安排勾勒之思致取胜的，周邦彦的写作方式。对于周氏的此种作品，我在收入河北教育出版社出版的《清词丛论》一书《对传统词学与王国维词论在西方理论之观照中的反思》一文中，也曾给它取了一个名字，那就是"赋化之词"。我所以名之为"赋化"，那就因为"赋"之写作，原有两点特色，一是重在铺陈，一是重在用意。这正是"感物吟志"之"诗"，与"体物写志"之"赋"的最大的差别。就词之体式而言，其由小令发展为长调，既是必然的趋势；而长调慢词之散文化之句式与铺陈之叙写，其易流于平直浅率，则又是一种自然的结果，如此则为了避免慢词的平直浅率之叙写所造成的淫靡与叫嚣之失，于是而有了周邦彦的以勾勒安排之思致取胜的写作方式。而这种写作方式所追求的，则正是想要在铺陈的叙写中，以"用意"来寻求一种避免平直的曲折深蕴之美。这应该也正是长调慢词在美感方面的一种自然之要求。所以南宋词人，除去辛弃疾等几位在情意本质上确有过人之处的作者

---

① 见《全宋词》，北京中华书局 1965 年版，册二，页 1078；及册三，页 1686。

② 见《全宋词》，北京中华书局 1965 年版，册三，页 2142、2143。

以外，其他一般慢词的作者，如姜夔、史达祖、吴文英、王沂孙、周密、张炎等人，乃无不受有周邦彦之影响，这种情况当然就也正是在长调慢词之美感要求下所形成的一种必然之趋势了。何况南宋末年又经历了一次亡国的巨变，于是因缘际会，遂把这种赋化之词的形式与内容都推向了一个极致的高峰，而此一高峰的代表作品，则正是当时“休宁汪氏（汪兴）购之长兴藏书家”，被朱氏所发现，乃“爱而亟录之”，且于康熙十七年被召入京应博学鸿词试时，携入京师的一卷南宋遗民的咏物词集《乐府补题》。[①] 此一卷词集被携入京师后不久，就有在京师的一位宜兴词人蒋景祁“读之赏激不已，遂镂版以传”。而且据蒋氏在其《刻瑶华集述》一文之所言，曾谓“得《乐府补题》而辇下诸公之词体一变”。[②] 而也就正是在此种背景中，朱氏所倡导的所谓浙西词派遂在当时造成了莫大之影响。而朱氏既原是一位精勤务博且富于反思之精神的学者，如此则在他学词与读词之过程中，对于词这种文体，自唐五代的歌辞之词，历经两宋的诗化与赋化之演变，以迄于赋化之词的高峰之作之被发现，这一切不同风格之作品的不同之美感，他当然也曾经做过一番分别的反思。而朱氏之词论当然就代表了他在反思之后的一种体悟和认知。这也就正是何以我们在评述朱氏之词论以前，也先要对词之美感特质，及其演变之过程，都先做此一番介绍的缘故。

谈到朱氏的词论，其留存下来的资料，虽然并不算少，但可惜却大多不过是散见于他为各家不同之词集所作的序跋之中，而并无系统之专著。而序跋之写作，则不免会因各家词集之性质的不同，及写作之时、地、与人事之不同，往往会有不同之立论与不同之说法。所以朱氏之词论，初看起来乃似乎有许多互相矛盾之处，这自然曾经引起了不少人的困惑与讥评。其实我们只要对其写作之时、地、与人事有相当了解，然后我们再结合前文所提出的词之美感特质之种种演化的经过来看，我们也并不难为朱氏之词论，寻找出一条主要的脉络。

---

① 《乐府补题·序》，在《曝书亭集》卷三六，页602。

② 见《瑶华集》，北京中华书局1982年版，册上，页9。

首先我们要提出一谈的，乃是朱氏在《陈纬云红盐词序》，和《紫云词序》两篇序文中，所表现出来的被人认为极其矛盾的两种说法。为了讨论此一问题，我们现在就先把这两篇序文的主要论点，分别抄录出来一看：

> 词虽小技，昔之通儒巨公往往为之，盖有诗所难言者，委曲倚之于声。其辞愈微，而其旨益远。善言词者，假闺房儿女子之言，通之于《离骚》变雅之义，此尤不得志于时者所宜寄情焉耳。（《红盐词序》）①
>
> 昌黎子曰："欢愉之言难工，愁苦之言易好。"斯亦善言诗矣。至于词或不然，大都欢愉之辞工者十九，而言愁苦者十一焉耳。故诗际兵戈俶扰，流离琐尾，而作者愈工；词则宜于宴嬉逸乐，以歌咏太平，此学士大夫并存焉而不废也。（《紫云词序》）②

从以上所引的两段话来看，朱氏在前一篇序文中，既曾提出说词是"不得志于时者所宜寄情"，可是在后一篇序文中，他却又提出说词是"宜于宴嬉逸乐，以歌咏太平"，这其间的矛盾，原是显然可见的。因此乃有不少人曾对朱氏的此种矛盾之论点大加讥议，而尤其对后一篇的"宴嬉逸乐"之说，更曾被有些人批评为保守或媚世。这些讥评之言，初看起来。虽然似乎也不为无理；但事实上其间却原来存在有不少值得我们思索和探讨之处。首先我们应加以辨明的，当然是这两篇序文的写作年代与写作对象之不同。前一篇是朱氏为陈纬云之《红盐词》所写的序文，陈纬云名维岳，为阳羡派名词人陈维崧之弟。在这篇序文前面，朱氏曾经有"其年（陈维崧之字）与予别二十年"之言，考之朱氏年谱，顺治七年至九年之间，江南文会颇多，朱、陈二人之相遇，盖极可能在此数年间，③ 若依此下推二

---

① 见《曝书亭集》，卷四〇，页 662。

② 见《曝书亭集》，卷四〇，页 664。

③ 见《朱竹垞先生年谱》，并参看顾师轼《梅村先生年谱》，见《梅村家藏稿》之附录；及毛奇龄《骆明府墓志铭》，见《西河文集》，四库全书珍本，册四，页 16 下。

十年，则朱氏此一篇序文，盖当写于康熙十年左右。当时的朱氏与陈氏兄弟都还未曾入仕，所以朱氏在此篇序文中，就还曾有“三人者坎坷略相似也”的话。为了表现他们同在坎坷中，且同样耽爱词之写作的情况，所以朱氏在为陈纬云之《红盐词》所撰写的序文中，乃提出了词是“不得志于时者所宜寄情焉耳”之说，这当然自有其道理在。至于后一篇，则是朱氏为丁雁水之《紫云词》所写的序文，丁雁水的名字是丁炜，福建晋江人，自顺治十二年仕清，曾任河南鲁山县丞，迁直隶献县，历任皆有政声，曾内迁为户部主事，除兵部武选司郎中，调职方司，出为湖广按察使。[①] 其《紫云词》编订于康熙二十五年，当时的清朝既已进入了安定之盛世，朱彝尊也已经入仕翰林院有七年之久。而且朱氏在为丁氏之《紫云词》所写的序文中，还曾叙述丁氏写词之环境背景说：“晋江丁君雁水，以按察司佥事分巡赣南道，构甓园于官廨。且于层波之阁、八景之台，携宾客倚声酬和。”[②] 丁氏的《紫云词》既是这种环境中的产物，所以朱氏在为其词集所写的序文中，乃提出了“词则宜于宴嬉逸乐”之说，这当然也自有其道理在。

以上我们虽然就朱氏此二篇序文之写作对象与写作时地之不同，说明了其看似矛盾的论点，原来也各自有其道理存在。然而，这却还不过只是消极一面的辩解之辞而已，事实上是，朱氏这两段看似矛盾的序文，原来却分别关系着词之美学特质方面的一些重要问题。如我们在前文所言，早期《花间集》中的歌辞之词，本来就正是歌酒筵席间的“宴嬉逸乐”之作。而这实在也就正是歌辞之词与言志之诗的一个最大的区分。只不过值得注意的则是，也就是正在这种无意于言志的歌辞之词中，有时却反而流露了作者最深隐也最真实的一种潜藏的意念和心态。关于这种微妙的现象，我在《论词学中之困惑》一文中，已曾就歌辞之词中有关美女与爱情之叙写，以及男性作者在此种叙写中所可能流露的双性心态，做过颇为详

① 见《清史稿·列传》卷四八四，台北明文书局1985年版，页13356。又有名丁玮者，亦云“号雁水”，见于《词林辑略》卷二，页7下。然丁炜传明载为“晋江人”，与朱氏序文所言相合；丁玮则为山东人，与朱氏所言不合，当以前者为是。

② 见《曝书亭集》，卷四〇，页662。

细的讨论，兹不再赘。[①] 总之，早期的歌辞之词，原是“宴嬉逸乐”之作，这本是不错的；其可以于无意中反映出一些“不得志于时者”的贤人君子们的潜隐的心态，也是不错的。朱氏的两篇序文，虽然原带有酬应之性质，因此遂不免因其写作之对象及写作之时地的不同，而提出了两种看似矛盾的说法，但这两种说法却实在也正反映了词之一体两面的一种美感特质。虽然朱氏当时可能并没有如我在《论词学中之困惑》一文中所提出的，对词之美感的双重性质的理论方面的思辨，但他却能以一己对词之体认，于应酬文字的序文中，以看似矛盾的说法，于无意中探触到了词之一体两面的特质，这种体认，也仍是值得我们尊重和反思，而并不是可以用今日革命意识之批评观点，而便将之讥为“保守落后”而一概加以抹煞的。

前引两篇序文，可以说是代表了朱氏对歌辞之词之性质的一些基本体认。不过，如我们在前文所言，词之发展却并未停止于此一阶段，而更有着由小令而长调的形式方面的演变，以及由歌辞之词变而为诗化之词，又自诗化之词变而为赋化之词的种种内容和风格方面的演变。因此下面我们就将再举引朱氏在其他序文中之一些论词的话，来看一看他对这种种不同阶段之演化中所形成的，内容形式各异，且风格与作法都不相同的作品，又有着怎样的看法呢？关于此一问题，我以为我们首先要提出来一谈的，应该就是朱氏对于短小之令词与长调之慢词两种不同体式的词所表现的两种不同的看法。现在就让我们把朱氏有关这方面的言论，抄录出来一看：

世人言词，必称北宋。然词至南宋始极其工，至宋季而始极其变。（《词综・发凡》）[②]

曩予与同里李十九武曾论词于京师之南泉僧舍，谓小令宜师北宋，慢词宜师南宋。武曾深然予言。（《鱼计庄词序》）[③]

---

① 见本书《论词学中之困惑与〈花间〉词之女性叙写及其影响》一文。

② 《词综・发凡》，上海古籍出版社 1978 年版，册上，页 10。

③ 《鱼计庄词序》，见《曝书亭集》页 665。

予尝持论，谓小令当法汴京以前，慢词则取诸南渡。(《水村琴趣序》)[①]

窃谓南唐北宋惟小令为工，若慢词至南宋始极其变。(《书东田词卷后》)[②]

从以上所引的四段话来看，朱氏所提出的小令当法汴京以前之说，在一般读者中实并无争议。因为如我在前文所言，令词之篇幅短小，且多用五、七言之句式，其美感特质原与诗有相近之处，而诗之美感，则早为一般人所共同认知，只不过五代北宋的一些令词中之佳作，更富于一种言外之意蕴。就一般读者而言，从其所熟知的诗之美感中来认取一些富有言外意蕴之佳作，这自然并没有什么值得困惑争议之处。可是朱氏对南宋慢词之极致推崇，则不是一般人所都能接受的了。即如在前引《水村琴趣序》的一段话之后，朱氏接下去就又曾说“锡山顾典籍不以为然也”。[③] 另外，在前引《书东田词卷后》的一段话以后，朱氏接下来就又也曾说“以是语人，人辄非笑”。可见朱氏谓“慢词宜师南宋”。及“慢词至南宋始极其变”的推尊南宋慢词之说，原来是早在与朱氏同时的友人间，就已经有不同的争议了。何况近世之人，既已经过了革命思想的洗礼，对于这一类重视思致安排的所谓“古典词派”，本已早曾讥之为反动而大加诋毁，则其对朱氏的推尊南宋慢词之说之不能赞同，当然也就在意料之中了。不过，值得注意的则是，朱氏之言却原来乃是他对于词这种文学体式，经过了大量的写作和研读的反思以后，所得到的一个结论。在前引的《书东田词卷后》一段话之前，朱氏原来还曾有一段话说：“予少日不喜作词，中年始为之。为之不已且好之，因而浏览宋元词集几二百家。”[④] 正是在如此大量的阅读后，朱氏才提出了他的慢词推尊南宋的主张。因此我们对朱氏之说，在未经深入的探讨以前，实不应对之率尔就加以否定。而如我以前在

---

① 《水村琴趣序》，见《曝书亭集》页666。

② 见《曝书亭集》页860。

③ 见《曝书亭集》卷五三，页860。“顾典籍”指顾贞观，顾氏曾为秘书院典籍。

④ 见《曝书亭集》卷五三，台湾商务印书馆1968年《国学基本丛书》版，页860。

《论词学中之困惑》一文中之所言，过去的词学家们，对于词这种文学体式之美感特质的反思和体认，原曾经过了一段迷惘困惑的路程。而其所以有此种迷惘与困惑之原因，则主要是由于在中国过去的文学批评传统中，过于强大的道德观念，压倒了美学观念的反思，过于强大的诗学理论，妨碍了词学评论之建立的缘故。而朱氏的推尊南宋慢词之说之不易被人们所接受，应该就也正是由于受到了上面所提及之文学批评传统中的这两种观念和理论之影响的缘故。先从诗学理论方面而言，如我在前面论及慢词之句式与诗之句式之差别时所曾述及，诗之五、七言的节奏顿挫，乃是以二、三之停顿或四、三之停顿为主的节拍，这种节奏顿挫特别富于一种直接感发的力量，可是慢词的句式则往往有近于散文的节拍，而且每句字数并不相同，读起来自然就缺少了如五、七言诗的直接感人的力量。这自然是使得一般读者不容易接受和赏爱南宋慢词的一个原因。再就道德观念方面而言，南宋词人除去辛、刘等少数豪放派作家，在长调慢词中有一些激昂慷慨之作以外，大多数南宋词人如白石、梅溪、梦窗、碧山、草窗、玉田诸家，其所作往往多不免情意悲凄、笔致纤曲，既不能使人精神上感发兴起，且更有晦涩之病，这自然是使得一般读者不容易接受和赏爱南宋慢词的又一个原因。只是如果就词之美感特质而言，则如我们在前文之所论述，当歌辞之词转为长调慢词，而不免流入于鄙俚淫靡；继之以诗化之挽救，而又不免流入于浅率平直之际，则作者与评者自然都应对此种慢词形式何以易流入上述两种流弊的原因，做出一番反省。周邦彦的赋化之词的出现，以及南宋诸家对此种赋化之写作方式的追随和推衍，可以说就都有一种美感方面的自觉之追求。只不过在词学方面，却一直没有人能在这方面做出深切的反思，而且明白地提出到理论上来。朱氏能以其精勤的研读和反思之精神，不畏他人之讥议，而提出了“慢词宜师南宋”之说，不论这一类南宋之慢词在内容意境上有着何等缺失，朱氏对慢词之形式所要求的一种美感特质的认知，也都是值得我们重视的。

除去以上所述的朱氏对于小令与慢词两种不同体式之不同美感的反思与认知以外，与此种反思及认知相应合的，朱氏还曾提出了对南宋慢词之风格与写作方式的一点认知，那就是推崇姜夔与张炎二家的“雅正”的词风。关于这方面的一些言论，我们现在也分别抄录出来一看：

……词至南宋始极其工……姜尧章氏最为杰出。（《词综·发凡》）[①]

言情之作，易流于秽，此宋人选词，多以雅为目。（同上）[②]

词莫善于姜夔。（《黑蝶斋诗馀序》）[③]

词虽小道，为之亦有术矣。去《花庵》、《草堂》之陈言，不为所役，俾滓窳涤濯，以孤技自拔于流俗。（《孟彦林词序》）[④]

予名之曰《群雅集》，盖昔贤论词必出于雅正。（《群雅集序》）[⑤]

盖词以雅为尚。（《乐府雅词跋》）[⑥]

念倚声虽小道，当其为之，必崇尔雅、斥淫哇。……往者明三百祀，词学失传，先生（指《静惕堂词》之作者曹溶）搜辑南宋遗集，尊曾表而出之。数十年来，浙西填词者，家白石而户玉田，春容大雅，风气之变，实由先生。（《静惕堂词序》）[⑦]

……老去填词，一半是空中传恨。……不师秦七，不师黄九，倚新声玉田差近。（《解佩令·自题词集》）[⑧]

如本文在前面论及朱氏早期词作时之所曾提出，朱氏早期之词作本是风格多样不主一家的，但他后来所倡导的浙西词派，则特别提出了推尊南宋姜、张二家的主张。我们在上面所抄录的这几段文字，就不仅明白地显示了朱氏的此种主张，而且也透露出了使朱氏形成此种主张的一些过程和因素。在这些过程和因素中，我们首先应注意到的，就是朱氏为曹溶之《静

① 《词综·发凡》，上海古籍出版社1978年版，册上，页10。

② 《词综·发凡》，上海古籍出版社1978年版，册上，页14。

③ 《黑蝶斋诗馀序》，见《曝书亭集》卷四〇，页662。

④ 《孟彦林词序》，见《曝书亭集》卷四〇，页665。

⑤ 《群雅集序》，见《曝书亭集》卷四〇，页667。

⑥ 《乐府雅词跋》，见《曝书亭集》卷四三，页708。

⑦ 《静惕堂词序》，见《清词别集百三十四种》，台湾鼎文书局1976年版，册一，页75。

⑧ 《解珮令》，在《江湖载酒集》，见《曝书亭集》卷二五，页418。

惕堂词》所写的一篇序文。朱氏早年曾从曹氏学词，固已如前文所述。不过朱氏在早年学词时，自然并没有什么成说立派的想法，所以朱氏方能以其精勤，获致了风格多样不主一家的成就。朱氏之有了成说立派的想法，应该乃是由于他既曾致力于词籍之整理，编订了《词综》一书，又发现了南宋遗民所作的一卷咏物词集《乐府补题》，朱氏对此自必极为振奋。正应是在这种搜集整理和编辑的过程中，朱氏才逐渐有了“慢词宜师南宋”，且产生了推尊姜、张并以“雅正”为美的反思。而在朱氏为曹溶之《静惕堂词》所写的序文中，则明白地透露出了在朱氏编订整理《词综》一书之过程中，所受到的曹氏之影响。盖正如朱氏在序文中之所言，曹溶曾“搜辑南宋遗集，尊曾表而出之”，若不是有曹氏所提供的众多的“南宋遗集”，来供给朱氏去做精心阅读整理的反思，一般而言，南宋慢词的美感特质，是并不容易被人所认知和体悟的。再者，朱氏在此一篇序文中，所提出的“往者明三百祀，词学失传”之言，也并不是有意贬低明词的意气之语。因为如果以明代之词与两宋及清代之词的质与量相对比而言，明词在词史上确实乃属于衰微不振的一代，纵使有少数作家的少数作品尚有可观，也不能改变明词属于衰微不振之一代的整体的情势。至于明词之所以衰微不振的原因，则约言之大概有以下数端：其一是受到了明代诗文复古之风气的影响，遂使一般文士对词这种文体乃多目之为小道末技，不加重视，所以词籍流传不广。王昶在《明词综》的序中，就曾提出说：“永乐以后，南宋诸名家词皆不显于世，惟《花间》、《草堂》诸集盛行。至杨用修、王元美诸公，小令中调颇有可取，而长调则均杂于俚俗矣。”[①] 其二则是受到了明代曲之写作盛行的影响。明代之作者对于词之美感特质既缺少反思的体认，乃往往以为词与曲同是属于依乐调填写的歌辞，而对两者之区别并没有明白的认知，所以乃有时不免用写作曲子的思致和笔法来写词，而曲之特质则在于以痛快淋漓及活泼尖新为美，与词之以曲折深隐为美者，原有很大的不同。而明人以曲之笔法来写词的结果，则正是造成了明词缺少高远之致，而不免流入于浅薄滑易的一个主因。清代吴衡照《莲

① 《明词综·序》，《国学基本丛书》本，台湾商务印书馆 1968 年版，页 1。

子居词话》就曾提出说："明词无专门名家，一二才人……皆以传奇手为之，宜乎词之不振也。其患在好尽，而字面往往混入曲子。……若近俗近巧，诗馀之品何在焉?"[①] 近人郑骞先生在其《论词衰于明曲衰于清》一文中，也曾提出谓明人填词"因为作惯了曲的关系，思致笔路都固定在曲那方面，再也写不出好词来"。[②]

至于词与曲二种文体，何以在美感特质方面有如此大的不同？我以为这实在与此二种文体在形式上之微妙的差别，有着密切的关系。盖以如我在前文所言，词中之长调慢词，一方面既因其句法及写作方式与诗之不同，而不能在铺叙中传达出如诗之五、七言句的直接感发之作用；而另一方面则又不能如曲之增衬变化之随意自然，而传达出如曲文之痛快淋漓或活泼尖新的口吻，以直接诉诸读者当下之快感。正是因了词在形式方面的这种特殊性，才造成了词之既不能等同于诗，也不能等同于曲的一种特殊的美感品质。关于这种美感品质，在朱彝尊受曹溶影响而"搜辑南宋遗集"，并"表而出之"以前，本来并未引起过人们普遍的注意。这一则当然因为如前引王昶所言"永乐以后，南宋诸名家词皆不显于世"，人们自无从认知南宋词之美感特质；再则也因为一般人对于词，并未曾下过如朱氏之精勤的研习和整理的工夫，如此自然也就无法对此种美感特质有什么反思的认知。所以朱氏才会对其"慢词宜师南宋"，且提出推尊姜、张二家之主张，如此其沾沾自喜，而且如此其津津乐道。古人说"乐莫乐兮新相知"，不仅对人的交往是如此，就是在读书研习方面，有了一种新的发现和体认，该也是如此的吧。只不过，在这里我们还可以进一步地提出一个问题，那就是如我在前文所言，长调慢词之走向赋化，以求避免淫靡浅率之失，这条道路本是由北宋后期的作者周邦彦所开拓出来的，南宋诸家之以思致来安排铺叙的写作手法，原都是自周词变化而出的，只是朱氏论词何以不推尊北宋之周清真，而独尊南宋之白石和玉田呢？关于此一问题，我也有一个答案，我以为那是因为北宋之时代距离隋唐以来的词之早

---

① 《莲子居词话》，在《词话丛编》册三，页 2461。

② 郑骞《景午丛编》，册上，台北中华书局 1972 年版，页 164。

期俗曲的时代未远，所以不仅在柳永的《乐章集》中，存有许多用勾栏瓦舍之语言写的俚俗之作，就是秦观、黄庭坚以至周邦彦的诸家之词集中，也都留存有一些这一类俚俗的词作，这类作品，就评者的眼光看来，当然决不是什么佳作。更加之明代词人之以写曲的手法来写词，于是就更加显出了此类作品的俚俗轻率的弊病，所以朱氏在其《词综·发凡》中，就曾对明代的一些词，提出了“陈言秽语，俗气熏人骨髓，殆不可医”[①] 的批评。正是为了脱除此种弊病，所以朱氏词论才特别提出了“崇尔雅，斥淫哇”的主张，而清真词中则不免仍有俚俗淫亵之作，我想这很可能就是朱氏虽体会出了南宋慢词的要以思致来安排铺叙的美感特质，但却独尊姜、张，而不肯提出姜、张所自出的周清真为楷模的缘故。而这当然同时也就说明了朱氏在其《解佩令》一词中，何以声言说“不师秦七，不师黄九”，而要说“倚新声、玉田差近”的缘故。盖以如果以求雅避俗而言，则姜、张二家词中，确实没有如秦、黄、周等人的俚俗之语，这应该乃是朱氏之所以推尊姜、张二家词的一个原因。再则，除去此一“雅”、“俗”之美感的因素以外，我以为朱氏之推尊姜、张，很可能也还有一些感情方面的因素，盖以姜、张二家词中，往往蕴含有一种家国身世之慨。白石之《暗香》、《疏影》，人以为伤北宋徽钦二帝之蒙尘。[②] 玉田更是身经南宋之败亡，其所作自不免亡国之慨。更加之白石一生飘泊依人，玉田于亡国后亦复生涯落拓。朱彝尊亦复于早年身经国变，过了大半生的飘泊依人的生活。前文所举引的朱氏之《解佩令》一词，其上半阕中即曾有“十年磨剑、五陵结客，把平生涕泪都飘尽。老去填词，一半是空中传恨”之言。所以朱氏之赏爱姜、张二家之词，其出于家国身世之慨的某些相近之处，自是可能的。再则白石早年曾有一段合肥情遇，其作品中有不少流露对此合肥女子之追怀忆念的难忘的情意，而朱氏也曾有过一段铭心刻骨的爱情往事，则朱氏读白石词之多共鸣之感，自然也是可能的。以上两点感情因

① 《词综·发凡》，页15。

② 郑文焯校《白石道人歌曲》，据唐圭璋《宋词三百首笺注》引录，台湾学生书局1971年版，页180。

素，我以为很可能是朱氏推尊姜、张二家词的又一个原因。再则朱氏论词亦颇重调谱及作法，这我们只要一看他的《词综·发凡》，就可得到证明。姜、张二家皆精于声律，张氏《词源》更为早期词学中一本最有系统的专著，凡此种种，当然也可能是朱氏论词推重姜、张二家的另一个原因。

经过了以上的讨论，我们对于朱氏词论中所提出的“慢词宜师南宋”，推尊白石、玉田，及“崇尔雅、斥淫哇”的许多主张，其形成之过程及种种因素，既已有了相当的了解，接下来我们就要谈一谈“浙西”一派之得名成派的缘由了。说到以地区名派，这本是清代词坛的一个普遍的现象。这种现象之形成，盖与清代的词人之众及词风之盛，有着密切的关系，所以每每在一个地区之间，一个家族之内，而作者辈出，遂相互影响而蔚然成风。如我们在前文所言，朱氏之为词，就是因为受了其乡先辈曹溶的影响。虽然朱氏早年并没有成家立派的想法，但其所受到的曹氏之影响，则确实已经为他后来所倡导的浙西一派埋下了一粒种子。正是由于曹氏之喜欢“搜辑南宋遗集”，才引起了朱氏之编辑《词综》的念头，也才引起了朱氏对南宋慢词之美感特质的反思。而且在《词综》一书之《发凡》中，提出了他许多论词的主张，而更加巧合的，则是恰好当他编订了《词综》的时候，又正值他蒙召入京来参加博学鸿辞的考试，更恰好携来了一卷他录自江南藏书家的南宋遗民的咏物词集《乐府补题》，而且很快就被刻印流传，造成了京师很大的震动，而这时的朱氏更是已经被“天子亲拔置一等”，授了翰林院检讨的官职。如此风云际会，本来已造成了朱氏之词与词论之足以影响一时的风气，何况更有钱塘的词人龚翔麟，将朱氏的《江湖载酒集》、与朱氏乡人李良年及李符兄弟二人所作的《秋锦山房词》和《耒边词》二集，及沈皞日与沈岸登叔侄二人所作的《柘西精舍词》和《黑蝶斋词钞》二集，再加上龚氏自己所作的《红藕庄词》一集，合刻了一部词集，题名为《浙西六家词》。在此一情况下，于是朱氏遂以其一代之学者才人及朝堂之翰林新贵的身份，俨然成了众望所归的浙西一派词坛之盟主。而自此以后，朱氏遂果然也就有了成家立派的意念，这我们也可以从朱氏的一些作品中得到证明。即如朱氏在其所写的《孟彦林词序》中就曾特别标举了“浙西”之名。不过因为孟氏为浙东人，所以朱氏在序文中，乃以浙东为陪衬，而称述说：

> 宋以词名家者，浙东西为多，钱唐之周邦彦、孙惟信、张炎、仇远，秀州之吕渭老，吴兴之张先，此浙西之最著者也。三衢之毛滂，天台之左誉，永嘉之卢祖皋，东阳之黄机，四明之吴文英、陈允平，皆以词名浙东，而越州才尤盛。陆游、高观国、尹焕倚声于前，王沂孙辈继和于后。今所传《乐府补题》大都越人制作也。自元以后，词人之赋合乎古者盖寡。三十年来，作者奋起浙之西，家娴而户习。顾浙江以东鲜好之者。会稽孟彦林（按孟氏名士楷，作有《夕葵园词》），访予京师，出所著《浣花词》凡五百余阕，其好之也笃，其为之也勤，宜其多且工也。[①]

其行文之以浙东为衬而称述浙西的意思，是显然可见的。再如朱氏在其所写的《鱼计庄词序》中。则是想扩大浙西词派之声势，而有心将侨居浙西者，及作风之相近者，皆归入浙西之内，说：

> 休宁戴生锜。侨居长水，从予游，其为词务去陈言，谢朝华而启夕秀，盖兼夫南北宋而擅场者也。在昔鄱阳姜石帚、张东泽，弁阳周草窗，西秦张玉田，咸非浙产，然言浙词者必称焉。是则浙词之盛，亦由侨居者为之助，犹夫豫章诗派，不必皆江西人，亦取其同调焉尔矣。[②]

如此一扩展，于是朱氏遂将其所推崇的姜、张二家，一并也纳入了浙西之内。因而朱氏论词之推尊姜、张的主张，遂与其所倡导的浙西词派，在时空的扩展和超越中，相互结合在一起了。

从我们在本文前面所做的逐步论述来看，朱氏在词的创作方面，既已

---

① 《孟彦林词序》，见《曝书亭集》卷五三，页665。

② 《鱼计庄词序》，见《曝书亭集》卷四〇，页665。

有了可观的成就；在词的理论方面，也有其精研反思后，对于小令与慢词之不同的美感特质的一种深切的体认，再加之其浙西词派之建立，又有其风云际会的一种有利的形势，如此说来，则在朱氏浙西词派之倡导下，本该有一批杰出的作者与作品出现才是，然而不幸的则是，朱氏的浙西词派，却并没有能获得所预期的成果，甚且连朱氏自己的作品，也走向了衰退，而失去了他早期作品中的劲力和光彩。那么，造成此一结果的原因又究竟何在呢？关于此一问题，我以为其答案大约可分为以下几点：其一是理论与创作在本质上的不同，在理论方面以分析和反思的认知为可贵，即如朱氏之能分辨令词与慢词二种体式之美感特质的不同，就词学理论而言，其反思的认知，实可视为中国词学中之一大进展。但就创作方面而言，则决不可以把理性的认知来做为一种创作的标准和模式。昔《庄子·应帝王》篇，曾有“七窍凿而混沌死”的寓言，创作的情况与此也颇有相近之处。因为创作所需要的乃是一种感发的元气，而过分的以知解去做有心的追求，则往往反而会对这种创作的元气造成一种损伤和破坏。不过，理论的认知对创作而言，却也并非全然无益，那就是朱氏的理论至少指出了属于慢词的一种美学特质，庶几可使某些浅率浮嚣的作者，能因此而知所警惕和趋避。而不幸的则是，当朱氏词论盛行之时，一般作者却只知从写作的技巧形式方面去追求和模仿，仅此一出发点，便已落入了第二乘，则自无怪其未能产生更为杰出的作品了。其二则是朱氏当时所发现的那一册南宋遗民的咏物之作《乐府补题》的出不逢时。如我在前文所言，《乐府补题》中的作品，本代表了赋化之词的一个极致的高峰，此一高峰之达致，一则固由于赋化之词的美感特质，在南宋末期已达到了一个极为成熟的阶段，再则也由于《补题》中的作者都曾经历了南宋的亡国之痛，而当时在蒙元的统治之下，此种伤痛自有许多难言之处，所以才使得此种赋化之词之以安排思索而求曲折深隐之美的咏物之作，因形式与内容之微妙的结合，而达到了一个高峰的成就。但朱氏之将《补题》携入京师，且经蒋景祁刻印流传之日，则已是清康熙盛世，于是遂使得此一卷词之出现，陷入了一个颇为矛盾的境况之中。一方面则这一卷词集中所蕴含的南宋败亡之伤痛，固仍足以唤起当时人们对明朝之败亡的一种共鸣的哀感，但另一方面则当时距离明朝之亡，毕竟已经有了四十年左右之久，这与《补题》中之作者王沂孙等遗民之对亡国之创痛犹新的强烈的激情之感受，也毕竟有了很大的不同，所以《补题》一集之出现，虽造成了京师一时的震动，但在感情之本质方面，他们却已经无法再写出如《补题》中之作者的那样幽怨深微的作品来了。在这种情形下，除了少数作品以外，他们用赋化之词的写作方式所写下的咏物之作，于是就只成了以思致安排来争奇斗胜的一种文字的酬应和游戏。其三则如我在前文所言，朱氏自己的早期词作，虽然风格多样，方面甚广，但自其透过精勤之研读和反思，而对南宋慢词之美学特质有了一番体会和认知以后，于是其为说立论，乃过于侧重在此一类词之美感特质，而忽略了对内容本质方面的重视和倡导。于是在朱氏词论的影响下，遂使得浙西词派的作品，逐渐形成了一种形式精美而内容空疏的弊病。其四则朱氏自己在诗词创作方面，原来就具有一种贪多逞才的习性。赵执信在《谈龙录》中，论及朱氏之诗时，就曾对朱氏有“学博”及“才足以举之”，和“朱贪多”的评语。[①] 近人卢冀野写有论清词的百首《忆江南》，对朱氏亦曾有“朱十总贪多”的评语。[②] 在这种性格的影响下，朱氏在《茶烟阁体物集》中所收录的咏物之作，遂产生了瑕瑜优劣的种种不同的情况。本来以朱氏之博学多才及其身经国变半生飘泊的生活经历，其咏物词中自亦不乏意蕴深微的佳作。即如其《长亭怨慢》（结多少悲秋俦侣）的咏“雁”之作，《满江红》（绝塞凄清）的“塞上咏苇”之作，《潇潇雨》（秋林红未足）的咏“落叶”之作，以及《笛家》（亡国春风）的“题赵子固画水墨水仙”之作，这些咏物词中所寄托和含蕴的缅怀故国感慨平生的情意，就都写得极为深婉动人，[③] 可是另外一面，则朱氏却也曾留有一批与友人酬答的无聊之作，即如其《雪狮儿》三首“咏猫”的词，就是因其友人“钱葆馚舍人（钱芳标）书咏猫词索和”

① 赵执信《谈龙录》，与《石洲诗话》合刊本，北京人民出版社 1981 年版，页 15。

② 卢前《忆江南》，在《清词别集百三十四种》，台北鼎文书局 1976 年版，册一，页 1。

③ 《茶烟阁体物集》，在《曝书亭集》卷二八，页 475、480、491、494。

而写作的。[①] 再如其咏美人身体之各部位的十几首《沁园春》词，[②] 则私意以为乃是由于宋代之词人刘过曾写有同一牌调的这一类词，[③] 朱氏之为此盖亦颇有欲与古人一争短长之意。而也就正由此贪多逞才之一念，于是遂使得朱氏自己在理论上所倡导的“词至南宋始极其工，至宋季始极其变”的，以南宋遗民之《乐府补题》为代表的咏物之作，在他自己之创作的实践中，埋下了使浙西一派之词作，日益走向了徵典逞才而意蕴空枵的败坏的种子。

此外朱氏还有题为《蕃锦集》的一卷词，则全部皆为集句之作，本来以朱氏之博学强识之才，其集句之词中自亦不乏佳作，关于此点，我在论朱氏爱情词一文中，已曾述及。然而集句之作毕竟乃属于一种文字游戏，朱氏之为此，盖亦未能免除其逞才示博之一念，所以朱氏虽以其精勤之工力与反思之精神，对清代之词与词学做出了极大的贡献，然而他所创导的浙派之词，却是在他自己本身的一些作品中，就已经留下了许多足以致病的因素。我曾经设想，假使朱氏能早在避祸远游飘泊依人之时，就发现了《乐府补题》这一卷南宋人的咏物之词，则朱氏必能为我们留下更多更好的托意深微的佳作。又假使朱氏能珍惜笔墨，不写作那些徵典集句的逞才之作，则朱氏之词的数量虽或者不免有所减少，但他在词之成就方面的地位，也许反而能有所提高。然而人既无法自外于所处之时代环境，也难于自胜于一己之性格习惯，遂使得朱氏之词与词学，竟在其巅峰之状态中，走向了下坡的道路，这实在是极可为之憾惜的一件事。

这篇文稿写到前面的一节，本来已可告一结束，但我却还想对朱氏词论在清代词学之发展中的影响，以及其渊源先后，略做一点历史性的考查。首先我要提出来一谈的，乃是朱氏在《红盐词》的序中，所提出来的“假闺房儿女子之言，通之于《离骚》、变雅之义，此尤不得志于时者所宜寄情焉耳”的说法，这段话与常州词派张惠言在其《词选·序》中所提出

---

① 《茶烟阁体物集》，在《曝书亭集》卷二八，页496。

② 《茶烟阁体物集》，在《曝书亭集》卷二八，页470—474。

③ 见《全宋词》，北京中华书局1965年版，册二，页2145、2146。

来的"极命风谣里巷男女哀乐，以道贤人君子幽约怨悱不能自言之情……盖诗之比兴，变风之义，骚人之歌，则近之矣"的一段话，[①] 二者实极为相近。关于写美女与爱情的"歌辞之词"之易于引起读者的言外托意之联想，我在《论词学中之困惑与〈花间〉词之女性叙写及其影响》一文中，已曾对之做过详细的讨论，朱氏与张氏的两段话，可以说就都是触及到了此一类"歌辞之词"之美学特质的极重要的论点。不过常州派之词论后起得人，有周济等人为之纠偏补缺、[②]发扬光大，遂使后世之论词者，更熟悉于张氏之说；而对朱氏之亦曾提出此一论点之事，则反而悠忽视之以为并无新义了。其实就时代先后论之，则朱氏生于一六二九年，而张氏则生于一七六一年，朱氏较张氏出生之年代实早有一百余年之久。所以常州派张惠言之此一论点，其曾经受有浙西派朱氏词论之启发与影响，应该乃是极为可能的。至于朱氏之说之是否亦曾受有前人之影响，若据今日所可见的前人词论来看，则早在南宋之刘克庄，虽曾在其《题刘叔安感秋八词》中，提出过"叔安刘君落笔妙天下，间为乐府，丽而不亵，新不犯陈，借花卉以发骚人墨客之豪，托闺怨以寓放臣逐子之感"的说法，[③] 但刘克庄之所言，乃是专对刘叔安《感秋》八词提出的评语，可以说只是一个偶然的个例，而并不是对词之美感特质的经过反思后的普遍认知。而除此之外，则在前人词论中，似乎还没有人曾像朱彝尊这样能够把"闺房儿女子之言"与"不得志于时者所宜寄情"这二者之间的关系，如此明白而密切地结合在一起而立论的。而如果从我在《论词学中之困惑》一文中，对于《花间》词中之女性形象及女性语言，在男性作者手中所形成的富于双重意蕴的一些特质的讨论来看，则朱氏所提出的此一论点，实当为对于歌辞之词之美感特质的一项重要的体认，此一体认，就词学发展之历史而言，是极可值得重视的。何况此一体认又正与那些想要推尊词体，将所谓小道末技之词比附于诗骚风雅的观念相暗合，于是美感之体认与道德之观念遂得以互相

① 张惠言《词选·序》，北京中华书局1958年版，页2上。

② 参看《常州词派比兴寄托之说的新检讨》，见《迦陵论词丛稿》，上海古籍出版社1980年版，页317。

③ 见《后村题跋》，适园丛书本，卷一，页14上。

结合，因而乃形成了常州一派的比兴寄托之说，而且在清代之词学中产生了极大的影响。不过朱氏所提出的，原只是说“闺房儿女子之言”为“不得志于时者所宜寄情”，而并未尝强调一字一句间的比兴之托意。而张惠言之《词选》，则因为过分强调了一字一句的托意，于是遂不免有了牵强比附之病。但常州派词人之所以强调托意，则恰好又正是针对着浙派词论的另一点弊病而提出的。关于浙派词人的一个最大的弊端，那就是我们在前面所已经指出的，朱氏在理论上所倡导的“词至南宋始极其工，至宋季始极其变”的，以南宋遗民之《乐府补题》为极致的咏物之作，却在他自己的创作实践中，因为一心致力于徵典逞才的铺陈，而不免流入于意蕴空枵的结果，所以常州派的词论乃特别标举出重视意蕴的“比兴寄托”之说，这实在也正是在浙派之影响下，所产生的一种反弹的作用。昔王国维之论词，曾谓“一代有一代之文学”，其实不仅创作之风气与作者所生之时代有着密切的关系，就是在理论方面，也同样各有其时代之影响和限制。朱彝尊所生之时代，正是一般词人与词学家对于词之美感特质开始有了反思的时代，而且也是南宋人之词集开始大量被发现和辑印的时代。所以当时不仅是朱氏开始注意到了南宋慢词之特殊的美感特质，就是时代与朱氏相近的一些其他词人和词学家就也都开始有了类似的反思和体悟，即如王士祯在其《花草蒙拾》中，就曾提出说：“宋南渡后，梅溪、白石、竹屋、梦窗诸子，极妍尽态，反有秦、李未到者。”[①] 邹祗谟在其《远志斋词衷》亦曾提出说：“词至长调而变已极，南宋诸家凡以偏师取胜者，无不以此见长。”[②] 这就因为正如我在前文所言，长调须用铺陈，若纯以直笔叙写，则不免或流于淫靡或流于叫嚣之失，所以南宋慢词之作者才造成了各以思致之安排取胜的一种风气。王又华在其《古今词论》中，就也曾引毛稚黄词论提出说：“填词长调不下于诗之歌行，长篇歌行犹可使气，长调使气便非本色，高手当以情致见佳。”又云：“歌行如骏马蓦坡，可以一往称快。长调如娇女步春，旁去扶持，独行芳径，徙倚而前，一步一

① 《花草蒙拾》，在《词话丛编》册一，北京中华书局 1990 年第二版，页 682。

② 《远志斋词衷》，在《词话丛编》册一，北京中华书局 1990 年第二版，页 650。

态，一态一变，虽有强力健足，无所用之。”[①] 凡此种种论点，都可见到长调慢词之确实具含有一种特殊的美感特质，而凡是对此种特质无所认知的作者，则往往不长于长调之慢词。即如王士祯在论及云间派之词人时，就也曾提出说：“其于词不欲涉南宋一笔，佳处在此，短处亦在此。”[②] 后之王国维，其《人间词话》之论词，虽然颇富精义，但却因其对南宋词之美感特质未能有深入之体认，故对南宋词人乃大多无所赏爱，而其自为之词，遂亦不长于长调之慢词，这实在是王氏之词与词论中的一个极可憾惜的盲点。而由此也可见到对南宋长调慢词之特美的体认，实在是关系着词学之演进的一件大事。朱彝尊氏既生当于对此种美感特质初初开始有所认知的时代，所以其词论乃过于强调了此种美感之特质，而忽略了对于内容意蕴方面的重视；因此乃又有常州派词论之兴起，倡为比兴寄托之说，以强调对于内容意蕴方面的追求，其得失利弊以及袭演变化之渊源，自然也是论词学者所不可不知的。

---

① 《古今词论》，在《词话丛编》册一，北京中华书局 1990 年第二版，页 609。

② 《花草蒙拾》，在《词话丛编》册一，北京中华书局 1990 年第二版，页 685。

说张惠言《水调歌头》五首

——兼谈传统士人之文化修养与词之美学特质

张惠言是清代著名的词学家，编有《词选》一书，标举“意内言外”之旨，以比兴寄托说词。以为词之为体，虽属“缘情造端”之作，然而其所写的“风谣里巷男女哀乐”之言，有时却颇有一种“兴于微言，以相感动”的作用，至其“极命”，亦颇可“以道贤人君子幽约怨悱不能自言之情”，而且表现有一种“低徊要眇”之致。[①] 关于张氏之说，虽有人颇病其迂执比附，但也有人认为张氏之说既提高了词在文学体式中之地位，而且可以使习其说者，所作不流于浅率，其功自不可没。[②] 加之张氏之说继起得人，除去曾与他合编《词选》的其弟张琦，以及曾为之校刻《词选》并写有《后序》的弟子金应珪以外，张氏更曾传其学于其甥同邑之董士锡，董氏又传其学于其子董毅，及另一常州人荆溪之周济，于是清代词学遂形成了所谓常州一派，对嘉、道以还，以迄晚清及民初之词与词学，造成了极大之影响。[③] 所以凡从事于清词之研究者，几乎都无不曾对张惠言所倡始的常州词派有所研讨。早在一九六九年，我也曾写过一篇题为《常

---

① 张惠言《词选·序》，台北世界书局四部刊要 1956 年版，册五，页 145。

② 王国维《人间词话》及谢章铤《赌棋山庄词话》，见《词话丛编》，北京中华书局 1986 年版，册五，页 4261 及册三，页 3486。

③ 龙沐勋《论常州词派》，见《同声月刊》第一卷第十号，南京同声月刊社 1941 年出版，页 1—20。

州词派比兴寄托之说的新检讨》的长文，对张氏之说的得失利弊，及其传承与影响，都做了颇为详尽的论述。[①] 只不过讨论张氏之词论者虽极多，但对张氏在词之创作方面之成就加以探讨者则极少，这其间的一个主要的原因，当然是因为张氏之词作的数量极少。据台湾学古斋文物印刷社于一九七六年所刊印的《阳湖张惠言先生手稿》来看，其所收《茗柯词》一卷不过四十七首而已。书眉有张氏手书干支纪年，计癸丑年（乾隆五十八年）录词十九首，当时张氏年三十三；次年甲寅录词仅一首，是年冬十月遭母丧。其后之乙卯及丙寅两年无词作。丁巳年在歙县金榜家问学及授徒，并编订《词选》一书，是年录词作十四首。戊午年未收词作，己未年收词三首，是年在京师应试，举进士。次年庚申收词十首。又次年以病逝世，享年仅四十二岁而已。[②] 计其录有词作之年，不过五年，词作仅得四十七首，而其中还有一首录于己未年中，题名“祝寿”的《沁园春》词，在手稿中已被张氏亲手删去，是以今所传世之《茗柯文编》中所收录之《茗柯词》一卷，实仅得四十六首而已。若以张氏此一卷不足五十首之词，来与清代词学中与常州派并称的其他两大词派的创导人相比较，则浙西词派的创导人朱彝尊氏计留有词作八卷三百余首之多，[③] 阳羡派之创导人陈维崧氏则更留有词作三十卷千数百首之多。[④] 相形之下，张氏自不免有所不及，这当然可能是张氏之词作一向并不被人重视的原因之一。再则张氏之词作其内容所叙写者，往往但为一种心灵意念之间的感受和活动，而很少有什么感事怀古甚或相思怨别等有情事可以指实的作品，这当然也可能是张氏之词作一向不甚引人注意的原因之二。三则张氏虽有颇著名的《水调歌头》五首，誉之者且曾称其“胸襟学问，酝酿喷薄而出”[⑤]，然而胸襟学问之修养，有时也不免会被认为不过是用“韵文”宣扬“教化”的老

---

① 见《迦陵论词丛稿》，上海古籍出版社 1980 年版，页 317。

② 《阳湖张惠言先生手稿》，台北学古斋文物印刷社 1976 年版。手稿中收《茗柯词稿》一卷，未标页数。

③ 朱彝尊《曝书亭集》，上海商务印书馆四部丛刊本，收词七卷。另有手抄稿《眉匠词》一卷，台北中央图书馆藏三余读书斋手抄本，计共八卷。

④ 陈维崧《陈迦陵文集·迦陵词全集》，上海商务印书馆四部丛刊本 1929 年版。

⑤ 谭献《箧中词》，在《历代诗史长编》第二十一种，台北鼎文书局 1971 年版，页 167。

生常谈，实在并无新意，那些称誉之说，不免是“大言欺人”[1]。那么，作为一代词学之重要词派的创导者，除去词学理论之创导以外，在词作的实践方面，其所成就者，究竟是否也有足资称述之处，以及其词作与词论之间，究竟是否也有着彼此相关之处？这些当然都是一些值得探讨的问题。本文就是想把张惠言所最被人称赏的《水调歌头》五首词，举引作为一个实例，藉此来对其词作方面之成就，及其词作与词论之间的关系，来做一次较为细致深入的探讨。

要想对张惠言之词作的成就，及其词作与词论的关系，做出深入的探讨，我们自不得不首先对于足以影响其思想及心性的家世背景，以及其为学之经历，都略做一些简单的说明。据张氏自己所写的《先府君行实》、《先祖妣事略》及《先妣事略》等自叙其家世的文字来看，张氏盖出生于一个两世孤寒的儒学世家之中。自五世祖以下，历世皆为县学生，未曾仕宦，唯以教学为事。祖父讳政鏚，倜傥好学，通六艺诸子之书，乡试赴顺天，卒于京师，年仅三十五岁。父讳蟾宾，九岁而孤，曾补府学生，亦不获永年，三十八岁而卒。时惠言年仅四岁，有一姊，年仅八岁。父卒后四月，遗腹生其弟翊（后改名琦）。[2] 家贫，赖其母及姊为女红以维生计。有世父居城中，张氏年九岁，世父令其就城中读书，时一归省。一日，暮归，家无夕飧，各不食而寝。次日，惠言饿不能起，其母曰“儿不惯饿惫耶？吾与尔姊尔弟，时时如此也。”于是相对而泣。惠言依世父读书四年，返家后，其母令惠言授其弟读书。每夕，只燃一灯，母姊相对为女红，惠言与弟则读书其侧。[3] 这种艰苦而勤奋读书的早年生活，对于张氏当然有极大的影响。此外，张氏在其《文稿自序》，及其《送恽子居序》，与《杨云珊览辉阁诗序》诸文中，也曾分别叙及其为学之经历。张氏家贫，少年时欲求得一科第，故曾专力学为时文，为之十余年。其后又好《文选》辞赋，又曾专力为之三四年。其后又有友人劝其为古文，因见为古文者“言

① 严迪昌《清词史》，江苏古籍出版社1990年版，页435。
② 见《茗柯文编》，上海古籍出版社1984年版，页89—95。
③ 见《茗柯文编》，上海古籍出版社1984年版，页93—94。

必曰‘道’”，故乃“退而考之于经”，“求天地阴阳消息于《易》虞氏”，“求古先圣王礼乐制度于《礼》郑氏”。嘉庆之初，曾“问郑学于歙金先生”。张氏也曾一度学为诗，而“久之无所得，遂绝意不复为”。[①] 盖张氏之词学，虽为研究清词者之所重视，而张氏为学之本旨，则原来志在经学，而尤长于《易》。嘉庆八年扬州阮氏嫏嬛仙馆所刊《张皋文笺易诠全集》，收有张氏有关《易》学之著作，竟达十二种之多。[②] 而张氏所最为精研有得者，则是东汉三国时虞翻的《易》学。关于张氏对虞氏《易》学之体认，我们可以从张氏的著作中，归纳出以下的几个重点：其一是重视“象”的联想。张氏在《虞氏易事序》中，就曾经提出说“虞氏之论象备矣”，又曰“夫理者无迹，而象者有依”，以为“舍象而言理，虽姬、孔靡所据以辩言正辞”，所以要“比事合象”，才能够“有所依逐”。[③] 其二是重视阴阳消息的变化。张氏在《易义别录序》中，也曾提出说“《易》者象也”。又曰“《易》以阴阳往来九六升降上下而象著焉，阴阳以天地日月进退舍次而象生焉，故曰‘消息’”，而认为“虞氏之言，发挥旁通”，“其用虽殊，其取于‘消息’一也”。[④] 从这些话来看，我们姑不论张氏精研虞氏《易》之得失若何，至少我们可以看出来一点，那就是张氏乃是一个极善于从具体之象来推求抽象之理的，非常富于联想及推衍之能力的人。不过张氏之研求《易》学，其主旨却并不在于卜筮，而在于藉《易》之阴阳消长之理，以求学道知命。他在《答钱竹初大令书》中，就曾经以“性理天命”来论《易》道，说“迁善改过，《益》之道也，虽反《泰》可也。君子穷理尽性，以至于命，如此而已。”[⑤] 而且在读经研《易》以求学道知命而外，张氏亦复有为政致用之理想，他曾写有《原治》、《论保甲》及《吏难》等论文多篇。[⑥] 从以上我们所叙写的张氏之家世，及其为学之经

① 见《茗柯文编》，上海古籍出版社 1984 年版，页 117、27、114。
② 参看《张皋文笺易诠全集》，嘉庆八年扬州阮氏嫏嬛仙馆本。
③ 见《茗柯文编》，上海古籍出版社 1984 年版，页 40。
④ 见《茗柯文编》，上海古籍出版社 1984 年版，页 42。
⑤ 见《茗柯文编》，上海古籍出版社 1984 年版，页 146。
⑥ 见《茗柯文编》，上海古籍出版社 1984 年版，页 112、179 及 167。

历，与其退而求学道知命，进而求为政致用之理想来看，张氏自然原是一个身世孤寒的从艰苦自学之中成长起来的经师与儒士。而且若从其特别重视性理天命之修养来看，张氏似乎还颇有一些理学家或道学家的气味，何况张氏还极为重视礼之研究与讲求。而词这种文学体式，就一般而言，则似乎乃大多以纤艳为特质，与儒家学道守礼之观念，可谓大相径庭。所以历来儒士中之近于理学家者，大抵都并不工词。缪钺先生在其《宋词与理学家》一文中，就曾提出说："宋代理学家中，作诗出色的尚有其人，而作词出色的几乎无有。"[①] 至于我们现在所要讨论的张惠言氏，若就其词论而言，则张氏的"兴于微言"的比兴寄托之论，可以说就正是一个以带有理学家之气味的儒师来说词的典型的例证。所以我在《常州词派》一文中，就曾批评张氏的词论，以为张氏的比兴寄托之说，就"词这种体式之容易被写成或解成为有寄托之作"的本质而言，虽能"善于观察和运用这种香艳的体式，就其本身性质之趋向而给予了一种更高的诠释"，但张氏自己则"似乎只是一个颇为迂执的经师"。以为"他之提出比兴寄托的理论，并非完全由于文学的观念，而大半乃是由于道德的观念"。[②] 可是，近年来当我对西方的各种文学新论，有了更多的接触，同时对于张惠言的词做了进一步的研读以后，我却发现张惠言实在乃是一位具有极为细致精微的词人之心性的人，他的词论也不仅是出于经师的欲求载道的道德观念而已，而是对词之美感特质也确实有其一己之体认。至于其不免落入了迂执比附之失，则是由于受了学术演进中传统观念之限制的缘故。下面我们就将透过一些词例对于张氏之将其一己儒学方面的文化修养，与词之美感特质所做出的微妙结合，略加评说和讨论。

现在就让我们首先把所要评说的张氏的极为著名的《水调歌头》五首词，先抄录出来一看：

东风无一事，装出万重花。闲来阅遍花影，惟有月钩斜。我有江南

① 见《词学古今谈》，长沙岳麓书社 1993 年版，页 29。

② 见《迦陵论词丛稿》，上海古籍出版社 1980 年版，页 345。

铁笛，要倚一枝香雪，吹彻玉城霞。清影渺难即，飞絮满天涯。　　飘然去，吾与汝，泛云槎。东皇一笑相语，芳意在谁家？难道春花开落，更是春风来去，便了却韶华？花外春来路，芳草不曾遮。（其一）

百年复几许，慷慨一何多。子当为我击筑，我为子高歌。招手海边鸥鸟，看我胸中云梦，蒂芥近如何。楚越等闲耳，肝胆有风波。　　生平事，天付与，且婆娑。几人尘外相视，一笑醉颜酡。看到浮云过了，又恐堂堂岁月，一掷去如梭。劝子且秉烛，为驻好春过。（其二）

疏帘卷春晓，胡蝶忽飞来。游丝飞絮无绪，乱点碧云钗。肠断江南春思，粘著天涯残梦，剩有首重回。银蒜且深押，疏影任徘徊。　　罗帷卷，明月入，似人开。一尊属月起舞，流影入谁怀。迎得一钩月到，送得三更月去，莺燕不相猜。但莫凭阑久，重露湿苍苔。（其三）

今日非昨日，明日复何如。揭来真悔何事，不读十年书。为问东风吹老，几度枫江兰径，千里转平芜。寂寞斜阳外，眇眇正愁予。　　千古意，君知否，只斯须。名山料理身后，也算古人愚。一夜庭前绿遍，三月雨中红透，天地入吾庐。容易众芳歇，莫听子规呼。（其四）

长镵白木柄，劚破一庭寒。三枝两枝生绿，位置小窗前。要使花颜四面，和著草心千朵，向我十分妍。何必兰与菊，生意总欣然。　　晓来风，夜来雨，晚来烟。是他酿就春色，又断送流年。便欲诛茅江上，只恐空林衰草，憔悴不堪怜。歌罢且更酌，与子绕花间。（其五）

要想评说这五首词，我们自然首先应该对张惠言写作这五首词的时、地、人物等背景略加考查。据张氏《手稿》，这五首词编在癸丑年所作词之内，词前有题序，曰“春日赋示杨生子掞”。[①] 考之张氏生平，张氏盖

① 《阳湖张惠言先生手稿》，台北学古斋文物印刷社1976年版，页6—7。

生于乾隆二十六年。而癸丑为乾隆五十八年，张氏时年三十三岁。据张氏《送钱鲁斯序》所云“乾隆戊申（五十三年）自歙州归，过鲁斯”，“已而余游京师”，“留京师六年，归更太孺人之忧”的记叙，[①] 可知自乾隆五十四年至乾隆五十九年张惠言皆在京师。是则此五首词固当为张氏在京师之所作。至于所谓“杨生子掞”其人，则据张氏《茗柯文外编》曾收有代他人所作的《赠杨子掞序》一文，此文开端即云“某曩在京师，与子掞共学于张先生”。[②] 可知杨生子掞必为当时在京师曾从张惠言受学之弟子。而且在本年之词作中，除去此一组《水调歌头》以外，还有一首《水龙吟》词，题序亦云“荷花为子掞赋”。[③] 而据张氏代人所作之《赠杨子掞序》一文之所叙写，则曾谓“先生数言子掞可与适道”，而且文中还曾记有一段杨生自述其学道之经历的谈话，谓“子掞尝自言：‘自吾闻仁义之说，心好焉。既读书，则思自进于文词。’”可见杨生确有好学向道之心；不过杨生又尝自言其内心之矛盾，谓其往往“忽然而生不肖之心，乖沴之气，类有迫之者”。[④] 不过，这种矛盾痛苦，却实在也应正是一位好学向道之人的可贵的反思。所以张氏“赋示杨生子掞”的这五首词，其中之可能含有以学道相慰勉之意，应该乃是可以肯定的。而这种内容之并不适合于用词之体式来叙写，应该也是可以肯定的。可是张氏的这五首词却不仅果然写出了学道之儒士的一种心灵品质方面的文化修养，而且还果然表现了词这种文学体式所特有的一种要眇深微的特美。像这种内容意境与这种美感特质的结合，即使在全部词史的发展中，也该算是难得一见的作品，所以谭献在《箧中词》中，就曾赞美张氏的这五首词，谓其“胸襟学问，酝酿喷薄而出。赋手文心，开倚声家未有之境”。[⑤] 至于张氏这五首词何以能达致了此种成就，则私意以为其中最重要的一个因素，盖由于张氏原具有一种深思锐感之心性，此种心性一方面既使得他在儒家学道之精微的义理

① 见《茗柯文编》，上海古籍出版社 1984 年版，页 69。

② 见《茗柯文编》，上海古籍出版社 1984 年版，页 222。

③ 《阳湖张惠言先生手稿》，台北学古斋文物印刷社 1976 年版，页 7。

④ 见《茗柯文编》，上海古籍出版社 1984 年版，页 222。

⑤ 谭献《箧中词》，见《历代诗史长编》第二十一种，台北鼎文书局 1971 年版，页 167。

中，足以获得一种研寻与自得的乐趣，而另一方面则同时也使得他对于词这种文学体式中之要眇幽微的特美，也特别具有一种领悟与掌握的能力。而他为《词选》所写的一篇序言，可以说就恰好表现了他个人以自己之心性，对这两方面之体悟所做出的一种微妙之结合。

要想说明张氏对学道之义理与词之美感的双重体悟与结合，我个人以为张氏在《词选·序》中所提出的“兴于微言”一句，其所使用的“微言”二字，就恰好表现了一种双重性的微妙作用，既可指道之义理的“微言”，也可以指词之美感的“微言”。先从义理方面看，此二字原出于《汉书·艺文志》开端之“仲尼没而微言绝，七十子丧而大义乖”的两句话。据颜师古注以为“微言”乃是指一种“精微要妙之言”，李奇注以为乃是指一种“隐微不显”之言。[①] 而就孔子之“微言”而论，则其所谓“微言”，自然是指一种精微幽隐的“义理”之言。但值得注意的则是，当张氏以“兴于微言”来说词的时候，其所提出的“微言”二字，却也恰好有合于词的一种特美。即如王国维在《人间词话》中，论及词之特质时，就曾经提出过“词之为体，要眇宜修”的说法。其“要眇宜修”四字盖原出于《楚辞·九歌》之《湘君》一篇，原文是“美要眇兮宜修”，王逸注云“要眇，好貌”，[②] 但对其为怎样的一种“好”则未加详言。而此外《楚辞》中《远游》一篇，则恰好又有“神要眇以淫放”一句叙写。洪兴祖注云“要眇、精微貌”，又云“眇、与妙通”，[③] 如此说来，则王国维对词之特美所提出的“要眇”之形容，若据洪兴祖注所说的“精微貌”的注释来看，则岂不是与《汉书·艺文志》颜师古对孔子之“微言”所做出的“精微要妙”的注释，二者乃大有可以相通之处。如此说来，我们若对“微言”二字试做一种通俗而富于涵盖性的解释，则所谓“微言”，固当是指一种精致细微而富于深隐幽微之意蕴的语言。而此种语言，则正是词的一种特质，即如缪钺先生在其《论词》一文中，就曾提出说“词之特征，约

① 《汉书补注·艺文志》，北京中华书局 1983 年版，卷三〇，页 865。

② 见洪兴祖《楚辞补注》，台北广文书局 1962 年版，页 27。

③ 见洪兴祖《楚辞补注》，台北广文书局 1962 年版，页 69。

有四端"："一曰其文小"，缪氏以为"诗词"皆"贵用比兴"，"而词中所用尤必取其轻灵细巧者"；"二曰其质轻"，缪氏以为即使是"极沉挚之思，表达于词，亦出之以轻灵，盖其体然也"；"三曰其径狭"，缪氏以为"文能说理叙事、言情写景，诗则言情写景处，有时仍可说理叙事，至于词则惟能言情写景，而说理叙事绝非所宜"；"四曰其境隐"，缪氏以为"诗虽贵比兴，多寄托，然其意绪犹可寻绎"，"若夫词人"，"其感触于中者，往往凄迷怅惘，哀乐交融，于是借此要眇宜修之体，发其隐约难言之思"，"故词境如雾中之山、月下之花，其妙处正在迷离隐约，必求明显，反伤刻露"。[①] 可见词之特征固正在于一则要求形式上的细微精美，一则要求意境方面的幽微隐约，是则无论就形式或内容而言，词之语言固当皆属于一种"微言"之性质。而更妙的则是张惠言所提出的"微言"二字，还恰好有一个"仲尼"之"微言"的出处。是则张氏在其《词选·序》中，所提出的"兴于微言"一句，其所以选用了"微言"二字，岂不极可能既包含有他对儒家之义理的推寻，也包含有他对小词之美感的体悟的一种双重用意。而我们现在所要评说的这五首《水调歌头》，则恰好更在创作的实践方面，把张氏对儒家义理之追寻，与对小词之美感的体悟，做出了一种极为艺术性的微妙的结合，也对我个人在前文所提出的张氏在《词选·序》中"兴于微言"一句的"微言"之妙用，做出了很好的实践的证明。写到这里，我们本该即刻展开对张氏《水调歌头》五首的评说和讨论才是，但我却又并不想把张氏这五首词中的"微言"，与张氏所追寻的儒家义理之修养，只做一种死板拘狭的说明和比附，因此我遂想对于"微言"之妙用，与张氏词论的拘狭比附之失，更透过西方文论来做一些简单的反省和说明。

其实早在一九八六至一九八七年间，我就已曾引用了西方之符号学、诠释学、接受美学等各种理论，对于温庭筠之《菩萨蛮》词何以会使得张惠言产生了屈《骚》托意之联想，以及李璟之《山花子》词，和晏殊的《蝶恋花》词何以会使得王国维产生了"美人迟暮"和"成大事业大学问

---

① 缪钺《诗词散论》，香港太平书局1962年版，页5—10。

之三种境界”的联想，都分别做了探讨和说明。[①] 我现在不想再对以前的讨论加以重复，简单说来，则每一篇作品之“文本”，原来都是由一串串语言符号之所组成。这些语言符号除了其表面的字音、字义、句法、结构以外，原来还暗藏有许多被称为“显微结构”的极精微的质素，何况每一语言符号还都携带有每个国家，每个民族的丰富的文化语码的背景。而且这些语言符号在互相结合互相影响中，还可以形成许多互为文本的关系，而这种种复杂精微的因素，遂使得作品之文本，除去其表层的字义语法所说明的意义以外，更提供了足以引起读者之感发与联想的许多丰富的潜能。只可惜中国的说诗传统，早自《诗经》开始，就已经被笼罩在了政治与道德的比兴寄托之中，把原来一些原具有极丰富之潜能的意象，都纳入了一种约定俗成的比兴寄托的死板的套式。即如清代顾龙振在其《诗学指南》中，就曾引用僧虚中之《流类手鉴》，把中国诗歌中一些常用的物象，都做了约定俗成的比兴的指说。如“夜，比暗时也”，“残阳落日，比乱国也”，“百花，比百僚也”，“浮云、残月、烟雾，比佞臣也”。[②] 这些指说，作为一种文化语码来看待，自然也有其可供参考之处，只是如我们在前文引用西方文论之所言，每一篇文本中其所蕴含的足以提供读者之感发与联想之潜能的因素，实在极为复杂精微，我们如果不能体会这些因素的微妙的作用，而只按约定俗成的比兴之义来加以指说，自然就不免会受到牵强比附之讥了。对于张惠言而言，我们若从他自己的词作来看，张氏的作品中实在蕴含有极为丰富的感发之潜能，只可惜当他在《词选》中，对前人之作品加以评说时，却不免受到了中国传统诗说中约定俗成的比兴之说的拘限，遂使得一般人竟以为张氏之说只是一个迂执的经师的比附，而忽略了他作为一个词人所禀赋的对于小词之富于潜能之美感特质的精微的体会。我们现在就正是想从张氏自己的词作中，来证明张氏既果然是一位禀赋有幽微要眇之词心的词人，其词论的比兴寄托之说，除去儒士与经师的义理之观念以外，对词之美感之潜能也果然有一种幽微的体会，而其《水

① 王国维《人间词话》，见《词话丛编》，北京中华书局 1986 年版，页 4242、4245。

② 顾龙振《诗学指南》卷四，台北广文书局 1970 年版，页 118。

调歌头》五首组词，则更是把他自己作为一个经师的儒学的修养，与词之富于潜能的美感的特质，在写作实践中，所做出的一次美妙的结合。

说到张氏所禀赋的词人之心性，我以为最能对这一点加以证明的，实在就是张氏自己的词作。即以其《手稿》中所收录的癸丑年中一批最早的作品来看，如其《传言玉女》一词中所写的“低晴浅雨，做清明时节。昨夜花影，认得江南新月。一枝枝漾，春魂如雪”数句，就把一位词人对春天的体会和感受，叙写得极为要眇幽微；再如其《水龙吟·瓶中桃花》一词所写的“疏帘不卷东风，一枝留取春心在”，及“趁红云一片，扶侬残梦，飞不到、斜阳外”诸句，更以词人之心性，为瓶中桃花拟想出何等绵渺的情思；更如其经常被人采入选本的《木兰花慢·杨花》一词，其所写的“侭飘零尽了，何人解、当花看”数句，则是从词的一开端，就把所有的读者都带入了为杨花之生命落空而不被珍惜的深沉悼痛之中，而其后的“寻他一春伴侣，只断红、相识夕阳间。未忍无声委地，将低重又飞还”数句，则更是把一个美好的生命，当其面对消亡长逝之时的回顾与挣扎，写得何等的低徊无奈，何等的委曲缠绵。记得早在一九八四年，我在撰写《论秦观词》一文时，曾经引用过冯煦在《宋六十一家词选》中，论少游词的话，说“他人之词，词才也。少游，词心也，得之于内，不可以传”。我当时曾对冯煦之所谓“得之于内”的“词心”，尝试加以说明，以为秦氏之“词心”乃是由于他“最善于表达心灵中一种最为柔婉精微的感受”。[①] 盖以此种感受最近于词之要眇幽微之特美，而此种特美，与诗之较为更偏重直接叙写的感慨发扬之美，则是颇有不同的。所以秦观虽被称为有“词心”，但却不长于诗，因而乃被元好问讥为“女郎诗”。而巧合的则是，张惠言也不长于为诗，他在《送徐尚之序》、《送钱鲁斯序》、及《杨云珊览辉阁诗序》诸文中，就都曾屡次提到“余少学诗不成”、“学为诗，诗又不工”及“余学诗，久之无所得”[②] 云云，对自己之不长于诗做了多次自憾的叙述。而私意以为却也正是由于这种偏胜而并非兼工的特殊

① 见《灵谿词说》，上海古籍出版社 1987 年版，页 241。

② 见《茗柯文编》，上海古籍出版社 1984 年版，页 200、69、114。

心性，才使得秦观虽不能如苏轼之长才多方，而却以“词心”独胜，也才使得张惠言虽不能如朱、陈之长才多方，而却也以“词心”独胜。只不过张惠言之亦具有精微锐感之词心的一点，虽与秦观有相似之处，但其发展的结果，却使二人的风格产生了很大的歧异。秦观在仕宦失志以后，其凄婉善感之词心，遂一变而为悲苦绝望的凄厉之音。张惠言早期之词作，如我们在前文之所举引者，虽然也表现有一份凄婉锐感之词心，但他却同时另外也写出了，被谭献所赞誉为“胸襟学问、酝酿喷薄而出”的一系列《水调歌头》。这其间的差别，我以为实在乃由于张氏之精研虞氏《易》，遂能更以其精微锐感之词心，对于儒学的性命消息之道心，也别有一份悟入的结果。是则无论其为“词心”或“道心”，原来却都与张氏自身所禀赋的精微锐感的心性，有着密切的关系。而这应该也才正是张氏这五首《水调歌头》词，何以能够把他个人的儒学之修养，与词体的美感之特质，做出如此充满兴发感动之美妙的结合，而完全没有沾染上一般理学家之迂腐的说教之气味的缘故。下面我们就将对张惠言这五首《水调歌头》，在其精微锐感之心性中，把儒学之修养与词体之美感所做出的美妙的结合，一加评述。

先看第一首词，其开端的“东风无一事，装出万重花”，虽然仅只是两个短短的五字句，但作为这一系列五首词的总起，却已经真可说是做到了下笔有神、落纸风生的地步。至于其何以能富含如此兴发感动的力量，则我们自然应该从其文本中之显微结构——若用张惠言的话来说则该说是小词中的“微言”——来加以分析和推求。先说首句的“东风”二字，在中国诗歌传统中，“东风”此一语码所可能引起读者的联想，首先就是春天的季节的美好，因为在中国传统中，不同方向的东、南、西、北风，就恰好代表了春、夏、秋、冬等四个不同的季节。而且除了季节之美好的联想以外，“东风”的“风”字，还暗示了一种活泼的生命力，所以“东风”二字，实在传述出了春天的季节中，宇宙间万物萌发的一种生机与动力。而对此萌发之生命与动力做出美好之证明的，则正是由“东风”所“装”点“出”来的“万重花”朵。而更值得注意的则是在此句形容花之繁盛的数量字“万重花”之上句，原来却还有与之相对的数量极轻的“无一事”

三个字。于是在此对比之下，乃愈发显得“东风”之“装”点出此“万重花”朵，乃竟然全出于“无一事”的轻松与自然，所谓“莫之为而为者，天也”。而也就是在此天心自然的“东风无一事”之中，所“装”点出的“万重花”朵，却已经足可以引起诗人词客们的“物色之动，心亦摇焉”的无穷的感发。所以这两句词实在是充满着感发之潜能，为下文开启了无穷意境的两句好词。何况这两句词，还对题序中所写的“春日赋示杨生子掞”的词旨，做了极为确切的掌握。“东风”与“万重花”，所掌握的自然是题序中“春日”二字的感发，这是全词第一层的表面的词意。而若参想及我们在前文介绍杨生子掞时，所曾提出的杨生之好学向道，而又时或有矛盾退馁之心，而张惠言之写词“赋示”又颇存慰勉之意来看，则此二句词却实在也有一种对于“行健”与“好生”之“天心”的体认之暗示隐然含寓其中。只不过张氏却并未陷入于一般理学家之欲以韵文说理的窠臼中去，不仅这两句词写得充满了感发的意兴，而且下面更以“闲来阅遍花影，唯有月钩斜”两句，呈现了一片幽微要眇的词人的意境。“花”而曰“影”，“月”而曰“钩斜”，这自然正是如我们在前文所引缪钺先生《论词》一文所提出的“其文小”、“其质轻”的属于词之“微言”的特色。而且这两句词写得极为含混隐约，其所谓“阅遍花影”的主辞何在？若直从“闲来阅遍花影”一句来看，则此句固大似作者之自我叙写，但若从紧接着的下一句来看。则“阅遍花影”者，实在应当乃是下句的“月钩斜”。若再承接着开端的两句来看，则是在“无一事”的“东风”由天心自然而装点出“万重花”朵以后，若欲求得一个赏爱此花朵，体悟此天心的对象，却原来只有夜深时的天上一钩斜月，故曰“惟有月钩斜”。而此一钩斜月对于花的爱赏，则极尽幽微深曲之致，故曰“闲来阅遍花影”，“闲来”者，极言其赏爱的时间之长久与从容，“阅遍”则极言其观赏之仔细与周遍，其用情固正如李商隐《燕台》诗所写的“蜜房羽客”之“芳心”，直欲与“冶叶倡条”皆能“遍”得“相识”也。[①] 而更妙的则是此一钩斜

① 李商隐《燕台四首》，见《李商隐诗集》，上海中华书局四部备要聚珍仿宋本，册四，页34。

月之所观赏阅遍的，原来还不是“花”，而是“花影”，这真是词人的一种要眇幽微的想象。而此一“影”字遂不仅隐然指向了深宵的月光，而且还可以在“互为文本”的关系中，引发起读者们对于宋朝词人张先的名句“云破月来花弄影”的一份联想。如此则不仅是月光在赏爱着花影，花影也以美丽的舞姿答向了月光。张惠言把天地间一份相知相赏的珍贵的情谊和境界，真是写得何等的幽深婉曲，何等的精微入妙。只是我们却不要忘记，在“月钩斜”之上，张氏原来还曾更写了“惟有”两个字，也就是说由“东风”所装点出的“万重花”的天心生意，除此一钩斜月以外，在人世间乃竟然更无有对此天心生意能知所体悟和加以珍赏的人了吗？于是下一句张氏遂以“我有江南铁笛，要倚一枝香雪，吹彻玉城霞”三句，写出了他自己在此情境中的一份回应。这三句中的“微言”，也有着极妙的作用。先说“江南铁笛”一句，一般选注此词的人，往往多引朱熹《铁笛亭诗序》，谓“侍郎胡明仲，尝与武夷山隐者刘君兼道游，刘善吹铁笛，有穿云裂石之声。故胡公诗有‘更烦横铁笛，吹与众仙听’”之句。[①] 从这一事典，可以使“铁笛”带给我们两点联想，其一是“穿云裂石”的笛音之高远浏亮，其二是其笛音之可以与“众仙”相通。而除此事典外，其实“江南铁笛”四字的结合，在其字面的本质之作用中，也还可以给我们两点联想，其一是“铁笛”之“铁”字，在本质上可以给我们一种强硬坚贞的联想，其二则“江南”二字，又可以给我们一种温柔多情的联想。而更妙的则是在“江南”与“铁笛”两种引人联想的质素前，原来张氏却还写了“我有”二字，做了明白有力的自我陈述。于是在这两句的互相结合中，张氏所写的“我有江南铁笛”一句，其所有的便已不仅是一支现实的“铁笛”而已，而成为了一种充满自信之口吻的，对某种既坚贞而又多情的品质之自我认定。而下面的“要倚一枝香雪”二句，则更是紧承前句而下的叙写，前句的开端是“我有”，所以下句开端的“要”，自然也正是“我要”。而“我要”所表现的则正是在前句的坚贞与多情之本质下，“我”的一种追求和向往。至其所追求向往者为何？则是“要倚一枝香雪，吹彻

---

① 朱熹《铁笛亭诗序》，见钱仲联《清词三百首》，长沙岳麓书社 1992 年版，页 179 注一。

玉城霞”。“香雪”二字，正是对此词开端的“万重花”的呼应，夫“香”者，是花之气味，“雪”者，是花之颜色，而“倚”字则表示了一种极亲密的相接近之关系。古诗云“投我以木桃，报之以琼瑶”，夫“东风”既“装出万重花”以示我，则我当何以报之乎？而张氏之所相报者，则正是要在“万重花”的“一枝香雪”之侧，用其所有的“江南铁笛”之美好的品质，为之吹奏出一阕对天心生意相酬答的花之赞曲，而且要直吹到“吹彻玉城霞”。夫“玉城”固当指仙人所居之处，又称“玉京”，昔唐代之天才诗人李白，就曾以其飞扬之想像，写出过“遥见仙人彩云里，手把芙蓉朝玉京”的名句。[①] 而“吹彻”之“彻”字，则有“通彻”、“直彻”之意，是作者固欲以其“江南铁笛”，为“香雪”之花，直吹出一阕可以上达玉京之曲也。而如我在前文所言，“江南”和“铁笛”既传示了作者自我之某种品质，而“香”与“雪”则又暗示了其所倚近的“花”所代表的某种美好的品质，而“彻”字则既表示了“吹彻”之吹者的竭心尽力，也表示了其音声之直欲上达玉京的强烈而热诚的追求和向往。而值得注意的则是，张氏在这里却又以其词人之心性，做了一笔要眇幽微的叙写，那就是他还更在“玉城”之下，加了一个“霞”字，于是张氏所要吹彻的就甚至不仅是直达到天上的玉城而已，而是更要直吹到玉城上的云霞都做出云飞霞舞的感动。张氏的这几句词，真是写得既委曲又飞扬，无论就其对词之美感而言，或就其对天心生意的道心之体悟而言，可以说都达到了一种极高的境界。可是张氏却在此数句之后，蓦然笔锋一转，竟然承接了“清影渺难即，飞絮满天涯”二句，乃使前面所写的一切“我有”、“我要”的品质和追求，都骤然跌入了落空无成的下场。因为所谓“我要”者，原只不过是一种自我的主观愿望而已，西方《圣经》中就曾说过“立志”“由得我”，只是“做出来不由得我”，五代时冯延巳词，也曾写过“天教心愿与身违”的话，[②] 这种美好的心志与愿望的落空，岂不是人间最大的悲哀。所以说“清影渺难即”，“清影”承上句的“玉城霞”而来，固当指天

① 李白《庐山谣》，见《唐诗三百首新注》，上海古籍出版社 1980 年版，页 59。

② 冯延巳《浣溪沙》，见《全唐五代词》，上海古籍出版社 1986 年版，页 420。

上之云光霞影，“渺难即”则极言此一境界之高远难及，固正指一种理想与愿望的落空无成。而更可悲的则是岁月难留，年华不待，就在人们怅惘于“清影渺难即”的落空失望之时，春光已经长逝，而且已到了落花飞絮飘满天涯的无可挽回的地步了。以上说此词前半阕竟。

下半阕以“飘然去，吾与汝，泛云槎”三句领起，对上半阕结尾处所写的落空失望之感，做出了一大转折，而在此一转语中，却实在也包含了儒家的一种修养境界。盖儒家之所追求者，原在一种所谓“仁”的人格之完成。这种完成，就个人而言，自是指一种“我欲仁，斯仁至矣”的品格的修养，[①] 但若就其更高一层的“任重道远”，“以天下为己任”[②] 的理想而言，则当是“仁政”的推行。所以就一位有理想的士人而言，本可以有两种自我完成的方式，当其“达”，固可以“兼善天下”，当其“穷”，也还可以“独善其身”。[③] 就其“独善其身”的一面而言，虽可以有“仁者不忧”的一种不假外求的自得之乐，但若就其“兼善天下”的一面而言，则虽是圣者如孔子，也不免会有“道不行”的困厄之叹。而此词下半阕开端的第三句“泛云槎”，就隐然指向了孔子在“道不行”时，所说的“乘桴浮于海”的一句话。所谓“乘桴浮于海”，朱熹集注已曾谓其为“假设之言”，[④] 钱穆先生撰《论语新解》，则更曾对此一章加以称美，谓其“辞旨深隐，寄慨甚遥。戏笑婉转，极文章之妙趣”。[⑤] 那就正因为孔子在说这一段话时，一则既未曾果有乘桴而去的辞世之想，再则孔子之所以能将“道不行”之悲慨转化成了一种戏言的想象，便正因其虽在失志之中也并未完全失去自得之乐的缘故。现在张氏此词隐用孔子“乘桴浮海”之假设的戏言，便也正有同样的一种妙趣。只不过张氏却把孔子的“乘桴”改变成了“泛槎”，于是此一辞语遂又产生了另一联想的妙用，那就是《博物志》中所记载的一则神话故事，说“有人居海上……见浮槎来，不失期。

① 《论语·述而》，见阮元校刻《十三经注疏》，北京中华书局 1980 年版，册二，页 2483。
② 《论语·泰伯》，见阮元校刻《十三经注疏》，北京中华书局 1980 年版，页 2487。
③ 《孟子·尽心上》，见阮元校刻《十三经注疏》，北京中华书局 1980 年版，页 2765。
④ 《论语·公冶长》，见阮元校刻《十三经注疏》，北京中华书局 1980 年版，页 2473。
⑤ 钱穆《论语新解》，香港新亚研究所 1964 年版，页 148。

……乘之而去……至天河。"[1] 的叙写。于是在此双重联想的结合中，张氏遂将前半阕结尾处所写的落空失志之悲，立即转化成了一片飘然远引的洒脱飞扬之致。而同时还隐然也表现了学道之士人的一种自得的修养。而也就在此一片飞扬的想像中，张氏遂与代表着天心与生意的春神——东皇，有了一种相互的交往，所以下面接着就写了一大段东皇的告语，说"东皇一笑相语，芳意在谁家？难道春花开落，更是春风来去，便了却韶华？"。东皇的告语是以两段问话开始的，而却在问话之前先写了"一笑"两个字。昔古人有云"相视一笑，莫逆于心"。是则"东皇"在开口之前，固已与词人有一种"莫逆"之感，而且写得如此之亲切生动，大可以与阮嗣宗所写的"飘摇恍惚中，流盼顾我傍"[2] 的一段与"西方佳人"相遇合的境界相比美。而"东皇"所代表着的既是天心和春意，所以此处张惠言所写的实在应该是张氏自己对天心春意的一种反思和体悟。而次句的"芳意在谁家"，其所提出的当然就也正是对于谁人能对此天心春意真正能够有所悟得的一种反思。而所谓"天心春意"当然指的是一种精神心灵的悟入，而不只是外表的色相而已，所以接下来三句，张氏所写的就是"难道春花开落，更是春风来去，便了却韶华？"如果只从外表色相来认识春天，则春天自然是短暂的，而这也就正如佛教《金刚经》所说的"若以色见我，以音声求我"之"不得见如来"一样，[3] 所以张氏乃以"难道"两字提出了一种要人破除外表色相之拘束的反思。而结之以"花外春来路，芳草不曾遮"的最终的告语。而这两句话，就儒家之学养言之，实在可以说是一种"见道"之言，《论语》记载孔子的谈话，就曾有"仁远乎哉？我欲仁，斯仁至矣"[4] 之言。夫天心春意之可以常留在"见道者"的心中，固决非春花之落之便可以断送，也决非春草之生之便可以阻隔的。昔苏轼

---

① 张华《博物志》，上海中华书局聚珍仿宋版《四部备要》本，卷三，页 3 上。

② 阮籍《咏怀诗》之十九，见黄节《阮步兵咏怀诗注》，北京：人民文学出版社 1957 年版，页 25—26。

③ 《金刚经集注》，上海古籍出版社 1984 年版，页 124。

④ 《论语·述而》，见阮元校刊《十三经注疏》，北京中华书局 1980 年版，册二，页 2483。

《独觉》诗即曾有句云："浮空眼缬散云霞，无数心花发桃李。[①] 即使到了肉体的眼已经视物昏花的时候，而内心中却竟然仍可开放出无数桃李的繁花。所以清代的俞樾在殿试中，乃竟以"花落春仍在"一句，博得了考官的赏识，高中首选第一名，[②] 原来就也正因为他写出了一种儒家至高的修养之境界的缘故。张氏此词所写的也是一种儒家修养之境界，自无可疑。不过张氏却能全以词人之感发及词人之想象出之，而且其中果然也结合了张氏自己对儒学的一份真正的心得与修养，写得既深曲又发扬，这当然是一首将词心与道心结合得极为微妙的好词。

张惠言的《水调歌头》共有五首之多，这自然是属于一系列的成组的作品。关于组诗与组词之成为一个系列，这中间当然有多种不同之情况，而主要则大别之约可分为以下两类，其一是全组作品之排列各有一定之次序，而且彼此各有前后呼应之关系。既不可任意删选，也不可任意颠倒其次序者，在诗中如杜甫之《秋兴》八首，在词中如韦庄之《菩萨蛮》五首，便都是属于此类之作品。其二则是全组作品并无必然之次第，只不过在开端或结尾表现有某种或引发或结束之意味者，在诗中如陶渊明之《饮酒》二十首，在词中如欧阳修之《采桑子》十首，便都是属于此类之作品。至于张惠言的这五首《水调歌头》，则从我们刚才所讨论过的第一首词来看，其开端的"东风无一事，装出万重花"两句，实在写得充满了对春天之生意欣然的感动，自然是此一组题名《春日》之作的总起之开端，至其第五首词结尾的"歌罢且更酌，与子绕花间"两句，则分明提出了"歌罢"之言，自然是此一组词的总结之收尾，其次第可说是明白可见的。至于其中间的三首词，则似乎并无明显的必然之次第，而且其景物之兴象，与典故之事象，参差错出，变化多姿，似乎颇有一点近似阮籍之《咏怀诗》的"反覆零乱，兴寄无端"[③] 之致，不过因为张氏之词一共只有五首，较之阮籍之《咏怀》的多至八十余首者，毕竟要少得多了，所以虽在

---

① 苏轼《独觉》诗，见王文诰辑《苏轼诗集》卷四一，北京中华书局 1982 年版，页 2284。

② 见俞樾《春在堂全书》《随笔》卷一，台北环球书局 1968 年版，册五，页 3538。

③ 见沈德潜《说诗晬语》，上海中华书局聚珍仿宋版《四部备要》本，卷上，页 7 下。

兴寄无端之中，其大体脉络却还是隐然可寻的。下面我们就将对其第二首词一加评说。

第二首词与第一首词相较，其手法稍有不同。第一首词从景物之兴象开端，写得颇有隐约幽微之致，而这一首词开端的“百年复几许，慷慨一何多”，则从赋笔的直叙入手，写得颇有感慨激昂之气。不过，虽是直叙的赋笔，但其间却也同样包含了许多“微言”的妙用。首先是这两句开端之词，一落笔便以其熟知习见的口吻，带给了我们不少文本方面的联想。其一自然是《古诗十九首》之“人生不满百，常怀千岁忧”的联想，其次则是曹操《短歌行》之“对酒当歌，人生几何”和“慨当以慷，忧思难忘”的联想。如果从《古诗十九首》的联想来看，则“人生不满百”一诗中曾有“昼短苦夜长，何不秉烛游”之句，与张氏此词结尾所写的“劝子且秉烛，为驻好春过”二句中之“秉烛”二字，固可谓正相呼应。“人生不满百”一诗有劝人及时行乐之意，然则张氏此词岂不也可能有劝人及时行乐之意？若再从曹操《短歌行》的联想来看，则曹氏为乱世之英杰，他所写的自是一份英雄豪杰恐惧于年命易逝而功业难成的悲慨。张氏虽非乱世英杰，但做为一个有志于道的儒士，则张氏岂不也可能有一份年命易逝而所志难成的悲慨？而除去以上诗句文本所可能给人的联想以外，若再从“慷慨”二字之辞语所给人的联想而言，则“慷慨”与“忼慨”同，据徐锴《说文注》以为乃“内自高忼愤激”[①] 之意。而使人内心高忼愤激之情事则甚为广泛，所以《史记·项羽本纪》写项王之被困垓下，可以有“悲歌忼慨”的叙述，[②]《后汉书，齐武王传》写齐武王縯之性格刚毅，也可以有“慷慨有大节”[③] 的形容。而如果从这种广义的方面来理解，则人世之种种不平、不义、不善、不美之事，其使人内心足以愤激感慨者固自正多，故曰“慷慨一何多”也。而张氏这二句词的妙处，则正在其能以如此熟见习知的辞句，却带给了读者如此丰富而又难以确指的联想。而其下面

---

① 徐锴《说文系传》卷二〇，台北华文书局1971年版，页851。

② 见《史记·项羽本纪》，上海商务印书馆1932年版，册一，页23。

③ 见《后汉书集解·齐武王传》，台北艺文印书馆1955年版，卷一四，页207。

所承接的“子当为我击筑，我为子高歌”两句，从表面来看，固仍是赋笔的直叙，写张氏呼引杨生子掞为同道，表现了对“慷慨一何多”的一种感情的流露。不过此二句中又包含了一个事典，所以虽是直叙之笔，却同样也给了人不少丰富的联想。《史记·刺客列传》写荆轲在未遇燕太子丹以前，曾与市井间之狗屠及善击筑者高渐离相交往，“日与狗屠及高渐离饮于燕市，酒酣以往，高渐离击筑，荆轲和而歌于市中，相乐也。已而相泣，旁若无人者。”[①] 司马迁的这段叙述，对于一些未得知用的志意过人之士彼此间的相知相惜的一种共同悲慨，真是写得既深刻又生动。而张惠言引用此一事典，更于“击筑”、“高歌”之前，加上了“子为我”及“我为子”两方相互以深情投注的叙写，遂使得读者对于张氏与杨生子掞的师弟之情之感动以外，更多了一份知已相怜而共伤不遇的感动。而在此种感动之下，张氏却忽然又把笔墨扬起，写出了一种“招手海边鸥鸟，看我胸中云梦，蒂芥近如何。楚越等闲耳，肝胆有风波”的襟怀和气象。而这段叙写，则同样也是虽用赋笔直接叙写，却以事典增加了深曲之致的美妙的结合。先说“招手海边鸥鸟”一句，原来在《列子·黄帝篇》曾记载了一则故事，说海上有人好鸥鸟，鸥鸟常飞下来与之嬉戏，后来有一天此人之父令其捉一只鸥鸟回来，于是当此人再至海上时，就因为他已经有了想要捉鸥鸟的一种“机心”，鸥鸟遂不肯再飞下来了。[②] 现在张氏说“招手海边鸥鸟”，当然也就正表示了张氏已经没有人间之得失利害的机心了。至于下面的“胸中云梦”两句，则出于司马相如之《子虚赋》，《赋》中记述子虚向人夸说“楚有云梦，方九百里”云云，乌有先生则向之夸说齐国，谓可“吞若云梦者八九于其胸中，曾不蒂芥”。[③] 在《子虚赋》中，这原是对齐国之大的一种夸说之言，后人说“胸中云梦”，则是寓言胸怀之博大，连云梦之大都可吞入胸中，而却连纤微如蒂芥的不适之感都没有，则其胸襟之大自可想见。不过这种博大的胸襟有时却又正是从挫折苦难中磨

---

① 见《史记·荆轲列传》，上海商务印书馆 1932 年版，册三，页 74。

② 见《列子·黄帝》，北京文学古籍刊行社 1956 年版，卷二，页 13。

③ 司马相如《子虚赋》，见《评注昭明文选》卷二，台北学海出版社 1981 年版，总页数 198。

炼出来的一种修养。南宋的陆游，在其《六月十四日宿东林寺》一诗中，就曾有“看尽江湖千万峰，不嫌云梦芥吾胸”[①] 之句，至于张氏这几句词的妙处，则在其从意义上可以给读者的这些联想以外，还有他叙写之口吻方面的一些特色，他并未简单直接地说我“胸吞云梦而不蒂芥”，而是说“招手”叫“海边鸥鸟”来“看我胸中云梦”。而且在“蒂芥”之下还加了“近如何”三个字，并未曾做“曾不蒂芥”的直叙。也就是喻示着从昔日到“近”日之间，这种有无蒂芥之感，还可能正在有所变化之中，而这当然也就更增加了一种修养之进境的暗示。从“招手”到“如何”，这几句词张氏写得真是极尽生动而又深婉之能事。而最后乃以二语结之曰“楚越等闲耳，肝胆有风波”。在这里，张惠言又用了一个典故，《庄子·德充符》曾记载一段孔子的谈话，说“仲尼曰：‘自其异者视之，肝胆楚越也，自其同者观之，万物皆一也。’”[②] 张氏所说的“楚越等闲耳”两句，“等闲”二字是表示不重要的轻视之辞，也就是说“自其同者观之”，虽“楚越”之异可以视为一体之意，而若“自其异者视之”，则“肝胆”虽在人体一身之内，却也可以有如楚越之异，而引生敌异之风波。所以庄子所追求的最高境界，乃是“天地与我并生，万物与我为一”。[③]《庄子》在这里引用了“仲尼”之言，那便是因为儒家思想中，原来也有一种“万物皆备于我”的“仁者以天地万物为一体”[④] 的观念。此二观念虽看来相似，但其实却并不全同。《庄子》的立论，是由相对的观念出发，以为一切是非、大小、寿夭、同异之区分，皆为人类主观之观念，若能泯灭此相对之观念，自然便可达到“天地与我并生，万物与我为一”的一种至高的修养境界。至于儒家之立论，则是从仁者之心出发，若能推此“仁心”而广之，则自然便也可达到一种“天地与我并生，万物与我为一”的至高的修养境界。不过此种儒道二家思想之异同，在此实不必做勉强之分别，因为中国

① 陆游《六月十四日宿东林寺》，见《剑南诗稿校注》，上海古籍出版社 1985 年版，册二，页 813。

② 见《庄子集解·德充符》，北京中华书局 1954 年版，页 30。

③ 《庄子·齐物论》，北京中华书局 1954 年版，页 13。

④ 《孟子·尽心上》，见阮元校刻《十三经注疏》，北京中华书局 1980 年版，页 2764。

传统中有修养的儒士，其思想中原来就有儒道二家思想之结合互补的一种妙用。张氏此二句词可以说就正是此种修养的一种表现。而张氏此二句词之佳处，原来却还并不在于他所表现的是何种思想修养，而在于他所表现的口气之潇洒自然，承接着前面的“招手海边鸥鸟”一气贯下，全无说理之迂腐，所以谭献评张氏这五首词，曾称其“胸襟学问，酝酿喷薄而出”，以此数句词所表现的修养境界，及其叙写之口吻而言，谭氏的称美之辞，固非虚誉也。以上是此词的前半阕，从开端的“百年复几许，慷慨一何多”的愤激悲慨，写到“楚越等闲耳”的胸襟修养，已经完成了一大段落。

下半阕的“生平事，天付与，且婆娑”三句，就音节而言自是另一个新段落的开始；但若就内容情意而言，却实在是对前半阕结束时所写的胸襟修养之境界，所作出的一种意脉不断的阐发。其所写者固当正是在有了前半阕所写的胸襟修养之后的一种“知命”、“不忧”的境界。这种修养境界，就现在倡言革命与斗争之时代言之，固当不免于不合时宜的迂腐之讥，而且这种境界也并不易被一般人所体会和掌握，稍一不慎，就会成为一些庸俗懦弱不求长进之人的藉口。而这种境界则又确实是儒家修养的一种极高的境界。孔子自叙其为学之体验，就曾经自谓是经历了“三十而立，四十而不惑”，然后才达到了“五十而知天命”[①] 的境界。不过，儒家所说的天命却并不是宗教迷信中之天帝与命运，而应该乃是对于天理之自然，义理之当然与事理之必然的一种体悟，有了这种体悟，而且能在生活中去实践的，则自然便会在内心中获致到一种“不忧”的境界，所以张氏在写了“生平事，天付与”的“知天命”的体悟以后，接着便写出了一种“且婆娑”的自得其乐的境界。可是这种境界却并不是每个人都可以获致的，所以接下来张氏在下面就又写了“几人尘外相视，一笑醉颜酡”两句词，表现了一种寂寞与欣愉交感杂糅的情思。其“几人尘外”四字，就正表现了一般耽溺于得失利害之争逐的尘世中人，对此“知命”、“不忧”之“尘外”之境界之不能共同享有和体悟，故曰“几人”，其所表现的就

① 《论语·为政》，见阮元校刻《十三经注疏》，北京，中华书局1980年版，页2461。

正是“无几人”的寂寞的悲慨。可是此句最后的“相视”二字，则又表现了相知者之自有其人，而其所指者，当然就正是被张氏认为“可与适道”的杨生子掞了。“相视”二字，写得极为生动有情致，可以使人联想到一种“目成心许”的不假言语的真赏的意境。所以接下来就写了“一笑醉颜酡”的相知共醉之乐。至其所醉者，则除了表层意思所指的酣醉于酒的意思以外，自然也潜藏有酣醉于道的一种深层意思隐寓其中了。而无论是酣醉于酒也好，酣醉于道也好。总之写到这里，应该已是进入了一种欣愉自得的“不忧”之境界了。可是张氏在下面却又将笔锋一转，写下了“看到浮云过了，又恐堂堂岁月，一掷去如梭”三句，表现了一种忧恐之情，这真是一种极妙的转折，因为也就是在这种看似矛盾的两种不同的情感中，张氏却实在传达了儒家学道之经历中的一种更为细致深入的体会。因为正如本文在前面所言，这种“知命”、“不忧”之境界，实在并不易被一般人所体会和掌握，稍一不慎，就会沦落到苟且偷安不求长进的情况中去，所以张氏才又写了此三句忧恐之辞。不过此三句中之首句“看到浮云过了”，却实在可以说还是承接着前面的“知命”、“不忧”写下来的。“浮云”可以有两种喻示：其一，在《论语》中孔子曾有言曰“不义而富且贵，于我如浮云”，[①] 则“浮云”自可指人间利禄之被学道者之视同“浮云”；其次，则辛弃疾《西江月》词，也曾有“万事云烟忽过”[②] 之言，是则“浮云”当然也可以喻指人间万事的无常与多变，张氏说“看到浮云过了”，当然也就隐喻有一种阅尽人间万事的一种超然自得之意。可是此句之下张氏却即刻承接以“又恐堂堂岁月，一掷去如梭”的两句悲慨忧“恐”之言。而这其实也就正是对于我们在前面所提出的“知命”、“乐天”往往会误流入于苟且偷安之情况的一种警惕和补救。因为儒家对于“天”的体认，除了“天命”之应“知”与应“畏”以外，原来还有着另一方面的体

---

① 《论语·述而》，见阮元校刻《十三经注疏》，北京中华书局 1980 年版，页 2482。

② 辛弃疾《西江月》（万事云烟忽过），见《全宋词》，北京中华书局 1965 年版，册三，页 1920。

认，那就是“天行健，君子以自强不息”的一种“乾乾自惕”的精神。[①]然而人生苦短，而志意苦长，岁月难留，堂堂竟去。“堂堂”是公然如此之意，正写岁月之无情。唐代诗人薛能在其《春日使府寓怀》的诗中，就曾写有“青春背我堂堂去”[②]的诗句，可以为证。至于“一掷去如梭”一句的“一掷”二字，则可以使人有两种联想，其一可能是指岁月之掷人竟去，陶渊明《杂诗》就曾有“日月掷人去，有志不获骋”[③]之言，可为参证。其次则也可能是指人们对岁月之抛掷而不加珍惜。从前句的“堂堂岁月”看下来，则此句之“一掷”固当指岁月之掷人竟去；但若从下面的“如梭”二字来看，则此处，之“一掷”自当指人之抛掷岁月而任其如掷梭之不返。此二义既可以相辅相成，故以词之感发而言，此二义实可并存而不必强加区分也。夫“岁月掷人”虽属一件无可奈何之事，但人之虚掷岁月则是可以挽回和补救的。所以此词最后乃以“劝子且秉烛，为驻好春过”二句作结，表现了一种对于“好春”岁月的珍惜之意。“秉烛”二字，所表示的自然是一种夜以继日的追求，然其所追求者究为何事？则就张氏此词言之，实有两种可能性。其一是对《古诗十九首》的“昼短苦夜长，何不秉烛游”的联想，从此一联想来看，则此二句词固当是劝杨生子掞应及时行乐之意。其二则“秉烛”不寐所追求者，也不必然只是行乐。杜甫诗就曾有“检书烧烛短”[④]之句，则“秉烛”自然也可能有“秉烛夜读”之意。其三则除去行乐与读书等具体可指之情事以外，“秉烛”二字在本质上固可以被视为对任何一种美好之事物或理想之勤力追求的喻示。张氏此词之妙处，就正在其开端与结尾都是用《古诗十九首》之诗句点化而成，所以从表面来看，乃首先给人一种人生苦短应及时行乐的联想。但若从其通篇叙写之口吻转折及其所用的事典来看，则此一首词中，实在又处

---

① 《易经·乾卦·文言》，见阮元校刻《十三经注疏》，北京中华书局1980年版，页14、15。

② 薛能《春日使府寓怀》，见《全唐诗》，北京中华书局1960年版，册一七，卷五五九，6482。

③ 见《陶渊明诗文汇评》，北京中华书局1961年版，页246。

④ 杜甫《夜宴左氏庄》，见《杜诗镜铨》，台北新兴书局1970年版，卷一，页3下，总页数93。

处流露有张氏对于人间世事之悲慨，与对于一己之怀抱修养的反思。表面全用赋笔的直叙，但却充满了言外的深曲的潜能。而且在结尾两句既用“劝子”二字表现了一份情意之浓，又用“好春”二字表现了一份意致之美，而且上下相承，“劝子”之“秉烛”，正是为了“为驻”“好春”之“过”。而“过”字之意，则是明知“好春”之一过即逝之不可久留，但当其“过”时，我们却当使其尽量延长，对之尽意珍惜，所以说“驻”，明知其不可留，而尽力使之留住。这两句写得真是婉转多情。但其表面之口吻却又表现得极为简率平易。昔陈廷焯《白雨斋词话》曾评韦庄词，称其“似直而纡，似达而郁，最为词中胜境”。[①] 张惠言此词盖亦颇有近于此种意境之处也。

张惠言这五首《水调歌头》，虽然都是以春日之感兴为主的作品，但其着笔之重点则每首颇有不同。第一首从“东风”之“装出”“万重花”写起，全首皆以春之兴象为主，而结之以“花外春来路，芳草不曾遮”，暗示了一种天心春意之可以长存的最高境界。第二首开端是对第一首结尾的一个反接，脱离了天心春意而写起了年命之无常与人心之慷慨，中间几经转折，而结之以“劝子且秉烛，为驻好春过”，是虽在几番人心慷慨的转折反思之后，仍归结到对天心春意之可以长存永在的一种勉励与追求，而下面的第三首遂又回返到春天之兴象中来了。

第三首词一开始，就以“疏帘卷春晓，胡蝶忽飞来”二句，扬起了一片飞扬的意兴，而且每一辞语都充满了“微言”的妙用。先说“春晓”二字，“春”为一年之始，“晓”为一日之始，仅此二义，便已充满了一片活泼的生机。何况此二字还可以同时带给人许多关于“春”之万紫千红的美盛，与“晓”之朝晖旭日的光明的种种联想。但这句词要写的却还不仅是外在的“春晓”的兴象之美而已，而且更要写出人心对此种兴象的感动和接纳，所以“春晓”之上遂更有“疏帘卷”三字，传达出了一种更为微妙的作用。以表示本就有可以相通之处的“疏”字为形容，加之以“帘卷”的全面的开启，遂使内在的人心完全迎向了外在的“春晓”的美盛与光

① 陈廷焯《白雨斋词话》，见《词话丛编》，北京中华书局 1986 年版，册四，页 3779。

明。而也就在此“疏帘”乍“卷”之际，帘外的“春晓”遂化生出了一只美丽动人的“胡蝶”，舞动着翩然的双翅向人迎面飞来。其句中的“忽”字用得极妙，“忽”字所表示的自应是一种不期然而然的惊喜，此“不期而然”，就人而言自是意外，但若就春而言则却又正是天心春意的一片美丽的、生机的、自然的呈现。因而就在此人心之疏帘乍然卷起，春心之蝴蝶忽然飞来的交感之中，人心与春心之间遂产生了一片情意的撩动。于是遂有了下面两句“游丝飞絮无绪，乱点碧云钗”的叙写，“游丝飞絮”既是春之撩动也是心之撩动，李商隐《燕台四首》的第一首写“春”，就曾有“絮乱丝繁天亦迷”[①] 之句，李氏用了一个“亦”字，遂将人意天心一同写入了此一片游丝飞絮的迷惘撩乱之中，而张惠言则是分为两句来写春意对人心之撩乱，“乱点”二字的主辞在前一句的“游丝飞絮”所代表的天心春意，而其受语的宾辞则是“碧云钗”所代表的一位美丽的女子。“碧云钗”三字不仅使人联想到此一女子的容貌之美丽与身份之高贵，而且“碧”之颜色可以给人一种“春草碧色”的青春与生命之想象，“云”之质地可以给人一种“摇曳碧云斜”的飘渺与轻柔的想象。至于“乱点”二字，其上一字之“乱”自然是接着“游丝飞絮”说的，极写其丝絮之盛多与撩乱，而其下的“点”字则是直指后面的“碧云钗”三字说的，极写其丝絮对于“碧云钗”的点缀与扑飞。而这种情景，遂使我联想到了韦庄的两句词，其一是其《浣溪沙》（清晓妆成寒食天）一词中的“柳球斜袅间花钿”[②] 之句，其二是其《思帝乡》（春日游）一词中的“杏花吹满头”[③] 之句。前者是写柳絮成球飞袅在女子的花钿之侧，后者是写杏花之无数花瓣都被吹落到女子的满头之上。这两句所写的都是外面的春意对女子之内心的撩动。其力量之强大乃逼人而来，竟有及身触体之不可抗御者在。而这首词中张惠言所写的固应也是外在之春意对人心的一种强力的撩动。从“疏帘”之“卷”起，“胡蝶”之“飞来”，直到撩乱的“丝絮”

---

① 李商隐《燕台四首》，见《李商隐诗集》，上海中华书局四部备要聚珍仿宋本，页 34。

② 韦庄《浣溪沙》（清晓妆成寒食天），见《全唐五代词》，上海古籍出版社 1986 年版，页 523。

③ 韦庄《思帝乡》（春日游），上海古籍出版社 1986 年版，页 552。

"乱点"到"碧云钗"上，春意对人心之撩动，盖亦正有其及身触体之不可抗御者矣。那么当一个人的追寻爱情的春心被撩动起来之后，其追寻的结果又如何呢？于是张惠言接下来遂写了"肠断江南春思，粘着天涯残梦，剩有首重回"三句落空悲怨之词。"江南"二字所给人的联想，当然还是浪漫与多情，故曰"江南春思"。可是多情的春心又将落到什么下场呢？李商隐的一首《无题》诗，就早曾写下了"春心莫共花争发，一寸相思一寸灰"[①] 的名句。那自然就无怪乎张惠言所写的"江南春思"，也只落到了"肠断江南春思"的结果了。而下面的"粘着天涯残梦，剩有首重回"二句，则更进一步叙写"春思"已令人"肠断"之后，但好梦虽残而此情难已的一份追怀和回忆。从"春思"到"天涯"，正写其追寻与飘泊之远，"残梦"则表现了梦虽已破而尚未全醒的一种痴迷的意境。至于"粘着"二字，则似乎可以有多重含意。如果从上句的"春思"接下来看，则此句固当指"春思"之粘着于"残梦"，虽"断肠"而未已。但若从更前面的引起"春思"的"游丝飞絮"来看，则张惠言之所以选择了"粘着"二字，固应正是对"游丝飞絮"之性质的一个回应，于是在"粘着"二字之中，"游丝飞絮"遂果然与"春思"相结合而为一体了。昔周邦彦之《玉楼春》词，曾有"情似雨馀粘地絮"[②] 之句，昔日飞扬之情思，遂只馀下了粘满天涯而更复飞扬不起的一痕残梦，故结之曰"剩有首重回"，正是对前半阕自"卷""帘"以后所引起的"春思"，只"落到""肠断"之结果的一个总结的回忆。于是在此 痛苦的回想之总结后，词人遂立下了一个不想再被外在的春色所撩乱的决心，说"银蒜且深押，疏影任徘徊"。"银蒜"是古代用以押帘之物，银制，其形如蒜，故曰"银蒜"，这一句正是对开端首句之"帘卷"的一个反接。卷帘的结果，是外在的春色所带给人的撩乱的"春思"，而"春思"的追寻则徒然使人"肠断"，故此句乃曰"银蒜且深押"正是欲以银蒜押帘而使之不复开启之意，于是词人

① 李商隐《无题四首》之二，见《李商隐诗集》，上海中华书局四部备要聚珍仿宋本，册三，页 43。

② 周邦彦《玉楼春》(桃溪不作从容住)，见《全宋词》，北京中华书局 1965 年版，册二，页 617。

乃将一切撩乱人心的“游丝飞絮”的春色尽皆阻隔于帘外了，而且一任飞花舞絮之疏影在帘外舞弄徘徊，词人却已表示了不再为其撩乱的决心，故曰“疏影任徘徊”也。

而下半阕张氏却又以“罗帷卷，明月入，似人开”三句，开始了又一次的追寻。从表面看来，这里所写的“帷卷”、“月入”，与上半阕开端所写的“帘卷”、“蝶”“来”虽似乎颇有相似之处，但事实上其中所传达的情思意境，则表现有很大的不同。前半阕所写的乃是外在之春色对人心的撩动，而此处所写的则是天上之明月对人心的开启。如果按照我们在前文所曾叙及的张惠言之求学向道之修养，来对此词所写的意境一加推想，则前半阕所写的意境，似乎乃是人心对世上之繁华所引起的追寻和向往，而此处所写的意境，则似乎乃是一种对天心之妙悟，所以下面紧承以“一尊属月起舞，流影入谁怀”，作者乃将自己的情思，放在与天上之明月相等的高度，做了悬空的拟想。而此二句更可引起三个“互为文本”的联想，那就是李白的名诗《月下独酌》，和苏轼的名词《水调歌头》，以及李商隐的《燕台四首》。李白诗中曾有“举杯邀明月”及“我舞影凌乱”之句，苏轼词用李白诗意，曾有“起舞弄清影”之句，李商隐诗则曾有“桂宫流影光难取”之句。至于张惠言的这两句词，则虽然透过前人的句子可以给我们很多丰富的联想，但却实在更有他自己所独具的一种取意。先说“一尊属月起舞”一句，“属月”是以尊属月，也就正是李白诗的“举杯邀明月”的意思，而在张氏词中，则继承着前面的“明月入”所引发的天心的启悟，于是作者在此句遂以“属月”二字，把自己的心境提升到了一个与明月同其超远和光明的境地，更继之以“起舞”，则正显示了在此境地中的一种与明月为友的相得之乐。可是张氏用笔之妙，却当下做了一个转折，立即以明月为心写出了一份高寒无偶的寂寞之悲，故曰“流影入谁怀”？昔李商隐《嫦娥》诗，曾有“嫦娥应悔偷灵药，碧海青天夜夜心”①之句，设使明月而有知，明月也一定愿将自己投入一个相知相爱之人的怀抱中去，然而举目人间，何处又有此可以投入之人呢？所以作者乃发出了

① 李商隐《嫦娥》，见《李商隐诗集》，上海中华书局四部备要聚珍仿宋本，册四，页19。

“流影入谁怀”的慨叹。从表面看来，这自然是为明月而慨叹，但其实却也就正暗示了作者自己的慨叹。不过张惠言却又并未使自己停留在这种寂寞的慨叹之中，于是笔锋一转，张氏遂又写出了“迎得一钩月到，送得三更月去，莺燕不相猜”的另一层境地。由“迎得”到“送”“去”，这自然表现了一个时间的过程，而其所迎送的对象则是天上的明月，也就是说作者已与天上的明月有了一番交往，而当一个人与天上的明月已经有了一番“属月起舞”的交往以后，则纵然在尘世间没有一个可以相知相爱的投入之人，其内心中也必然早已有了一种不假外求的自足的境界，所以说“莺燕不相猜”。俗语说“莺燕争春”，如今作者既已展示了一种不假外求的自足的境界，当然不会更有与“莺燕”争春的竞逐繁华之想，故曰“莺燕不相猜”也。而最后乃结之曰“但莫凭阑久，重露湿苍苔”，这两句也可以给我们多重的联想，首先是李白《玉阶怨》一诗，曾有“玉阶生白露，夜久侵罗袜”[①] 之句，李诗写的是一个女子有所期待而终于落空的怨情，久立玉阶，乃至露湿罗袜。张词的“凭阑”当然也暗示了一种有所期待的情思。至于“重露”之“湿苍苔”，当然就也暗示了“重露”之亦可以沾湿衣履，而由于“露”之可以沾湿衣履，于是遂又可以引起我们的另一个联想，那就是《毛诗·召南·行露》一篇所写的“厌浥行露，岂不夙夜，谓行多露”[②] 几句诗。“厌浥”二字所形容的正是行道上的露之浓重。诗中写一女子谓其岂不欲早夜而行，但却因“畏多露之沾濡而不敢”。而“露之沾濡”则喻示了一种外来的侵凌与玷污。张氏此二句词，从“凭阑”写到“露湿”，而却在开端加上了“但莫”二字，正表示了一种警惕的语气，从表面的意思来看，其所警惕者固当指重露之沾濡，而从深一层的意思来看，则张氏当然也可能有一份警惕杨生子掞不可以一心向外追寻以免自身会受到玷污的含意隐喻其间。而这当然也正是针对此词前半阕开端所写的“帘卷”“蝶来”等种种外在的撩动，所做出的一个回应。如何在欲求知用

① 李白《玉阶怨》，见《唐诗三百首新注》，上海古籍出版社1980年版，页332。

② 《毛诗·召南·行露》，见《十三经注疏》，北京中华书局1980年版，册上，页288。

的冀望，与“人不知而不愠”的“居易俟命”[①] 的持守之间，找到一个平衡点，这应该正是儒家所追求的一种可贵的修养。

不过，纵使果然如前首词所写的，找到了一个修养的平衡点，但却还有一个不能解决的问题，那就是千古人类之所同悲的光阴之流逝与年命之无常。所以唐代的大诗人李白，就早曾写过“长绳难系日，自古共悲辛”[②] 的诗句，晚唐的名诗人李商隐，也曾写过“从来系日乏长绳，水逝云回恨不胜”[③] 的诗句，而在这种长逝的无常中，我们人类以一个有限的生命又将怎样来对待它呢？所以张惠言在第四首词的一开端，乃立即就写下了“今日非昨日，明日复何如”的问句。上一句所写的就正是逝者之不返与年命之无常，而次句所写的则正是对未来之明日究应如何处理和对待的一个严肃的思考。根据已逝的体验，我们都早就认知了一切身外之物之都不能够被自己长相保有，如此说来，则也许惟有进德修业才是真正能属于自己的一种获得，所以接下来张氏就又写出了“朅来真悔何事，不读十年书”的两句词，“朅来”二字是诗文中的常用之语，或以为乃“去来”之意，或以为乃“聿来”之意，或以为乃“尔来”之意。至于“何事”二字，如依标点断句，则此二字自当为“真悔”之宾语，也就是说近来我所真正后悔的是什么事呢？于是下面的“不读十年书”，就成了此一问题的答案。但在词的惯例上也可以句虽断而语意不断，如此则“何事”二字便可直与“不读十年书”一句相连贯，也就是说近来我所真正后悔的，是为了何事而未曾好好的读十年书呢？这两种读法的意思虽不全同，但却也并不互相抵触，因此可以并存。总之此二句词所表示的，乃是在“今日非昨日，明日复何如”的反思下，所得到的一个既是自悔也是自勉的答案。而下面的“为问东风吹老，几度枫江兰径，千里转平芜”三句，则是在开端数句全用赋笔的直叙以后，转入了一种景物的兴象，不过此数句所写却又并非单纯的眼前之景物，而是含有一个《楚辞》的出处。原来《楚辞·招

① 《论语·学而》，见阮元校刻《十三经注疏》，北京中华书局1980年版，页2483。

② 李白《拟古》十二首之三，见《李太白集》，上海商务印书馆国学基本丛书本1933年版，卷二四，页3。

③ 李商隐《谒山》，见《李商隐诗集》，上海中华书局四部备要聚珍仿宋本，册三，页39。

魂》一篇，在结尾之处曾写有“朱明承夜兮时不可以淹，皋兰被径兮斯路渐。湛湛江水兮上有枫，目极千里兮伤春心”[①] 的句子。所以我们在此必须先对《楚辞·招魂》的这几句叙写做一些简单的说明。据《楚辞》王逸的注解，以为“招魂者，宋玉之所作也……宋玉怜哀屈原忠而斥弃，愁懑山泽，魂魄放佚，厥命将落，故作《招魂》，欲以复其精神，延其年寿，外陈四方之恶，内崇楚国之美，以讽谏怀王，冀其觉悟而还之也。”[②] 此处所引数句中的“朱明”，指的是日，“淹”字是停留之意，“朱明承夜”一句，正是写昼夜之相继长逝，而时光则不可淹留，与张氏此词的开端正相应合。至于“皋兰”则指泽畔兰花，以喻君子，“被径”谓皋兰之盛多而无人采择，以喻君子之不见用。“渐”字谓为水所浸，“斯路渐”则指此皋兰被径之路之被水淹没，以喻贤人之久被弃捐。至于“湛湛江水”一句，则王逸注以为此处乃写“江水浸润枫木，使之茂盛”，而屈原则“不蒙君惠而身放弃，曾不若树木得其所”。而“目极千里”一句，则“言湖泽博平，春时草短，望见千里，令人愁思而伤心也”。[③] 张惠言此处虽用了《楚辞》中的一些语句，但却在前面加上了“为问东风吹老”一个问语的口气，隐然与此一系列五首组词之第一首开端所写的“东风”互相呼应，再一次点明了“春日”的主题，于是遂使得以下所引用的一些《楚辞》中的语句，立即就都与作者的感发做了密切的结合。由作者向东风发问，询问“东风”曾经“几度”把“枫江兰径”“吹老”？所谓“几度”正暗示着年复一年的时光流逝之速，“吹老”则暗示着“枫江兰径”之岁岁的荣枯，至于“平芜”二字，则暗示着春时草短之意，“转”字则也暗示着由荣而枯的草之转变，而“千里”二字，则当然也暗示了“目极千里兮伤春心”的联想。所以这几句词乃在古典之出处与作者之感发的互相结合中，蕴含了丰富的潜能，既呼应了此词开端之“今日非昨日”的时光长逝年命无常的哀感，同时也隐含了贤人志士之不得知用的悲慨。用一个问句

① 《楚辞·招魂》，见《楚辞补注》，台北广文书局 1962 年版，页 91—92。

② 《楚辞·招魂》，见《楚辞补注》，台北广文书局 1962 年版，页 85。

③ 《楚辞·招魂》，见《楚辞补注》，台北广文书局 1962 年版，页 92。

直接贯串下来，却传达了如此丰富的意蕴，这正是张惠言之善于掌握“微言”的妙用，至于下面的“寂寞斜阳外，眇眇正愁予”二句，则也暗含了一个《楚辞》的出典。原来在《楚辞·九歌·湘夫人》一篇的开端，曾经有“帝子降兮北渚，目眇眇兮愁予”，及“登白薠兮骋望，与佳期兮夕张”的叙写。据王逸注，谓“帝子”指尧之二女娥皇女英，洪兴祖补注谓“帝子”二句，乃写“神之降，望而不见，使我愁也。”至于“眇眇”二字，则有多种解释，王逸以为是“好貌”，洪兴祖以为是“微貌”，[①] 而“眇眇”一般连用也有高远之意，如陆机《文赋》有“志眇眇而凌云”[②] 之句，可以为证。另外“眇”字单用，也有“细视”之意，如《汉书·叙传》有“离娄眇目于毫分”[③] 之言，可以为证。总之“眇眇”二字连用所给我们直接的反应，乃是一种极目远望而不可得见的感觉。故曰“眇眇正愁予”也。至于前句的“寂寞斜阳外”，则正是从前面所引的《楚辞》原文“与佳期兮夕张”一句变化而来，洪兴祖补注谓此句所写“言己愿以此夕设祭祀、张帷帐，冀夫人之神，来此歆飨”。[④] 因其所期待的神之降临在日夕，故曰“斜阳”，而神则并未降临，故曰“寂寞斜阳”，而更着一“外”字，则当与下句之“眇眇”一起参看，正写其极目远望之远至“斜阳外”也。如果从旧传统的说法，把《九歌》视为“屈原之所作”，以为其在“上陈事神之敬”以外，还有“托之以风谏”之意，则张惠言的这几句词，当然也可以给人许多“哀窈窕”、“思贤才”，和“自伤不遇”的联想，但事实上张氏在表面所写的，自“为问东风”以下，直到“眇眇正愁予”数句，却原来不过是春光易老相思不见的，小词中所常见的伤春怨别的情思而已。而其引人生言外之想的潜能。则完全来自于一些“微言”的妙用，这正是我们在探讨张惠言之词与词论时，所最应加以注意的。

以上前半阕，张氏既已从光阴易逝年命无常，写到了进德修业的自勉，但进德修业也依然改变不了年光之流逝与期待之落空的怅惘和哀愁，

---

① 《楚辞·九歌·湘夫人》，见《楚辞补注》，台北广文书局1962年版，页27。

② 陆机《文赋》，见《昭明文选》，台北学海出版社1981年版，卷四，总页数329。

③ 《汉书·叙传》，北京中华书局1983年版，卷七〇上，页1737。

④ 《楚辞·九歌·湘夫人》，见《楚辞补注》，台北广文书局1962年版，页27。

所以下半阕就对于人类究竟是否能突破生命短暂之拘限的问题，开始了既是情绪的也是理性的思考。一开始“千古意”三个字，所写的就正是人类千古长存的一种内心的追求，只要在无常尚未真正到来的一刻以前，每个人都不肯停止自己的向往和追求，所以各有其千古之意。而张氏在此乃给了人们一个当头棒喝，说“君知否？只斯须”，“斯须”是极言其顷刻之短，张氏正是要向人点明，原来人们所认为的“千古”，其实只不过是顷刻的“斯须”，而“君知否”则是使人醒觉的一种呼唤和警告。在此种冷酷的无常之现实下，于是各种宗教遂给了人许多超越于现实以外的盼望和安慰，或曰永生，或曰长生，或曰来生，至于儒家则既非宗教，于是针对着人类内心这种“千古意”的心灵追求，就也想出了一种慰解的说法，那就是德业与声名的“不朽”，早在春秋时代，叔孙豹与范宣子的一段谈话，就曾提出了“立德、立功、立言”的三不朽之说。[①] 所以汉代的司马迁当受了腐刑后，在写给他的朋友任安的一封书信中，就曾经自叙说其“所以隐忍苟活，幽于粪土之中而不辞者，恨私心有所未尽，鄙陋没世，而文采不表于后世也。[②] 因此他遂坚持写作，完成了他传世的名著《史记》一书，而且还要将此书“藏之名山，传之其人”。[③] 于是司马迁就果然“不朽”了。不过司马迁的《史记》虽在，而他自己却早已化为尘土了。所以杜甫在《梦李白》的诗中，就曾写有“千秋万岁名，寂寞身后事”[④] 的句子。而这也就正是张惠言何以在此一词中，也写下了“名山料理身后，也算古人愚”两句词的缘故。本来人生之年命虽短，还可以寄望于“身后”的不朽，而如今却连身后的不朽也被作者加以否定了。如此则在重重的落空与否定之下，那么人生的意义尚复何所存留呢？于是张氏乃忽然又将笔锋一转，在“山穷水尽疑无路”之后，蓦然更为人们开出了“柳暗花明又

---

① 《左传·襄公二十四年传》，见《十三经注疏》，北京中华书局 1980 年版，册二，页 1979。

② 司马迁《报任少卿书》，见《昭明文选》，台北学海出版社 1981 年版，卷一〇，页 13 上，总页数 781。

③ 《报任少卿书》，见《昭明文选》，台北学海出版社 1981 年版，总页数 782。

④ 杜甫《梦李白》，见《杜诗镜铨》，台北新兴书局 1970 年版，卷五，页 12 上，总页数 229。

一村”的一片充满生机的崭新的天地，以“一夜庭前绿遍，三月雨中红透，天地入吾庐”三句，写出了一片充满生机的超然妙悟的见道的境界。如果以此种境界，与前面所提及的所谓“三不朽”者相比较，我们自不难看出，所谓“三不朽”者原来还是一种向外的追求，而此三句所写的，则已进入了一种以天地之心为心的，充实饱满而不复更假外求的境界了。而且就文学之美感而言，这三句也写得极好。前面是两个偶句，“一夜”与“三月”相对，“庭前”与“雨中”相对，“绿遍”与“红透”相对。“一夜”极言此生机之到来的迅速，“三月”极言此春日之生机的美好，“庭前”写出了此生机之近在眼前，“雨中”写出了此生机之沾濡润泽，“绿遍”写草之青，“红透”写花之美，而“遍”字与“透”字则淋漓尽致地写出了生机之周遍与生机之洋溢。而也就在此两两相对充满张力的对天地间大自然之生机的叙写之后，作者却突然承接了一个五字的单句，把“天地”之生机，做了一个“入吾庐”的收尾，真可说是笔力万钧地写出了一种“天人合德”的境界。而且张氏乃是纯从春日的景物之兴象写起，全以美感的直观，把自我提升进入了一种与天地同德的意境，这是需要作者果然有此美感直观，才能够有此妙悟的。而这也就正是张氏这五首词之所以与一般道学家之以韵语说教之作之有所不同的主要缘故。但张氏却并未停止在这里，因为达到此境界是一回事，能否保有此境界是另一回事，所以《易经》在“与天地合其德”的理想以外，就也还曾提出了“天”的另一美德，那就是“天行健，君子以自强不息”[①]的一种不断的提升和追求。因此张氏遂又接着写下了“容易众芳歇，莫听子规呼”的戒惧的叮咛。昔屈子《离骚》曾写有“及年岁之未晏兮，时亦犹其未央。恐鹈鴂之先鸣兮，使夫百草为之不芳”的句子。洪兴祖补注曾引《反离骚》颜师古注云“鹈鴂，一名子规，常以立夏鸣，鸣则众芳皆歇”，[②]这当然正是张氏此二句词的出处。而张氏这五首词原是“赋示杨生子掞”的，所以在提示了前

---

① 《易经·乾卦·文言》，见阮元校刻《十三经注疏》，北京中华书局1980年版，册一，页17。

② 《离骚》，见《楚辞补注》，台北广文书局1962年版，页15。

面的“天地入吾庐”之境界后，乃更戒之以及时自勉的叮咛，但表面上则仍是从春日之“众芳”叙写下来，表层的意思与深层的意思密合无间，同时在勉人之中，也有自勉之意。为此词开端所提出的“明日复何如”之人生困惑，做了一个圆满的回答。

最后第五首，从“长镵白木柄，劚破一庭寒”两句发端，一开始就把读者又带入了另一个不同层次的境界，前面几首所写的“春”，乃是从天心自然的“春”之到来，逐步写出自我对“春”之种种感受和回应，而现在这一首开端所写的，则是自我要以自力来创造出一个美好的春天。至于其用心创造春天的工具，则只是有着“白木柄”的一把“长镵”。张惠言在这里又用了一个出典，那就是杜甫的《乾元中寓居同谷县作歌七首》，在第二首开端，杜甫曾写有“长镵长镵白木柄，我生托子以为命”之句，[①] 当时的杜甫饥寒交迫，流落在满山风雪的一个穷谷之中，只仰赖着手中的一把长镵去挖掘山中的黄独以维持全家的生命。不过，张惠言此处用杜诗的这个出典，与他在前几首词中所用的一些出典，如《史记》、《列子》、《庄子》、《楚辞》，甚至李白诗、苏轼词等的用法，却微有不同。张氏在用那些出典时，其词中的取义与那些出典的原意，一般都有着相当的关系。但他在此处所用的杜诗的出典，却与原诗所写的饥寒交迫掘黄独以维生的原意，并无必然关系。也许张氏本来的意思，只是要叙写一个可以掘破土地迎来春天的工具，但中国旧诗的传统一向注重文字的典雅，遣辞用字都以曾见于前人诗文之著述者为佳，那么要想为挖掘土地的工具找一个典雅的出处，于是就自然想到了杜诗中写“长镵”的诗句了。只是尽管张氏在此处之用杜诗并没有什么深层的取义，但此一文本的出处，却也依然能给我们一些联想。首先是杜甫在使用此“长镵”时的“托子以为命”的全心的投注，其次则是杜甫在使用此“长镵”时，所显示的更无长物的简素和质朴，而“白木柄”三字所表现的，就正是一种素朴的感觉。于是这些联想，遂给张氏的这两句词增加了很多言外的感发，也就是说，只要

---

① 杜甫《乾元中寓居同谷县作歌七首》之二，见《杜诗镜铨》，台北新兴书局1970年版，卷七，页4上，总页数273。

有全心的投注与努力，虽只是最简单素朴的工具，也可以把“一庭”的严“寒”斫破，而迎来一片美好的春天。于是张氏在下面，遂以极其柔婉纤细的用笔，开始了对春之生意的到来，与自己对春意之珍惜的描述，说“三枝两枝生绿，位置小窗前”。“三枝两枝”当然不是满园春色，但这种纤少的叙写，却正显示了一种春意之萌发的开始。而“生绿”两个字的“生”之活力与“绿”之鲜美，则正代表了萌发之春意的具体的呈现，而继之以“位置小窗前”，则写出了何等亲切珍重的一份爱赏之心。“位置”所表现的是对此“三枝两枝生绿”的安放之所的珍重的选择和安置，“窗”虽“小”，却应正是人所朝暮相对的极亲近的所在，故曰“位置小窗前”。于是在珍重的将此一片生机春意安放好了以后，作者遂又写出了自己的一片虔诚的祝愿，说“要使花颜四面，和着草心千朵，向我十分妍。”在这里张氏又用了两个偶句和一个单句。前两句的“花颜”与“草心”相对，“四面”与“千朵”相对。“颜”与“心”都是用拟人的手法，把“花”和“草”都视做了有情之人，“四面”言其美丽之容颜无所不在，“千朵”谓其芳心之千种含蕴无穷，中间以“和着”二字相连接，遂将“四面”之“颜”与“千朵”之“心”融会成了一片既美丽又多情的无边春色。而结之以一个五字的单句，曰“向我十分妍”，遥遥与前面的“要使”，两字相呼应，以“要使”的强烈的愿望，呼唤着“向我”的回应。我所付出的是最好的，我所得到的回应也必然是最好的，故曰“十分妍”。“十分”是极致之辞，“妍”是美好之意。至于“妍”字之所指，自然就正是前面所写的“花颜四面”与“草心千朵”的春色与春心。而且若更从此词开端的“长镵”二句看下来，则此一片春色与春心，固正出于我全心的期盼与全力的辛勤之所获致，是则人生之快乐与安慰更复何过于是。如此则纵然我所种植出来的并不是什么名花和异卉，但却毕竟是我亲自培养出来的一片生机与春色，于是张氏最后乃以“何必兰与菊，生意总欣然”二句，为上半阕做出了一个欣然自足的结束。

可是也就正在上半阕之欣然自足的结束后，张惠言却又将笔锋一转，于下半阕的开端写下了“晓来风，夜来雨，晚来烟”三个短句，表现了春色与生机中的一连串可能发生的变故。本来，“风”、“雨”和“烟”都只是宇宙间的一些自然现象，它们对于春天的花草，可以说是既无恩也无怨，但却因了种种时地情况的不同，于是人们遂看到这些花草既在这些自然现象中生长萌发，也在这些自然现象中凋残零落。当诗人们看到花草在这些自然现象中萌生的时候，就对之加以赞美，说“昨夜风开露井桃”，说“春风吹又生”，说“好雨知时节……润物细无声”；[①] 而当诗人们看到花草在这些自然现象中凋落的时候，就对之表现了哀怨，说“风飘万点正愁人”，说“无奈朝来寒雨晚来风”，说“几番烟雾，只有花难护”。[②] 而且诗人们有时还会把自己拟比为草木，把自己所遭遇到的忧患挫伤拟比为风雨，即如南宋的名词人辛弃疾，就曾写有“可惜流年，忧愁风雨，树犹如此”的词句。[③] 如果从这首词的上半阕看下来，则张氏本已写到了一个自我完成的充满生机与春意的欣然自足的境界，可是尽管一个人在自己内心中已经达到了此种境界，但外在的环境和变化则并不是自己所能掌握的，那么，当外在环境出现了种种变化时，自己又该采取怎样的态度去对待这些变化呢？于是张惠言遂又以一个进德学道之人的体悟，写出了下面的“是他酿就春色，又断送流年”两句词。人生之不能完全避免忧患，也正如春日众芳之不能完全避免风雨，人生既在忧患中成长，也在忧患中老去，亦正如春日众芳之既在风雨中萌生，也在风雨中凋落。如果一个人有了这种认识和体悟，那么当风雨忧患到来的时候，人们首先就会想到风雨忧患原来也可以使人萌生和成长，如此人们自然就会减少了对于风雨忧患之徒然无益的怨尤和恐惧，因而在面对忧患时就可以有一种“生于忧患”的奋发兴起之心，在终于未能战胜忧患时，也可以有一种“守道自得”的承担的智慧和力量。以上所写，当然都是在说明人世间的风雨忧患之无可

---

① 所引诗句，分别见于王昌龄《春宫曲》、白居易《原上草》，及杜甫《春夜喜雨》。前二诗均见《唐诗三百首新注》，上海古籍出版社 1980 年版，页 329、217。后一诗见《杜诗镜铨》，台北新兴书局 1970 年版，卷八，页 3 上，总页数 303。

② 所引诗词，分别见于杜甫《曲江二首》之一，见《杜诗镜铨》，台北新兴书局 1970 年版，卷四，页 10 上，总页数 197；李煜《乌夜啼》，见《全唐五代词》，上海古籍出版社 1986 年版，页 449；及陈子龙《点绛唇》，见《陈子龙诗集》，上海古籍出版社 1988 年版，页 596。

③ 辛弃疾《水龙吟》(楚天千里清秋)，见《全宋词》，北京中华书局 1965 年版，册三，页 1869。

逃避。然而人们却也许终不免会有逃避之一想，于是张惠言遂又笔锋一转，为想要逃避的人写下了后面的三句词，说“便欲诛茅江上，只恐空林衰草，憔悴不堪怜。”“诛茅”二字，最早见于《楚辞》，相传为屈原所作的《卜居》一篇，曾写有“宁诛锄草茅以力耕乎？将游大人以成名乎？”[1]之句，表现了对洁身引退与屈身求仕的出处之抉择的困惑。其后南北朝时代的庾信，在其《哀江南赋》一文中，也曾写有“诛茅宋玉之宅，穿径临江之府”之句，[2] 则是叙述其先祖诛锄茅草而卜居于江陵宋玉之旧宅。再后唐代的杜甫在其《楠树为风雨所拔叹》一诗中，则又曾写过“诛茅卜居总为此”之句，[3] 则是直接把“诛茅”与“卜居”做了相连的叙写。至于此处张惠言之使用此一出典，则是既含有庾信文与杜甫诗的“诛茅”“卜居”之意，同时也暗喻有屈原的仕隐出处的选择之意。至于“江上”二字，表面上自然是指其卜居之地之靠近江边，但若就中国传统文化中经常使用的语码而言，则“江上”二字也可以使人联想到“江湖”，而“江湖”则是常被用来与“魏阙”及“庙堂”相对举的表示仕隐之相对的意思。所以张氏在此所写的“便欲诛茅江上”一句，于是乃在表面的卜居江边之地的一层意思以外，同时还暗中寓有了欲绝意仕进而求归隐的另一层深意的可能性。前面的“便欲”两个字，是说就是想要这样做，而后面的“又恐空林衰草，憔悴不堪怜”二句，则是考虑到了这样做了以后的结果又将如何？这二句也可以有两层含意，表面上是说“江上”的地点之荒凉，无可怜赏。而暗中则也喻示了儒家之一贯的入世与用世的理想和志意。在《论语》中的《微子》篇，就曾记述有一则故事，说有隐者长沮及桀溺耦而耕，孔子使子路向他们问路，桀溺劝子路从之避世；说“滔滔者，天下皆是也，而谁以易之。且而，与其从避人之士也，岂若从避世之士哉。”子路把他的话告诉孔子后，孔子怃然说“鸟兽不可与同群，吾非斯人之徒与

① 《楚辞·卜居》，见《楚辞补注》，台北广文书局1962年版，页73。

② 庾信《哀江南赋》，见《庾子山集注》卷二，北京中华书局1980年版，页104。

③ 杜甫《楠树为风雨所拔叹》，见《杜诗镜铨》，台北新兴书局，卷八，页9上，总页数316。

而谁与？天下有道，丘不与易也。”[1] 从这一则故事，我们已可见到孔子之汲汲于救世的仁者的襟怀。而对人世之关怀，其实也正是人心中的一份生机，所谓“哀莫大于心死”，纵然行道的理想不能实现，但关怀的仁心则不可丧失。所以晨门之称孔子，乃曰“是知其不可而为之者欤?”[2] 如果放弃了这种关怀人世的入世用世之心，则失去了内心中的一份生机，而其心灵之枯萎也就将成了正如张惠言在这二句词中所写的“只恐空林衰草，憔悴不堪怜”了。所以百转千回之后，张氏乃又回到了对眼前之春色与生机的珍惜，说“歌罢且更酌，与子绕花间”，“歌罢”二字，一方面当然是为这一系列咏春日的五首《水调歌头》所做的一个结束之语，另一方面则此处之“歌”字，又可与下面表示饮酒的“酌”字相呼应，高歌饮酒，正是人们对美丽的春光来表示赏爱和酬答的一种普遍的方式。北宋的欧阳修就曾写过一组六首以“把酒花前”开始的《定风波》词，其中就曾有“对花何惜醉颜酡”及“十分深送一声歌”，以及“对酒追欢莫负春”等词句。此处张惠言在“歌罢”与“更酌”之间，还加了一个“且”字，这个字也可以有双重的作用，一则是表示“而且”“更且”之口吻，可以有既歌且饮的对春之单纯的赏爱与珍惜之意，再则是表示“姑且”“聊且”之口吻，则可以有更深一层的曲折，是说前面的几首歌中虽曾经提到人生的种种追求与失落，凡我们所无力掌握和改变者，则慷慨亦无益，不如姑且更饮一杯酒，来掌握我们所当掌握的当下的眼前春色，故最后乃以一语结之曰“与子绕花间”。“花间”二字正回应了第一首开端的“万重花”，其所喻示者还是宇宙间一份无私的春意与天心，“绕”字则正表示了绕行周遍的对此天心与春意的融入和投注，而冠之以“与子”二字，一方面就章法而言，此二字自然是对题序中之“赋示杨生子掞”的呼应，再则在这五首词中，张氏曾多次使用第一人称的“我”字与“吾”字，也曾多次使用第二人称的“汝”字与“子”字，这种自我直接站出来表示对于对方之呼唤的叙写口吻，不但表现了张氏与杨生师弟之间一份亲切的感情，而且

---

① 《论语·微子》，见阮元校刻《十三经注疏》，北京中华书局 1980 年版，页 2529。

② 《论语·宪问》，见阮元校刻《十三经注疏》，北京中华书局 1980 年版，页 2513。

也增添了这五首词所传达的一种直接感发的力量。可是此句中“绕”字的环绕回旋之意，则又为此直接感发之力，增加了一种回荡盘旋之余韵。所以此“与子绕花间”一句，乃为这五首《水调歌头·春日赋示杨生子掞》的组词，不仅完成了一个呼应周至的结尾，而且还带着一种回荡的感发之力，为读者留下了悠长不尽的反思和余味。

以上我们对于张惠言的词与词论，既都已做了简单的介绍，而且还举引了他的名作《水调歌头》五首，做了逐句的评说。现在我们就将以这些讨论为依据，将张氏的词与词论结合起来，再做一个总结的论述。而在做出此一总结的论述之前，我想我们首先要对词体之美学特质，及其在历史演进中，因作品风格之不同而产生的种种不同性质的变化，首先有些认知，然后才能在总结中做出公平和正确的判断。下面我们就将对这些不同风格的词，其美学特质中的同中有异及异中有同的种种情况，略做简单的说明。

早在一九八八年，我曾写过一篇题为《对传统词学与王国维词论在西方理论之光照中的反思》的文稿。在该文中，我曾根据词在历史中的演化，将词之风格特质尝试区分为三大类别，那就是歌辞之词、诗化之词及赋化之词。[①] 我认为此三类词之风格虽有很大的不同，但其中的佳作却都表现了一种共同的美感特质，那就是莫不以要眇深微富含言外之意蕴者为美。只不过其表现为要眇深微之美的一点虽同，但其所以表现为要眇深微富含言外之意蕴的因素，则并不相同。第一类歌辞之词之佳作之所以表现为要眇深微富含言外意蕴之美，大多并不是出于作者有心之追求，而是由于歌辞之词中对美女与爱情的叙写，其女性之形象与女性之情思，与传统士人之喜用美人以喻君子，和喜用男女之关系以喻君臣的叙写，在情思中有某种暗合之处的缘故，此类作品虽可以引人生言外之想，但却不必然是作者之本意，这是最富于自由之联想性的一种引人生言外之想的要眇深微之美。至于第二类诗化之词，则作者已经有了自我言志抒怀的用心，与第一类歌辞之词的“空中语”，有了很大的不同，而其佳者乃亦可以表现有

① 见《词学古今谈》，长沙岳麓书社 1993 年版，页 271—274。

一种要眇深微富含言外意蕴之美，如苏、辛词中的一些佳作，则是由于作者本身之情意中，原就具含了一种深隐曲折之质地，而且更因政治环境中的某种挫折，使他们在叙写的方式上也增加了许多的委曲难言之处，而不欲做直言之表露，这是由作者本身之情志叙写方式所形成的一种富含言外意蕴的要眇深微之美，此一类之特美，虽不似第一类之可以给予读者许多联想之自由，但却别有一种由作者情志所透出的感发的力量，是词之特美与诗之特美所做出的一种美妙的结合。至于第三类赋化之词，则是因为前二类词中的一些劣作，往往因缺乏要眇深微之致，而形成了淫靡与叫嚣之失。于是遂有些作者要以安排勾勒的手法，来寻求深婉与雅正之美，其下焉者虽不免堆砌之病，但其佳者则亦可以有一种要眇深微富含言外意蕴之美，只不过此类词多出于有心之安排，既不同于第一类歌辞之词的自由的联想，也不同于第二类诗化之词的情志的感发，而是透过了安排与思致，而形成的一种深微的喻示。私意以为中国词学之所以陷入于长久的困惑之中，主要就是因为一般人对词之特美与诗之特美的性质之不同，既未能有深刻之认知，而且对于词之特美中种种风格不同之作品的一些同中有异的美感品质，也未能详加辨析的缘故。所以本文才要对此种种美感特质之微妙的差别，先做此简单之说明，然后我们就可以对张惠言之词与词论的得失所在，都做出更为清楚的综论和衡量了。

首先我们要再反观一下张氏的词论。张氏在《词选·序》中，对词之源起与特质曾首先提出说“词者，盖出于唐之诗人，采乐府之音以制新律，因系其词，故曰‘词’。”这当然表现了张氏对早期之词原始于歌辞之词的一种基本认识，这种认识原是不错的。而继之张氏又说“传曰：‘意内而言外谓之词’，其缘情造端，兴于微言，以相感动。极命风谣里巷男女哀乐，以道贤人君子幽约怨悱不能自言之情，低徊要眇，以喻其致。盖诗之比兴，变风之义，骚人之歌，则近之矣。”[①] 在这一段话中，张氏之立说就已经有了不少值得商榷之处。第一点是有心的比附，即如张氏之引用许慎《说文解字》的“意内言外”之说，来解释歌词的“词”字，又将

① 张惠言《词选·序》，台北世界书局四部刊要1956年版，页145。

歌词之词与《诗》、《骚》相比拟，凡此种种，盖皆出于张氏想要推尊词体所做出的有心的比附，此固为一般人之所共见，我们可对之暂置不论。至于第二点，则很可能就正是出于张氏对歌辞之词的美感特质，与赋化之词的美感特质之不同，未能做出精微的辨别，因而乃造成了在解说和诠释中的一种混乱的现象。即如张氏在《词选·序》中，所提出的“风谣里巷男女哀乐”的叙写，这本应是属于歌辞之词一类作品的内容，此类作品虽可以引起读者丰富的联想，但却不必是作者有心之托意，固已如本文前面之所论述，而张氏则皆指以为是“贤人君子”的托意之作，而且在《词选》一书中，还曾提出了“义有幽隐，并为指发”的说词方式，对于温庭筠的《菩萨蛮》，和欧阳修的《蝶恋花》等伤春怨别的小词，都做了字比句附的评说。像这种情况，则是以本应属于对“赋化之词”的解说方式，用到了对“歌辞之词”的解说之中，这是张惠言词说的最惹人讥议之处。而这种情况的造成，主要就应正是由于张氏对于不同风格的作品之不同的美感特质，未能有深入之体会和辨析的缘故。而除去其词论本身中之值得商榷之处以外，我们若再将张氏这五首《水调歌头》的作品，与其词论相结合来看，我们就更会有一个发现，那就是他自己的这五首词乃是既不属于“歌辞之词”，也不属于“赋化之词”，而是属于“诗化之词”一类的作品。因此从表面看来，张氏在《词选·序》中，所提出的“极命风谣里巷男女哀乐”云云，这些论词之言乃完全不适用于对他自己这五首词的评说，而在张氏的词论中，却并未能对此一类“诗化之词”，提出什么评说的理论。像此种不够周至的疏失之处，主要就也应是由于旧日的词学家，对于词在历史演进中，所形成的不同风格之作品的不同特质，未能够有清楚的认知，遂将所有被称为“词”的作品，并皆混为一谈，因而才造成了中国词学中的许多争议和困惑。张惠言的词论与评说之失，就也正是由于张氏既未能突破此种将所有之“词”都混为一谈的笼统之观念，又欲将《诗》、《骚》比兴之说，强加于各类词之上以推尊词体，而未能就各类风格不同之作品，做出相应的评说。此种疏失自然是我们讨论张氏之词说时，所首应认知的。

不过，尽管张氏的词论有着以上的种种失误，但张氏的词论却确实掌握了词之美感的两种基本的质素，那就是所谓“兴于微言”的语言符号之微妙的作用，与所谓“低徊要眇”的美感方面之特殊的效果。而这二者之间的关系又正是互为表里的。先说“微言”的作用，早在一九八六年，我曾写过一系列题为《迦陵随笔》的文稿。在第七节“从符号与信息之关系谈诗歌的衍义之诠释”，第八节“温庭筠《菩萨蛮》词所传达的多种信息”，第十三节“三种境界与接受美学”及第十四节“文本之依据与感发之本质”诸篇文稿中，曾经分别试用过西方之符号学、诠释学与接受美学中的一些理论，对语言符号在文本中所可能产生的微妙的作用，以及当读者阅读和诠释这些语言符号时，所可能引生的衍义和联想，做过一些结合词之实例的论述和分析。[①] 即如温庭筠之《菩萨蛮》词，其所以引起了张惠言的屈子《离骚》之想，就很可能是由于温氏词中所使用的一些语言符号之作用。像“蛾眉”、“画”“眉”、“簪”、“花”、“照”“镜”等叙写，若就西方符号学家洛特曼（Iurii Lotman）的理论来看，则一切文本除去其表层的语言规范以外，还有一个第二层的规范系统（secondary modelling system），那就是文化的规范系统。任何语言符号在一个国家民族中，经过了长久的使用，就会使之成为一个带有许多文化信息的语码（code），张惠言之以屈《骚》来解说温氏之《菩萨蛮》词，就应该正是由温氏词中所携带的一些文化语码的信息，而引起张惠言的衍义之联想的。[②] 这当然是一种属于“兴于微言，以相感动”的作用。再如南唐中主李璟的《山花子》词，则曾引起了王国维的“众芳芜秽，美人迟暮”之想，就很可能也是由于李璟词中所使用的一些语言符号之作用。即如“菡萏香消翠叶残”一句中，其“菡萏”一辞之古雅，“香”字与“翠”字所表现的芳馨而珍贵的美好的品质，以及“消”字与“残”字所表现的消亡与残破的摧毁的力量。这些叙写，若就另一位西方符号学家艾考(Umberto Eco)的理论来看，则一切语言符号，除去其表层的含义以外，还有一种内含的肌理和质地(inner texture)，艾考称之为显微结构(microstructure)，而李璟《山花

① 见《中国词学的现代观》，台北大安出版社 1988 年版，页 91、121 及 127。

② 见《中国词学的现代观》，台北大安出版社 1988 年版，页 87、88 及 95。

子》词的“菡萏香消”一句，其语言符号中正包含了许多这种显微结构的作用；而引起了王国维之感发与联想的，也应该正是由于这句词中的语言符号，其肌理质地等显微结构之作用的缘故。[①] 这当然也是一种属于“兴于微言，以相感动”的作用。如果将此种所谓“显微结构”的作用，与前一种所谓“文化语码”的作用相比较，则一般而言，前一种作用乃是比较受文化中约定俗成之观念所约束的一种联想作用，而后一种作用则是比较不受拘束而更偏重于读者之感受的一种联想作用。这种纯由文本自身所引生的读者之联想，有时甚至可以不必是作者之原意。西方的一位接受美学家伊塞尔(Wolfgang Iser)，曾经把这种文本中所自生的作用，称之为文本中的潜能(potential effect)。[②] 如果将中国文体中的诗与词相比较，则诗体多为作者有心言志之作，其文本中之语言符号大多有明确之意指，其所引起的读者之联想，也大多是属于文化语码的一种联想。至于词体则由于其初起时之作者本无言志之用心，而其所使用的语言符号又特别的细致精美，因此其所引起的读者之联想，遂往往是更富含文本之潜能的，一种属于显微结构之作用的联想。张惠言所提出的“兴于微言，以相感动”之说，实在应该是已经注意到了词体中语言符号的种种微妙的作用，只不过张氏对词之诠释，却还拘限在对诗体言志之作的诠释观念之中，因而遂陷入了迂执比附之病。不过尽管张氏之说有此弊病，但他以词人之锐感所体会出来的词体中所谓“微言”的“相感”之妙用，却实在掌握了词之美感的一种基本的质素，这一点是极可重视的。至于所谓“低徊要眇”的，属于词之美感的特殊效果，则正与前面所谈的所谓“微言”的语言符号之作用，有着极为密切的关系。盖以如本文前面所言，词中之语言符号，既可以有“文化语码”之联想，又可以有“显微结构”之联想，而二者则同属于所谓“微言”的妙用，这种妙用可以使文本的意义不断有一种变化和生发，虽然张惠言本人因为在观念中受了旧日诗说之传统的拘限，而未能对词体中“微言”的妙用，做出更多的发挥。但常州词派的继起者周济，却

① 见《中国词学的现代观》，台北大安出版社1988年版，页115、131。

② 见《中国词学的现代观》，台北大安出版社1988年版，页43。

已经对词体这种更为不受显意识所拘限的妙用，以及由此而形成的“低徊要眇”的美感效果，都有了更为深入的体认。他在《宋四家词选目录序论》中，对词体的这种妙用和美感，曾经有一段极为形象化的叙写，说“读其篇者，临渊窥鱼，意为魴鲤。深宵惊电，罔识东西。赤子随母笑啼，乡人缘剧喜怒。”[①] 这真是对词之可以具感而不可以具言的“低徊要眇”之美感的一段极好的描述。其实这种微妙的作用原为中西某些诗歌之所同具，西方有一位女性的解析符号学家克利斯特娃(Julia Kristeva)，就曾对此提出过理论的说明，她认为诗歌的语言可以有两种不同的作用，一种可称为象征的作用(symbolic function)，另一种可称为符示的作用(semiotic function)，在前一种作用中，其符表与符义之关系是比较固定而可以确指的；在后一种作用中，其符表与符义之关系则是比较不固定而不可确指的。[②] 私意以为如果以中国诗与词二种体式而言，则诗歌之语言符号的作用，似乎更近于前者之关系，但词体中语言符号之作用，则似乎更近于后者之关系，而应该也就正是由于此种因素，所以才造成了词体的一种“要眇低徊”的美感特质。

以上我们对于张惠言词论之得失利弊，以及词体之“兴于微言”的语言符号之妙用，和词体之“低徊要眇”的美感之特质，既都已做了扼要的说明，于是我们现在就面对了一个重要的问题，那就是我们对于张氏自己所写的这五首《水调歌头》，应该怎样结合他的词论来加以评价的问题了。如本文在前面所言，张氏这五首词既曾有一个“春日赋示杨生子掞”的小序，而其内容所写又主要是儒家学道之修养，则其性质之属于“诗化之词”，自无可疑。而如果按照前文我们对“诗化之词”所提出的衡量标准来看，则“诗化之词”实在要以既具备诗之直接的感发之美，同时也具备词之低徊要眇之美者，方为佳作。在前文中，我们于论及苏、辛词之佳作时，曾提出说苏、辛词之所以有此成就，乃是由于作者本身之情志，及其

---

① 见《宋四家词选》，台北广文书局 1962 年版，页 1 下。

② 见 Julia Kristeva：Revolution in Poetic Language，N. Y. Columbia University Press，1984，P. 79.89.106。

叙写之方式，都同时具含有诗与词之双重美感的缘故。现在就让我们依此衡量标准，也来对张氏的《水调歌头》五首词一做观察。先从情志本身方面来看，如我们在前文中对张氏之生平及其为学经历之所叙写，张氏固原是一位对性理天命之修养都极为笃信力学的经师与儒士，也就是说他在词中所写的儒家学道之修养，固原有他自己的一种真诚的情志，与一份亲身的体会，这当然正是使他这五首词充满了直接的感发之力量的一个主要的原因，而难得的则是这五首词在直接感发中，还具含了一种低徊要眇之美。如果按照本文在前面论及苏、辛词佳作时之所言，则此种美感之由来，乃是需要作者本身情志中，先就具含一种深隐曲折之性质，而如果以此一标准来看张氏的这五首词，我们就会发现，张氏所写的儒家修养之内容，虽看似单纯，但就张氏在词中所表现的个人学道之体验而言，则实在充满了一种反覆曲折的意致，那就因为儒家修养在本身中原就充满了进退、穷达、忧乐等种种既相反又相成的微妙错综的关系。儒家修养之最高的境界之所以不易于完美的达致和完成，就正因为在这种种看似相对的矛盾中，要想能在不断变化的微妙的关系中，找到一个“执中”的平衡点，并不是一件简单容易的事。所以孔子在《论语》中，就曾说过“可与共学，未可与适道；可与适道，未可与立；可与立，未可与权”[①] 的一段话。其所谓“权”，所指的就正是在种种看似矛盾的关系中，如何去寻找出一个正确的平衡点的一种难得的智慧。张惠言这五首词所叙写的，应该就正是一个学道之人的个人的体会，既有着对于“道”的笃信力行的真诚的情志，也有着在学习寻找中的反覆曲折的经历。这种情况，可以说就正是使得张氏这五首词同时兼具有诗之直接感发之美，也具含词之低徊要眇之美，属于情志方面之双重性质的一个主要的原因。

再从叙写方式方面来看，首先我们应提出一谈的，乃是张惠言所选用的《水调歌头》的牌调，此一牌调有一特色，就是其中特多五字句，而且所有五字句之平仄，都是诗歌中五言律体的声律，而诗歌中律体之声律，则是最为谐畅而富于直接感发之作用的，这当然是使得张氏这五首词富于

---

① 《论语·子罕》，见阮元校刻《十三经注疏》，北京中华书局1980年版，页2490。

诗的感发之美的一个原因。至于与这些五字句相结合的，则是三字句与六字句。三字句用在换头之处，予人一种突然的转折变化之感；而六字句则以一个单独的六字句、与两个相并的六字句插入在一系列的五字句中，如此则使得那些音节流畅奔泻而下的五字句，恍如在中流上遇到了一个盘折的漩涡，如此遂使得这五首词除去诗之美感外，更有了一种曲折要眇的词之美感。此外还有值得注意的一点，就是张氏在一些五字句中，还表现了一种文法与音律相错忤的现象，即如其第一首词中的“便了却韶华”一句，与第五首词中的“又断送流年”一句，若依声律之要求，此二句皆当作上二下三之顿挫，方为正格。但张氏此二句词之文法，则皆为上一下四之格式，因而遂有人以此为张氏之病，其实像这种文法与声律不相侔合的现象，早在唐宋人诗作中就已经出现过了。即如欧阳修的《再至汝阴三绝》之第一首的开端两句“黄栗留鸣桑葚美，紫樱桃熟麦风凉”，[①] 其中的“黄栗留”与“紫樱桃”皆为专名词，本当三字连读，但依诗之声律，则在诵读时可在第二字下作一停顿，可见诗词句中固偶或可以有此种文法与声律不尽相合之现象。而就张氏之词言之，则这种错忤却恰好也造成了词中五字句之流畅中的一种曲折的变化，就格律而言虽不尽合，但就美感言，则此等变化却恰好也增加了一种盘折的意致，这或者也可说是另一种“微言”的妙用吧。再就张氏在这五首词中的叙写口吻来看，则首先值得注意的，乃是张氏常用第一身及第二身的直言的称谓，如“我有江南铁笛”、“吾与汝，泛云槎”、“子当为我击筑，我为子高歌”、“劝子且秉烛”、“向我十分妍”及“与子绕花间”等句，就都是以主观自我直叙之口吻所写出的词句，显得既直接又亲切，这当然是使得这五首词充满了直接感发之效果的主要原因。可是另外一方面。则张氏对自己许多主观的情志，却又并未做主观的直叙说明，而是或用自然之景象、或用假想之意象、或用古典之事象来做出的许多形象的喻示，而形象的喻示则是可以具感而难以具指的，如此遂在其直叙之口吻中，乃又平添了无限要眇低徊之致，而这自然是使得张氏这五首诗化之词，既具含了诗之美感也具含了词之美感的

① 见《欧阳修全集》卷一四《居士集》，台北世界书局 1971 年版，册上，页 103。

另一主要原因。何况张氏在其叙写之句法中，又往往有可以造成多义的歧解之处，即如其“又恐堂堂岁月，一掷去如梭”二句，既可以解作岁月之掷人竟去，又可以解作人之对岁月的虚掷。又如其“竭来真悔何事，不读十年书”二句，其“何事”二字既可以属上句作一种解释，但在词之口吻中，又可以与下一句连读做另一种解释。凡此种种，自然也是使得张氏这五首词之意蕴，显得更为丰富的一些因素。再如其“一尊属月起舞，流影入谁怀”二句，则可以使人同时联想到李白诗、苏轼词及李商隐诗等多篇作品，这种“互为文本”（intertextuality）的现象，也正是我们在前文所曾述及的那位女性解析符号学家克利斯特娃，所曾提出的诗歌语言的一种妙用。[①] 像这种一句文本，含有前人之多种文本的情况，当然也是使得这五首词之意蕴，显得特别丰美的又一要素。总之，就叙写之方式言，张氏这五首词之所以能兼具诗之直接感发，与词之低徊要眇之双重美感的因素甚多，我们在前面详说这五首词时，已有逐句的论析，在此处就不再多举例证了。中国旧日词评家，虽不长于做理论的分析，但他们对张氏这五首词之双重的美感，则实在也是深有体会的。所以陈廷焯在其《白雨斋词话》中，乃曾称美张氏这五首词，说“皋文《水调歌头》五章，既沉郁，又疏快，最是高境。”[②] 又在其《词则·大雅集》中，评此五首词，说“忽言情，忽写景，若断若连，似接不接，沉郁顿挫，至斯已极。”[③] 这些评语所赞美的，其实就都是这五首词中的双重的美感。再如我们在前文所曾举引过的，谭献之称美这五首词，谓其“胸襟学问，酝酿喷薄而出”[④]，其“酝酿”与“喷薄”的评语，所指称的实在也还是此双重的美感。更如近人缪钺先生在其《论张惠言〈水调歌头〉五首及其相关诸问题》一文中，也曾称赞张氏这五首词，谓其“在作法上，以辞赋恢宏之笔法，融入楚《骚》幽美之情韵。”[⑤] 其所赞美的，就也同样是此一种双重的美感。

---

① 见*The Kristeva Reader*, ed. by Toril Moi, Columbia University Press, 1986, p. 37

② 陈廷焯《白雨斋词话》，见《词话丛编》，北京中华书局 1986 年版，册四，页 3864。

③ 见《词则·大雅集》，上海古籍出版社 1984 年版，册上，卷六，页 11 上。

④ 谭献《箧中词》，见《历代诗史长编》第二十一种，台北鼎文书局 1971 年版，页 167。

⑤ 见《词学古今谈》，长沙岳麓书社 1993 年版，页 124。

可见张氏这五首词之特美，原是早有公论的。只不过陈廷焯在赞美之余，还曾将张氏的这五首词与陈维崧及朱彝尊二家之词相评比，说“陈、朱虽工词，究曾到此地步否”，[①] 这就未免会引起一些读者的异议了。因为如果是优劣相差极为悬殊的作品，则做此论评，尚易取得人的同意，而陈、朱二家，则是各有过人之成就，是则读者之见仁见智，自然就难得意见之一致了。私意以为旧日词评家之所以出此过甚之赞词者，极可能除去就词之艺术性而加以品评之外，还有就其道德性而品评的一种成份，所以谭献乃称其“胸襟学问”，陈廷焯乃称其“热肠郁思”，缪钺先生更曾明白地就张氏之为人立论，称其“表里纯白”，以为“他的《水调歌头》五首词品之高，与他的人品是密切相关联的”。[②] 而如此则自然又牵涉到了作品之道德性与艺术性的问题，也牵涉到了读者之接受的问题。关于前一问题，我在多年前所写的《王国维及其文学批评》一书中，于论及王氏“对衡量文学作品之内容所持的价值观念”时，已曾有所讨论，兹不再赘。至于后一问题，则西方之接受美学与读者反应诸说，对此有极为细致繁复之理论，在此亦不及详述，约言之，则一般说来，当然总是阅读之背景相似，及心性之修养相近的人，才易于引起彼此间的共鸣和欣赏，而如果我们在此再对前文所引各家对张氏这五首词的赞语，做一回顾，我们就会发现，这些对张氏此一组词备加称赏的读者，固大抵皆属于旧学修养深厚，且对词之特美颇有会心的读者，而如今则时移世易，在竞相争逐的社会中，是否仍有人能欣赏张氏这五首词中所写的这种学道自足之境界，则难乎其不可知矣。

一九九五年八月中初稿于哈佛燕京图书馆

九月底完稿于加拿大之温哥华

① 陈廷焯《白雨斋词话》，见《词话丛编》，北京中华书局 1986 年版，页 3864。

② 见《词学古今谈》，长沙岳麓书社 1993 年版，页 124。

第三部分　杂文四篇

《叶嘉莹作品集》总序

早在一九九七年，大陆的河北教育出版社曾经刊行了我的一系列十册十种作品，题名为《迦陵文集》。如今台湾的桂冠图书公司又将刊印我的另一系列收辑更广的二十四册十八种作品，题名为《叶嘉莹作品集》。本来，我并不是一个热心于要为自己的作品编印什么系列文集的人，但近年来却在海峡两岸连续出版了两套系列的作品，这实在只能归之于一种偶然之因缘。“因缘”一语本出于佛书，凡夫如我，对于佛家所说的去来今三世之因缘，虽然尚无证悟，但对于现世之事物的缘起和结果，则深感其中确有一段发生和影响的因缘在。当大陆要为我出版那一套《迦陵文集》时，我曾为之写了一篇序言，内容主要就在叙述那一套书之编辑和刊印的一段缘起，因为就我个人而言，一方面对于古典诗词虽说情有独钟，偶然读书有得，不免时常写一些论说诗词的文字；但另一方面则我对于世务却颇为疏懒，所以一向的态度，总是把文稿发表了以后，就任其自生自灭，从来并没有要将之整理成为一系列文集或作品集的念头。而河北教育出版社竟然首倡其先，为我出版了一套十册的《迦陵文集》，这其间实在有一段历时五十年以上的因缘在。原来在四十年代初期，当我在北平辅仁大学国文系读书时，曾经遇到了一位给我以很大的启发使我终生感念不忘的老师，那就是当年担任我们唐宋诗课程的清河顾随羡季先生。而促成我那一套《迦陵文集》之出版的，则因缘所及既有羡季师之幼女、现在河北大学任教的顾之京教授，还有她的同事中文系之教师与校友谢景林等诸位先生，至于为我出版《文集》的河北教育出版社社长王亚民先生则原是他们的高足弟子。正是由于这些人际的因缘，才使得我在多次推托之后，终于出版了那一套《文集》（关于此一段因缘的详细经过，请参看《杂文集》中之〈迦陵文集·序言〉）。

至于现在桂冠图书公司之决定要在台湾出版我的另一套《作品集》，则其间自然又有另一段因缘在。如果说大陆之出版我的一套《文集》其因缘多来自于由我的老师而衍生的一份师生情谊，那么台湾今日之将出版我的另一套《作品集》其因缘则大多来自于由我的学生们所衍生的另一份师生情谊。原来我自一九五四年开始，就在台湾的各大学任教，直到一九六九年转赴加拿大为止，前后共有十五年之久。我在台湾所先后出版的一些著作，可以说多多少少都和我当年教过的学生们有着一些因缘的关系，他们有的为我抄稿校稿，有的为我联系出版，有的为我整理录音，当然更重要的是他们不时向我邀稿，遂促使我不得不经常写作，才得以积稿而成书，即如现在台大任教的柯庆明教授，现在淡江任教的施淑教授，现在清华大学的陈万益教授，现在中研院文哲所任研究员的林玫仪教授，还有一位现已逝世的前淡江校友陈国安同学，就都曾为我的一些书之出版尽过不少心力。至于我之认识桂冠图书公司的发行人赖阿胜先生——则是经由另一位也在台大任教的吴宏一教授之介绍。宏一在六十年代初期曾经上过我的诗选课，那时我住在信义路靠近新生南路的一条巷子里，每次我乘坐新生南路的公车往返于台大与信义路之间的时候，经常会遇到他，他总是让座给我，然后就站在我的座位面前很少讲话。但他在班上成绩极好，旧诗和新诗都写得很出色。所以我对他曾留有深刻的印象。其后我于一九六六年去了美国，当我于六八年返回台湾时，他已经考入了台大中文系的研究所，正在郑骞教授指导之下撰写《常州派词学研究》的论文，那时我与郑先生共用一间研究室，所以与宏一经常有见面谈话的机会，但其后不久我就转去加拿大的不列颠哥伦比亚大学任教，而且因为我转去加拿大定居以后，曾回到大陆探亲，遂被台湾当局列为不受欢迎的人物。在此期间，由于台湾戒严法之可畏，不仅我不敢回台湾，甚至有些在台的亲友也不敢再和我通信，而宏一则不仅仍与我续继通信，更且曾于八六年趁着到美国去访问的机会，亲自到温哥华来探望过我，那一年温哥华正在举办世界博览会，宏一在白色恐怖之馀，不敢明言来看我，他是假借着参观博览会的名义来到此地的。但事实上到达以后他却并没有去过一次博览会，也没有会见过任何其他友人，其专诚来看望我的心意可以想见。事后多年，有一次在一个学术研讨会中，他提到当时的心境时，曾经说起他那次之坚意要来看望我，是因为在台湾的白色恐怖中，他曾经以为“这一生再也见不到叶老师了”。说到这句话时，他仍不免突然失声哽咽。这一份师生之谊，使我非常感动。其后台湾政策转为开放，于是另一位台大校友当时正在台湾清华大学任文学研究所所长的陈万益教授，立刻就与我联系，先于八九年冬邀我回去短期讲学，又于九〇至九一年间邀我回去客座一年，也就是在那一年中，宏一介绍我与桂冠图书公司的赖先生见了面，提议要我把近年在大陆出版而尚未在台湾出版的书，交由桂冠公司在台出版。从此我与赖先生遂有了联系。先后由桂冠出版过六册书。及至九七年大陆出版了我的《文集》以后，适值淡江大学邀我回去讲学，我遂带了两套新出版的《文集》回去送人。赖先生听说我回来了，就到我住的地方来看我，见到大陆新出版的《文集》，表示愿在以前所出过的几册书之基础上，增刊若干种，为我出版一套《作品集》，而代我与赖先生不断联系的则是我在前面所曾提及的淡江的施淑教授。所以如果说大陆之出版我的《文集》，是由于我的老师而衍生的一段因缘，那么台湾之出版我的《作品集》，则正是由于我的学生而衍生的一段因缘。而这一切因缘，都是使我极为感念的。

赖先生表示愿出版我的《作品集》，是九七年冬当我在台湾淡江讲学的时候。其后于九八年春赖先生遂托施淑教授转下了一份出版计划书。我发现赖先生的作风，与河北教育出版社的王亚民先生的作风，实在有很大的不同。王先生的作风是果敢而有魄力，做一切事都是速战速决，所以在天津第一次见面，立即就与我签订了出版十册《文集》的合约。而且不到一年就把十册书完全出齐了。而赖先生的作风则是谨慎、细密。只就施教授转下的出版计划书而言，就印了有三十余页之多。原来桂冠把我所有的作品拟定了一个总目和细目。在总目中，桂冠把我的作品分成了四辑：第一辑题为“诗词讲录”，其中所收录的都是由学生们根据多年来我在各地讲学之录音所整理出来的讲稿，计有《汉魏六朝诗讲录（上、下）》两册，《阮籍〈咏怀〉诗选讲》一册，《陶渊明〈饮酒〉诗讲录》一册，《唐宋词十七讲（上、下）》两册，《迦陵说诗讲稿》一册，《迦陵说词讲稿（上、下）》两册，计共六种九册。第二辑题为“诗词论丛”，其中所收录的都是我自己亲笔书写的一些说诗论词的文稿，计有《迦陵论诗丛稿（上、下）》两册，《迦陵论词丛稿》一册，《清词散论》一册，《词学新诠》一册，《名篇词例选说》一册，计共五种六册。第三辑题名为“诗词专著”，其中所收录的大多是专书著作，计有《杜甫〈秋兴〉八首集说》一册，《唐宋词名家论集》一册，《王国维及其文学批评（上、下）》两册，《迦陵学诗笔记（上、下）》两册，计共四种六册。第四辑题为“创作集”，其中所收录的计有《迦陵诗词稿》一册，《迦陵杂文集》一册，《我的诗词道路》一册。计共三种三册。总计共收有著作十八种二十四册。（此外尚有台湾三民及大安诸出版社所出书多种并未收入此《作品集》之内）除此总目外，桂冠更把我每一著作的章节篇名都作了细目。对于桂冠仔细认真的态度，我当然极为感激。但桂冠也提出了不少对我的要求：其一是要我为各书撰写序文；其二是要我为每册书中所收录的文稿标注出首次发表的年月及刊物名称；其三是要我亲笔所书之原稿手迹；其四是为了作品集的完整性，要我提供不同年代的生活照与演讲照。而这些并不算过分的要求，却增加了我很多困难。这就因为如前文所说，我是一个对世务颇为疏懒的人，很多文稿发表后，我并未将原刊物善加保存，因此有些已在多年前被收入了《丛稿》一类书中的文字，对其原发表的年月及刊物名称，我确实已不复记忆。但因深感赖先生做事认真的好意，故曾尽力查找，并向朋友们函电咨询，现已尽我所知，将原发表之年月及刊物名称大致注明，不过其中仍有少数几篇已不可确考者，只好请赖先生及读者们多加原谅了。至于我的文稿手迹有些也在文稿发表后就已随手弃掷，不复可寻了，不过我也已尽力觅得了一些偶然留下的手稿，特别是做学生时的习作旧稿，上面还有我的老师顾羡季先生评改的手迹，那因其有纪念性质所以才被我珍重保存下来的。至于我的相片，我也尽力觅得了一些我幼少年时期的照片，如今看来，今日之我已面目全非，实有隔世之感了。现在只剩下总序和分序的撰写，由于其中有几册书，以前出版时我已分别写过一些序跋之类的文字。即如《阮籍〈咏怀〉诗选讲》、《唐宋词十七讲》、《迦陵论诗丛稿》、《迦陵论词丛稿》、《杜甫〈秋兴〉八首集说》、《王国维及其文学批评》、《我的诗词道路》等，我都在各书出版时，就已写过序跋之类的文字，如今自然不需再加重复。不过也有几种书，以前虽写过序跋但此次却又经赖先生重加整理编排过的，依赖先生之意也须重写序文，但经我考虑，以为若每种书各写序文，其间性质颇有相近者，则不免于叠床架屋之病，经与赖先生商议结果，除总序外，我将为四辑文稿各写序文一篇，如此似乎就也足以涵盖全部了。至于这一篇总序，则除去以上所已经叙写过的缘起与简介以外，我现在还想略加一叙的，则是当我面对这二十四册结集时，以一个七十五岁高龄的老人，回想自己一生从事古典诗歌教研工作之经历，所产生的一些感想。

当我在前文叙写着这一系列《作品集》之总目时，我开始注意到桂冠在为我所编列的总目中，除《创作集》外其他每类的编目前，都冠上了“诗词”二字。我以为这两个字冠加得极有意思。因为就我个人而言，引导和成就我一生的，若究其本源确实都仅仅是出于我自幼所养成的对于诗词的一份热爱。记得在八七年春天，我曾应当时北京五个文化单位的邀请，于国家教育委员会的可容一千五百余人的大礼堂中，举行过一系列十次的“唐宋词讲座”(详情见《唐宋词十七讲·自序》)，当时来听讲的既有七八十岁的学者教授，也有十七八岁的青年学生，更有广大的社会人士。反应极为热烈。因此颇引起了一些媒体的注意，常有记者问起我“你是何时决定终生从事学术研究的?”或“你是怎样结合中西理论来评析诗词的?”我常回答他们说，我是一个极平常的人，而且胸无大志，所以大学毕业后，就老老实实去教中学，并没有像现在的年轻人之有许多要上研究所或出国的理想。更从来没有过要成为什么学者专家的念头。我的研究也从来没有什么预订的理想目标，我只不过是一直以主诚和认真的态度，在古典诗歌之教学的道路上不断辛勤工作着的一个诗词爱好者而已。而且我的生活并不顺利，我是在忧患中走过来的。诗词的研究并不是我追求的目标，而是支持我走过忧患的一种力量。现在我这样说，或许有些人对此不能尽信，因为如果说我从来没有什么追求学术成就之意，何以现在竟然有了十八种二十四册论说诗词的《作品集》之出版？而且如果说我平生经历过不少忧患，何以现在从我的形容表现中，又看不出一点经历过忧患的痕迹？如今既有桂冠图书公司要为我的作品做一结集，而且要我写一篇总序，我想也许现在恰好可以藉此机会，对大家的几点疑问做一些简单的说明。而提到向别人做解说，我就想到了古人对于自我解说所取的几种不同的态度。一种是如元好问在《论诗三首》中所说的“鸳鸯绣了从教看，不把金针度与人”，另一种则是如陈师道在《小放歌行》中所说的“不惜卷帘通一顾，怕君著眼未分明”。前一种是取不做解说的态度，后一种则是说我纵然愿意坦白相示，但观者也未必尽能相信和了解，写到这里，我忽然又想起了当我在大学读书时，我的老师顾羡季先生曾经写过题为“晚秋杂诗用叶子嘉莹韵”的六首七言律诗，其中曾有一联诗句说“淡扫严妆成自笑，臂弓腰箭与谁看”，这两句诗所表现的则应该是不能得到别人之认知与了解的寂寞。而由此我遂又想到了王国维在他的一首《虞美人》里，所写的“从今不复梦承恩，且自簪花坐赏镜中人”两句词，这两句所表现的则是进一步的不复更求人知的断念与自甘。可见要想对人做自我说明，大是一件愚而多事之举。但既然有不少看过我的书或听过我的课的人，对于我之所以成为今日之我，往往都抱有一种疑问，而且赖阿胜先生又要我为《作品集》写一篇总序，则我又何妨藉此机会对大家的疑问略加解答。

说到我自己对自己的分析反省，本来在此一系列的《作品集》中，已曾收辑有一册题名为《我的诗词道路》的专集，其中对于我自己之成长与受教育的过程，以及在写作路程中的几次转变，都已曾有颇详的叙写，自不需在此更为辞费。不过我过去的自我叙写，可以说大都是就写作之内容与风格之演变而叙述的，至于现在我所要说明的，则很可能是触及到我之所以成为今日之我，与我的作品之所以成为今日之作品的一个更为本质方面的问题。正如我在前文所言，我一向并无大志，我对于自己既从来未尝以学者自期，对于自己的作品也从来未曾以学术著作自许。然而数十年来我却一直生活在不断讲学和写作的勤劳工作之中，直到如今我虽已退休有十年之久，但我对工作的勤劳，却依然未尝稍懈，我常以为我之所以有不懈的工作之动力，其实很可能就正是因为我之并没有要成为学者之动机的缘故，我对诗词的爱好与体悟，可以说全是出于自己生命中的一种本能。因此无论是写作也好，讲授也好，我所要传达的可以说都是我所体悟的诗歌中的一种生命，一种生生不已的感发的力量。当然在传达的过程中，我可能也需要假借一些知识与学问来做为一种说明的手段和工具，因此有些人见到了这些知识与学问，便会认为这就是做学问，而做学问的人当然就是学者。所以当我对一些访问的人回答说我从来没有想过要做一个学者的时候，有人不免会觉得我所说的只是一种饰辞或妄语。而殊不知我所说的实在正是自己诚实的招供。记得我在讲课时，常对同学们说起，真正伟大的诗人是用自己的生命来写作自己的诗篇的，是用自己的生活来实践自己的诗篇的，而我们讲诗的人所要做的，就正是要透过诗人的作品，使这些诗人的生命心魂，得到又一次再生的机会。而且在其再生的活动中，将会带着一种强大的感发作用，使我们这些读者与听者或作者与读者，都得到一种生生不已的力量。在这种以生命相融会相感发的活动中，自有一种极大的乐趣。而这种乐趣则与所谓是否成为一个学者，或是否获致什么学术成就，可以说是并无任何干系。我想这很可能就是我虽然勤于讲学和写作，却全然没有过要成为一个学者之念头的主要原因吧。以上所叙写，可以说是我对前文所叙及的第一个问题的回答。

至于说到我如何把中西诗论相结合的第二个问题，则我也可以坦诚地说，这一切也全出于偶然的机遇和联想，而并非有意为之。我本来是一个完全从旧传统教育中成长起来的人，从小所受的训练就是对古典诗文的熟读和背诵，虽然因为我父亲舜庸公和我的老师顾羡季先生两人都是从老北大的外文系毕业的，经常提醒我学习外文的重要，但因我读书到初中二年级时，就发生了七七事变，从此校方就把英文课时减少到每周只有两个小时了，中学毕业时，我这个并无大志的人，虽侥幸有着总平均第一名的成绩，但却并未曾为将来的出路与收入多加考虑，便按自己的兴趣考入了国文系，大学毕业时虽也侥幸仍以第一名毕业，但我也并未曾考虑过出国或投考研究所的问题，就顺理成章地老老实实到中学里去教书了。其后虽从中学教到大学，从一般的古文教到诗词的专著，但却一直再也没接触过英文。当然更全然没想到过出国，也全然没想到过什么中西诗论的结合，我后来之决然接受了国外的邀请，主要是因为在四十年代末五十年代初，当台湾岛内白色恐怖盛行时，外子曾遭军方逮捕，被囚禁了有将近四年之久，而我也曾带着吃奶的不满一岁的女儿，遭到被审询的拘禁。其后曾经度过了一段既无家又无业的只在亲戚家的走廊上夜晚与女儿打地铺过日子的生活。因此当海外有人邀聘时，外子遂坚持要我先把孩子带出去，其后又把外子接了出来，最后更把我年近八旬的老父亲也接出来了，而这时我所接受的聘约，却是要用英语来讲授中国的古典文学。为了全家的生活，我不得不硬着头皮接受了这个工作，每天要查英文生字来备课，经常工作到深夜两点。而每逢学生考试或交来作业时，我更要一边查着生字一边来评阅批改，不过即使有如此的艰难，也并无伤于我对中国古典文学本来的热爱，我所致力的也仍然是要把诗文中的一种感发生命，要尽力传述和表达出来。因此我的英语虽然并不高明，但学生的反应却极好。时日既久，当我的英文程度逐渐提高以后，我就也在教课以外，往往去旁听一些西方文论的课程，也常购借一些西方文论的书来自己阅读，每遇到西方文论中似乎与中国传统诗论有暗合之处时，则不免为之怦然心喜，而且当我面对一些主观、抽象的传统诗话而无法向西方学生做出逻辑性的理论诠释时，偶然引用一些西方文论，也可以使我们师生都有一种豁然贯通之乐。不过我却从来没有什么结合中西诗论的高远的理想。记得我在写作《论词学中之困惑与〈花间〉词之女性叙写及其影响》一篇文稿时，就曾引用西方解析符号学之女学者克里斯特娃（Kristeva）的一句话，说“我不跟随任何一种理论，无论那是什么理论”。也许克氏之所谓不跟随任何一种理论，是因为她自己足以自创一种理论的缘故；至于我之不跟随任何一种理论，则是因为我认为“理论”乃是一种捕鱼的“筌”，而我的目的则只是在得“鱼”而并不在制“筌”。记得我在早年读一些说部笔记之书时，曾经见到过一首小诗，说“彩云影里神仙现，手把红罗扇遮面，直须著眼看仙人，莫看仙人手中扇”。我之偶尔也在作品中引用一些西方文论，只不过是因为有时仙人之美妙实在难以传述，遂不得不借用一些罗扇的方位来指向仙人而已。以上所叙写，可以说是我对前文所叙及的第二个问题的回答。

最后我还要回答很多人最为好奇的一个问题，那就是我虽经历过不少忧患挫伤，但在我的形容表现中，何以却没有留下什么忧患挫伤的痕迹？我想凡是真正当面问过我这个问题的人，一定都会记得我经常总会微笑着回答说“这是学习古典诗词的好处”。也许有人会以为我所说的只是一句戏言，其实我的回答乃是真正由实践而获得的一点真诚的体悟。因为如我在前文所言，我之喜爱和研读古典诗词，本不出于追求学问知识的用心，而是出于古典诗词中所蕴含的一种感发生命对我的感动和召唤。在这一份感发生命中，曾经蓄积了古代伟大之诗人的所有心灵、智慧、品格、襟抱和修养。所以中国传统一直有“诗教”之说，以为“正得失、动天地、感鬼神、莫近于诗”，这些话初看起来，虽似乎不免于夸大而不切实际，但诗歌之富含一种感发作用，则是不可否认的。而且证之于现代西方的接受美学与读者反应论之说，他们也以为阅读的进行同时也就是一种新的品德的强调（a new moral emphasis），又以为阅读不仅可带领人对于自己有更充分的了解（leading to fuller knowledge of the self），而且可以达成一种自我的创造（self creation）（请参阅《我的诗词道路》中《进入古典诗词之世界的两支门钥》一文，此处所引为沃夫岗·伊塞尔（Wolfgang Iser）与华尔克·吉布森（Walker Gibson）之说）。所以孔门说诗，就一直重视诗之“兴”的作用，既说“兴于诗”，又说“诗可以兴”，而且若根据孔子与其弟子端木赐（子贡）和卜商（子夏）的两段论诗的谈话来看（见《论语》《学而》篇及《八佾》篇），孔门所谓“兴”，实也暗含着品德教化的作用在内。至于就我个人而言，则我不仅天性中就对诗歌中的感发作用有着浓厚的兴趣，而且我幼年时在家中读书，所读诵的第一本开蒙读物，就是《论语》。我当时对《论语》中所记述的孔子的仁者与智者的境界，自然并没有什么真正的体悟，但却对于书中所记述的人生修养颇有一种直观的好奇的向往。即如孔子所述及的“不忧”“不惑”、“不惧”，与夫“知命”以及“从心所欲”而仍能“不逾矩”的境界，我对之就常有一种好奇的想要探求其是否果然如是的想法。至于我自己则自然本是一个具足凡夫，真正遇到忧患挫伤的打击时，我的承担的力量就受到了严重的考验。如今回想我一生的经历，我想我最早受到的一次打击乃是一九四一年我母亲的逝世。那时我的故乡北平已经沦陷有四年之久，父亲则远在后方没有任何音信，我身为长姐，要照顾两个弟弟，而小弟当时只有九岁，生活在物质条件极为艰苦的沦陷区，其困难可以想见。所以后来当我读到老舍先生在《四世同堂》中所写的沦陷中北平老百姓的生活时，我是一边流着泪一边读完这部小说的。至于受到的第二次打击，则是一九四九年外子之被拘捕，我于一九四八年三月结婚，同年十一月就因政治局势的转变，随外子工作的调动，由南京经上海而乘船去了台湾。四九年八月生了第一个女儿，同年十二月外子就因思想问题被他所服务的海军军方拘捕了。次年六月我与我所任教的彰化女中自校长以下的六位教师也一同被拘捕了，其后我曾度过了一段既无家又无业的日子，固已如前文所述。数年后外子虽幸被释放，但性情发生变异，动辄暴怒。对于我所过的这一段生活，以及我当时的心境，我在《王国维及其文学批评》之《后叙》中，也已曾略加叙述，现在也不想再加重复。至于我自己则在现实物质生活与精神感情生活都饱受摧残之馀，还要独力承担全家的生计。在台湾时在三所大学教了七门课程，而且患了气喘病，瘦到不足一百磅，但却说也奇怪，只要一上台讲课，我的敏感气喘的毛病就会脱然而去，所以白天听我讲课的人，决不会想到我夜间气喘的痛苦。我的气喘病是来到北美后才完全不治而自愈的。所以才有精力每夜查英文生字去教书。直到一九七五年，我在不列颠哥伦比亚大学（University of British Columbia）所教过的第一个博士生施吉瑞（Jerry Schmidt）返回母校接了我所教的这一门 Chinese Literature is Translation 的课，而我改为只教研究生及四年级以上的诗词课时，我的压力才减轻下来，而那时我的长女言言与次女言慧也已相继结婚，我正在庆幸自己终于走完了苦难的路程，以一个半百以上的老人可以过几天轻松的日子了。但谁知就在七六年春天，我竟然又遭受了更为沉重的第三次打击——我的才结婚不满三年的长女言言竟然与其丈夫宗永廷在一次外出旅游时，不幸发生了车祸，夫妻二人同时罹难。在这些接踵而来的苦难的打击和考验下，我是怎样生活过来的呢？而我平日对诗词的熟诵和热爱，在我所经历的苦难和打击中，又曾产生过怎样的作用呢？下面我就将对此略加叙述。

一般说来，我是一个对于精神感情之痛苦感受较深，而对于现实生活的艰苦则并不十分在意的人。即如当抗战期间，父亲远在后方而母亲又不幸逝世后，我所感受最强的乃是一种突然失去荫庇的所谓“孤露”的悲哀，这在我当时所写的《哭母诗》及《母亡后接父书》等一些诗篇中曾有明白的表现。至于当时物质生活的艰苦，如每日要吃难以下咽的混合面，并且偶尔要穿着一些补丁的衣服之类，则我不仅对之并不在意，而且颇能取一种沉毅坚忍的面对和担荷的态度。这种态度之形成，我想大约有两个方面的因素：其一是因为我早年所背诵的《论语》、《孟子》诸书，在我幼小的心灵中，确实产生了颇大的影响。我在艰苦的物质生活中，所想到的乃是《论语》中所说的“士志于道而耻恶衣恶食者，未足与议也”，及“衣敝缊袍与衣狐貉者立而不耻”的一种自信与自立的精神和态度。其二则是因为教我们唐宋诗的老师顾羡季先生，他自己的身体虽然衰弱多病，但在他的讲课中所教导我们的，则是一种强毅的担荷的精神。我当时背诵得最熟的就是他的一首《鹧鸪天》词：“说到人生剑已鸣，血花染得战袍腥。身经大小百余阵，羞说生前身后名。　心未老，鬓犹青。尚堪鞍马事长征。秋宵月落银河黯，认取明星是将星。”此外，如先生在其另一首《鹧鸪天》（说到天涯自可哀）词中，也曾写有“拚将眼泪双双落，换取心花瓣瓣开”的句子，还有在其《踏莎行》（万屋堆银）一词中，也曾写有“此身拚却似冰凉，也教熨得阑干热”的句子。于是在先生的教导鼓励之下，我自己的诗作也就一改前此的悲愁善感的诗风，而写出了“入世已拚愁似海，逃禅不借隐为名。伐茅盖顶他年事，生计如斯总未更”的句子，表现了一种直面苦难不求逃避的坚毅的精神。古人有云：“欲成精金美玉的人品，须从烈火中锻来。”苦难的打击可以是一种摧伤，但同时也可以是一种锻炼。我想这种体悟，大概可以说是我在第一次打击的考验下，所经历的一段心路历程。

至于第二次打击到来时，我最初本也是采取此种担荷的态度来面对苦难的，但陶渊明说得好“人生归有道，衣食固其端，又说“敝庐何必广，取足蔽床席”，当第一次苦难到来时，衣食虽然艰苦，但生活基本上毕竟是稳定的，我不仅可以不改常规的读书上学，而且在学校中既有师友的鼓励切磋，在生活上也有伯父母的关怀照顾。所以苦难对于我才能够形成为一种锻炼，而并未造成重大的伤害；但当第二次苦难到来时则不然了。那时我已远离家人师友，处身在海峤的台湾。外子又已被海军所拘捕而死生莫卜，当我带着不满周岁的女儿从被囚禁的地方释放出来时，不仅没有一间可以栖身的“敝庐”，而且连一张可以安眠的“床席”也没有。我虽仍以坚毅的精神勉力支撑，但毕竟不免于把身体消磨得极为瘦弱而憔悴。但这仍不算最大的痛苦，最大的痛苦是当外子于三年后被释回时，他因久被囚禁形成的动辄暴怒的性情。我虽能以坚毅面对贫乏的生活和劳苦的工作，但当我为了支撑家计而终日劳苦的工作以后，回到家中却仍要忍受外子横加于我的无端折磨时，那才真是难以承受的悲苦。那时因为我上有年近八旬的老父，下有两个仍在读书的女儿，我总是咬紧牙关承受一切折磨和痛苦，不肯把悲苦形之于外。但在晚间的睡梦中，我则总是梦见我自己已经陷入遍体鳞伤的弥留境地，也有时梦见多年前已逝世的母亲来探望我，要接我回家。那时我终于被逼出了一个自求脱苦的办法，就是把自己一部分精神感情完全杀死。这是使我仍能承受一切折磨而可以勉强活下去的唯一方法。我现在如此说决非过言，因为我那时确实在极端痛苦中，曾经多次在清醒的意识中告诉自己说：“我现在要把自己杀死，我现在要把自己杀死。”这可以说是我最为痛苦的一段心路历程。其后使我从这种痛苦中逐渐得到缓解的，实在仍是出于学诗与学道的一种体悟。我曾经读到过一首王安石《拟寒山拾得》的诗偈，当时恍如一声棒喝，使我从悲苦中得到了解脱，于是遂把这首诗偈牢记在心。不过今天当我要引述这首诗偈时，一经查看，却发现我所记诵的与原诗并不完全相合，但我更喜欢自己记诵中的诗句，我记诵的是“风吹瓦堕屋，正打破我头。瓦亦自破碎，匪独我血流。众生造众业，各有一机抽，切莫嗔此瓦，此瓦不自由”（王氏原诗与此并不全同，请读者自行查看）。正是这种体悟，恍然使我似乎对早年读诵《论语》时，所向往的“知命”与“不忧”的境界，逐渐有了一种勉力实践的印证。这可以说是我在第二度打击之考验下，所经历的又一段心路历程。

当第三次打击到来时，那真如同自天而降的一声霹雳。我实在没想到自己在历尽了人生悲哀苦难之后的馀生竟然还会遭遇到如此致命的一击。长女言言与女婿永廷是在七六年三月二十四日同时因车祸罹难的。当时我所任教的大学已结束了春季的课程，我正去东部开会，途经多伦多我还去探望了长女言言夫妇，其后又转往美国费城去探望我的小女儿言慧与女婿李坚如夫妇。我一路上满心都是喜悦，以为我虽辛苦一生，如今向平愿了，终于可以安度晚年了。谁知就在我抵达费城后的第二天，就接到了长女夫妇的噩耗。我当时实在痛不欲生，但因为多年来我一直是支撑我家所有苦难的承担者，我不得不强抑悲痛立即赶到多伦多去为他们料理丧事。我是一路上流着泪飞往多伦多，又一路上流着泪飞返温哥华的。回到温哥华后，我就把自己关在家中，避免接触外面的一切友人，因为无论任何人的关怀慰问，都只会更加引发我自己的悲哀。在此一阶段中，我仍是以诗歌来疗治自己之伤痛的。我曾写了多首《哭女诗》，如“万盼千期一旦空，殷勤抚养付飘风。回思襁褓怀中日，二十七年一梦中”，“平生几度有颜开，风雨逼人一世来，迟暮天公仍罚我，不令欢笑但馀哀”。写诗时的感情，自然是悲痛的，但诗歌之为物确实奇妙，那就是诗歌的写作，也可以使悲痛的感情得到一种抒发和缓解。不过抒发和缓解却也并不能使人真正从苦痛中超拔出来，我的整个心情仍是悲苦而自哀的。这种心态，一直到七九年以后，才逐渐有了改变。那是因为自七九年以后，大陆开始了改革开放，我实现了多年来一直想回去教书的心愿。关于这些年的转变，我在最近为庆祝南开大学八十年校庆所写的一篇题为《诗歌谱写的情谊——我与南开二十年》的文稿中，曾有颇详的叙述（此文已收入《作品集》之《杂文集》，并亦收入本书），现在也不想再加以重叙。总之我现在已完全超出了个人的得失悲喜。我只想为我所热爱的诗词做出自己的努力，如我在《我的诗词道路》一书之《前言》中所写的“我只希望在传承的长流中，尽到我自己应尽的一份力量”。记得我在大学读书时，我的老师顾羡季先生曾经说过：“一个人要以无生之觉悟为有生之事业；以悲观之体验过乐观之生活”。我当时对此并无深刻的了解，但如今当我历尽了一生的忧苦患难之后，我想我对这两句话确实有了一点体悟。一个人只有在看透了小我的狭隘与无常以后，才真正会把自己投向更广大更高远的一种人生境界。古人说物必极而后反，也许正因为我的长女言言夫妇的罹难给了我一个最沉重的打击，所以我在极痛之馀，才有了这种彻底的觉悟。这段心路历程，不仅使我对前面所叙及的儒家的“知命”“不忧”的修养，有了更深的体会，而且使我对道家《庄子》所提出的“逍遥无待”与“游刃不伤”的境界，也有了一点体悟。我曾经将此种体悟，写入了一首《踏莎行》小词，说：“一世多艰，寸心如水。也曾局囿深杯里。炎天流火劫烧馀，藐姑初识真仙子。　　谷内青松，苍然若此。历尽冰霜偏未死。一朝鲲化欲鹏飞，天风吹动狂波起。”词中所写的藐姑射的神人与鲲化的飞鹏，自然都是《庄子》中所寓说的故事；至于“谷内青松”，则我所联想到的乃是陶渊明的一首诗，陶公在《拟古九首》的第六首中，曾经写有几句诗，说：“苍苍谷中树，冬夏常如兹。年年见霜雪，谁谓不知时。”大家只看到松树的苍然不改，却不知松树是如何在霜雪的摧伤中承受过来的。我想朋友们所说的从我的外表看不出什么经历过忧患挫伤的痕迹，大概也和一般人只看到松树之苍然不改，而不能体悟到松树所经历的严寒冰雪的挫伤打击是同样的情况吧。松树之能挺立于严寒，并非不知冰雪之严寒，只不过因为松树已经有了一种由冰雪所锻炼出来的耐寒品质而已。我这样说不知是否回答了大家最为好奇的第三个问题。但我所说的确实是自己真实的体验和招供。

以上这些自我叙述，本是我平日不大喜欢向别人提起的。因为一则重述过往的不幸，总不免仍会触动心底的沉哀，这是我所极力避免的。再则在今日知识已经日益商品化的现代，我却想以个人生活实践之体验，琐琐叙述学诗与学道的修养之重要，这不仅是一种不合时宜之举，而且恐怕还会招致一些人们的讽笑和讥议。以前我的顾虑较多，所以一直不敢直言自己的经历和感受，只不过在我评说古人之作品的时候，其中偶尔也有个人之情思意念的流露而已。十余年前缪钺先生为我撰写《〈迦陵论诗丛稿〉题记》一文，于结尾处曾云：“君之此书虽皆论古之作，思辨之文，而孤怀幽抱，隐寓其中，庶几风人之旨。”缪先生对我往往有过誉之言，自非我所敢承当，但我也愿坦白的承认，我对诗词的评说和赏析，确实既不同于一般学者之从知识学问方面所作的纯学术的研究，也不同于一般文士之将古人作品演化为一篇美丽的散文之纯美的铺叙。我是以自己之感发生命来体会古人之感发生命的，我的尝试自然未必成功，不过虽不能至，而心向往之。如今以迟暮之年，渐无顾忌，遂将一切自我的经历，都做了真实的招供，知我罪我，只好付诸读者的评断了。

最后我要在此感谢师妹顾之京教授为我集录了羡季师的书法“叶嘉莹作品集”六个字做为全集的题签，老师对我的教诲与期望之深恩，我是永志不忘的。

一九九九年五月十一日完稿于温哥华

诗歌谱写的情谊

——我与南开二十年

构厦多材岂待论，谁知散木有乡根。
书生报国成何计，难忘诗骚李杜魂。

这是1979年我第一次回国讲学时，所写的一首绝句，我与南开大学的情谊也就是从那一年春天开始建立起来的。如今回首前尘竟然已有二十年之久了。回想当年我决意申请回国讲学但不知是否能获得国家允准时内心的激动和不安，到今日竟然接受了南开大学的邀聘，成立和担任了一个研究所的所长。这其间自然有一段漫长的经历。有些人对于像我这样一个饱经忧患且已年逾古稀的老人，何以不在桑榆晚景之年居家自享清福，而却要出资出力不辞辛苦地去办一个研究所，感到困惑难解。现在既正值我返国教书已有二十年之久的周年，又正值南开建校已有八十年之久的校庆，校方要我写一篇文稿来作一次回顾。我想这是很有意义的一件事，不过二十年的往事头绪纷繁，拿起笔来真不知从何说起，幸而我自已有一个写诗的习惯，现在我就将以诗歌为纲领，来对我与南开的情谊略加回顾。

首先我要说明的是，何以我在去国三十年之久以后的1978年，竟然提出了想要回国教书的申请。我想这主要是出于书生想要报国的一份感情和理想，以及我个人对于中国古典诗歌的一份热爱。也就是正如我在本文开端所引的一首诗中所说的："书生报国成何计，难忘诗骚李杜魂"。我是一个终生从事古典诗歌之教研的工作者，当国内掀起翻天覆地的"文化大革命”时，我曾经失望地想我是再也没有机会以自己之所学报效国家了。而多年来我在海外文化不同的外国土地上，用异国的语言来讲授中国的古典诗歌，又总不免会有一种失根的感觉。所以在 1970 年当我接受了加拿大的不列颠哥伦比亚大学（University of British Columbia，以下简称B. C. 大学）之终身聘约时，曾经写过一首题名为《鹏飞》的绝句，说：

鹏飞谁与话云程，失所今悲着地行。
北海南溟俱往事，一枝聊此托馀生。

诗中的“北海”，指的是我的出生地第一故乡北京，而“南溟”，则指的是我曾居住过多年的第二故乡台北。“鹏飞”的“云程”指的是当年我在此两地教书时，都能使用母语来讲授自己所喜爱的诗歌，那种可以任意发挥的潇洒自得之乐；而在海外要用英语来讲课，对我而言，就恍如是一只高飞的鹏鸟竟然从云中跌落，而变成了一条不得不在地面匍匐爬行的虫豸。所以我虽然身在国外，却总盼望着有一天我能再回到自己的国家，用自己的语言去讲授自己所喜爱的诗歌，而当时在中国所进行的文化大革命，则对于自己国家的宝贵的文化却正加以无情的扭曲和摧残。这自然使我的内心中常有一种难以言说的感慨。直到 1976 年“四人帮”的倒台，与 1978 年的改革开放，才使我多年来回国教书的愿望有了实现的机会。

记得是 1977 年的春天，当我与外子及女儿一同回国探亲旅游时，在沿途所乘坐的火车中，往往看见国内旅客手捧着一册《唐诗三百首》津津有味地阅读着。在参观各地古迹时，也往往听到当地的导游能朗朗上口地背诵出古人的佳句名篇。我当时真是说不尽的欣喜，以为祖国虽然经受了不少灾害和磨难，但文化的种子却仍然潜植在广大人民的心底。于是欣喜之余，我在沿途旅游中就也随口吟写了一些小诗，其中有两首是这样写的：

诗中见惯古长安，万里来游鄠杜间。
弥望川原似相识，千年国土锦江山。

天涯常感少陵诗，北斗京华有梦思。
今日我来真自喜，还乡值此中兴时。

《纪游绝句十二首之一及二》

既然欣喜着见到祖国的中兴，回到加拿大后，我就一直考虑着要申请回祖国教书的事情。当1978年改革开放的春风吹起，我终于决定投寄出了我的申请信。那是一个暮春的黄昏，我在温哥华的住家的门前，是一大片茂密的树林。我要走过这一片树林，才能够到马路边的邮筒去投信。当时落日的余晖正在树林上闪动着金黄色的亮丽的光影，而马路两边的樱花树则正飘舞着缤纷的落英。这些景色唤起了我对自己之年华老去的警惕，也更令我感到了要想回国教书，就应早日促其实现的重要性。古人说“一寸光阴一寸金”，金色的夕阳虽美，但终将沉没，似锦的繁花虽美，也终将飘落。我之想要回国教书的愿望，如果不能付诸实践，则不过也将如一场美梦之破灭消失终归于了无寻处。而当时满林的归鸟也更增加了我的思乡之情，于是我就随口又吟写了两首绝句：

向晚幽林独自寻，枝头落日隐馀金。
渐看飞鸟归巢尽，谁与安排去住心。

花飞早识春难驻，梦破从无迹可寻。
漫向天涯悲老大，馀生何地惜馀阴。

《向晚二首》

当我把申请信寄出后，我就一直关怀着国内有关教育方面的报道。有一天我看到了一则消息，说“文化大革命”中许多被批判过的老教授，目前多已获得平反。而在被平反者的名单中，则赫然有着我所认识的李霁野先生的名字。李先生是我的师长一辈，我虽然未曾从李先生受过业，但我的老师顾随先生则是当年曾与李先生同在辅仁大学任教时的好友。在抗战胜利台湾光复后，李先生曾被他的同乡兼好友台静农先生邀往台湾大学教书，1948 年春当我将离京南下结婚，并将随外子工作调动迁往台湾时，顾先生还曾寄信要我抵台湾去拜望李先生。1949 年春天我在台湾大学曾与李先生见面。但其后不久李先生就离开台湾返回大陆了。而外子与我则于 1949 年冬及 1950 年夏相继以思想问题，被台湾国民党所拘捕，从那时起我与李先生就完全断绝了联系，而今忽然看到了李先生的消息，真是喜出望外。于是我立即寄了封信向李先生问候。并告诉李先生我已经提出了利用假期回国教书的申请。很快就收到了李先生的回信，信中说“文革”已成为过去，目前国内教育界情势极好。于是我在兴奋中，就用前两首的诗韵，又写了两首绝句：

却话当年感不禁，曾悲万马一时喑，
如今齐向春郊骋，我亦深怀并辔心。

海外空能怀故国，人间何处有知音。
他年若遂还乡愿，骥老犹存万里心。

写了这两首诗以后，又过了一段日子，我寄出的申请终于有了回音。国家同意我回国访问讲学，并决定安排我去北京大学，于是我就于 1979 年的春天来到了北大。北大负责接待我的几位老师都极为热情，还结识了两位“老鼠同盟”，一位是与我同岁的甲子年出生的陈贻焮先生，还有一位是小我们一轮的丙子出生的袁行霈先生。但南开的李霁野先生却以师辈的情谊坚邀我去天津的南开。于是在北大短期讲课后，我就应邀转来南开。当时从天津到北京来接我的，是中文系总支书记任家智先生，和一位外事处的工作人员。任先生说可以安排我先在北京游览一下，于是第二天他们二位先生就陪我去了西山的碧云寺和卧佛寺等地。那一天碧云寺的中山堂正在举办书画展览，一进门我就看见了一幅极有神采的屈原图像。正在欣赏时，忽见展览室中的工作人员把这幅画摘了下来，我问他们为什么把这幅画摘下来，他们指着旁边的一位游客说，这位日本客人把这幅画买了。我当时手中正拿着一架照相机，于是极表惋惜地说，可惜没来得及把这幅画拍摄下来。任先生在旁边对我说这位画家是南开校友，以后还有机会见到他的画。我当时对任先生的话并未十分在意，谁知任先生竟将此事深记在心，这是后话，暂且不提。总之第二天他们就陪我来到了天津。那时还没有专家楼，他们就安排我住进了解放北路的天津饭店（也就是老字号的厚德福饭店）。饭店对面是个小公园，唐山地震后里面搭盖了许多临建棚。公园附近的楼房有的还留有被震毁的残迹。但忙碌的拆建工作，也使我看到了未来重建后所将有的一片美好的前景。而且那时正是春天，街旁墙角的路树，有的已经绽放了深红浅粉的花朵。于是满怀着对祖国的美丽前景之祝愿和憧憬，我就又写了一首小诗：

津沽劫后总堪怜，客子初来三月天。
喜见枝头春已到，颓垣缺处好花妍

《天津纪事绝句二十四首之一》

第二天上午李先生亲自到饭店来看我。经历了“文化大革命”批判的李先生，外表看来虽然比三十年前我所见到李先生显得苍老了。但精神的矍铄依然，对人的热诚如旧。李先生首先关怀的是我的生活和课程的安排，继之就问起了在台湾的一些老友的情况。他所最怀念的是当日台湾大学的中文系主任台静农先生。他们二人既是同乡，又是同学，一同离开安徽的老家来到当年的北平，又一同追随鲁迅先生参加未名社的活动，更曾一同被国民党政府关进过监狱。海峡虽然隔断了他们的往来，但隔不断的是他们彼此间深厚的情谊。李先生在“文革”中所表现的坚强不屈，以及今日对老友的深沉的怀念，都使我极为感动，于是我就为李先生写了两首诗：

欲把风标拟古松，历经冰雪与霜风。
平生不改坚贞意，步履犹强未是翁。

话到当年语有神，未名结社忆前尘。
白头不尽沧桑感，台海云天想故人。

《天津纪事绝句二十四首之三及四》

当年南大中文系为我所安排的课程是讲汉魏南北朝诗。每周上两次课，每次两小时。上课地点是主楼一楼的一间约可坐三百人的阶梯教室。当时的系主任是朱维之先生，朱先生是一位学养过人的忠厚长者，每次上课，朱先生都坐在第一排与同学们一起听课。朱先生精神健迈，看上去不过六十岁左右，及至有一天举行纪念“五四”的科研大会，朱先生在台上致词，自云六十年前参加五四运动时，其年龄不过仅有十四岁而已。那时我才知道朱先生已有七十四岁的高龄了。而当朱先生谈到当年参加五四运动的往事时，却依然神采奕奕，仿佛犹有余勇可贾。因此我就为朱先生也写了一首诗：

余勇犹存世屡更，江山百代育豪英。
笑谈六十年前事，五四旗边一小兵。

《天津纪事绝句二十四首之五》

讲课开始后，同学们的反应极为热烈。不仅坐满了整个教室，而且增加的课桌椅一直排到了讲台的边缘和教室的门口。有时使我走进教室和步上讲台都颇为困难。于是中文系就想了一个制发听讲证的办法，只许有证的人进入教室。这个办法实施以后，我进入教室和步上讲台的困难虽有了改善，但教室的阶梯上和教室后面的墙边窗口，却依然挤满了或坐或立的人们。日子一天一天过去，天气逐渐热起来。满教室的人，无论是讲者或者听者，有时都不免挥汗如雨。一天一位女教师从讲台下传递过来一把扇子给我。黑色的扇面，上面用朱笔以隶书写了一首《水调歌头》词，那正是我不久前在课堂中偶然讲过的一首自己的词作，题目是《秋日有怀国内外各地友人》，原来在1978年秋天，当我已决定要回国教书时，曾经写了这首词，寄给我以前在台湾教过的学生，还有在美国与我一起参加过爱国活动的友人，以及在我的故乡北京的一些亲友和旧日的同学。词是这样写的：

天涯常感旧，江海各西东。月明今夜如水，相忆有谁同。燕市亲交未老，台岛后生可畏，意气各如虹。更念剑桥友，卓荦想高风。

虽离别，经万里，梦魂通。书生报国心事，吾辈共初衷。天地几回翻覆，终见故园春好，百卉竞芳丛。何幸当斯世，莫放此生空。

扇面上写录了这首词，也写了上款我的名字，但却没有写下款的署名。而书法则写得极有工力。后来我才知道送我这把扇子的，原来是天津有名的书法家王千女士。于是我就也写了一首诗送给王女士。

便面黑如点漆浓，新词朱笔隶书工。
赠投不肯留名姓，唯向襟前惠好风。

《天津纪事绝句二十四首之十二》

而也就因为我曾在课堂上写过一些我自己的词作，因而中文系就又提出了希望我能增开一门唐宋词课的要求。但同学们日间的课都已经排满了，于是就把词的课排在了晚上。记得当我临离开南大前，最后一晚给同学们上课时，大家都不肯下课，一直等到熄灯号吹响了，才把课程结束。我把这件事也写入了一首绝句：

白昼谈诗夜讲词，诸生与我共成痴。
临歧一课浑难罢，直到深宵夜角吹。

《天津纪事绝句二十四首之二十》

在所有的课程都结束以后，中文系更为我举行了一个欢送会，那是又一个挥汗如雨的夏日午后，不仅中文系师生都来了，还有许多曾来旁听过的人，也都来参加了这个欢送会。开始时首先由系主任朱维之先生做了长篇的极为恳挚热情的讲话。继之是学生代表王华所致的真诚动人的感谢辞。然后由中文系向我致送纪念礼物。只见他们拿来了一个包装得很仔细的长轴，他们请我到台上去，把长轴展开来一看，出现在眼前的竟然是神采飞动的一幅屈原图像。原来当初去北京接我的任家智先生，一直记得他陪我到碧云寺游览时，我曾经对那里展出的一幅屈原图像表示过赞美，而且因为未能把这幅图像拍摄下来而表现过惋惜。他就把这件事记在了心中。而这幅图像的作者就是南开历史系的校友名画家范曾先生。所以当中文系讨论要送我什么纪念品时，任先生就提起了这件事。于是中文系遂请得历史系的前辈教授郑天挺先生与系领导联名寄信向范曾先生求画，又烦中文系教师宁宗一先生亲赴北京与范曾先生联系。得画后又请杨柳青画店赶工裱成，遂得于欢送会当日以此一画轴相赠。这一份盛情厚赐，真是令我感激无已。最后大家要我题诗留念，我就为大家吟诵了一首绝句。

难驻游程似箭催，每于别后首重回。
好题诗句留盟证，更约他年我再来。

欢送会结束后，我又写了两首诗和一首词来记述这一次感人的盛会。先把两首诗抄录在下面：

题诗好订他年约，赠画长留此日情。
感激一堂三百士，共挥汗雨送将行。

当时观画频嗟赏，如见骚魂起汨罗。
博得丹青今日赠，此中情事感人多。

《天津纪事绝句二十四首之二十一及二十二》

然后我又填写了一首词，调寄《八声甘州》：

想空堂素壁写归来，当年稼轩翁。算人生快事，贵欣所赏，情貌相同。一幅丹青赠我，高谊比云隆。珍重临歧际，可奈匆匆。

试把画图轻展，蓦惊看似识，楚客遗容。带陆离长剑，悲慨对回风。别津门，携将此轴，有灵均深意动吾衷。今而后，天涯羁旅，长共相从。

除去本文所记叙的这些与诗词有关的人物和情事以外，其实我还写过很多首赠给南开中文系友人的诗词。即如曾负责为我安排一切的古典教研室主任鲁德才先生，与我的研究兴趣相近的，讲授唐诗的郝世峰先生，讲授离骚及汉乐府的杨成孚先生，以及也曾从顾随先生受业的，与我有同门之谊的王双启先生，还有曾为我赴北京向范曾先生求画的宁宗一先生，我就都曾写有诗句相赠。但因恐文字过于冗长，现在就只好从略了。

总之，我与南开大学是从一开始就建立了深厚的友谊。而且这一份情谊更延续到了我的家族的下一代。因为我的侄子叶言材在当年秋季就考入了南开大学的中文系。毕业后赴日本进修，获得硕士学位后留在日本任教，并在日本结了婚，我的侄媳、目前在日本某女子学院任教的桐岛薰子是日本人，但却热爱中国古典文学，曾来南开攻读硕士学位，论文写的是李商隐诗研究，是郝世峰先生的学生。有了这种种因缘，我与南开的情谊自然益形密切，而我也果然信守了当年“更约他年我再来”的诗句的盟诺，经常回到南开来讲课，只不过那时我还没有从加拿大的 B. C. 大学退休，一般只能利用暑假期间回来。好在 B. C. 大学的暑假放得早，四月初我就可以回来了，教课到六月中或七月初，至少还有两三个月的时间可以留在南开。除此以外，B. C. 大学还规定每隔五年可以休假一年，代价是休假的一年只能有百分之六十的薪金，我曾在 1981 到 1982 年和 1986 到 1987 年的期间，申请过两次各一年的休假，1981 年暑假后我曾在南开教了整整一个学期的课，1986 年则从九月到翌年四月我在南开又曾教了半年多的课。1990 年我自 B. C. 大学退休，1991 年当选了加拿大皇家学会院士。那一年我正应邀在台湾清华大学客座一年，并在台大、淡江和辅仁三校兼课。寒假中南开大学邀我来天津，由前一任校长滕维藻和当时的在任校长母国光两位先生共同主持，为我获得了加拿大学术界的最高荣誉，在东艺系的讲演厅举行了一次庆祝会。也就是从那时开始，南开就经由当时外事处的逄诵丰处长，通过我侄子言材与我商议，希望我在南开成立一个研究所。我当时的想法是，我只是一个教师，只知道讲课，对行政事务一无所知，实在难以担任所长一职。而校方则说那些事务自会有人负责，劝我不必为此担心。继之就又提出了请谁来担任副所长，以及研究所应挂靠在哪一部门的问题，这其间经过了多次反复的讨论，最后商定了挂靠在“汉教”学院，由鲁德才先生任副所长。但鲁先生不久就被韩国请去讲学了。当时幸而得到崔宝衡先生的同意，在研究所起步的艰难时刻，来担任了研究所的副所长。但那时的研究所却实在连一间办公室也没有，于是校方遂决定把东艺楼的一间房拨给我们暂时借用为办公室。王文俊副校长更在我们所遇到的一些困难中，给了我们很多切实的协助。那时母校长曾对我说，如果我能在海外募得资金，校方愿拨出土地为研究所建一所教学楼。因而崔宝衡先生与我遂共同为筹建这个研究所的教学楼拟了一个简单的计划。不过因为我们所挂靠的汉教学院没有研究生的指标，所以汉教学院虽然在很多方面都给了我们大力的协助，但在研究生方面却一直无法解决。直到1996年的秋冬之际，学校党委副书记兼任中文系主任的陈洪先生决定接受我们挂靠在中文系，于是情况遂有了急转直下的进展。首先是中文系同意拨给研究所两名研究生，又表示只要我能向海外募得资金，校方定会拨给土地合资兴建教研楼。有了这些承诺，当我回到温哥华后，很快就经由在B. C. 大学亚洲图书馆工作的谢琰先生之介绍和联系，获得了一位热心教育的老企业家蔡章阁先生的响应和支持，表示愿意捐资为研究所兴建教研楼。蔡先生出身清贫，自早岁外出工作谋生，而笃性好学，每于工作余暇勤修苦读，浸淫于古圣先贤之遗著，深感读书教育实为陶冶心灵变化气质之唯一大道。既闻南开校方有意兴办研究所，遂慨然承诺捐资为研究所兴建教研楼。原来我与谢先生自1969年就早已相识，每当我去亚洲图书馆查找书籍，谢先生都给予我热心的协助。而谢先生的夫人施淑仪女士则是香港中文大学中文系毕业的高材生，对古典诗歌有很高的兴趣和修养。他们夫妇经常邀请我去他们家举办一些诗词讲座。蔡先生也在他们府上听过我讲课。他一生热心教育事业，尤其关怀中华文化中优良传统对青少年道德品质之培养的重要性。巧的是蔡先生来听我讲课的一次，我讲的正是清代经学家张惠言所写的五首《水调歌头》组词。这五首词是张氏寄给他的学生杨子掞的作品，内容讲的正是儒家之优良传统中为学与做人的修养，蔡先生可能认为我所讲授的内容，与他的理想颇有暗合之处。所以现在一听说我要向海外募资为研究所兴建教研楼，立刻就表示了热心赞助的意愿。在我与蔡先生磋商的过程中，我们决定将研究所定名为“中华古典文化研究所”。本来当研究所开始成立时，我曾将之定名为“中国文学比较研究所”，那是因为前些年的青年学生在多年封闭和压抑后，骤然迎来了改革开放的变化，心理上不免就形成了一种偏差，往往炫迷于海外的新异，而鄙弃中国之旧学以为腐朽，所以我才在研究所的名称中，于“中国文学”之后，加上了“比较”二字，以表示我们研究所在学习中国古典的同时，也重视对西方新学的融会。但我们的目的则仍在于想要向更深更广的层次来拓展中国古典文学的研究。而古典文学中所蕴藏的则正是中华的古典文化。所以当蔡先生提出要以“中华古典文化”为研究所命名时，我也就欣然表示了同意。而蔡先生则更希望研究所在从事文学方面之研究时，也同时更能注意到儒学方面之研究，今后我们的研究所将双管齐下，对于中华文化中的文学之美与儒家之善同时并重，以期使中华文化中优良传统不断得到拓展，不仅能使其重光于中国之现代，更能使其自中国而走向国际。当我与蔡先生磋商决定后，就将磋商的结果向陈洪先生做了报告。陈先生经过与侯自新校长的切实讨论，提议将蔡先生所拟捐资兴建的研究所教研楼，与校方正在计划兴建的文科大楼连接在一起，而不另外拨地建造，以免过于分散。此一提议也获得了蔡先生的同意。目前这一所教研楼的落成已是指日可待，而且校方也已决定明年南开大学的招生计划，将把此一研究所正式列入其中。筹划了多年的研究所，虽然经历了不少开创的艰难，现在总算有了初步的基础。

我非常感谢南开大学给我机会，使我二十年前所怀抱的“书生报国成何计，难忘诗骚李杜魂”的一点愿望，能在南开的园地中真正得到了落实。这二十年来历任的校领导以及各有关单位如外事处、汉教学院和中文系，对研究所的支持和协助，还有研究所诸同仁在历年艰难的创始过程中所付出的一切辛勤的劳动，都是促使此一研究所得以逐渐成立起来的重要因素。至于我个人则也曾为研究所捐出了我在 B. C. 大学所得的退休金之半数（十万美金），设立了驼庵奖学金和永言学术基金。“驼庵”是我的老师顾随先生的别号，记得在 1948 年春天当我要离京南下时，顾先生曾经寄了一首七言律诗送给我，诗是这样写的：

食荼已久渐芳甘，世味如禅彻底参。
廿载上堂如梦呓，几人传法现优昙。
分明已见鹏起北，衰朽敢言吾道南。
此际泠然御风去，日明云暗过江潭。

除去这一首诗以外，先生还曾经在给我的一封信中写道：

假使苦水（按苦水亦为先生别号，取其与顾随二字谐音相近）有法可传，则截至今日，凡所有法，足下已尽得之。此语在不佞为非夸，而对足下亦非过誉。不佞之望于足下者，在于不佞法外，别有开发，能自建树，成为南岳下之马祖，而不愿足下成为孔门之曾参也。

从上面所引的先生的诗与信来看，先生诗中所写的“吾道南”，是禅宗五祖弘忍对六祖慧能传授衣钵时所说的话，而南岳怀让则是慧能的传人，马祖道一又是南岳的传人。所以先生又说道“南岳下之马祖”，凡此都可见到先生对于“传法”和在继承中还要有所发扬之重视。因为无论是任何一种学术文化之得以延于久远，都正赖其有继承和发扬之传人，而教学则正是一种薪尽火传的神圣的工作。我个人非常惭愧，多年来流寓海外，更复饱经忧患，未能按照老师的期望尽到自己传承的责任。如今既恐惧于自己之时不我与，更痛心于国内对古典文化之传承的忽视和冷落。所以想到要用老师的名号设立一个奖学金，希望能藉此给予青年人一些鼓励，使之能认识到在文化传承方面青年人的责任之重大，而若果然能使这一点薪火得以继续绵延且加以发扬光大，则庶几也可略减我愧对师恩的罪咎于万一了。所以我诚恳地希望领得奖学金的同学，能够看到的不仅是这一点微薄的金钱，而是透过“驼庵”的名称所表现的一种薪火相传的重要的意义和责任。

至于学术基金之以“永言”二字为命名，我想大家所立刻想到的一定是《毛诗·大序》中的“诗言志，歌永言”的一句话，我既是从事古典诗歌之教研的一个工作者，则以“永言”二字来命名，自然可能包含有我对古典诗歌之重视的一种取意。但除此以外，我之以“永言”为命名，却实在还暗含有一段悲痛的往事。而这一段往事则是我一向很少对人提起的。我原有两个女儿，长女名言言，次女名言慧。言言出生于1949年8月，当她仅有四个月大时，外子就以思想问题被台湾军方所逮捕了。次年6月当她还未满周岁时，我也被拘捕了，而我是以母乳哺育婴儿的，所以我的女儿就也随我一同关进去了。其后不久我虽幸获释出，但被军方拘捕的外子则还杳无消息，我们原住的是公家宿舍，既失去了工作，当然也就失去了住房。幸得外子一家亲戚照顾，使得我与未满周岁的女儿，晚间得以在他们家走廊的一方地板上暂得憩卧之地。秋天以后我才经人介绍找到一家私立中学的教职，搬进了学校一间空荡荡的宿舍。那时我也曾写过一首诗：

转蓬辞故土，离乱断乡根。已叹身无托，翻惊祸有门。覆盆天莫问，落井世谁援，剩抚怀中女，深宵忍泪吞。

三年后外子幸被释出，第二年生了次女言慧，我们全家由台南迁到台北。巧遇在台湾大学任教的我的两位老师。我遂被推介到台大去任教。1966年被聘赴美国讲学，1969年转往加拿大，那时我家上有年近八旬的老父，下有一个读大学和一个读高中的两个女儿，而外子则尚无适当的职业，为了维持全家生活，我遂不得不接受了用英语讲授中国文学的工作。每天要查字典备课，经常工作到深夜两点，极为辛苦。直到70年代中，两女相继从大学毕业，而且相继结了婚，我正在欣幸以后可以轻松喘口气了。谁知就在1976年的3月下旬长女言言与女婿永廷一同开车外出时，竟不幸发生了车祸，双双罹难。我真没想到我的命运竟是如此坎坷，方摧过了半世忧劳艰苦的生活，竟在五十多岁的晚年遭遇了如此重大的不幸。当时在接连数十日闭门不出的哀痛中，我曾经写了多首绝句。其中有两首是这样写的：

早经忧患偏怜女，垂老欣看婿似儿。
何意人天劫变起，狂风吹折并头枝。

平生几度有颜开，风雨逼人一世来。
迟暮天公仍罚我，不令欢笑但馀哀。

这一份悲痛曾经持续了很长的一段日子。而使得我能从悲痛中走出来的，则是我对祖国的热爱与对诗词的热爱。正是这件不幸之事发生后的第二年，当我与外子及次女言慧一起回国探亲旅游时，我所见到的祖国的中兴气象，以及在沿途中我所接触到的人们，他们所表现出来的对古典诗词的浓厚的兴趣，使我对自己未来的人生有了新的期待和寄托。记得我在早年从顾随先生读书时，先生常提到两句话，说“要以无生之觉悟，为有生之事业；以悲观之体验，过乐观之生活”。我当年对这两句话并没有深刻的了解，如今当我果然经历了一生的忧苦不幸之后，对这两句话才有了真正的体会和了解。一个人只有在超越了小我生命的狭隘无常以后，才能使自己的目光投向更广大更恒久的向往和追求。正是长女言言夫妇的罹难使我对人生有了更彻底的体认和觉悟。所以我乃摘取了他们夫妇名字中的各一个字，做了我所设立的学术基金的命名。个人的生命是有限的，而学术的发展则是无穷的。我诚恳地希望此一基金对于我们研究所未来所要从事的学术研究，能有一点小小的帮助。

除了我在前面所提到的，我对南开大学各方面的领导和友人们所给予的协助之感谢以外，我也该感谢在国内外的我的家人们对我所做的一切事的理解和支持。我在此要特别提到我的小女儿言慧，她不仅支持我所做的一切，而且在各方面给了我很多协助，还给了我一个宝贵的建议，她认为对中国古典文学之人才的培养，等到了大学和研究所时才开始注意，已经太晚了，她以为若想真正能培养出对中国的古典文学和古典文化有兴趣有修养的下一代，我们实在应该从一个人的童幼年时开始才是。其实我个人近年来对此一事也有了同样的想法和认识，小女言慧的话不仅更使我认识到此一事的重要性，而且也更增加了我要以有生之馀年在这方面做出一点贡献的决心。我曾与友人合作编印了一册教儿童学古诗的读本《与古诗交朋友》，也曾应邀在很多地方做过教儿童古诗的示范教学，不过这种教学往往因我个人的忙碌，而不能持之以恒，每次教学的反应虽然都很好，但每当事过以后，则无人为继，遂使我的一切努力都归于徒劳。正如投石于水，投入时虽也可引起一些涟漪，然而涟漪静后则石沉水底，了无踪迹可寻了。所以近来我正在计划做出一套教儿童学古诗的录像，以便向各地推广，更希望能藉此唤起负责教育方面之人士的注意，如果能够在幼儿园中设一个“古诗唱游”的科目，以唱歌和游戏的方式教儿童们学习吟唱古诗，则在持之以恒的浸淫熏习之下，对于儿童们的文化品质的成长和提高，必能收到很好的效果。在这方面，加拿大的蔡章阁先生也与我有同感，而且还提议除了古诗以外，希望研究所更能编出一册教青少年学习《论语》的读本，我也曾将此意向南开大学的领导做了反映，得到了侯自新校长与陈洪书记的支持。目前这两项工作即将开始。相信不久的将来，我们就会将这两项工作完成，以后我们的研究所在校方的支持和领导下，定会有一片美丽的前景。

最后我愿再抄录两首诗词来做为本文的结束，那是80年代的中期，当我多次回国教书后，忽然发现学校中的修习古典文学的学生，竟然有了程度下滑的现象。原来自改革开放以后，经济方面虽然有了腾飞，但大家竞相追求物利的结果，遂使得在精神文化方面未能得到应有的重视。不过我相信这只是短暂的现象，当物质饱和以后，必然会返回到精神文化方面的追求，因此我就写了一首题名为《高枝》的诗，诗是这样写的：

高枝珍重护芳菲，未信当时作计非。
忍待千年盼终发，忽惊万点竟飘飞。
所期石炼天能补，但使珠圆月岂亏。

祝取重番花事好，故园春梦总依依。

“高枝”上的“花”，就象喻着我所热爱的古典诗歌，我相信只要我们尽到自己的力量，则不仅“天”可以“补”，“月”也不会“亏”的。而且为了表示我自己的决心，我还写了一首调寄《蝶恋花》的小词，词是这样写的：

爱向高楼凝望眼，海阔天遥，一片沧波远。仿佛神山如可见，孤帆便拟追寻遍。　　明月多情来枕畔。九畹滋兰，难忘芳菲愿。消息故园春意晚，花期日日心头算。

“望眼”中的“神山”是我所追寻的理想，“九畹滋兰”是我教学的愿望。我虽只是一只孤帆的小船，但也不会放弃我追寻的努力，相信“花期”到了的时候，终必有盛开的一日。当然我也自知自己的能力薄弱，正如我在开端所引的一首诗中所说的，我只是一株不成材的“散木”，若把国家比拟做一座正在建造中的大厦，则正如杜甫在他的《自京赴奉先县咏怀》一诗中所说的，国家之多才，自然是“当今廊庙具，构厦岂云缺”，至于我自己，则只不过是对于我所热爱的古典诗歌，有着一份“难忘诗骚李杜魂”的感情而已。

本文以诗歌开端，也以诗歌结尾，而诗歌中所写的一切，都与我到南开来教书一事有着密切的关系。而且促使我回到国内来教书的动机，也正缘于我对诗歌的一份热爱，然则我将此一篇文稿名之曰“诗歌中的情谊”，其谁曰不宜。

1998年12月12日于南开大学

台湾现代诗人周梦蝶《还魂草》序言

我是向来未尝为任何人任何书写过序文的，然而两天前，当周梦蝶先生要我为他即将出版的诗集《还魂草》赶写一篇序文时，我竟冒昧地答应了下来。其一，当然是有感于周先生的一份诚意；其二，则因为我是一个讲旧诗的人，而周先生居然肯要我为这一本现代诗集写序，则无论这一篇序文写得如何，至少不失为新旧之间破除隔阂步入合作的一种开端和尝试；最后，一个更大的原因，则是因为我对周先生之忠于艺术也忠于自己的一种诗境与人格，一直有着一份爱赏与尊重之意，因此，虽明知自己未必是为此书写序的适当之人选，也依然乐于作了这种“知其不可而为之”的承诺。

周先生之要我写序，也许因他曾偶在报刊中看过我所写一些有关旧诗词之评赏的文字。其实，批评古人的旧诗词，与批评今人的现代诗，并不尽同，一则因为旧诗词的作者，已属无可对质的古人，则我信口雌黄之所说，在读者而言，纵未必尽信其是，然也不能必指其非；而对今人之作，则我在论评之间，就不得不深怀着一份惟恐其未必能合作者原意的惶惧。再者，对于旧诗词的阅读和写作，我是早在三十年前就已经开始了的，而对于现代诗，则我不仅从来不曾有过写作的尝试和经验，即使阅读，也仅是近二三年来，偶然涉猎浏览过一些极少的作品而已。但美之为美，天下有目之所共赏，我对于现代诗中的一些佳作，也极为赏爱，但如说到论评，则刺绣之工既不尽同于编织，缰辔的控持，也必然不同于方向盘之操纵，如今我欲以一向惯于论评旧诗词的眼光来论评现代诗，则即使不致如扣槃言日之盲，似乎也颇不免于燕说郢书之妄了。

以我习惯于论评诗词的眼光来看，我以为周先生诗作最大的好处，乃在于诗中所表现的一种独特的诗境，这种诗境极难加以解说，如果引用周先生自己在《菩提树下》一诗中的话“谁能于雪中取火，且铸火为雪”，则我以为周先生的诗境所表现的，便极近于一种“自雪中取火，且铸火为雪”的境界。

我在为学生讲授诗词的时候，常好论及诗人对自己感情的一份处理安排之态度与方法，由于其对感情之处理与安排的不同，因此诗人们所表现的境界与风格也各异，如果举一些重要的诗人为例证，则渊明之简净真淳，是由于他能够将其一份悲苦，消融化解于一种智慧的体悟之中，如同日光之融七彩而为一白，不离悲苦之中，而脱出于悲苦之外，这自然是一种极难达致的境界，其次则如唐之李太白，则是以其一份恣纵不羁的天才，终生作着自悲苦之中，欲腾掷跳跃而出的超越；杜子美则以其过人之强与过人之热的力与情，作着面对悲苦的正视与担荷；至于宋之欧阳修，则是以其一份遣玩的意兴，把悲苦推远一步距离，以保持其所惯用的一种欣赏的余裕；苏东坡则以其旷达的襟次，把悲苦作着潇洒的摆落，以上诸人其类型虽尽有不同，然而对悲苦却似乎都颇有着一种足以奈何的手段。此外更有着一种从来对悲苦无法奈何的诗人，如“九死其犹未悔”的屈灵均，“成灰泪始干”的李商隐，他们固未尝解脱，也未尝寻求过解脱，他们对于悲苦只是一味沉沦和耽溺。另外更有一种有心寻求安排解脱而终于未尝得到的人，那就是“言山水而包名理”的谢灵运，大谢之写山水与言名理，表现虽为两端，而用心实出于一源，他对山水幽峻的恣游，与对老庄哲理的向往，同样出于欲为其内心凌乱矛盾之悲苦，觅致得一排解之途径。然而佛家有云：“境由心造”，若非由内心自力更生，则山水之恣游既不过徒劳屐齿，老庄之哲理亦不过徒托空言，所以大谢诗中哲理，若非自其“不能得道”作相反之体认，而欲于其中寻觅“得道”的境界，就未免南辕而北辙了。

至于周先生的诗作，则自其四十八年出版的第一本诗集《孤独国》，到今日准备出版的第二本诗集《还魂草》，其意境与表现，虽有着更为幽邃精致，也更为深广博大的转变，然而其间都有着一个为大家所共同认知的不变的特色，那就是周先生诗中所一直闪烁的一种禅理和哲思。周先生似乎也是一位想求安排解脱而未得的诗人，因之他的诗，既不同于前所举第一种之隐然有着对悲苦足以奈何的手段之诗人；也不同于第二种之对悲苦作着一味沉陷和耽溺的诗人；如果自其感情之不得解脱，与其时时“言哲理”的两方面来看，虽似颇近于大谢，然而，若就其淡泊坚卓之人格与操守来看，则毋宁说其更近于渊明，周先生之不同于大谢者，盖大谢之不得解脱之感情，乃得之于现实生活之政治牵涉的一份凌乱与矛盾，而周先生之不得解脱之感情，则似乎是源于其内心深处一份孤绝无望之悲苦；再者，大谢之言哲理，只不过是在矛盾凌乱中的一份聊以自慰的空言，而其所言之哲理，并未曾在其感情与心灵之间发生任何作用，而周先生诗中的禅理哲思，则确实有着一份得之于心的触发与感悟，虽然周先生并未能如渊明一样，做到将悲苦泯没于智慧之中，而随哲理以超然俱化，但周先生却确实做到了将哲理深深地透入于悲苦之中而将之铸为一体，故其诗境乃不属于以上所举之三种诗人的任何一类型之中，周先生乃是一位以哲理凝铸悲苦的诗人，因之周先生的诗，凡其言禅理哲思之处，不但不为超旷，而且因其汲取自一悲苦之心灵，而弥见其用情之深，而其言情之处，则又因其有着一份哲理之光照，而使其有着一份远离人间烟火的明净与坚凝，如此“于雪中取火且铸火为雪”的结果，其悲苦虽未尝得片刻之消融，而却被铸炼得如此莹洁而透明，在此一片莹明中，我们看到了他的属于“火”的一份沉挚的凄哀，也看到了他的属于“雪”的一份澄净的凄寒。周先生的诗，就是如此往复于“雪”与“火”的取铸之间，所以其诗作虽无多方面之风格，而却不使人读之有枯窘单调之感，那便因为在此取铸之间，他自有其一份用以汲取的生命，与用以镕铸的努力，是动而非静，是变而非止。再者，周先生所写之境界多为心灵之境，而非现实之境，如果我们可以把诗人的心灵比做一粒晶球，则当其闪烁转动于大千世界之中的时候，此一粒晶球虽并不能包容大千世界的繁复博大之实体，而其每一闪烁之中，却亦自有其不具形的隐约的投影，在周先生诗中，我们就可看到此一粒晶球的面面之闪烁，以上是我所见的周先生诗中的境界。

其次，我想再谈一谈周先生诗中文字的表现，我以为周先生在文字的表现一方面，也有其极为独到的一种镕铸和运用的能力。我是一个一贯主张要把古今与中外交融起来的论诗者，而在周先生诗中，我就清楚地看到了这种交融运用的成功，在周先生诗中，有大似古乐府江南曲的极质拙而真切的排句，如其《虚幻的拥抱》之后数句："向每一寸虚空，问惊鸿底归处，虚空以东无语，虚空以西无语，虚空以南无语，虚空以北无语"；有极近于宋诗的顿挫和音节，如其《逍遥游》的前数句："绝尘而逸，回眸处，乱云翻白，波涛千起"。至于其时时可见的对偶之工，与一些旧辞旧典的运用，更属熟练之极，多不胜举。其实，用旧并不难，而难能的是周先生所用之旧，都赋有着新感觉与新生命，既不迷于旧，亦不避其旧；而此外周先生更善于以其锐敏的感觉与精练的工力，镕铸出极为新颖而现代化的诗句，如其"纵使黑暗挖去自己的眼睛，蛇知道：它能自水里喊出火底消息"。(《六月》)"你将拌着眼泪，一口一口咽下你底自己，纵然是蟑螂，空了心的，在天国之外，六月之外"。(《六月之外》)"而泥泞在左，坎坷在右，我，正朝着一口嘶喊的黑井走去"。(《囚》)像这些诗句可说是颇为费解的现代化的诗句了，然而不必也不须更加解说，我们岂不都能自其中聆听到一份呼号，感受到一份震撼，所以，求新颖与现代也不难，而难能的乃是在其中真正充溢着一份诗人之锐感与深情，以上尚不过是我有心于古典与现代之两面求相反的例证，如果不存此有心分别之成见，而在周先生诗集中寻求一些交融着古典与现代，交融着火的凄哀与雪的凄寒的诗句，则更属俯拾皆是，随处都可看到翠羽明珠之闪烁。总之，周先生的诗，无论就意境而言，无论就表现而言，其发意遣辞，都源于一份真切的诗感，如此，所以无论其篇幅之为长为短，其用典之为旧为新，其用字造句之为古典为现代，他都能以其诗人的心灵作适当的掌握和表现，不故意拖沓以求长，不故为新奇以炫异。周先生之诗作，一直在现代诗坛上，受到普遍的尊敬和重视，其成就原不是偶然的，而我以一个外行人竟然如此哓哓，匆匆草毕此文，乃弥觉有多事之感，惟愿此一诗集能早日与世人相见，而一些其他的外行人，或者因我这一些外行话，而反而留意于此一现代诗集，则我之哓哓，或者也尚非全属徒然，是为序。

《艳阳天》中萧长春与焦淑红的爱情故事

前些时，我偶然在一份报刊上看到一篇文章，说浩然在《艳阳天》中不写爱情，过去我也曾听到一些友人说过类似的话。而我自己在第一次看这本小说时，也曾有过与他们相似的想法，只是后来我因偶然的机缘，把这本小说又重读了两遍，谁知却逐渐发现浩然对长春和淑红之间的爱情发展，实在写得非常细腻，当时我曾做了一些札记，现在愿意把我个人所做的札记，向读者作一次简单的报告。

根据我所做的札记，浩然对于长春与淑红之间爱情发展的叙写，全书共有四十余处之多，此外非正式的伏笔和暗示，还不计算在内。其实如果从暗示说起，在小说的一开端作者就曾借“萧长春死了媳妇，三年还没有续上”一句话，为以后长春和淑红的爱情发展，做了伏笔。写到第三卷最末一章，作者又借淑红妈和长春谈起“把里外打扫打扫，把屋子刷一刷”为二人的爱情暗示了圆满的结尾。除了全书所要写的斗争主题以外，长春与淑红的爱情故事，实在是贯串全书的一条重要副线。作者对于这一条副线的发展，有着非常生动细致的描述。

至于我们这些读者，对于作者细致的用心往往不能体会的原故，则可能是由于我们看惯了现在资本主义社会作家所写的爱情故事。一般总是在男女主角一出场时，便先描写双方的容貌仪表如何彼此吸引，然后又安排一些花前月下的场面，用浪漫热情的笔调，写他们由谈情、接吻、拥抱、甚至终于上床的进展过程。可是《艳阳天》中，却完全没有我们所熟悉所预期的这些描写，这该是我们这些读者，认为浩然“不写爱情”的主要原故。再则，浩然对于长春与淑红的爱情叙写又往往多用曲折含蓄的笔法，而且常与当时的斗争事件结合一起来进行，这很可能是使读者以为“不写爱情”的另一原故。就我们本身预期的落空而言，我觉得那是由于我们的预期，本来就可能是一种错误的成见。因为不同的生活背景，不同的思想性格，对于爱情的表达，自然有不同的方式。有些人喜欢彼此倾诉卿卿我我的甜言蜜语，有些人喜欢谈论共同的理想志意。鲁迅和许广平的《两地书》之不同于徐志摩和陆小曼的《爱眉小札》，便是一个很好的例证。何况萧长春与焦淑红都是在社会主义革命的激烈斗争中生活着的青年男女，他们对于农村有着共同的热爱，他们对于合作化有着共同的理想，他们在斗争的情势中，面对着共同的敌人，他们之间爱情的进展和表达的方式，其不可能相同于小资产阶级有闲有钱的男女们之谈情说爱的方式毋宁说是一件极为自然的事。所以要想欣赏和了解浩然对于长春和淑红二人间爱情的叙写，也许我们应该对我们自己过去的成见先有一些反省。至于浩然之多用曲折含蓄的笔法，而且常把爱情的进展与当时的斗争相结合在一起来叙写，则主要该是由于小说本身的需要，而并不是由于作者不肯或不会描写爱情。因为《艳阳天》这部小说的主题，原来就是斗争而不是爱情。作者对于爱情虽也有细心着意的描写，然而却一直结合着主题的需要，把爱情与革命相结合在一起来叙写，这正是《艳阳天》这部小说极为成功的一点特色。再则，这部小说的背景是中国北方的农村，一般说来，关于男女间的爱情，在国内，北方较南方表现得含蓄保守，农村又较城市表现得含蓄保守。作者写女主角焦淑红，既有革命的理想，也有追求爱情的勇气，可是又仍有北方农村女子对爱情的传统影响，因此她对爱情的表现，就有一种既坚强又温柔既大胆又含蓄的复杂而细致的特殊风格，这种风格不仅在资本主义文学的爱情小说中不可得见，就是在社会主义文学的小说中也不易见到。而作者浩然却以曲折含蓄的笔法，对这种具有特殊风格的爱情，做了委婉而生动的描述。如果我们因为自己对于斗争的生活和北方农村的背景没有了解，因而对这种特殊风格的爱情无法体会，于是便说《艳阳天》这部小说不写爱情，这实在是一种并不完全正确的判断。

从我自己所做的札记看来，作者浩然为了写出这种特殊风格的爱情，很可能颇费了一些苦心的安排。因为他一方面既要从开始不为这一则贯串全书的爱情故事做伏笔，可是另一方面他又不能让爱情故事掩盖了斗争的主题。他既要用心着意去写，又不愿露出用心着意的痕迹。因此在开端几章，他所用的大多是暗示和欲擒故纵的笔法。例如在第一章开始不久，他就借焦二菊给长春做媒的机会，把淑红和对方的女子相比。一方面为以后的爱情故事做了伏笔，但另一方面却故意引开了读者的注意，使读者们以为长春与淑红必是绝无恋爱结婚的可能，因为否则的话，焦二菊提亲时何以会不给长春提淑红，而却舍近求远去提别个村庄的女子呢？其后在第三章第二十六页作者写长春从工地回东山坞，在月光笼罩的麦田里与看麦子的淑红相遇。作者对于这一幕的场景和对话，曾经有非常生动的描述，既写出了在月光中淑红又动人又威武的形象，更写出了她随风飘散的汗气，既表现了淑红的革命精神，也为长春和淑红以后所可能有的爱情发展，做了极强的暗示。可是作者却不愿这么浅薄直接地就正式写起他们的爱情故事。于是接下来马上从他们见面后彼此都异常欣喜的谈笑，转入了有关分麦子的斗争的主题。其后更马上在下一章第四十三页，写长春在深夜出来要找韩百仲谈话的路上，听到了淑红和会计马立本谈话，“立刻想到，最近有人传说这对青年男女正在谈恋爱的事情”。不仅再一次引开了读者的注意，而且也暗中点明了焦二菊给长春做媒时，所以不提淑红的一个可能的原因。其后作者写到长春与淑红的第二次见面，是在第十五章长春来参观青年们所开辟的苗圃中。当淑红带领长春参观时，作者曾描写淑红的心情说：“焦淑红的心里又高兴，又有点说不出来的紧张。她跟在萧长春的后边，像讲解员似的给萧长春介绍苗圃的情况，嘴上说着话儿，两只眼睛也不住地跟着萧长春转。她看到萧长春的脸上浮起的微笑，心里舒服得很。”这一段作者写一个初次动情的纯朴的少女的精神和心理，实在非常细致入微。可是他们口中所谈的，却全是有关苗圃的发展计划。于是作者遂又一次引开读者的注意，以为他们之间所有的只是对苗圃共同关心的同志之情。

第十六章就长春和淑红之间的爱情发展而言，是富有转折性的一章，因为这一章开始，作者才把淑红的动情，逐渐从侧面的叙写转为正面的叙写，从坦率的同志之情转为微妙的男女之情。作者对于这种转变，首先从淑红外表的精神动作做了非常生动传神的描述。在这一章的开始，作者就叙写说："焦淑红迈着跳舞似的步子回到家。她拉开后院的小栅栏门，一边歪着脖子往北看，一边往里走，没留神，撞到后院那棵石榴树上，扑簌簌，花瓣儿像雨点似的落了她一头发。自己也觉得太慌张了，忍不住好笑。"这一段作者对于淑红的心理完全未加说明，而只以客观的描述来做生动的表现，实在写得极为真切动人。究竟淑红为什么那么出神地"歪着脖子往北看"呢？又为什么兴奋得"迈着跳舞似的步子"呢？关于第一个问题，我们从下面两页淑红称长春的儿子说是："北院小石头"，以及本章结尾说淑红从自己家后院"抬眼朝北边看，只见对门萧家的屋门口涌出浓浓滚滚的白烟。……又见一个壮实的身影，在烟雾中里外忙碌"。可见她"往北看"的原来正是在街北住着的萧长春。至于她兴奋得迈着跳舞的步子，则从她答复母亲的话来看，她说："妈，真是喜事呀，萧支书一回来，连村子里的空气都变啦!"似乎她的欢喜只是为了长春回来使村子里精神气氛转变了。可是她欢喜的原因不只此，我们还记得在前面的第十五章，长春去参观苗圃时，她的眼睛曾"不住地跟着长春转"，看到长春的微笑，又觉得"心里舒服得很"。这种微妙的感觉，应该才是造成她过度兴奋的真正原因所在。而作者却未用一句正面的说明，就小说的写作而言，这实在表现了作者极高的功力。其后作者又借淑红妈与淑红的谈话，称长春做"你表叔"，引起淑红的异议说："我们又不是真正的亲戚，我不跟你们排"。至此，才经由淑红自己的口中，微微透露出她的一丝心事，也暗中点明了焦二菊提亲何以不提淑红的另一个可能的原因，原来是因为对他们有着不属于同一辈分的顾虑。接着作者又借淑红妈的口和淑红提起长春的婚事，说："你百仲大嫂子正给他说媒，都说个八九成了，光等他去相亲呀！该说个人了——嗨，死丫头，你怎么把洗脸盆子放在锅台上了。"这几句把淑红对长春亲事的关心失神之状，全由淑红妈的谈话中侧写出来，不仅是传神之笔，而且更迫近地把淑红推到非要尽快表达心事不可的地步。接着作者又借淑红妈的口，谈到淑红和马立本的事，向淑红更逼近了一步，于是在二百十九页作者才正面写到淑红“一边吃饭，一边想心事”。又在二百二十二页，从淑红心思中写出她对马立本的无意，又写她的心思是“要在农村扎根，就要在农村找个情投意合的人。这个人似乎是找到了，又似乎根本没这个影子”。这几句写淑红的心思，也写得恰到好处。她觉得“找到了”，是因为她自己已经对长春动情，“又似乎没这个影子”，是因为长春对此似乎还懵然不觉，未曾对淑红有过任何表示。

如我在前面所言，中国北方农村的少女，对于爱情的事，一般都表现得较为含蓄保守。就我的记忆所及，在解放前，北方农村的婚姻仿佛大多属于父母之命媒妁之言的方式。解放后，虽然听说自由恋爱自己找对象的事逐渐多起来，可是仍是由男方主动的居多。现在浩然在《艳阳天》中所写的焦淑红，则是一个有勇气、有理想、有革命精神的少女。她既然找到了自己理想的对象。当然就有勇气做主动的安排。可是她仍然对农村的保守风气需要顾及，而且她也不是一个轻浮狂荡的人。作者对于淑红的塑造和描述，掌握了恰到好处的分寸，把她对爱情的表示，写得又大胆又含蓄。淑红所要做的第一件事是先要打破人们对于她和长春辈分的成见。于是在第十七章写到淑红赶过来帮忙长春烧饭时，作者安排了她与长春的儿子小石头的一段谈话，小石头叫她“淑红姐……”淑红打断他：“不许再叫我姐了。”小石头问：“叫什么呀?”淑红说：“叫姑姑好不好?”小石头点点头说：“好。”淑红说：“叫个我听听。”小石头的两片嘴唇一碰，清脆地叫了声“姑。”焦淑红“哎”地答应一声，弯腰亲了亲孩子的小脸蛋。这段不仅写出了淑红想要突破别人成见的努力，也写出了她对小石头亲切的感情。

可是淑红还有更重要的一件事要做，就是向长春表明自己的心意，看一看长春的反应。于是作者就在第二十七章为他们安排了一个倾谈的机会，那是在开过干部会，马连福辱骂了萧长春的一天。当日会后的下午，焦淑红和萧长春不约而同地前后都去了乡党委会。党委书记王国忠留他们吃了晚饭。在吃饭的时候，谈了不少有关东山坞眼前的工作和斗争的问题。饭后送淑红回去，当晚正是个有月亮的夏夜，在朦胧神秘的月色中，作者把那一天以来长春对淑红激动的心情，和淑红对长春倾慕的少女的情意，做了微妙的结合的描述。在分别叙写他们二人对革命的理想和热情时，作者曾插入短短的一段说长春走得热了，身上出汗，解开衣服的纽扣，想脱下来。焦淑红一回头看到了，连忙说："别脱，外边风凉，小心受凉。"萧长春立刻又把衣裳穿好。这几句不着痕迹地写出了淑红对长春的关心，也写出了长春对她的心意的体会。其后作者又写淑红光顾想心事，不小心踩进一个小土沟子里。长春马上问她"没扭了脚吧？夜间走路，应当小心一点呀！这边走，这边平一点。"于是淑红朝长春这边靠靠，作者写："她立刻感到一股子热腾腾的青春之息扑过来。"在铺排了足够的情绪气氛之后，作者终于在本章的三百六十五页，淑红忍不住对长春做了含蓄的表白，婉转地说明了她对马立本的毫无情意，又在三百六十九页使淑红再一次忍不住表示了对长春婚事的关心。终于长春也忍不住表示了自己对婚事的看法。作者写淑红谈话时的心情说："她说出这句话，脸上一阵发烧，一个姑娘，怎么能跟一个光棍男人说这种话呀！可是，不知什么东西在逼迫她，不说不行。"作者又写长春的心情说："他说出后边这句话，也觉得不合适，一个支部书记，怎么跟一个大姑娘说这种话呀！但也像有什么东西逼迫他，一张嘴就溜出来了。于是淑红终于又鼓了鼓勇气，做了最后的表白，说：'反正我自己的事儿，我自己当家，谁也管不了我。'"然后当淑红走了以后，作者又写"萧长春站在原地，两眼愣愣地望着焦淑红走去的身影渐渐地隐藏在银灰色的夜幕里。他的心反而越跳越厉害了。许久，他没有办法让自己平静下来……"到此，我们也清楚地看到了长春的反应，当他明白了淑红的心思，知道她对马立本毫无情意的时候，他对淑红也开始动情。

有了这一次谈话，长春和淑红的感情已开始有了默契，于是在次日的叙写中，作者就微妙地写出了他们两人之间内在和外在的各种变化。在三十三章作者写长春和王国忠书记于次日早晨回到东山坞。刚到长春家，就听见"后门院传过清脆的声音：'来了？'"于是长春和王书记同时回头去看，作者写他们眼中的淑红说："她今天好像是做了一番打扮，其实只换了一件半袖的小褂子。那件小褂子是蛋青色的，裁剪的肥瘦大小很合体，式样又别致。配上下边的一条打到腿腕的青布裤子，白袜子，带帮的黑灯芯绒的方口鞋，显得十分雅静。”接着作者又写长春当时的感觉说：“萧长春好像还是第一次从面容上端详这个姑娘，也好像第一次发现她长得这样美，美得这样大方动人。”这一段是作者第一次正式从外表的衣着相貌来写焦淑红，虽然也透过长春的眼睛说是长春所见的，但作者所写的，都不是我们在习见的爱情小说中所看到的“细腰、朱唇、隆鼻、妙目”的俗滥的描写，而是一种非常朴素自然的品德和精神的美的外观。这一点也表现了浩然在描写女人形貌方面的一种清新朴素的风格。

接着作者更透过别人的眼光写出了长春与焦淑红间关系的变化。先是在四百四十一页王国忠听见小石头叫焦淑红作“姑”，于是就问说：“不是叫大姐吗，怎么变成姑了”，淑红说：“这是我们两个人的内部问题，你们管不着!”其后在第四百五十一页又写小石头吵闹着要长春给他买鸟笼子。淑红哄小石头说：“今天不是集。等集上，我让你爸爸给你买，好不好?”马之悦在旁边听见了，心里想：“没拜天地，她先当上妈了？浪的。”原来昨天晚上当长春送淑红回去在路上谈话时，偶然被过路的焦振丛在麦地里听见了，把这事传给了韩百旺，又辗转传到了马之悦的耳中。马之悦对长春和淑红这两个斗争的对手本来就忌恨非常，作者此处不仅写出了马之悦因为看见长春与淑红关系转近更加强了忌恨，也为以后马之悦想方设法铲走焦淑红的斗争做了伏笔。

长春和焦淑红既然已经有了相互的默契，于是，他们在同志之情与男女之情两方面，也就都有了更密切的合作与进展。在第三十五章作者曾叙写长春和淑红为开贫下中农会，在一起做准备工作。长春找出个红皮的日记本子交给淑红，让他把东山坞的积极分子和坏分子，以及真正的缺粮户，都算一算排一排。焦淑红一打开本子，页扉上几个粗犷的字跳到她眼里，写的是“不怕任何困难，永远做硬骨头，革命到底。”作者写淑红当时的心情说：“只有她，只有跟写这几个字的人共过甘苦的，才能理解这几个字的全部政治涵义；才能认识到，这几个字儿不是空话，而是结结实实的，是从面前这个共产党员的心里蹦出来的。看着看着，焦淑红心里不由得一热。”这一段，作者把淑红对革命的热情和对长春的爱情做了合二为一的叙写，她为长春表现的革命到底的“硬骨头”精神而感动，也因此而觉得对长春更为动情。作者又故意安排有一张长春的小照片从日记本里掉出来，淑红把相片藏起，把本子还给了长春。下面作者对于这一位动情的少女，有一段极为生动的描写，说："焦淑红出了萧家大门口，觉得阳光灿烂，风和气爽。她把相片捧在手心里，偷偷地看了一眼，又捂上了。进了自家的后门，站在那石榴树下，她又捧着照片看起来。照片上那威武英俊的革命军人朝着她微笑。只有这个时候她才敢于这样大胆地看着萧长春……焦淑红望着照片，害羞地一笑，把照片按在她激烈跳动的胸口……"这一段写淑红"偷偷地看……又捂上了……又捧着……看起来……害羞地一笑……按在……胸口"把一个北方乡村里纯朴的少女初次动心的欣喜又羞怯的心理和神态，刻画得非常细致而真切。其后，在第五十七章又写到有一天晚上长春淑红两人和韩百仲讨论，让焦克礼代马连福做一队队长，让韩小乐接马立本的会计。讨论完了以后长春和淑红同路回家。一枝枣树枝桠挂在了长春小褂子的肩头。作者写"焦淑红替他拨开了带刺的树枝子"，又问"挂着没有哇?"走出胡同口的时候，焦淑红又说："快把褂子脱下来我看看，扯多大个口子?"又说："脱下来吧，让我给你缝缝。"长春说："对付几天算了。"淑红又说："也该洗洗了，一股子汗味儿；湿漉漉的，穿在身上多不舒服呀!"这段写淑红对长春的亲切的关心也写得非常生动传神。当时长春听了淑红的话，便开始解衣钮口，一边看了淑红一眼，见淑红两只大眼睛也正望着自己，于是便想到了前几天的一个月夜，从那夜开始，他发觉自己和淑红的多种关系中间，又多了一层关系。为了对淑红真正的关心，也为了眼前斗争的需要，长春对淑红谈了许多提高斗争觉悟的话。最后淑红忘了要给长春缝小褂子的事，说完话就朝自己家的后门走去。长春连忙脱下身上的小白褂子，团在一块儿说："哎，等等。"淑红说："你不想歇着呀?"长春说："我觉着就把你的积极性打击没了!"淑红说："怎么见得?"长春举着衣裳说："瞧哇，撒手不管了!"淑红"哼"了一声，一把将衣裳抢了过来。长春说："工作上你得帮助我，生活上呢，你也得多照顾着点，两方面都需要，头边那个是重点!"淑红瞥了长春一眼，心头一热，抱着衣裳跑进院子。"这一节对话，生动地表现出他两人间亲切的情意，也是长春对淑红第一次正式"表态"，于是在下面的第六十六章，作者就写到淑红一边精心细致地缝手榴弹袋子，一边想她自己和长春相爱的心事，准备和长春一说定了，就大大方方地跟自己父母挑明白。

可是作者却并没有真正的写到淑红自己跟父母挑明这件事，因为正当淑红想着上面的念头时，不久她就听到了后门外对面萧家院子里长春和他父亲萧老大的一段谈话。当时长春正在锯木头，萧老大小声对长春说："刚才我到大庙去，跟韩百旺闲唠嗑儿。说起淑红的事儿，又说起你来了……"于是锯木声戛然停止了。焦淑红的胸口突突地跳起来。长春问："他说了什么了?"萧老大嘻嘻一笑："我又跟他提起，家里过日子没个娘们太困难，他说，等过了麦秋，给你们提提……"这一段话又呼应到前面第三十一章所写的焦振丛那天晚上把在麦地里偶然遇到长春和淑红谈话的事，告诉了韩百旺的一则伏笔。这一则伏笔曾引起马之悦想要撵走淑红的反面作用，如今作者又使它对促成长春与淑红的婚事发生了正面的作用。接下去作者又写萧老大说："我头先也这么想过，就是没有开口，我看倒是挺合适的……"又说："你不用瞒着我，让百旺这么一提我倒醒过梦来了。……"这一段写萧老大虽是听韩百旺提起，才正式和长春谈到这件事，但其实他自己却不仅早想到过了，而且还表示他已经感觉到了长春和淑红之间，早有了情意，只不过经百旺一提才更加清醒过来而已。淑红既然听到了萧老大的谈话，对自己和长春的婚事已经可以安下心来。可是在这时候她的爸爸妈妈却还正在屋里为着马之悦给淑红做媒要把她嫁到柳镇去的事而争论着。于是淑红回到屋里，就对她父母说："你们又在嘀咕我的事儿吧？我求你们往后不要再嘀咕了。"又告诉他们不要急着给她找对象，说："不用找啦，我已经找好啦!"又说："我可以告诉你们一底儿，我将来找到的这个人，一定要让你们满意。……"这一段叙写，作者又一次表现了女主角焦淑红的稳健含蓄而又爽朗大方的性格。可是作者最后的安排还是由淑红的父母出面做主，来进行长春和淑红的婚事。而并没有由长春和淑红俩人自己挑明来进行。关于这一点，我起初对于作者之竟然仍允许这种残余封建方式保留于这样一部以革命斗争为主题的小说中，本来颇觉得讶异。可是后来逐渐醒悟作者之如此安排也未始没有他的道理：其一我们该考虑到小说中故事发生的时代和地域的背景，在一九五七年前后的中国北方农村中由父母出面做主的婚姻方式，可能仍是普遍存在着的事实。由此这样安排叙写便更增加了故事的真实感。其次作者也已叙明淑红之未曾自己挑明来进行她和长春的婚事，并不是因为她不敢挑明，而是因为双方的家长都有了同样的意思，她已经不需要自己来挑明了。三则当时正当小麦马上就要收割的紧张斗争情势中，长春和淑红两个负有党团支书重任的人物，也没有余暇来办理自己的婚事。因此当我们读到第一百二十一章淑红的父亲焦振茂动念要和萧老大谈长春和淑红婚事的时候，以及最后第一百四十一章淑红妈张罗着要把屋子刷一刷为他们办喜事的时候，我们所感到的决不是父母主持婚姻的封建不自由的感觉，而是对革命斗争有着同样觉悟和热情的，家人父母子女间的真正了解和关心。

作者浩然在《艳阳天》中，不仅生动真切地写出了焦淑红这一个热心革命的北国农村少女在恋爱中的心意和行动，而且借着她的爱情故事，为社会主义革命中的青年男女，以健康写实的笔法，提出了一种正确的恋爱观点和恋爱方式。在第二十九章三百九十二页，作者就曾借淑红和马翠清的谈话来说："爱人是互相帮助，你帮助他，他帮助你，谁也不兴瞧不起谁，谁也不兴光闹气儿；要没有互相帮助，这叫什么爱人呀?"又说："可不能这样随便好，随便吹。一个人选择一个如意的人实在不容易。选上了，好起来更难呀!"又在第三十五章的结尾，写淑红的心思，说："她回味着昨天晌午的干部会，回味着昨晚月亮地里的畅谈，特别回味着刚才跟萧长春面对面坐着剖解东山坞的阶级力量……他们的恋爱是不谈恋爱的恋爱，是最崇高的恋爱。她不是以一个美貌的姑娘的身份跟萧长春谈恋爱，也不是用自己的娇柔微笑来得到萧长春的爱情，而是以一个同志，一个革命事业的助手，在跟萧长春共同为东山坞的社会主义事业奋斗的同时，让爱情的果实自然而然地生长和成熟……"从这些叙写，我们清楚地看到，焦淑红对爱情的观念，应该是互助的、恒久的，有着共同理想、参预共同奋斗，以同志爱为基础的身心完全相合为一的爱情。这种爱情观念，与西方资本主义社会中，彼此为满足暂时的自私的欲望，而产生的调情泄欲的恋爱，当然有着绝大的不同。至于淑红表达爱情的方式，也不是挑逗、不是撒娇、不是拥抱和接吻，而是对于长春的工作、长春的生活、甚至对于长春的家人老父幼子的真正关心。当长春被马连福污蔑时，她挺身出来捍卫；当长春参观苗圃时，她热心为他解说；当长春点不着灶里的柴火时，她跑过来为他烧火做饭；当长春要脱衣服时，她关心他受凉；当长春为开会做准备时，她为他开列名单；当长春衣服挂破时，她张罗为他缝补；当长春锯木头时，她想要帮他拉锯；当长春在打麦场上扬场时，她站在麦粒堆旁给他供锨……她也爱长春的儿子小石头，她盛饭给他吃，带来烙合子给他吃，小石头穿的用的，她都关心照顾……萧老大就曾经跟长春赞美淑红说："她平常对咱爷俩、对小石头多好呀！……"当小石头丢了以后，萧老大几乎痛不欲生，在他极度悲伤中，搀扶他起来的，一边是他的儿子长春，另一边就是淑红。淑红对长春的爱情，不仅是与革命的热情合一的，也是与伦理之情合一的。

写到这里，我忽然想到最近在台湾出版的本年一月份的《中外文学》，其中载有陈映湘的一篇《当代中国作家的考察》，(他所谓"中国"当然仅指"台湾"而言）在论及青年女作家李昂的《人间世》时，曾经指出这些以写性爱为主的台湾小说，其内容"呈现的是一个宛若末世的悲惨世界"，又说："身处于转型期社会的这一代人们，立于旧日伦理的断瓦残垣与新秩序尚未成型的真空中间，心灵的苦闷，自然成了一场疫病似地到处流行。"又说："真正的爱情是在荒僻的小乡镇旅馆的床上找不到的，生命的苦闷也不是在床上就能发挥殆尽的。……背德的人是注定了要一步一步地走向没有阳光照耀的悲惨世界。……任何一个误把性的解放，看做是今世救赎之道的人，因为没有那可以安身立命的健康的伦理能力，必然会是将被牺牲的刍狗。"李昂原是一个颇有才气的作家，她之写出这一系列的作品，并不是作者个人的道德堕落，而是一个病态社会所造成的必然产物。近来我更看到台湾巨人出版社的一套一九七五年现代文学年选。其中一册短篇小说选，收有许多比李昂更年轻的作者的作品，有不少是在学的大专生和高中生。有这么多年轻有才的作者，原是一件可喜的事。可是我们试一看他和她们所写的内容，却发现有不少是写少男少女们调情、性爱、堕胎，以及吸食强力胶的故事的，我们就不得不为这些有才的青年生于这样一个病态的社会而觉得可哀了。相形之下，《艳阳天》中所写的焦淑红与萧长春的爱情故事，就成了一种强烈的对比，明显地反映出两种不同的生活形态和意识形态。文学之不可能超越于社会结构和社会意识的影响而独立存在，我们从作者所表现的不同的内容以及读者所表现的不同的兴趣，可以得到普遍的证明。有些读者不能欣赏《艳阳天》中的爱情故事，甚至根本不能欣赏《艳阳天》这部小说，这当然是一件并不足怪的事。

第四部分　各体创作选录

古体诗四篇

题羡季师手写诗稿册子

一九四四年夏

自得手佳编，吟诵忘朝夕。吾师重锤炼，辞句诚精密。想见酝酿时，经营非苟率。旧瓶入新酒，出语雄且杰。以此战诗坛，何止黄陈敌。小楷更工妙，直与晋唐接。气溢乌丝阑，卓荦见风骨。人向字中看，诗从心底出。淡宕风中兰，清严雪中柏。挥洒既多姿，盘旋尤有力。小语近人情，端厚如彭泽。诲人亦谆谆，虽劳无倦色。弟子愧凡夫，三年面墙壁。仰此高山高，可瞻不可及。

戏题一首

发留过长剪而短之又病其零乱不整因梳为髻或见而讶之戏赋此诗

前日如尾长，昨日如云乱。今日髻高梳，三日三改变。游戏在人间，装束如演爨。岂意相识人，见我多惊叹。本真在一心，外此皆虚玩。佛相三十二，一一无非幻。若向幻中寻，相逢徒觌面。

许诗英先生挽诗

海风萧瑟海气昏，海上客居断客魂，日日高楼看落照，山南山北白云屯。
故国音书渺天末，平生师友烟波隔，忽惊噩耗信难真，报道中宵梁木坼。
先生心疾遽不起，叔重绝学今长已，白日犹曾上讲堂，一夕悲风黯桃李。
我识先生在古燕，卅年往事去如烟，当时丫角不更事，辜负家居近讲筵。
先生怜才偏不弃，每向人前多奖异，徼幸题名入上庠，揄扬深愧先生意。
世变悠悠几翻覆，沧海生桑陵变谷，成家育女到海隅，碌碌衣食早废读。
何期重得见先生，却话前尘百感并，万劫蟫痴空恋字，三春花落总无成。
旧居犹记城西宅，书声曾动南邻客，小时了了未必佳，老大伤悲空叹息。
先生不忍任飘蓬，便尔招邀入辟雍，有惭南郭滥竽吹，勉同诸子共雕虫。
十五年来陪杖履，深仰先生德业美，目疾讲著未少休，爱士推贤人莫比。
鲤庭家学有心传，浙水宗风一脉延，遍植兰花开九畹，及门何止士三千。
问字车来踵相接，记得当年堂上别，谓言后会定非遥，便即归来重展谒。
浮家去国已三秋，天外云山只聚愁，我本欲归归未得，乡心空付水东流。
年前老父天涯没，兰死桐枯根断折，更从海上哭先生，故都残梦凭谁说。
欲觅童真不可寻，死生亲故负恩深，未能执绋悲何极，更忆乡关感不禁。
前日寄书问身后，闻有诸生陪阿母，人言师弟父子如，况是先生德爱厚。
小雪节催马帐寒，朔风隔海亦悲酸，梦魂便欲还乡去，肠断关山行路难。

（壬子冬月廿七日于加拿大之温哥华）

注：许诗英先生为许寿裳先生之公子，曾在台湾各大学教授文字声韵学等课。

祖国行长歌

（作者按　此诗为一九七四年作者第一次返国探亲旅游时之所作。当时曾由旅行社安排赴各地参观，见闻所及，皆令人兴奋不已。及今思之，其所介绍，虽不免因当时政治背景而有不尽真实之处，但就作者而言，则诗中所写皆为当日自己之真情实感。近有友人拟将此诗重新发表，时代既已改变，因特作此简短之说明如上。）

卅年离家几万里，思乡情在无时已，一朝天外赋归来，眼流涕泪心狂喜。银翼穿云认旧京，遥看灯火动乡情；长街多少经游地。此日重回白发生。家人乍见啼还笑，相对苍颜忆年少；登车牵拥邀还家，指点都城夸新貌。天安门外广场开，诸馆新建高崔嵬；道旁遍植绿荫树，无复当日飞黄埃。西单西去吾家在，门巷依稀犹未改；空悲岁月逝骎骎，半世蓬飘向江海。入门坐我旧时床，骨肉重聚灯烛光；莫疑此景还如梦，今夕真知返故乡。夜深细把前尘忆，回首当年泪沾臆；犹记慈亲弃养时，是岁我年方十七，长弟十五幼九龄，老父成都断消息，鹡鸰失恃紧相依，八载艰难陷强敌，所赖伯父伯母慈，抚我三人各成立。一经远嫁赋离分，故园从此隔音尘；天翻地覆歌慷慨，重睹家人感倍亲。两弟夫妻四教师，侄男侄女多英姿；喜见吾家佳子弟，辉光仿佛生庭墀。大侄劳动称模范，二侄先进增生产；阿权侄女曾下乡，各具豪情笑生脸。小雪最幼甫七龄，入学今为红小兵；双垂辫发灯前立，一领红巾入眼明。所悲老父天涯殁，未得还乡享此儿孙乐，更悲伯父伯母未见我归来，逝者难回空泪落。床头犹是旧西窗，记得儿时明月光，客子光阴弹指过，飘零身世九回肠。家人问我别来事，话到艰辛自酸鼻，忆昔婚后甫经年，夫婿突遭囹圄系。台海当年兴狱烈，覆盆多少冤难雪，可怜独泣向深宵，怀中幼女才三月。苦心独力强支撑，阅尽炎凉世上情，三载夫还虽命在，刑馀幽愤总难平。我依教学谋升斗，终日焦唇复瘏口，强笑谁知忍泪悲，纵博虚名亦何有。岁月惊心十五秋，难言心事苦羁留，偶因异国书来聘，便尔移家海外浮。自欣视野从今展，祖国书刊恣意览；欣见中华果自强，辟地开天功不浅。试寄家书有报章，难禁游子喜如狂，萦心卅载还乡梦，此际终能夙愿偿，归来故里多亲友，探望殷勤情意厚，美味争调饫远人，更伴恣游共携手。陶然亭畔泛轻舟，昆明湖上柳条柔，公园北海故宫景色俱无恙，更有美术馆中工农作品足风流。郊区厂屋如栉比，处处新猷风景异，蔽野葱茏黍稷多，公社良田美无际。长城高处接浮云，定陵墓殿郁轮囷，千年帝制兴亡史，从此人民做主人。

几日游观浑忘倦，乘车更至昔阳县，争说红旗天下传，耳闻何似如今见。
车站初逢宋立英，布衣草笠笑相迎，风霜满面心如火，劳动人民具典型。
昔日荒村穷大寨，七沟八梁惟石块，经时不雨雨成灾，饥馑流亡年复代。
一从解放喜翻身，永贵英雄出姓陈，老少同心夺胜利，始知成败本由人。
三冬苦战狼窝掌，凿石锄冰拓田广，百折难回志竟成，虎头山畔歌声响。
于今瘠土变良畴，岁岁增粮大有秋，运送频闻缆车疾，渡漕新建到山头。
山间更复植蔬果，桃李初熟红颗颗，幼儿园内笑声多，个个颜如花绽朵。
革命须将路线分，不因今富忘前贫，祗今教育沟中地，留与青年忆苦辛。
我行所恨程期急，片羽观光足珍惜，万千访客岂徒来，定有精神蒙洗涤。
重返京城暑渐消，凉风起处觉秋高，家人小聚终须别，游子空悲去路遥。
长弟多病最伤离，临行不忍送登机，叮咛惟把归期问，相慰归期定有期。
握别亲朋屡执手，已去都门更回首，凭窗下望好山河，时见梯田在陵阜。
飞行一霎抵延安，旧居初仰凤凰山，土窑筹策艰难日，想见成功不等闲。
南泥湾内群峦碧，战士当年辟荆棘，拓成陕北好江南，弥望秧田不知极。
白首英雄刘宝斋，锄荒往事话蒿莱，遍山榛莽无人迹，畦径全凭手自开，
丛林为幕地为床，一把镢头一杆枪，自向山旁凿窑洞，自割藤草自编筐。
日日劳动仍学习，桦皮为纸炭为笔，寒冬将至苦无衣，更剪羊毛学纺织。
所欣秋获已登场，土豆南瓜野菜香，生产当年能自给，再耕来岁有馀粮。
更生自力精神伟，三五九旅声名美，从来忧患可兴邦，不忘学习继前轨。
平畴展绿到关中，城市西安有古风，周秦前汉隋唐地，未改河山气象雄。
遗址来瞻半坡馆，两水之间临灞浐，石陶留器六千年，缅想先民文化远。
骊山故事说明皇，昔日温泉属帝王，咫尺荣枯悲杜老，终看鼙鼓动渔阳。
宫殿华清今更丽，辟建都为疗养地，忆从事变起风云，山间犹有危亭记。
仓促行程不可留，复经上海下杭州，凌晨一瞥春申市，黄浦江边忆旧游。
跑马前厅改医院，行乞街头不复见，列强租界早收回，工厂如林皆自建。
市民处处做晨操，可见更新觉悟高，改尽奢靡当日习，百年国耻一时消。
沪杭线上车行速，风景江南看不足，采莲人在画图中，菜花黄嫩桑麻绿。
从来西子擅佳名，初睹湖山意已倾，两岸山鬟如染黛，一夜烟水弄阴晴。
快意波心乘小艇，更坐山亭瀹芳茗，灵鹫飞来仰翠峰，花港观鱼爱红影。

匆匆一日小登临，动我寻山幽兴深，行程一夕忙排定，便去杭州赴桂林。
桂林群山拔地起，怪石奇岩世无比，游神方在碧虚间，盘旋忽入骊宫底。
滴乳千年幻百观，瑶台琼树舞龙鸾，此中浑忘人间世，出洞方惊日影残。
挂席明朝向阳朔，百里舟行真足乐，漓江一水曳柔蓝，两岸青山削碧玉。
捕鱼滩上设鱼梁，种竹江干翠影长，艺果山间垂柿柚，此乡生计好风光。
尽日游观难尽兴，无奈斜阳已西暝，题诗珍重约重来，祝取斯盟终必证。
归途小住五羊城，破晓来参烈士陵，更访农民讲习所，燎原难忘火星星。
流花越秀花如绮，海珠桥下珠江水，可惜游子难久留，辜负名城岭南美。
去国仍随九万风，客身依旧似飘蓬，所欣长夜艰辛后，终睹东方旭影红。
祖国新生廿五年，比似儿童甫及肩，已看头角峥嵘出，更祝前程稳著鞭。
腐儒自误而今愧，渐觉新来观点异，兹游更使见闻开，从此痴愚发聋聩。
早经忧患久飘零，糊口天涯百愧生，雕虫文字真何用，聊赋长歌纪此行。

近体诗六题

晚秋杂诗五首

一九四四年秋

鸿雁飞来露已寒，长林摇落叶声干。事非可忏佛休佞，人到工愁酒不欢。好梦尽随流水去，新诗惟与故人看。平生多少相思意，谱入秋弦只浪弹。

西风又入碧梧枝，如此生涯久不支。情绪已同秋索寞，锦书常与雁参差。心花开落谁能见，诗句吟成自费辞。睡起中宵牵绣幌，一庭霜月柳如丝。

深秋落叶满荒城，四野萧条不可听。篱下寒花新有约，陇头流水旧关情。惊涛难化心成石，闭户真堪隐作名。收拾闲愁应未尽，坐调弦柱到三更。

年年樽酒负重阳，山水登临敢自伤。斜日尚能怜败草，高原真悔植空桑。风来尽扫梧桐叶，燕去空馀玳瑁梁。金缕歌残懒回首，不知身是在他乡。

花飞无奈水西东，廊静时闻叶转风。凉月看从霜后白，金天喜有雁来红。学禅未必堪投老，为赋何能抵送穷。二十年间惆怅事，半随秋思入寒空。

一九六八年秋留别哈佛大学三首

时大陆在“文革”中，欲还乡而不敢

又到人间落叶时，飘飘行色我何之。曰归枉自悲乡远，命驾真当泣路歧。早是神州非故土，更留弱女向天涯。浮生可叹浮家客，却羡浮槎有定期。

天北天南有断鸿，几年常在别离中。已看林叶惊霜老，却怪残阳似血红。一任韶华随逝水，空馀生事付雕虫。将行渐近登高节，惆怅征蓬九月风。

临分珍重主人心，酒美无多细细斟。案上好书能忘暑，窗前嘉树任移阴。吝情忽共伤留去，论学曾同辨古今。试写长谣抒别意，云天东望海沉沉。

旅游有怀诗圣赋五律六章

垂老归乡国，逢春作远游。因耽工部句，来觅兖州楼。
平野真无际，白云自古浮。千年诗兴在，瞻望意迟留。

（过兖州）

曾叹儒冠误，当年杜少陵。致君空有愿，尧舜竟无凭。
毁誉从翻覆，诗书几废兴。今朝过曲阜，百感自填膺。

（游曲阜）

髫年吟望岳，久仰岱宗高。策杖攀千级，乘风上九霄。
众山供远目，万壑听松涛。绝顶怀诗圣，登临未惮劳。

（登泰山）

历下名亭古，佳联世共传。因兹怀杜老，到此诵诗篇。
海右多名士，人间重后贤。词中辛李在，灵秀郁山川。

（游济南）

锦里经年别，天涯忆念频。重来心自喜，又见草堂春。
笼竹看弥翠，鹃花开正新。盍簪溪畔宅，盛会仰诗人。

（参加成都草堂纪念杜甫大会）

巩洛中州地，诗人故里存。千年窑洞古，三架土峰尊。
东泗馀流水，南瑶有旧村，山川一何幸，孕此少陵魂。

（游巩县杜甫故居）

梦中得句杂用义山诗足成绝句三首

换朱成碧馀芳尽，变海为田夙愿休。
总把春山扫眉黛，雨中寥落月中愁。

波远难通望海潮，硃红空护守宫娇。
伶伦吹裂孤生竹，埋骨成灰恨未销。

一春梦雨常飘瓦，万古贞魂倚暮霞。
昨夜西池凉露满，独陪明月看荷花。

其一：“春山”句，见义山诗“代赠二首”；“雨中”句，见“端居”。

其二：“伶伦”句，见义山诗“钧天”；“埋骨”句，见“和韩录事送宫人入道”，原句为“埋骨成灰恨未休”，因押韵故，易“休”为“销”。

其三：“一春”句，见义山诗“重过圣女祠”；“万古”句，见“青陵台”；“昨夜”句，见“昨夜”。

雾中有作七绝二首

连日沉阴郁不开，天涯木落亦堪哀。
我生久惯凄凉路，一任茫茫海雾来。

高处登临我所耽，海天愁入雾中涵。
云端定有晴晖在，望断遥空一抹蓝。

论词绝句五十首

风诗雅乐久沉冥，六代歌谣亦寝声。
里巷胡夷新曲出，遂教词体擅嘉名。

唐人留写在敦煌，想象当年做道场。
怪底佛经杂艳曲，溯源应许到齐梁。

曾题名字号诗馀，叠唱声辞体自殊。
谁谱新歌长短句，南朝乐府肇胎初。

以上三首论词之起源

何必牵攀拟楚骚，总缘物美觉情高。
玉楼明月怀人句，无限相思此意遥。

绣阁朝晖掩映金，当春懒起一沉吟。
弄妆仔细匀眉黛，千古佳人寂寞心。

金缕翠翘娇旖旎，藕丝秋色韵参差。
人天绝色凭谁识，离合神光写妙辞。

以上三首论温庭筠词

水堂西面相逢处，去岁今朝离别时。
个里有人呼欲出，淡妆帘卷见清姿。

谁家陌上堪相许，从嫁甘拚一世休。
终古挚情能似此，楚骚九死谊相侔。

深情曲处偏能直，解会斯言赏最真。
吟到洛阳春好句，斜晖凝恨忆何人。

以上三首论韦庄词

缠绵伊郁写微辞，日日花前病酒卮。
多少闲愁抛不得，阳春一集耐人思。

金荃秾丽浣花清，淡扫严妆各擅名。
难比正中堂庑大，静安于此识豪英。

罢相当年向抚州，仕途得失底须忧。
若从词史论勋业，功在江西一派流。

以上三首论冯延巳词

丁香细结引愁长，光景流连自可伤。
纵使花间饶旖旎，也应风发属南唐。

凋残翠叶意如何，愁见西风起绿波。
便有美人迟暮感，胜人少许不须多。

以上二首论李璟词

悲欢一例付歌吟，乐既沉酣痛亦深。
莫道后先风格异，真情无改是词心。

林花开谢总伤神，风雨无情葬好春。
悟到人生有长恨，血痕杂入泪痕新。

凭栏无限旧江山，叹息东流水不还。
小令能传家国恨，不教词境囿花间。

以上三首论李煜词

临川珠玉继阳春，更拓词中意境新。
思致融情传好句，不如怜取眼前人。

诗人何必命终穷，节物移人语自工。
细草愁烟花怯露，金风叶叶坠梧桐。

词风变处费人猜，疑想浇愁借酒杯。
一曲标题赠歌者，他乡迟暮有深哀。

以上三首论晏殊词

诗文一代仰宗师，偶写幽怀寄小词。
莫怪樽前咏风月，人生自是有情痴。

四时佳景都堪赏，清颍当年乐事多。
十阕新词采桑子，此中豪兴果如何。

西江词笔出南唐，同叔温馨永叔狂。
各有自家真面目，好将流别细参详。

以上三首论欧阳修词

休将俗俚薄屯田，能写悲秋兴象妍。
不减唐人高处在，萧萧暮雨洒江天。

斜阳高柳乱蝉嘶，古道长安怨可知。
受尽世人青白眼，只缘填有乐工词。

危楼伫倚一沉吟，草色烟光暮霭侵。

解识幽微深秀意，介存千古是知音。

行役驱驱可奈何，光阴冉冉任经过。
平生心事归销黯，谁诵当年煮海歌。

以上四首论柳永词

注：其后，撰写《论柳永词》文稿时因篇幅过长，将原诗的第三、四首改写为一首如下：平生心事黯销磨，愁诵当年煮海歌。总被后人称“腻柳”，岂知词境拓东坡？

艳曲争传绝妙词，酒酣狂草付诸儿。
谁知小白长红事，曾向春风感不支。

人间风月本无常，事往繁华尽可伤。
一样纯情兼锐感，叔原何似李重光。

以上二首论晏几道词

揽辔登车慕范滂，神人姑射仰蒙庄。
小词馀力开新境，千古豪苏擅胜场。

道是无情是有情，钱塘万里看潮生。
可知天海风涛曲，也杂人间怨断声。

捋青捣麨俗偏好，曲港圆荷俪亦工。
莫道先生疏格律，行云流水见高风。

以上三首论苏轼词

花外斜晖柳外楼，宝帘闲挂小银钩。
正缘平淡人难及，一点词心属少游。

曾夸豪隽少年雄，匹马平羌仰令公。
何意一经迁谪后，深愁只解怨飞红。

茫茫迷雾失楼台，不见桃源亦可哀。
郴水郴山断肠句，万人难赎痛斯才。

以上三首论秦观词

顾曲周郎赋笔新，惯于勾勒见清真。
不矜感发矜思力，结北开南是此人。

当年转益亦多师，博大精工世所知。
更喜谋篇能拓境，传奇妙写入新词。

早年州里称疏隽，晚岁人看似木鸡。
多少元丰元祐慨，乌纱潮溅露端倪。

以上三首论周邦彦词

散关秋梦沈园春，词笔诗才各有神。
漫说苏秦能驿骑，放翁原具自家真。

渔歌菱唱何须止，绮语花间讵可轻？
怪底未能臻极致，正缘着眼欠分明。

以上二首论陆游词

少年突骑渡江来，老作词人事可哀。
万里倚天长剑在，欲飞还敛慨风雷。

曾夸苏柳与周秦，能造高峰各有人。
何意山东辛老子，更于峰顶拓途新。

幽情曾识陶彭泽，健笔还思太史公。
莫谓粗豪轻学步，从来画虎最难工。

以上三首论辛弃疾词

楼台七宝漫相讥，谁识觉翁寄兴微。

自有神思人莫及，幽云怪雨一腾飞。

断烟离绪事难寻，辽海蓝霞感亦深。
独上秋山看落照，残云剩水最伤心。

酸咸各嗜味原殊，南北分趋亦异途。
欲溯清真沾溉广，好从空实辨姜吴。

以上三首论吴文英词

纷纷毁誉知谁是，一代词传咏物篇。
欲向斯题论得失，须从诗赋溯源沿。

东坡而后更清真，流衍词中物态新。
白石清空人莫及，梦窗丽密亦能神。

餍心切理碧山词，乐府题留故国思。
阶陛能寻思笔在，介存千古足相知。

离离柳发掩柴门，犹有归来旧菊存。
多少世人轻诋处，遗民涕泪不堪论。

以上四首论王沂孙及咏物词

令词三首

踏莎行

一九七八年冬

近写水龙吟及水调歌头诸词，或以为气类苏辛，不似闺阁之作，因仿稼轩之效李易安体，为小词数首。惟是词体虽效古人，词情则仍为作者所自有耳。

黄菊凋残，素霜飘降。他乡不尽凄凉况。丹枫落后远山寒，暮烟合处空惆怅。　　雁作人书，云裁罗样。相思试把高楼上。只缘明月在东天，从今惟向天东望。

鹊踏枝

玉宇琼楼云外影，也识高寒，偏爱高寒境。沧海月明霜露冷，姮娥自古原孤另。　　谁遣焦桐烧未竟，斲作瑶琴，细把朱弦整。莫道无人能解听，恍闻天籁声相应。

鹧鸪天

友人寄赠“老油灯”图影集一册，其中一盏与儿时旧家所点燃者极为相似，因忆昔年诵读李商隐《灯》诗，有“皎洁终无倦，煎熬亦自求”及“花时随酒远，雨后背窗休”之句，感赋此词。

皎洁煎熬枉自痴。当年爱诵义山诗。酒边花外曾无分，雨冷窗寒有梦知。　人老去，愿都迟。蓦看图影起相思。心头一焰凭谁识，的历长明永夜时。

慢词三首

水龙吟

秋日感怀　一九七八年

满林霜叶红时，殊乡又值秋光晚。征鸿过尽，暮烟沉处，凭高怀远。半世天涯，死生离别，蓬飘梗断。念燕都台峤，悲欢旧梦，韶华逝，如驰电。　一水盈盈清浅，向人间做成银汉。阋墙兄弟，难缝尺布，古今同叹。血裔千年，亲朋两地，忍教分散。待恩仇泯没，同心共举，把长桥建。

木兰花慢

咏荷　一九八三年

尔雅曰："荷，芙渠，其花茄，其叶蕸，其本蔤，其华菡萏，其实莲，其根藕，其中的，的中薏"。盖荷之为物，其花既可赏，根实茎叶皆有可用，百花中殊罕其匹。余生于荷月，双亲每呼之为"荷"，遂为乳字焉。稍长，读义山诗，每诵其"荷叶生时春恨生，荷叶枯时秋恨成"，及"何当百亿莲花上，一一莲花现佛身"之句，辄为之低回不已。曾赋五言绝咏荷小诗一首云："植本出蓬瀛，淤泥不染清，如来原是幻，何以渡苍生。"其后几经忧患，辗转飘零，遂羁居加拿大之温哥华城。此城地近太平洋之暖流，气候宜人，百花繁茂，而独鲜植荷者，盖彼邦人士既未解其花之可赏，亦未识其根实之可食也。年来屡以暑假归国讲学，每睹新荷，辄思往事，而双亲弃养已久。叹年华之不返，感身世之多艰，枨触于心，因赋此解。（篇内"飘零"、"月明"、"星星"诸句，皆藏短韵于句中，盖宋人及清人词律之严者，皆往往如此也。至于"愁听"之"听"字则并非韵字，在此当读去声）

花前思乳字，更谁与，话平生。怅卅载天涯，梦中常忆，青盖亭亭。飘零自怀羁恨，总芳根、不向异乡生。却喜归来重见，嫣然旧识娉婷。
月明一片露华凝。珠泪暗中倾。算净植无尘，化身有愿，枉负深情。星星鬓丝欲老，向西风、愁听佩环声。独倚池阑小立，几多心影难凭。

瑶　华

戊辰荷月初吉，赵朴初丈于广济寺以素斋折简相招，此地适为四十馀年前嘉莹听讲妙法莲华经之地，而此日又适值贱辰初度之日，以兹巧合，枨触前尘，因赋此阕。

当年此刹，妙法初聆，有梦尘仍记。风铃微动，细听取、花落菩提真谛。相招一简，唤辽鹤、归来前地。回首处红衣凋尽，点检青房馀几。
因思叶叶生时，有多少田田，绰约临水。犹存翠盖，剩贮得月夜一盘清泪。西风几度，已换了微尘人世。忽闻道九品莲开，顿觉痴魂惊起。

注：是日座中有一杨姓青年，极具善根，临别为我诵其所作五律一首有"待到功成日，花开九品莲"之句，故末语及之。

散曲三套

仙吕赏花时

春游

岸草初生剪剪齐。乳燕学飞故故低。波初涨，柳初稊。远山乍翠，青似女儿眉。

么篇　十里夭桃着锦衣。一阵东风荡酒旗。何处杜鹃啼。向离人耳底。频道不如归。

赚煞　这壁厢柳争妍，那壁厢花呈媚。一处处蜂娇蝶喜。似此韶光讵可违。泛轻舟游遍前溪。杖青藜踏遍长堤。醉惹杨花满袖归。说什么流觞曲水，兰亭修禊。且将这一杯残酒奠向板桥西。

中吕粉蝶儿

一九四四年秋作于北平沦陷区中

酒病禁持。自秋来更无情思。噪西风怕听那断续蝉嘶。空阶下，短篱旁，豆花凝紫。这一番惆怅芳时。更不减送春归绿阴青子。

醉春风　憔悴又经年，劳生空一指。想人间万事总参差。世情薄似纸。纸。冬夏炎凉，春秋冷暖，数年来早悟彻了风禅诠次。

红绣鞋 掩柴门静如萧寺。剔银镫细写秋辞。说什么佳花好月少年时。可知那月圆无几日。花落剩空枝。自古来有情人多半是怀恨死。

十二月 长相思写不上蛮笺一纸。别离愁浑难系垂柳千丝。则被这金风劲摔断得秋莲香减，云雾重耽搁了鸿雁来迟。这的是天心若此。更说甚人意难知。

尧民歌 谁承望稼轩豪气草堂诗。便这些生事家人我已久不支。况值着连年烽火乱离时。那里讨烂醉金尊酒一卮。嗟也波咨。清狂浑似痴。落拓成何事。

耍孩儿 常拚着一年兰芷思公子。谁晓得直恁的河清难俟。经几度寒林衰草日斜时。则那行吟泽畔的心事谁知。论情怀，我对着三更灯火倒似有千秋意，论事业，则赢得一榻空花两鬓丝。他年事，畅好是茫茫未卜，枉嗟叹些逝者如斯。

一煞 则被那东风挑菜天，秋宵听雨时。两般儿销减尽英雄志。试问您那读书学剑终何用，到头来断梗飘蓬也只得任所之。天时人事何堪恃。好光阴断送与乌飞兔走，短生涯销磨在帽影鞭丝。

尾声 才过了清明端午繁华日。又早近重九人间落叶时。看严霜一夜生阶次。欲无愁，则除是去访那得道深山的赤松子。

越调斗鹌鹑

一九四八年旅居南京亲友时有书来问以近况谱此寄之

高柳蝉嘶，新荷艳逞。苔印横阶，槐阴满庭。光阴是兔走乌飞，生涯似飘蓬断梗。未清明辞别了燕京。过端阳羁留在秣陵。哪里也塞北风沙。早则是江南梦醒。

紫花儿序 一般凄冷。淮水波明。蓟树云凝。风尘南北，哀乐零星。人生。说法向何方觉有情。把往事从头记省。恰便似梦去难留，花落无声。

小桃红 有多少故人书至尚关情。惭愧我生计无佳胜。休猜做口脂眉黛打扮得时妆靓。镇常是把门扃。听隔墙叫卖枇杷杏。赋长闲寂寞营生。

新水土阴晴多病。哪里取踏青拾翠的旧心情。

秃厮儿　更休问江南美景。谁曾见王气金陵。空馀下劫后长堤杨柳青。对落照，逞娉婷。轻盈。

圣药王　争败赢。论废兴。可叹那六朝风物尽飘零。更谁把玉树新词唱后庭。胭脂冷旧井。剩年年钟山云黯旧英灵。更夜夜月明潮打石头城。

麻郎儿　说什么秦淮酒醒。画舫箫声。但只见尘污不整。破败凋零。

么篇　近新来更有人把银元业营。遍街头一片价音响丁丁。寻不见白石陂陶公故垒，空馀下朱雀桥花草虚名。

东原乐　这壁厢高楼耸，那壁厢园菜青。错落高低恰正好相辉映。小巷内雨过泥泞不可行。好教人厮傒幸。休想做听流莺在柳堤花径。

绵搭絮　俺也曾游访过禅林灵谷。拜谒了总理园陵。斜阳有恨，山色无情。白云霭霭，烟树冥冥。大古来人世凄凉少四星。山寺钟鸣蔓草青。更休赋饮恨吞声。向哪里护风云寻旧灵。

么篇　乌衣巷曲折狭隘，夫子庙杂乱喧腾。故家何处，燕子飘零。霎时荣辱，旦夕阴晴。当日个六代繁华震耳名。都成了梦幻南柯转眼醒。现而今腐草无萤。休讥笑陈后主后庭花，可知道下场头须自省。

拙鲁速　我家住在绒庄街，巷口有小桥横。点着盏洋油灯。强说是夜窗明。这几日黄梅雨晴。衣履上新霉绿生。清晓醒来时也没有卖花声。则听见刷啦啦马桶齐鸣。近黄昏有卖江米酒的用小碗儿分盛。炙糕担在门前将人立等。我买油酱则转过左边到南捕厅。

尾声　索居寂寞无佳兴。休笑这言词儿芜杂不整。说什么花开时三春觅句柳丝长，可知我月明中一枕思乡梦魂冷。

联语四则

挽郑因百教授夫人

萱堂犹健，左女方娇。我来十四年前，初仰母仪瞻笑语。
潘鬓将衰，庄盆遽鼓。人去重阳节后，可知夫子倍伤神。

代台大中文系挽董作宾先生联

简拾流沙，覆发汲冢。史历溯殷周，事业藏山应不朽。
节寒小雪，芹冷璧池。经师怀马郑，菁莪在沚有馀哀。

代人挽于右任先生联

生民国卅三年之前，掌柏署卅三年之久，
开济著勋猷，朝野同悲国大老。
溯长流九万里之远，抟天风九万里之高，
淋漓恣笔墨，须眉长忆旧诗人。

梦中得联语一则

室迩人遐，杨柳多情偏怨别。
雨馀春暮，海棠憔悴不成娇。

骈文一篇

顾羡季先生五旬晋一寿辰祝寿筹备会通启

一九四七年

盖闻春回阆苑，庆南极之烜辉，诗咏閟宫，颂鲁侯之燕喜。以故麦丘之祝，既载齐庭，寿人之章，亦播乐府。诚以嘉时共乐，寿考同希。此在常人，犹申祝典。况德业文章如我夫子羡季先生者乎。先生存树人之志，任秉木之劳。卅年讲学，教布幽燕，众口弦歌，风传洙泗。极精微之义理，赅中外之文章。偶言禅偈，语妙通玄，时写新词，霞真散绮，寒而毓翠，秀冬岭之孤松，望在出蓝，惠春风于细草。今岁二月二日即夏历丁亥年正月十二日。为我夫子五旬晋一寿辰。而师母又值四旬晋九之岁，喜逢双寿，并在百龄。乐嘉耦之齐眉，颂君子之偕老。花开设帨，随淑气以俱欣；鸟解依人，感春风而益恋。凡我同门，并沐菁莪之化。常存桃李之情，固应跻堂晋拜。侑爵称觞。欲祝嘏之千秋。愿联欢于一日。尚望及门诸彦，共襄斯举，或抒情抱，或贡词华。但使德教之昌期，应是同门之庆幸。日之近矣，跂予望之。

歌辞一首

水云谣

一九六八年旅居美国康桥，赵如兰女士嘱我为其父赵元任先生所作之歌曲填写歌辞，予素不解音律，而此曲早有熊佛西先生所写之歌辞，因按照熊辞之格式试写水云谣一曲。

1. 云淡淡，水悠悠，两难留。白云飞过天上，绿水流过江头。云水一朝相识，人天从此多愁。

2. 云缠绵，水沦涟，云影媚，水光妍。白云投影在绿水的心头，绿水写梦在云影的天边。水忘怀了长逝的哀伤，云忘怀了飘泊的孤单。

3. 云化雨，水成云，白云愿归向一溪水，流水愿结成一朵云。一任花开落，一任月晴阴，唯流水与白云，生命永不分。

4. 云就是水，水就是云，云是水之子，水是云之母。生命永相属，形迹何乖分，水云相隔梦中身。

5. 白云渺渺，流水茫茫，云飞向何处，水流向何方。有谁知生命的同源，有谁解际遇的无常。

6. 水云同愿，回到永不分的源头，此情常在，此愿难酬。水怀云，云念水，云飞水长逝，人天长恨永无休。

附录　英文论文一篇

Wu Wen-ying's 'Tz'u': A Modern View[*]

For sheer bulk, Wu Wen-ying's *tz'u*, amounting to nearly 350 songs, are, with the exception of Hsin Ch'i-chi's, unequaled in the Southern Sung period. (Even so prolific a songwriter as Chou Pang-yen left less than 200.) Not only was Wu Wen-ying a prolific writer, he is hardly excelled in technical skill or intellectual subtlety. He has never enjoyed Hsin Ch'i-chi's popularity, however, and critical opinion has been divided about the value of his work. Ever since Southern Sung times, Wu Wen-ying's *tz'u* have been misunderstood or simply not read at all. The oldest and most often repeated criticism comes from his contemporary, Chang Yen, who said in his *Tz'u Origins*: "Meng-ch'uang's *tz'u* are like a fabulous building that dazzles the eyes, but when taken apart, the pieces do not fit."[1] Even contemporary historians of Chinese literature still quote this remark in passing unfavorable judgment on Wu Wen-ying. Hu Shih, for example, in his *Anthology of Tz'u*, stated: "In all four of Meng-ch'uang's collections of *tz'u* there is hardly a single poem that is not a heap of allu-

---

* 本文原发表于1969年哈佛大学出版之亚洲学报（Harvard Journal of Asiatic Studies）第29期，因中国文体中之“词”，西方没有适当的英译，所以用拼音代替。当时西方流行用韦氏拼音，拼作Jz' u，如果用现在的汉语拼音，应拼作ci。

sions and clichés. What Chang Yen says [he quotes it] is quite right."[2] Hu Yün-i, in his *Studies in Sung Tz'u*, also works up to where he can appeal to Chang Yen's authority: "There is one major flaw in Meng-ch'uang's *tz'u*: he is too addicted to allusions, too eager for ornamentation. This is a common fault among Sung *tz'u* writers, but it is most extreme in Meng-ch'uang. In his determination to find an allusion, he pays no attention to the rhythm of the whole poem. Granted he gets some very good effects and writes some skillful lines, still they are only isolated beauties. He is quite incapable of creating a literary work through which flows a single emotional current. This is why he was criticized by Chang yen."[3]

If we are to accept judgments like these, we must not expect much from Wu Wen-ying. For his anthology Hu Shih chose only two of his short verses, and one of them he omitted in his revised edition.[4] Hu Yün-i was even more rigorous in applying his critical canon, for there is not a single poem by Wu Wen-ying in his *Hundred T'ang and Sung Tz'u*.[5] A more striking demonstration of critical disapproval would be hard to find.

This unfavorable opinion has not been universal: there have been critics who have praised him just as immoderately. Chou Chi (Ch'ing dynasty) gives him the most space in his *Anthology of Four Sung Tz'u Writers* and says: "No one can equal Meng-ch'uang for elevation of thought or wide-ranging implications."[6] Ko Tsai, in his *Seven Tz'u Writers*, comes even more strongly to his defense,[7] and Wu Mei, the modern critic, quotes Ko Tsai and adds his own praise: "In fact Meng-ch'uang's genius was extraordinary and his poetry is by no means obscure. His great strength was precisely in letting profound ideas appear in the most extravagant passages; and one should not confuse profundity with obscurity. Chang Yen's criticism, comparing him with a fabulous building, is based on a lack of understanding. If you look at a whole poem, you find many unexpected insights, and if you take it line by line you also find excellences. The statement that the pieces do not fit is inappropriate."[8]

All this praise was no doubt based on careful reading and a refined appreciation, but unfortunately it is couched in wholly abstract terms. As generalities they are fine, but they are not the slightest help to anyone who does not already understand Wu Wen-ying's poetry, and some who cannot see what is so wonderful about it are likely to be goaded by such remarks into flat contradiction.[9] It is clear that evaluations so divergent must be based on quite different readings of the poetry, and so the first task of a would-be critic is to try to reach an understanding of each poem, which he will then share with his readers. What is needed and what is deplorably lacking are commentaries and exegesis. Chu Hsiao-tsang, after twenty years of study, during which he made four collations of Wu Wen-ying's *tz'u*, wrote a "small commentary" limited to identifying personal and place names and tracing a few allusions.[10] It is no help to a beginner who tries to read this poetry, any more than Ch'en Hsün's "Explaining (Meng-ch'uang's) *tz'u*," which is so terse and enigmatic that the explanations are as hard to understand as the poems themselves.[11]

There is no question that Wu Wen-ying's poetry offers unusual difficulties; however, those same difficulties are very much a part of the interest and value of his poetry. What makes trouble for his readers, at first anyhow, are devices of style and imagery that in modern times have become common in all the arts, not just poetry, and which are responsible for the charge of obscurity that is still brought against modern art. This explains why Wu Wen-ying was not generally understood or appreciated by Chinese critics in the past: his technique was simply at odds with traditional practice. Coming to modern readers in classical garb, something they are inclined to identify with a shroud, Wu Wen-ying has also failed to find an appreciative audience. So the modern reader is likely to view him with distaste from a safe distance and then turn away before he can discover what he is missing. It is precisely because Wu Wen-ying combines classical and modern beauties—and difficulties—that he falls between the two stools of ancient and modern.

The most significant way in which Wu Wen-ying's poetry resembles modern poetry is his complete indifference to the kind of logical connections traditionally used in Chinese poetry. This indifference leads to the confusing or intermingling of different times and places in a way that generates obscurity, and the obscurity is compounded by his creation of unorthodox and eccentric verbal imagery. I would like to discuss each of these points in turn.

In traditional Chinese poetry, the structure of a poem is based on an essentially logical sequence, whether the poem is narrative or lyrical or descriptive of scenery. Long narrative poems have a beginning, a middle, and an end in logical temporal and spatial sequence, for example, Ts'ai Yen's "Lament," the anonymous ballad "The Peacock Flies...," Tu fu's "Northern March," and Po Chü-i's "Song of Everlasting Sorrow," all of which tell a consecutive story. Lyric poetry is equally direct and uncomplicated; cause and effect are presented in directly intelligible terms: "Thinking of you makes me old," "An empty bed is hard to keep alone," "Tears fall like rain," "The departed grow every day more distant," "When your griefs are many, you know the night is long" —these typical lines from the "Nineteen Old Poems" are all straightforward, immediately intelligible, and essentially logical.[12] As far as descriptive poetry is concerned, the critical verdict has always been for straightforward simplicity, ever since Chung Hung's expressed preference for lines uncontaminated by allusion.[13] Wang Kuo-wei objects to Chou Pang-yen's line "Cassia flowers flow over the tiles" because of the euphemism "cassia flowers" for "moonlight,"[14] and he quotes as unexceptionable examples of description T'ao

Yüan-ming's lines:

> Picking chrysanthemums by the eastern hedge,
> I catch sight of the distant southern hills.
> The mountain air is lovely as the sun sets,
> And flocks of flying birds return together.[15]

It seems clear that Chinese poetry, whether narrative, lyrical, or descriptive, is most appreciated when it is intelligible in purely logical terms. Here Wu Wen-ying's *tz'u* are completely at variance with traditional critical standards. So Hu Shih, after quoting his poem on the magnolia,[16] could comment, "This is a heap of clichés and allusions strung together without a particle of poetic feeling or a poetic concept to hold them together. First he talks about a person and then about the flowers, now about 'barbarian stench' and the Wu Park, and then the next thing we know he is in Hsien-yang seeing off a visitor."[17] And Liu Ta-chieh, who quotes Hu Shih's comment, goes on to remark that Wu Wen-ying's poems are riddles. As an example he cites the *tz'u* "Kao-yang Pavilion"[18] and says, "On the surface this is extraordinarily pretty, a 'fabulous building that dazzles the eyes,' but when you read it carefully, you discover that there are six or seven discrete parts without the slightest connection with one another, as though each were an independent entity rather than a unified poem. It lacks the wholeness and unity that is a necessary quality of a work of literature. It is quite as Chang Yen said: his poetry fails by having only the form without any internal coherence."[19]

Obviously Wu Wen-ying's practice of merging time and space and confusing the real and the imagined has led to serious misunderstanding on the part of his readers, since even professional critics fall into the trap. It is inevitable that such a poet should be passed over by less experienced readers, repulsed by the external difficulties of his style and encouraged in their prejudice by the disapproval of such critics. But if we can take a new look at his poetry, not seeking for explanations in narrowly logical terms but trying to see how the emotional associations work, then we may uncover the extraordinary richness and beauty of his poetry. Of the *tz'u* ("The Magnolia") so ruthlessly criticized by Hu Shih, the Ch'ing critic Yang T'ieh-fu said: "The magnolia of the title is a symbol for the poet's departed mistress. In the first stanza he treats the woman in the guise of flower; in the second stanza he speaks about the woman directly."[20] And Wu Mei has extravagant praise for the Kao-yang Pavilion poem that Liu Ta-chieh found so distasteful.[21] So when approached with the right expectations, these two poems do yield a satisfactory sense.

It is doubtful, however, whether yang T'ieh-fu's method would lead everyone to a good understanding of Wu Wen-ying's poetry, for he uses the critical vocabulary (*pi*, *hsing*) associated primarily with the traditional interpretation of the *Classic of Songs*, bringing with it expectations that Wu Wen-ying seldom fulfills—for instance, the ideas of political loyalty and personal political aspirations that were read into the poems of the *Classic*.

Hu Shih's criticism itself suggests what is wrong with his reading: he finds no connection between the parts, because he is looking for the wrong kind of connection. Yang T'ieh-fu could see that the leap between the flower of the first and second lines and the woman of the third was not between two discrete things, but that the two were somehow one. The connection is not logical but associational. The poet, seeing the flower, remembers when the woman he loved was present, for at that time the flower and woman were together and in his mind remain inseparable. From the flower and the woman to the "barbarian stench" and the Wu Park may seem a bigger jump, but he is merely suggesting that the flower grew in the south. "Seeing a guest off in Hsien-yang" is an allusion to a line in a poem by Li Ho, "The wilting orchid sees the guest off on Hsien-yang road."[22] The flower calls up the whole idea of grieved parting, and Hsien-yang need not imply the city in Shensi itself, only the thing associated with it; nor does the "Wu Park" have to be the royal park of King Fu-ch'ai of Wu. There is no occasion for annoyance with Wu Wen-ying for jumping around the map. This is not an example of confusing real places and real times, for here they are used symbolically, by way of allusion.

What would Hu Shih have made of lines like these?

> The painted fan sobs the cold cicada,
> Weary of dreaming, not knowing Man or Su.[23]

The real and present cold cicada is juxtaposed with the real but past painted fan in present time and space, and the verb "sobs," which belongs with the "cold cicada," is placed after the "painted fan," fusing past and present through a subjectively interpreted sound. In the second line, "weary of dreaming" is the feeling experienced during the cold cicada's singing (present time), while Hsiao-man (of Fan-su) alludes (by way of two of Po Chü-i's mistresses) to the girl who held the painted fan long ago. The two lines bring together objects and people and times associated in the poet's imagination in ways not subject to logical analysis. It is precisely in this illogical synthesis that the painted fan of Hsiao-man and Fan-su of long ago becomes the weary dream of today and sobs in the intermittent cry of the cold cicada. (For another example of Wu Wen-ying's inverted use of verbs see the last line of the *tz'u* "Music Fills the Sky" analyzed below.)

This first characteristic of Wu Wen-ying's poetry, the technique of fusing past and present, here and elsewhere, is something new in Chinese literature, but it has many parallels in modern Western literature and art—one thinks of Renais's movies (*Hiroshima Mon Amour*), of Faulkner (*The Sound and the Fury*), not to mention Rimbaud and T. S. Eliot; in fact, it has become extremely commonplace in the twentieth century. So what in the past has seemed a major weakness in Wu Wen-ying's poetic technique today makes him interesting and accessible to modern readers, who from another time and another world than his, can appreciate what he wrote.

The other characteristic of Wu Wen-ying's poetry is his creation of a new poetic vocabulary. Here again he relies on his own personal vision, in defiance of traditional expectations and logic. For convenience I shall use the term "verbal imagery" for this technique. In traditional Chinese literature the most respectable source of poetic vocabulary was the allusion. An allusion can be to a well-known anecdote, and then it requires that the reader supply as much of the story as is appropriate to the context of the poem. For example, take Li Shang-ying's lines: "Miss Chia spied through the curtain on Clerk Han's youth; /Consort Fu left a pillow for the Prince of Wei's talents."[24] Here the allusions are (1) to the daughter of Chia Ch'ung, who spied on her father's secretary, Han Shou, and fell in love with him;[25] and (2) to the story of Ts'ao Chih's supposed love affair with the Empress Chen as recorded in Li Shan's commentary on the *fu* "Goddess of the Lo River."[26] Li Shang-yin used these allusions to suggest a situation where a woman in love has made advances to a man, and his poem continues: "Don't let your susceptible heart vie with flowers in bloom, /For one inch of love-longing, one inch of ash." In such cases the allusion is part of the direct communication of the poem. An allusion can also be no more than a faint echo, a phrase used in an earlier text which the poet, perhaps unwittingly, incorporates in his own poem. Knowledge of the "source" serves only to reassure the reader that he is in the hands of an educated writer, one who has read the right books. From the rise of the Chiang-hsi school of poetry at the beginning of Southern Sung times, it became a critical doctrine that poets should find the vocabulary of their imagery ready-made. Huang T'ing-chien said of Tu Fu, meaning it as high praise, that he never used an expression that did not have its source[27]—in other words, that Tu Fu invented no unfamiliar imagery. The Ch'ing commentator Ch'ou Chao-ao set about proving the statement in his Tu Fu commentary, and you will find him supplying a wealth of gratuitous ad quite unhelpful information about the most unremarkable piece of imagery. For example: "On the River the waves couple with the sky in leaping, /Above the Pass wind-clouds touch the earth in casting shade."[28] Here there is no anecdote or hidden meaning, just the Long River as Tu Fu saw it before him at K'uei-chou, and it is unlikely that he was thinking of any of the texts that Ch'ou Chao-ao quotes: first a line from a poem by Yü Yen: "From the Three Mountains the waves are high." Then *Cbuang tzu*: "The Way couples with the sky." A poem by Yü Hsin: "In autumn air wind-clouds are high." A letter from the Han Emperor Wu to the Prince of Huai-nan: "Verging with the sky and touching earth." All that this proves is that before Tu Fu wrote his poem, the combinations *po lang*, *chien (yü) tien*, *feng yün*, *and chieh ti* had all occurred in texts that Ch'ou Chao-ao (and quite probably Tu Fu too) had read. But it has long been an expectation of readers of Chinese poetry that poets should not be innovators in the matter of vocabulary and imagery, and when they use allusions, that the allusions should be to familiar texts. The result is a poetry that is easy to understand. Wu Wen-ying's poetry conspicuously fails to conform to these expectations, and it is indubitably hard to understand. He is fond of allusions, but he alludes to unfamiliar texts, or worse, to stories and events which he did not himself learn from a written source. And in his use of imagery, he is likely to come up with something bizarre that he invented himself.[29]

For example, the second line of the "Magnolia" poem (the one Hu Shih objected to) reads *fan jen chu chien*. The Mao Chin edition has *chi* for *fan*, and Hu Shih adopted that reading, which at first glance does seem to be better: "Remembering when she first appeared." This is not the only variant of the word *fan*. Another text writes *ssu*, which also makes sense as "river bank." The correct choice depends on recognizing a rather obscure allusion behind the expression *fan jen*. The story is told by the T'ang writer, Shen Ya-chih, under the title "An Account of the Unhappy Person by the Hsiang River."

> This tale is both remarkable and charming, but no one has written it down. . . . In the Ch'ui-kung period (685—689) a *chin-shih* of the academy named Cheng set out in the early morning on Bronze Camel Street. By the light of the moon he crossed the bridge over the Lo River. Hearing someone crying bitterly under the bridge, he dismounted to see who it was and found a young woman, who covered her face with her sleeve. She said, "I am an orphan. My elder brother looked after me, but my sister in-law was bad-tempered and treated me harshly. Today I was going to drown myself and in my misery was just waiting here a minute." "Would you care to come home with me?" the young man asked. She replied, "Even as your slave or concubine, I would not mind." So they lived together. He called her *fan jen*, "the woman adrift." She could recite the "Nine Hymns" of Ch'u and the "Summons to the Soul" and the "Nine Arguments." Moreover, she could compose tunes in the Ch'u style and write the loveliest sad songs. No one was her equal. After a few years the young man went off to Ch'ang-an. On the eve of his departure she said, "I am a relative of the dragon of the Hsiang River. He sent me away in exile, and I went with you. Now the years of my banishment are up, and I cannot stay with you any longer, so I wish to say farewell." And she clung to him weeping. He was unable to detain her, and she left.
>
> Some ten-odd years later his elder brother was Prefect of Yüeh-chou. On the

Third Month Festival they climbed the Yüeh-yang Gate-tower and looked out over the Isle of O. As they were feasting and drinking the young man sang sadly:

Feelings unfathomed
Like waves surging,
As I remember the happy time
On the Three Hsiang.

Before the song was finished, a gaily-painted boat came floating toward them. It carried an ornamented tower over one hundred feet high, on which someone was dancing. She looked very unhappy and in appearance resembled the woman adrift. In a moment the waves rose and crashed angrily, and it was not seen where the boat went.[30]

Wu Wen-ying's *tz'u* about the magnolia is written in remembrance of his departed mistress, and the allusion to the woman adrift (*fan jen*) is an appropriate way of intensifying the feeling he wants to communicate. The line "The Woman Adrift first appears" refers in the first place to today's flower, and so reminds him of the time long ago when he first saw the woman who resembled the flower. Moreover, the woman was like the Woman Adrift of the story in her beauty, her susceptibility, and above all, in the fact that she is now separated from him. Flower and person are fused in these four words, which carry an extraordinary weight of suggestion. The misprint in the Mao Chin text transforms a subtle and profound expression into a shallow and obvious one. For the "Woman Adrift" not only refers to the person, it also serves as a symbolical term for the flower, while "I remember her as she first appeared" can refer only to the woman. No wonder that Hu Shih found the poem abrupt in its transitions and was oblivious to its beauty.

For another example of a faulty reading which obscures an allusion on which the point of a line depends, see lines 7—8 of "Music Fills the Sky" below. Like the preceding, the allusion is one not easily accessible or likely to be known to most readers. Such passages have been neglected by commentators, not because they are obvious but for the opposite reason, as is shown by the tendency of editors to emend. Aside from the fact that the emendation makes no sense in context, it destroys the whole point of the line. So faulty texts have compounded the difficulty of understanding and appreciating Wu Wen-ying's *tz'u*, but the fault lies primarily with editors and commentators, and it is hardly fair to blame the poet for things that he simply did not write.

Each reader, of course, brings his own standard of erudition to the poetry he reads. What to one reader is obscure, even willfully so, to another may be commonplace. The first example, from a story by Shen Ya-chih, is not so well known as the allusions in Li Shang-yin's lines, coming from such texts as the *Shih-shuo hsin-yü* or Li Shan's *Wen hsüan* commentary and familiar to every literate person. However, even Shen Ya-chih's story hardly counts as obscure, at least not to Wu Wen-ying's contemporaries. His works were printed in Northern Sung times,[31] and the *fan jen* allusion also occurs in a *tz'u* by Chou Mi (1232—1309?): "After years the *fan jen* appears again"[32] (here also the term *fan jen* is used of a flower). And the allusion in the *tz'u* discussed below is merely using a bit of local color, familiar to Wu Wen-ying as a native of the place and also no doubt to the friend for whom he wrote the *tz'u*. Certainly he was not trying to make his poetry unintelligible.

One might also say a word in defense of the poet's right to the vocabulary which he finds adequate and appropriate to his purposes. What he has to communicate is hard enough to get on paper, without limiting himself to the lowest common denominator of his possible reader's knowledge and intelligence. He should not sacrifice the unique meaning-loaded allusion that fits his needs just because one or another reader will predictably fail to recognize it. One can imagine Milton's reaction to the limitations which our modern education would like to impose on his use of classical allusion. Wu Wen-ying's fondness for allusions is not in itself a positive virtue, but, granted that he uses them skillfully, his poetry cannot with justice be called a mere "heap of allusions and clichés."

The other obstacle to understanding Wu Wen-ying's poetry is his unusual poetic diction and imagery. Take the lines: "If flying reds were to go to the bottom of the lake, /Gliding through green waves are all the sorrowful fish."[33] The expression "sorrowful fish" is quite without precedent. In Chinese writing generally, swimming fish are taken as symbols for a life of freedom and contentment, from the *Classic of Songs* "Eagles fly and fish leap"[34] and Chuang Tzu's "In the moat the fish rejoice"[35] to T'ao Yüan-ming's "Standing by the stream I am abashed at the free-swimming fish,"[36] and Tu Fu's "In the fine drizzle the fish come out"[37] or Su Tung-p'o's "Up winding reaches fish leaped,"[38] and Chiang K'uei's "Old fish blowing the waves"[39]—in all these lines the fish is untrammeled and carefree. In the face of this well-established tradition, Wu Wen-ying invents the phrase "sorrowful fish," which most readers will take as arbitrary and incongruous.

We must read the term in the context of the whole poem, which is pervaded by a tone of profound melancholy, where "the east wind hastens the declining sun's departure" and "beside the lamp I lean on my pillow; it is raining outside, the incense burns." And added to the loneliness, sickness: "emaciated beside the stream." In such a mood and in such a setting, it is easy to transfer one's own feelings even to inanimate nature, and it becomes particularly effective when the conventionally cheerful fish are also infected with the poet's gloom. The pathetic fallacy is not uncommon in Chinese poetry. Li Ho writes: "If the sky has feelings, the sky is too old,"[40] and Li Shang-yin: "Catkins scatter and threads bind, until the sky too is confused."[41] Here the ordinarily impersonal sky is as subject to aging as the poet or is as confused as he. No wonder, with the flying red petals falling into the water and sinking to the bottom, that the living, active fish swimming in the lake could become aware of the passing of spring, and we should be prepared to let them share the poet's own feelings about the event.

Another example of unconventional verbal imagery is: "On Arrow Creek a sour wind impales the eyes, /Creamy water stains the flowers' stench."[42] The "sour wind" is not Wu Wen-ying's own invention, having been used first by Li Ho[43] and borrowed from him by Chou Pang-yen,[44] but it is still a long way from the conventional epithets applied to the wind, such as "cold" or "warm," as it is ordinarily perceived through the sense of touch. "Sour" is of course primarily a taste, which goes with vinegar or green plums. But in Chinese usage it is also applied to sensations, usually unpleasant, experienced in other parts of the body than the mouth; a "sour pain" is a standard term for a muscular ache. The "sour wind" is a sharp wind which is perceived as unpleasant as it blows in the eyes, making them smart and water.

The creation of expressions like "sour wind" is a product of a poet's special sensitivity to the world and ability to find adequate verbal equivalents for his experience. Not all poets are creative in this way, and Wu Wen-ying's fondness for borrowing from Li Ho (already remarked by Cheng Wen-cho)[45] shows them to be kindred spirits. Wu Wen-ying also makes his own innovations in these two lines. The "flowers' stench," for example. The usual words favored by poets for the odor of flowers are those meaning "sweet-smelling." The word "stench" is used for strong-smelling things like fish or meat. In the present context the word is extremely evocative and carries a considerable weight of suggestion. The poem is written on the site of the ancient palace of Wu. The poet imagines that the flowing stream still carries the slops of the palace ladies, their bath water, water redolent of their creams and unguents. As a result, it is not unadulterated flower fragrances that one smells; they are contaminated with the traces of face cream and powder, which naturally bring to the nostrils a fragrance not purely of flowers.

But the word carries yet another suggestion. This site of the old Wu palace has often been the scene of revolution and battles, of pillage and desolation as well as prosperity and opulence. The poet today finds in the odor of the flowers another odor, that of bloodshed and decay, and this too is carried by the "stench." In this one word is combined the poet's feelings about the bygone palace ladies and the vicissitudes of time, the transience of beauty and power alike. It may be an unusual and almost shocking combination (stench of flowers), but it is justified by the effect achieved. It certainly cannot be dismissed as arbitrary or as a deliberate attempt by the poet to annoy.

So much in the way of generalities; let us now see how the bits and pieces of Wu Wen-ying's "fabulous structure" fit together to make a whole. I have chosen two *tz'u* for exegesis: "Music Fills the Sky" and "Eight-Rhymed Kanchou Song." Each is presented first in a close translation with the Chinese text, followed by a line-by-line commentary.

To the Tune "Music Fills the Sky"	齐天乐
(*chi t'ien yüeh*, *CST*, p. 2883)	
On Climbing to the Grave of Yü with Feng Shen-chü	与冯深居登禹陵
Events of three thousand years beyond the last crow;	三千年事残鸦外

Wordless, weary, I lean against an autumn tree.	无言倦凭秋树
The flowing water changes channels,	逝水移川
High hills turn to valleys—	高陵变谷
How can one tell it was Holy Yü?	那识当时神禹
Dark clouds, strange rain,	幽云怪雨
Green cress wets the empty rafter	翠萍湿空梁
In the depth of night flown away.	夜深飞去
Wild ducks rise in the blue sky,	雁起青天
A few lines of writing, perhaps where concealed of old.	数行书似旧藏处
Long we sit, quiet, by the western window,	寂寥西窗久坐
Friends who seldom meet,	故人悭会遇
To talk and trim the lamp together.	同剪灯语
Accumulated moss on the fragmented stone,	积藓残碑
Shattered scepter, broken circlet:	零圭断璧
Repeatedly rub away the world's dust.	重拂人间尘土
Frost reds stop dancing,	霜红罢舞
But still the mountain color is ever green	漫山色青青
Misty morning, hazy evening.	雾朝烟暮
Springtime boats, tied to the bank,	岸锁春船
Picture flags resounding devotional drums.	画旗喧赛鼓

The subtitle of this *tz'u* states that it is for Feng Shen-chü (Feng Ch'ü-fei, *chin-shih* 1241), a friend of many years' standing to whom Wu Wen-ying dedicated another *tz'u*.[46] Feng Ch'ü-fei resigned his post in the Imperial

Family School in 1256 to protest the emperor's appointment of Ting Ta-ch'üan as political counsellor of the left.[47] This *tz'u* is written in a mood of high seriousness a man like Feng Ch'ü-fei might be expected to appreciate.

The title further mentions Yü's grave, which the two men visited together. Yü is of course King Yü, the founder of the Hsia dynasty and controller of the flood, a ruler who brought order to a land racked by natural calamity. He is supposed to have died on Kuei-chi Mountain (in what is now Shao-hsing *hsien*, Chekiang province), while on a tour of inspection of Yüeh, and to have been buried there.[48] His temple was restored early in the Northern Sung period[49] and was no doubt still there when Wu and his friend visited it; in fact he seems to allude to it directly in the poem.

The poem takes the reign of King Yü as its point of departure, "three thousand years" being approximately the period elapsed since his time. Of course, three thousand is at once the most general and the most tradition-loaded of all large numbers in Chinese, combining the associations with two "complete" numbers ("three" and "thousand").[50] Three thousand years ago puts Yü well back in the mists of antiquity; at the same time it invests the poem at the start with an air of seriousness and purpose.

The line continues with the enigmatic words *ts'an ya wai* "beyond the last crow," presumably based on what the poet saw as he reached the top of the mountain. What the words suggest is more explicitly stated in a couplet of Tu Mu:[51] "The empty sky is pale, pale; the solitary bird has vanished, /Ten thousand years of antiquity evaporate like this." The "last crow" is like the "solitary bird," suggesting that it was the only one left, and now even it is gone (or about to go). The word "beyond" is used in a similar way in Ouyang Hsiu's lines: "Where the level moor ends, the spring hills lie; /The traveller is beyond even the spring hills."[52] Reading all this into Wu Wen-ying's line, we get something like "the last traces of the one remaining crow vanish into the pale immensity of the sky, and the events of the past three thousand years are even more irretrievably gone." The seven words of this line blend time and space, past and present, to create an impression of infinite distance and utter solitude. But what specifically was the setting? The poet had climbed a hill to visit the grave of King Yü, and it was Yü who inspired his admiration and regret. Of all the sage rulers of Chinese tradition, it was Yü who worked most unremittingly for the salvation of mankind and whose achievements were the greatest. He inspired another Sung poet, Hsin Ch'i-chi, to write:

> Euduring, an achievement for all time,
> Unflagging, the bitter labor in his own day.
> (Because of it) fishes plunged into the depths
> And mankind lived on the level land.
> The red sun still sinks in the west
> And white waves always flow east.
> It is not Gold Mountain I am looking at,
> I am thinking of Great Yü.[53]

In King Yü's time the people were plagued by flood waters and wild beasts, and it was Yü who restored order to the world—fishes plunged into the depths, birds and beasts returned to their proper places and mankind lived on the level land. The conditions were then right for mankind to enjoy peace and prosperity, it was an enduring achievement for all time, and all that it cost was one man's dedicated effort. Today, "The red sun still sinks in the west, /White waves always flow east," just as they used to (thanks to Yü), but present-day troubles—war and social upheavals—are a thousand times worse than the flood waters and wild beasts of antiquity. And who today has the strength and the will to play the role of Yü and save mankind from its troubles? This is what made Hsin Ch'i-chi think of Yü as he faced Gold Mountain and this is why Wu Wen-ying reflects on three thousand years of the past as he watches the last crow disappear.

But today there is no King Yü. The crow is gone, and in the vastness of sky and land what can a man hold on to? "Wordless, weary, I lean against an autumn tree." It was Confucius who said, "I would prefer not to talk,"[54] and the lady Hsi who said, "What more is there to say?"[55] when she felt that she had disgraced herself. The reason the poet is wordless is that he cannot bear to say directly, and cannot express completely, what is troubling him. All he can do is lean against an autumn tree, overcome by his feelings. Of course, he may also be tired from the climb, as Yang T'ieh-fu suggests.[56] But he has carried with him on that climb the weight of three thousand years of human suffering and is in sore need of relief, of some secure resting place. And what does he find? An autumn tree, bare of foliage. The emotional impact of the line is achieved entirely by indirection.

He continues:

> The flowing water changes channels,
> High hills turn to valleys—
> How can one tell it was Holy Yü?

There is an echo of the "events of three thousand years" in the first line: it is the changes and transformations of three thousand years which he now views as he leans, weary, against the autumn tree. How many times has the eastflowing river changed its channel, while hills have eroded away and become valleys? The work of Yü, accomplished at what expense of effort, a work so vast that he must be called a god, "holy," a work which was to be an "enduring achievement for all time" —and all has been altered beyond recognition; the channel he dug for the River, the hills he bored through, all are gone: "How can one tell it was Holy Yü?" It is not the disappearance of the physical traces of his effort that distresses the poet; it is the accompanying changes in the human condition which are implied and the fact that things are getting worse.

The next three lines of the poem seem on first reading to have nothing much to do with Wu Wen-ying's theme. In fact, it is this sort of thing that has given occasion to the criticism of his poetry as "superficial," "confused," and "obscure."

> Dark clouds, strange rain,
> Green cress wets the empty rafter
> In the depth of night flown away.

These lines have also been taken as an example of his remarkable poetic skill, "Bizarre concepts, beautiful colors, ascending to the sky and plumbing the depths."[57] The key to this admittedly obscure passage is the word "rafter," which must belong to the temple of Yü built beside the grave, about which there is a legend recounted in the *Ming Gazetteer*.[58] "There is a *mei*-wood rafter in Yü's temple. When they were building the temple in Liang times, a sudden rainstorm floated a beam to the site, and this was the *mei*-wood rafter."[59] It further quotes the *Illustrated Record of Ssu-ming*: "On top of Ta-mei Mountain there is the *mei*-tree. It supplied the rafer for yü's temple in Kuei-chi. Chang Seng-yu painted a dragon on it, and nights when there was a rainstorm, it would fly into Mirror Lake and fight the dragon there. Afterward, people noticed that the rafter was dripping wet. At first they were frightened at the prodigy and chained the rafter to a pillar. Although the rafter there today is from another beam, it is still fastened with a chain in memory of the event."[60] It is not surprising that Wu Wen-ying, a Ssu-ming man himself, would have known the legend of the rafter "in the depth of night flown away," and it clearly explains these otherwise puzzling lines, all except the "green cress."

I had originally thought of the kind of painted scene one sees on rafters in palaces and temples and took the word *p'ing* to mean "duckweed," as one detail of the painting. But the orthography of the word *p'ing* is a variant form which occurs in the "Heavenly Questions" (*T'ien wen*), where Wang I's commentary explains it as the "God of Rain."[61] This gives a satisfactory reading, "Green Raingod moistens the empty rafter," if one takes the epithet "green" as a bit of poetic license, as Li Ho spoke of the "whiteness" of the autumn wind.[62] But the real solution turned up in a reprint of a Southern Sung edition of the *Kuei-chi Gazetteer*, where the entry on Yü's temple reads: "Twelve miles southeast stands Yü's temple.... When repairing it in Liang times, they lacked one rafter. In a sudden rainstorm a log came to hand in a lake, which they used to make the rafter. This was the *mei*-wood rafter. Nights when there is a great rainstorm the rafter is apt to disappear, and when it comes back again there are water plants on it. People believed it to be supernatural and fastened it with a great iron chain, but it still disappears sometimes."[63] This passage is similar to the one quoted in the *Ming Gazetteer*, omitting the part about the painting and the dragon fight. Together they supply the necessary information for a correct reading of the line. For the poet, it was no doubt all part of a commonly known legend, and there was no question of one or more written sources to which he was alluding.

The next line is also about something directly observed: "Wild ducks rise in the blue sky." From this we know that it is daytime and that the "depth of night" in the preceding line is not part of the present time of the poem; in fact, this abrupt transition throws into relief the unreality of the mythological passage, and we can see that the language is in keeping with the subject.

The next line, "A few lines of writing, perhaps where concealed of old," is first of all the sort of "sky-writing" that migrating ducks perform, something which Wu Wen-ying mentions in another poem: "Who wrote the poem on this landscape? /Wild ducks scribbling across the tower."[64] It also is related to the subject of his poem. The *Ming Gazetteer* says: "Stone Casket Mountain... is shaped like a casket. Tradition has it that when Yü completed his labors to control the flood, he stored his books there."[65] Another legend of Stone Casket Mountain recorded in the *Ch'ing Gazetteer* says that Yü found a golden table with jade writing there.[66] In any case, the wild ducks are flying off across the sky looking like a couple of columns of writing, and where they are headed is Stone Casket Mountain, where Yü's books were once hidden, and now all that is left are the bird hieroglyphs and no longer any sign of Holy Yü. It is another reminder of those three thousand years and the changes they have brought.

The entire first stanza is written from the point of view of the poet without reference to his companion. With the second stanza, Feng Ch'ü-fei is introduced: "Long we sit, quiet, by the western window, /Friends who seldom meet, /To talk and trim the lamp together." These lines incorporate an allusion to Li Shang-ying's poem: "When will we trim the lamp together by the western window/And talk about the time it rained at night on Pa-shan?"[67] In Li Shang-yin's poem the meeting is the longed-for happy situation which has yet to occur, but here, although Wu Wen-ying and his friend are together, they are quiet, even lonely. They have been sitting there a long time, not ready for bed, but like Tu Fu and his wife, reunited after long separation: "The night grows late, we light a lamp/ Face to face, it is as in a dream."[68] Or in another poem where Tu Fu celebrates, a reunion with a friend he has not seen for twenty years:

Friends have trouble meeting
Just like morning and evening stars.
On this auspicious night
We share the light of the lamp.
The time of youth did not last long;
Both of us have grey hair now.[69]

The feelings conveyed by the lines "as in a dream," "like morning and evening stars," and "the time of youth did not last long" —these are reason enough for them to sit quietly. When Wu Wen-ying continues with "Friends who seldom meet, /To talk and trim the lamp together," he is expressing the same sentiment as Tu Fu's "friends have trouble meeting," and "the night grows late, we light a lamp."

Following this account of meeting after long separation come the incongruous lines: "Accumulated moss on the fragmented stone, /Shattered scepter, broken circlet: /Repeatedly rub away the world's dust." At first glance these seem to have absolutely nothing to do with the lines immediately preceding, a characteristic example of what is commonly regarded as Wu Wen-ying's obscurity. The first two lines give a feeling of shreds and fragments and evoke a host of historical memories. The initial problem is to establish what the lines refer to: the "thick moss on the fragmented stone" should be the stone over Yü's grave, the one used as an anchor in lowering the coffin. The *Ming Gazetteer* quotes an "old source," which refers to the anchorstone at Yü's grave and says that it had an inscription in ancient *li* script that was no longer legible and that a shelter had been built over it.[70] (Another source says that there was no inscription.)[71] Tombstones are of course as subject to the vicissitudes of time as any other human monument, but they are especially favored by poets. Li Po writes: "Don't you see/The old tombstone of Yang Hu, from Chin times, /Tortoise head broken off, overgrown with moss?"[72] The four hundred years from Chin to T'ang are but a fraction of the three thousand years that separated Wu Wen-ying from King Yü, and one would expect to find the stone split and the fragments moss-covered. The language used is particularly effective: the moss is not said to be "thick," but *chi* ("accumulated"), suggesting the time elapsed, and the stone is not simply fragmented but *ts'an* ("in remnants"), again emphasizing the end result of a long-lasting process.

The poet lists other relics, a scepter (*kuei*) and a jade disk (*pi*, "circlet"), likewise fractured and in fragments. These too are associated with Yü's tomb. The *Ch'ing Gazetteer* mentions "a crimson scepter like the sun and a green scepter like the moon"[73] which the Spirit of Mt. Wan-wei presented to Yü, and the *Ming Gazetteer* has an entry, "In the Shao-hsing period (1131—1163) of the Sung dynasty, suddenly one evening a radiance was seen shining forth from in front of the temple, and when they excavated at the place, they found an ancient scepter, a jade disk, girdle pendants, and bracelets, which were stored in the temple. However, the ones preserved there today are not genuine."[74] It is quite probable that both scepter and disk were in the temple when Wu Wen-ying and his friend visited it. The idea that these relics, fragmentary and broken, are all that is left from King Yü's time, is particularly poignant. Of his great engineering feats no trace remains, and of his beneficent rule only the tradition. But here at least is something tangible, if pathetically little, and the poet rubs them with his hand, not just once, but again and again (*ch'ung*), lingeringly, regretfully, as though with this gesture he would undo the neglect of the centuries. It is not just dust that he removes, but "the world's dust." The qualifier *jen chien* seems puzzling—dust *is* of this world, after all. The term is unquestionably functional and needs to be scrutinized carefully if we are to see how the poem holds together, for it provides the necessary link between the discontinuities of space and time we have already observed.

Remember that we were abruptly jerked from the two friends talking and trimming the lamp together to the broken stone covered with thick moss: a change in space and time, from home (or inn) to the temple, from night to the preceding day. The easiest explanation is that the first stanza describes the day's excursion to the temple, the second the nocturnal conversation about what they had seen there. This is all right as far as it goes, but Wu Wen-ying characteristically does not separate things out that neatly: he moves without transition from friends talking by lamplight to the shattered scepter and broken circlet of Yü's temple, from night to day, from the separation and reunion of individuals to the ancient and modern of history. And by not making a clear distinction between these things, he conveys the impression that they are all connected; the time and space dimensions merge. Of course the fragmented stone and shattered scepter were objects seen that day in the temple, and the feelings of regret attached to them were a subject of conversation that night. They recall the good days of their own youth that will not return, the events there is no repeating, and their feelings are perfectly symbolized by fragmented stone and shattered jade. And when the poet says that they "repeatedly rub away the world's dust," he is talking about their own lives as well as about these relics of a more remote past. And the dust that has accumulated on their broken lives, that has overlaid their youthful dreams and aspirations, their hopes and plans and enthusiasms, this is the inevitable product of living in the world, just as the dust of the ages collects on artifacts three thousand years old.

This intermingling of past and present, of the personal and the historical, gives the poem its meaning. The juxtaposition of relics from King Yü's time and old friends talking about their own past at once gives intensity and depth to their experiences and imbues history with human feeling.

The next three lines take another unpredictable leap: "Frost reds stop dancing, /But still the mountain color is ever green/Misty morning, hazy evening." Here we have a new setting, abruptly leaving the dusty relics of the past and picking up an earlier seasonal clue, the "autumn tree" of line 2. For the "frost reds" are certainly maple leaves turned by frost. But this brief passage of natural scenery has a more important contribution to make to the poem than just to remind us of the time of year. The juxtaposition of red maple leaves that fall in a fluttering dance and the unchanging green of the hills establishes that relativity of passing time which Su Shih defined in his "First *Fu* on the Red Cliff": "If you look at it in terms of its changes, then the world cannot endure for the wink of an eye; but if you look at its unchanging aspect, both I and all things are unending."[75] What Su Shih says abstractly, Wu Wen-ying expresses in concrete images. The idea of transience is invested with feeling when embodied in something beautiful, alive, dancing. When the leaves fall they stop their dance and lose their color. They have been turned red by the frost, and in this transfigured state they cannot long endure—a most dramatic example of change and of the impermanence of beauty. What does not change is the green of the conifers on the hills, whether there is mist in the morning or haze in the evening. The contrast is emphasized by the first word of the line, *man*, which is hard to translate. It suggests indifference, also something done in vain. It is as though the frost-reddened leaves have stopped dancing and after their fall the indifferent mountains go on being green, to no particular purpose, in the morning mist and evening haze. What is past is gone for good, but human generations go on indefinitely. For all that they suggest the never-ending flux of things, these lines deal with scenery that could have been observed at Yü's tomb, but this was not necessarily what was seen on the previous day, for it is also a general statement about the way of the world.

The final two lines seem at first to be not only arbitrary, but also flatly contradictory: "Springtime boats, tied to the bank, /Picture flags resounding devotional drums." After the autumn tree and the red leaves, a springtime boat does not fit. Either Wu Wen-ying is showing a fine indifference to consistency or he is trying for a definite effect. To look first for a precedent: Tu Fu, for example, wrote his eight "Autumn Thoughts" poems and adhered to the one season until the very last poem, where we come across the line, "The lovely ones gather the green in spring for remembrances."[76] Commentators have confidence in Tu Fu's competence, and so Weng Fang-kang says of this line, "Miraculous radiance flickers forth—it demands an intuitive response."[77] One can be equally enthusiastic about Wu Wen-ying's line. When in the first stanza he says, "Wordless, weary, I lean against an autumn tree," he is reporting an event occurring on the day of the excursion. With "Frost reds stop dancing" he is not limiting it to the one day but extending the period to include the changes of the autumn season. "But still the mountain color is ever green" goes further; it is valid for morning mist and evening haze, for winter as well as autumn, and it will still be true next spring. And below this mountain, next spring and every spring, one can see boats tied to the bank and everywhere the painted flags and the drums of the festival. But what festival? The *Shao-hsing Gazetteer* says: "The establishment of Yü's temple fell on the day they sacrificed in Wu-yu to Yü. They sacrificed to Yü in Kueichi in spring and autumn.... In the fourth year of Ch'ien-te (966), Wu and Yüeh were ordered to build Yü's temple in Kueichi with five households to look after it. The supervisor offered sacrifices in spring and autumn."[78] The *Ch'ing Gazetteer* adds, "Since Sung-Yüan times they have always sacrificed to Yü there."[79]

Consequently, the painted flags and devotional drums have to do with the festivities connected with a sacrifice to Yü's spirit, festivities that involve public performances. The painted flags are on the many boats assembled for the occasion or carried by the guard. The "resounding" goes of course with the drums, but placed between the two parallel terms "painted flags" and "devotional drums," it has to serve for them both: the flags are summoning and the drums are beating to attract the audience.

But why a *springtime* boat? According to the Sung *Kuei-chi Gazetteer*, the fifth day of the third month is traditionally Yü's birthday, when there are the most people at the temple. For this occasion rich and poor, nobles and commoners all come out from the city in gaily painted boats. There are feasting and drinking, songs and dances, and people save up all year long for the celebration. So the word "spring" in the poem is intended to remind us of this most important annual festival at Yü's temple. But it is more complicated than that. Practically the whole poem is autumnal: the one remaining crow, the autumn tree, the quiet, the frosty reds, and now in the last lines all at once there is the word "spring," flags, drums, and gaiety—quite the opposite of lonely, quiet autumn. It may seem that the poet is trying to cheer himself—and us. But if we look at the three preceding lines, we are reminded that what is lovely in autumn passes and what is unchanging carries over through winter and spring to the next autumn. So we must expect the spring festival to pass as quickly as the autumn one did. The word "spring" is a device for extending the scope of the poem. It does not change the dominant mood of regret, nor does it confuse the time-frame of the poem. What the poet is lamenting is not his observations on a single day's excursion. We look in vain today for traces of Yü's work, and the steady deterioration of the world follows a course as unalterable as the succession of the seasons.

Eight-Rhymed Kanchou Song	八声甘州
An Outing on Mt. Ling-yen with Colleagues from the Grain Transport	陪庾幕诸公游灵岩
An endless void, mist to the four distances.	渺空烟四远
What year was it	是何年
The meteor fell from a clear sky?	青天坠长星
Illusory green crags and cloud trees,	幻苍崖云树
Celebrated beauty's Golden Chamber,	名娃金屋
Failed Leader's palace walls.	残霸宫城
On Arrow Creek a sour wind impales the eyes,	箭径酸风射眼
Creamy water stains the flower's stench.	腻水染花腥
At times tripping paired-lovebirds echo:	时靸双鸳响
An autumn sound in corridor leaves.	廊叶秋声
In the palace the King of Wu is dead drunk,	宫里吴王沉醉
Leaving the weary traveler of Five Lakes	倩五湖倦客
To angle alone, cold sober.	独钓醒醒
Ask the blue waves: they won't talk.	问苍天无语
How can grey hairs cope with the mountain green?'s	华发奈山青
The water envelops the void;	水涵空
From the balcony's height	阑干高处
I follow random crows and slanting sun dropping behind Fisherman's Isle.	送乱鸦斜日落渔汀
Again and again I call for wine	连呼酒
And go to climb Lute Tower:	上琴台去
Autumn level with the clouds.	秋与云平

From the subtitle we know that this *tz'u* was written by Wu Wen-ying while accompanying his colleagues in the Grain Transport Office[80] on an outing to Mt. Ling-yen. According to Hsia Cheng-t'ao's chronology,[81] Wu Wen-ying was in Su-chou around the year 1232 as an official in the granary; he was over thirty at the time. He had been a longtime resident in the Wu region ("I spent ten years in Wu parks"[82]), and clearly was familiar with the historical sites and monuments, of which the most evocative are the ones relating to the ancient conflict between Wu and Yüeh, culminating in Wu's downfall under King Fu-ch'ai. The situation in the last years of the ancient kingdom of Wu had its modern parallels. Wu Wen-ying himself was born some seventy years after the fall of the Northern Sung and died only twenty years before the end of the Southern Sung. He lived at a time when there was a constant threat of foreign invasion and when the country was governed by unscrupulous politicians. In such times a sensitive poet need not have been a patriotic hero to be affected by what was going on or to be obsessed by a sense of impending catastrophe: "Relics of a thousand years' rise and fall—/Half the hill declining sun and lonely cloud. //We pour another libation to the ghosts of Wu." These lines[83] were written on the occasion of another pleasure trip with his colleagues; but this *tz'u* especially, where the setting is Mt. Ling-yen covered with relics of antiquity, is unusual among those written during his Suchou period in its awareness of the tragedy of past and present. But where this poem is most outstanding is in the stylistic nuances and the inspired uncoventionality of its ideas.

It begins with a scene out of Genesis: "An endless void, mist to the four distances. /What year was it/The meteor fell from a clear sky?" This is bizarre and unearthly enough. With only five words the first line takes us far outside the world of man into a realm of infinite space, chill and empty; it leaves us wondering where there is any place for human life in such a setting, with no beginning and no end, and wholly without substance. The abrupt interrogative, "What was the year?" prepares for the introduction of something more substantial, a meteor fallen out of the clear blue sky, by which we are to understand Mt. Ling-yen. It was no doubt the physical appearance of the mountain which inspired this unusual image. It is described in the *Ch'ing Gazetteer*: "From the top you can look down on both Mt. Chü-ch'ü and Mt. Tung-t'ing. Over vast billows of mist the view stretches a thousand *li*."[84] And the *Wu-chün Gazetteer* says: "The mountain is 360 fathoms high; it lies three *li* from human habitation."[85] These quotations give some idea of the mountain's height and isolation, and in looking at it, it could well occur to the poet that it was a great meteorite fallen from the sky. Conceived in these terms, the question follows, when did the meteor fall? It is a wonderfully skillful use of language to evoke the impression made by the physical aspect of the mountain without using a single word of direct description.

As he climbs the mountain and comes across the ruins of the old palace of Wu, the poet can only deplore the passage of time and react profoundly to the changes it has brought. When a heap of rubble is all that survives a thousand years, What are the values in this impermanent human world of vicissitudes? What is its meaning? Where does it come from? Is it any more than a senseless, unfeeling stone cast down from the sky by chance? The question, then, is one loaded with feeling: "What year was it/The meteor fell from a clear sky?"

In line 4, the word *huan* ("illusory") evokes all the faded flowers and vanished beauties of the past. The earth itself is no more than a random fallen star, and the things on the surface of this insensate stone give the illusory appearance of rise and fall, of growth and decay. In the beginning something came from nothing, and there were green crags and mist-enshrouded trees; but these are only bits of natural scenery. Later man and his ephemeral works appeared: the "celebrated beauty," the Golden Chamber, and the palaces of the Leader of the States, the Hegemon who dominated his time. But before the word "Leader" Wu Wen-ying slips in the qualifying adjective "failed," and Fu-ch'ai's great work of political unification all at once collapses. And with it the famous beauty and the Golden Chamber and all the other glories of his reign revert to nothingness. So all that came into existence from nothing is now nothing again: is it not illusion, all the endless human endeavor—human affairs with their ups and downs, played out on the surface of a fallen star? And so the word "illusory" connects the meteor of the first three lines with the famous beauty and Golden Chamber of the following three. The earth is a falling stone, human life vanishes like a conjuror's illusion, there is no constancy in the world's affairs, and there is no end to suffering and uncertainty. Even the opening line of this poem "An endless void, mist to the four distances" inspires an inexplicable feeling of sadness.

The Golden Chamber is at once an allusion to the room where the Han Emperor Wu proposed to lodge the woman whose beauty so appealed to him as a boy,[86] and a reminder of the Palace Where the Beauty Was Lodged (Kuan wa kung) built for Hsi-shih.[87] One can imagine the grandeur of the palace as it must have been in the time of King Fu-ch'ai and the revels and festivities that he enjoyed there with his favorite. But the King of Wu had other concerns than amusing himself with Hsi-shih; he yearned to become Hegemon, Leader of the Feudal Lords. We read in the *Historical Records*: "In the second year of his rule, King Fu-ch'ai of Wu... attacked Yüeh and defeated it in Fu-chiao.... In the seventh year he went north to attack Ch'i and defeated Ch'u in Ai-ling. In the ninth year he attacked Lu on behalf of Tsou.... In the spring of the fourteenth year the King of Wu assembled the feudal lords in Huang-ch'ih to the north, intending to be Hegemon over the central states so as to fulfill the house of

Chou."[88]

If King Fu-ch'ai had the hegemony so nearly within his grasp, why does Wu Wen-ying call him the "failed Leader"? In the first place, among the famous Hegemons of the Spring and Autumn period, Fu-ch'ai is not in the same class with Duke Huan of Ch'i or Duke Wen of Chin, or even with Duke Mu of Ch'in or King Chuang of Ch'u. Second, he comes late, at the very end of the period. Third, it was only shortly after the assembly at Huang-ch'ih that he was defeated by King Kou-chien of Yüeh: he lost his life and his state was destroyed. This sort of leader, for all that he achieved the hegemony, surely deserves the epithet "failed." And yet the ruins of the palace among green crags and cloud-shrouded trees, which belong to the time of Fu-ch'ai's failed leadership, are visible here today on Mt. Ling-yen. When we read the words "palace walls" we think of their splendor as they were during Fu-ch'ai's lifetime; but "failed Leader" reminds us of his premature defeat, of the rapid changes in the fortunes of men and nations, and all is reduced to an illusory shadowplay on a fallen star. It is a common enough experience to feel depressed by reminders of decayed grandeur; here Wu Wen-ying's unique achievement lies in putting this enduring human uncertainty in a setting that transcends the human time scale.

The poem continues: "On Arrow Creek a sour wind impales the eyes, /Creamy water stains the flowers' stench." These lines provide further details of the cheerless scene of relics of the past, relics Wu Wen-ying presents in his most eccentric style to convey every nuance of feeling. Arrow Creek (Chien ching) is the same as the Plucking Fragrances Creek (Ts'ai-hsiang ching) mentioned in the *Wu Prefecture Gazetteer*.[89] "Plucking Fragrances Creek is a small brook on the side of Fragrant Hill. King Wu planted fragrant plants on Fragrant Hill and had his harem beauties pick them as they drifted down the brook in boats. Today, viewed from

Mt. Ling-yen, the stream flows straight as an arrow, and so the popular name for it is Arrow Creek."[90]

The "creamy water" suggests Fragrant Water Brook (Hsiang-shui hsi), also mentioned in the *Wu Prefecture Gazetteer*: "Fragrant Water Brook flows through the old Wu palace. It is popularly said that it is where Hsi-shih bathed; people called it the 'rouge and powder pool.' It was the place where the palace ladies of the King of Wu washed off their makeup. Even today the spring above smells fragrant."[91]

So both Arrow Creek and the creamy water of Fragrant Water Brook are near the Palace Where the Beauty Was Lodged.

"On Arrow Creek a sour wind impales the eyes." "Sour wind," as Wu Wen-ying uses the expression here, is not just another example of what I have called his modernity, a sort of sharpening of perception through the choice of unusual word-combinations. He has borrowed the term from a line in a poem by Li Ho,[92] and this whole line is so close to Li Ho's that the allusion is unmistakable: "From the Eastern Pass a sour wind impales the eyeballs." As a result, in addition to the heightened effect of the association between "arrow" and the verb "impales," the context of Li Ho's poem is available to add to the intensity of feeling of Wu Wen-ying's as we are reminded of what Li Ho said in the preface to his poem: "In the eighth moon of 233, the Emperor Ming of the Wei ordered his palace officers to pull in a cart the statue of the Immortal who holds a dish for collecting dew, the one which the Han Emperor Wu had erected, wishing to have it set up in front of his own palace. The officials had broken off the dish and were about to move the statue when tears poured from its eyes."

According to Yao Wen-hsieh,[93] the T'ang Emperor Hsien-tsung was preparing to excavate Dragon Head Pond and build two palaces when Li Ho wrote his poem, intending it as a timely reminder that extravagant undertakings of rulers did not long endure. In Li Ho's poem it was the sour pricking of the wind in the face that made the tears flow. But even more it was the grief for the fallen mighty, for the ancient ruler whose line was ended. Li Ho's poem "Song of the Bronze Immortal Taking Leave of the Han" was written as a warning to the ruling emperor, using the example of the Han as a reminder that the T'ang could not last forever; and when Wu Wen-ying had climbed Mt. Ling-yen with the autumn wind in his face, he used Li Ho's phrase "A sour wind impales the eyes" to convey the feeling of sadness inspired by the ruins of the ancient palace of Wu, now overgrown with weeds, as he reflected on the lesson for his own time of another historical dynasty on its last legs.

Fragrant Water Brook, in the poet's imagination, still carries the powder and unguents of the harem ladies of the Wu palace of old, and so he calls the water *ni*, "creamy" or "oily." The word is doubly effective, for besides being appropriate to the creams and powder washed off into the water, it also recalls Tu Mu's "Rhymeprose on O-fang Palace,"[94] where a line about the palace women of Ch'in reads: "The current of the Wei rises and is oily (*ni*): it is because they dumped the water in which they washed off their makeup." This provides another reminder of the transience of glory, for Tu Mu follows his description of the grandeur of the O-fang Palace with the abrupt sequel: "Once put to the torch by the Ch'u leader, alas the scorched earth!" And the piece concludes with the lament: "If later men pity them and fail to take them as a warning, these later men too will be pitied by still later men." In borrowing from Tu Mu the combination "creamy water," Wu Wen-ying shows the same skill as in his taking Li Ho's "sour wind," for in both cases the allusion reinforces the unusual language.

In the next phrase, "stains with flowers' stench," the word *hsing* (stench) is even more remarkable than "creamy" or "sour," if only because unprecedented; besides, the effect does not depend on the reader's familiarity with literary antecedents. I have already discussed the unconventional nature of this epithet applied to the palace ladies' wash water and its contradictory associations with carnage and bloodshed, and need not repeat it here. It is in these three adjectives, applied to the wind on Arrow Creek, the water of the brook, and the flowers growing beside it, that Wu Wen-ying's artistry in words is displayed. What we have takes us a long way from the conventional lament for the past inspired by a sightseeing visit to some famous ruin.

"At times tripping paired-lovebirds echo: /An autumn sound in corridor leaves." This gets a bit more complicated. It still deals with something from a vanished past, but it begins to treat illusion as reality. The "echo" is the sound of Hsi-shih's footsteps. The word *sa* ("child's slipper," translated "tripping") is used by Ssu-ma Hsiang-ju[95] in its other reading *hsi* to mean "lightly, swiftly" —of flowing water. Wu Wen-ying manages to combine the two meanings in what is really a verbal use. It is of course standard practice in Chinese to use as a verb a word that is ordinarily a noun: *lü*, for example, which is the noun "shoe" and a verb "to wear on the foot" or "to go in shoes." But here the noun *hsi* (or *sa*), "slipper" is being used as a verb with the added adverbial meaning "lightly, swiftly," giving something like "to step swiftly and lightly," "to go tripping along." The ordinary word would be *lü* or *tao* "to step," both lacking the extra meaning of "swiftly, lightly." So *shih sa* means "from time to time to go pass trippingly with swift, light steps."

The "paired-lovebirds" (*shuang yüan*) are Hsi-shih's slippered feet. The term occurs frequently in T'ang and Sung *tz'u* for the embroidered slippers worn by women, and Wu Wen-ying also uses it elsewhere.[96] The *Wu Prefecture Gazetteer* mentions a "Corridor of Echoing Steps" as a part of the Palace Where the Beauty Was Lodged and explains the name by saying that the corridor was built over a sound-chamber of catalpa wood, so that when Hsi-shih walked along it, her steps resounded.[97] Today, as the poet views the palace ruins, he seems to hear from time to time the sound of Hsi-shih's quick steps: "At times tripping paired-lovebirds echo," but since he lived some 1700 years after Hsi-shih's time, the sound must be imaginary. What has created the illusion of footsteps? The autumn wind whirling the fallen leaves in the corridor, "an autumn sound in corridor leaves" —and with this line the illusion that we hear the footsteps of Hsi-shih fades, and we are left with the melancholy rustle of dry leaves in the wind, autumn's most characteristic sound.

The whole of this first part of Wu Wen-ying's poem is written directly out of what he observed on Mt. Ling-yen, some of it true and some false, part genuine and part illusory, the present scene blended with events of a thousand years ago; the inexpressible melancholy, the poet's sensitivity, the miraculous language—all out of reach of those who conceive of beauty only in conventional terms.

The second part of the poem begins abruptly: "In the palace the King of Wu is dead drunk, /Leaving the weary traveler of Five Lakes/To angle alone, cold sober," Where the first part was primarily descriptive, for all that it confused the real and the illusory, this part mingles past and present while concentrating on the state of the world. Ch'en Hsün has explained these lines as drawing a parallel between Fu-ch'ai's loss of his kingdom and the decline of the Southern Sung dynasty.[98] It is an excellent interpretation with two weaknesses: it pushes the historical parallels too far in detail to carry complete conviction and it is written in a style that is terse to the point of unintelligibility. My own interpretation is based on his.[99]

The palace in the first line is the Palace Where the Beauty Was Lodged; its physical ruins are there before the poet's eyes, among the green crags and cloud-enveloped trees on Mt. Ling-yen. The Five Lakes of the next line are Lake T'ai, whose "misty isles and vast reaches" are mentioned in the *Su-chou Gazetteer* as visible from its top. Then two human figures are thrust into the scene, the King of Wu and the "weary traveler"; the former is King Fu-ch'ai, whose drunkenness is his infatuation with Hsi-shih and the diversions he enjoyed in her company, unaware of the danger from his powerful neighbor, Kou-chien. The "weary traveler" is Fan Li, of whom it was said, "When Kou-chien destroyed Wu, he advanced as far as the Five Lakes. Fan Li took his leave of the king, saying, 'May Your Majesty continue to strive. I shall not return to Yüeh,' and he left in a light boat across Five Lakes. No one knew where he ended up."[100] And in the *Shih chi* account of Kou-chien, "In the end Fan Li went away. From Ch'i he sent back a letter to the Great Officer Chung: '... The character of the King of Yüeh is that of a long-necked bird of prey. You can share trouble and hardship with him but not prosperity.'"[101]

When the poem says "to angle alone, cold sober," it implies that Fan Li was the only clear-sighted and sober man in his time. The single word "to angle" recalls his carefree life in a boat on Five Lakes, while "alone" emphasizes his loneliness and his difference from the others, who were drunk while he was sober. In Wu Wen-ying's time was there anyone like Fan Li, by exception sober? If there was, he was born into a world where everyone else was drunk, and he could only be a weary traveler fishing alone on Five Lakes. The word "weary" conveys his weariness with the instability of the world and with the bitterness and tragedy of the human condition. The word *ch'ien* means "to cause," and gives the sense "The only thing for a man to do who is as clear-sighted as Fan Li is to harbor no ambition beyond fishing alone—the only choice of a sober man in the midst of the drunken crowd." Finally, although the drunken King of Wu in his palace and the sober fisherman on Five Lakes belonged to different states, rival kingdoms of over a thousand years ago, now in Wu Wen-ying's poem there is only the opposition of drunk and sober, and in this opposition lies the sadness of endless changes from past to present, the alternation of prosperity and decay, of peace and war. It is not necessary to limit it, as Ch'en Hsün did, to the threat of Kou-chien, which Fan Li recognized but of which the King of Wu was unaware.

In these two sentences one is carried from the mountain and lake present before the eyes to the millennial rise and fall of empires. In the following two lines, the "blue waves" and the "mountain's green" bring us back to the present landscape. Today's weary traveler finds in the mist-enshrouded blue waves stretching away to the horizon no answer to the agonizing question that so preoccupies him. "The mountain's green" picks up "in the palace" of line 11 and refers to Mt. Ling-yen with the ruins of the Palace Where the Beauty Was Lodged; "white hair" refers back to the weary traveler, clearly a persona of the poet himself. The confrontation of white-haired poet and evergreen mountain, the one so full of feeling, the other wholly indifferent, the weary traveler with his burden of grief and worry, the mountain with experience of the ever-changing current of history—how little can man's feeble strength hope for!

Certainly Wu Wen-ying's *tz'u* carries an enormous weight of feeling beyond anything made explicit in the words, and Ch'en Hsün is quite right to bring in the Juchen invaders and the troubles of the Sung empire. The old kingdom of Wu was destroyed by Kou-chien, and the Northern Sung was defeated by the Juchen. King Fu-ch'ai was unwilling to accept the disgrace of his defeat and committed suicide at Yung-tung, but the Sung Emperor Hui-tsung and his son were taken prisoner and carried off north to die miserably in the territory of the invaders, surely a more shameful end. Wu Wen-ying, who must have thought of himself as a survivor of the Northern Sung catastrophe, both sober and aware of the precarious situation of the Southern Sung in its last years, could feel his own helplessness in the presence of the Wu palace ruins and the misty waves of Five Lakes; all he could do was deplore the situation, unlike Fan Li, who was free to leave the concerns of the state and end his days in carefree wandering. But aside from that, Wu Wen-ying saw a historical analogy between the China of his day and the old state of Wu, between himself and Fan Li. However, this is only one unifying thread that runs through his poem; there are further layers of feeling that cannot be restricted to any simple historical parallel.

We have yet to consider the last six lines:

The water envelops the void;
From the balcony's height
I follow random crows and slanting sun dropping behind Fisherman's Isle.
Again and again I call for wine
And go to climb Lute Tower.
Autumn level with the clouds.

In this passage the poet tears himself free from his preoccupation with the sorrows of history and of the present. The setting takes the place of emotions, or rather, becomes their vehicle. In the first line we see the water stretching out to merge with the sky, a vast and endless expanse, as far as the eye can reach. This is probably the actual view from Mt. Ling-yen, on which there stands a lookout tower named Enveloping the Void (Han k'ung) at just this place. According to the *Ming Gazetteer*,[102] it was built in the third century. Kao Ch'i wrote a poem about the view, including the lines:

Rolling billows under an endless sky
From the twisting railing of the high tower on this mountain peak.
Take your stand right on top of floating clouds

And let your eye go beyond the departing birds.[103]

Wu Wen-ying's line contains a reference to the name of the tower, but it is primarily a description: wherever one looks the scene exends to the horizon. It is an isolated vantage point looking out over a bottomless immensity. The high balcony railing on which the poet leans to look out seems to be in the midst of this void. What is there in the whole vast universe besides this stretch of emptiness that swallows up his body? Far off in the distance a few isolated crows disappearing with the westward setting sun—all gradually vanishing in the far-off misty waves beyond the fisherman's isle. The word *sung* ("follow" or "accompany as a parting guest") suggests that he stares a long time, lost in his reverie; the grief that he feels in his loneliness, helpless to hold back birds or sun, is implied but not made explicit. At this point there is nothing more to do or say, and he can only call for wine over and over again. The repeated call suggests the urgency of an intolerable distress. Where does he intend to drink his wine? On Lute Tower. Li Shang-yin's poem "Setting Sun Tower"[104] has a couplet: "The flowers are bright, the willow is dark, and the whole sky is melancholy; /From the second wall I climb yet another tower." And Hsin Ch'i-chi: "The sky is far and hard to reach, so don't stare too long. /The tower is high, and you want to go down, but still you lean."[105] A man in the grip of hopeless sorrow will always want to go to a place with a distant view for a final struggle and effort, and always it will intensify his grief. This is the effect of Wu Wen-ying's last line: after calling for wine, he climbs up Lute Tower.

And what more is there to be seen from the top of Lute Tower? "Autumn level with the clouds." Filling the void between heaven and earth, outside the human world is nothing but this autumn air. Here on the tower one feels oneself at last to be upon a level with the clouds. But in the whole vast sky there is no place where a man can get a breath of air untainted with autumn sadness.

These last four words take us to even further reaches of space and further stretches of emptiness, where the famous beauty and the Golden Chamber and the failed Leader and the palace of the King of Wu and the weary traveler are enveloped and dissolved in the mists of the four distances. We are carried back to the opening lines of the poem, which is like the snake of Ch'ang-an with its tail in its mouth, and all the intervening confusions of true and false, past and present, empty and actual, the implications and the marvels of style, all are beyond description. Wu Mei said that Wu Wen-ying's greatest excellence lay in the depth of thought he was able to convey in the most rarified flights of fancy—and in this poem are combined both the fancy and the profundity.